# एकता और शक्ति

सरदार पटेल के जीवन पर
आधारित उपन्यास

# एकता और शक्ति

अमरेन्द्र नारायण

राधाकृष्ण प्रकाशन

ISBN : 978-81-8361-834-2

**एकता और शक्ति**



**पहला संस्करण :** 2017
**तीसरा संस्करण :** 2025

**मूल्य :** ₹795

**प्रकाशक**
राधाकृष्ण प्रकाशन प्राइवेट लिमिटेड
जी-17, जगतपुरी, दिल्ली-110 051
**शाखाएँ :** अशोक राजपथ, साइंस कॉलेज के सामने, पटना-800 006
पहली मंजिल, दरबारी बिल्डिंग, महात्मा गांधी मार्ग, प्रयागराज -211 001
1, अनमोल सोराबजी सन्तुक लेन, धोबी तलाव, मरीन लाइंस, मुम्बई-400 002
वेबसाइट : www.radhakrishnaprakashan.com
ई-मेल : info@radhakrishnaprakashan.com

**मुद्रक**
बी.के. ऑफसेट
नवीन शाहदरा, दिल्ली-110 032

EKTA AUR SHAKTI
*Novel by* Amarendra Narayan

# समर्पण

हम आपके ऋणी हैं

हरेक पक्ष को पटेल तोलता
हरेक भेद को पटेल खोलता
दुराव या छुपाव से उसे गरज?
कठोर नग्न सत्य बोलता
पटेल हिन्द की निडर ज़बान है!

—श्री हरिवंश राय बच्चन

"एक सुदृढ़ स्वतंत्र भारत बनाने के लिए एकता और शान्ति का होना पहली आवश्यकता है। अगर देश में एकता नहीं होगी तो देश नीचे की ओर जाएगा। अत: हमें अपने सारे मतभेदों का उचित समायोजन कर लेना चाहिए और ऐसा व्यवहार करना चाहिए जिससे देश में पूर्ण सामंजस्य और शान्ति हो।

एकता के लिए यह आवश्यक है कि हम जाति और धर्म का भेदभाव अवश्य भूल जाएँ और याद रखें कि हम सभी भारतीय हैं और सभी बराबर हैं। किसी भी स्वाधीन देश में मनुष्य और मनुष्य के बीच में कोई अन्तर नहीं होना चाहिए। सभी के अधिकार और उत्तरदायित्व समान होने चाहिए।"

**—सरदार श्री वल्लभभाई पटेल**

# आभार...

मेरा हार्दिक आभार

- पूज्य बापू, श्रद्धेय डॉ. राजेन्द्र प्रसादजी, श्री महादेव देसाई, श्री नरहरि डी पारीख, श्री राजीवभाई पटेल, श्री राजमोहन गांधी, श्री वी. पी. मेनन, श्री वी. शंकर, श्री कन्हैया लाल माणिक लाल मुंशी, श्री के. एल. पंजाबी एवं अन्य विशिष्ट व्यक्तियों को जिनके महत्त्वपूर्ण लेखन से मुझे सरदार श्री वल्लभभाई पटेल के विलक्षण व्यक्तित्व को समझने का लाभ मिला। इन लेखनों से मुझे बहुमूल्य सन्दर्भ सामग्री मिली।
- परम श्रद्धेय पद्मभूषण स्वामी डॉ. श्री सत्यमित्रानन्द गिरी जी को जिन्होंने इस प्रयास को अपना आशीर्वाद देकर मुझे कृतार्थ किया और मेरा उत्साह-वर्धन किया।
- प्रख्यात विद्वान, कालिदास अकादमी के भूतपूर्व निदेशक एवं संस्थापक, कुलगुरु राजशेखर सृजनपीठ श्रद्धेय आचार्य श्री कृष्णकान्त चतुर्वेदी जी को जिन्होंने मुझे इस पुस्तक को लिखने के लिए प्रेरित किया। आचार्य जी लेखन की प्रगति के विषय में मुझसे निरन्तर पूछते रहे तथा मुझे उत्साहित करते रहे।
- सुप्रसिद्ध लेखक और चित्रकार नर्मदा पुत्र श्री अमृत लाल वेगड़ जी को जिन्होंने मुझे कई गुजराती शब्दों की समझ दी।
- श्री वी. शंकर जी की सुपुत्री आदरणीय लीला कुमार जी को जिन्होंने सरदार श्री से सम्बन्धित अपने संस्मरण सुनाए। श्रद्धेय लीला जी को उनके बचपन में सरदार श्री बहुत मानते थे और उनके साथ ताश भी खेलते थे।
- प्रख्यात पत्रकार मित्रवर श्री निर्मल नारद जी को जिन्होंने अपनी अस्वस्थता के बावजूद पुस्तक की पांडुलिपि को आद्योपांत पढ़ा, गलतियाँ सुधारीं और कई बहुमूल्य सुझाव दिए।
- स्नेहमयी भाभीजी डॉ. शारदा मिश्रा जी को जिन्होंने पांडुलिपि में मुद्रण सम्बन्धी 'कई त्रुटियों की ओर मेरा ध्यान आकृष्ट किया और अन्य उपयोगी सुझाव दिए।

- मित्रवर शंकरभाई ठक्कर को जिन्होंने सरदार पटेल के समय के गुजरात के ग्रामीण समाज की परम्पराओं और परिस्थितियों से मुझे परिचित कराया। शंकरभाई ने अपनी गुजराती पत्रिकाओं का संकलन मुझे सहर्ष दिया और मुझे जबलपुर स्थित गुजराती समाज के पुस्तकालय ले गए जहाँ मुझे महत्त्वपूर्ण सन्दर्भ सामग्री मिली।
- श्री विपिन चन्द्र बाविशि को जिन्होंने अपना बहुमूल्य समय देकर गुजराती में उपलब्ध दुर्लभ सामग्री का अनुवाद कर मेरी सामयिक सहायता की एवं अन्य कई उपयोगी सुझाव दिए।
- बारडोली संग्रहालय के सहायक अध्यक्ष श्री रतनजी भाई पटेल को जिन्होंने मुझे बारडोली सत्याग्रह के विषय में महत्त्वपूर्ण जानकारी दी।
- आकाशवाणी के भूतपूर्व स्टेशन निदेशक और गुजरात विद्यापीठ के पूर्व छात्र बन्धुवर श्री घनश्याम वाघेला को जिन्होंने गुजरात विद्यापीठ के विषय में मुझे विस्तारपूर्वक बताया।
- सरदार वल्लभभाई पटेल राष्ट्रीय एकता ट्रस्ट के अधिकारियों को जिन्होंने एकता की प्रतिमा के चित्र के उपयोग की अनुमति दी। बन्धुवर श्री संजय जोशी जी और श्री आर.जी. आचार्य साहब को हार्दिक धन्यवाद। श्री संजय जोशी जी ने मेरे इस प्रयास में दिलचस्पी ली, मुझे केवडिया जाने का सुझाव दिया और मेरी यात्रा को उद्देश्यपूर्ण बनाने में हार्दिक सहयोग दिया।
- सरदार सरोवर योजना के अधिकारी और गहन जानकार श्री बी. एन. पटेल को जिन्होंने पूरी योजना के विषय में विस्तृत जानकारी देकर मुझे कृतार्थ किया।
- सरदार पटेल राष्ट्रीय संग्रहालय, शाहीबाग, अहमदाबाद के अधिकारियों—विशेष रूप से श्री बालुभाई पटेल जी एवं श्री देसाई को उनके सहयोग एवं सन्दर्भ सामग्री के लिए और सरदार श्री की प्रतिमा का चित्र लेने की अनुमति देने के लिए।
- भारतीय इतिहास संकलन योजना के श्री गुंजन अग्रवाल जी को जिन्होंने दुर्लभ सन्दर्भ सामग्री उपलब्ध कराई, और कई बहुमूल्य सुझाव दिए।
- अमृत ऑफसेट, जबलपुर के श्री सौरभ जैन, वेदप्रकाश, हेमन्त, प्रताप, अशोक एवं समस्त स्टाफ को जिन्होंने पुस्तक की पांडुलिपि तैयार करने में काफी मेहनत की।
- अपने मित्रों ठाकुर सुभाष सिन्हा, श्री विनीत माथुर, श्री राकेश शाह, श्री आर. के. मेहरा और अमित जी को जिनकी सहायता से मेरी रास–यात्रा उपयोगी रही।

- रास उच्च विद्यालय के प्राचार्य श्री संजयभाई कांतिभाई पटेल को जिनसे रास के स्वतंत्रता संग्राम में योगदान और सरदार श्री से सम्बन्धित महत्त्वपूर्ण जानकारी मिली।
- आदरणीय डॉक्टर एस.के. हजेला को जिन्होंने सरदार पटेल सम्बन्धी महत्त्वपूर्ण जानकारी उपलब्ध कराई।
- डॉक्टर कुंजलता एन. शाह जी को जिन्होंने स्वतंत्रता संग्राम के दिनों में गुजरात के प्रसिद्ध देशभक्ति गीतों के सम्बन्ध में महत्त्वपूर्ण जानकारी दी।
- आदरणीय श्रीमती सुधा त्रिवेदी जी को जिन्होंने गुजराती के कुछ चुटीले मुहावरों और सरस लोक गीतों से मुझे कृपापूर्वक अवगत कराया।
- आदरणीय भैया जी श्री आर.बी. उपाध्याय जी को, श्रीमती डॉ. अपर्णा तिवारी जी, बन्धुवर अभिजय उपाध्याय जी, श्री संजय त्रिवेदी जी, श्रीमती ज्योत्स्ना त्रिवेदी जी को उनके आशीर्वाद एवं सहयोग के लिए।
- आदरणीय श्री बी.एन. पुरी एवं मित्रवर श्री सुशील धानुका जी को जिन्होंने पुस्तक के विषय में उपयोगी सुझाव दिए।
- पत्नी आशा को, जिसने अपनी अस्वस्थता के बावजूद सरदार पटेल के जीवन से सम्बन्धित गुजरात के विभिन्न स्थानों—खेड़ा, नाडियाड, बारडोली, करमसद, दांडी, रास, केवडिया, अहमदाबाद आदि की यात्रा में मेरा साथ दिया और मेरे उस समय पर अपना अधिकार नहीं जमाया जो परिवार का था।
- बच्चों—आशीष और श्वेता, पौत्री शुभा और पौत्र आशीर्वाद—के प्रति जिन्होंने अनिच्छापूर्वक ही सही, मुझे अपनी बैंगकॉक की यात्रा को एक महीने के लिए स्थगित करने की अनुमति दे दी। इस अवधि में मुझे इस पुस्तक के लिखने हेतु आवश्यक अध्ययन करने के लिए समय मिल गया। आशीष ने अपनी कार्य व्यस्तता के बावजूद पांडुलिपि को ध्यानपूर्वक पढ़ा और कई उपयोगी सुझाव दिए।
- अपने जामाता विजय बाबू को जिन्होंने सरदार पटेल राष्ट्रीय संग्रहालय स्थित सरदार श्री की प्रतिमा के सुन्दर फोटो मुझे भेजे।
- राजकमल प्रकाशन समूह के सहृदय प्रबन्ध निदेशक श्री अशोक महेश्वरी जी एवं सहयोगियों को जिन्होंने इस पुस्तक के प्रकाशन में रुचि ली और मुझे पूरा सहयोग दिया।

# दूसरे संस्करण की भूमिका

'एकता और शक्ति' लौहपुरुष सरदार वल्लभभाई पटेल के चरणों में अर्पित एक श्रद्धा-सुमन है। इस पुस्तक के लेखन का उद्देश्य है—आधुनिक भारत के शिल्पकार श्री वल्लभभाई पटेल के प्रति अपनी कृतज्ञता अर्पित करना एवं उनके राष्ट्रीय एकता के सन्देश को जनमानस में प्रसारित कराना। वस्तुत: सरदार वल्लभभाई पटेल के सपनों के एक सशक्त, विकसित, सम्पन्न भारत के निर्माण के लिए राष्ट्रीय एकता को सुदृढ़ बनाना अनिवार्य है। इस दिशा में किए जाने वाले प्रयास में यह पुस्तक उपयोगी सिद्ध हो रही है, यह लेखक के लिए प्रसन्नता और सन्तोष की बात है। हर्ष का विषय है कि एकता और शक्ति ग्रुप के माध्यम से सरदार वल्लभभाई पटेल के योगदान और उनके एकता के सन्देश से लोगों को अवगत कराया जा रहा है तथा इस ग्रुप के सहयोग द्वारा कई कार्यक्रम आयोजित किए जा रहे हैं।

परम श्रद्धेय, पद्मविभूषण से सम्मानित, भारत माता मन्दिर के संस्थापक स्वामी डॉ. सत्यमित्रानंद जी गिरि, नर्मदापुत्र पुण्यश्लोक स्व. श्री अमृत लाल वेगड़, विख्यात विद्वान् कालिदास अकादमी के भूतपूर्व निदेशक आदरणीय आचार्य कृष्णकांत चतुर्वेदी जी, ज्ञानपीठ पुरस्कार से सम्मानित श्री रघुवीर चौधरी जी, बारडोली आश्रम गुजरात की विख्यात समाजसेविका आदरणीय निरंजनबेन कलार्थी जी एवं डॉ. प्रज्ञाबेन कलार्थी जी, गुजरात के यशस्वी मुख्यमंत्री श्री विजय रुपाणी जी और अन्य कई सम्माननीय लोगों ने इस पुस्तक की प्रशंसा कर मुझे अनुगृहीत किया है। इन श्रद्धेय लोगों को मेरा सादर प्रणाम। पुस्तक के सहृदय पाठकों को हार्दिक धन्यवाद जिन्होंने मेरी इस भेंट को स्वीकार किया। उनके सहयोग के कारण इसका प्रथम संस्करण शीघ्र ही समाप्त हो गया। 'एकता और शक्ति' का दूसरा संस्करण आपके हाथों में है। पुस्तक के सुरुचिपूर्ण प्रकाशन के लिए राधाकृष्ण प्रकाशन के प्रबन्ध निदेशक श्री अशोक महेश्वरी जी एवं उनके सहयोगियों का आभारी हूँ।

एक बार पुन: सहृदय पाठकों का आभार।

**—अमरेन्द्र नारायण**

# मैंने इस पुस्तक को क्यों लिखा?

अपने करोड़ों देशवासियों की भाँति मैं भी श्री वल्लभभाई पटेल का ऋणी हूँ जिन्होंने देश के स्वतंत्रता संग्राम में अत्यन्त महत्त्वपूर्ण योगदान दिया। सरदार श्री ने स्वतंत्रता प्राप्ति के तुरन्त बाद, अनेक जटिल समस्याओं से जूझते हुए, देशी रियासतों के भारत में विलय का महत्त्वपूर्ण कार्य अत्यन्त कुशलतापूर्वक अत्यल्प समय में कर दिखाया। आज जिस भारत में रहने का सौभाग्य और गौरव हमें प्राप्त है, वह सरदार पटेल की दृढ़ इच्छाशक्ति, कर्मठता, कार्यक्षमता, सौजन्य और उनके विलक्षण व्यक्तित्व के कारण ही अत्यन्त प्रतिकूल परिस्थितियों में भी एकीकृत किया जा सका। दुर्भाग्यवश हमने उन्हें ऐसे समय में खो दिया जब हमें उनकी बहुत जरूरत थी। यदि वे कुछ वर्ष और हमारे बीच में रहते तो हमारा भारत अपनी वर्तमान स्थिति से कहीं ज्यादा मजबूत होता, हमारी एकता काफी सुदृढ़ होती और जिन कई जटिल समस्याओं से हमारा देश जूझता आ रहा है, उनका समाधान हो चुका होता।

श्री वल्लभभाई पटेल के विषय में कई उत्कृष्ट पुस्तकें लिखी गई हैं, यथा—सरदार पटेल के सहयोगियों श्री नरहरि पारीख और श्री रावजीभाई द्वारा लिखित उनकी जीवनी, श्री राजमोहन गांधी द्वारा लिखित उनकी सारगर्भित जीवनी, उनके सहयोगियों श्री वी.पी. मेनन, श्री वी.शंकर और श्री के.एल.पंजाबी द्वारा लिखित पुस्तकें इत्यादि। इंटरनेट पर भी सरदार पटेल के जीवन से सम्बन्धित पर्याप्त जानकारी उपलब्ध है। एक आम भारतीय भी सरदार पटेल के योगदान से परिचित है, फिर भी मैंने इस पुस्तक को क्यों लिखा?

इस पुस्तक के लेखन का मुख्य उद्देश्य है—भारत के उस महान नेता के प्रति अपनी श्रद्धा निवेदित करना। मैं आदरणीय सरदार श्री के योगदान को एक ऐसे सामान्य व्यक्ति और उसके परिवार की दृष्टि से समझना चाहता हूँ जो विभिन्न सत्याग्रहों में उनका सहयोगी कार्यकर्ता रह चुका था। खेड़ा, बोरसद, बारडोली आदि सत्याग्रहों में हजारों लोगों ने उनके आह्वान पर अपना सब कुछ त्याग दिया था और उनके नेतृत्व में स्वाधीनता संग्राम में कूद पड़े थे। उन्हीं में से एक परिवार को मैंने इस उपन्यास का केन्द्रबिन्दु बनाया है।

गांधीजी के विलक्षण व्यक्तित्व का श्री वल्लभभाई पर ऐसा प्रभाव पड़ा कि उन्होंने लोक-सेवा को अपने जीवन का ध्येय बना लिया और अपनी फलती-फूलती वकालत को तिलांजलि दे दी। देश-सेवा के लिए समर्पण और स्वतंत्रता आन्दोलन के संघर्ष की अग्नि-परीक्षा में वे शुद्ध कुन्दन बनकर निखरे। गांधीजी को एक ऐसा शिष्य मिला जिसने न केवल देश के स्वतंत्रता संग्राम में अग्रणी भूमिका निभाई अपितु, स्वतंत्रता प्राप्ति के बाद अनेक जटिल बाधाओं से जूझते हुए भारत को एक सुदृढ़ एकीकृत राष्ट्र बनाने में अप्रतिम योगदान दिया। तत्पश्चात् आने वाली घटनाओं ने उनके सफल नेतृत्व के गुणों को निखारा। चाहे वह अहमदाबाद के मिल-श्रमिकों का आन्दोलन हो या खेड़ा, बोरसद और बारडोली के किसानों का—श्री वल्लभभाई इन सभी आन्दोलनों में एक दृढ़, कर्मठ और साहसी नेता के संघर्ष की स्वर्ण दीप्ति से भूषित होकर देश के सामने आए।

उन दिनों देश के एक सामान्य नागरिक को सरकारी अधिकारी एक ऐसा दीन-हीन और निरीह प्राणी समझते थे जिसने गुलामी को अपनी नियति मानकर स्वीकार कर लिया था। उस अशिक्षित या अर्ध-शिक्षित जनता का स्वाभिमान कुचल डाला गया था। उसे इतना बेबस कर दिया गया था कि वह किसी भी अन्याय या अत्याचार के विरुद्ध अपना सर न उठा सके।

ऐसे नत-ग्रीव जन-मानस के अन्तस्तल में स्वाभिमान की दीपशिखा को पुनर्ज्वलित कराना एक कठिन कार्य था जिसे श्री वल्लभभाई जैसा कोई साहसी और कर्मठ नेता ही करा सकने में समर्थ था। दासता को नियति मानकर स्वीकार करने वाले जनमानस में विश्व की सर्वाधिक शक्ति-सम्पन्न सत्ता द्वारा किए जा रहे अत्याचार या अन्याय के विरुद्ध संघर्ष करने की चेतना भला लौह पुरुष के अतिरिक्त कौन जगा सकता था?

जब गांधीजी दक्षिण अफ्रीका से स्वदेश लौटने के बाद, 1915 में गुजरात क्लब में अहमदाबाद आए थे तब श्री वल्लभभाई उनसे प्रभावित नहीं हुए थे। परन्तु जब चम्पारण में महात्मा गांधी ने निलहों के अन्याय और अत्याचार के विरुद्ध भारत में अपना पहला अहिंसक आन्दोलन छेड़ा तो उस शंखनाद की ध्वनि दूर-दूर तक गूँजी। गांधीजी ने चम्पारण के जिलाधिकारी डब्ल्यू. बी. हिकॉक का चम्पारण छोड़ने का आदेश मानने से इनकार करते हुए जो साहस भरा वक्तव्य दिया, उससे सारा देश प्रभावित हुआ था। चम्पारण सत्याग्रह के दौरान, गांधीजी ने 18 अप्रैल, 1917 को मोतिहारी की अदालत में अपना ऐतिहासिक वक्तव्य देते हुए जिला छोड़ने के सरकारी आदेश को मानने से इनकार कर दिया था। जब मजिस्ट्रेट ने गांधीजी को प्रस्ताव दिया कि वे यदि अब भी जिला छोड़कर चले जाएँ तो उनपर लगाया गया मुकदमा उठा लिया जाएगा, तब गांधीजी ने इस प्रस्ताव को अस्वीकार करते हुए जो कहा था, उस पर सभी भारतवासियों का मस्तक गर्व से ऊँचा उठ जाना चाहिए।

गांधीजी ने दृढ़तापूर्वक जवाब दिया था, 'ऐसा सम्भव नहीं है। मैं इस समय तो क्या, जेल से छूटने के बाद चम्पारण में ही अपना घर बना लूँगा।'

मजिस्ट्रेट मि. जोर्ज चन्दर यह सुनकर अवाक् रह गए थे। गांधीजी ने सौ रुपयों की जमानत देना भी अस्वीकार कर दिया था। उन्हें बिना जमानत के ही छोड़ दिया गया था और उन पर लगा मुकदमा उठा लिया गया था। रैयतों की शिकायतों के निवारण के लिए एक समिति बनाई गई थी जिसके सदस्य गांधीजी भी थे। इस समिति की माँगें स्वीकार कर ली गई थीं और रैयतों के कष्टों का निवारण हुआ था।

जब चम्पारण में महात्मा गांधी के दृढ़तापूर्ण वक्तव्य की खबर अहमदाबाद में पहुँची तो लोगों के मन में नई आशा का प्रादुर्भाव हुआ। वहाँ के समाजसेवियों को लगा कि उन्हें एक साहसी नेता मिल गया है। गांधीजी के वक्तव्य से प्रभावित होकर जब श्री राव साहब हरिलालभाई ने उन्हें गुजरात सभा का अध्यक्ष बनाने का सुझाव दिया तो श्री वल्लभभाई ने उस पर तत्काल अपनी सहमति जता दी। श्री वल्लभभाई के अन्दर बैठे निर्भीक योद्धा को मानो अपना मार्गदर्शक मिलने का पूर्वाभास हो रहा था। यह हमारे देश के लिए एक शुभ संकेत था।

बाद में, खेड़ा सत्याग्रह के समय श्री वल्लभभाई के पैतृक गाँव करमसद में महात्मा गांधी ने कहा था, 'वल्लभभाई अग्नि-परीक्षा से गुजर रहे हैं, किन्तु उन्हें अभी अन्य परीक्षाओं से गुजरना है। मुझे पूर्ण विश्वास है, हमें उस भट्ठी से शुद्ध कुन्दन प्राप्त होगा।'

श्री वल्लभभाई ने अपने आप को उस अनजान ज्वाल-धारा में छोड़ दिया जिसकी उष्णता का पता तो उन्हें था, पर उसके प्रवाह की दिशा उस समय उन्हें ज्ञात नहीं थी। श्री वल्लभभाई खरा सोना बनकर देश के राजनीतिक क्षितिज पर आए, उन्होंने स्वयं को पा लिया था, गांधीजी को उनमें अपना विश्वसनीय सहयोगी और देश को एक निर्भीक नेता मिल गया था।

गांधीजी के प्रभाव में श्री वल्लभभाई की आन्तरिक शक्ति उभरकर आई और उनके व्यक्तित्व में सफल नेतृत्व की विशेषताएँ पुष्पित और फलित होने लगीं। इसका तत्काल सुखद प्रभाव गुजरात में और कालांतर में पूरे देश पर पड़ा और लाखों लोग उनके अनुगामी बने।

मेरी इच्छा इस विकास यात्रा को समझने की थी, इसी कारण इस उपन्यास को लिखने की प्रेरणा मुझे मिली। बापू के चम्पारण सत्याग्रह की पृष्ठभूमि पर आधारित मेरे उपन्यास 'संघर्ष' को पाठकों ने जो प्यार दिया, उस से इस पुस्तक को लिखने की इच्छा और बलवती हुई।

मैंने इस उपन्यास के मुख्य पात्र के रूप में श्री वल्लभभाई के एक काल्पनिक अनुयायी चमनभाई और उनके परिवार को चुना है जो खेड़ा जिले* के बोरसद तालुका अन्तर्गत रास नामक गाँव में रहता था। यहीं श्री वल्लभभाई को दांडी यात्रा

---

* अब आणंद जिला

के पूर्व गिरफ्तार किया गया था। चमनभाई की भाँति हजारों लोगों ने स्वतंत्रता संग्राम में सक्रिय भाग लिया था। उपन्यास की कथा रास ग्राम के उस सामान्य किसान परिवार से शुरू होती है और खेड़ा, बोरसद, बारडोली आदि मुख्य आन्दोलनों से होकर स्वाधीनता संग्राम तक पहुँचती है जिसके क्रम में और जिसके बाद श्री वल्लभभाई को कई महत्त्वपूर्ण उत्तरदायित्व सौंपे जाते हैं।

सरदार पटेल के कन्धों पर एक साथ कई जिम्मेवारियाँ थीं—वे भारत के उप-प्रधान मंत्री थे। उस समय भारत, विभाजन और विभाजनजनित कई विषम परिस्थितियों से गुजर रहा था। राजनीति के कुचक्र ने देश में वैमनस्य फैला दिया था। विस्थापितों की विकट समस्या सामने थी। देश में नई प्रशासनिक व्यवस्था स्थापित करनी थी और सबसे बढ़कर देशी रियासतों के देश में विलय का अत्यन्त महत्त्वपूर्ण और कठिन कार्य शीघ्रतापूर्वक सम्पन्न करना था। इन सभी जटिल कार्यों को एक साथ पूर्ण करने की क्षमता श्री वल्लभभाई पटेल में थी।

उन्होंने इतने अल्प समय में जो कर दिखाया वह एक सुखद चमत्कार ही था जिसके लिए सम्पूर्ण देश उनका ऋणी है। आज जिस भारत में जन्म लेने का गर्व हमें होता है, उस स्वाधीन और एकीकृत भारत को इस स्वरूप में लाने का श्रेय श्री वल्लभभाई पटेल को है। हम उनके योगदान के लिए उन्हें याद तो करते हैं, पर इन कार्यों को सम्पन्न करने में उन्हें कितनी मुश्किल हुई होगी, इसका अनुमान हमें नहीं है। उन्होंने देश के स्वाभिमान को पुनर्जीवित करने के लिए निरन्तर संघर्ष किया। उनके सपनों का भारत एक ऐसा सुदृढ़ भारत है जो एकता और सौहार्द्र, परिश्रम और कर्मठता का प्रतीक हो। सरदार पटेल के कई महत्त्वपूर्ण योगदानों में से सर्वाधिक महत्त्वपूर्ण योगदान देशी रजवाड़ों का भारत में विलय माना जाता है। पर सरदार श्री के मन में एक ऐसा सुदृढ़ भारत देखने की प्रबल इच्छा थी जो विश्व के देशों में अपना सम्मानजनक स्थान बना सके। उनकी इस इच्छा को पूरा करना हमारा उत्तरदायित्व है। यह तभी सम्भव है जब हमारी एकता मजबूत हो। हम जाति, धर्म, प्रान्त, भाषा आदि के आधार पर किसी प्रकार का भेदभाव न रखें, हम देश के लिए सोचें और पूरे देश में ऐसी भावनात्मक एकता लाएँ जिस पर हर भारतवासी को गर्व हो।

एकता और कर्मठता ही हमें सम्मान दिला सकते हैं। सरदार पटेल ने कई बार एकता, कर्मठता और स्वाभिमान जाग्रत करने की बात कही थी। इस उपन्यास के मुख्य पात्र ऐसा ही सोचते हैं और अपने स्तर पर इसके लिए प्रयास की शुरुआत भी करते हैं।

यह तो हुई लेखक की बात। पाठकों को यदि यह पुस्तक पसन्द आई तो मेरे लिए यह भारत माँ के उस महान और सच्चे सपूत के प्रति एक विनम्र श्रद्धांजलि होगी। मैं इसे अपने इस नगण्य प्रयास की सफलता मानूँगा।

बैंगकॉक, 2 जून, 2016

**—अमरेन्द्र नारायण**

# अनुक्रम

# भाग : एक

## खेड़ा, गुजरात (1918)

# अध्याय : एक

मध्याह्न को विदा देने वाली स्वर्णिम किरणें ऊँचे वृक्षों के पार्श्व में विलीन हो रही थीं, मानो वे भी दिन भर की व्यस्तता के बाद थक गई हों। शीत-ऋतु अपनी विदा-वेला में आ गई थी। गुजरात के खेड़ा जिले के लिए इस वर्ष का शीत-काल एक ऐसा अवांछित मौसम था जिसे सम्भवतः पूरे जिले भर में किसी ने नहीं सराहा होगा। पर, खेड़ा में फसल को कठोर शीत से कहीं ज्यादा क्षति असामयिक निष्करुण अजस्र वारि धारा ने पहुँचाई थी और जिले की डगमगाती अर्थ व्यवस्था को एक प्रबल झटका दिया था।

खेड़ा जिला अपनी शस्य-श्यामलता और अपनी मोहक हरीतिमा के लिए विख्यात था। इसकी हरियाली की ख्याति का कारण इसके परिश्रमी कृषकों का सतत योगदान था। साबरमती और माही नदियों के बीच स्थित इस क्षेत्र की प्रसिद्धि इसके अनाज उत्पादों और तम्बाकू के कारण थी। अपने निरन्तर कठोर परिश्रम द्वारा यहाँ के किसानों ने लगातार अपने खेतों की उत्पादकता बढ़ाई थी। उनकी पीढ़ियों की मेहनत एवं उनकी स्वेद बूंदों ने खेड़ा जिले की जमीन का भाव और सम्मान बढ़ाया था। खेड़ा की जमीनों का बाजार भाव आस-पास की अन्य जमीनों की अपेक्षा कहीं अधिक था और इसकी मालगुजारी भी ज्यादा थी। परिश्रमी कृषकों ने पीढ़ी-दर-पीढ़ी अपने अध्यवसाय से अपनी जमीन को अधिक उपजाऊ बनाया था। जिले में पानी का स्तर थोड़ा नीचा था और सिंचाई के लिए किसानों को इन्द्र देव की कृपा पर ही निर्भर रहना पड़ता था। पर कर्मठ किसान इस नभ-विक्षेप के अभ्यस्त हो चुके थे। उनकी कुटिल दृष्टि का अर्थ था—कुछ और संघर्ष। ग्रामीण अर्थ-व्यवस्था कृषि-उत्पाद पर टिकी थी। दाल और तम्बाकू नगद आय के महत्त्वपूर्ण स्रोत थे। आणंद, बोरसद, नाडियाड और पेटलाड के इलाके को सम्मिलित रूप से चारोतार इलाका कहा जाता था और चारोतार की जमीनें अन्य इलाकों की जमीनों की अपेक्षा ज्यादा महंगी थीं। इस इलाके के लिए मौसम की अनिश्चितता नई नहीं थी। किसानों ने बीसवीं शताब्दी के उत्तरार्ध में दुर्भिक्ष का दंश झेला था। भाग्यवश पिछले कुछ वर्ष थोड़े बेहतर बीते थे और जीवन की गाड़ी किसी प्रकार खिंची जा रही थी।

परन्तु कृषक का तो दुर्भाग्य के साथ अटूट सम्बन्ध है!

वर्ष 1917 की मूसलधार वर्षा ने त्राहि मचा दी और पूरे खेड़ा जिले को कष्ट में डाल दिया। जहाँ सामान्य मानसून 30 इंच होता था, वहाँ जिले में 70 इंच वर्षा हुई जिसने बोवाई को बहा डाला। इस कारण खाद्य सामग्री और चारे की समस्या उत्पन्न हो गई। नवरात्रि के त्योहार तक और उसके बाद भी बारिश होती रही। अक्टूबर के अन्त में तेज धूप ने थोड़ी उम्मीद दिलाई पर शीघ्र ही यह आशा निराशा में परिणत हो गई। बाजरी आदि उत्पादों को खेतों में सूखने के लिए छोड़ दिया गया था पर अकस्मात् जोरों की बारिश आई जिसके कारण फसल सड़ गई। जो भी थोड़ा अनाज बचाया जा सका था उसे चूहों और कीड़ों आदि ने नष्ट कर दिया।

इन आकस्मिक कारणों से होने वाली क्षति की परिस्थिति में मालगुजारी को स्थगित करने का प्रावधान सरकारी नियमों में था। यदि चार आने से कम फसल होती थी तो पूरी मालगुजारी स्थगित करने का प्रावधान था, छः आने से कम में 50 प्रतिशत स्थगन किया जा सकता था। यदि अगले वर्ष भी फसल नहीं हुई तो पूरी मालगुजारी माफ की जा सकती थी। किन्तु इन सरकारी नियमों से बहुत सारे किसान अपरिचित थे और वे सरकार द्वारा नियत की गई मालगुजारी को आँख मूँदकर अदा करते थे। अशिक्षा और जटिल सरकारी नियमों के प्रति किसानों की अनभिज्ञता, इसके मुख्य कारण थे। दुर्भाग्यवश प्लेग की महामारी ने खेड़ा जिले में जान-माल की भीषण क्षति पहुँचाई थी। हजारों लोग इस महामारी में मारे गए थे। चिकित्सा का प्रबन्ध नगण्य था। सरकार की प्राथमिकता युद्ध के लिए संसाधन जुटाने की थी। सरकार ने कष्टप्रद महुआ कानून के अन्तर्गत किसानों पर और भी शिकंजा कस रखा था, लोगों को गिरफ्तार भी किया था। इस प्रकार जिले के किसानों पर विपत्तियों की भरमार थी।

खेड़ा जिले के रास ग्राम के निवासी जीवनभाई और उनके अन्य ग्रामवासियों के लिए वर्ष 1917 का समय विशेष रूप से कष्टप्रद था। वे लोग 1915 के सूखे से उबरने की कोशिश में लगे थे और इस वर्ष अच्छी फसल होने की आशा कर रहे थे, पर भाग्य और समृद्धि ने उनका साथ नहीं दिया। मानो कठिन परिश्रम करना ही उनकी नियति थी। कीमतों में वृद्धि होती जा रही थी, मजदूरी की दर बढ़ गई थी और समय-समय पर मौसम अपने आघात देता जा रहा था। इन विषम परिस्थितियों में भी सरकार ने राजस्व बढ़ा दिया था और उसकी वसूली के लिए सरकारी कर्मचारी कठोर कदम उठा रहे थे। किसान चिन्तित थे पर वे कुछ कर नहीं सकते थे और उन्होंने सब कुछ भाग्य भरोसे छोड़ रखा था।

प्राय: वे घोर निराशा से भर कर, अपना सर झुकाकर सोचते-क्या ये अड़ियल सरकारी माँगें कभी कम न होंगी ? क्या अधिकारियों का दबाव कभी खत्म न होगा ? क्या निर्धन किसानों की समस्याओं का हल निकालने वाला, उनके अधिकारों की लड़ाई लड़ने वाला कोई उद्धारक उनके बीच आएगा ?

रास ग्राम के आशाभाई लल्लूभाई पटेल एवं अन्य कई लोग इस समस्या के समाधान के लिए प्रयत्नशील थे। आशाभाई ने बोरसद एडवर्ड मेमोरियल स्कूल में शिक्षा पाई थी और वे एक प्रशिक्षित टेलीग्राफिस्ट थे। पर उनका मन समाज सेवा में ज्यादा लगता था। अपनी आजीविका के लिए वे कपास के सूत का व्यापार करते थे। वे बाजारों से सूत लाकर गाँव के लोगों को बेचते थे। वे इस समय गाँव में नहीं थे, पर वे अपने ग्रामवासियों को आश्वासन देते रहते थे कि कई सामाजिक कार्यकर्ता सरकार से सहायता और छूट की माँग कर रहे हैं और सम्भव है कि सरकार उनकी माँगों पर सहानुभूतिपूर्वक विचार करे।

जीवनभाई और उनके कुछ अन्य ग्रामवासी पीपल वृक्ष के नीचे चौरे पर बैठे थे। उनके घर के आगे का यह चबूतरा जिसे लोग आम बोल-चाल में चौरा या चोरो कहते थे, मिलने-जुलने, आराम करने और अपने दु:ख-सुख की बातें करने का एक सुविधाजनक स्थान था। समस्या का समाधान हो पाए अथवा नहीं, यहाँ अपने ग्रामवासियों से बातें करने से माथे का बोझ कुछ हल्का जरूर हो जाता था।

सामने कुछ बच्चे खेल रहे थे और थके-हारे पशु अपने-अपने घरों को लौट रहे थे। पूरे खेड़ा जिले में निराशा का वातावरण था, अपेक्षाकृत खुशहाल गाँव रास भी उदासी के उस माहौल से मुक्त नहीं था।

निराशा के निस्सीम व्योम को देखते हुए, जीवनभाई ने उच्छ्वास भरी—"भगवान जानें, कब हमारे नसीब में खुशियों के दिन आएँगे?"

उनके ग्रामवासी नन्दूभाई ने कहा, "जीवनभाई, ऐसा लगता है कि हमारे खेड़ा जिले को किसी की बुरी नजर लग गई है! हमारा जिला अपनी मोहक हरीतिमा के लिए विख्यात था। हमारे जिले में आने वाले या यहाँ से गुजरने वाले कई साहबों ने भी खेड़ा जिले की हरियाली की, यहाँ के वृक्षों और बागीचों के सौन्दर्य की प्रशंसा की है। जरा अपने बचपन के दिनों को याद करो, हम लोग हरे-भरे बाग-बागीचों में सारा दिन घूमते रहते थे, पेड़ों की फुनगी तक पर बैठ जाते थे और जितना जी चाहता था, उतने फल तोड़ लेते थे! हम पर कोई बंधन नहीं था और अगर किसी ने मना भी किया तो उसकी बात कौन सुनता था? कितने प्यारे थे वे दिन! और आज...!"

नन्दूभाई ने एक लम्बी साँस भरी!

"वे सुनहले दिन थे नन्दूभाई, "जीवनभाई ने कहा, "अब समय बदल गया है! सरकार हमारे सुख-दु:ख की परवाह नहीं करती। अपने ही तलाटी और मामलतदार लोगों को ही देखो! वे कितने अहंकारी और अत्याचारी हैं! उनके माथे पद के अहम से फूल गए हैं! वे इतने निष्ठुर हैं कि वे हमारी लाश को भी निचोड़ लेने में शर्म नहीं करेंगे!'

"हम तो आधे मर ही चुके हैं!" नन्दूभाई ने कहा।

वे कुछ रुक गए, उन्होंने आकाश की ओर दृष्टि डाली और कहा, "लेकिन निराशा के इस वातावरण में भी कुछ आशा बची है! आशाभाई ने बताया है कि कुछ लोग हमारे लिए प्रयास कर रहे हैं।"

जीवनभाई ने अविश्वास जताया, "अरे इस से क्या होगा! ये सब कहने की बातें हैं। सरकार उनकी बातें क्यों सुनेगी?"

नन्दूभाई ने सांत्वना दी, "जीवनभाई, इसी वर्ष, शायद वैशाख के महीने में, महात्मा गांधी ने सुदूर चम्पारण में किसानों के हक की लड़ाई सफलतापूर्वक लड़ी है। उन्होंने गरीब रैयतों के लिए वहाँ आन्दोलन किया और जिला छोड़ने का कलेक्टर का आदेश मानने से बहादुरी के साथ इनकार कर दिया! उनके आगे सरकार को झुकना पड़ा!"

जीवनभाई ने अपनी निराशा व्यक्त की, "तुम सोचते हो कि यहाँ भी वैसा हो सकेगा! आशाभाई उस दिन बता रहे थे कि गांधीजी को हमारी समस्या से अवगत करा दिया गया है, पर वे बहुत व्यस्त हैं और शायद उनका हमारे बीच में आना सम्भव न हो पाएगा। दुर्भाग्यवश हमारे बीच में उन जैसा कोई अन्य नेता नहीं है!"

नन्दूभाई ने कहा, "उन जैसा होना सम्भव नहीं है जीवनभाई! पर उनके अनुयायी भी तो उनके निर्देशन में हमारी लड़ाई लड़ सकते हैं! मैं पिछले सप्ताह गोधरा गया था, वहाँ मेरे साले ने मुझे बताया कि कुछ दिनों पहले गांधीजी ने वहाँ किसानों की एक सभा को सम्बोधित किया था। उस सभा में तिलक महाराज, जिन्ना साहब और श्री विट्ठलभाई पटेल भी आए थे। वे लोग भी अन्याय का विरोध कर रहे हैं और वेठ आदि बेगार प्रथाओं को हटाने की माँग कर रहे हैं।"

जीवनभाई ने सहमति जताई, "हाँ, मुझे यह याद है, उस इश्तिहार को चौरे पर पढ़ा भी गया था। उसमें श्री वल्लभभाई ने लिखा था कि वेठ की प्रथा गैरकानूनी है और इसे बन्द होना चाहिए। उन्होंने गाँव वालों से वेठ मना करने को भी कहा था। पंचमहाल के वामनभाई और अपने आशाभाई भी इसके लिए काफी प्रयास कर रहे हैं।"

नन्दूभाई ने कहा, "आस-पास के गाँवों में इसके लिए कई सभाएँ आयोजित की गई हैं। रविशंकरजी महाराज अहमदाबाद में और मोहनलाल पंड्या जी कैथल में सक्रिय हैं।"

जीवनभाई ने सहमति जताई, "पिछले वर्ष कैथल में फसल चार आने से कम हुई थी, वहाँ के किसानों ने सरकार से अनुरोध किया था कि उनकी लगान वसूली को स्थगित कर दिया जाए पर सरकार ने ऐसा नहीं किया। अफसर लोग कहाँ ध्यान देते हैं? हम किसानों की परवाह कौन करता है?"

नन्दूभाई ने कहा, "ठक्कर बापा, मावलंकर साहब, कृष्णलालभाई, विट्ठलभाई, पारीख साहब, जोशी साहब और अन्य कुछ समाज सेवक खेड़ा जिले के गाँवों में

गए और उन्होंने अपनी आँखों से फसल की हानि देखी। उन लोगों ने भी उपलब्ध फसल का अनुमान लगाया। उनका निष्कर्ष है कि स्थानीय अधिकारियों द्वारा किया गया अनुमान गलत और आधारहीन है, फसल का अनुमान जानबूझकर इस प्रकार लगाया गया है कि किसानों को कोई छूट न देनी पड़े। इन समाज सेवकों ने सरकारी अफसरों से बातें भी की हैं। वे लोग कमिश्नर प्राट्ट साहब से भी मिले पर सरकारी कर्मचारियों ने इनके अनुमान को ही गलत ठहराया।

जीवनभाई बहुत आशान्वित नहीं थे, ''नन्दूभाई, मामलतदार, तलाटी और मुखी लोगों पर दबाव डालते हैं और वे लोग हमें तंग करते हैं। वे चौथाई दंड लगाने की धमकी भी हमें देते हैं, अशिष्ट भाषा का प्रयोग करते हैं और महिलाओं के सामने हमें गालियाँ देते हैं। वे निर्दोष किसानों को अपमानित करते हैं। क्या यह सब बर्दाश्त के बाहर नहीं है? पर हमारी कौन सुनता है? हमारे लिए भला कौन सही आकलन करेगा और हमारे कष्ट दूर करेगा?''

नन्दूभाई ने कहा, ''तुम सही कह रहे हो, जीवनभाई। हमारे तलाटी तो अशिष्ट हैं ही। पिछले दिसम्बर में श्री विट्ठलभाई और श्री गोकुलदास पारीख के प्रयासों से सरकार ने 104 गाँवों में लगान वसूली को स्थगित कर दिया था। वैसे तो यह एक बहुत मामूली छूट थी पर इस निर्णय को भी प्रभावित किसानों को नहीं बतलाया गया था। है न बेईमानी की बात!''

जीवनभाई ने कहा, ''तलाटियों के अन्याय से तो हम सभी परिचित हैं। हम सब उनकी सनक के शिकार हो चुके हैं। कई किसान भाइयों ने तो अपने मवेशी बेच डाले हैं, कुछ को अपनी जमीनें भी बेचनी पड़ी हैं। यहाँ तक कि कुछ किसानों को अपनी लड़कियों की शादी जल्दी कर देनी पड़ी है ताकि वे पैसे उधार ले सकें। कुछ तलाटी सिर्फ इस वर्ष का लगान ही नहीं वसूल कर रहे हैं, वे तो पाँच-छः वर्ष पूर्व दिए गए तकावी की वसूली भी करना चाहते हैं!''

नन्दूभाई ने कहा, ''गांधीजी ने स्वयं फसल का आकलन किया है। उन्होंने गाँवों में कई दल भेजे हैं। वड़ताल में उपज की स्थिति गांधीजी ने स्वयं देखी है। वड़ताल तो एक खुशहाल गाँव है, वहाँ कई अच्छे कुएँ हैं, फिर भी वहाँ की उपज सामान्य की अपेक्षा सिर्फ आठवें हिस्से तक ही हो पाई है, यानी रुपए में दो आना।''

जीवनभाई ने अपनी प्रतिक्रिया दी, ''तुम बहुत आशान्वित हो, नन्दूभाई! क्या वे अहंकारी लोग कुछ सुनेंगे? उनके माथे तो दर्प से भरे हैं और वे किसी तरह की चर्चा करना भी नहीं चाहते, वे तो अपनी इच्छा के अनुसार निर्णय लेना चाहते हैं। सरकार ने अपने अनुमान लगाए हैं जो सही नहीं हैं। यदि वे यह मान लेते हैं कि फसल चार आने से कम हुई है, तो उन्हें लगान की माफी करनी पड़ेगी।''

नन्दूभाई ने तर्क किया, ''गांधीजी, लाट साहेब और बड़े अफसरों से मिल रहे हैं। गोधरा में मेरे सम्बन्धियों ने मुझे बताया कि यदि गांधीजी एक बार आश्वस्त हो

जाएँ कि हमारी बात सही है और हमारे साथ अन्याय हो रहा है, तो वे हमारे लिए सत्य की लड़ाई लड़ सकते हैं। देखो, उन्होंने चम्पारण में क्या किया! पर वे किसी गलत काम में हमारा साथ नहीं देंगे!''

जीवनभाई ने कहा, ''नन्दूभाई तुमने बताया था कि चम्पारण में उन्हें किसानों का भरपूर सहयोग मिला और राजेन्द्र बाबू, ब्रजकिशोर बाबू, कृपलानी जी, अनुग्रह बाबू जैसे लोगों ने उनका साथ दिया। क्या उन्हें यहाँ वैसा सहयोग मिल पाएगा?''

नन्दूभाई ने कहा, ''क्यों नहीं? खेड़ा के किसान भी तो काफी परेशान हैं। वे भी किसी ऐसे अच्छे नेता की प्रतीक्षा कर रहे हैं जो उनके हक की लड़ाई लड़ सके।''

एक अन्य ग्रामवासी माधवभाई चुपचाप सुन रहे थे। वे स्वामीनारायणजी के अनन्य भक्त थे। वे अविवाहित थे और उन्होंने अपने को स्वामीनारायण सम्प्रदाय के कार्यों में ही लगा रखा था। वे समीपवर्ती गाँवों में प्रायः जाया करते थे। माधवभाई ने कहा, ''हम लोग जानते हैं कि गांधीजी ने स्वयं वड़ताल में पैदावार की स्थिति देखी है और उनके अनुसार फसल रुपए में दो आने हुई है। सरकार का अनुमान 75 प्रतिशत है।''

जीवनभाई बोल पड़े, ''अरे, तलाटी और अन्य स्थानीय अधिकारी अपनी मर्जी से अनुमान लगा देते हैं, जो मन में आया कह दिया! खेतों में जाकर कौन देखता है?''

माधवभाई ने कहा, ''गांधीजी ने कलेक्टर साहब को अपने अनुमान से अवगत कराया और उनसे आग्रह किया कि वे स्वयं फसल की जाँच कर लें। गांधीजी ने यह भी प्रस्ताव दिया कि वे उनकी जाँच के समय उपस्थित रहने को तैयार हैं। परन्तु, कलेक्टर साहब ने उनके प्रस्ताव को अनसुना कर दिया और स्वयं अनुमान लगाने गए। उनका अनुमान 48 प्रतिशत उपज का था।''

नन्दूभाई ने कहा, ''देखो, कलेक्टर साहब के कर्मचारियों ने 75 प्रतिशत उपज का अनुमान लगाया था, उनका अपना अनुमान 48 प्रतिशत निकला और गांधीजी का अनुमान 12 प्रतिशत है! है न आश्चर्य की बात!''

जीवनभाई ने कहा, ''गांधीजी का अनुमान सबसे सही है पर सरकार उनके अनुमान से सहमत नहीं होगी। यह सरकार के लिए प्रतिष्ठा की बात है न!''

नन्दूभाई ने याद दिलाई, ''जीवनभाई, यह मत भूलो कि चम्पारण में भी अफसरों ने अपनी मनमानी की थी, पर गांधीजी के सत्याग्रह के आगे उन्हें झुकना पड़ा!''

''चम्पारण के हमारे भाई भाग्यशाली थे! अपनी ऐसी किस्मत कहाँ!'' जीवनभाई ने कहा।

इस वार्तालाप से जीवनभाई के हृदय में उत्साह नहीं आ पाया, वे सब कुछ भाग्य के भरोसे छोड़ चुके थे। उन्होंने फिर नभ के विस्तृत शून्य में एक निराशा भरी दृष्टि

डाली और अपना कपाल ठोकते हुए कहा, ''माधवभाई, हमारे भाग्य में तो सिर्फ परिश्रम और संघर्ष लिखा है, हम किस्मतवाले नहीं हैं! भगवान ही हमारा कल्याण कर सकते हैं।''

माधवभाई को अपनी बात आगे बढ़ाने के लिए एक अनुकूल अवसर मिल गया। उन्होंने कहा, ''तुम सही कह रहे हो, जीवनभाई। भगवान ही हमारा कल्याण कर सकते हैं,हमें ईश्वर से प्रार्थना करनी चाहिए और उनसे मदद माँगनी चाहिए। मैं कल ही कीर्तन का आयोजन करता हूँ।''

नन्दूभाई थोड़े सचेत हुए, ''कीर्तन का आयोजन करो, माधवभाई पर इसके लिए चन्दा मत माँगना। हमारे पास पैसों की कमी हैं, लोग ऊँचे ब्याज पर कर्ज लेकर लगान चुका रहे हैं, उनका खर्च मत बढ़ाओ। लोग वैसे ही तबाह हैं।''

माधवभाई हतोत्साहित होने वाले जीव नहीं थे। उन्हें पता था कि लोग चाहे कितनी भी परेशानी में क्यों न हों, कीर्तन के लिए कुछ-न कुछ चन्दा अवश्य दे देंगे।

उन्होंने कहा, ''चिन्ता मत करो नन्दूभाई। भगवान सब प्रबन्ध करा देंगे। यह उनका काम है। अच्छा अब मैं चलता हूँ। मुझे ढेर सारे काम करने हैं।''

माधवभाई उठ खड़े हुए, *''श्री महाराज माँगूँ शरण तमारु।''*

# अध्याय : दो

जीवनभाई, रास ग्राम के केशवभाई पटेल के सबसे बड़े पुत्र थे। अन्य पाटीदारों की तरह केशवभाई भी परिश्रमी व्यक्ति थे और उनकी व्यावहारिक बुद्धि तीक्ष्ण थी। उन्होंने अपने बच्चों को अपनी ही तरह बनाया था, अपने पिता की भाँति बच्चे भी परिश्रमी और धर्म भीरु थे। आस-पास के इलाकों में उनके परिवार की अच्छी प्रतिष्ठा थी।

परिवार के सबसे बड़े लड़के होने के कारण, जीवनभाई बचपन से ही, अपने पिता केशवभाई के साथ अपने खेतों में जाते थे और उनका हाथ बँटाते थे। इस प्रकार वे खेती सम्बन्धी कार्य सीखते गए और कुछ दिनों में पारम्परिक तरीकों से खेती करने, श्रमिकों से काम लेने, उत्पाद को सँभालने और बेचने का काम उन्हें अच्छी तरह आ गया। खेती की सारी प्रक्रिया श्रम पर आधारित थी और इस पूरी प्रक्रिया में हर समय व्यक्तिगत रूप से लगे रहना आवश्यक था। केशवभाई की मृत्यु 1910 ई. में हो गई। इसके बाद जीवनभाई के माथे पर बड़ी जवाबदेही आ गई और उन्हें अपने परिवार के भरण-पोषण एवं मौसम की मार से निपटने के लिए और भी अधिक कठिन परिश्रम करना पड़ा।

जीवनभाई की एक बहन और दो भाई थे। बहन जानकी उनसे दो वर्ष छोटी थी और उसका विवाह नाडियाड के एक प्रतिष्ठित परिवार में हुआ था। जानकी के पति मुकुन्दभाई अनाज के थोक व्यापारी थे। यह उनका पारिवारिक व्यवसाय था जो कई पीढ़ियों से चला आ रहा था। वे गाँवों से अनाज खरीदते थे और उसे साफ-सुथरा करने के बाद अच्छी तरह पैक कर अहमदाबाद के थोक व्यापारियों को बेच देते थे।

मुकुन्दभाई और उनके भाइयों ने अपनी तीक्ष्ण व्यावसायिक बुद्धि से अपने व्यापार को काफी बढ़ाया था। हाल में, मौसम के आकस्मिक आघातों ने उनके व्यवसाय को दुष्प्रभावित कर दिया था, पर वे उन इलाकों से अनाज खरीद रहे थे जहाँ मौसम की मार कुछ कम पड़ी थी।

भुवनभाई, जीवनभाई से चार वर्ष छोटे थे। उन्होंने स्थानीय गुजराती प्राथमिक शाला से शिक्षा पाई थी। इसके बाद वे दूध, दूध-उत्पाद और घी के व्यवसाय में लग

गए। उन दिनों घी का व्यवसाय फायदेमन्द था और घी बनाने की विधि भी उन्हें अच्छी तरह ज्ञात थी। अपने व्यापार के सिलसिले में वे नाडियाड, बोरसद, आणंद, बारडोली आदि के व्यापारियों से मिलते रहते थे। स्थान-स्थान पर उन्होंने अपने एजेंट बना रखे थे।

सबसे छोटे चमनभाई पढ़ाई में अच्छे थे। उन्होंने भी भुवनभाई की भाँति, गाँव के प्राथमिक गुजराती विद्यालय से प्रारम्भिक शिक्षा पाई थी। पढ़ाई में उनकी रुचि देखकर जानकी और मुकुन्दभाई उन्हें अपने साथ नाडियाड ले गए और उनका नाम वहाँ के स्कूल में लिखवा दिया। चमनभाई ने वहाँ अपनी हाई स्कूल की शिक्षा पूरी की। मुकुन्दभाई अहमदाबाद में अपने व्यवसाय की एक शाखा खोलना चाहते थे, चमनभाई की प्रतिभा देखकर मुकुन्दभाई ने उन्हें अपना मैनेजर नियुक्त कर लिया। चमनभाई के काम थे—गाड़ियों और ट्रेन से आने वाले सामान को उतरवाना, उसे सुरक्षित रखना और अहमदाबाद के थोक व्यापारियों को पहुँचवाना। चमनभाई का कार्य पैसा वसूलना और खाते में जमा करना भी था। अपने कार्य के सिलसिले में उन्हें सरकारी कर्मचारियों और वकील साहब से भी मिलना पड़ता था। काम आसान नहीं था पर मुकुन्दभाई को पूरा भरोसा था कि चमनभाई इन कार्यों को सुचारु रूप से सम्पन्न कर लेंगे।

चमनभाई प्रायः नाडियाड और रास आते रहते थे। अपनी 18 वर्ष की उम्र में, किसी प्रतिष्ठित पाटीदार परिवार की किसी सुकन्या के लिए वे एक अच्छे वर थे और जीवनभाई के पास उनके लिए रिश्ते आने लगे थे। चमनभाई अभी शादी-ब्याह के झंझट में पड़ना नहीं चाहते थे, वे इतना पैसा बचाना चाहते थे कि वे अहमदाबाद में अपना मकान किराए पर ले सकें और यदि सम्भव हो तो एक छोटा सा घर खरीद सकें।

विगत कुछ वर्षों में प्रकृति के प्रकोप और मौसम की मार ने परिवार की आर्थिक स्थिति को लगातार चोट पहुँचाई थी। जीवनभाई का परिवार सम्पन्न और इन्तजामकार था। उनके परिवार में फजूलखर्ची नहीं थी। परिवार का जीवन-स्तर एक सामान्य पारम्परिक गृहस्थ परिवार की तरह था।

रास, मुख्यतः एक पाटीदार गाँव था और अधिकारियों ने इसकी मालगुजारी बढ़ाकर नियत की थी। इस प्रकार, रास की प्रतिष्ठा ही उसके लिए लगान का बोझ ले आई थी। रास का मूल्यांकन पहले से ही अधिक था, अब इसे और भी बढ़ा दिया गया था। यह एक अतिरिक्त और कष्टप्रद आर्थिक बोझ था।

भुवनभाई और चमनभाई अपने-अपने कामों के सिलसिले में विभिन्न गाँवों में जाते ही रहते थे। रास की भौगौलिक स्थिति इसके लिए सुविधाजनक थी। उनके परिवार के सम्बन्ध निकटवर्ती गाँवों के प्रतिष्ठित पाटीदार परिवारों से थे। इन सम्बन्धों का लाभ भुवनभाई और चमनभाई को मिलता रहता था।

रास की जन संख्या लगभग 5,000 थी। यद्यपि रास के किसान अनावृष्टि और अतिवृष्टि दोनों के शिकार होते रहते थे पर उनके अन्दर एक अदम्य विश्वास था कि वे अपनी मेहनत और हिम्मत के बल पर अपनी समृद्धि वापस लाएँगे। उनके लिए समृद्धि का अर्थ था—अपने परिवार, आश्रितों और मवेशियों के लिए भरण-पोषण की सामग्री, सम्माननीय परिवारों में वैवाहिक सम्बन्ध बनाने के लिए आवश्यक सम्पत्ति, अपनी जमीन-जायदाद बढ़ाने और मवेशी खरीदने के लिए पर्याप्त नगद राशि आदि।

गाँव के लोग धार्मिक आयोजनों में उत्साहपूर्वक भाग लेते थे। वे राजनीतिक और सामाजिक कार्यों में भी अपना सहयोग देते थे। रास के ग्रामवासियों ने वेठ प्रथा का विरोध किया था, वे आशा करते थे कि इस प्रकार के आन्दोलन स्वराज-आन्दोलन के लिए सहायक होंगे और जब स्वराज आएगा तब उनके सारे कष्ट दूर हो जाएँगे।

रास गाँव में इन दिनों बहुत गतिविधियाँ नहीं होती थीं, अतः धार्मिक आयोजनों में काफी उपस्थिति रहती थी। माधवभाई ने शनिवार की संध्या को कीर्तन का आयोजन किया था। रास के कई पुरुष आस-पास के शहरों में काम करते थे। उनमें से कई लोग शनिवार की शाम को गाँव आ जाया करते थे।

कीर्तन में बहुत से लोग सम्मिलित हुए। भुवनभाई भी शाम को रास आ गए थे। कीर्तन की समाप्ति के बाद बच्चे प्रसाद पाने के लिए व्यग्र थे और वे बार-बार प्रसाद बाँटने वालों के पास एकत्र हो जाते थे। लोग अपने-अपने घरों को लौटने वाले थे। सहसा भुवनभाई उठ खड़े हुए और उन्होंने लोगों से रुकने को कहा। ग्रामवासी उत्सुकता के साथ भुवनभाई की ओर देखने लगे।

भुवनभाई ने कहा, ''रुको भाईयो, मैं आप लोगों को एक खुशखबरी देना चाहता हूँ। गांधीजी हमारे लिए आन्दोलन करने को तैयार हो गए हैं। श्री विट्ठलभाई, श्री वल्लभभाई और अन्य कई समाज सेवी नेता उनके साथ हैं। आप सब लोग 21 मार्च को नाडियाड चलिए, वहाँ गांधीजी 22 मार्च को एक सभा में भाषण देंगे।''

कई लोगों ने उत्सुकता दिखाई। उनमें कुछ लोगों ने गांधीजी और उनके सहयोगियों द्वारा किए गए आकलन में भी भाग लिया था।

भुवनभाई ने बताया कि गांधीजी और उनके सहयोगियों ने सरकार के उच्च अधिकारियों से भी बातें की थीं पर उनके आग्रह का कोई असर नहीं पड़ा। जैसी की आशंका थी, अधिकारियों ने उन लोगों की सहानुभूति और पहल को गुजरात सभा द्वारा सरकारी काम के हस्तक्षेप के रूप में देखा। गांधीजी गुजरात सभा के अध्यक्ष थे। उन्होंने और गुजरात सभा के अन्य लोगों ने जो पत्राचार किए थे, सरकार द्वारा उन पत्रों के दिए गए उत्तर रूखे और दर्प पूर्ण थे।

नन्दूभाई को अपनी जानकारी बतलाने का एक अच्छा अवसर मिल गया। वे उठ खड़े हुए। उन्होंने कहा, ''भुवनभाई, हमने सुना है कि 4 फरवरी को गांधीजी

ने बम्बई में, खेड़ा के विषय में आयोजित एक सभा को सम्बोधित किया था। वे गवर्नर साहब से मिले थे और उन्होंने प्राट्ट साहब को भी पत्र लिखा था, पर साहब लोग तो अपनी ही बात पर अड़े हैं।''

चमनभाई ने बताया, ''मैं अपने काम के सिलसिले में अहमदाबाद के वकीलों से मिलता रहता हूँ, कोर्ट–कचहरी भी जाता रहता हूँ और बार में भी वकीलों की बातें सुनता रहता हूँ। मेरे वकील साहब मुझे गांधीजी से सम्बन्धित जगहों पर भी ले जाते हैं। लोगों का मानना है कि गांधीजी को इस बात का ज्ञान है कि सरकार श्री विट्ठलभाई, ठक्करबप्पा, पारीख साहेब आदि द्वारा किए गए मूल्यांकन को नहीं मानेगी। इसलिए उन्होंने तीस से भी अधिक गाँवों में स्वयं फसल का आकलन किया। इसके दौरान उन्होंने किसानों से कई सवाल किए ताकि वे सही निष्कर्ष पर पहुँच सकें। उनके सहयोगियों ने तो पूरे खेड़ा जिले का मूल्यांकन किया है। लोग बताते थे कि सब मिलाकर करीब 400 गाँवों की फसल का मूल्यांकन उन लोगों ने किया है।''

भुवनभाई ने कहा, ''हम लोग जानते हैं कि सरकार गांधीजी के मूल्यांकन से सहमत नहीं है। गांधीजी ने तो एक निष्पक्ष मूल्यांकन करवाने का भी प्रस्ताव दिया, पर इसे भी स्वीकार नहीं किया गया। गांधीजी समझ गए हैं कि सही मूल्यांकन के सभी प्रयास असफल हो चुके हैं। अब शान्तिपूर्ण सत्याग्रह करना ही एकमात्र रास्ता है।''

नन्दूभाई ने पूछा, ''चमनभाई, क्या तुमने श्री विट्ठलभाई और श्री वल्लभभाई को देखा है?''

''हाँ, कई बार। मैं तो अपने वकील साहब जितेनभाई के पास प्राय: जाता रहता हूँ। वे श्री वल्लभभाई के निकट सहयोगी हैं और गुजरात सभा में काफी सक्रिय है।''

''जब गांधीजी चम्पारण से आए तब उन्होंने खेड़ा के मूल्यांकन का गहरा अध्ययन किया। पूरी बात समझ लेने के बाद ही गांधीजी इस निष्कर्ष पर पहुँचे कि गुजरात सभा को चाहिए कि वह लोगों से अपील करे कि जब तक सरकार उनके आवेदन का जवाब नहीं देती तब तक वे लगान न दें।''

नन्दूभाई ने कहा, ''यह हमारे लिए सौभाग्य की बात है कि गांधीजी खेड़ा की समस्या को अपने हाथों में लेने को तैयार हो गए हैं।''

चमनभाई ने बतलाया, ''यह सरल नहीं था, गांधीजी इतनी आसानी से कहाँ मानने वाले थे? श्री वल्लभभाई ने अपने घर पर गुजरात सभा की कार्यकारिणी की बैठक बुलाई। लोग सरकार के दमन चक्र से डरते थे, उनके मन में भय था कि सरकारी अधिकारी उन लोगों को तंग करेंगे। गांधीजी सिर्फ बहुमत मात्र से ही सन्तुष्ट नहीं थे, वे पूर्ण सहमति चाहते थे। आठ दिनों तक हर दिन कार्यकारिणी की बैठक होती रही, तब जाकर पूर्ण सहमति बनी। गांधीजी ने इस काम के लिए किसी पूर्णकालिक सहयोगी की माँग की। वे भाग्यशाली रहे कि श्री वल्लभभाई पटेल ने उनका सहयोगी बनना स्वीकार कर लिया और अपनी सेवाएँ उन्हें समर्पित कर दीं।''

नन्दूभाई ने पूछा, "इस के बाद क्या हुआ ?"

चमनभाई ने कहा, "मुझे जितेन भाई ने बतलाया कि गुजरात सभा का प्रतिनिधिमंडल कमिश्नर प्राट्ट साहब से मिला पर उन्होंने सहानुभूति प्रकट करने की जगह अपना रोष और दर्प दिखलाया। प्राट्ट साहब ने धमकी भी दी कि वे सरकार को सुझाव देंगे कि वह गुजरात सभा को गैरकानूनी घोषित कर दे।"

नन्दू भाई ने कहा, "यह तो एक गम्भीर और अनुचित बात है। हम सब को इसका विरोध करना चाहिए। हम सब नाडियाड चलें और गांधीजी के हाथों को मजबूत करें।"

जीवनभाई ने कहा, "हाँ, गांधीजी हमारे लिए लड़ रहे हैं और इस काम के लिए श्री वल्लभभाई पटेल अपना सारा समय उन्हें देने को तैयार हो गए हैं, उन्हें अपनी वकालत भी कुछ समय के लिए छोड़नी पड़ सकती है। गांधीजी और श्री वल्लभभाई का हमारे काम में कोई व्यक्तिगत स्वार्थ नहीं है। जब वे लोग अपना समय और अपनी ऊर्जा हमारे काम के लिए दे रहे हैं तब हम लोग चुप कैसे बैठ सकते हैं ? क्या यह हमारे लिए उचित होगा ? हमें उनका पूरा सहयोग देना चाहिए। चलो, हम सब नाडियाड चलें।"

कई लोग नाडियाड जाने को तैयार हो गए। भुवनभाई ने माधवभाई से आग्रह किया कि वे रास और अन्य गाँवों के लोगों को नाडियाड चलने के लिए तैयार कराएँ। कीर्तन में उपस्थित कुछ अन्य लोगों ने इस कार्य में सहयोग देने की इच्छा जताई।

नन्दूभाई ने पूछा, "नाडियाड में गांधीजी कहाँ रुकेंगे ?"

भुवनभाई ने बताया, "हिन्दू अनाथ आश्रम में।"

नाडियाड का हिन्दू अनाथ आश्रम उस इलाके में एक परिचित नाम था। अनाथ आश्रम के मुख्य कर्ता-धर्ता श्री गोकलदास तलाटी और श्री फूलचन्द बापूजी शाह थे। रास ग्राम के ही आशाभाई पटेल भी उस से सम्बद्ध थे। अनाथाश्रम में गांधीजी और उनके सहयोगियों के ठहरने की पर्याप्त व्यवस्था थी। उनके दल के सदस्य थे—श्री वल्लभभाई पटेल, श्री इन्दुलाल याग्निक, श्रीमती अनुसूया बेन, श्री शंकरलाल बैंकर और कुछ अन्य नेता गण।

आशा और उत्साह से भरे जीवनभाई, उनके परिवार के सदस्य और कई ग्रामवासी बृहस्पतिवार 21 मार्च को नाडियाड पहुँच गए। अन्य कई गाँवों से भी बड़ी संख्या में किसान आ गए थे। रहने, सोने, खाने आदि की असुविधा उनके लिए कोई मतलब नहीं रखती थी। वे लोग खेड़ा, लगान, गांधीजी, श्री वल्लभभाई आदि से सम्बन्धित चर्चा में ही लगे थे। उनमें से कुछ लोग चम्पारण में गांधीजी के कुशल एवं साहसपूर्ण नेतृत्व और उनके अहिंसक सत्याग्रह की सफलता से थोड़े परिचित थे। नन्दूभाई गांधीजी और उनके सहयोगियों के विषय में कुछ अतिरिक्त

जानकारी हासिल करने के लिए बेचैन थे ताकि वे अपने ग्रामवासियों को अपने नव-अर्जित ज्ञान से परिचित करा सकें!वे कुछ देर बाद अपनी जानकारी में वृद्धि के साथ उमंग के साथ लौटे और अपने ग्रामवासियों को चम्पारण सत्याग्रह के विषय में बतलाने लगे।

उन्होंने कहा, ''गांधीजी कितने महान हैं! वे शक्ति-सम्पन्न ब्रिटिश साम्राज्य की प्रभुता के समक्ष चट्टान की भाँति अड़े रहे। चम्पारण के जिलाधिकारी हेकॉक साहब ने उन्हें चम्पारण छोड़ने का आदेश दे दिया था पर गांधीजी ने उस आदेश का पालन करने से इनकार कर दिया। गांधीजी को आदेश हुआ कि वे 18 अप्रैल 1917 को कोर्ट में हाजिर हों। मजिस्ट्रेट ने गांधीजी से कहा, ''यदि आप अभी भी चम्पारण छोड़ने को राजी हो जाएँ तो आप पर लगाया गया मुकदमा उठा लिया जाएगा।''

गांधीजी ने कहा, ''ऐसा नहीं हो सकता। अभी की कौन कहे, मैं तो सोच रहा हूँ कि जेल से छूटने के बाद मैं चम्पारण में ही घर बनाकर बस जाऊँगा!''

नन्दूभाई ने कहा, ''कचहरी में उपस्थित सभी लोग उनका उत्तर सुनकर अवाक रह गए। तब मजिस्ट्रेट ने गांधीजी को एक सौ रुपयों की जमानत देने को कहा। गांधीजी ने जमानत देने से भी इनकार कर दिया। इस पर मजिस्ट्रेट ने उन्हें बिना जमानत दिए ही छोड़ दिया। है न आश्चर्य की बात! अन्त में सरकार को झुकना पड़ा और सत्य की विजय हुई।''

किसी ने कहा, ''गांधीजी एक महान व्यक्ति हैं!''

भुवनभाई और चमनभाई चम्पारण में गांधी जी की उपलब्धियों से कुछ हद तक परिचित थे पर उन लोगों ने नन्दूभाई की बातों को ध्यानपूर्वक सुना और उनका उत्साह बढ़ाते रहे। जब नन्दूभाई ने अपने ज्ञान की गागर पूरी तरह उड़ेल दी तब भुवनभाई ने कहा, ''गांधीजी की सफलता के पीछे बिहार के बुद्धिजीवियों और चम्पारण के रैयतों का सहयोग भी एक बहुत बड़ा कारण था।''

माधवभाई ने कहा, ''हम भी पीछे नहीं रहेंगे।''

# अध्याय : तीन

शुक्रवार 22 मार्च का दिन न केवल नाडियाड के लिए अपितु समूचे गुजरात के लिए बहुत महत्त्वपूर्ण था। वहाँ गांधीजी ने खेड़ा सत्याग्रह के विषय में आयोजित लगभग 4000 किसानों की एक सभा को सम्बोधित किया। जिले के किसान अपने गुजरात के उस साहसी नायक को सुनने के लिए व्यग्र थे जिसने चम्पारण में निलहों के अन्याय के विरुद्ध रैयतों की ओर से अहिंसक लड़ाई सफलतापूर्वक लड़ी थी। उनके मन में कई प्रश्न गूँज रहे थे—बिहार ने तो इतिहास रचा था पर क्या गुजरात भी इतिहास लिख पाएगा ? क्या गांधीजी, श्री वल्लभभाई और उनके अन्य सहयोगी खेड़ा के किसानों के स्वाभिमान की रक्षा की लड़ाई सफलतापूर्वक लड़ पाएँगे ?

श्रोताओं की आँखें गांधीजी पर टिकी थीं।

गांधीजी बोलने के लिए उठे। लोगों ने करतल ध्वनि से चम्पारण के अपने महा नायक का स्वागत किया। गांधीजी ने पहले खेड़ा जिले के प्राकृतिक सौन्दर्य की प्रशंसा करते हुए कहा कि उन्होंने हरियाली का ऐसा सौन्दर्य बिहार के अतिरिक्त अन्य कहीं नहीं देखा है। पर बिहार की सुन्दरता प्राकृतिक है, इस जिले का सौन्दर्य यहाँ के किसानों के परिश्रम और अध्यवसाय द्वारा विकसित किया गया है। यद्यपि यहाँ के किसानों को अपनी उपलब्धि पर गर्व होना चाहिए पर इसका अर्थ यह नहीं कि उन्हें ज्यादा लगान देने को मजबूर किया जाए, वह भी ऐसे समय जब फसल इतनी कम हुई हो !

गांधीजी ने इस बात पर जोर दिया कि मूल्यांकन का भुगतान फसल के विक्रय मूल्य के आधार पर करना चाहिए। किसान तो मात्र एक साल तक भुगतान निलंबित रखने का आग्रह कर रहे हैं। इसमें सरकार को, भुगतान न की गई राशि पर, अधिक से-अधिक एक वर्ष के ब्याज का नुकसान होगा। पर सरकार इस मामूली छूट को देने के लिए भी तैयार नहीं है! सरकार तो अपनी ही मनमानी करना चाहती है।

गांधीजी ने कहा कि यदि सरकार उनका अनुरोध नहीं मानती तब लोगों को चाहिए कि वे भुगतान नहीं करें और सांहसपूर्वक इसके परिणाम भोगने के लिए तैयार रहें। गांधीजी ने चेतावनी दी कि सरकार हर प्रकार का दमन-चक्र चलाएगी, उनके मवेशी पकड़ लेगी, उनके बर्तन औरअन्य सामान ले लेगी यहाँ तक कि उनकी जमीन-जायदाद की जब्ती का आदेश भी देने से नहीं हिचकेगी।

गांधीजी का भाषण सुनकर किसान बहुत प्रभावित हुए। उन्होंने शपथ ली कि *चूँकि फसल की हानि हुई है और यह चार आने से भी कम है, वे स्वयं अपनी तरफ से, पूरे मूल्यांकन का या उसके बचे हुए भाग का भुगतान नहीं करेंगे। यदि सरकार दूसरी किश्त का भुगतान स्थगित करने को राजी हो जाती है तो जो किसान भुगतान करने की स्थिति में हों वे भुगतान कर देंगे।*

करीब 200 लोगों ने उसी दिन हिन्दू अनाथ-आश्रम में शपथ पत्र पर हस्ताक्षर कर दिए और दिन-पर-दिन हस्ताक्षर करने वालों की संख्या बढ़ती गई। श्री वल्लभभाई उत्साह और दृढ़ता से भरे थे। गांधीजी के कुशल निर्देशन में न्याय की एक और लड़ाई शुरू हो गई थी!

उधर खेड़ा में उद्धत और घमंडी सरकारी कर्मचारी किसानों को अपमानित करते रहे और उन्हें कष्ट देते रहें! किसानों के लिए अपने स्वाभिमान की लड़ाई लड़ना अनिवार्य हो गया था! खेड़ा जिले के गाँवों में कई स्वयंसेवक किसानों को सत्याग्रह में सम्मिलित होने का आग्रह कर रहे थे। उनमें से एक श्री भूलाभाई रूपजी शाह थे जिन्हे कपाड़वंज के तहसीलदार ने 26 मार्च को कोर्ट में हाजिर होने का आदेश दे दिया। भूलाभाई पर यह आरोप लगाया गया था कि वे लोगों को राजस्व का भुगतान न करने के लिए उसका रहे हैं। उनके मुकदमे की पैरवी श्री वल्लभभाई कर रहे थे! जब तहसीलदार ने श्री वल्लभभाई को देखा तो उसे बहुत आश्चर्य और सम्भवतः भय हुआ! उसने भूलाभाई से कहा, "आप जो भी चाहें, कह सकते हैं!"

नाडियाड में अपना भाषण देने के बाद गांधीजी दिल्ली और उसके बाद इन्दौर चले गए जहाँ उन्हें हिन्दी साहित्य सम्मेलन में व्याख्यान देना था। गांधीजी के समय पर पूरे देश की माँग थी और उनके पास समय का भारी अभाव था। उनकी अनुपस्थिति में श्री वल्लभभाई ने सत्याग्रह का काम सँभाला। वे, श्री मावलंकर और अन्य नेता गण हिन्दू अनाथ आश्रम से, सत्याग्रह का नेतृत्व और संचालन करते रहे।

शनिवार 30 मार्च का दिन था। प्रायः हर शनिवार को चमनभाई अपने गाँव जाया करते थे पर इस बार वे अपनी कम्पनी के वकील जितेनभाई के कहने पर नाडियाड आए। वहाँ श्री वल्लभभाई किसानों की एक सभा में भाषण देने वाले थे। गांधीजी तो इन्दौर में थे पर होम रूल लीग के कई सदस्य इस सभा में उपस्थित थे। लोगों में श्री वल्लभभाई को सुनने का काफी उत्साह था। चमनभाई ने जितेन भाई को हृदय से धन्यवाद दिया जिनके कारण उन्हे श्री वल्लभभाई के प्रेरक भाषण को सुनने का सुअवसर प्राप्त हुआ।

श्री वल्लभभाई ने अपने अत्यन्त प्रभावकारी उद्बोधन में कहा कि खेड़ा सत्याग्रह की चिनगारी पूरे देश को प्रज्वलित कर देगी। उन्होंने जीवन के इस अकाट्य सत्य पर जोर दिया कि स्थायी प्रसन्नता के लिए परीक्षा और कष्ट से गुजरना पड़ता है।

उन्होंने कहा कि सरकार ने 23 लाख रुपयों में से 1.75 लाख रुपयों की अदायगी को स्थगित कर दिया है। साथ ही, मूल्यांकन की पहली किश्त अदा कर दी गई है। इस प्रकार सरकार को मात्र 10 लाख रुपयों की वसूली को स्थगित करना है जिसे स्वीकार करना सरकार के लिए मुश्किल नहीं होना चाहिए। कुछ लोगों का सुझाव है कि इस राशि की व्यवस्था बंबई के शुभचिन्तकों से चन्दे के रूप में ली जा सकती है। पर यह खेड़ा के किसानों के स्वाभिमान के अनुरूप नहीं होगा। इस प्रकार का चन्दा लेने की अपेक्षा वे बहादुरी से कठिनाइयों का सामना करना ज्यादा पसन्द करेंगे। वे अपना आन्दोलन जारी रखेंगे और सरकार को उसकी नीति बदलने पर मजबूर कर देंगे।

श्री वल्लभभाई का जन्म नाडियाड में हुआ था, जहाँ उनकी ननिहाल थी। उन्होंने नाडियाड हाई स्कूल से ही 1897 ई में मैट्रिक की परीक्षा पास की थी। फिर भी, इसके पहले नाडियाड की किसी सभा में उन्होंने अपना भाषण नहीं दिया था। इस बार अपने परिचित शहर ने उनके अन्दर निहित कर्म योगी के आह्वान को मुखरित कर दिया और लोगों में उत्साह की दीपशिखा प्रज्वलित कर दी। यह एक स्मरणीय भाषण था जिसे सुनने का सौभाग्य चमनभाई को मिला।

इस सभा के बाद चमनभाई अपने गाँव रास गए। वहाँ उन्होंने अपने घरवालों और ग्रामवासियों को श्री वल्लभभाई पटेल के जोश भरे भाषण के विषय में जानकारी दी। उन्होंने यह भी बतलाया कि नाडियाड के हिन्दू अनाथ आश्रम से सत्याग्रह का कार्य सुचारु रूप से निर्देशित और नियंत्रित जा रहा है।

उधर सरकार ने कई पीड़ादायक तरीकों से किसानों को कष्ट देना शुरू कर दिया था। सरकार जमीनों की जब्ती का आदेश देकर किसानों को डराना चाहती थी। गांधीजी, श्री वल्लभभाई और अन्य नेता तथा स्वयंसेवक, लोगों का मनोबल बढ़ाने और उन्हें अपनी शपथ का सम्मान करने के लिए प्रेरित करने हेतु विभिन्न गाँवों में गए।

अप्रैल के प्रथम सप्ताह में वे कठलल, कठाणा, लिम्बासी एवं अन्य कई गाँवों में लोगों से मिले। गांधीजी के चम्पारण के साथी श्री राजेन्द्र प्रसाद और आचार्य कृपलानी भी अपना सहयोग देने के लिए आ गए। दिनांक 4 अप्रैल को गांधीजी ने श्री वल्लभभाई के पैतृक गाँव करमसद में किसानों की एक सभा में भाषण दिया। राजेन्द्र बाबू भी उस सभा में उपस्थित थे। उस सभा में एक ग्रामवासी ने आशंका जताई कि यदि सरकार किसानों की जमीन जब्त कर नीलाम करने लगे तो कई लोग उसे खरीदने के लिए आगे आ जाएँगे। इस पर गांधीजी ने जवाब दिया "यह तो भिखारी बनने का आन्दोलन है।" साथ ही उन्होंने कहा, "यदि सरकार जमीन जब्त भी कर लेती है तो वे लोग उसे वापस लेने के लिए आन्दोलन करेंगे। इस पर भी यदि किसी ने उस जमीन को खरीदने की पहल की तो खरीदनेवाला उसे अपने कब्जे

में रख नहीं सकेगा, वह उस जमीन को बेच भी नहीं पाएगा,फिर सरकार द्वारा जब्ती की क्या चिन्ता है?''

श्री वल्लभभाई गांधीजी की कार्य शैली का चुपचाप अध्ययन कर रहे थे। परिस्थितियों की उनकी समझ आश्चर्यजनक थी, वे जमीन के लोगों से जुड़े थे और किसानों को उचित राय देते थे। गांधीजी के भाषण व्यावहारिक और उत्साहवर्धक होते थे। उनकी कार्यप्रणाली द्वेषरहित और पारदर्शी थी। जब भी गांधीजी भाषण देने के लिए खड़े होते, श्री वल्लभभाई उनकी वक्तृता की मूल बातें एवं उनकी भाषण देने की कला पर बहुत गौर करते थे। श्री वल्लभभाई ने अपने कोट, पैंट, टाई आदि पाश्चात्य वस्त्र पहनने छोड़ दिए थे और अपनी धन-वर्षिणी वकालत को भी विदा कह दिया था।

समाज बदल रहा था। श्री वल्लभभाई ने करमसद में कहा कि जब वे बच्चे थे तब उन्होंने देखा था कि सरकारी कर्मचारी उनके गाँव के बड़ों का सम्मान करते थे और विभिन्न विषयों पर उनकी सलाह लेते थे। प्राय: उनकी राय मान ली जाती थी। पर अब स्थिति बिलकुल भिन्न है, गाँव के लोग राजस्व कर्मचारियों से डरते हैं और उनकी अन्याय पूर्ण बातों को सहन करते हैं।

श्री वल्लभभाई अनुभव कर रहे थे कि गाँव के लोगों में एकता की कमी है, इसलिए उन्होंने लोगों को मिलजुल कर रहने को कहा और एकता बनाए रखने पर जोर दिया।

गांधीजी ग्रामवासियों में विश्वास और उत्साह भरते रहते थे, सरकारी कर्मचारियों के दुर्व्यवहार के बावजूद भी वे उन्हें दृढ़, शान्त और संयत रहने की सलाह देते थे। श्री वल्लभभाई को इस इलाके की बहुत अच्छी जानकारी थी। वे लोगों को स्वाभिमान की रक्षा के लिए त्याग करते रहने पर बल देते थे और उन्हें आश्वस्त करते रहते थे कि इस न्यायपूर्ण संघर्ष में यदि वे एक जुट होकर सत्याग्रह की लड़ाई लड़ते हैं तो विजय उनकी ही होगी। गांधीजी, श्री वल्लभभाई एवं अन्य नेतागण अपने सहयोगियों के साथ वडताल, उत्तरसंडा, नवग्राम, बोरसद, आकिआचा आदि गाँवों में भी गए। लोगों ने बहुत उत्सुकता से उनकी बातें सुनीं। छोटे गाँवों में भी उन्हें सुनने के लिए 2000 से 3000 लोग एकत्र हो जाया करते थे। उनके सतत प्रयास से किसानों के मन में यह विश्वास भर गया कि यह सत्याग्रह उनके स्वाभिमान की रक्षा के लिए है और इसमें पूरे देश के सुखमय भविष्य की संभावनाएँ छुपी हैं।

गांधीजी ने उन्हें सलाह दी कि वे सरकार द्वारा जारी की गई जब्ती की सूचनाओं को नजरअन्दाज कर दें और जिन जमीनों के लिए जब्ती की नोटिस जारी कर दी गई है, उन जमीनों पर सामान्य ढंग से अपनी खेती करते रहें। किसानों ने गांधीजी के आदेश को शिरोधार्य किया। सरकार की चतुराई भरी योजना सरकार पर ही उलटी पड़ गई।

अप्रैल माह की भीषण गर्मी थी। गांधीजी, श्री वल्लभभाई और उनके सहयोगी ज्यादातर पैदल चलते थे। दो-तीन दिनों तक राजेन्द्र बाबू भी उनके साथ रहे। गुजरात से कुछ लोग चम्पारण भी गए थे और उन लोगों ने चम्पारण के गाँवों में सामाजिक कार्य में हाथ भी बँटाया था। इस प्रकार नील सत्याग्रह के समय जिस चम्पारण-गुजरात सम्बन्ध की कड़ी बनी थी वह और मजबूत हो गई। राजेन्द्र बाबू और श्री वल्लभभाई ने एक दूसरे को बहुत पसन्द किया और दोनों के बीच में मित्रता का एक मधुर सम्बन्ध बन गया। दोनों ने अपनी फलती-फूलती वकालत को छोड़कर गांधीजी के नेतृत्व में देश-सेवा करने का संकल्प ले लिया था।

श्री वल्लभभाई को गांधीजी द्वारा अपने विरोधियों के प्रति किए जाने वाले व्यवहार को बहुत निकट से देखने और जानने का अवसर मिला। गांधीजी का उन से सिद्धान्तों के आधार पर विरोध था, वे अपने विरोधी के प्रति किसी प्रकार का द्वेष या नफरत का भाव नहीं रखते थे। वे उन्हें सम्मान के साथ सम्बोधित करते थे। खेड़ा के कमिश्नर फ्रेडरिक ग्रेविल्ले प्राट्ट साहब भारतीय सिविल सेवा के एक कुशल अधिकारी थे। उन्होंने खेड़ा जिले के किसानों को एक भाषण में सम्बोधित करने के लिए गांधीजी से मदद माँगी। महात्माजी ने किसानों को एक सूचना भेजकर सलाह दी कि वे उस भाषण में आएँ और प्राट्ट साहब की बातें सुनें। गांधीजी स्वयं उस सभा में नहीं गए, उन्होंने श्री वल्लभभाई और अन्य सहयोगियों को भाग लेने के लिए भेज दिया। तहसीलदार के कार्यालय के सामने इस सभा को आयोजित किया गया जिसमें लगभग 2000 किसानों ने भाग लिया।

प्राट्ट साहब ने एक घुटे हुए सरकारी अधिकारी के दिमाग और हृदय से बातें कीं। उनका मुख्य आधार उनकी कुर्सी थी, उनके प्रशासनिक अधिकार थे और एक उच्च पदाधिकारी होने का अहम था। उन्होंने कहा कि गांधीजी और वल्लभभाई साहब किसानों को लगातार सलाह देते आए हैं, वे लोग गाँव-गाँव जाकर ग्रामवासियों से बातें करते रहे हैं। पर आज किसान प्राट्ट साहब की बातें सुनें और अन्य किसानों को भी सुनाएँ ताकि वे जो भी कह रहे हैं उसे जिले के सारे किसान जान लें।

प्राट्ट साहब ने कहा कि सरकार लगान आदि का मूल्यांकन अपने अधिकारियों द्वारा करवाती है, इस कार्य में वकीलों और बैरिस्टरों का हस्तक्षेप नहीं होता। किसान को यह अधिकार नहीं है कि वह इस मूल्यांकन को चुनौती दे या भुगतान को स्थगित करने का आग्रह करे।

प्राट्ट साहब ने इस बात पर जोर दिया कि राजस्व वसूली के आदेश अधिकारियों द्वारा निर्गत किया जाते हैं और वे आदेश अन्तिम होते हैं, उनके विरुद्ध कोई अपील नहीं होती। यह ऐसा विषय नहीं है जिसका निर्णय गांधीजी या वल्लभभाई साहब करें। उन्होंने किसानों को आगाह किया कि उनके आन्दोलन का कोई परिणाम नहीं निकलेगा। किसानों की जमीनें जब्त कर ली जाएँगी, उनकी

जमींदारी वापस ले ली जाएगी और उन्हें अन्य कई परेशानियों से गुजरना पड़ेगा। प्राट्ट साहब ने जोर देकर कहा कि राजस्व का भुगतान न करने वाले अपनी जमीनें वापस नहीं पा सकेंगे।

प्राट्ट साहब एक चतुर अधिकारी थे। उन्हें पता था कि गांधीजी के आह्वान पर कई किसानों ने भुगतान न करने की शपथ ली है और गांधीजी, श्री वल्लभभाई एवं उनके अन्य सहयोगी किसानों को बार-बार उनके द्वारा ली गई शपथ की याद दिला रहे हैं। किसान भी अपनी शपथ पर कायम रहने को प्रतिबद्ध हैं, उनका नैतिक बल मजबूत है। प्राट्ट साहब ने इस नैतिक बल को कमजोर करना चाहा।

किसानों के उच्च नैतिक बल को कमजोर करने के उद्देश्य से प्राट्ट साहब ने कहा कि यदि कोई व्यक्ति भ्रम, भूल या बहकावे में कोई शपथ लेता है, तो उस शपथ का निर्वाह करना उसकी नैतिक जवाबदेही नहीं हो सकती। ऐसी शपथ बिना किसी ग्लानि या दोष-भाव के तोड़ी जा सकती है। ऐसी किसी शपथ का आदर करना अनिवार्य नहीं है। अपनी इस बात को अपने पक्ष में लाने के उद्देश्य से उन्होंने अहमदाबाद के मिल श्रमिकों द्वारा हड़ताल के समय ली गई शपथ का उदाहरण दिया। उस चतुर अधिकारी ने कहा कि अहमदाबाद के मिल श्रमिकों ने शपथ ली थी कि वे उस समय तक अपने काम पर नहीं जाएँगे जब तक उन्हें 35 प्रतिशत की वेतन वृद्धि नहीं मिल जाती। बाद में जब उन लोगों ने समझ लिया कि यह माँग उचित नहीं है, तब वे 27.5 प्रतिशत वेतन वृद्धि स्वीकार कर काम पर चले आए थे। प्राट्ट साहब इस प्रकरण का उल्लेख कर शपथ की प्रासंगिकता समाप्त करना चाहते थे। उन्हें पता था कि यहाँ के किसान चाहे कितने भी गरीब क्यों न हों, अपनी मजबूरी में भी वे अपनी शपथ का सम्मान करना जानते हैं और उस से विचलित होना नहीं चाहते। अहमदाबाद की बात का उल्लेख कर वे किसानों को उनकी शपथ भंग करने के लिए एक कारण और उदाहरण का सहारा देना चाहते थे।

प्राट्ट साहब बहुत अच्छी गुजराती बोल सकते थे और वे खेड़ा जिले के किसानों का अभिभावक होने का दावा करते थे। उनकी चाल अच्छी थी पर वह उल्टी पड़ गई। वे श्री वल्लभभाई के मौन पूर्वाभास को समझ नहीं सके जिन्होंने उनके वक्तव्य को तार-तार कर दिया। श्री वल्लभभाई ने कहा कि कमिश्नर साहब का यह कहना सही है कि गांधीजी आपको सही सलाह देंगे और गांधीजी ने ऐसा किया भी है। यदि जिले के किसान गांधीजी की सलाह मान लेते हैं तो वे इन्ही कमिश्नर साहब से न्याय पाएँगे। यदि सरकार सच का पता लगाने के लिए एक जाँच कमेटी बैठाने को राजी हो जाती है तब समस्या आसानी से हल हो सकती है।

प्राट्ट साहब ने अर्ध सत्य बतलाया था, अहमदाबाद के श्रमिकों ने अपनी शपथ कभी नहीं तोड़ी थी और उनका मिल मालिकों से जो समझौता हुआ था उसमें उनकी माँगों पूरा ख्याल रखा गया था।

प्राट्ट साहब के भाषण के बाद, चिखोदरा गाँव के एक किसान ने कहा, ''कमिश्नर साहब कहते हैं कि 80 प्रतिशत राजस्व वसूल किया जा चुका है। ऐसी स्थिति में बाकी राशि पर सरकार को मात्र 9 महीने के ब्याज का नुकसान होगा। सरकार को चाहिए कि वह इस राशि को माफ कर दे। उसके इस निर्णय से शासकों और प्रजा के बीच सम्बन्ध मधुर होंगे।''

एक अन्य किसान ने सरकारी कर्मचारियों के स्वच्छन्द और विवेकहीन निर्णय का एक उदाहरण दिया। उसने पूछा कि उसे मात्र एक रुपए का भुगतान करना है। सरकार उससे एक रुपया मूल्य के बराबर जमीन ले ले। क्या यह सरकार के लिए उचित है कि वह इस नगण्य राशि से कई गुना ज्यादा मूल्य की जमीन जब्त कर ले?

इस बार भी उस अहंकारी कमिश्नर का उत्तर तत्कालीन नौकरशाहों की निरंकुश और संवेदन-शून्य मनोवृत्ति को उजागर करता था। प्राट्ट साहब ने कहा, ''हाँ, यदि सरकार चाहे तो वह लगान से कहीं ज्यादा कीमत की जमीन जब्त कर सकती है। यह निर्णय सरकार का होगा।''

किसानों को अपने पक्ष में करने का प्राट्ट साहब का उद्देश्य सफल नहीं हो पाया। उनकी बातों का कोई अनुकूल प्रभाव श्रोताओं पर नहीं पड़ा। सभा की समाप्ति के बाद श्री वल्लभभाई और कई श्रोता गांधीजी से मिलने गए और उन्हें विस्तार से सभा में हुई बातें बताईं। गांधीजी ने गौर से उनकी बातें सुनीं। वे इस बात को तुरत समझ गए कि प्राट्ट साहब ने शपथ न निभाने की बात क्यों उठाई थी!

गांधीजी का सारा आन्दोलन सत्य और नैतिकता पर आधारित था, जिसके बिना अन्याय का प्रतिकार करना सम्भव नहीं था। गांधीजी और श्री वल्लभभाई तो लोगों को नैतिकता के उस उच्च धरातल पर ले जाना चाहते थे जहाँ से त्याग की शुभ्रता प्रसारित होती। प्राट्ट साहब उस प्रभाव को क्षीण करना चाहते थे।

गांधीजी और श्री वल्लभभाई को इस बात का सन्तोष था कि किसानों पर अधिकारियों के पद-प्रभाव का रोब नहीं पड़ा। लोगों में इतना साहस आ रहा था कि वे प्राट्ट साहब और उनके अन्य अहंकारी अधिकारियों के मुँह पर भी सत्य बोलने से नहीं हिचकें।

प्राट्ट साहब की बातों का खंडन करते हुए और उनकी धमकी का उल्लेख करते हुए गांधीजी ने तत्काल एक पत्रक निकाला जिसमें उन्होंने कहा कि प्राट्ट साहब के हृदय में बैठा गहरा क्रोध ही उनके द्वारा जब्ती की धमकी देने का मुख्य कारण है। किसानों के लिए एक तरफ तो उनकी जमीन है तो दूसरी तरफ उनका स्वाभिमान! अपनी शपथ का सम्मान करना उनके बच्चों के लिए एक ऐसी अनुपम धरोहर होगी जो सैकड़ो, हजारो रुपयों से ज्यादा मूल्यवान होगी! गांधीजी ने नैतिक मूल्यों पर जोर देते हुए किसानों को इस बात के लिए प्रेरित और उत्साहित किया कि वे अपनी शपथ पर अडिग रहें।

इस पत्रक में लिखित बातों का प्रचार करने और किसानों का मनोबल बढ़ाने के लिए गाँव-गाँव में स्वयंसेवक भेजे गए। वे लोग अपना भोजन स्वयं बनाते थे, खुले आकाश के नीचे सो जाया करते थे और ग्रामवासियों पर किसी तरह का कोई बोझ नहीं डालते थे। यही सत्याग्रह की सच्ची भावना थी। गांधीजी काफी व्यस्त थे, वे सत्याग्रह की सफलता के लिए श्री वल्लभभाई पर बहुत निर्भर रहते थे। उनके सतत प्रयासों से त्याग और सत्याग्रह का वातावरण तैयार हो चुका था। जो लोग सत्याग्रह में सम्मिलित नहीं थे, वे भी अब सत्याग्रह में सम्मिलित होने लगे। उनके मन में बैठा प्रभुत्व और अधिकार का भय क्रमशः कम होने लगा, प्रतिदिन नए लोग सत्याग्रह में सम्मिलित होने के लिए आगे आने लगे। जीवनभाई, उनके परिवार के सदस्यों और कई ग्रामवासियों ने भी शपथ ली।

आशाभाई, भुवनभाई और कुछ अन्य लोग गांधीजी को रास बुलाना चाहते थे, पर गांधीजी काफी व्यस्त थे और चारो तरफ से उनके समय पर भारी माँग थी। फिर भी, इन लोगों ने हिम्मत नहीं हारी। आखिर निराशा की कुहेलिका को चीरता हुआ वह शुभ दिन भी आ गया जिस की प्रतीक्षा जीवनभाई और उनके अन्य ग्रामवासी कर रहे थे। गांधीजी और श्री वल्लभभाई मंगलवार 18 अप्रैल को रास आए। रास वासियों की खुशी का कोई ठिकाना नहीं था, उन लोगों ने पूरे उल्लास से उन दोनों महापुरुषों का स्वागत किया। गांधीजी और उनके साथी रास के प्राकृतिक सौन्दर्य से काफी प्रभावित हुए।

श्री महादेवभाई ने अपनी डायरी में लिखा, ''रास के सौन्दर्य और उसके विस्तृत मैदान से, जो एक खुली रंगशाला की तरह था, गांधीजी आश्चर्यचकित, प्रभावित और प्रसन्न हुए।''

किसानों की शपथ तोड़वाने के प्राट्ट साहब के प्रयासों को विफल करने और किसानों का मनोबल बढ़ाने के लिए यह एक उपयुक्त अवसर था। रास और उसके निकटवर्ती गाँवों से करीब 2500 किसान गांधीजी और श्री वल्लभभाई के भाषण सुनने आए थे। अपने प्रभावशाली भाषण में गांधीजी ने श्रीमद्भागवत गीता के कर्मयोग नामक तीसरे अध्याय के बीसवें श्लोक की चर्चा की। इस श्लोक में राजा जनक एवं अन्य ज्ञानियों का उदाहरण दिया गया है, जिन्होंने आसक्ति रहित कर्म करते हुए सिद्धि प्राप्त की थी। इस प्रकार लोक संग्रह को देखते हुए भी कर्म करने का उपदेश भगवान श्रीकृष्ण ने अर्जुन को दिया था।*

गांधीजी ने लोगों को कहा कि एक सामान्य व्यक्ति को भी ऐसा ही करना चाहिए। किसानों के लिए भी यह उचित है कि वे भी आसक्तिरहित कर्म करने का आदर्श प्रस्तुत करें।

---

* ''कर्मणैव हि संसिद्धिमास्थिता जनकादयः।
लोकसंग्रहमेवापि संपश्यन्कर्तुमसि।।
(श्रीमद्भागवतगीता, अध्याय 3, श्लोक 20)

अपने प्रभावशाली भाषण में श्री वल्लभभाई ने कहा कि रास की भूमि गांधीजी की उपस्थिति से पावन हो गई है। लोगों को उनकी बातों से प्रेरणा लेते हुए, अपनी शपथ का सम्मान करना चाहिए और अपने नैतिक बल की उच्चता बनाए रखते हुए, सत्य और अहिंसा के मूल्यों पर कायम रहना चाहिए। गांधीजी एवं उनके सहयोगियों को इस बात का विश्वास था कि खेड़ा सत्याग्रह वृहत स्वराज आन्दोलन के लिए मानो एक पूर्वाभ्यास है।

किसानों को अपनी जमीन प्राणों से प्यारी होती है। वह उसके परिवार के जीवन-निर्वाह और सम्मान का आधार होती है, उसकी वृद्धि-ह्रास का दीर्घकालिक प्रभाव उसकी सन्तति पर पड़ता है, यह प्रभाव मात्र उसके जीवनकाल तक ही सीमित नहीं रहता। किसानों को उसकी सर्वाधिक प्रिय सम्पत्ति के आधिपत्य से वंचित करना या उसे त्याग देने के लिए तैयार करा सकना एक दुष्कर कार्य था जिसे गांधीजी और श्री वल्लभभाई जैसे महापुरुष ही कर सकते थे।

किसानों का मनोबल बढ़ाने के लिए इन दोनों महान नेताओं ने अपने समर्पित सहयोगियों के साथ गाँव-गाँव घूमकर किसानों से बातें कीं और उन्हें आश्वस्त किया कि स्वराज संसद का यह पहला काम होगा कि वह किसानों की जब्त की गई जमीन को वापस कर दे।

जीवनभाई और उनके परिवार के सदस्य और रास के ग्रामवासी गांधीजी एवं श्री वल्लभभाई के प्रति हृदय से कृतज्ञ थे कि वे अपनी व्यस्तता के बावजूद उनके गाँव आए और उन्हें सम्बोधित किया। सभी लोगों ने आशाभाई को उनके प्रयासों के लिए हार्दिक धन्यवाद दिया और उनसे भविष्य में भी ऐसे प्रयास करते रहने का अनुरोध भी किया। इन दोनों महान नेताओं के आगमन और उनके भाषण से ग्रामवासियों का नैतिक बल एक उच्च धरातल पर पहुँच चुका था और उसका सात्विक प्रभाव स्पष्ट दिख रहा था। स्वराज आन्दोलन की आशाजनक तैयारी हो रही थी।

आगामी सप्ताहों में गांधीजी ने कसोर, अजरापुरा, समरखा, पंडोली, सुनाव, पलाज आदि गाँवों में किसानों को सम्बोधित किया।

गांधीजी का उच्च अधिकारियों के साथ पत्राचार भी चल रहा था। बम्बई में कई नेता भी खेड़ा समस्या का समाधान निकालने के लिए प्रयास रत थे। वहाँ 23 अप्रैल को होम रूल लीग द्वारा श्री विट्ठलभाई पटेल की अध्यक्षता में एक सभा आयोजित की गई जिसमें लोकमान्य तिलक ने भी भाग लिया। इस सभा में गांधीजी ने भी अपने विचार प्रकट किए। उन्होंने कहा कि खेड़ा-सत्याग्रह में पुरुषों के साथ-साथ महिलाएँ भी सक्रिय रूप से भाग ले रही हैं। महिलाएँ निर्भय होकर कहती हैं—"सरकार यदि हमारे गहने और हमारे मवेशी ले ले, हमारी जमीनें जब्त कर ले फिर भी हमारे पुरुष अपनी शपथ नहीं तोड़ेंगे।"

सभा में लोकमान्य तिलक ने एक प्रस्ताव प्रस्तुत किया जिसमें सरकार से आग्रह किया गया कि वह एक निष्पक्ष जाँच समिति गठित करे और उसके परिणाम आने तक वसूली का काम स्थगित रखे।

दिनांक 24 अप्रैल को बम्बई प्रान्त की सरकार ने एक प्रेस विज्ञप्ति जारी की जिसमें कहा गया कि गांधीजी की जाँच अपर्याप्त थी और कलेक्टर तथा उनके अधिकारियों द्वारा किया गया मूल्यांकन ही सही है। इस के अतिरिक्त, चूँकि कई तालुकों से लगान वसूली की जा चुकी है, इसलिए अब अन्य किसी जाँच की आवश्यकता नहीं है।

सरकार के कार्य और निर्णय पारदर्शी नहीं थे, लेकिन सरकार गांधीजी को विमुख करना भी नहीं चाहती थी। वह हिन्दुस्तान से युद्ध सहायता प्राप्त करने, विशेषतः युद्ध सामग्री एकत्र करने में गांधीजी का सहयोग लेना चाहती थी। इस कार्य में गांधीजी सरकार की बड़ी मदद कर सकने की स्थिति में थे।

वाइसराय ने, गांधीजी को दिनांक 25 अप्रैल को इस सम्बन्ध में होने वाली एक सभा में भाग लेने के लिए आमंत्रित किया।गांधीजी आरंभिक सभाओं में तो सम्मिलित हुए पर उन्होंने मुख्य सभा में इसलिए भाग लेना अस्वीकार कर दिया कि उस में लोकमान्य तिलक,श्रीमती एनी बेसेंट और अली बन्धुओं को आमंत्रित नहीं किया गया था। किन्तु बाद में वाइसराय और गांधीजी के बीच बातें हुईं और गांधीजी सभा में भाग लेने को तैयार हो गए।

गांधीजी ने 29 अप्रैल 1918 को वाइसराय को एक पत्र में लिखा कि चम्पारण और खेड़ा सत्याग्रह, युद्ध में उनके सटीक और विशिष्ट योगदान हैं। सम्भवतः बापू इस बात की ओर उनका ध्यान दिलाना चाहते थे कि युद्ध लड़ने की अपेक्षा अहिंसात्मक उपायों से समाधान निकालने का प्रयास करना ज्यादा उचित है।

इस बीच, मि. प्राट्ट को इस बात का आभास हो चुका था कि वाइसराय लॉर्ड चेम्सफोर्ड युद्ध प्रयासों में गांधीजी की सहायता लेना चाहते हैं। उन्होंने जब्ती के आदेश रद्द कर दिए और चौथाई दंड लगाने का अपना आदेश भी निरस्त कर दिया। मामलतदारों को आदेश दे दिया गया कि वे किसानों की जमीनें जब्त न करें। किन्तु सरकारी कर्मचारियों ने इस आदेश को गोपनीय रखा, इसे लोगों में प्रचारित नहीं किया गया।

उधर, गांधीजी की अनुपस्थिति में श्री वल्लभभाई, खेड़ा में सत्याग्रह का कुशलतापूर्वक नेतृत्व कर रहे थे। किसानों का सहयोग दिन-प्रति-दिन बढ़ता ही जा रहा था। मई महीने तक लगभग 3500 लोगों ने शपथ-पत्र पर हस्ताक्षर कर दिए थे।

सरकारी आदेश के बावजूद भी, स्थानीय सरकारी कर्मचारी किसानों की चल सम्पत्ति की जब्ती करने से बाज नहीं आ रहे थे। अनाजों की बोरियाँ, गहने, मवेशी- जो भी उनके हाथ लग जाता वे उसे अपने कब्जे में ले लेते और चौरे पर लाकर नीलाम कर देते थे।

गांधीजी ने 13 मई को बोरसद जिले के धुंडा कुआँ गाँव में किसानों की एक सभा को सम्बोधित किया। उन्होंने आत्मिक बल और त्रास विषय पर अपना भाषण देते हुए कहा कि खेड़ा सत्याग्रह में आंशिक सफलता मिल चुकी है। प्राट्ट साहब ने दर्प पूर्वक कहा था कि जमीनों की जब्ती की जाएगी और जब्त की हुई जमीनें किसानों को वापस नहीं लौटाई जाएँगी। सरकारी खातों में किसानों के या उनके उत्तराधिकारियों के नाम नहीं लिखे जाएँगे। उनकी यह धमकी निर्मूल साबित हो गई है।

दिनांक 17 मई को गांधीजी चम्पारण चले गए और खेड़ा सत्याग्रह का नेतृत्व श्री वल्लभभाई के हाथों में दिया गया। श्री वल्लभभाई और उनके सहयोगियों ने इस दायित्व को अत्यन्त कुशलतापूर्वक निभाया। वे किसानों को आश्वासन देते रहे कि यदि हम अपनी शपथ पर बने रहेंगे तो विजय हमारी होगी। उन्होंने अपनी बात को लोगों तक पहुँचाने के लिए एक पत्रक भी बँटवाया। उस पत्रक में स्थानीय कर्मचारियों के अत्याचार, कमिश्नर की अहंकार-भरी जिद और किसानों के प्रति उनके अमानवीय व्यवहार का उल्लेख था। इन सब कारणों से किसानों का आत्मसम्मान आहत हुआ था। लोगों की नजरों में सरकारी कर्मचारियों की कोई इज्जत नहीं रह गई थी। पैसे खर्च करने पर भी उन्हे गाँवों में वे सुविधाएँ नहीं मिल रही थीं, जिन्हे वे मुफ्त में पाने के आदी थे।

श्री वल्लभभाई के व्यक्तित्व पर गांधीजी का प्रभाव स्पष्ट दीख रहा था जब उन्होंने कहा ''प्रेम तो कठोरतम हृदय को भी जीत सकता है। हमें अपने विरोधियों को प्रेम की बारिश कर जीतना चाहिए।''

ग्रामवासियों के मन में अधिकारियों का भय काफी कम हो चुका था। उधर श्री इन्दुलाल याग्निक और अन्य लोगों ने ग्रामवासियों को चेतावनी देने का एक तरीका निकाल रखा था। बच्चों को पेड़ों पर चढ़ने को कहा जाता था, जहाँ से वे गाँव में आने वाले सरकारी कर्मचारियों पर नजर रखते थे। जब भी कोई कर्मचारी गाँव में आता दीखता था, वे शंख या बिगुल बजा देते। कोई भी ग्रामवासी सरकारी कर्मचारियों को किसी किसान के घर का पता नहीं बताता था। कर्मचारियों का स्वागत नहीं होता था। ये बातें उनके लिए नई थीं। लोगों के दृढ़तापूर्ण व्यवहार से सरकारी कर्मचारी आश्चर्य चकित थे। यह उनके लिए विस्मय की बात थी कि गांधीजी की अनुपस्थिति में भी सत्याग्रह का कार्य बढ़ता जा रहा था, नए लोग शपथ ले रहे थे और लोग अपनी शपथ पर अड़े थे।

बिहार से लौटने के बाद गांधीजी ने 27 मई को खान्डली में एक सभा में सत्याग्रह के महत्त्व पर भाषण दिया। उन्होंने तीन जून को उत्तरसंडा और नवागाम में किसानों को सम्बोधित किया। इन जगहों पर गांधीजी के भाषणों का गहरा प्रभाव पड़ा। सत्याग्रह के प्रति किसानों की दृढ़ता देखकर सरकार घबरा गई थी। अब उच्च अधिकारी समझौते का रास्ता ढूँढ़ रहे थे। नाडियाड के मामलतदार ने गांधीजी से

मिलकर उन्हें यह लिखकर दिया कि यदि सम्पन्न किसान भुगतान कर दें तो बाकि लोगों से वसूली स्थगित कर दी जाएगी।

इस पत्र को पाने के बाद गांधीजी ने कलेक्टर को लिखा कि यदि पूरे जिले के लिए ऐसा आदेश निर्गत कर दिया जाए तथा चौथाई और अन्य दंड माफ कर दिए जाएँ तो सत्याग्रह समाप्त किया जा सकता है। सरकार तो ऐसे अवसर की ताक में थी। गांधीजी कलेक्टर से मिले, उन्हें वहीं पता चला कि मामलातदारों को इस प्रकार के आदेश 24 अप्रैल को ही दिए जा चुके थे पर इन आदेशों को किसानों को नहीं बतलाया गया था। इस आशय के आदेश पुनः 22 मई को निर्गत किए गए।

गांधीजी और श्री वल्लभभाई ने 6 जून को एक वक्तव्य प्रसारित कर खेड़ा सत्याग्रह के समापन की घोषणा कर दी। इस घोषणा में कहा गया कि यद्यपि सत्याग्रह समाप्त किया जा रहा है, पर अपने निष्कर्ष में इस सत्याग्रह का अन्त सरकार के व्यवहार को देखते हुए, गरिमामय नहीं है। कमिश्नर ने वस्तुस्थिति को समझे बिना एक नकारात्मक रुख अपना लिया था। एक बार "न" कह देने के बाद वे "हाँ" कहना नहीं चाहते थे। अब वे ही कह रहे हैं कि ऐसी छूट दी जा सकती है! किसानों के संघर्ष की यह महत्त्वपूर्ण सफलता है। उनके लिए यह सम्मान और सन्तोष की बात है कि वे सत्य और स्वाभिमान पर अड़े रहे। उन लोगों ने साहस और एकता दिखलाई है। खेड़ा सत्याग्रह ने पूरे देश का ध्यान अपनी तरफ खींचा है। यह देश के लिए स्वतंत्रता संग्राम में उनका एक महत्त्वपूर्ण योगदान है।

खेड़ा सत्याग्रह की सफलता से गांधीजी और श्री वल्लभभाई को इस बात का विश्वास हो गया कि खेड़ा के किसान अपने इन गुणों को और विकसित करेंगे और स्वराज प्राप्ति के संघर्ष में महत्त्वपूर्ण योगदान देंगे।

खेड़ा सत्याग्रह का एक मनोरंजक पटाक्षेप भी हुआ जिस के मुख्य पात्र श्री मोहन लाल पंड्या और उन के सहयोगी थे। मातर तालुके के नवगाम गाँव में किसी किसान ने अपने खेत में प्याज बोया था। इस खेत को जब्त तो कर लिया गया था पर उसकी जब्ती की सूचना में खेत की संख्या आदि नहीं लिखी थी जिस कारण यह स्पष्ट नहीं था कि किस खेत को जब्त किया जा रहा है!

गांधीजी की राय में खेत में लगी प्याज की फसल को जब्त करना अनैतिक था। इस बात की आशंका भी थी कि बारिश आने पर फसल बर्बाद हो जाएगी। उन्होंने कहा कि यह लोगों का अधिकार है कि वे प्याज की फसल, जिसका मूल्य लगभग 600 रुपए था, निकाल लें। श्री मोहनलाल पंड्या तो ऐसे अवसर की तलाश में थे। वे अपने सहयोगियों के साथ प्याज निकालने पहुँच गए। लगभग 200 लोग वहाँ एकत्र हो गए। तालुके के मामलतदार को इसकी सूचना मिली, वे खेत पर आए और उन्होंने श्री पंड्या और उनके चार सहयोगियों को चोरी का आरोप लगाकर गिरफ्तार कर लिया।

श्री पंड्या का मुकदमा जब चला तो गांधीजी और श्री वल्लभभाई कचहरी में उपस्थित थे पर उन लोगों ने मुकदमे की कोई पैरवी नहीं की। कोर्ट के बाहर गांधीजी ने कहा कि कोई भी व्यक्ति यह आसानी से देख सकता है कि यह चोरी का मामला नहीं है।

पंड्या जी और दो लोगों को 20 दिनों की और अन्य लोगों को 2 दिन से 10 दिनों की जेल की सजा दी गई। वे लोग गुजरात के पहले सत्याग्रही थे।

जब श्री मोहनलाल पंड्या और उनके साथियों को जेल से छोड़ा गया तो गांधीजी और श्री वल्लभभाई 7 मील पैदल चलकर उनसे मिलने गए। इन सत्याग्रहियों का भव्य स्वागत किया गया। श्री पंड्या को डुंगरी चोर (प्याज चोर) की प्यार भरी उपाधि दी गई जिसे उन्होंने सप्रेम शिरोधार्य किया।

खेड़ा सत्याग्रह की सफलता के उपलक्ष्य में कई समारोह आयोजित किए गए। नाडियाड में 29 जून को आयोजित एक सभा में गांधीजी ने श्री वल्लभभाई की बहुत प्रशंसा की। गांधीजी ने स्वीकार किया कि वे पहले इस बात के प्रति अनिश्चितता की स्थिति में थे कि क्या बाहर से कठोर दिखने वाले वल्लभभाई उनके सहयोगी हो पाएँगे! लेकिन जितना ही वे वल्लभभाई को जानते गए उतना ही आश्वस्त होते गए कि उन्हें वल्लभभाई को अपना सहयोगी बनाना ही है। गांधीजी ने उनकी सेवाओं की प्रशंसा करते हुए कहा कि वल्लभभाई की सहायता के बिना खेड़ा सत्याग्रह इतनी सफलतापूर्वक नहीं चलाया जा सकता था।

श्री वल्लभभाई ने विनम्रतापूर्वक कहा कि उन्होंने तो कुछ नहीं किया। खेड़ा सत्याग्रह खेड़ा जिले के लोगों की हिम्मत, उनके साहस और उनकी संघर्ष शक्ति के कारण सफल हुआ!सफलता का श्रेय तो खेड़ा के लोगों को मिलना चाहिए!

खेड़ा सत्याग्रह सफलतापूर्वक समाप्त तो हो गया पर उस समाप्ति में गरिमा नहीं थी। गुजरात के किसानों में इस सत्याग्रह से जाग्रति आई, उन के मन से अधिकारियों का भय कम हुआ और उनके हृदय में त्याग की सात्विक ज्योति प्रज्वलित हो गई। उनकी सबसे बड़ी उपलब्धि तो श्री वल्लभभाई थे जिन्होंने गांधीजी के शब्दों में अपने आप को पा लिया था। गांधीजी को उनके जैसा कर्मठ सहयोगी मिला। इस प्रकार श्री वल्लभभाई ने अपने आप को पा लिया, गांधीजी ने श्री वल्लभभाई को पाया और देश ने इन दो महान नेताओं की गुरु-शिष्य जोड़ी को पा लिया। यह मणि-कांचन संयोग देश के लिए अत्यन्त मूल्यवान प्रमाणित हुआ।

करमसद में आयोजित एक सभा में गांधीजी ने कहा था वल्लभभाई अग्नि-परीक्षा से गुजर रहे हैं, उन्हें कुछ और परीक्षाओं से गुजरना है। पर मुझे आशा है कि हमें उस भट्ठी से खरा सोना प्राप्त होगा।

जीवनभाई और उनके भाइयों के लिए यह उत्सव मनाने का सुअवसर था। गांधीजी ने 26 जून को भी युद्ध में बहाली के लिए लोगों को प्रेरित करने के लिए

रास में एक सभा को सम्बोधित किया था पर जनता, सरकार को युद्ध में सहयोग देने को उत्सुक नहीं थी। कुछ लोगों ने सिर्फ गांधीजी और श्री वल्लभभाई के कारण ही बहाली के आह्वान में सहयोग दिया था। जनता में जागरूकता आ रही थी।

जीवनभाई और खेड़ा जिले के लोग इस उपलब्धि से बहुत प्रसन्न थे कि उनके भाग्य से एक सन्त और एक कर्मठ शिष्य की अद्‌भुत जोड़ी उन्हें प्राप्त हो गई है, जिसके कुशल नेतृत्व में उनके कष्टों को हरने की क्षमता है। खेड़ा के किसानों के लिए यह सत्याग्रह का पहला पाठ था जिसे उन्होंने अच्छी तरह सीख लिया था, वे अपनी सफलता से उत्साहित थे। उन्हें इस बात पर गर्व था कि उन्होंने एक अनोखे संघर्ष में भाग लिया था जिसमें से वे निखर कर निकले थे, उन्होंने अपनी आत्मा को पा लिया था और अपने आत्म-सम्मान की रक्षा के संघर्ष में विजय पाई थी। वे स्वराज प्राप्ति हेतु लम्बे संघर्ष के लिए तैयार हो गए थे।

पूरे गाँव में इस सफलता को सोल्लास मनाया। माधवभाई को कीर्तन आयोजित करने का एक सुअवसर मिल गया, उनका यह दृढ़ विश्वास था कि ईश्वर की कृपा से ही यह सत्याग्रह सफल हो सका है—

*जय जय शम्भुकुमार शोक सदा हर्ता*
*देव विशेष विचक्षण रक्षणन कर्ता*

# अध्याय : चार

सफलता समारोह एक सप्ताह तक चलते रहे और कई दिनों तक खेड़ा सत्याग्रह की सफलता ही चर्चा का मुख्य विषय बनी रही। पिछले कुछ महीने विशेष कष्टप्रद थे, पर गांधीजी और श्री वल्लभभाई के नेतृत्व के कारण लोगों के मन से निराशा के बादल छँट गए थे। लोगों को सम्पत्ति का नुकसान तो उठाना पड़ा था पर उनके हृदय में साहस, त्याग और आत्म-सम्मान की भावना भर गई थी। यही उनकी संजीवनी और ऊर्जा थी जो उन्हें उत्साह से पूर्ण रखती थी। किसान समझ गए थे कि उनकी माँग पूरी करने में सरकार को मात्र एक साल के ब्याज का नुकसान सहना पड़ सकता था जो उसके लिए कोई मुश्किल बात नहीं थी। सरकारी नियमों में भी इसका प्रावधान था। इसमें एकमात्र बाधा थी—अधिकारियों का अहम भाव। अगर सरकार उनकी माँगें मान लेती तो खेड़ा की जनता की नजरों में उसका सम्मान बहुत बढ़ जाता। पर सरकार ने ऐसा नहीं किया। देश और जनता के लिए यह एक वरदान साबित हुआ। देश को श्री वल्लभभाई जैसा नेता मिल गया, गांधीजी और श्री वल्लभभाई के मणि-कांचन संयोग ने भविष्य की आशाएँ जगा दीं और लोगों के हृदय में अन्याय से लड़ने का साहस भर दिया।

खेड़ा सत्याग्रह ने लोगों की सोच बदल दी, उनकी जीवन शैली में बदलाव लक्षित होने लगा। उनमें शक्ति और साहस का जो अभूतपूर्व संचार हुआ उससे वे अधिकारियों के मुख पर ही उनके अन्याय का उल्लेख निर्भय होकर करने लगे। अधिकारियों को भी पता लग गया कि वे वेठ की सुविधा नहीं ले सकते, वे पैसे देकर उन सुविधाओं को भी नहीं पा सकते जो उन्हें स्वत: बिना माँगे, मुफ्त में मिलती थीं।

ग्रामवासियों को इस बात का भी विश्वास हो गया कि खेड़ा सत्याग्रह अपने आप में उनके संघर्ष की परिणति नहीं है। यह तो शक्तिशाली ब्रिटिश साम्राज्य से स्वराज की लड़ाई की भूमिका है जिसका प्रभाव खेड़ा या गुजरात तक ही सीमित नहीं रहेगा। खेड़ा सत्याग्रह से पूर्व, रास के लोग आस-पास के गाँवों तक ही जाते थे और पड़ोस के ग्रामवासियों के साथ ही उनका मिलना-जुलना होता था। अब ऐसी बात नहीं रही। ग्रामवासियों की गतिविधियों के विस्तार का एक स्वाभिमान-पथ

खुल गया था। गांधीजी में उन्होंने एक सन्त-अभिभावक पा लिया था और करमसद के उनके अपने श्री वल्लभभाई गांधीजी के प्रिय सहयोगी के रूप में प्रतिष्ठित हो चुके थे।

आत्म-सम्मान से भरे किसान जीवनभाई के घर के पास चौरे पर अधिक संख्या में नियमित रूप से आने लगे थे। उनकी चर्चा के विषय भी बदल चुके थे, अब वे निराशा और दुर्भाग्य की जगह मुख्यत: आत्म-सम्मान, संघर्ष, त्याग तथा स्वराज-प्राप्ति के लिए सत्याग्रह के सम्बन्ध में ज्यादा चर्चा करते थे।

जीवनभाई भी काफी शान्त चित्त थे। आज पारिवारिक मिलन का आनन्दमय दिन शनिवार था और उनके दोनों भाई रास आने वाले थे। जीवनभाई की आँखें गाँव को आने वाले रास्ते पर टिकी थीं।

उन्होंने नन्दूभाई को आते देखा। जीवन भाई गप्प मारने के मूड में थे, इस काम के लिए उन्हें नन्दूभाई से अच्छा साथी कहाँ मिलता! नन्दूभाई भी जगह-जगह से सूचनाएँ एकत्र कर लाते और अपनी तरफ से नमक-मिर्च-मसाले मिलाकर उस लोगों तक पहुँचाते थे। उन्हें भी जीवनभाई जैसे धैर्यवान श्रोता की जरूरत थी!

जीवनभाई ने कहा, ''आओ, आओ नन्दूभाई, कहाँ थे? अरे हफ्ते भर से तुम्हें नहीं देखा। क्या बात है? इन दिनों बहुत व्यस्त हो गए हो!''

''हाँ जीवनभाई, मैं थोड़ा व्यस्त हो गया था! मुझे अपने सम्बन्धी के यहाँ नाडियाड जाना पड़ा, कुछ शादी ब्याह की बातें करनी थीं। वहाँ तो खेड़ा सत्याग्रह की, गांधीजी और श्री वल्लभभाई की ही चर्चा हो रही है। श्री वल्लभभाई पहले साहबों की तरह कोट पैंट पहनते थे, अब वे बैरिस्टर का पहनावा छोड़ चुके हैं और धोती-कुरता ही पहनने लगे हैं। हालाँकि उन्होंने अहमदाबाद में अपनी प्रैक्टिस फिर शुरू कर दी है पर उनका ध्यान तो स्वराज के कामों में ही लगा रहता है।''

जीवनभाई ने कहा, ''मैंने सुना है कि गांधीजी खेड़ा के लोगों की काफी प्रशंसा कर रहे हैं। उन्हें इस बात खुशी है कि यहाँ के किसानों ने उनकी लाज रख ली। नेताओं के मन में इस बात की आशंका थी कि लोग सरकारी दबाव के आगे झुक जाएँगे और उनके अन्याय का मुकाबला नहीं कर पाएँगे! वे अपनी शपथ की रक्षा नहीं कर पाएँगे और जब्ती से बचने के लिए भुगतान कर देंगे! क्या यह सच है नन्दूभाई?''

नन्दूभाई के लिए अपनी जानकारी दिखलाने का यह एक मनचाहा अवसर था। उन्होंने हामी भरी, ''गांधीजी के मन में यहाँ के किसानों के प्रति प्रशंसा का भाव आना स्वाभाविक है। जीवनभाई, इस बात को कौन नहीं जानता कि किसान को अपनी जमीन प्राणों से प्यारी होती है, उसे बचाने के लिए वह क्या नहीं करता! कोई भी व्यक्ति अगर उसकी जमीन छीनना चाहता है तो किसान अपनी पूरी शक्ति लगाकर अपनी जमीन की रक्षा करता है। पर खेड़ा के किसानों ने त्याग और आत्म-सम्मान का जो उदाहरण प्रस्तुत किया है उस से भला कौन प्रभावित नहीं होगा?''

नन्दूभाई अपनी बात का प्रभाव पड़ते देख थोड़ा रुके। इस बीच कुछ अन्य ग्रामवासी भी आ गए थे। उन्होंने कहा, ''हो सकता है कि शुरू में नेताओं को इस बात की आशंका रही हो कि हमारा साहस टूट जाएगा, हम बिखर जाएँगे और सरकार अपना आदेश वापस नहीं लेगी। पर हमारे लोगों ने अपना साहस दिखलाया और सत्य पर अड़े रहे। गांधीजी को सत्य बहुत प्रिय है न! उन्होंने और श्री वल्लभभाई ने खेड़ा के किसानों की बहुत प्रशंसा की है।''

''गांधीजी जैसे महापुरुष के मुख से प्रशंसा पाना तो सारे खेड़ा जिले के लिए सम्मान की बात है।''

जीवनभाई ने कहा, ''कभी-कभी हमें भी तो शंका होती थी कि सत्याग्रह सफल होगा या नहीं! क्या इस सत्याग्रह से कुछ हासिल हो पाएगा? इतनी परेशानी उठाने से क्या लाभ? सरकार से बैर लेना कौन चाहता है? आखिर हमें तो हर हाल में तलाटी, मुखी, मामलतदार लोगों के साथ ही तो रहना है। वे किसी-न-किसी बहाने से हमें तंग कर सकते हैं।''

एक ग्रामवासी ने कहा, ''कई लोग तो पैसे जमा भी करना चाहते थे। लेकिन धन्य हैं गांधीजी और श्री वल्लभभाई जिन्होंने हमारे सोये हुए आत्म-विश्वास को जगा दिया। अब हम अन्याय के विरुद्ध संघर्ष करने से नहीं हिचकेंगे।''

जीवनभाई की आँखें व्यग्रता से अपने भाइयों की प्रतीक्षा कर रही थीं। वे बातें तो सामने बैठे अपने ग्रामवासियों से कर रहे थे पर उनका ध्यान उनके घर को आने वाले रास्ते पर ही था। उनकी व्यग्र आँखों को ज्यादा प्रतीक्षा नहीं करनी पड़ी, कुछ देर में भुवनभाई और चमनभाई आते दिखे। प्रसन्नचित्त जीवनभाई उनके आगमन की खुशी बाँटने घर के अन्दर चले गए। घर और बाहर एक प्रकार की स्थिरता का शान्त वातावरण था। जब जीवनभाई अपने भाइयों के साथ चौरे पर आए तो माधवभाई और कुछ अन्य ग्रामवासी वहाँ प्रसन्न मुद्रा में बातें कर रहे थे।

माधवभाई ने नमस्कार कर अपने लिए एक अच्छी जगह बनाई ताकि वे इत्मीनान से अपनी बातें कह सकें और श्रोताओं पर उनका अच्छा प्रभाव पड़ सके। उन्होंने कहा, ''मैं वड़ताल गया था। वहाँ के लोग सत्याग्रह की सफलता से बहुत प्रसन्न हैं। सब लोग अब निश्चिन्त हो गए हैं और अपने-अपने काम में लग गए हैं।''

माधवभाई का वड़ताल से विशेष सम्बन्ध था। बचपन में ही उनके माता-पिता और अन्य भाई बहन प्लेग की चपेट में आ गए थे, अपने परिवार में मात्र वे ही बचे थे। किसी दयावान व्यक्ति ने उनकी देख-भाल की और उन्हें वड़ताल के स्वामीनारायण मन्दिर ले गए, वहाँ प्लेग से अनाथ हो गए बच्चों की देखभाल का प्रबन्ध किया गया था। स्वामीनारायण मन्दिर की बहुत प्रतिष्ठा थी। इसका निर्माण 1824 ई. में श्री स्वामीनारायणजी ने करवाया था। उनके भक्त उन्हें ईश्वर का अवतार मानते थे।

माधवभाई का पालन–पोषण उसी परिवेश में हुआ और वे उस मन्दिर की संस्था से जुड़ गए। उन्होंने शादी नहीं की और संस्था के कार्यों में पूर्णरूप से लग गए।

भुवनभाई को देखकर माधवभाई ने कहा, "कैसे हो भुवनभाई ? मैं तो कीर्तन सत्संग के सिलसिले में कई गाँवों में गया था, लोग इस बात से सन्तुष्ट हैं कि उन्होंने सत्य और स्वाभिमान की लड़ाई दृढ़तापूर्वक लड़ी है और उसमें सफल हुए हैं। ग्रामवासियों में पारस्परिक प्रेम–भाव बढ़ रहा है। कई लोगों ने शराब पीना छोड़ दिया है, कुछ लोग निरामिषभोजी हो गए हैं।"

माधवभाई ने ईश्वर के प्रति विनम्र आभार प्रकट किया, "यह सब उनकी महिमा है! लोगों की भावनाएँ सात्विक हो रही हैं, पुरुष अपने घरों में अकारण क्रोधित नहीं होते, अपने पशुओं को बात–बात पर नहीं मारते, त्याग और उपकार की बातों में, देश की बातों में वे अब ज्यादा रुचि लेते हैं। गाँव–गाँव में गांधीजी और श्री वल्लभभाई की, चम्पारण और खेड़ा की चर्चा हो रही है। यह सब उसकी कृपा है!"

"जय सद्‌गुरु स्वामी, प्रभु जय सद्‌गुरु स्वामी!"

उपस्थित एक व्यक्ति ने शंका प्रकट की, "कैसा विरोधाभास है! इधर गांधीजी शान्ति और त्याग की बातें कर रहे हैं, उधर हमारी सरकार भीषण संहारक युद्ध लड़ रही है! हमारे लोग–जिनका इस युद्ध से कोई मतलब नहीं है, उनके लिए लड़ने को भेजे जा रहे हैं! मेरी समझ में नहीं आता कि जो सरकार हमारे दुःख–दर्द के प्रति संवेदनशील नहीं है, हम उसके लिए अपने लोगों की बलि क्यों चढ़ा रहे हैं! हम क्यों उनके लिए लड़ रहे हैं जो हम पर अत्याचार करने से नहीं हिचकते ?"

नन्दूभाई ने हामी भरी, "सरकार हमारे भले की बात कहाँ सोचती है! हमारे शासक तो हम पर हमेशा के लिए राज करना चाहते हैं!"

जीवनभाई ने कहा, "यह हमारी करनी से हुआ है! अगर हममें एकता होती तो कोई अत्याचारी लुटेरा हमारे देश पर आक्रमण करने का साहस नहीं करता। वे हम पर राज भी करते हैं और हमारे आदमियों से ही हम पर अत्याचार भी करवाते हैं। वे यह भी चाहते हैं कि हम उनके लिए लड़ें और मरें। मेरी समझ में तो बिलकुल नहीं आता कि गांधीजी इस मामले में उनकी मदद क्यों कर रहे हैं ?"

जीवनभाई ने कहा, "लड़ाई तो कहीं दूर हो रही है, हमें ज्यादा नहीं मालूम, पर हम तो गांधीजी और श्री वल्लभभाई की बातें मानकर उनकी थोड़ी मदद करने को राजी हुए हैं। इन दोनों नेताओं को 'ना' भी तो नहीं कहा जा सकता।"

नन्दूभाई ने दुहराया, "ठीक ही तो है, लड़ाई कहीं दूर देशों में छिड़ी है, हम क्यों उसमें झोंके जा रहे हैं ? हम उन लोगों की तरह अमीर नहीं हैं, हम गरीब लोग हैं जिन्हे सदियों से चूसा गया है। क्या हम अपने दुश्मनों की मदद नहीं कर रहे हैं ?"

माधवभाई ने कहा, "गांधीजी इस तरह नहीं सोचते। वे एक महान व्यक्ति हैं, वे अपने मन में किसी प्रकार की कटुता नहीं रखते। वे तो मानवीय मूल्यों के आधार पर हमारे शासकों की सहायता करना चाहते हैं।"

भुवनभाई धैर्यपूर्वक सुन तो रहे थे पर वे माधवभाई से सहमत नहीं थे। उन्होंने कहा, "यह हमारा सौभाग्य है कि गांधीजी जैसे सन्त और श्री वल्लभभाई जैसे कर्मयोगी हमारे नेता हैं। इन दोनों साहसी पुरुषों ने अपने नाम भी स्वयं सेवकों में लिखवाए हैं। पर हमारी क्या हालत है! हमारे प्रति हमारे शासकों का बर्ताव कैसा है! वे तो आए दिन हम से अमानवीय व्यवहार ही करते हैं, वे हमारे आत्म-सम्मान को लुंठित करने और हमें अपमानित करने के अवसर ढूँढ़ते रहते हैं।"

जीवनभाई ने कहा, "और कीमतें! लड़ाई के कारण कीमतें आसमान छू रही हैं, ब्लैक करने वालों की चाँदी है!"

माधवभाई ने मन्तव्य दिया, "गांधीजी कहते हैं कि हमारी लड़ाई खेड़ा में समाप्त नहीं हुई है, हमें तो स्वराज पाने के लिए लड़ना है। इस के लिए हमें अपने आत्म-सम्मान की ज्योति प्रज्वलित रखनी होगी और त्याग करने के लिए तैयार रहना पड़ेगा।"

नन्दूभाई के लिए अपनी जानकारी प्रदर्शित करने का यह एक अच्छा अवसर था। उन्होंने याद दिलाई, "हाल ही में, चम्पारण के सत्याग्रह ने हमें गांधीजी के शिष्यों के रूप में राजेन्द्र बाबू, ब्रजकिशोर बाबू और अनुग्रह बाबू जैसे नेता दिए। यह हमारा परम सौभाग्य है कि खेड़ा में भी गांधीजी को श्री वल्लभभाई जैसा कर्मठ सहयोगी मिला और अन्य कई त्यागी नेताओं ने अपनी सेवाएँ उन्हें समर्पित कीं।"

जीवनभाई ने कहा, "ठीक कहते हो नन्दूभाई, हम भाग्यशाली हैं। पर हमें भी इन महान नेताओं को पूरा सहयोग देना चाहिए। बिना हमारे सहयोग के वे आगे कैसे बढ़ पाएँगे? हमें तो हृदय से, तन-मन-धन से उनका साथ देना चाहिए।"

नन्दूभाई ने सहमति जताई, "यह तो एक बड़े उद्देश्य की प्राप्ति के लिए एक लम्बे संघर्ष की भूमिका है। हम सदियों से गुलामी की जंजीरों में बंधे है, उन जंजीरों को तोड़ने के लिए हममें जिस आत्म-बल की आवश्यकता है उसे गांधीजी और श्री वल्लभभाई जगा रहे हैं। हमारे आत्म-सम्मान की दीपशिखा बुझ चुकी थी उसे हमारे नेताओं ने पुनः प्रज्वलित किया है, उन्होंने हममें त्याग और सरलता की भावना जगाई है। श्री वल्लभभाई तो कहते हैं कि हमारा आत्म-सम्मान हमारी सबसे मूल्यवान सम्पत्ति है।"

किसी ग्रामवासी ने पूछा, "लेकिन इन सब से स्वराज की प्राप्ति कैसे होगी?"

भुवनभाई ने समझाने का प्रयास किया, "आत्म-सम्मान की भावना सरकार का अनावश्यक भय हमारे मन से निकाल देगी। हमारा आत्म-सम्मान हमें स्वराज प्राप्ति हेतु प्रेरित करेगा। यही तो गांधीजी और श्री वल्लभभाई कहते हैं। क्या चम्पारण और

खेड़ा इसके उदाहरण नहीं हैं? आत्म-सम्मान की रक्षा करने हेतु ऐसे आन्दोलन क्या अन्य स्थानों पर नहीं किए जा सकते?''

जीवनभाई ने आशा जगाई, ''अब तो हमने अपने नेता भी पा लिए हैं। वे हमें बताएँगे कि हमें कब क्या करना चाहिए।''

एक अन्य ग्रामवासी ने शंका व्यक्त की, ''क्या हमारे आन्दोलनों से अँगरेज हमारा देश छोड़कर चले जाएँगे? वे ऐसा क्यों करेंगे? वे हिन्दुस्तान जैसे विशाल देश को तो कभी छोड़ना नहीं चाहेंगे। वे कई देशों पर राज कर रहे हैं, वे सम्पन्न और सशक्त हैं। उनके पास हमें दबाने के लिए, हमारे आन्दोलन को कुचलने के लिए क्या साधनों की कमी है? हमारे ही कई लोग उनकी खुशामद में लगे हैं और उनके तलवे चाटते हैं। वे उन्हें खुश करने के लिए अपने आत्म-सम्मान को गिरवी रखने से नहीं हिचकते।''

नन्दूभाई ने कहा, ''लेकिन वे भी तो लड़ाई में व्यस्त हैं। अगर हममें एकता रही और हम अपने संघर्ष में दृढ़ रहे तो वे क्यों नहीं जाएँगे? हमारा संघर्ष उन्हें स्वराज देने को मजबूर कर देगा। हमारी शक्ति तो हमारा आत्म-बल, हमारा स्वाभिमान और हमारी एकता है।''

वह ग्रामवासी सन्तुष्ट नहीं हुआ। उसने पूछा, ''क्या हम एक हो पाएँगे? हमारी आपस की फूट ही तो हमारे दुर्भाग्य का और हमारी गुलामी का कारण रही है। दूर जाने की क्या जरूरत है, अपने निकट ही देखो। क्या आस-पास के गाँवों में लोगों के बीच एकता और प्रेम है? लोगों में द्वेष और जलन की भावना है, देश-भक्ति की पवित्र भावना लोभ की भावना के आगे गौण हो जाती है। इसके अलावा, यह भी तो देखो-लाखो लोग राजाओं की प्रजा हैं, वे अपने राज से आगे की नहीं सोचते!''

भुवनभाई ने कहा, ''सच कह रहे हो भाई! हमारी अनेकता के कारण ही तो मुट्ठी-भर आक्रमणकारी हम पर आघात करते रहे, हमारी सम्पत्ति लूटते रहे और पारस्परिक द्वेष के कारण हम गुलाम बन गए। लुटेरों ने हमारी कमजोरी का फायदा उठाया और हमारा आत्म-सम्मान कुचलने में कोई कसर नहीं छोड़ी। हमें इस से सीख लेनी चाहिए और अपनी एकता इतनी मजबूत करनी चाहिए कि अँगरेज हिन्दुस्तान छोड़कर चले जाएँ और फिर कोई आक्रमणकारी हम पर हमला करने का दुःस्वप्न न देखे। हमें ऐसे योग्य नेता चाहिए जिनके नेतृत्व में हम आजादी पा सकें। क्या ऐसा कभी हो पाएगा?''

उनके स्वर में निराशा भरी थी। नन्दूभाई इस निराशा को दूर करना चाहते थे। उन्होंने अपनी राय दी, ''जो लोग अन्याय और आक्रमण का प्रतिरोध नहीं करते वे तो निश्चित रूप से गुलाम हो जाते हैं। हममें एक होकर लड़ने का साहस होना चाहिए तभी तो हम स्वराज की लड़ाई लड़ सकते हैं। हमें अच्छे नेता चाहिए और हमें उनका अच्छा अनुगामी भी बनना चाहिए।''

माधवभाई ने कहा, ''थोड़ा धीरज रखो। हमें हमारे नेता मिल गए हैं, लोगों में जाग्रति आ रही है। चम्पारण और खेड़ा सत्याग्रह की सफलता ने हमें उत्साहित किया है। इससे लोगों को प्रेरणा मिलेगी। सबसे बड़ी बात तो ईश्वर की कृपा है। हम उन्हें प्रणाम करें और उनका आशीर्वाद माँगें।''

*''जय गणपति प्यारा, जय गणपति प्यारा,*
*विघ्न विनायकमूर्ति, सुखदायक सारा''*

# अध्याय : पाँच

चमनभाई सत्याग्रह के समय काफी व्यस्त थे, पर संघर्ष की सफलता की ऊर्जा ने उनकी और उन जैसे अन्य शुभेच्छुओं की सारी थकान दूर कर दी थी। चमनभाई को अपने काम-काज पर भी ध्यान देने का अवसर अब मिल गया था। वे अनाज एकत्र करने और साफ-सुथरा कर भण्डार में रखवाने के काम में लग गए थे। लेकिन इस काम में मौसम का असहयोग बाधा दे रहा था। चमनभाई की योजना थी कि बरसात आने से पहले वे गाँवों से अनाज खरीदने का काम पूरा कर लें। इस सिलसिले में उन्हें लम्बी पैदल यात्राएँ करनी पड़ती थीं। इन यात्राओं के दौरान उन्हें किसानों से मिलने और उनकी मनस्थिति समझने के अवसर मिलते रहते थे। जहाँ भी वे जाते, लोग खेड़ा सत्याग्रह और स्वराज की बातें अवश्य करते थे। उनके व्यवसाय से सम्बन्धित लोगों को मालूम था कि मुकुन्दभाई नाडियाड में रहते हैं और चमनभाई अहमदाबाद में। वे लोग चमनभाई से गांधीजी और श्री वल्लभभाई की और सत्याग्रह की बातें पूछते थे और सम्बन्धित विषयों पर अपने विचार भी व्यक्त करते थे।

अहमदाबाद में चमनभाई अपने वकील साहब जितेनभाई के साथ श्री वल्लभभाई के भद्रा स्थित आवास पर भी जाया करते थे। कभी-कभी श्री वल्लभभाई उन लोगों को साबरमती आश्रम आने के लिए भी कहते थे। गांधीजी की बीमारी पूरी तरह ठीक नहीं हुई थी वे स्वास्थ्य लाभ तो कर रहे थे, पर उनका मन-मस्तिष्क स्वराज-चिन्तन में ही लगा था। वहाँ जब भी मौका मिलता, चमनभाई गांधीजी और श्री वल्लभभाई की बातें बहुत ध्यान से सुना करते थे। वे एवं अन्य नेता गण जितेन भाई और अन्य लोगों से विचार-विनिमय करते और आगे की योजना बनाते थे। इन बातों में चमनभाई की विशेष रुचि थी। वे लोग प्रशासन में सुधार और स्वराज, कानून और बिल, आन्दोलन और सत्याग्रह आदि की बातें करते थे।

एक शाम जितेनभाई ने चमनभाई को अपने साथ साबरमती आश्रम चलने को कहा। वहाँ गांधीजी और श्री वल्लभभाई अन्य नेताओं और सहयोगियों के साथ कुछ महत्त्वपूर्ण विषयों पर चर्चा करने वाले थे। आश्रम में कई लोग उपस्थित थे, चमनभाई उनसे बातें करने लगे। वे सभी गांधीजी और श्री वल्लभभाई की प्रशंसा कर रहे थे।

लेकिन उनमें से कई लोग उनके स्वास्थ्य के प्रति चिन्तित भी थे। एक कार्यकर्ता ने कहा, ''गांधीजी अत्यधिक परिश्रम करने के कारण काफी थक गए हैं। उन्होंने अपने स्वास्थ्य पर ध्यान नहीं दिया। एक बार युद्ध-सहायता सम्बन्धी किसी प्रशिक्षण कार्यक्रम में उन्हें मूर्छा आ गई थी। सेठ अम्बालाल साराभाई उन्हें अपने घर ले गए। गांधीजी उस समय पेचिश और ज्वर से पीड़ित थे। सेठजी के घर के लोग उन्हें रोकना चाहते थे, पर गांधीजी वहाँ ज्यादा नहीं रुके, साबरमती आश्रम चले आए। कभी-कभी गांधीजी किसी की नहीं सुनते!''

एक व्यक्ति ने कहा, ''अपनी बीमारी के बावजूद गांधीजी ने आराम नहीं किया।''

एक अन्य कार्यकर्ता ने बताया, ''कुछ दिनों पूर्व राजेन्द्र बाबू उनसे मिलने आए थे। उन्होंने गांधीजी को रोते हुए देखा। वे बहुत दुखी हुए।''

चमनभाई को आश्चर्य हुआ, ''क्यों? गांधीजी तो एक सत्पुरुष हैं, वे एक साहसी कर्मयोगी हैं, वे क्यों रो पड़े? क्या उन्हें अपने बीमारी से असहनीय कष्ट हो रहा है?''

''नहीं नहीं, वे अपनी चिन्ता कब करते हैं?'' उस व्यक्ति ने बताया, ''गांधीजी जब सेठ अम्बालाल जी के घर से आए तो उन्हें तेज बुखार था। उन्हें इस बात की जानकारी थी कि सेठ जी के घर के लोगों को और आश्रमवासियों को भी गांधीजी का बीमारी की अवस्था में अचानक आश्रम लौट आना उचित नहीं लगा, गांधीजी की देखभाल सेठ जी के यहाँ ज्यादा अच्छी तरह हो रही थी।''

चमनभाई ने हामी भरी, ''सेठ जी का परिवार तो गांधीजी का बहुत ख्याल रखता है, वहाँ वे जल्द स्वस्थ हो जाते। बीमारी की अवस्था में आश्रम आने की उन्हें क्या जल्दी थी? उनका जल्द स्वस्थ होना तो देश के और हम सबके हित में है।''

उस व्यक्ति ने कहा, ''गांधीजी अपने बिस्तर पर पड़े थे, राजेन्द्र बाबू वहीं एक चटाई पर नीचे बैठे थे। गांधीजी ने छगनभाई को बुलवाया और उनसे कहा, मेरा अचानक आश्रम आ जाना तुम लोगों को अच्छा नहीं लगा। मेरा शरीर बुखार से तप रहा था, पर मेरा हृदय ग्लानि से जल रहा था कि मेरा स्थान महल में नहीं, आश्रम में है। मैंने साबरमती आश्रम बहुत आशा और आकांक्षा से बनाया है, पर मुझे पता नहीं कि मैं इस बीमारी से उबर पाऊँगा या नहीं!''

''गांधीजी रोने लगे। छगनभाई और राजेन्द्र बाबू अपने दो अन्तरंग निर्मल-हृदय सहयोगियों के सामने गांधीजी की विह्वलता फूट पड़ी। इन लोगों ने उन्हें शान्त करने का पूरा प्रयास किया। ये दोनों सहयोगी तो इस बात पर अपने को भाग्यवान मान रहे थे कि उन्हें ऐसे उच्च विचार वाले महामानव के साथ काम करने का अवसर मिला।''

चमनभाई ने पूछा, ''अब उनकी तबीयत कैसी है?''

"अच्छी नहीं है। पर गांधीजी तो अपनी तबीयत के विषय में कभी सोचते ही नहीं। वे अभी श्री वल्लभभाई, सरोजिनी नायडू जी, शंकरलालजी और अन्य सहयोगियों के साथ विचार-विमर्श कर रहे हैं।"

एक अन्य व्यक्ति ने अपन मत प्रकट किया, "गांधीजी हमेशा अपने देश और हमारे बारे में सोचते रहते हैं, उन्हें अपनी व्यक्तिगत सुख-सुविधा का कहाँ ख्याल रहता है! खेड़ा सत्याग्रह के समय वे तपती धूप में मीलों पैदल चलते थे। एक बार राजेन्द्र बाबू ने उनके रास्ते पर एक चादर बिछानी चाही ताकि वे आराम से चल सकें पर गांधीजी ने इसकी अनुमति नहीं दी। उनके शरीर और दिमाग को कभी आराम नहीं मिला। देखो न, अपनी बीमारी के समय भी वे हमारे लिए कितनी मेहनत कर रहे हैं।"

"अभी वे लोग किस बात की चर्चा कर रहे हैं?"

"गांधीजी रौलेट बिल के विषय में चिन्तित हैं। एक ओर तो सरकार मोंटेग्यु-चेम्सफोर्ड सुधारों की बात कर हमें कुछ अधिकार देने का श्रेय लेना चाहती है, दूसरी ओर वह रौलेट बिल पास करना चाहती है जिसके द्वारा सरकार को अपनी तानाशाही करने की खुली छूट मिल जाएगी। इस बिल के कानून बन जाने के बाद सरकार जिसे चाहे उसे छोटी-छोटी बातों पर या बिना किसी उचित कारण के भी, गिरफ्तार कर सकेगी। इस बिल का उद्‌देश्य है कि ब्रिटिश सरकार के किसी भी विरोध को कुचल दिया जाए।"

मीटिंग समाप्त होने के बाद, आमंत्रित नेतागण इसी विषय पर बातें करते बाहर आए। चमनभाई ने श्री वल्लभभाई के चेहरे पर दृढ़ता और सन्तोष की झलक देखी। उन्होंने जितेनभाई से पूछा, "आप सभी बड़े गम्भीर हैं। क्या हो रहा है?"

"हम लोगों ने रॉलेट बिल का विरोध करने का निश्चय किया है", जितेनभाई ने कहा।

"इसका क्या अर्थ हुआ?"

"हम इस बात के लिए अहिंसक आन्दोलन करेंगे कि रॉलेट बिल को कानून नहीं बनाया जाए। यह एक महत्त्वपूर्ण निर्णय है। चम्पारण और खेड़ा सत्याग्रह तो स्थानीय समस्याओं के समाधान के लिए किए गए थे, जो स्थानीय अधिकारियों के अहम और दम्भ के कारण उलझ गई थीं, रॉलेट बिल का असर तो पूरे देश में होगा, इसका विरोध भी देश-व्यापी होगा।"

चमनभाई ने शंका व्यक्त की, "क्या देशव्यापी सत्याग्रह आयोजित कर पाना सम्भव होगा? इस मीटिंग में तो मात्र 20-25 व्यक्ति ही थे!"

जितेनभाई ने उत्तर दिया, "संख्या की बात मत सोचो चमनभाई, दृढ़ निश्चय वाला एक व्यक्ति भी परिवर्तन ला सकता है। गांधीजी बीमार अवश्य हैं पर उनके दुबले शरीर में अदम्य शक्ति और सत्य-पर आधारित आत्म-विश्वास है। फिर

उनके साथ श्री वल्लभभाई जैसे सहयोगी हैं। मुझे पूरा विश्वास है कि इस आन्दोलन का असर पूरे देश पर पड़ेगा। चमनभाई, देखते जाओ।''

उस रात चमनभाई को नींद नहीं आई। उन्होंने सोचा कि एक कर्मठ महामानव देश के लिए निःस्वार्थ भाव से सेवा कर रहा है। वह अपने कर्तव्य लक्ष्य पर अडिग तो है पर उसके हृदय में बाल-सुलभ सरलता भी है, वह बच्चों की भाँति रोता है और शेर की तरह लड़ता है। उसके व्यक्तित्व और नेतृत्व के चमत्कार से प्रभावित होकर सारे देश से अनेक लोग उसके अनुयायी बन रहे हैं। वह लोगों में देशभक्ति, त्याग और आदर्श की दीपशिखा प्रज्वलित करने में सफल रहा है। राजेन्द्र बाबू जैसे मेधावी, श्री वल्लभभाई जैसे कर्मठ और अन्य कई प्रतिभाशाली लोग अपनी वकालत और आमदनी का जरिया छोड़कर गांधीजी के नेतृत्व में देश का काम करने आगे आए हैं।

चमनभाई को पता था कि कृपलानीजी, श्रीमती सरोजिनी नायडू, हार्निमन साहेब, उमर सुब्हानी साहब और कई विख्यात लोगों के अलावा अन्य कई लोग-मजदूर, किसान, छोटे-बड़े व्यापारी, वकील, डॉक्टर, इंजीनियर उनके अनुगामी बन रहे थे! हजारो की संख्या में कार्यकर्ता उनसे जुड़ रहे थे! इन सारे लोगों के मन में गांधीजी के त्याग, आदर्श और उनकी निःस्वार्थ देशभक्ति के लिए सम्मान तथा उनके नेतृत्व में भरोसा था। इन अनुगामियों ने अपनी परवाह नहीं की, वे देश के लिए अपना सब कुछ त्याग कर आगे आए।

चमनभाई अपने काम में अत्यधिक व्यस्त थे, मुकुन्दभाई उन पर पूरा भरोसा रखते थे इसलिए चमनभाई का मन भी अपने काम में खूब लगता था। वे अपने काम के सिलसिले में अहमदाबाद शहर के और आस-पास के कई गाँवों में लोगों से मिलते रहते थे और उनकी सोच में हो रहे सकारात्मक परिवर्तन का अनुभव करते रहते थे। अहमदाबाद में श्रमिकों के संघर्ष और खेड़ा सत्याग्रह—इन दोनों आन्दोलनों के परिणामस्वरूप नैतिक मूल्यों के प्रति आस्था बढ़ी थी और गांधीजी तथा श्री वल्लभभाई के नेतृत्व पर भरोसा दृढ़ हो रहा था। लोगों की सोच में सकारात्मक परिवर्तन का असर व्यापार पर भी पड़ रहा था—अब कई व्यापारी छोटी-छोटी बातों में खिच-खिच नहीं करते थे। एक व्यापारी ने कहा, ''लोभ सिवा शोभ न होये पन जाजा लोभे लक्षण जाए।''*

जितेन भाई ने सलाह दी कि व्यापार सम्बन्धी मामलों को सुलझाने का यह अनुकूल अवसर है, इसके लिए सम्बन्धित पक्षों को आपस में बातें करनी चाहिए। मुकुन्दभाई ने भी उनके प्रस्ताव पर अपनी सहमति दे दी और चमनभाई ऐसे मामलों को आसानी से सुलझाने के लिए जितेन भाई से लगातार चर्चा करते रहे। कई मामले माल वापस करने, उचित पैसा नहीं देने आदि से सम्बन्धित थे जिन्हें सुलझाना आसान था। जब चमनभाई जितेन भाई के यहाँ जाते तो वे देखते थे कि कुछ अन्य

* *बचत के बिना मस्ती नहीं हो सकती, पर ज्यादा लोभ तो तुम्हारे चरित्र का पतन कर देगा।*

व्यापारी भी उसी प्रकार अपने मामले सुलझाने का प्रयास कर रहे हैं। यह जितेनभाई की उचित सलाह और लोगों की सकारात्मक सोच के कारण हो रहा था। क्या इस के पीछे गांधीजी और श्री वल्लभभाई का सूक्ष्म प्रभाव नहीं था?

जितेन भाई की उम्र लगभग 40 वर्षों की होगी, वे गौर वर्ण के स्वस्थ और प्रसन्नचित्त व्यक्ति थे, उनके होठों पर मुस्कान थी। उन्होंने चमनभाई का आत्मीयता के साथ स्वागत किया, ''तुम थके लग रहे हो चमनभाई!''

''हाँ, वकील साहब, इन दिनों काम बढ़ गया है, बाजार में चहल-पहल है, मैं भी बरसात आने से पहले ज्यादा-से-ज्यादा काम पूरा कर लेना चाहता हूँ। लोग भी सहयोग दे रहे हैं।''

''और खेड़ा जिले के गाँवों में क्या स्थिति है?'' जितेन भाई ने पूछा।

''पहले से अच्छी है, लोग अपने-अपने काम में लगे हैं, किसान को तो काम में लगे ही रहना पड़ता है।''

जितेनभाई ने कहा, ''वे लोग सत्याग्रह की सफलता से खुश हैं यह मैं जानता हूँ, पर क्या उनका उत्साह बना रहेगा? क्या वे लोग गांधीजी और श्री वल्लभभाई की बातें मानेंगे?''

''वकील साहब, मैं जहाँ भी जाता हूँ, बातचीत में इन दोनों नेताओं का नाम आ ही जाता है। लोगों में इन दोनों के प्रति बहुत आदर भाव है।''

उन्हें पिछले दिनों साबरमती आश्रम में हुई मीटिंग की याद आई। उन्होंने पूछा, ''उस दिन रॉलेट बिल का विरोध करने के लिए आन्दोलन करने का निर्णय हुआ था, उसका क्या हुआ? गाँवों में तो कई लोग इस विषय में कुछ भी नहीं जानते।''

जितेनभाई ने उनकी आँखों में देखा, ''यह अफसोस की बात है कि गाँवों में लोग इस दमनकारी बिल के विषय में नहीं जानते। सरकार हर प्रकार के विरोध को कुचलना चाहती है। वह जनमत का आदर नहीं करती। लोग नहीं जानते कि इस बिल के पास हो जाने के बाद उन पर कितने अत्याचार किए जा सकेंगे! इस कानून का खूब दुरुपयोग होगा। इस से चिन्तित होकर गांधीजी एवं अन्य नेताओं ने यह निर्णय लिया है कि 6 अप्रैल को देश भर में रॉलेट बिल का विरोध किया जाएगा। चमनभाई, यह अच्छा है कि तुम अपना काम जल्दी-जल्दी निपटा रहे हो। आने वाले दिन अस्थिर और संघर्षपूर्ण होंगे। हमें इस के लिए तैयार रहना पड़ेगा और लोगों को जागरूक करना पड़ेगा।''

चमनभाई की आँखों में आशा और उत्साह भरी चमक आ गई।

''वकील साहब, वह एक महत्त्वपूर्ण दिन होगा। हम लोग उत्साहपूर्वक इस विरोध दिवस में भाग लेंगे और अन्य लोगों को भी भाग लेने के लिए उत्साहित करेंगे। आइए, हम अपना काम समाप्त करें, मैं अपने गाँव जाना चाहता हूँ ताकि मैं अपने ग्रामवासियों को इस के विषय में जानकारी दे सकूँ।''

जितेनभाई ने बताया, "गाँवों में स्वयंसेवकों को भेज दिया गया है, लेकिन हमें तुम्हारा सहयोग चाहिए, चमनभाई। मैं मुकुन्दभाई का काम शीघ्र समाप्त करने की कोशिश करूँगा ताकि तुम अपने गाँव जल्दी जा सको।"

चमनभाई जब रास पहुँचे तो उन्हें यह जानकर सुखद आश्चर्य हुआ कि 6 अप्रैल को विरोध दिवस मनाने का निर्णय गाँववालों को मालूम हो चुका है। स्वयंसेवक संगठित तरीके से अपना काम कर रहे थे। अहमदाबाद वापस आने पर उन्होंने लोगों में विरोध प्रकट करने का उत्साह देखा। चमनभाई ने और पूरे देश में कई लोगों ने उपवास रखा और 6 अप्रैल को सत्याग्रह दिवस के रूप में मनाया। अहमदाबाद में श्री वल्लभभाई के नेतृत्व में एक विशाल जुलूस निकाला गया जो रेलवे स्टेशन से शुरू हुआ और साबरमती में एक बड़ी जन-सभा में परिणत हो गया। चमनभाई ने भी उस जुलूस और सभा में उत्साहपूर्वक भाग लिया। श्री वल्लभभाई ने गांधीजी लिखित हिन्द स्वराज और सत्याग्रह की प्रतियाँ मुद्रित मूल्य से भी अधिक मूल्य पर बेचीं। ये दोनों प्रकाशन प्रतिबन्धित थे।

दूसरे दिन चमनभाई जितेनभाई भाई के साथ श्री वल्लभभाई के आवास पर गए, वहाँ उन्होंने देखा कि सत्याग्रह पत्रिका की प्रतियाँ साइक्लोस्टाइल की जा रही हैं। इसे बिना निबन्धन के प्रकाशित किया जा रहा था। इसकी एक प्रति का मूल्य 1 पैसा था। सरकार ने इस प्रतिबन्धित साहित्य के प्रकाशन का कोई संज्ञान नहीं लिया।

उस दिन गांधीजी बम्बई में थे। माधव बाग में एक प्रार्थना सभा में सभी समुदायों के लोग सम्मिलित हुए और चौपाटी के सागर तट पर एक विशाल जन सभा आयोजित की गई जिसमें लगभग 2 लाख लोगों ने भाग लिया। गांधीजी और श्री वल्लभभाई के नेतृत्व में यह निर्णय भी लिया गया कि रामनवमी के दिन सत्याग्रह सम्बन्धी शपथ ली जाएगी।

सत्याग्रह के पक्ष में जनमत मजबूत हो रहा था। सत्याग्रह पत्रिका में एक असामान्य सम्पादकीय में गांधीजी ने लिखा कि यह पत्रिका निबंधित नहीं की गई है और इसकी कोई गारंटी नहीं है कि यह कब तक प्रकाशित होगी! परन्तु यदि रॉलेट बिल को सरकार वापस ले लेती है तो इसका प्रकाशन बन्द कर दिया जाएगा।

देश का राजनीतिक वातावरण अस्थिर और अनिश्चित होता जा रहा था जिस कारण जितेनभाई अपना अधिकांश समय श्री वल्लभभाई द्वारा दिए गए कार्यों को सम्पन्न करने में बिताते थे। इसके बावजूद भी वे अपने वकालत के कामों की अनदेखी नहीं करते थे।

रामनवमी के दिन 9 अप्रैल को चमनभाई प्रात:काल अपने आवास से मन्दिर जाने के लिए निकले। उन्होंने सड़क पर कुछ लोगों को उत्तेजित होते हुए देखा। लोग आपस में चर्चा कर रहे थे कि सरकार ने गांधीजी को दिल्ली जाते समय, पलवल

में गिरफ्तार कर लिया है और उन्हें बम्बई लाया जा रहा है। इस क्रम में उन्हें मालगाड़ी से भी कुछ दूर यात्रा करनी पड़ी है। चमनभाई को यह जानकर बहुत दुःख हुआ और वे पूजा समाप्त कर शीघ्र घर वापस लौट आए।

शाम होते-होते स्थिति बिगड़ गई और कुछ स्थानों पर हिंसा होने के भी समाचार मिले।

दूसरे दिन यह घोषणा की गई कि गांधीजी की गिरफ्तारी का देश भर में विरोध किया जाएगा। चमनभाई ने फिर सड़क पर जगह-जगह लोगों को एकत्र होते देखा, लोग उग्र हो गए थे। भद्रा इलाके से भी जहाँ श्री वल्लभभाई का आवास था, हिंसा होने की खबरें मिल रही थीं। लोग थानों, डाकघरों, तार घरों एवं अन्य सरकारी भवनों को आग लगाना चाहते थे। वीरमगाम में भी हिंसा होने के समाचार मिल रहे थे। चमनभाई, जितेनभाई और श्री वल्लभभाई का कुशल-क्षेम जानने के लिए व्याकुल थे, वे जितेनभाई के घर की तरफ बढ़े, रास्ते में उन्होंने देखा कि लोगों की उग्र भीड़ को पुलिस भगा रही थी। देखते-देखते स्थिति नियंत्रण के बाहर हो गई और पुलिस ने गोली चला दी। वे अन्य लोगों की तरह, जहाँ जगह मिली, छुप गए। थोड़ी देर बाद उन्होंने श्री वल्लभभाई और श्री कानूगा साहब को आते देखा। वे लोगों से शान्ति बनाए रखने की अपील कर रहे थे। जितेनभाई एवं कई अन्य कार्यकर्ता भी उनके पीछे थे। चमनभाई भी उनके साथ हो लिए। वे लोग घायलों को अस्पताल भेजने का प्रबन्ध कर रहे थे और उन लोगों के घरों से सम्पर्क कर रहे थे जो पुलिस की गोलीबारी में मारे गए थे या घायल हो गए थे। चमनभाई ने उन लोगों की भाँति ही, अपनी सुरक्षा की परवाह नहीं की, वे उनकी मदद करने लगे। श्री वल्लभभाई एवं अन्य नेता गण लगातार लोगों से शान्ति बनाए रखने का अनुरोध कर रहे थे। कुछ ही देर में अहमदाबाद में मार्शल लॉ लगा दिया गया।

हिंसा के समाचार आते रहे। नाडियाड में लोगों ने रेल की पटरी का कुछ भाग उखाड़ लिया ताकि बम्बई से सैनिकों को लाने वाली एक रेलगाड़ी को रोका जा सके।

बाद में चमनभाई को जितेनभाई ने बताया कि बम्बई में गांधीजी को मुक्त कर दिया गया है और श्री वल्लभभाई ने उन्हें अहमदाबाद की स्थिति के विषय में विस्तारपूर्वक बतला दिया है। गांधीजी के शीघ्र ही अहमदाबाद आने की उम्मीद थी। पुलिस की फायरिंग से भी लोगों के मारे जाने की खबर थी। उधर, लाहौर और पंजाब के भागों तथा कलकत्ता में भी हिंसा होने की खबरें आ रही थीं।

गांधीजी अनुसूया साराभाई तथा कुछ अन्य लोगों के साथ अहमदाबाद आए और वे रेलवे स्टेशन से सीधा प्राट्ट साहब से मिलने गए जो उस समय अहमदाबाद के कमिश्नर थे। मिस्टर प्राट्ट बहुत गुस्से में थे, वे अहमदाबाद और अन्य स्थानों में हुई हिंसा के लिए गांधीजी को जिम्मेवार ठहराते थे, पर वे इस बात को भी भली भाँति

जानते थे कि गांधीजी और श्री वल्लभभाई के सहयोग के बिना शान्ति बहाल नहीं हो सकती। शान्ति स्थापित करने के उद्देश्य से उन्होंने गांधीजी को साबरमती में 14 अप्रैल को एक सभा बुलाने की अनुमति दे दी। प्राट्ट साहब ने इस बात का आश्वासन भी दिया कि वे मार्शल लॉ लागू होने के बावजूद, लोगों को इस सभा में उपस्थित होने के लिए उचित सुविधा प्रदान करेंगे।

जितेनभाई ने कहा, "यह कितने आश्चर्य की बात है! सरकार स्वयं समस्याएँ पैदा करती है और जब वह उन समस्याओं से निपट नहीं पाती तो गांधीजी और श्री वल्लभभाई की सहायता लेती है।"

चमनभाई ने पूछा, "पर उन लोगों ने गांधीजी को गिरफ्तार क्यों किया?"

जितेनभाई ने कहा, "कई बार सरकारी अफसर सिर्फ अपनी सनक में कार्य करते हैं और आवेश में लिए गए अपने किसी गलत निर्णय से भी पीछे नहीं हटते। वे जानते हैं कि गांधीजी और श्री वल्लभभाई शान्ति स्थापित करने में बहुत सहायक होंगे पर वे लोगों को यह दिखलाना चाहते हैं कि स्थिति उनके नियंत्रण में है! क्या गांधीजी को सभा बुलाने की अनुमति देना इस बात की स्वीकारोक्ति नहीं है कि हमारे आदरणीय नेता ही शान्ति स्थापित करा सकते हैं?"

चमनभाई को इस बात से आत्मसन्तोष हो रहा था कि उन्होंने जितेन भाई की थोड़ी मदद की थी। उनका कोई विशेष योगदान नहीं था पर घायल लोगों को सहायता पहुँचाते समय उनके मन में अपनी सुरक्षा का ख्याल नहीं आया था। वे श्रद्धा, आश्चर्य एवं प्रशंसा के भाव से श्री वल्लभभाई और उनके सहयोगियों की निर्भयता और उनका सेवा-भाव देख रहे थे।

चमनभाई और उनके मित्रों ने भी कई लोगों को इस सभा में चलने को कहा। मार्शल लॉ के लागू होने और भारी संख्या में सैनिकों की तैनाती के बावजूद लगभग 2000 लोगों ने सभा में भाग लिया। गांधीजी काफी कमजोर थे, उनका भाषण श्री वल्लभभाई ने पढ़ा।

सभा के वातावरण में दुःख था और पीड़ा तो थी पर लोग बड़ी आतुरता से गांधीजी का भाषण सुन रहे थे। गांधीजी ने भाईयो कहकर उपस्थित श्रोताओं को सम्बोधित किया! उन्होंने कहा कि पिछले दिनों जो कुछ भी अहमदाबाद में हुआ, वह इस शहर के लिए दुर्भाग्यपूर्ण और इसकी गरिमा एवं प्रतिष्ठा के प्रतिकूल था।

गांधीजी ने कहा कि यहाँ उनके नाम पर जो हिंसा हुई, वह अहमदाबाद के लिए बहुत लज्जा की बात है। उन्होंने इस बात पर जोर दिया कि सत्याग्रह किसी प्रकार की हिंसा की अनुमति नहीं देता, फिर भी सत्याग्रह के नाम पर कई भवनों में आग लगा दी गई, लोगों से पैसे वसूल किए गए, संचार के तारों को तोड़ा गया, निर्दोष लोग मारे गए और हथियारों का प्रबन्ध किया गया। इन सब से किसी को फायदा नहीं हुआ।

गांधीजी ने अंग्रेजों के विरुद्ध किसी भी प्रकार की हिंसा का विरोध किया और कहा, ''सत्याग्रह में सम्मिलित होने वाले लोग हिंसा से पूरी तरह दूर रहें। साथ ही हमने जो हिंसा की है, जो पाप किए हैं उनके लिए पश्चात्ताप करें।''

हिंसा से प्रभावित लोगों की सहायता के लिए उन्होंने कम-से-कम आठ आने की सहायता का आह्वान किया। उन्होंने घोषणा की कि वे स्वयं 72 घंटों का उपवास रखेंगे और लोगों से आग्रह किया कि यदि सम्भव हो तो वे भी कम-से-कम 24 घंटों का उपवास अवश्य रखें।

उनके भाषण का लोगों पर बहुत गहरा प्रभाव पड़ा। कई लोगों ने पश्चात्ताप के अश्रुओं से अपने आप को शान्त किया और 24 घंटों का उपवास रखा। चमनभाई ने हिंसा में भाग नहीं लिया था, फिर भी उन्होंने गांधीजी की आज्ञा शिरोधार्य कर पूरे दिन का उपवास रखा। अहमदाबाद और अन्य स्थानों में शान्ति स्थापित होने के आसार शीघ्र नजर आने लगे।

लेकिन सरकारी अफसरों की सोच अभी भी विचित्र और समझ से परे थी। एक अफसर ने गांधीजी से पूछा ''क्या श्री वल्लभभाई और श्री मोहनलाल पंड्या का हाथ अहमदाबाद में हिंसा फैलाने में नहीं था?''

गांधीजी ने उत्तर दिया, ''बिलकुल नहीं। यह आरोप तो बिलकुल निराधार है। वास्तव में इन लोगों के प्रयास से ही हिंसा से प्रभावित लोगों को मदद पहुँचाई जा सकी है और शहर में यथाशीघ्र शान्ति स्थापित की जा सकी है।''

चमनभाई ने तो स्वयं इसे अपनी आँखों से देखा था! श्री वल्लभभाई अपनी जान की परवाह किए बिना लोगों से शान्ति बनाए रखने की अपील कर रहे थे, वे पूरे शहर के हिंसा प्रभावित क्षेत्रों में लगातार जा रहे थे और प्रशासन को शान्ति स्थापित करने में सहयोग दे रहे थे। लेकिन शहर में अफवाहों का बाजार गर्म था। जितेन भाई ने चमनभाई को नगरपालिका के किसी चापलूस पार्षद द्वारा की गई चुगली के विषय में बतलाया। उस बेशर्म तलवाचाट ने पुलिस से शिकायत की थी कि उसने श्री वल्लभभाई को टेलीग्राफ ऑफिस में आग लगाते देखा है! मामले की जाँच पूना के एक गुप्तचर अधिकारी को दी गई। जब कलेक्टर को इस मामले की जानकारी मिली तो उन्होंने कहा कि आरोप में आग लगाने का जो समय बताया गया था, उस समय तो श्री वल्लभभाई कलेक्टर के साथ शहर में शान्ति स्थापित करने के विषय में मीटिंग कर रहे थे! इतना ही नहीं, पुलिस अधीक्षक मिस्टर हीले ने कहा था कि वल्लभभाई के सहयोग के बिना शान्ति बनाए रखना सम्भव नहीं है।

अहमदाबाद के लोग अभी इस आघात से उबरे नहीं थे कि जालियाँवाला बाग के भीषण नरसंहार की हृदय-विदारक घटना ने पूरे देश को झकझोरकर रख दिया। इस गोलीकांड ने ब्रिटिश हुकूमत का वास्तविक रूप उजागर कर दिया जो उस की दर्प भरी रंग-भेद की भावना और उसकी क्रूर और वीभत्स मनोवृत्ति का स्पष्ट

परिचायक था। लोगों को रेंगकर चलने और घुटने टेकने पर मजबूर तो किया ही गया, उन्हें बिना किसी पर्याप्त कारण के कोड़ों से पीटा गया और बेकसूर निर्दोष लोगों पर गोलियों की बौछार कर दी गई, उनके भागने के रास्ते बन्द कर दिए गए और उन्हें निरंकुश तानाशाही की गोलियों का शिकार होने पर विवश कर दिया गया। इस क्रूर घटना ने पूरे देश के आत्म–सम्मान को लुंठित कर दिया और यह स्पष्ट कर दिया कि अँगरेज हुक्मरान हमें मनुष्य नहीं समझते। पूरे देश में क्रोध की लहर दौड़ गई। चमनभाई और उनके सहयोगियों ने सोचा–क्या सत्याग्रह और पश्चात्ताप से इनकी मनोवृत्ति बदली जा सकती है? क्या वे कभी भी इन पवित्र और अहिंसक प्रयासों का मूल्य समझ पाएँगे? क्या कभी भी उनका हृदय–परिवर्तन हो पाएगा?

चमनभाई का भी सत्याग्रह पर से विश्वास हिल गया था। सघन निराशा के तम में घिरे आस्था—भग्न चमनभाई अपने गाँव आना चाहते थे ताकि उनके उत्तेजित मन को पारिवारिक स्नेह–सुधा के वातावरण में कुछ शान्ति मिल सके। पर मुकुन्दभाई ने कहा, ''नाडियाड आ जाओ। जीवनभाई ने जानकी को भी बुलाया है, हम सब रास साथ चलेंगे।''

# अध्याय : छह

रास और खेड़ा जिले के अन्य गाँव आर्थिक मन्दी के कुछ-कुछ उबर रहे थे। जीवनभाई के परिवार की महिलाओं ने अपने मवेशियों की देखभाल भली-भाँति की थी इसलिए अन्य परिवारों की अपेक्षा उनकी आर्थिक स्थिति थोड़ी अच्छी थी। जब चमनभाई जानकी और मुकुन्दभाई के साथ अपने गाँव आए तो उन्होंने वहाँ आक्रोश, दुविधा और मजबूरी के मिले-जुले वातावरण में लोगों को पाया।

जानकी के आगमन से घर का उदास वातावरण उल्लास में बदल गया। घर की महिलाओं ने उमंग और उत्साह से भरकर जानकी का स्वागत किया और मंगल गीत गाते हुए उसे घर के अन्दर ले गईं।

यद्यपि भुवनभाई और चमनभाई जानकी से अकसर मिलते रहते थे, पर जीवनभाई और घर की महिलाओं का उससे मिलना-जुलना नहीं हो पाता था। शीघ्र ही जानकी के रास आगमन का समाचार आस-पास के घरों में पहुँच गया।

उत्सुकता और उत्साह से भरी महिलाएँ उससे मिलने के लिए आने लगीं। जानकी को प्रफुल्लित देखकर गाँव की एक महिला ने कहा, *''सोना जेवुं सासरुँ पण पियर जेवुं नईं!''**

मुकुन्दभाई को अपनी ससुराल में आनन्द और आराम मिला।

नाडियाड में तो व्यापार-सम्बन्धी भाग-दौड़ लगी ही रहती थी, यहाँ उस तरह की कोई चिन्ता नहीं थी, सुखद पारिवारिक वातावरण था जिसमें आदमी की चिन्ता दूर करने की अद्‌भुत शक्ति होती है। नाडियाड में 10 अप्रैल को हड़ताल थी, लोगों ने रेलवे लाइन के एक अंश को उखाड़ दिया था पर इस से कोई क्षति नहीं पहुँची थी।

चमनभाई अपने मानसिक द्वन्द्व को शान्त करना चाहते थे। वे अपने अन्तर्मन से गांधीजी और श्री वल्लभभाई के अनुयायी थे और उनके सिद्धान्तों पर बिना किसी तर्क-कुतर्क के चलना चाहते थे। पर, जलियाँवाला बाग में हुए अन्याय और अत्याचार की क्रूरता ने उन्हें झकझोर दिया था।

---

* ससुराल का घर सोने का हो सकता है, पर पीहर जैसा नहीं हो सकता।

भुवनभाई को गांधीजी के अहिंसक सत्याग्रह पर ज्यादा भरोसा था। नन्दूभाई उन्हें बार-बार आश्वस्त करते थे कि उनका अहिंसक सत्याग्रह दक्षिण अफ्रीका में और अपने देश में ही चम्पारण तथा खेड़ा में सफल रहा है!

एक दोपहर जब सभी लोग खाना खाने के बाद आराम कर रहे थे, जीवनभाई ने चमनभाई से कहा, "तुम्हारी शादी की उम्र हो गई है, मैं इस जाड़े में तुम्हारी शादी कर देना चाहता हूँ।"

जानकी ने सहमति जताई, "हाँ भैया, नानाभाई भी अब 14 सालों का हो गया है। अगर चमनभाई की शादी अभी नहीं होती तो उसकी शादी में भी देर हो जाएगी।"

जीवनभाई का बड़ा लड़का नानाभाई नाडियाड में पढ़ रहा था, उस से छोटा नानुभाई रास की प्राथमिक शाला में था। चमनभाई चुप रहे। भुवनभाई ने उन्हें शर्मिन्दा होने से बचाया, "कोई बात नहीं, सोचकर एक-दो दिनों में जवाब दे देना।"

यह एक ऐसा विषय था जिसमें पूरे परिवार की दिलचस्पी थी। चमनभाई की भाभियों ने उन्हें छेड़ना शुरू किया। बड़ी भाभी दमयन्ती ने कहा, *"तमने तो गमीज हशे!"**

यशोदा ने चुटकी ली, "मौका अच्छा था। तुरत हाँ कह देना था! मन-ही-मन में लड्डू फूट रहे हैं न! अरे कोई लड़की देख रखी है क्या?"

चमनभाई को घर के आनन्दमय वातावरण ने कुछ शान्ति दी, पारिवारिक मिलन ने कुछ समय के लिए उन्हें उस बोझिल वातावरण से दूर कर रखा था, जिस से थककर वे रास आए थे। अब तक उन्होंने अपनी शादी के विषय में सोचा नहीं था, वे 19 वर्षों के थे और 20 वें वर्ष में प्रवेश करने वाले थे। यह मात्र संयोग की बात थी कि वे रास से बाहर चले आए अन्यथा उनका रिश्ता तो कब का पक्का हो गया होता!

मुकुन्दभाई ने चमनभाई को सलाह दी कि वे अब शादी कर लें अन्यथा देर होने पर उन्हें अपनी पत्नी को अपने घर के रीति-रिवाजों के अनुसार ढालने में बहुत मुश्किल होगी। मुकुन्दभाई ने जीवनभाई से कहा, "कभी-कभी नाडियाड और अहमदाबाद में भी लोग चमनभाई की शादी के सम्बन्ध में मुझसे बातें करते हैं, पर मैं साफ-साफ कोई उत्तर उन्हें नहीं दे पाता।" उन्होंने पूछा, "भैया क्या आपके पास कोई ढंग का रिश्ता आया है?"

जीवनभाई ने कहा, "कई रिश्ते आए हैं, आणंद से भी एक सम्पन्न परिवार ने बात की है, पर मैं चमनभाई की शादी किसी अमीर परिवार में नहीं करना चाहता, मैं अपने परिवार से मिलते-जुलते परिवार में ही उसकी शादी करना चाहता हूँ।"

---

* तुम बहुत खुश हो!

"आप ठीक सोच रहे हैं, भैया," जानकी ने कहा। "ऐसे परिवार की लड़की अपने परिवार में आसानी से घुल-मिल जाएगी जैसी अपनी भाभियाँ हैं। हम लोग भी कोई अच्छी लड़की देखेंगे।"

रास में चमनभाई के मन को शान्ति मिली। पर वे जब अहमदाबाद आए तो उन्होंने जितेनभाई को बहुत उदास पाया। उन्हें इस बात का गहरा दुःख था कि जलियाँवाला बाग के जघन्य हत्याकांड के बाद भी ब्रिटिश हुक्मरानों का रवैय्या नहीं बदला था, उन्हें अपने किए का कोई पश्चात्ताप नहीं था, वे भारतीयों को असभ्य गुलाम की भाँति समझते थे, जिनके साथ किसी भी तरह का अमानुषिक व्यवहार किया जा सकता था! वे अपने इस भयंकर कृत्य को उचित ठहरा रहे थे और वे दर्प के साथ स्पष्ट कहते थे कि उन्हें भविष्य में भी ऐसा करने में कोई संकोच नहीं होगा!

जितेन भाई ने कहा, "अब तुम ही कहो चमनभाई, असभ्य कौन है—वह जो ऐसे क्रूर अमानुषिक अत्याचार करता है, या वह निरीह जो इसे बर्दाश्त करता है!"

जितेन भाई, चमनभाई और उनके साथियों को अपने मन को संयत करने में कई दिन लग गए। अपनी चिन्ता का बोझ कम करने के उद्देश्य से उन लोगों ने अपने आप को काम में व्यस्त कर दिया। अपने मामले-मुकदमों पर जितेन भाई की राय लेकर चमनभाई, मुकुन्दभाई से सलाह-बात करने नाडियाड गए।

मुकुन्दभाई भी चिन्तित और दुखी थे।

उन्होंने कहा, "चमनभाई, सरकार का कहना है कि नाडियाड में कानून-व्यवस्था बनाए रखने के लिए 45 अतिरिक्त पुलिस कर्मी लगाए गए हैं। इस पुलिस बल तैनात करने के लिए हम लोगों पर 15,000 रुपयों का अतिरिक्त कर लगा दिया है।"

चमनभाई ने आश्चर्य प्रकट किया, "पर नाडियाड में तो कोई विशेष हिंसा नहीं हुई थी, यहाँ कुछ लोगों ने रेल की पटरी का एक हिस्सा जरूर उखाड़ लिया था जिससे कोई हानि नहीं हुई थी।"

मुकुन्दभाई ने अपना सर ठोंकते हुए कहा, "चमनभाई, इस अर्थ-दंड को लगाने का कोई औचित्य नहीं था। यहाँ तो स्वयं कलेक्टर ने नाडियाड म्युनिसिपैलिटी के अध्यक्ष को एक पत्र लिखकर नाडियाड के लोगों की, शान्ति बनाए रखने के लिए प्रशंसा की थी। अब उसी कलेक्टर ने अर्थ-दंड लगा दिया है, है न दो मुहीं बात!"

चमनभाई ने हामी भरी, "वे लोग तो विचित्र तरीके से काम करते हैं, उनका काम करने का तरीका हमारी समझ में नहीं आता!"

मुकुन्दभाई ने कहा, "मुझे तो लगता है कि वे खेड़ा-सत्याग्रह की सफलता का बदला लेना चाहते हैं! सरकार पाटीदारों और वनिया (बनिया) लोगों को कर-दंड का लक्ष्य बनाना चाहती है,क्योंकि उसका मानना है कि रेल की पटरी इन्ही समुदाय के लोगों ने उखाड़ी थी। हमारे नेता श्री फूलचन्द बापूजी शाह और श्री गोकलदास तलाटी वनिया हैं न! अरे, उन लोगों को तो गांधीजी की जाति का उल्लेख करने में लज्जा नहीं आई!"

जब चमनभाई अहमदाबाद लौटे तो जितेन भाई ने उन्हें बताया कि खेड़ा से सम्बन्धित मुकदमों के निष्पादन के लिए एक विशेष ट्रिब्यूनल बनाया गया है। हिंसा से प्रभावित अहमदाबाद पर 9 लाख और वीरमगाम पर 42 हजार रुपयों का अर्थ-दंड लगाया गया है। खेड़ा सम्बन्धी मुकदमों की जाँच के लिए नियुक्त ट्रिब्यूनल ने 21 जुलाई 1919 को अपना काम प्रारम्भ कर दिया। श्री वल्लभभाई बचाव पक्ष के मुख्य वकील के रूप में आगे आए।

जितेन भाई और चमनभाई के साथ अन्य लोगों के लिए यह एक स्मरणीय अवसर था। उन्हें एक कुशल वकील के रूप में श्री वल्लभभाई की प्रतिभा की एक झलक देखने को मिली। उन्होंने प्रायः अपने सभी मुवक्किलों को छुड़ा लिया। नाडियाड में रेल-पटरी उखाड़ने के मुकदमे में तो श्री वल्लभभाई की सूझ-बूझ के कई उदाहरण सामने आए। उन्होंने अपनी जिरह में कहा कि पुलिस द्वारा लाए गए दो मुख्य गवाह तो नाडियाड के कुख्यात अपराधी हैं! उन्होंने एक अन्य मनोरंजक बात उजागर की कि पुलिस ने रेल पटरी उखाड़ने के आरोप में जो पाना (स्पैनर) सबूत के रूप में पेश किया था, उस से रेल-पटरी के पेंच खोले नहीं जा सकते थे, वह भिन्न साइज का था और वह आरोपी के कुएँ के पम्प की नट खोलने के लिए था!

मुक़दमे के सारे आधार उनकी जिरह के आगे धराशायी हो गए तथा एक प्रतिभाशाली वकील के रूप में श्री वल्लभभाई की ख्याति में और भी वृद्धि हुई। लोगों का श्री वल्लभभाई पर भरोसा काफी बढ़ गया।

सरकार ने अहमदाबाद पर 9 लाख रुपयों का और वीरमगाम पर 42 हजार रुपयों का जो अर्थ-दंड लगा दिया उसकी वसूली होने लगी थी। कलेक्टर ने श्री वल्लभभाई और श्री कानूगा से भी इसमें योगदान देने को कहा जबकि इन दोनों लोगों ने शान्ति स्थापित करने में प्रशासन की काफी सहायता की थी! सरकारी अधिकारियों ने कानूगा साहब का कैश बॉक्स जब्त कर लिया और श्री वल्लभभाई का सोफा जब्त कर नीलाम कर दिया! नीलामी से प्राप्त राशि उस 9 लाख रुपयों के दंड-कोष में जमा की गई!

अहमदाबाद के जिला जज ने श्री वल्लभभाई एवं कुछ अन्य बैरिस्टरों को वकालत करने के लिए अयोग्य घोषित करने की अनुशंसा उच्च न्यायालय से कर दी। उन्हें सत्याग्रह में भाग लेने और रॉलेट बिल का विरोध करने के कारण वकालत करने के लायक नहीं समझा गया था! पर, उच्च न्यायालय ने उन्हें अयोग्य नहीं ठहराया और जिला जज की अनुशंसा कागज पर सिमटकर रह गई!

चमनभाई और जितेनभाई अपना ज्यादा से ज्यादा काम निपटाने की धुन में लगे थे, उन्हें इस बात का पूरा अनुमान था कि आने वाले दिनों में देश की राजनीतिक स्थिति सामान्य नहीं रहेगी। विरोध, सभाओं, सत्याग्रह आदि के कारण व्यापार प्रभावित होगा।

चमनभाई जब इस सिलसिले में मुकुन्दभाई से मिलने नाडियाड गए तो उन्होंने बतलाया कि वहाँ गुजरात की राजनीतिक सभा की कार्यकारिणी की बैठक हुई थी, जिसमें श्री वल्लभभाई ने असहयोग का एक प्रस्ताव प्रस्तुत किया था। गुजरात राजनीतिक सभा की बैठक अहमदाबाद में 27 से 29 अगस्त तक होने वाली थी। अब्बास तैयबजी साहब को सभा का अध्यक्ष और श्री वल्लभभाई को स्वागत समिति का अध्यक्ष चुना गया था।

सभा में जितेन भाई के साथ चमनभाई भी उत्साहपूर्वक सम्मिलित हुए। वहाँ श्री वल्लभभाई ने अपने प्रभावशाली भाषण में रॉलेट बिल, हंटर कमिटी की रिपोर्ट एवं हाउस ऑफ लॉर्ड्स द्वारा जलियाँवाला बाग के नरसंहार को उचित ठहराने के प्रयासों का उल्लेख किया और खिलाफत एवं अन्य महत्त्वपूर्ण विषयों पर अपने स्पष्ट विचार प्रकट किए! उन्होंने प्रश्न किया, ''क्या हिन्दुस्तानियों पर किए जा रहे इन अत्याचारों को भूल पाना सम्भव है?''

उन्होंने आत्म-सम्मान की ओर लोगों का ध्यान खींचा और कहा कि यदि हम इन अपमानों को सहन करते जाएँगे तो सभ्य देशों में हमारी कोई इज्जत नहीं रह जाएगी।

चमनभाई को यह उनकी अपनी अन्तरात्मा की आवाज लगी। आखिर किसी भी व्यक्ति, समाज या देश के लिए आत्म-सम्मान से बड़ी कौन सी चीज हो सकती है? हममें यदि आत्म-सम्मान न हो तो हम अपनी इज्जत की रक्षा कैसे कर सकते हैं? हमारे गौरव को, हमारे चरित्र-बल को आघात पहुँचाने के लिए निरन्तर प्रयास किए जा रहे हैं। हमें निकृष्ट और तुच्छ समझा जा रहा है। कब तक हिन्दुस्तानी इसे सहन करते जाएँगे? हमें इनका दृढ़ता से विरोध करना चाहिए।

श्री वल्लभभाई ने प्रशासन में मौलिक परिवर्तन लाने की माँग की। उन्होंने कहा कि प्रशासनिक सुधार एक प्रकार का छलावा है, हमें इसके फन्दे में नहीं फँसना चाहिए। हमें दिखावे के सुधार नहीं, शासन में मूलभूत परिवर्तन चाहिए। हिन्दुस्तान का शासन हिन्दुस्तनियों द्वारा चलाया जाना चाहिए।

इस सभा में मूल्यों पर आधारित शिक्षा देने हेतु राष्ट्रीय विद्यापीठ की स्थापना करने का निर्णय लिया गया। इस विद्यापीठ की स्थापना का उद्‌देश्य था—विद्यार्थियों को ऐसी शिक्षा देना कि वे चरित्रवान, देशभक्त और स्वावलम्बी बनें।

सभा में उपस्थित लोग श्री वल्लभभाई के भाषण से बहुत प्रभावित हुए। जितेन भाई ने कहा, ''चमनभाई, देखो, श्री वल्लभभाई की सोच कितनी स्पष्ट है—कहीं भी किसी प्रकार का भ्रम या दुविधा नहीं है। उन्होंने कई महत्त्वपूर्ण विषयों पर प्रकाश डाला और साहस के साथ अपनी बात लोगों के सामने रखते गए।''

चमनभाई ने कहा, ''मैंने कई लोगों से बातें कीं, वे लोग श्री वल्लभभाई के भाषण से बहुत प्रभावित और उत्साहित हैं। पर मेरी समझ में यह नहीं आता कि वे इन सुधारों का विरोध क्यों कर रहे हैं? इसमें तो अपना ही फायदा है।''

जितेनभाई ने उत्तर दिया, "प्राय: ये सुधार वास्तव में सुधार नहीं होते, लोगों का ध्यान हटाने के लिए कुछ प्रस्ताव आगे लाए जाते हैं। प्रशासनिक सुधार नौकरशाहों द्वारा प्रस्तावित और उनके अधिकारियों द्वारा स्वीकृत किए जाते हैं। ज्यादातर इन तथाकथित सुधारों में नौकरशाही की दांव-पेंच रहती है और उसकी पकड़ मजबूत करने के उपाय निहित रहते हैं। श्री वल्लभभाई एक योग्य बैरिस्टर हैं, वे इन सारे दांव-पेंचों को समझते हैं।"

चमनभाई ने कहा, "आम जनता इन बातों को कहाँ जानती है वकील साहब? लोग तो अपनी दिनचर्या में व्यस्त रहते हैं। हमारा काम तो अदालत, पुलिस और कुछ अन्य सरकारी कार्यालयों से ही रहता है। सामान्य आदमी तो वहाँ की घोर दुरावस्था, कर्मचारियों और अफसरों के अहंकार और सर्वत्र व्याप्त भ्रष्टाचार से तबाह रहता है। जब तक मजबूरी न हो, कोई भी आदमी इन ऑफिसों में जाना नहीं चाहता!"

जितेनभाई ने कहा, "इसीलिए तो हम लोग स्वराज की माँग कर रहे हैं। स्वराज मिलने के बाद ये सारी समस्याएँ हल हो जाएँगी।"

चमनभाई ने पूछा, "आगे क्या होगा?"

जितेनभाई ने उत्तर दिया, "देखते जाओ, चमनभाई! अगले माह कलकत्ते में कांग्रेस का अधिवेशन होगा। हमें पूरा विश्वास है कि उस अधिवेशन में ये प्रस्ताव पारित हो जाएँगे।"

"हमारे लिए इसका क्या मतलब होगा, वकील साहब?" चमनभाई ने पूछा।

जितेनभाई ने समझाया, "जनता की भागीदारी और सक्रिय होगी। लोगों से कहा जाएगा कि वे सरकारी अदालतों का बहिष्कार करें, सरकारी स्कूलों से अपने बच्चों का नाम कटा लें, सरकार के साथ किसी प्रकार का सहयोग नहीं करें इत्यादि। जिन लोगों को ब्रिटिश हुकूमत ने सम्मान-जनक पदवी दी है, उनसे पदवी लौटने को कहा जाएगा। यह एक बड़ा जन-विरोध होगा।"

चमनभाई को ये बातें अच्छी लगीं। अब तक तो सिर्फ त्याग, शपथ और सत्याग्रह की बातें होती थीं और तदनुरूप कार्य होते थे जिनका सार्थक परिणाम बहुत हद तक सरकार की शुभेच्छा पर निर्भर करता था। पर अब जलियाँवाला बाग के हत्याकांड के बाद लोगों की सोच में परिवर्तन आ रहा था।

चमनभाई जितेनभाई की कलकत्ते से लौटने की आतुरता से प्रतीक्षा कर रहे थे। अहमदाबाद आने पर जितेनभाई प्रसन्न दिखे, उनके चेहरे पर निराशा का जो भाव ठहर सा गया था वह अब लुप्त हो रहा था। वे थके तो थे पर उनके होठों पर मुस्कान थी। उन्होंने चमनभाई का सहृदयता से स्वागत किया, वे अपने घर के अन्दर गए और एक छोटी सी हांड़ी तथा पत्तों के कुछ दोने लेकर आए, "खाओ चमनभाई, कलकत्ते के मशहूर रसगुल्ले हैं।"

उन्होंने चमनभाई को दो रसगुल्ले दिए।

''बड़े स्वादिष्ट हैं, वकील साहब, सच में बेजोड़ हैं ये रसगुल्ले! मिठास तो बिलकुल सही मात्रा में है—न ज्यादा न कम। मजा आ गया!'' चमनभाई ने कहा।

''एक-दो और लो, जवान आदमी हो, खाओ।''

''मैं दो ले चुका, वकील साहब, धन्यवाद,'' चमनभाई ने कहा, ''आप भी लीजिए!''

''मैं तो सुबह से पाँच खा चुका हूँ, लाओ एक और ले लेता हूँ,'' जितेनभाई ने कहा।

''आप खुश नजर आ रहे हैं, वकील साहब,'' चमनभाई ने कहा।

''हाँ, कलकत्ता-अधिवेशन बहुत सफल रहा। बड़ी संख्या में लोगों ने कार्यवाही में भाग लिया। जब अधिवेशन में प्रस्ताव लाया गया तो जिन्ना साहब, मालवीयजी, चित्तरंजन दास साहब आदि कई लोगों ने इसका विरोध किया। बाद में प्रस्ताव पर मत लिया गया, 1852 लोगों ने प्रस्ताव के पक्ष में और 908 ने इसके विरोध में मत दिए। इस प्रकार प्रस्ताव भारी बहुमत से पारित हो गया।''

''लोगों में कुछ करने का उत्साह है। अधिवेशन में लोगों से विदेशी वस्त्रों का वहिष्कार करने और खादी को अपनाने को कहा गया।''

चमनभाई अभी भी रसगुल्ले का आनन्द ले रहे थे।

''एक-दो और ले लो चमनभाई, अभी ताजे हैं, बाद में यह मजा नहीं आएगा, ''जितेनभाई ने कहा।

चमनभाई ने संकोच करते हुए एक रसगुल्ला और उठा लिया और हाथ धोने बाहर चले गए। जितेनभाई बचे रसगुल्लों पर हाथ साफ करने लगे।

उन्होंने कहा, ''अब राजनीतिक गतिविधियाँ तेज होंगी, चमनभाई। लोग गांधीजी और श्री वल्लभभाई को और मदद देंगे।''

चमनभाई को मुकुन्दभाई के व्यापार की चिन्ता होने लगी, वे अस्थिरता का माहौल देख चुके थे। उन्होंने पूछा, ''हमारा व्यापार तो नहीं प्रभावित होगा?''

जितेनभाई ने कहा, ''हमारे नेता गांधीजी और श्री वल्लभभाई समझदार हैं। लोगों का उन पर भरोसा है। उनके हाथ और मजबूत होंगे। वे लोग ऐसा कुछ नहीं होने देंगे जिससे आम लोगों को अनावश्यक तकलीफ हो। अब तो स्वराज पाने के लिए ठोस कदम उठाए जाएँगे। एक और बात याद रखने की है कि श्री वल्लभभाई आत्म-सम्मान पर बहुत जोर देते हैं, उनका मानना है कि आत्म-सम्मान के बिना कोई भी देश या समाज इज्जत नहीं पा सकता। गांधीजी पर लोगों का भरोसा बहुत बढ़ा है, लोग उनकी बातें मानेंगे। गांधीजी के शिष्य और अनुगामी श्री वल्लभभाई, राजेन्द्र बाबू, नेहरूजी, कृपलानीजी, मौलाना आज़ाद जैसे लोग हैं। कई प्रतिभाशाली लोग उनसे जुड़ रहे हैं।''

चमनभाई गौर से उनकी बातें सुन रहे थे।

जितेनभाई ने कहा, "देश के लाखों नौजवान अपना सब कुछ त्याग कर गांधीजी और अन्य नेताओं की अगुआई में स्वराज पाने के लिए मरने-मिटने को तैयार होकर आ रहे हैं।"

जितेनभाई एक पल को रुके, उन्होंने चमनभाई की आँखों में देखकर पूछा, "क्या तुम इस लड़ाई में शामिल नहीं होगे, चमनभाई?"

"मैं जरूर शामिल होऊँगा, वकील साहब", चमनभाई ने कहा। उनके स्वर में दृढ़ निश्चय की ध्वनि और उनकी आँखों में उत्साह की चमक थी।

उस रात चमनभाई सो नहीं सके। वे अपने जीवन के एक निर्णायक मोड़ पर थे। उनका विवेक उन्हें गांधीजी और श्री वल्लभभाई का पूर्णकालिक अनुगामी होने को प्रोत्साहित कर रहा था। इसका अर्थ था कि उन्हें अपनी नौकरी छोड़नी होगी, अपनी शादी की बातों को भूलना होगा और एक ऐसे अज्ञात प्रवाह में छलाँग लगानी होगी जिसकी दिशा और गति दोनों अनिश्चित थे। क्या वे बिना किसी नियमित आय के अपना जीवन-यापन कर पाएँगे? क्या ऐसे संघर्ष में भाग लेना व्यावहारिक है जिसकी सफलता के विषय में अभी कुछ कहा नहीं जा सकता? क्या अपने समस्त नैतिक बल और अपने व्यापक प्रभाव के बावजूद गांधीजी वैसे लोगों से स्वराज ले सकेंगे जिन्होंने अभी हाल में ही जलियाँवालां बाग में अपनी प्रकृति और कार्यपद्धति का क्रूर प्रदर्शन किया है! लोग गांधीजी की बातें कब तक मानेंगे? और क्या चमनभाई का नगण्य सा योगदान कोई महत्त्व रखता है? उनके इस संघर्ष में शामिल होने या न होने से क्या फर्क पड़ता है? उन्हें कौन जानता है? किसको उनके योगदान की चिन्ता है? यदि लाखो लोग गांधीजी का अनुगामी बनने को तैयार हैं तो उस विशाल जनसमूह में उनकी क्या गिनती? और इस संघर्ष में भाग लेने से उन्हें क्या मिलेगा? क्या उन्हें यह सब भूलकर अपने काम में लगे रहना चाहिए या उन्हें अपने उस विवेक की बातें सुननी चाहिए जो उन्हें बार-बार झकझोर रहा था?

और उनका अपना खर्च कहाँ से आएगा? यदि वे शादी नहीं भी करते तो भी उन्हें अपने लिए थोड़ी आय तो चाहिए।

उन्होंने साबरमती आश्रम में अपने जैसे ही कई युवाओं को देखा था जो पूर्णकालिक कार्यकर्ता थे। सभी लोग प्रसन्न और उत्साह पूर्ण दीखते थे, फिर वे क्यों नहीं उन समर्पित कार्यकर्ताओं जैसा हो सकते? क्या ईश्वर उनका उचित मार्ग दर्शन करेंगे?

निद्रा और शान्ति चमनभाई से दूर होते गए। उन्होंने निश्चय किया कि वे मुकुन्दभाई से और अपने बड़े भाइयों से इस विषय में बातें करेंगे, उन्हें व्यावहारिक सलाह की जरूरत है।

# अध्याय : सात

जितेनभाई एक मध्यमवर्गीय व्यवसायी परिवार के थे। अहमदाबाद कपड़ा उद्योग का केन्द्र था। जितेनभाई का पारिवारिक व्यवसाय था—कपड़ा मिलों द्वारा अस्वीकृत माल को थोक में खरीदकर खुदरा व्यापारियों को बेचना। इस व्यवसाय में अच्छा मुनाफा था, और उनके पूर्वजों ने अपनी मेहनत से बाजार में अपनी अच्छी साख जमा ली थी। जब उनका व्यवसाय बढ़ गया तब उनकी कम्पनी को कानूनी सेवाओं की जरूरत पड़ने लगी और कुछ दिनों बाद, परिवार में निर्णय लिया गया कि चूँकि जितेनभाई का पढ़ने में मन लगता है, इसलिए उन्हें वकालत की शिक्षा दिलाई जाए। जितेनभाई वकील बने और अपने पारिवारिक व्यवसाय के कानूनी मामलों के अलावा कुछ चुने हुए लोगों के मुकदमे भी देखने लगे।

अपनी पढ़ाई और वकालत के सिलसिले में वे कई ऐसे लोगों के सम्पर्क में आए जिनके हृदय में स्वराज पाने की उत्कट अभिलाषा थी। इनमें विभिन्न विचारधाराओं के लोग थे। जब श्री अरविन्द बड़ोदा में थे, तो उनके विचारों से गुजरात के कई युवा बहुत प्रभावित हुए थे। जिन दिनों जितेनभाई वकालत पढ़ रहे थे, तभी से उनके कई सहपाठी श्री विट्ठलभाई और श्री वल्लभभाई के विषय में बातें करते थे। ये दोनों भाई कुशल बैरिस्टर थे और सार्वजनिक जीवन में भी सक्रिय थे। अहमदाबाद में कई शहरों और गाँवों से विद्यार्थी शिक्षा पाने आते थे। उनके कई सहपाठी गोधरा, आणंद, बोरसद आदि जगहों से आए थे जहाँ श्री वल्लभभाई ने वकालत की थी। वे उनकी वकालत के सम्बन्ध में कई रोचक प्रसंग सुनाते थे। अपनी निर्भयता और प्रतिभा के कारण वे शीघ्र ही बहुत अच्छे वकीलों में गिने जाने लगे थे। उन्होंने कई ऐसे मुकदमों में अपने मुवक्किलों को रिहा करवाया था जिनमें उन्हें बुरी तरह से फँसाया गया था और उनकी रिहाई की कोई उम्मीद नहीं थी। वे किसी अँगरेज या हिन्दुस्तानी मजिस्ट्रेट, जज या पुलिस अधिकारी से डरते नहीं थे। उनका आत्म-संयम भी बेजोड़ था।

श्री वल्लभभाई की पत्नी झवेरबा के पेट में एक ग्रंथि थी जिसका ऑपरेशन बम्बई के कामा अस्पताल में हुआ था। दुर्भाग्यवश उन्हें बचाया नहीं जा सका। श्री वल्लभभाई गोधरा कोर्ट में एक मुकदमे की पैरवी कर रहे थे, तभी उनके पास

झवेरबा की दुर्भाग्यपूर्ण मृत्यु का दु:संवाद मिला। श्री वल्लभभाई ने उस मनहूस तार को पढ़ा और बिना किसी घबराहट के, सामान्य रूप से मुकदमे की पैरवी करते रहे।

श्री वल्लभभाई 1910 में बैरिस्टरी की पढ़ाई करने इंग्लैंड गए और फरवरी 1913 में वापस स्वदेश लौटे। उनसे पहले, उनके बड़े भाई श्री विट्ठलभाई पटेल इंग्लैंड से ही बैरिस्टरी की परीक्षा पास कर भारत लौट आए थे और बम्बई में प्रैक्टिस करते थे। वे सार्वजनिक कार्यों में भी उत्साहपूर्वक भाग लेते थे समाज में उनकी अच्छी प्रतिष्ठा थी।

स्वदेश लौटने पर श्री वल्लभभाई ने अहमदाबाद में प्रैक्टिस शुरू की। दोनों भाइयों के बीच ऐसी सहमति बनी थी कि श्री विट्ठलभाई सार्वजनिक कार्यों में ज्यादा समय देंगे और श्री वल्लभभाई परिवार चलाने के लिए बैरिस्टरी करेंगे। पर देश के सौभाग्य से दोनों भाइयों ने सार्वजनिक जीवन अपनाया।

श्री वल्लभभाई के विषय में अहमदाबाद के बार में भी चर्चा होती थी। वहीं जितैनभाई उनके सम्पर्क में आए। गांधीजी भी दक्षिण अफ्रीका में अपने सत्याग्रह की सफलता के बाद, 1915 में स्वदेश लौट आए थे और उन्होंने अहमदाबाद के पास कोचरब में एक आश्रम स्थापित किया था। गांधीजी का यश उनके स्वदेश लौटने से पहले ही फैल चुका था। सामाजिक कार्यों में रुचि रखने वाले लोग उनसे मिलने जाते रहते थे, और वे उनके विषय में गुजरात क्लब में बातें करते थे। कुछ लोग उनसे प्रभावित थे, कुछ के मन में उनके और उनके कामों के प्रति जिज्ञासा थी और लोग उन्हें श्रद्धा की दृष्टि से देखते थे।

एक बार गांधीजी गुजरात क्लब आए। क्लब के लॉन में उनका भाषण होने वाला था, इसलिए वहाँ थोड़ी हलचल थी। श्री वल्लभभाई को, उनके ब्रिज टेबल के पास से चहल-पहल, उनके मनपसन्द खेल में कुछ बाधा पहुँचाने वाली लगी। उन्होंने अपना टेबल खिसकाकर इस आवागमन को रोकना चाहा। उनके साथी श्री गणेश वासुदेव मावलंकर साहब श्री वल्लभभाई को गौर से देख रहे थे। इसी बीच गांधीजी आए, मावलंकर साहब उठ खड़े हुए। श्री वल्लभभाई ने कहा, "मावलंकर, तुम खड़े क्यों हो गए? गांधीजी को सुनने की अपेक्षा अगर तुम ब्रिज का खेल देखोगे तो कुछ सीख लोगे। वे क्या कहेंगे? यही न कि गेहूं से कंकड़ निकालो! और उनकी समझ में इससे स्वराज मिल जाएगा!"

जितेनभाई को कुछ ऐसे लोग मिले जो गांधीजी से प्रभावित थे, बाद में कभी-कभी श्री वल्लभभाई भी उनके विषय में अपने मित्रों से जानने-सुनने लगे थे। वे एवं उनके कई मित्र गुजरात सभा में सक्रिय थे। जब गांधीजी ने साहसपूर्वक सुदूर चम्पारण में वहाँ के जिला अधिकारी मि. डब्लू.बी. हेकॉक के जिला छोड़ने के आदेश को मानने से इनकार कर दिया था तब उनके साहस, निश्चय, परोपकार और बहादुरी की यश-गाथा अहमदाबाद भी पहुँची।

जितेनभाई को ग्रीष्म की वह महत्त्वपूर्ण संध्या याद थी जब गांधीजी के चम्पारण में निर्भीक नेतृत्व और उनके साहसपूर्ण उत्तर की बात सुनकर रावसाहब हरिलालभाई ने सन्तोष और विश्वास के स्वर में श्री वल्लभभाई से कहा था, "वल्लभभाई, हमें गुजरात सभा के लिए एक साहसी अध्यक्ष मिल गया!"

श्री वल्लभभाई ने तुरन्त अपनी सहमति जता दी।

जितेनभाई गुजरात सभा के माध्यम से और अपनी वकालत के कारण उन लोगों के सम्पर्क में थे जो श्री वल्लभभाई से परिचित थे। कुछ दिनों में उनका व्यक्तिगत परिचय भी श्री वल्लभभाई से हो गया। जितेनभाई ने उनके व्यक्तित्व पर गांधीजी के प्रभाव को क्रमशः बढ़ते देखा। जब गांधीजी ने कहा कि गुजरात सभा शासकों से भीख न माँगे, लोगों में अपने अधिकारों के लिए लड़ने की जाग्रति उत्पन्न करे, तो उनका यह मार्ग-दर्शन श्री वल्लभभाई को बहुत पसन्द आया। जितेनभाई स्वयं भी धीरे-धीरे गांधीजी और श्री वल्लभभाई से प्रभावित और उनकी विचार-यात्रा तथा कार्य शैली से परिचित होते गए। अतः जितेनभाई के लिए चमनभाई की मानसिक स्थिति को समझना कठिन नहीं था।

उन्होंने कहा, "चमनभाई, तुम एक खाते-पीते खुशहाल पाटीदार परिवार से हो, तुम में वह लगन और प्रेम है जिसकी देश को बहुत जरूरत है। तुम इस यज्ञ में अकेले नहीं रहोगे। देखना, कुछ ही दिनों में पूरे देश से लाखों लोग उस महापुरुष के अनुगामी बनेंगे। हमें तो और भी सुविधा है, गांधीजी और श्री वल्लभभाई तो यहीं अहमदाबाद में हैं, मेरा उन से परिचय भी है। दुविधा में मत रहो, चमनभाई, देश के लिए आगे बढ़ो।"

"मुझे क्या करना होगा?" चमनभाई ने पूछा।

"जब तुम अपना मन स्थिर कर लो तब मेरे पास आओ, मैं श्री वल्लभभाई से तुम्हें मिलवाऊँगा। हम में से कोई खाली नहीं बैठेगा, सबके लिए काम है।

"वकील साहब, आपका बहुत धन्यवाद। लेकिन मुझे अपनी जरूरतों के लिए कुछ आमदनी भी तो चाहिए।"

जितेनभाई मानो इस प्रश्न के लिए तैयार बैठे थे। उन्होंने कहा, "मुकुन्दभाई से साफ-साफ बातें करो। वे भी स्वराज के काम से सहानुभूति रखते हैं, उनसे कहो कि वे तुम्हारा काम हल्का कर दें ताकि तुम देश का काम मुख्य रूप से कर सको। जब तुम ज्यादा सक्रिय हो जाओगे, तब नौकरी छोड़ने के विषय में सोचना! मैं भी उनसे बातें करूँगा। अगर ऐसा सम्भव नहीं हुआ तब मैं ही तुम्हें कुछ पार्ट-टाइम काम दिलवा दूँगा।"

चमनभाई ने कहा, "मैं पहले अपने परिवार की राय ले लूँ।"

वैसे तो चमनभाई प्रायः हर सप्ताह अपने गाँव आते थे, पर इस बार उनका कई दिनों से रास आना नहीं हो पाया था। रास में वह एक मनोरम संध्या थी, अपने गाँव की मिट्टी की सोंधी महक ने उनका स्वागत किया। वही चिर-परिचित सुगंध, वही

आत्मीयतापूर्ण हवा का झोंका, वे ही परिचित अपनत्व भरी पगडंडियाँ–अपने गाँव की स्नेहमयी ममता और अपने परिवार की मधुर प्रेम सुधा—कितना आकर्षण था इस यात्रा में! और यह यात्रा तो उनके जीवन की दिशा निर्धारित करने वाली थी या उनकी संकल्प यात्रा पर अपनी स्वीकृति की मुहर लगाने वाली थी!

अपने गाँव के बच्चों पर प्यार भरी दृष्टि डालते हुए जब चमनभाई अपने घर के पास पहुँचे, तो लोगों ने चौरे पर बड़ी उत्सुकता और बड़े प्रेम से उनका स्वागत किया। नन्दूभाई और अन्य लोगों के लिए वे एक चलते-फिरते समाचार पत्र थे, जिनसे ताजी खबरें मिलती थीं।

चमनभाई ने बड़ों के पाँव छुये और घर के अन्दर आए। वहाँ उनकी भाभियों ने प्रसन्नचित्त उनका स्वागत तो किया पर उन्हें आड़े हाथ भी लिया, "कहाँ थे जी इतने दिन? घर-द्वार, भाई-भाभी, बच्चोंकी सुध नहीं आई? कोई खूबसूरत छोरी देख ली है क्या? जरा मुस्कुराकर धीरे से बता।"

चमनभाई ने मुस्कुराकर कहा, "अरे भाभी, मैं अपने काम में व्यस्त था, फुर्सत ही नहीं मिली।"

बड़ी भाभी दमयन्ती ने कहा, "अरे जा, बात न बना। कौन से अनजान कंजूस सेठ की नौकरी कर रहा है? बहनोई के साथ ही काम कर रहा है न? क्या मुकुन्दभाई तुझे यहाँ आने से रोकते?"

यशोदा ने हामी भरी, *"चोर पकड़ाए, चटुं पकड़ाए, खोटा बोलू ना पकड़ाए!"**

"अरे दीदी, किसी सुन्दर छोरी से आँख लड़ा रहा होगा! पड़ोस में कोई है क्या जो तुझे अटका रही है?"

"दीदी, रास का छोरा है, शहर में रहता है। कुछ पता नहीं चलने देगा, एक दिन चुप-चुप बात पक्की कर आएगा!"

दमयन्ती ने हँसकर कहा, "ठीक कह रही हो यशोदा, तभी तो इतने दिन हमारी याद नहीं आई! जा, मुँह-हाथ धो ले, मैं खाना लगती हूँ!"

चौरे पर नन्दूभाई का वक्तव्य जारी था। इस बार तम्बाकू की फसल कमजोर हुई थी इसलिए ज्यादा संख्या में लोग जीवनभाई के पास आते थे, वहाँ तम्बाकू-चीलम का प्रबन्ध हो जाता था।

नन्दूभाई नाडियाड से नई खबर लाए थे। वहाँ म्युनिसिपैलिटी और सरकार के बीच द्वन्द्व चल रहा था। लोगों ने सरकारी स्कूलों का बहिष्कार करना शुरू कर दिया था। नाडियाड म्युनिसिपैलिटी ने इक्कीस हजार रुपयों का सरकारी अनुदान लेने से मना कर दिया था।

म्युनिसिपैलिटी के नेतागण आम जनता से इस राशि को एकत्र करना चाहते थे। म्युनिसिपैलिटी के स्कूलों को राष्ट्रीय स्कूलों के रूप में चलाने की योजना थी।

---

* चोर पकड़ा जा सकता है, मछली पकड़ी जा सकती है, पर झूठा नहीं पकड़ा जा सकता।

नन्दूभाई ने कहा, ''सरकार शिक्षकों का वेतन रोकना चाहती है, पर हम शिक्षक इससे डरने वाले नहीं हैं। हम लोग गांधीजी और श्री वल्लभभाई के हाथों को मजबूत करेंगे।''

लोग उत्सुकता से नन्दूभाई की बातें सुन रहे थे, उनका उत्साह बनाए रखने के उद्देश्य से चमनभाई ने उनकी वक्तृता में कोई व्यवधान नहीं डाला। नन्दूभाई ने अपनी बात जारी रखते हुए बताया, ''यह विरोध और असहयोग सिर्फ स्कूलों तक ही सीमित नहीं है, यह कोर्ट-कचहरी, व्यापार और अन्य कई जगहों पर फैल रहा है।''

भुवनभाई ने उन्हें कुछ सहयोग दिया, ''कलकत्ता अधिवेशन के बाद, कांग्रेस कुछ ज्यादा सक्रिय हो गई है।''

चमनभाई ने ताजी सूचना दी, ''हमारे वकील जितेनभाई ने बतलाया है कि नागपुर में होने वाला कांग्रेस अधिवेशन बहुत महत्त्वपूर्ण होगा। इसकी तैयारी शुरू हो गई है और इसमें बड़ी संख्या में लोगों के भाग लेने की उम्मीद है। जो लोग कलकत्ते में असहयोग का विरोध कर रहे थे, वे भी अब साथ देने को तैयार हैं।''

उन्होंने पूछा, ''यहाँ क्या रहा है?''

एक ग्रामवासी ने कहा, ''यहाँ लोग खादी अपना रहे हैं और कोर्ट-कचहरी जाने से बच रहे हैं। आपसी मुकदमों में सुलह हो रही है, कई लोगों ने पीना बन्द कर दिया है।''

भुवनभाई ने कहा, ''तुम्हारी भाभियाँ चरखा और सूत कातने के अन्य सामान लाने को कह रही हैं। अगली बार लेते आना।''

नन्दूभाई ने कहा, ''यह तो बहुत अच्छी बात है, वे लोग गाँव की अन्य महिलाओं को भी चरखा चलाना सिखा देंगी।''

एक ग्रामवासी ने कहा, ''और मर्द क्यों नहीं सूत कातें?''

जीवनभाई ने हुक्के का कश लिया, ''अरे भाई हम लोगों को खेती के काम से कहाँ फुर्सत मिलती है कि हम लोग सूत कातेंगे।''

नन्दूभाई कहाँ हार मानने वाले थे! उन्होंने कहा, ''जब समय मिले तब उन लोगों का हाथ बँटाएँगे। ठीक है न भुवनभाई!''

चमनभाई ने परिवार का वातावरण अपने अनुकूल पाया। खाना खाने के बाद जब सब लोग एक साथ थे, उन्होंने अपनी योजना जीवनभाई और भुवनभाई को विस्तार से बतला दी। जीवनभाई को समय की अच्छी समझ थी, वे चमनभाई की इच्छा के विरोध में नहीं थे, वे यह भी जानते थे कि उनका फैसला अन्तिम होगा, इसलिए वे अपने घर वालों के विचार पहले सुनना चाहते थे।

भुवनभाई ने कहा, ''मैंने भी नाडियाड, बोरसद, बारडोली, आणंद एवं अन्य कई स्थानों पर ऐसे कई लोगों को देखा है जिन्होंने स्वराज के काम को अपना ध्येय

बना लिया है। पर यह जीवन संघर्ष का जीवन है, इस जीवन में बाधाओं से जूझने के लिए हमेशा तैयार रहना पड़ता है। अगर तुम इस तरह का जीवन अपनाते हो तो तुम्हे संघर्ष और त्याग करने के लिए हमेशा तत्पर रहना पड़ेगा।''

उन्होंने चमनभाई से पूछा, ''क्या तुम इसके लिए तैयार हो?''

चमनभाई अपने बड़े भाइयों से आँखें मिलाकर बातें नहीं करते थे, पर इस बार उन्होंने अपना सर ऊपर उठाया और स्थिर स्वर में कहा, ''हाँ भैया, मैं तैयार हूँ। मैंने बहुत गौर से इन बातों को सोचा है। मुझे लगता है कि मैं अन्य किसी प्रकार का जीवन नहीं जी सकूँगा!''

भुवनभाई कहा, ''तुम ऐसा क्यों कहते हो? तुम्हारे विचार तुम्हारे उत्साह से प्रेरित हैं। जब तुम्हारी शादी हो जाएगी और तुम गृहस्थ जीवन में प्रवेश करोगे तब तुम्हारी सोच बदल जाएगी। तुम अपनी शादी होने तक प्रतीक्षा क्यों नहीं करते?''

चमनभाई ने कहा, ''भैया, मैं तो उसी दिन सत्याग्रह में भाग लेने का निश्चय कर चुका था जब श्री वल्लभभाई ने साबरमती में गांधीजी का भाषण पढ़ा था। जब भी मैं साबरमती जाता हूँ वहाँ उत्साह से भरे अनेक लोगों को देखता हूँ जिन्होंने अपना जीवन देश के लिए अर्पित कर दिया है। मैं सोचता हूँ कि मेरा भी यही जीवन होना चाहिए।''

जीवनभाई ने अपना मौन भंग किया, ''तब आगे बढ़ो, अपने जीवन-यापन के लिए चिन्ता मत करो। ईश्वर ने हमें जो भी दिया है, उससे हमारी गुजर-बसर हो जाएगी। पर अपना फैसला लेने से पहले जानकी और मुकुन्दभाई की राय ले लो।''

यह अन्तिम फैसला था। जीवनभाई की बात काटने का साहस भला किस में था? चमनभाई का हृदय अपने भाइयों के प्रति कृतज्ञता से भर गया। आनन्द से पुलकित होकर उन्होंने अपने दोनों भाइयों के चरण-स्पर्श किए। उनकी आँखों से श्रद्धा, हर्ष और प्रेम के आँसू प्रवाहित हो रहे थे।

उन्होंने कहा, ''भैया, आप दोनों ने मेरी इच्छा रखने के लिए बड़ा त्याग किया है। मेरी समझ में नहीं आता कि मैं इस ऋण को कैसे चुका पाऊँगा! आप लोग यह जानते हैं कि अब मैं घर में कुछ भी पैसा नहीं ला पाऊँगा, उलटे आप लोगों की सहायता पर ही निर्भर रहूँगा! यह जानते हुए भी आपने मुझे स्वराज के कार्य में लग जाने की पूरी छूट दे दी। यह आपका कितना बड़ा त्याग है!''

भुवनभाई की आँखें नम हो आईं। उन्होंने चमनभाई को गले से लगा लिया। दोनों भाइयों की आँखों से अश्रु-धारा बहने लगी। उन्होंने कहा, ''चमनभाई, तुम घर में सबसे छोटे हो। पर, तुम वह करने जा रहे हो जो हम में से किसी ने नहीं किया। ईश्वर तुम्हारे साथ रहें।''

दमयन्ती उनकी बातें सुन रही थी। उसने जीवनभाई से कहा, ''उसे स्वराज के काम में जाने देने की इतनी क्या जल्दी थी? चमनभाई ने अभी-अभी बचपन की

देहरी पार की है, वह भोला है, उसने दुनिया नहीं देखी है। हम लोग उसकी शादी की बातें कर रहे हैं, और आपने अभी से उसे त्याग और संघर्ष का जीवन जीने की अनुमति दे दी! अभी उसे रोकिए, अगर वह फिर भी नहीं माने तो उसे एक-दो वर्षों बाद बातें करने को कहिएगा।''

जीवनभाई ने कहा, ''दमयन्ती, मैंने उसकी आँखों में निश्चय और आत्म-विश्वास देखा है। वह रुक नहीं सकता! उसे अपना आशीर्वाद और अपनी शुभकामना दो, ईश्वर उसकी रक्षा करें और उसे अपने काम में सफल बनाएँ।''

जब चमनभाई नाडियाड के लिए चलने लगे तो पूरे परिवार की आँखें नम थीं।

चमनभाई को नाडियाड में कोई परेशानी नहीं हुई। मुकुन्दभाई को जितेनभाई ने पहले ही चमनभाई के आग्रह के विषय में बता दिया था। जितेनभाई ने एक समाधान निकाला, ''मैं कैलाशभाई को नाडियाड से अहमदाबाद भेज दूँगा। वे अनुभवी आदमी हैं, काम सँभाल लेंगे, पर वे कानून और सरकारी कार्यालयों से सम्बन्धित काम आसानी से नहीं कर पाएँगे। इन कामों को तुम जितेनभाई की मदद से सँभालना।''

कैलाशभाई एक विश्वासपात्र मैनेजर थे, वे मुकुन्दभाई के पिताजी के समय से उनका कारोबार सँभालते थे, वे ईमानदार थे और उनकी व्यावहारिक बुद्धि तीक्ष्ण थी। मुकुन्दभाई का प्रस्ताव चमनभाई के मन के अनुकूल था, उन्होंने तुरन्त हामी भर दी।

जानकी अपने भाई का स्वभाव जानती थी। चमनभाई उसी के साथ रहकर पढ़े थे, वह उनके गुणों से पूरी तरह परिचित थी। जानकी ने नाडियाड में कई युवाओं को सत्याग्रह में सम्मिलित होते देखा था। वहाँ कई महिलाएँ और लड़कियाँ भी सत्याग्रह में भाग लेने के लिए आगे आ रही थीं। उसे मुकुन्दभाई का प्रस्ताव अच्छा लगा।

जब चमनभाई अहमदाबाद जाने के लिए उस से विदा लेने आए तो जानकी ने उनकी जेब में कुछ रुपए रख दिए और उनके हाथों में कपड़ों का एक पैकेट पकड़ाते हुए कहा, ''इन्हें रख लो, ये तुम्हारे काम आएँगे।''

# अध्याय : आठ

जानकी, जीवनभाई से छोटी पर भुवनभाई और चमनभाई से बड़ी थी। उसका विवाह एक सम्पन्न परिवार में हुआ था, पर उसकी ससुराल के लोगों का रहन–सहन सरल था, उनमें दिखावा नहीं था। जानकी ने अपने परिवार के लोगों को अपने मधुर व्यवहार से मिलाकर रखा था, इसलिए ससुराल में उसकी बहुत इज्जत थी। वह ज्यादा पढ़ी-लिखी नहीं थी पर उसने अपना घर–परिवार अत्यन्त कुशलता से सँभाल रखा था। चमनभाई ने इसी वातावरण में, उनके घर रहकर अपनी पढ़ाई की थी अत: वे अपनी बहन–बहनोई के प्रति बहुत कृतज्ञ थे। उनका मन इस बात पर थोड़ा उद्वेलित था कि क्या उन्हें मुकुन्दभाई का अहसान लेना चाहिए ? क्यों नहीं वे किसी दूसरी अंशकालिक नौकरी की तलाश करें जिसमें उन्हें किसी प्रकार का बोझ नहीं लगे ? क्या मुकुन्दभाई का अहसान लेने की अपेक्षा जितेनभाई की मदद से या अपने आप कोई दूसरी नौकरी पाने का प्रयास करना उत्तम नहीं होगा ?

वे इसी द्वन्द्व में थे कि मुकुन्दभाई, अपने अनुभवी मैनेजर कैलाशभाई के साथ अहमदाबाद आए। उन्होंने चमनभाई से कहा, ''कैलाशभाई बहुत जल्द सारा काम सँभाल लेंगे। हम लोगों की इच्छा है कि तुम निश्चिन्त होकर देश के काम में लग जाओ। मुझे पता है कि तुम्हें यहाँ काम करने में अब थोड़ा संकोच हो रहा है, पर इस बात को मन से निकाल दो। हम लोगों ने देश के लिए आगे कदम नहीं बढ़ाया, पर तुम हम सब लोगों के प्रतिनिधि के रूप में आगे आए हो। इस प्रकार तुम हम लोगों पर अहसान कर रहे हो। हमारी शुभकामना तुम्हारे साथ है।''

चमनभाई का मन कुछ हल्का हो गया। वे समझ गए कि नाडियाड में जानकी ने उनके मन का भाव पढ़ लिया था। उन्होंने कहा, ''मुकुन्दभाई, आप मुझे इतना सहयोग दे रहे हैं, इसे मैं कैसे भूल सकता हूँ ? मैंने तो अपनी पढ़ाई आपके यहाँ रहकर पूरी की है, आपने मुझे नौकरी दी, काम सिखलाया और अब मुझे मेरे जीवन लक्ष्य को पाने में बड़ी मदद कर रहे हैं। यह आपकी कृपा नहीं तो और क्या है ? क्या मैं कभी भी आपके ऋण से उऋण हो पाऊँगा ?''

मुकुन्दभाई ने कहा, ''ऐसा मत सोचो। देश के प्रति हमारा भी तो कुछ कर्तव्य

है, और मैं तुम्हे काम करने की तनख्वाह दे रहा हूँ। हाँ, अब यह काम कुछ हल्का अवश्य है। चलो, जितेनभाई के यहाँ चलते हैं।''

जितेनभाई इस व्यवस्था से प्रसन्न हुए, वे इस बीच में नाडियाड गए थे और उन्होंने चमनभाई के विषय में मुकुन्दभाई से बातें कर ली थीं।

चमनभाई का हृदय प्रसन्नता और कृतज्ञता से भर गया। उनके अचानक लाए गए प्रस्ताव को उनके घरवालों ने और मुकुन्दभाई ने न केवल इतनी आसानी से स्वीकार कर लिया बल्कि उसमें पूरा सहयोग भी दिया—क्या ऐसा गांधीजी और श्री वल्लभभाई के बढ़ते प्रभाव के कारण नहीं हुआ?

जितेनभाई ने कहा. ''मैं श्री वल्लभभाई से तुम्हें मिलवाना चाहता हूँ। कल सुबह 9 बजे यहाँ आ जाना।''

चमनभाई के लिए यह एक अप्रत्याशित आनन्ददायक कृपा थी, वे उल्लास और उत्साह से भर गए। अपने आदर्श से मिलने का सुअवसर उहें इतनी जल्दी प्राप्त हो जाएगा ऐसा उन्होंने नहीं सोचा था। वे इसी उधेड़बुन में रहे कि वे श्री वल्लभभाई से कैसे मिलेंगे? वे उनसे कैसे बातें करेंगे? उन्होंने सुन रखा था कि श्री वल्लभभाई गम्भीर स्वभाव के हैं और कम बोलते हैं। वे उनसे क्या बातें करेंगे? श्री वल्लभभाई के सामने कैसे खड़े होंगे, कैसे उनका अभिवादन करेंगे, कौन से कपड़े पहनकर उनके पास जाएँगे?

अचानक, चमनभाई को जानकी द्वारा दिए गए पैकेट की याद आई, उसमें खादी के कुरता-पजामा के दो सेट थे। अपनी प्यारी बहन को उन्होंने प्रेम भरे भाव से मानो एक मौन सन्देश भेजा—''बहुत बहुत धन्यवाद दीदी, आज के इस सौभाग्यपूर्ण दिन मैं तुम्हारे दिए हुए कपड़े पहन रहा हूँ, मुझे आशीर्वाद दो कि मैं तुम्हारे प्रेम और उपकार को कभी न भूलूँ। अब खादी ही मेरा परिधान रहेगा।''

उस रात कई आनन्ददायक विचारों में वे मग्न रहे। उनके मानस में स्वराज की छवि स्पष्ट नहीं थी, पर वे इस बारे में आगे सोचना नहीं चाहते थे। उनके लिए पहला निश्चयात्मक पग बढ़ाना ही पर्याप्त था, उन्होंने सोचा, पहला कदम तो मजबूती से बढ़ाऊँ, दूसरा तो अपने आप बढ़ जाएगा!

वे जानते थे कि उन्हें यश, सम्मान, सम्पत्ति-कुछ भी नहीं मिलेगी, पर उन्हें वह सब कुछ मिल रहा था, जिसे वो पाना चाहते थे! श्री वल्लभभाई से एक बार मिलने का सौभाग्य पाना क्या एक बड़ी उपलब्धि नहीं थी? वे इस भेंट को अपनी स्मृति-मंजूषा में सुरक्षित रखना चाहते थे!

उनके कमरे की खिड़की से आने वाली स्वर्णिम प्रात-रश्मि की स्नेहिल ऊष्मा ने उनका अभिनन्दन किया। पड़ोस की छत पर बैठे पक्षियों के गुंजन ने उनके आह्लाद में अपनी खुशी मिलाई। वे ऐसे ही प्रसन्नचित्त श्री वल्लभभाई से मिलेंगे और वे हमेशा ऐसे ही चहचहाते रहेंगे! आखिर हर प्राणी को ईश्वर दाना-पानी दे ही देते हैं।

फिर उन्हें किस बात की चिन्ता है! उन्हें तो उनके परिवार और सम्बन्धियों ने इस चिन्ता से भी मुक्त कर रखा है।

चमनभाई ने श्री वल्लभभाई की भेदती दृष्टि के विषय में सुन रखा था—वे एक नजर में सामने वाले का मनोभाव जान लेते हैं, कोई उनकी चापलूसी नहीं कर सकता और उन्हें धोखा नहीं दे सकता। वे सरल, सच्चे और निःस्वार्थ लोगों को बहुत पसन्द करते हैं।

चमनभाई मन-ही-मन अपने आप को समझा रहे थे—उन्हें किस बात का भय? उन्हें तो अपने आदर्श के प्रति अपनी श्रद्धा निवेदित करनी है, और अगर वे कुछ पूछें तो उनके प्रश्न का निर्भय होकर स्पष्ट उत्तर देना है!

उन्होंने जितेनभाई से पूछा, "वकील साहब, श्री वल्लभभाई मुझ से क्या पूछेंगे? मुझे उनसे क्या कहना चाहिए?"

"यह भी सम्भव है कि वे तुमसे कुछ नहीं पूछें। वे एक दृष्टि में तुम्हे समझ लेंगे। वे तुरन्त जान जाएँगे कि तुम्हारा देश सेवा का संकल्प दृढ़ है या नहीं! हो सकता है कि वे तुमसे तुम्हारे परिवार, गाँव और आस-पास के इलाकों के बारे में कुछ पूछें। मैं कुछ बता नहीं सकता, चमनभाई। लेकिन मैं अपने व्यक्तिगत अनुभव के आधार पर इतना जरूर कह सकता हूँ कि वे बाहर से भले कुछ कड़े से लगते हों, पर अन्दर से बहुत कोमल हृदय व्यक्ति हैं। उनमें बच्चों जैसी सरलता है और वे दिल खोलकर हँसीं मजाक भी करते हैं।"

जितेनभाई ने मुस्कुराते हुए कहा, "अब से मुझे वकील साहब नहीं, जितेन-भाई कहो।"

जब वे श्री वल्लभभाई के भद्रा स्थित आवास पर पहुँचे, तो उनके श्रद्धेय नेता कुछ लोगों से बातें कर रहे थे। उन लोगों के बाहर निकलने के बाद जितेनभाई की बारी आई, वे अन्दर गए और कुछ मिनटों के बाद उन्होंने चमनभाई को बुलाया।

चमनभाई की दीर्घ-संचित अभिलाषा को पूर्ण करनेवाला यह सुखद प्रभात उनके लिए अत्यन्त मूल्यवान था। चमनभाई को अपने पूज्य आदर्श को निकट से देखने का सुअवसर मिला। श्री वल्लभभाई का व्यक्तित्व खादी के धोती-कुर्ते में अत्यन्त प्रभावशाली दिख रहा था। वे प्रसन्न चित्त थे और उन्होंने सहृदयता से चमनभाई का स्वागत किया, "बैठ जाओ, क्या नाम है तुम्हारा? कहाँ के रहने वाले हो?"

"जी, मैं चमनभाई, रास का रहने वाला हूँ और अहमदाबाद में अपने बहनोई मुकुन्दभाई की कम्पनी में काम करता हूँ।"

"अच्छा, रास तो हमारे काम के लिए महत्त्वपूर्ण है, यहाँ क्या काम करते हो?"

"हमारा अनाज का व्यापार है", उन्होंने अपने काम के विषय में बतलाया।

श्री वल्लभभाई ने कहा, ''मैं मुकुन्दभाई के परिवार को जानता हूँ, वे अच्छे लोग हैं। जितेनभाई ने मुझे तुम्हारे विषय में बतलाया है, मैं तुम्हारी देश-सेवा की लगन से खुश हूँ। लेकिन, यह राह आसान नहीं है, काँटों और कष्टों से भरी है। तुम्हें अपनी सारी सुख-सुविधा छोड़नी पड़ेगी। क्या तुम इस तरह का जीवन जी सकोगे? एक सत्याग्रही का जीवन आत्म-सम्मान से दीप्त तो होता है, पर उसे सब कुछ खोने और हर प्रकार का कष्ट सहने के लिए तत्पर रहना पड़ता है।''

चमनभाई का हृदय-कुसुम उनकी बातें सुनकर खिल उठा। उन्होंने खादी कपड़ों में, सत्याग्रह में भाग लेते हुए अपने आपको देखा। उनकी एकमात्र इच्छा एक सच्चे सत्याग्रही के रूप में अपने नेता के आदेशों पर चलने की थी।

उन्होंने कहा, ''मुझे मालूम है, पर स्वराज के काम में आप जो भी करने को कहेंगे वह मैं करूँगा।''

''शाबाश, तुम एक बहादुर युवक हो, आगे बढ़ो। मेरा आशीर्वाद तुम्हारे साथ है।''

''जितेनभाई तुम्हें समय-समय पर बताएँगे कि तुम्हे क्या करना है।''

यह भेंट समाप्त करने का संकेत था, चमनभाई ने नम आँखों से अपने आदर्श नेता पर एक सम्मान भरी दृष्टि डाली और श्रद्धापूर्वक उनके चरण छुये। श्री वल्लभभाई ने मुस्कुराकर उन की पीठ थपथपाई।

चमनभाई ने इस पल को अपने हृदय-कोष में सादर बन्द कर लिया, यह उनकी सबसे अनमोल सम्पत्ति थी। श्री वल्लभभाई से मिलने में उनका भय और संकोच निर्मूल था, उन्हें लगा कि वे एक प्रख्यात नेता से नहीं, अपने अभिभावक से मिल रहे हैं। उन्हें इस बात की आन्तरिक प्रसन्नता थी कि अब उनके जीवन की गति प्रत्यक्ष या परोक्ष रूप में श्री वल्लभभाई के निर्देशन में आगे बढ़ेगी। इस सुखद भाव और आशा ने उन्हें आनन्द से भर दिया।

बाहर आने पर चमनभाई ने जितेनभाई के प्रति अपनी कृतज्ञता जतानी चाही, ''वकील सहब''....

जितेनभाई ने रोकते हुए कहा, ''वकील साहब नहीं, जितेनभाई!''

चमनभाई ने कहा, ''कोशिश करूँगा, थोड़ा समय लगेगा। आपकी कृपा का शुक्रिया कैसे अदा करूँ, जितेनभाई?''

जितेनभाई ने कहा, ''इस औपचारिकता की कोई जरूरत नहीं है, यह कोई सरकारी ऑफिस नहीं है। तुम बहुत भाग्यशाली हो कि इतनी छोटी उम्र में तुम्हे श्री वल्लभभाई से बातें करने का मौका मिल गया, तुम्हे उनका आशीर्वाद मिला, अब और क्या चाहिए!''

''हाँ, मैं सचमुच भाग्यशाली हूँ जितेनभाई, पर आपकी मदद के बिना श्री वल्लभभाई से मिलना मेरे लिए असम्भव था!'' जितेनभाई ने कहा, ''अच्छा

हुआ हम लोग उनसे अभी मिल पाए। इन दिनों श्री वल्लभभाई के हाथों में कई महत्त्वपूर्ण काम हैं। चाहे वह अहमदाबाद म्युनिसिपैलिटी में उनके कामों की जवाबदेही हो, राष्ट्रीय विद्यापीठ की स्थापना सम्बन्धी काम हों या नागपुर कांग्रेस का सफल आयोजन करने की जिम्मेवारी हो—सभी जगह उनकी बहुत जरूरत है। हमें उनकी मदद करने के लिए हमेशा तैयार रहना चाहिए।''

जितेनभाई ने, चमनभाई के कन्धों पर हाथ रखते हुए कहा, ''मैं बहुत खुश हूँ चमनभाई। अपने काम जल्दी-जल्दी निपटाते जाओ, हम शीघ्र ही श्री वल्लभभाई द्वारा दिए गए कामों में व्यस्त हो जाएँगे।''

कैलाशभाई को अपना उत्तरदायित्व सँभालने में एक सप्ताह भी नहीं लगा, वे इन कामों को कई वर्षों से करते आ रहे थे। उन्होंने चमनभाई से कहा, ''मैं तुम्हें तभी तकलीफ दूँगा, जब तुम्हारी बहुत जरूरत पड़ेगी। तुम कोर्ट-कचहरी, सरकारी ऑफिस, ठीका आदि कामों को निपटाते जाओ और जब खाली रहो तब मेरी मदद करो।''

चमनभाई अपना काम तेजी से निपटाने लगे, कई मामले सुलह के अन्तिम चरण में थे, वे उन से सम्बन्धित विषयों पर राय लेने के लिए जितेनभाई के ऑफिस में दो-तीन बार गए पर जितेनभाई अपने कार्यालय में नहीं मिले। जब दो दिनों बाद उनकी मुलाकात जितेनभाई से हुई तो उन्होंने बताया, ''मैं श्री वल्लभ भाई के साथ कुछ जरूरी कामों में व्यस्त था। वे इन दिनों राष्ट्रीय विद्यापीठ की स्थापना के काम में तेजी से लगे हैं। जुलाई में गुजरात प्रान्तीय सभा की जो बैठक नाडियाड में हुई थी उसमें राष्ट्रीय विद्यापीठ स्थापित करने का निर्णय लिया गया था। गांधीजी की हार्दिक इच्छा ऐसे राष्ट्रीय विद्यालयों को स्थापित करने की है जो देशभक्ति, स्वावलम्बन और नैतिक मूल्यों पर जोर दें। हमें इनके विषय में लोगों को बतलाना है और उनसे आग्रह करना है कि वे अपने छात्रों को राष्ट्रीय विद्यापीठ में पढ़ने को भेजें।''

जितेनभाई ने आगे बताया, ''यह कार्य श्री वल्लभभाई को बहुत प्रिय है। गांधीजी विद्यापीठ के कुलपति और श्री वल्लभभाई इसके मुख्य प्रबन्धक रहेंगे।''

चमनभाई को यह काम पसन्द था। अहमदाबाद और नाडियाड में कई लोग राष्ट्रीय विद्यापीठ की स्थापना के निर्णय से अवगत थे पर गाँवों में इसके विषय में बहुत कम लोग जानते थे। जितेनभाई और चमनभाई ने मिलकर कई गाँवों में विद्यापीठ के विषय में लोगों को बतलाने, खादी पहनने और स्वराज सम्बन्धी विषयों की जानकारी देने की योजना बनाई। इस सिलसिले में चमनभाई रास गए।

जानकी ने जो रुपए उन्हें दिए थे, उनका उपयोग करने का यह उचित अवसर था। उन रुपयों से उन्होंने अपनी भाभियों के लिए चरखे और सूत कातने की रूई आदि खरीदी।

खादी के कुरते-पाजामे में चमनभाई खूब जँच रहे थे, जीवनभाई को उनका यह पहनावा पसन्द आया। दमयन्ती, यशोदा और परिवार के अन्य सदस्यों ने श्री वल्लभभाई

से उनकी मुलाकात की बातें जानकर बहुत प्रसन्नता जताई और चमनभाई को भाग्यशाली बताया।

दमयन्ती ने कहा, "तुम बड़े भाग्यशाली हो। कैसे दीखते हैं श्री वल्लभभाई? उन्होंने तुमसे क्या बातें कीं?"

यशोदा ने जिज्ञासा प्रकट की, "लोग कहते हैं कि वे बहुत कम बोलते हैं और हमेशा गम्भीर मुद्रा में रहते हैं। उनसे मिलने में तुम्हें डर नहीं लगा? उन्होंने तुम से क्या कहा?"

अब चमनभाई की बारी थी। उन्होंने हँसते हुए कहा, "श्री वल्लभभाई ने मुझे तुमसे यह बताने को कहा है कि तुम लोग चरखा चलाओ, सूत कातो और खादी पहनो। भाभी, तुम दोनों तो वैसे ही इतनी सुन्दर हो, खादी के कपड़ों में तो और भी खूबसूरत लगोगी।"

यशोदा ने छेड़ा, "बात मत बनाओ, खादी तो पहन ली, शादी कब करोगे?"

दमयन्ती ने कहा, "अरे यशोदा, चमनभाई रास का चतुर जवान है, देखना एक दिन किसी खूबसूरत खादी वाली को ब्याह लाएगा?"

चमनभाई ने मजाक किया, "मेरी प्यारी भाभियो, अपनी किसी सुन्दर बहन से मेरी शादी करा दो न, मैं उसे भी खादी वाली बना दूँगा!"

"जा, कल्लू नाई से हजामत बनवाकर आ!" दमयन्ती ने कहा।

दमयन्ती और यशोदा चरखे को उत्सुकता से देखने लगीं।

राष्ट्रीय विद्यापीठ की स्थापना अक्टूबर में कर दी गई। लोगों ने उत्साह से इसका स्वागत किया। गांधी जी को यह कार्य कितना प्रिय था, यह 15 नवम्बर 1920 को विद्यापीठ के पहले बैच के छात्रों को दिए गए उनके भाषण से स्पष्ट था। महात्माजी ने कहा कि यद्यपि उन्होंने बड़ी जवाबदेही के कई महत्त्वपूर्ण कार्य पूरे किए हैं, पर उनके किसी भी काम की तुलना विद्यापीठ की स्थापना से नहीं की जा सकती।

श्री वल्लभभाई विद्यापीठ का प्रबन्ध देखते थे। उनकी यह हार्दिक इच्छा थी कि लोग अपने छात्रों को सरकारी विद्यालयों और संस्थानों में पढ़ाने की अपेक्षा विद्यापीठ में भेजें। चमनभाई और उन जैसे अन्य कई स्वयंसेवक गाँवों में भेजे गए थे, उसका अच्छा परिणाम निकला। राष्ट्रीय विद्यापीठ को लोगों ने आत्मीयता से अपनाया, बाद में इसका नाम गुजरात विद्यापीठ कर दिया गया। जब सरकार ने नाडियाड के म्युनिसिपल स्कूल के शिक्षकों के वेतन के पैसे देने बन्द कर दिए तो विद्यापीठ ने कुछ पैसे उनकी सहायता के लिए भेजे। समय-समय पर जितेनभाई, चमनभाई को भी विद्यापीठ सम्बन्धी कुछ काम करने को कहते थे।

गांधीजी के समय पर बड़ी माँग थी। वे असहयोग आन्दोलन, हिन्दू-मुस्लिम एकता, राष्ट्रीय विद्यालय एवं स्वराज से सम्बन्धित बातें बताते थे, कांग्रेस को

मजबूत करने पर जोर देते थे और लोगों को मिलजुलकर स्वराज की लड़ाई लड़ने को प्रोत्साहित करते थे। उनका अन्य सामाजिक और राजनीतिक कार्यों पर भी बहुत जोर था और श्रीवल्लभभाई उन कामों में काफी सक्रिय थे।

जितेनभाई कांग्रेस अधिवेशन में सम्मिलित होने के लिए चमनभाई को भी अपने साथ नागपुर ले गए। कांग्रेस के इस 35 वें अधिवेशन में शामिल होने के लिए पूरे देश से लगभग 20,000 प्रतिनिधि आए थे। श्री विजयरंगाचारियर इस के अध्यक्ष थे। गांधीजी ने एक नया संविधान प्रस्तावित किया जिसे स्वीकार कर लिया गया। असहयोग आन्दोलन सम्बन्धी प्रस्ताव का जिन्ना साहब ने विरोध किया पर मात्र एक प्रतिनिधि ने ही उनका समर्थन किया।

चमनभाई के लिए यह एक उपयोगी अनुभव था, उन्होंने कई महत्त्वपूर्ण विषयों पर राष्ट्रीय स्तर के नेताओं की बातें सुनीं, उनकी समझ में आया कि महान नेता किस प्रकार सोचते हैं और कार्य करते हैं।

अधिवेशन के बाद, अखिल भारतीय कांग्रेस समिति की बैठक में लोकमान्य तिलक के नाम से एक कोष स्थापित करने का निर्णय लिया गया। इस फंड के अन्तर्गत 10 लाख लोगों से 4 आने चन्दा लेकर सदस्य बनाने का लक्ष्य रखा गया। यह भी निर्णय लिया गया कि देश में कम-से-कम 20 लाख चरखे चलवाए जाएँ। इस राष्ट्रीय लक्ष्य को विभिन्न राज्यों के बीच बांटा गया, गुजरात और काठियावाड़ के लिए 3 लाख सदस्य और 1 लाख चरखों का लक्ष्य निर्धारित हुआ। यद्यपि यह लक्ष्य कुछ अधिक था पर श्री वल्लभभाई ने आश्वासन दिया कि गुजरात और काठियावाड़ इसे प्राप्त करने में पीछे नहीं रहेंगे।

जितेनभाई ने चमनभाई से कहा, ‘‘कुछ ही दिनों पहले तुम पूछ रहे थे न कि तुम्हें क्या करना होगा? अब तुम आसानी से समझ सकते हो कि हमें कितना काम करना है!’’

चमनभाई को यह कार्य बहुत पसन्द आया—वे कुछ सार्थक काम करना चाहते थे। उन्हें अपनी योग्यता और उपयोगिता स्थापित करनी थी और सत्याग्रह के पथ पर ठोस कदम बढ़ाने थे। उन्हें एक ऐसा सत्याग्रही बनना था जिस पर जितेनभाई और श्री वल्लभभाई भरोसा कर सकें।

चमनभाई ने अपने आप को इस काम में झोंक दिया। वे कई गाँवों में पैदल गए, प्राय: वे जमीन पर चादर ओढ़ कर सो जाते थे, चना-चबेना खा लेते, कभी-कभी अपना खाना स्वयं पकाते। वे किसी भी प्रकार का बोझ गाँव वालों पर नहीं देते थे। यह एक सत्याग्रही की सच्ची परीक्षा थी। वे लोगों के बीच में प्रचार करते थकते नहीं थे। उन्हें चार आने वाला सदस्य बनने के लिए आग्रह करते—*एक चवन्नी चाँदी की, जय बोल महात्मा गांधी की!* वे लोगों को सूत कातने और खादी बनाने पर जोर देते, पारस्परिक सौहार्द्र बनाए रखने के गांधीजी के अनुरोध को दुहराते, असहयोग

के सम्बन्ध में लोगों को समझाते और लोगों द्वारा पूछे गए सवालों का यथासम्भव उत्तर देते। कई लोगों ने उनसे गांधीजी, श्री वल्लभभाई, साबरमती आश्रम, नागपुर कांग्रेस आदि के विषय में पूछा। कुछ जगहों पर लोग उनका सम्मान भी करते थे। कुछ लोग उनके परिवार को जानते भी थे, इसलिए उन्हें अपन काम करने में बहुत आनन्द आता था! उन्हें पता ही नहीं चलता था कि दिन कब समाप्त हो गया! उनके लिए यह एक बहुत सन्तोषप्रद और उपयोगी अनुभव था। चमनभाई को विभिन्न गाँवों में लोगों की अवस्था देखने का अवसर मिला। कई लोग स्वराज की लड़ाई में आगे आना चाहते थे।

गुजरात ने अपना लक्ष्य पूरा कर लिया, गुजरात और काठियावाड़ ने तिलक स्वराज फंड के लिए 10 लाख रुपयों के लक्ष्य को पीछे छोड़ते हुए, 15 लाख रुपए जमा किए, चार आना सदस्यों की वांछित संख्या भी पहुँच गई, जून के अन्त तक, निर्धारित प्रान्तीय लक्ष्य प्राप्त कर लिया गया।

जितेनभाई ने चमनभाई और अन्य कार्यकर्ताओं को उनके नि:स्वार्थ परिश्रम के लिए धन्यवाद दिया और कहा कि एक अन्य महत्त्वपूर्ण कार्य में उन्हें संलग्न होना है। यह निर्णय लिया गया है कि सितम्बर माह के अन्त से, विदेशी वस्त्रों का बहिष्कार करने का कार्यक्रम चलाया जाए। श्री तिलक महाराज की पुण्यतिथि—1 अगस्त को, विदेशी वस्त्रों को जलाने का कार्यक्रम आयोजित किया जाए।

चमनभाई की इस प्रकार के कामों को सम्पन्न करने में रुचि थी। जितेनभाई ने कहा कि विदेशी वस्त्रों के बहिष्कार से मैनचेस्टर के कपड़ा मिलों को आर्थिक धक्का लगेगा और यहाँ भारत में बने कपड़ों, विशेषत: खादी को प्रोत्साहन मिलेगा। श्री वल्लभभाई का यह मत है कि असहयोग के कारण, यहाँ की ब्रिटिश हुकूमत कमजोर होगी और हमें स्वराज मिल जाएगा।

चमनभाई और अन्य कार्यकर्ता इस कार्य में लग गए, उन्होंने जनता के बीच में जाकर लोगों से सहयोग देने का आग्रह किया। श्री वल्लभभाई ने अपने सारे विदेशी वस्त्रों को अग्नि के हवाले कर दिया। जनता ने इस कार्य में बहुत उत्साह के साथ भाग लिया।

एक शाम जितेनभाई, चमनभाई को लेकर एक शराब की दुकान पर गए जहाँ कई महिलाएँ शराबबन्दी के लिए आन्दोलन कर रही थीं। दुकानदार और उसके सहयोगी उन्हें ऐसा करने से रोक रहे थे। एक स्थान पर उन लोगों ने कुछ अधिक उत्तेजना देखी। दुकान बन्द थी पर कई लोग वहाँ घेरा डाले बैठे थे। कुछ लोगों ने बताया कि दुकानदार ने कुछ गुंडों को बुलवा लिया है और पिछले दरवाजे से शराब बेच रहा है।

अचानक एक युवा लड़की दौड़ती हुई आई और उसने कहा, "जल्दी चलिए, पीछे धरना दे रही महिलाओं के साथ गुंडे बदसलूकी कर रहे हैं।"

जितेनभाई, चमनभाई और कई अन्य कार्यकर्ता दौड़े। कई महिलाओं के साथ हाथा-पाई की गई थी, कुछ के कपड़े भी फाड़ दिए गए थे और गुंडे उन्हें धमका रहे थे। इस भाग-दौड़ में कुछ महिलाओं को मामूली चोटें भी आई थीं।

जब गुंडों ने उन्हें आते देखा तो वे भाग खड़े हुए।

लोग उत्तेजित थे, जितेनभाई ने उनसे शान्ति बनाए रखने का आग्रह किया, चमनभाई दौड़कर दवा की दुकान से मरहम पट्टी का सामान और कुछ प्राथमिक दवाएँ ले आए, दुकानदार ने उनके पैसे भी नहीं लिए।

जितेनभाई ने लड़कियों से कहा कि वे आहत महिलाओं की मरहम पट्टी करें। एक अधेड़ महिला ने जितेनभाई के पास आकर कहा, ''जितेनभाई, आपका बहुत-बहुत धन्यवाद, आप लोग सही समय पर पहुँच गए! हम लोग तो घबरा गए थे।''

उस महिला का नाम लक्ष्मीबेन था और वह जितेनभाई के पड़ोस में रहती थी, वह उस इलाके की स्वयंसेवी महिलाओं की प्रमुख थी।

जितेनभाई ने कहा, ''हम लोग तो बाहर की ओर थे, दुकान के पिछवाड़े क्या हो रहा था, इसकी जानकारी उस समय हमें नहीं थी। इस लड़की ने हिम्मत और अक्ल से काम लिया और भागकर हमारे पास आई।''

''यह मेरी भतीजी है—उमा। छुट्टियों में मेरे पास नाडियाड से आई है। सेवा कार्य में मेरे साथ भाग लेती है।''

उमा की उम्र 15-16 वर्षों की होगी, वह सौम्य और आकर्षक लड़की थी, उसकी आँखों में चमक थी और उसके चेहरे से उत्साह टपकता था। उसने हाथ जोड़कर जितेनभाई और चमनभाई को नमस्कार किया।

लक्ष्मीबेन ने कहा, ''हम सत्याग्रही हैं, हमें दुकानदारों के विरोध का सामना तो करना ही पड़ता है, पर आज तक किसी ने गुंडों को नहीं बुलवाया था!''

''चलो, दुकानदार को देखते हैं'', जितेनभाई ने कहा।

वे दुकान के पिछवाड़े गए, वहाँ भी ताला लगा था।

''कायर भाग गया'', लक्ष्मीबेन ने कहा।

एक महिला ने आगे आकर कहा, ''कब तक भागेगा, कल फिर देखेंगे।''

दूसरे दिन उस दुकानदार ने पुलिस बुलवा ली थी। जब सत्याग्रही वहाँ पहुँचे तो उन्हें दुकान से पहले ही रोक दिया गया। महिला सत्याग्रहियों ने आगे आने की कोशिश की तो उन्हें धक्के देकर पीछे खदेड़ दिया गया।

जितेनभाई, चमनभाई और कुछ पुरुष आगे आए। उन लोगों ने महिलाओं को पीछे हटने को कहा और पुरुष आगे बढ़ने लगे। जितेनभाई ने उनका नेतृत्व किया। पुलिस उन्हें रोकने के लिए आगे बढ़ी, पर पुरुष नहीं माने, वे बढ़ते गए। कई लोग एकत्र हो गए और दुकान की ओर बढ़ने का प्रयास करते गए। पुलिस ने लाठी चार्ज

कर दिया। एक पुलिस वाले ने जितेनभाई के सर पर काफी जोरों से लाठी चलाई, चमनभाई वहीं पास में थे, उन्होंने तेजी से आगे बढ़कर लाठी का प्रहार अपने कन्धों पर ले लिया। चमनभाई को बहुत चोट लगी, उनके कन्धों और बाहों से काफी खून बहने लगा। उनकी तत्परता से जितेनभाई का सर फूटने से बाल-बाल बचा। लोगों ने इन दोनों को पीछे किया और कुछ लोग उन्हें प्राथमिक चिकित्सा देने लगे। इनकी जगह अन्य सत्याग्रही आगे आ गए। यह सिलसिला कुछ देर तक चला, लोग आगे बढ़ते गए और चोट खाते गए। तब तक सड़क पर चलने वाले कुछ राहगीर भी आगे आने लगे और एक बड़ी भीड़ इकट्ठी हो गई। लोगों ने दूकानदार को पीटने और दुकान में आग लगाने की बात भी कही, पर महिलाओं ने उन्हें रोक दिया, "नहीं भाई, हम लोग सत्याग्रही हैं। हिंसा का जवाब हिंसा से मत दीजिए, उन्हें प्रहार करने दीजिए, हम लोग अपना काम करते रहेंगे, आखिर वे कब तक हम पर लाठियाँ चलाएँगे? हमारे पास स्वयंसेविकाओं की कमी नहीं है।"

लोग प्राथमिक उपचार देने और घायलों को अस्पताल पहुँचाने में लग गए। पास के दवा-दुकानदार ने मुफ्त में दवाएँ दीं और अपने कर्मचारी को भी उनकी मदद देने को कहा। पुलिसवाले बेशर्मी से यह सब देखते रहे।

चमनभाई दर्द से व्याकुल थे, उनका काफी खून बह चुका था, वे शीघ्र संज्ञा-शून्य हो गए। जब उनकी आँखें खुलीं तो उन्होंने अपने आप को अस्पताल की फर्श पर पाया, जितेनभाई भी पास में थे और दोनों के शरीर पर जगह-जगह पट्टियाँ लगी थीं, दर्द के मारे वे सर उठा नहीं पा रहे थे। आस-पास उनकी तरह कई घायल सत्याग्रही फर्श पर लेटे थे।

चमनभाई मुश्किल से अपना सर थोड़ा सा हिला सके। उन्होंने पास के बिस्तर पर जितेनभाई को देखा और हाथ उठाकर उनका अभिनन्दन करने की कोशिश की, पर पीड़ा बहुत थी, वे अपना हाथ उठा नहीं सके। उन्होंने आँखों से उनका अभिवादन किया।

अगली सुबह श्री वल्लभभाई और कुछ अन्य नेता अस्पताल आए। जितेनभाई ने श्री वल्लभभाई से कहा, "चमनभाई ने मुझे बचा लिया, वर्ना पुलिस वाले ने तो मेरी जान ले ही ली थी!"

चमनभाई ने उठकर उनका अभिवादन करना चाहा, पर वे उठ न सके। वे हाथ जोड़कर उन्हें प्रणाम करना चाहते थे पर वे अपने हाथ उठा नहीं सकते थे। श्री वल्लभभाई ने उनका अभिवादन स्वीकार किया, उन्हें थपथपाया और कहा, "बहादुर आदमी है, सच्चे सत्याग्रही के यही लक्षण हैं!"

चमनभाई को उनकी बातें सुनकर बहुत सन्तोष हुआ, अपने प्रिय नेता से ऐसे वचनों को सुनने के लिए वे ऐसी कई चोटें खाने को सहर्ष तैयार थे। उनकी आँखें नम हो आईं। उन्हें लगा कि उनका सारा दर्द खत्म हो गया।

सुबह से ही लोग अस्पताल में घायलों को देखने आने लगे। लक्ष्मीबेन उमा और कुछ अन्य महिलाओं के साथ आईं। उन्होंने जितेनभाई से कहा, "कितनी चोट लगी है। बेरहम सिपाहियों को लज्जा नहीं आई, कितना खून निकल गया है!"

जितेनभाई ने कहा, "चमनभाई ने लाठी का वार अपने कन्धों पर झेल लिया न, अन्यथा मेरा सर तो फूट ही जाता। इन्होंने मेरी जान बचा दी।"

जितेनभाई ने पास के बिस्तर पर लेटे चमनभाई की ओर इशारा किया। लक्ष्मी और उमा चमनभाई के पास आ गए, लक्ष्मी ने उनकी चोटें देखीं, उसकी आँखों में आँसू आ गए, उसने चमनभाई से कहा, "एक सच्चे सत्याग्रही का त्याग दिखलाया चमनभाई ने! कितनी चोटें लगी हैं!"

लक्ष्मी ने स्नेहपूर्वक चमनभाई के कन्धे थपथपाए, "चमनभाई, आपने बहुत बहादुरी का काम किया है, जितेनभाई की जान बचाने का बहुत-बहुत धन्यवाद। भगवान आप दोनों को जल्द स्वस्थ करें।"

चमनभाई ने मुस्कुराने की कोशिश की। उमा ने अपनी आँखों के कोने से उन्हें देखा और नमस्कार किया। उसके मोहक चेहरे पर उदासी थी और उसकी आँखों में चमनभाई के लिए प्रशंसा का भाव था।

लक्ष्मी और उमा अन्य घायलों से मिलकर फिर जितेनभाई और चमनभाई के पास लौटे। लक्ष्मी ने पूछा, "आपको कुछ चाहिए जितेनभाई ? मैं थोड़ी देर में आप दोनों के लिए खाना लेकर आऊँगी।"

जितेनभाई ने मना किया, "नहीं, ऐसा मत करना। यहाँ कई सत्याग्रही हैं, हम दोनों के लिए विशेष रूप से लाया गया खाना अच्छा नहीं लगेगा। अस्पताल से जो खाना मिलेगा वह हमारे लिए पर्याप्त होगा।"

किन्तु लक्ष्मी ने जितेनभाई की बात नहीं मानी, वे और उमा कुछ अन्य महिलाओं के साथ खाना लेकर पहुँचीं, "हम सब ने मिलकर बनाया है, प्रेम से खाओ, सबके लिए है।"

जितेनभाई और चमनभाई अपने हाथों से खा नहीं सकते थे, लक्ष्मी और उमा ने उन्हें खाना खिलाया। चमनभाई के लिए यह एक मधुर अवसर था! वे इस प्रेम-सिक्त क्षण की स्मृति अपनी आँखों में बिठाकर सो गए।

जितेनभाई को पाँच दिनों बाद छोड़ दिया गया, चमनभाई को अस्पताल छोड़ने में लगभग एक सप्ताह और लग गया। उनकी देखभाल के लिए रास से उनका पूरा परिवार आ चुका था, मुकुन्दभाई और जानकी भी नाडियाड से अहमदाबाद आ गए थे।

चमनभाई की दशा देखकर दमयन्ती और यशोदा रो पड़ीं। दमयन्ती ने चमनभाई को बचपन से देखा था और उन्हें एक बड़ी बहन का प्यार दिया था। उन्होंने जीवनभाई की और संकेत कर कहा, "मैंने मना किया था न, ये नहीं माने। चमनभाई

अभी बच्चा है, उसे सत्याग्रही बनाने की कौन सी जल्दी थी? देखो, जालिमों ने इस बच्चे की क्या हालत बना दी है!''

भुवनभाई ने अपने बड़े भाई का बचाव किया, ''चमनभाई अब जवान हो गया है, उसे अपने भले-बुरे की पहचान हो गई है। हम लोगों ने उसे कितना समझाया था, वह मानने को तैयार नहीं था। उसने यह रास्ता स्वयं चुना है और वह इस रास्ते पर चलकर खुश है। भैया ने उसे सत्याग्रही बनने की अनुमति देने का सही निर्णय लिया। देश के लिए हम लोगों ने तो कुछ नहीं किया, उसने एक सच्चे सत्याग्रही का कर्तव्य निभाकर हमें और हमारे पूरे परिवार को गौरवान्वित किया है। उसकी खूब सेवा करो ताकि वह जल्द स्वस्थ हो जाए।''

मुकुन्दभाई ने अस्पताल में चमनभाई के आस-पास लेटे घायलों की याद दिलाई।

''आप लोगों ने अस्पताल में देखा था न, चमनभाई अकेला नहीं है, कितने सत्याग्रही वहाँ घायल पड़े थे। उन सब लोगों का हृदय त्याग और देश सेवा की भावना से भरा है। हमें तो चमनभाई जैसा होना चाहिए।''

जानकी ने भी सहयोग दिया, ''नाडियाड में भी मैंने बहुत लोगों को सत्याग्रह में शामिल होते देखा है। कई महिलाएँ और युवा लड़कियाँ पिकेटिंग कर रही हैं, विदेशी वस्त्रों की दुकानों के आगे धरना दे रही हैं, खादी का प्रचार कर रही हैं और लोगों से शराब न पीने का आग्रह कर रही हैं।''

मुकुन्दभाई ने कहा, ''वे दुकानदारों का विरोध सहन कर रही हैं। व्यापारी तो अपना व्यापार बचाने के लिए हर तरह के उपाय कर रहे हैं, पर सत्याग्रही लोगों की संख्या बढ़ती ही जा रही है, लोग उन्हें समर्थन दे रहे हैं।''

अचानक दरवाजे पर आहट हुई, लक्ष्मी और उमा अन्दर आए। लक्ष्मी ने मुकुन्दभाई को देखा और मुकुन्दभाई ने उनकी ओर। दोनों के चहरे चमक उठे। मुकुन्दभाई ने कहा, ''अरे लक्ष्मीबेन, आप! पहचाना मुझे, मैं मुकुन्द।''

लक्ष्मी ने प्रसन्न होकर कहा, ''अरे, मेरी प्रिय सहेली रुक्मिणी के भाई मुकुन्द! मैंने वही सोचा कि तुम्हारा चेहरा तो इतना पहचाना लग रहा है, पर बहुत दिनों बाद देखा न, इसलिए पहचानने में थोड़ी देर लगी! तुम चमनभाई को कैसे जानते हो?''

''आप नाडियाड आती नहीं है न, कैसे पहचानेंगी? चमनभाई मेरा साला है, जानकी का भाई और इसने तो नाडियाड में ही अपनी पढ़ाई की है!''

मुकुन्दभाई ने पूछा, ''और आप कैसी हैं? यह लड़की कौन है? इसका चेहरा मुझे परिचित लग रहा है।''

''मैं ठीक हूँ, स्वस्थ हूँ, तब न सत्याग्रह में भाग ले पाती हूँ। यह उमा है, मेरी भतीजी। नाडियाड में रहती है, इसलिए तुमने इसे देखा होगा। यहाँ छुट्टियों में आई है और सत्याग्रह में भाग ले रही है।''

उमा ने बड़ों के पाँव छुये।

लक्ष्मी ने कहा, ''हम लोग चमनभाई का हाल जानने आए थे, इन्होंने बहुत बहादुरी का काम किया। अब ये कैसे हैं?''

लक्ष्मी ने पिकेटिंग और लाठी चार्ज की बातें विस्तार से बतलाईं। जानकी ने उमा से बातें कीं, वह उसके परिवार को जानती थी।

थोड़ी देर बाद लक्ष्मी जाने के लिए उठ खड़ी हुई, ''मैं जितेनभाई के यहाँ जा रही हूँ।''

मुकुन्दभाई भी साथ हो लिए, ''लक्ष्मीबेन, मैं साथ चलता हूँ, मुझे भी उनसे मिलना है।''

चमनभाई को बिस्तर से उठने में कई दिन लग गए। दमयन्ती और यशोदा ने उनकी खूब सेवा की। जब वे चलने लायक हुए तो वे जितेनभाई के पास गए।

जितेनभाई ने कहा, ''अरे तुम क्यों आ गए? मैं तुम से मिलने आने ही वाला था!''

''आपको देखने की बड़ी इच्छा थी। आप कैसे हैं?'' चमनभाई ने पूछा।

''मैं ठीक हूँ, तुम डॉक्टर से मिलने कब जा रहे हो?''

''कल''

जितेनभाई ने कहा, ''तुम मेरा इन्तजार करना, मैं भी साथ चलूँगा।''

डॉक्टर ने चमनभाई की प्रगति से सन्तोष प्रगट किया और उन्हें एक माह तक विश्राम करने के सलाह दी। डॉक्टर से राय लेकर भुवनभाई उन्हें रास ले गए।

# अध्याय : नौ

परिवार के सुखद वातावरण और भाभियों की स्नेहिल सेवा से चमनभाई तेजी से स्वास्थ्य लाभ करने लगे। भुवनभाई उन्हें श्री वल्लभभाई की गतिविधियों से अवगत कराते रहते थे। वे अहमदाबाद, सूरत और नाडियाड की म्युनिसिपैलिटी के कामों में भी व्यस्त थे। सूरत और नाडियाड म्युनिसिपैलिटी का सरकार ने अधिग्रहण कर लिया था।

चमनभाई के पास जितेनभाई और कैलाशभाई के पत्र आते रहते थे। उन्हें पता चला कि गुजरात प्रान्तीय कांग्रेस कमिटी का अधिवेशन अहमदाबाद में होने वाला है, श्री वल्लभभाई स्वागत समिति के अध्यक्ष बनाए गए हैं। चमनभाई इस अधिवेशन में भाग लेने को काफी उत्सुक थे। उनके आग्रह पर भुवनभाई उन्हें अहमदाबाद ले गए और उनकी जाँच करवाई। डॉक्टर उनकी प्रगति से सन्तुष्ट थे।

लोगों के मन में यह विश्वास बैठ रहा था कि 1921 में स्वराज मिल जाएगा। इस कारण अहमदाबाद के प्रान्तीय अधिवेशन में लोगों की काफी उत्सुकता थी।

श्री वल्लभभाई के निदेशन में अधिवेशन की सजावट में खादी का मुख्य रूप से प्रयोग किया गया था, जूते रखने के थैले आदि भी खादी के ही बनाए गए। हस्त-शिल्प और गृह-उद्योग को प्रोत्साहन देने के उद्देश्य से एक स्वदेशी प्रदर्शनी भी लगाई गई थी। श्री वल्लभभाई ने बतलाया कि अधिवेशन के लिए लगभग 2 लाख पाउंड सूत काती गई है, जिसमें मुख्य योगदान गुजरात का है।

श्री वल्लभभाई ने हिन्दी में दिए गए अपने संक्षिप्त भाषण में कहा कि ईश्वर स्वराज देने के लिए हमारी कठिन परीक्षा ले रहे हैं, ताकि हम कठिनाईयों का पूरी दृढ़ता से सामना कर सकें। लोगों में अहिंसा की भावना आ रही है, वे समझ गए हैं कि अहिंसा कायरता का नहीं बल्कि आत्म-संयम का प्रतीक है। सरकार ने अहमदाबाद, सूरत और नाडियाड की म्युनिसिपैलिटी के सम्बन्ध में जो भी निर्णय लिए हैं वे लोगों को अपनी शक्ति दिखलाने के उपयुक्त अवसर प्रदान करते हैं।

अधिवेशन में निर्णय लिया गया कि जनवरी माह में बारडोली में जन-अवज्ञा आन्दोलन शुरू किया जाएगा। आणंद भी इस श्रेय को पाने का दावेदार था।

गांधीजी और श्री वल्लभभाई ने बारडोली के लोगों को 30 जनवरी को एक सभा में सम्बोधित किया और स्वराज के संघर्ष में आगे आने के लिए उनकी प्रशंसा

की। उन्होंने बताया कि सरकार हर प्रकार के दाँव-पेंच अपनाएगी, उनके मवेशी हाँक ले जाएगी, उनके गहने, बर्तन और अन्य सामान जब्त कर लेगी और उनकी जमीनों की जब्ती करने की धमकी देगी। श्री वल्लभभाई को इस बात का पूर्ण विश्वास था कि बारडोली के लोग साहस से इन सब कार्रवाइयों का सामना करेंगे।

सरकारी कर्मचारियों से अपील की गई कि वे नौकरी छोड़ दें, कई पटेलों से कहा गया कि वे अपने त्यागपत्र लिखकर दे दें जिसे उचित समय पर जमा कर दिया जाएगा।

चमनभाई कई बार जितेनभाई के साथ, और अकेले भी असहयोग आन्दोलन का प्रचार करने बारडोली गए। उन्होंने लोगों को जोश से भरा पाया। लोग सरकारी संस्थाओं का बहिष्कार कर रहे थे। राष्ट्रीय विद्यालयों के लिए लोगों में काफी उत्साह था। कुल अस्सी गाँवों में से पचास गाँवों में राष्ट्रीय विद्यालय स्थापित कर दिए गए थे। प्राय: प्रत्येक घर में चरखा चलाया जा रहा था और लोग आनन्दपूर्वक सूत कातते थे, महिलाओं ने तेजी से अपने आप को संगठित कर लिया था, वे चरखा चलाते समय नरसिंह मेहता और अन्य भक्तों द्वारा रचित भजन या देश-प्रेम के गीत गाती थीं।

*अमे महियारा रे गोकुल गाम ना*
*मारे महि वेचवाने जावा महियारा रे ......*
*गोकुल गाम ना*
*मथुरा नी वाट मही वेचवाने नीसरी*
*नटखट ए नन्दकिशोर मागे छे दाण जी*
*हे ..... मारे दाण देवा नहीं लेवा महियारा रे*
*गोकुल गाम ना*
*यमुना ने तीरे वालो वांसडी वगाड़तो*
*भुलावी भान सान ऊँघ थी जगाड़तो*
*हे ....... मारे जागी ने जोवुं ने जोवुं महियारा रे*
*गोकुल गाम ना*

लोग कर नहीं देने के लिए प्रतिबद्ध हो रहे थे। यह एक महत्त्वपूर्ण सफलता थी जिसका बहुत कुछ श्रेय श्री वल्लभभाई को जाता था। लोगों का उत्साह देखते ही बनता था। चमनभाई बहुत प्रसन्न थे, लेकिन उनकी प्रसन्नता क्षणिक थी।

5 फरवरी 1922 को उत्तर प्रदेश के चौरी-चौरा नामक स्थान पर, पुलिस की ज्यादती के विरोध में उत्तेजित लोगों ने थाने में आग लगा दी जिसमें 22 पुलिस कर्मी जलकर मर गए। गांधीजी इस दुर्घटना से इतने क्षुब्ध हुए कि 10 फरवरी को बारडोली में हुई एक सभा में उन्होंने अवज्ञा आन्दोलन बन्द करने की घोषणा कर दी।

उनके इस अप्रत्याशित निर्णय से पूरे देश का उत्साह ठंडा पड़ गया, नेता और कार्यकर्ता निराशा की घोर तमिस्रा में घिर गए, मानो एक उद्‌भासित सूर्य को अरुणोदय के तुरत बाद पूर्ण ग्रहण लग गया हो। लोगों को गांधीजी के इस निर्णय का औचित्य समझ में नहीं आया।

निराशा से हतोत्साहित चमनभाई ने जितेनभाई से गांधीजी के इस निर्णय का कारण पूछा। जितेनभाई ने कहा, ''गांधीजी अपनी अन्तरात्मा की आवाज पर काम करते हैं। अहिंसा गांधीजी को अत्यन्त प्रिय है और वे अहिंसा के पथ से विचलित नहीं हो सकते। उनका हृदय हिंसा का समर्थन करने की गवाही नहीं देता। उनके बताए मार्ग पर चलने वालों को अहिंसा का मर्म समझना होगा। गांधीजी के विचार से अब रचनात्मक कार्यक्रम में लग जाने का समय है।''

चमनभाई उनके तर्क से प्रभावित नहीं हुए। अपनी निराशा का बोझ ढोते हुए वे रास पहुँचे। वहाँ भी लोग गांधीजी के निर्णय से अचंभित और निराश थे। उन्हें लग रहा था कि गांधीजी ने उनके उत्साह पर बर्फीला पानी उड़ेल दिया है।

चमनभाई ने निरुत्साह के इस मनोभाव को क्षीण करने के उद्‌देश्य से अपने आप को खेती के काम में लगा दिया, उन्होंने जीवनभाई को कई दिनों से मदद नहीं दी थी, अब उनके काम में हाथ बँटाने का अवसर उनके पास था। नन्दूभाई लोगों से कहते नहीं थकते थे कि उनके अपने चमनभाई ने गांधीजी को निकट से देखा है, श्री वल्लभभाई से बातें की हैं और सत्याग्रह में उत्साह के साथ भाग लिया है।

शाम को गाँव के लोग चोरो पर आते और तम्बाकू की कश के साथ अपने दुःख-सुख की बातें करते थे। इन दिनों असहयोग आन्दोलन की चर्चा होती थी। आस-पास के गाँवों के कई लोग चमनभाई को जानने लगे थे, वे भी कभी-कभी उनसे गांधीजी और श्री वल्लभभाई के सम्बन्ध में कुछ बातें करने के लिए आ जाया करते थे। कई युवा चमनभाई से प्रभावित होकर सत्याग्रह में भाग लेना चाहते थे, पर अभी उसका अवसर नहीं था।

काम की धुन में चमनभाई, डॉक्टर का बताया हुआ निर्देश भूल जाया करते थे। कुछ दिनों बाद उनके कन्धों में दर्द होने लगा, जीवनभाई ने उन्हें डॉक्टर से दिखलाने के लिए अहमदाबाद भेज दिया। डॉक्टर ने एक सप्ताह तक दवा खाने और व्यायाम करने की सलाह दी। इसके बाद, कुछ आराम होने पर, चमनभाई जितेनभाई के घर गए। जितेनभाई लक्ष्मी, उमा और कुछ अन्य लोगों के साथ बातें कर रहे थे। वे लोग उन्हें देखकर प्रसन्न हुए।

जितेनभाई ने कहा, ''आओ, आओ चमनभाई, हम लोग अभी तुम्हारे विषय में ही बातें कर रहे थे, बैठो।''

चमनभाई दरी पर बैठ गए। जितेनभाई ने कहा, ''हम लोग विदेशी वस्त्रों के

बहिष्कार के लिए पिकेटिंग करने का कार्यक्रम बना रहे हैं, इस काम के लिए हमें कुछ स्वयंसेवकों की जरूरत है।''

लक्ष्मी ने मुस्कुराकर कहा, ''चमनभाई, अब कुछ लोग तुम्हें जानने लगे हैं, लोग तुम्हारे साहस की प्रशंसा करते हैं। हम स्वयंसेवक बनाने के लिए लोगों में प्रचार करेंगे। श्री वल्लभभाई ने हमें 2500 स्वयंसेवक बनाने को कहा है।''

उन लोगों ने अपनी योजना पर विचार-विमर्श किया। लोगों का उत्साह अभी वापस नहीं लौटा था, पर विदेशी वस्त्रों के दुकानदारों ने सहयोग किया। लोग वैसे भी विदेशी वस्त्र नहीं खरीद रहे थे, दुकानदारों का सुझाव था कि उन्हें देश में बने वस्त्रों को बेचने से नहीं रोका जाए। विदेशी वस्त्रों का बहिष्कार सफल रहा। अब लोग खादी को अपना चुके थे, कई परिवारों में एक प्रकार की प्रतियोगिता थी कि कौन ज्यादा सूत कात सकता है!

मध्य जून की एक दोपहर थी। चमनभाई अपने एक व्यावसायिक पार्टनर से किसी मामले को सुलझाने की बातें कर रहे थे, इसमें थोड़े रुपयों का लेन-देन था। जितेनभाई ने कागजों पर नजर डाली और कहा, ''अरे, यह बहुत छोटा मामला है, इसे जल्दी निपटा लो। हमें कई महत्त्वपूर्ण काम करने हैं।''

दोनों ने अपना काम रोककर चमनभाई को देखा। कई दिनों के बाद उनके चेहरे पर उत्साह की झलक दीख पड़ी। उन्होंने कहा, ''अब निराशा छोड़ो, श्री वल्लभभाई ने हमें नागपुर के झंडा सत्याग्रह में भाग लेने के लिए स्वयंसेवकों को भर्ती करने का काम सौंपा है!''

चमनभाई को इस विषय में कुछ पता नहीं था। उहोने पूछा, ''नागपुर में क्या होने वाला है?''

उपस्थित सभी लोग उत्सुकता से जितेनभाई की ओर देखने लगे। उन्होंने बताया, ''दो माह पूर्व नागपुर पुलिस ने वहाँ के सिविल लाइन्स इलाके में राष्ट्रीय ध्वज लेकर चलने वाले कुछ सत्याग्रहियों को पीटा और उन्हें सड़क के किनारे फेंक दिया। नागपुर के कमिश्नर चार्ल्स क्लार्क ने कहा है कि वे सत्याग्रहियों को अच्छा पाठ पढ़ाएँगे। उन्होंने धमकी दी है कि यदि झंडा लेकर कोई सत्याग्रही उनके बंगले के आगे से गुजरेगा तो वे उसे गोली मार देंगे। सत्याग्रही उनके आदेश का उल्लंघन कर रहे हैं और झंडा लेकर उनके बंगले के सामने से नारे लगाते हुए जा रहे हैं। उन्हें पीटा जाता है और गिरफ्तार भी कर लिया जाता है, फिर अन्य सत्याग्रही आगे आ जाते हैं और यह क्रम चलता रहता है।''

चमनभाई का हृदय प्रफुल्लित हो उठा। वे ऐसे अवसर की प्रतीक्षा में थे। उन्होंने पूछा, ''हमें क्या करना है?''

''सत्याग्रह के लिए स्वयं सेवक तैयार करो।''

''मैं स्वयं तैयार हूँ'', चमनभाई ने कहा।

"और मैं भी," उनके व्यवसाय पार्टनर ने भी अपनी स्वीकृति दी।

"बहुत अच्छा, कितनी उत्साह–वर्धक शुरुआत है!" जितेनभाई ने कहा, "श्री वल्लभभाई ने हमें देश–सेवा करने का एक उत्तम अवसर दिया है, गाँवों में जाओ और लोगों को तैयार करो।"

सविनय अवज्ञा आन्दोलन के अचानक बन्द हो जाने से चमनभाई और उनके साथियों में उत्साह की जो कमी आ गई थी, वह झंडा सत्याग्रह की घोषणा से वापस लौट आई। चमनभाई, रास और कुछ निकटवर्ती गाँवों में गए और उन्होंने लोगों को स्वयंसेवक बनने के लिए प्रोत्साहित किया। अब्बास तैयबजी साहब, श्री मोहनलाल पंड्या, दरबार श्री गोपालदास, श्री फूलचन्द शाह प्रभृति नेता भी काफी सक्रिय हो गए।

नागपुर के सरकारी अफसर इस आन्दोलन को रोकने के लिए यथा–सम्भव प्रयास करने लगे। चार्ल्स साहब एक चतुर और प्रभावशाली अफसर थे, वे आई. सी. एस. अधिकारियों के संगठन के अध्यक्ष थे और सरकार पर उनकी खासी पकड़ थी। उनकी बात टालने की हिम्मत उनके अधीनस्थ अफसरों में नहीं थी, वे पूरी तत्परता से उनके आदेश का पालन करते थे।

चमनभाई और उनके साथी स्वयंसेवक नागपुर के लिए रवाना हुए।

उधर सत्याग्रहियों और सरकार के बीच गतिरोध जारी था, श्री जमनालाल बजाज एवं श्री विनोबा भावे गिरफ्तार कर लिए गए थे। श्री वल्लभभाई सत्याग्रह की अगुआई कर रहे थे। उनके नेतृत्व में समाज के विभिन्न वर्गों के लोग सत्याग्रह कर रहे थे और गिरफ्तार हो रहे थे।

चमनभाई और उनके साथी खादी की धोती–कुरता या कुरता–पजामा पहने थे, उन सबके हाथों में एक–एक तिरंगा झंडा था, वे भारतमाता की जय, गांधीजी की जय आदि नारे लगा रहे थे। नागपुर पहुँचने के पहले ही किसी छोटे स्टेशन पर ट्रेन को रोक दिया गया और सत्याग्रहियों को गाड़ी से उतरने को कहा गया।

एक पुलिस अफसर ने रोबदार आवाज में कहा, "तुम लोग सिविल लाइन्स नहीं जा सकते।"

चमनभाई ने पूछा, "क्यों?"

"यह सरकार का हुक्म है।"

"हमें श्री वल्लभभाई ने नागपुर के सिविल लाइन्स क्षेत्र में जाने को कहा है, हम झंडा सत्याग्रह में भाग ले रहे हैं।"

अब तक कई सत्याग्रही वहाँ एकत्र हो चुके थे।

किसी ने कहा, "आप भी क्यों नहीं हमारे साथ हो जाते?"

सत्याग्रहियों ने नारा लगाया, "भारत माता की जय, महात्मा गांधी की जय, श्री वल्लभभाई की जय।"

प्लेटफार्म पर खड़े कुछ लोग भी वहाँ आ गए। लोगों की संख्या बढ़ती जा रही थी। कुछ देर बाद एक पुलिस अधिकारी आया। उसने रोबदार आवाज में हुक्म दिया, ''इन्हें गिरफ्तार कर लो।''

लोगों ने उत्साहपूर्वक नारे लगाने शुरू कर दिए, ''भारत माता की जय, महात्मा गांधी की जय, श्री वल्लभभाई की जय।''

चमनभाई के लिए जेल जाने का यह पहला अवसर था और वे इस बात से सन्तुष्ट थे कि जेल में अन्य सत्याग्रहियों के साथ उनका मिलना-जुलना होगा और उन्हें जेल में बन्द अन्य त्यागी नेताओं से मिलने का लाभ मिलेगा। उन्होंने सुना था कि श्री रविशंकर महाराज भी जेल में थे।

चमनभाई को 25 सेर (1 सेर =0.9331 किलोग्राम) अनाज पीसने को मिला। कुछ लोगों को पत्थर तोड़ने का काम दिया गया था। जेल में कैदियों की स्थिति अत्यन्त कष्टपूर्ण थी। शौचालय खुले थे, और प्रति व्यक्ति उपयोग की समय-सीमा 3 से 5 मिनट थी। चमनभाई और साथियों को दो बार खाना मिलता था—ज्वार की रोटी दाल या सब्जी के साथ। कभी-कभी रोटी आधी पकी होती थी, दाल पीने में ऐसी लगती थी जैसे किसी ने गर्म पानी में नमक और थोड़ी हल्दी मिलाकर रख दी हो! सब्जी भी बेस्वाद होती थी, पर सत्याग्रही इसमें भी सन्तुष्ट थे। उनका असन्तोष जेल कर्मचारियों के दुर्व्यवहार से था, वे इस बात से भी क्षुब्ध थे कि जेल कर्मचारी देशभक्त सत्याग्रहियों को अपराधी समझकर उनका तिरस्कार करते हैं और उन्हें कठोर दुर्वचन कहते हैं। जेल में अन्य सत्याग्रहियों का साथ ही उनके लिए सांत्वना और सन्तोष का विषय था। जेल पूरी तरह भर चुकी थी, नए आने वाले सत्याग्रही बाहर का समाचार लाते थे। दूसरे राज्यों से भी सत्याग्रही झंडा आन्दोलन में भाग लेने आ रहे थे। इस से लोगों के उत्साह का पता चलता था।

आन्दोलन की गति तेज होने के कारण, जेल में कैदियों की संख्या लगातार बढ़ती जा रही थी। पूरे देश से 1750 सत्याग्रही झंडा सत्याग्रह में भाग लेने नागपुर गए और उन्हें जेल में डाल दिया गया। सरकार को लगने लगा कि इतनी बड़ी संख्या में लोगों को जेल में रखना भी एक बड़ी समस्या बनती जा रही है।

निरन्तर बढ़ती जा रही सत्याग्रहियों की संख्या को सँभालने में उसे काफी मुश्किलें आ रही थीं। इसलिए सरकार किसी ऐसे फॉर्मूले की तलाश में थी जिससे उसकी लाज बचाते हुए कोई समझौता हो सके।

श्री विट्ठलभाई और प्रान्तीय विधायिका के कुछ सदस्य समाधान के लिए प्रयास कर रहे थे। विधायिका में उन लोगों के प्रयास से भारी बहुमत से एक प्रस्ताव पारित किया गया जिसमें यह कहा गया कि सरकार सभी सत्याग्रहियों को जेल से रिहा कर दे और झंडा लेकर चलने की निषेधाज्ञा वापस ले ले।

समझौते की आशा बढ़ रही थी। इसके बाद, श्री वल्लभभाई ने नागपुर के

पुलिस अधिकारियों को एक पत्र लिखकर 18 अगस्त को सिविल लाइन्स इलाके के प्रस्तावित मार्ग से झंडा जुलूस निकालने की अनुमति माँगी, जो मिल गई।

झंडा जुलूस 12 बजे दिन को प्रस्तावित मार्ग पर चला। मार्ग पर पुलिस कर्मचारी तैनात किए गए थे और घुड़सवार-पुलिस सहित पुलिस अधीक्षक साथ-साथ चल रहे थे। जुलूस में करीब 100 सत्याग्रही थे, जिनके हाथों में झंडे थे। जुलूस को प्रस्तावित मार्ग पर बिना किसी रोक-टोक के जाने दिया गया। जुलूस सदर बाजार में समाप्त हुआ।

श्री वल्लभभाई ने इसे सत्याग्रह की सफलता करार दिया। उन्होंने कहा—"यह सत्य और अहिंसा की जीत है। राष्ट्रीय-ध्वज के सम्मान की रक्षा हुई है। शान्तिपूर्ण ढंग से, सड़कों पर झंडा जुलूस निकालने का हमारा अधिकार स्थापित है।"

पुलिस के अहंकारी अधिकारी इसे पचा नहीं पाए। आई.सी.एस.के दम्भी अधिकारियों ने इसे अपनी उपेक्षा समझी और उन्होंने भारत सरकार को इसके विरोध में लिखा। वे सत्याग्रहियों को जेल से छोड़ने में तरह-तरह की बाधाएँ डाल रहे थे।

श्री वल्लभभाई धैर्यपूर्वक सत्याग्रहियों की रिहाई की प्रतीक्षा कर रहे थे। उनकी रिहाई में विलम्ब होने से देश में लोगों का आक्रोश बढ़ रहा था।

आखिर श्री वल्लभभाई का धैर्य खत्म हो गया। उन्होंने सरकार को चेतावनी दी यदि 24 घंटों के अन्दर सत्याग्रही नहीं छोड़े गए तो वे उनके और सरकार के बीच हुए पत्राचार को सार्वजनिक कर देंगे और फिर सत्याग्रह शुरू देंगे।

इस चेतावनी के बाद सरकार ने तेजी से काम किया और सभी सत्याग्रही 3 सितम्बर को छोड़ दिए गए। अपनी रिहाई के बाद सत्याग्रही सिविल लाइन्स से नारे लगते हुए गुजरे। शाम को सत्याग्रह की सफलता के उपलक्ष्य में आयोजित एक जन-सभा को सम्बोधित करते हुए श्री वल्लभभाई ने सत्याग्रह की सफलता का श्रेय सत्याग्रहियों को दिया।

चमनभाई सत्याग्रह में अपनी भागीदारी से बहुत सन्तुष्ट थे। वे जब अहमदाबाद पहुँचे तो जितेनभाई ने उनका और अन्य सत्याग्रहियों का अभिनन्दन किया। उन्होंने जेल के कष्टों को सहन करने के लिए चमनभाई को धन्यवाद दिया। जितेनभाई का कहना था कि सत्याग्रही के लिए जेल के कष्टों को दृढ़तापूर्वक सहन करने की क्षमता रखना स्वराज आन्दोलन की सफलता के लिए आवश्यक है।

चमनभाई थके तो थे पर वे सन्तुष्ट और उत्साहित थे, उन्हें अपने आप पर इस बात का विश्वास हो गया कि वे एक सत्याग्रही का जीवन सहजतापूर्वक बिता लेने की स्थिति में पहुँच चुके हैं और वे इस से भी कठिन परीक्षा से गुजरने को तैयार हैं।

एक दोपहर जितेनभाई ने कुछ सत्याग्रहियों को अपने घर आमंत्रित किया। चमनभाई धीरे-धीरे उनके घर की ओर पैदल जा रहे थे, उन्हें रास्ते में उमा और

उसकी कुछ सहेलियाँ दीख पड़ीं। वे लोग भी जितेनभाई के घर जा रही थीं। उमा चमनभाई के पास आई उसने उन्हें नमस्कार किया और कहा,

"आपने तो अपना कर्तव्य-निर्वाह बड़े अच्छे तरीके से कर दिखाया। आप सत्याग्रही की परीक्षा में सफल रहे-यह हम सब के लिए बहुत खुशी की बात है। बधाई हो!"

चमनभाई के मन में मानो एक मोहक सुगंध तैर गई। उन्होंने कहा, "मेरा एक छोटे समय के जेल जाना कोई बड़ा योगदान नहीं है, कई लोगों ने बड़ी-बड़ी कुर्बानियाँ दी हैं। कई लोग बड़े त्याग कर रहे हैं, मैंने तो कोई विशेष योगदान नहीं दिया।"

उमा ने कहा, "लेकिन जेल के कष्टों को सहन करना कोई आसान बात नहीं है, कुछ लोग इसे सहन करने में असमर्थ थे, उन्होंने सरकार से क्षमा माँग ली और वे मुक्त कर दिए गए।"

चमनभाई ने उमा के सरल मुखमंडल पर एक दृष्टि डालते हुए कहा, "हाँ, कुछ लोगों ने कायरता दिखलाई, पर हम लोगों ने सोचा कि जो लोग सत्याग्रह में लम्बे समय तक हमारा साथ नहीं दे सकते, वे पहले ही अलग हो जाएँ तो अच्छा है। सत्याग्रही को तो कष्ट सहने के लिए तैयार होना ही पड़ता है।"

उमा ने जेल के अनुभवों के विषय में चमनभाई से कुछ सवाल पूछे। जितेनभाई का घर निकट आ गया था, उसने चमनभाई की आँखों में देखा और एक मधुर मुस्कान के साथ उन्हें नमस्कार किया। चमनभाई के शरीर में फिर वही चन्दन की मोहक महक फैल गई।

जितेनभाई बड़ी प्रसन्न मुद्रा में थे, उन्होंने सहृदयता से सत्याग्रहियों का स्वागत किया। वे आगे आए और उन्होंने चमनभाई को अपने गले से लगाकर कहा, "बहुत धन्यवाद चमनभाई, तुमने पहली परीक्षा यात्रा पूरी कर ली, ऐसी कई यात्राएँ तुम्हें करनी हैं।"

उन्होंने सभी सत्याग्रहियों का सत्कार किया और उन्हें बधाई देते हुए कहा, "आप लोग अब अपने-अपने घरों को जाएँ, आपके घर वाले चिन्तित होंगे। इस बीच मैं श्री वल्लभभाई से आगे के कार्यक्रम के विषय में बातें करूँगा।"

यह एक आनन्ददायक संध्या थी, सभी लोग प्रसन्नचित्त एक दूसरे का अभिनन्दन कर रहे थे। जितेनभाई ने सब लोगों को नाश्ता कराया और मिठाईयाँ खिलाईं। चमनभाई ने अपने हाथ धोने के बाद रुमाल निकालने के लिए अपनी जेब टटोली, पर उनके पास रुमाल नहीं था, उन्होंने एक रद्दी कागज में अपना हाथ पोंछ लिया।

अगले दिन चमनभाई रास जाने के लिए तैयार हो रहे थे, उसी समय किसी ने दरवाजा खटखटाया। दरवाजे पर हाथों में एक पैकेट लिए उमा खड़ी थी। चमनभाई की आँखों में मुस्कान तैर गई, उन्होंने उमा को अन्दर आने को कहा।

''मैं जल्दी में हूँ, नाडियाड लौट रही हूँ। यह आपके लिए है, ''उसने कहा और अपना पैकेट उन्हें पकड़ा दिया, ''इसमें कुछ रुमाल हैं जो मेरे द्वारा काते गए सूत से बनाए गए हैं।''

चमनभाई ने मुस्कुराकर कहा, ''बहुत धन्यवाद, मुझे इनकी जरूरत है।''

''मुझे पता है'', उमा ने कहा, ''मैंने कल देखा था।''

''मैं आज रास जा रहा हूँ।''

''कभी नाडियाड भी आइए,'' उमा ने जाते-जाते कहा।

संगीत की मधुरता से तरंगित चमनभाई ने रास जाने का सामान उठा लिया।

# अध्याय : दस

आकाश में बादल क्षण-क्षण अपना रंग बदल रहे था—कभी श्वेत, कभी श्याम, कभी सुरमई तो कभी शुभ्र। गगन के विस्तार में उनके सभी रंगों को समाहित करने की विशाल हृदयता थी। कहीं अस्ताचलगामी सूर्य की स्वर्णिम रश्मियाँ बादलों को स्पर्श करती हुई किसी अनजान क्षितिज में खो जाने का प्रयास कर रही थीं। इस बार बहुत कम वर्षा हुई थी, इसलिए जब भी नीरद अपने वारि-कोष को दिखलाने नभ पर छाते तो रास ग्राम से सैकड़ों हाथ उनका स्वागत करने को जुड़ जाते थे!

गगन-पटल पर सौन्दर्य के इस बनते-मिटते बहुरंगी चित्रों को देखते प्रसन्नचित्त चमनभाई अपने गाँव पहुँचे। परिवार के लोग उन्हें अपने बीच देखकर उल्लास से भर गए। भुवनभाई अपने व्यापार के सिलसिले में बोरसद गए थे, जीवनभाई और भाभियों ने उनका आनन्दपूर्वक स्वागत किया और उनसे प्रश्नों की लड़ी लगा दी। परिवार के लोग चमनभाई को स्वस्थ और प्रसन्न देखकर सन्तुष्ट हुए। जब उनलोगों को मालूम हुआ कि जेल से छूटने के बाद चमनभाई का बहुत स्वागत-सत्कार किया गया तो उन्हें हार्दिक प्रसन्नता हुई। गाँव के लोग चौरे पर आने लगे और उनसे सारा वृत्तांत सुनाने का आग्रह करने लगे, आस-पास के गाँवों से भी कुछ लोग आए। चमनभाई को इस काम में बड़ा मजा आ रहा था, उन्हें कई बार अपनी बातें दुहरानी पड़ती थीं पर वे इस से थकते नहीं थे। दो-तीन दिन इसी आनन्द में बीत गए।

भुवनभाई जब बोरसद से लौटे तो उन्होंने यह दुःसंवाद सुनाया कि बोरसद तालुका के लोगों पर सरकार ने दंड-कर लगा दिया है। इस इलाके में डकैती और अन्य अपराध बढ़ रहे थे जिन पर काबू पाने के लिए अतिरिक्त पुलिस बल तैनात किए गए थे। इसका खर्च पूरा करने के लिए यह दंड-कर लगाया गया है। यह सुनकर जीवनभाई के घर के चौरे पर गाँव के लोग एकत्र हो गए और उन्होंने सरकार के इस अन्यायपूर्ण कदम के विरोध में बोलना शुरू कर दिया।

नन्दूभाई ने कहा, "अरे, इसमें हमारा क्या दोष है? अपराध रोकना तो सरकार का काम ही है, फिर यह अतिरिक्त दंड-कर कैसा? दंड तो किसी अपराधी को दिया जाता है, क्या हम अपराधी हैं? हम अपराध का शिकार भी बनें और दंड-कर भी दें, यह कैसा न्याय है?"

एक ग्रामवासी ने कहा, "डकैती और अपराध तो पुलिस की अक्षमता और कहीं-कहीं उसकी मिलीभगत के कारण बढ़ रहे हैं।"

एक अन्य ग्रामवासी ने कहा, "सब बाबरदेवा के कारण हो रहा है। पुलिस वाले कहते हैं कि हम पाटीदार लोग उसे संरक्षण देते हैं! कितनी गलत बात है! बाबरदेवा गोलेल गाँव का पटानवडिया है और एक कुख्यात अपराधी है, पुलिस उसे पकड़ती क्यों नहीं?"

नन्दूभाई को अपनी जानकारी दिखलानी थी, उन्होंने कहा, "उसे पटेल और पुलिस ने ही किसी मुकदमे में फँसाकर अपराधी बना दिया। जब उसकी माँ उससे जेल में मिलने गई थी तो उसने कहा था—मेरे तुझ जैसे चार बहादुर बेटे हैं, फिर भी गाँव का पटेल मुझे सताता है और मुझे गालियाँ देता है। अपनी माँ की बात सुनकर वह जेल से भाग गया और उसने उस पटेल का खून कर दिया। इसके बाद ही वह एक क्रूर अपराधी बन गया।"

उस ग्रामवासी ने कहा, "वह तो अपनों की हत्या करने में भी नहीं चूकता, किस की हिम्मत है जो उसका पता बताएगा?"

एक अन्य ग्रामवासी ने कहा, "पता मालूम हो तब तो कोई बताए?"

भुवनभाई के पास नई जानकारी थी। उन्होंने कहा, "पुलिस ने अलिया डकैत को इसीलिए अपने साथ मिलाया है। उसने पुलिस से वादा किया है कि वह बाबर देवा को पकड़वा देगा पर इसके लिए उसे बन्दूक चाहिए। उसे बन्दूक का लाइसेंस दे दिया गया है। लोगों का कहना है कि अलिया वहाँ के मुखी का दोस्त है। बन्दूक हाथों में आ जाने के बाद अलिया को अपराध करने की छूट मिल गई है और उसकी लूट में मुखी का भी हिस्सा होता है!"

जीवनभाई ने कहा, "हम लोग भी ऐसा सुनते आ रहे हैं। सरकार चाहे तो उसे पकड़वा सकती है, उसके कुछ अफसर इस काम में माहिर हैं, इस काम में आलिया की मदद लेने की क्या जरूरत थी?"

भुवनभाई ने कहा, "बोरसद और आणंद तालुके में 400 अतिरिक्त पुलिस कर्मी लगाए गए हैं, जिनका खर्च सरकार दंड-कर से निकालना चाहती है। इसके लिए 2 लाख 40 हजार रुपयों का दंड-कर लगाया गया है जो प्रति व्यक्ति ढाई रुपए बैठता है! दिसम्बर में पहला भुगतान करना है।"

एक ग्रामवासी ने कहा, "यह कोई इतनी बड़ी राशि नहीं है कि हम इसके लिए बहुत चिन्तित हों!"

भुवनभाई ने कहा, "सवाल रुपयों का नहीं, दंड का है। लोगों का कहना है कि क्या हम अपराधी हैं कि दंड कर दें? बोरसद के व्यापारियों ने हड़ताल की है, इसलिए मैं वहाँ कुछ ज्यादा काम नहीं कर सका। आणंद के लोगों ने दरबार गोपालदास साहब से अनुरोध किया है कि वे कुछ करें।"

भुवनभाई ने बताया, "श्री वल्लभभाई ने वस्तुस्थिति की जानकारी के लिए श्री मोहनलाल पंड्या और श्री रविशंकर महाराज को कहा है कि वे इस मामले की जाँच कर एक सप्ताह में अपनी रिपोर्ट उन्हें दें।"

उस ग्रामवासी ने कहा, "यह उनके स्वभाव के अनुरूप है, श्री वल्लभभाई बिना अच्छी तरह जाँच किए किसी काम को हाथ में नहीं लेते हैं।"

आशाभाई का पदार्पण हुआ। वे कई जगहों से घूम-घामकर रास आए थे। उन्होंने भी वही बातें दुहराईं जो भुवनभाई बता चुके थे। पर साथ में यह भी बतलाया कि बोरसद म्युनिसिपैलिटी के अध्यक्ष श्री भोगीलाल चोकसी ने दंड-कर के विरोध में अपना त्यागपत्र देने की पेशकश की है।"

नन्दूभाई ने सुझाव दिया, "हमें भी कुछ करना चाहिए। क्यों न हम सरकार को एक विरोध-पत्र भेजें?"

इस प्रस्ताव पर सब की सहमति थी। नन्दूभाई और आशाभाई ने इस की अगुआई की और चमनभाई उनकी मदद में लगे। तीन-चार दिनों में गाँव के कई लोगों के हस्ताक्षर या अँगूठे के निशान के साथ विरोध-पत्र भेज दिया गया।

नवरात्रि का त्योहार आने वाला था। रात के खाने के समय दमयन्ती ने जीवनभाई से कहा, "नवरात्रि में जानकी और मुकुन्दभाई को रास बुलवा लीजिए, हम लोग नवरात्रि साथ मनाएँगे।"

"ठीक है, तुम लोग तैयारी कर दो, चमनभाई उसे बुला लाएगा।"

दमयन्ती और यशोदा ने बड़े प्रेम से निमंत्रण के सौगात का प्रबन्ध किया। उन दोनों ने खजली, मोहनथाल, बासुन्दी, खाखरा और अन्य कई प्रकार की मिठाईयाँ और व्यंजन बनाए। एक टोकरी में कपड़े, मिठाईयाँ आदि सजाकर दमयन्ती ने चमनभाई से कहा, "दोनों को साथ लाना। ऐसा न हो कि मुकुन्दभाई कोई बहाना बनाकर न आएँ।"

जब चमनभाई नाडियाड पहुँचे तो मुकुन्दभाई वहाँ नहीं थे, वे अपने काम के सिलसिले में किसी गाँव गए थे। इस बार वर्षा कम होने के कारण किसान कुछ अग्रिम राशि की माँग कर रहे थे। अनाज-संग्रह का काम भी थोड़ा पीछे था।

अगली शाम जानकी ने चमनभाई को मन्दिर चलने को कहा। वहाँ त्योहार की तैयारियाँ शुरू हो गई थीं, लोग उत्साहपूर्वक सफाई-सजावट करने में लग गए थे। भक्तों का आना-जाना हो रहा था। चमनभाई ने अपनी पूजा खत्म की और बाहर मन्दिर के प्रांगण में जानकी की प्रतीक्षा में बैठ गए। सहसा उन्होंने लक्ष्मी और उमा को एक अन्य महिला के साथ आते देखा। प्रसन्नता से भरे चमनभाई ने आगे आकर उन्हें प्रणाम किया।

"अरे चमनभाई! कब आए?" लक्ष्मी ने पूछा।

"कल, आप लोग कैसे हैं?"चमनभाई उमा से कुछ सुनने को उत्सुक थे, पर उमा चुप रही।

लक्ष्मी ने कहा, "मैं भी कल ही आई। ये गंगाबेन हैं, उमा की माँ। य जानकी के परिवार को अच्छी तरह जानती हैं। जानकी कहाँ है?"

चमनभाई ने उन्हें हाथ जोड़कर प्रणाम किया और कहा, "अन्दर पूजा कर रही हैं।"

तीनों महिलाएँ मन्दिर की ओर बढ़ीं। अचानक उमा ने अपना सर घुमाया, उन्हें देखकर मुस्कुराई और अपनी माँ एवं बुआ के साथ मन्दिर के अन्दर चली गई। चमनभाई उत्सुकता से उन लोगों के वापस लौटने की प्रतीक्षा करने लगे। उनका ध्यान बार-बार मन्दिर से वापस आने वाले लोगों पर जाता था और वे बीच-बीच में खड़े होकर और अपनी गर्दन उठाकर भी दरवाजे की ओर देखते थे। उमा के चेहरे पर निर्मल सौन्दर्य और भोलेपन की जो झलक थी, वह उन्हें बार-बार उसकी ओर खींचती थी-कितना माधुर्य है उसमें, शीलवान और संस्कारवान होने के साथ-साथ वह साहसी भी है और उसमें त्याग की एक दीपशिखा मन्द-मन्द प्रज्वलित है जिसके कारण वह देश-सेवा के मार्ग पर भी चल पड़ी है और, वह मेरा ख्याल भी रखती है!

आखिर उनकी प्रतीक्षा की व्याकुलता समाप्त हुई, वे लोग वापस आए, उनके साथ जानकी भी थी।

लक्ष्मी ने पूछा, "अभी यहाँ रुकोगे न?"

"मैं जानकीबेन को रास ले जाने के लिए आया हूँ, मुकुन्दभाई बाहर गए हैं, मैं उन की प्रतीक्षा कर रहा हूँ। उनके नाडियाड वापस आने की बाद मैं जानकीबेन के साथ रास चला जाऊँगा।"

"ओ, इसीलिए जानकी इतनी खुश नजर आ रही है," गंगाबेन ने कहा।

अब विदा लेने का समय आ गया था। चमनभाई तो कुछ देर और रुकना चाहते थे, पर जानकी ने उन लोगों से विदा ली, "कभी हमारे घर आइए।"

"ठीक है, हम लोग एक-दो दिनों में आएँगे।'''

चमनभाई को यह सुनकर प्रसन्नता हुई। वे उमा से दो बातें करने को उत्सुक थे पर वैसा अवसर उन्हें मिल नहीं पाया। दूसरे दिन वे तीनों जानकी के घर आईं, पर जानकी उन्हें लेकर घर के अन्दर चली गई! चमनभाई पानी पीने के बहाने घर के अन्दर गए, उन्होंने उमा को देखा, उसकी आँखों में सुखद आकर्षण की झलक पाई, पर संकोचवश वहाँ रुक नहीं पाए।

लेकिन कुछ देर बाद उनका मनोरथ पूरा हुआ। उमा मुस्कुराती हुई आई, उसने चमनभाई से कागज और कलम माँगी, "वे लोग आपके गाँव का पता लिखना चाह रहे हैं।"

"कौन लोग?" चमनभाई ने जान-बूझकर अनजान बनने की कोशिश की।

"जानकीबेन, उन्होंने कहा है कि कलम यहाँ टेबल पर रखी है!"

कुछ क्षणों का यह वार्तालाप चमनभाई के लिए एक दीर्घ वार्ता के सासान था, जिसमें समय कुछ पलों के लिए रुक गया था। वे कागज और कलम ढूँढ़ने में जितना ज्यादा समय ले सकते थे, लगाने लगे। वे बीच-बीच में उमा के चेहरे पर अपनी प्रेम भरी दृष्टि भी डालते जाते थे। उनके हाथों में कलम थी पर वे बार-बार उसे खोलकर उसकी स्याही देख रहे थे, कोई अन्य कलम या पेंसिल ढूँढ़ने का बहाना भी करते जा रहे थे! उमा उनकी हरकत देखकर मन्द-मन्द मुस्कुरा रही थी, उसे भी तो अन्दर जाने की कोई जल्दी नहीं थी!

चमनभाई ने पूछा, "अहमदाबाद कब आ रही हो?"

उमा ने उत्तर दिया, "नहीं मालूम! आप कब जा रहे हैं?"

चमनभाई ने उसी के स्वर में जवाब दिया, "नहीं मालूम!"

मुकुन्दभाई अगले दिन आए। उन्होंने रास आने में असुविधा जताई, त्योहारों का समय था, इन दिनों व्यापार का काम बढ़ जाता है। उन्होंने कहा, "मुझे बोरसद जाना है, मैं रास नहीं आ पाऊँगा, तुम जानकी को लेकर चले जाओ।"

चमनभाई निराश हुए, भला मुकुन्दभाई के बिना त्योहार में मन लगेगा? "मैं आपको लेकर नहीं गया तो लोग जानकीबेन को तो घर में धूम-धाम से ले जाएँगे पर मुझे घर के अन्दर नहीं घुसने नहीं देंगे! आप भी चलिए।"

मुकुन्दभाई के होठों पर मुस्कान बिखर गई, ससुराल भला किसे अच्छी नहीं लगती! उन्होंने थोड़ा सोचकर कहा, "देखता हूँ। क्या तुम बोरसद जा सकते हो? वहाँ किसानों को कुछ पैसे देने हैं और उनसे अनाज देने का वादा कराना है। कुछ नए एजेंट भी बहाल करने हैं, 3-4 दिनों का काम है। अगर तुम इस काम को कर दो तो मेरा कुछ समय बच जाएगा, मैं नवरात्रि से पूर्व जानकी के साथ रास आने की कोशिश करूँगा।"

चमनभाई ने बोरसद में अपना काम जल्द-से-जल्द समाप्त करने की कोशिश की। पर वहाँ का माहौल भिन्न था। लोगों में उत्सुकता थी, लोग दंड-कर और श्री वल्लभभाई की चर्चा कर रहे थे, कुछ लोग उनसे उनके जेल के अनुभव के विषय में भी जानना चाहते थे।

एक व्यापारी ने जल्दी-जल्दी काम निपटने पर जोर दिया, "हमें मुकुन्दभाई की शर्तें मंजूर हैं। हम उनका एजेंट बनने के लिए तैयार हैं, लेकिन फैसला उन्हें लेना है। उनसे कहना कि वे जल्दी करें, पता नहीं कब हड़ताल हो जाए!"

चमनभाई ने किसानों को अग्रिम राशि देकर उनसे अनाज देने का इकरार करवा लिया।

एक गाँव में एक प्रतिष्ठित किसान ने उनसे श्री वल्लभभाई के विषय में पूछा। उसने कहा, "मैंने सुना है कि बोरसद में ग्रामवासियों की एक सभा होने वाली है, जिसमें श्री वल्लभभाई भाषण देंगे।"

चमनभाई के लिए यह एक अप्रत्याशित संयोग था, वे स्वयंसेवकों से जानकारी लेने गए तो उन्हें पता चला कि जितेनभाई भी यहाँ आ चुके हैं और वे सभा का प्रबन्ध देखकर गए हैं।

चमनभाई ने रास लौटकर इस विषय में लोगों को जानकारी दी।

नन्दूभाई ने कहा, "श्री वल्लभभाई के भाषण बहुत प्रभावशाली होते हैं। वे भाषण देने से पहले सम्बन्धित विषय को अच्छी तरह समझ लेते हैं।"

जीवनभाई ने हामी भरी, "वे एक नामी बैरिस्टर हैं, बिना पूरी बात समझे क्यों बोलेंगे?"

चमनभाई ने कहा, "मुझे जितेनभाई ने बतलाया है कि वे पूरी जानकारी हासिल करने के बाद कई सवाल भी करते हैं ताकि सही बात सामने आ जाए। वे इस मामले में अपने विश्वासी सहयोगियों की बातों को भी आँख मूँदकर नहीं मान लेते, वे उनके मुँह से सच निकलवा ही लेते हैं। पर, जब वे सारी बातें समझ लेते हैं, तो उस मामले में पूरी तरह लग जाते हैं।"

नन्दूभाई ने कहा, "लगता है कि अब बात आगे बढ़ेगी।"

जीवनभाई ने सहमति जताई, "ऐसा लगता है। पर अभी तो नवरात्रि का उत्सव मनाने का समय है, तैयारी करो।"

अगले दिन मुकुन्दभाई, जानकी, उनके बच्चे और परिवार के कुछ अन्य सदस्य रास आ गए। घर के लोगों की खुशी का ठिकाना नहीं था! वे उन लोगों के स्वागत सत्कार में लग गए! उत्सव का माहौल बन ही गया था। पड़ोस की महिलाओं के लिए यह आनन्दमय क्षण था, वे उत्सुकता और उल्लास के साथ जानकी से मिलीं। जानकी की कुछ सहेलियाँ भी उसकी भाँति ससुराल से रास आई थीं, वे भी इस आन्दोत्सव में सोल्लास भाग लेने लगीं। देखते-देखते पूरा गाँव नवरात्रि के रंग में डूब गया।

दमयन्ती और यशोदा ने भी नवरात्रि के लिए काफी तैयारी कर रखी थी। पूरे घर की सफाई की गई थी, रंगीन पताकाएँ लगाई गई थीं और घर को सुन्दर ढंग से सजाया गया था। घर के सभी लोगों और आश्रितों के लिए नए-नए रंगीन कपड़े बनवा दिए गए थे, गरबा के घड़ों को कलात्मक ढँग से रंगा और चित्रित किया गया था। घड़े में नारियल, सुपारी, कुछ पैसे आदि डाले गए थे।

हर शाम गरबे के अन्दर एक दीप जला दिया जाता था। चौरे और उसके आस-पास की जगह को अच्छी तरह सजा दिया गया था, गाँव के लोग हर शाम को वहाँ एकत्र होकर गरबा, रास और डांडिया का आनन्द उठाते थे। पूरा गाँव नवरात्रि के उत्सव में उत्साहपूर्वक भाग ले रहा था—वहाँ भक्ति और मनोरंजन का एक उल्लासपूर्ण वातावरण बन गया था। महिलाएँ अम्बा देवी या देवी के अन्य रूपों की अभ्यर्थना में भक्ति-गीत गाती थीं।

*चपटी भरी चौखा ने घी नो छे दिवडो*
*हे श्रीफल नी जोड़ लई ने रे हालो हालो पावागढ़ जैई ये ने..*

*सामे नी पोळ थी मालिडो आवे....*
*ऐ गजरा नी जोड़ लई ने रे हालो हालो पावागढ़ जैई ये ने.....*

*चपटी भरी चौखा ने घी नो छे दिवडो......*
*सामे नी पोळ थी डोसिडो आवे....*

*ऐ चुंदरी नी जोड़ लई ने रे हालो हालो**
*सामे नी पोळ थी कुम्भारी आवे...*

*ऐ माता नो गरबो लई ने रे हालो हालो पावागढ़ जैई ये ने.....*
*चपटी भरी चौखा ने घी नो छे दिवडो....पावागढ़ जैई ये ने'....* *

पुनरावृत्ति रोकने और लोगों को अवसर देने के उद्देश्य से प्रायः नए-नए प्रसंग जोड़ दिए जाते थे, इनमें पारिवारिक मनोरंजन और हास्य का भी पुट रहता था। कुछ युवतियाँ और महिलाएँ सास की आदतों को लेकर भी कौतुक करती थीं। छोटी लड़कियाँ और किशोरियाँ अपने सर पर गरबा रखकर लोगों के घरों में जाती थीं जहाँ उनकी पूरी आव-भगत की जाती थी और उन्हें उपहार दिए जाते थे। नौ दिनों तक उपवास करने के बावजूद भी महिलाओं के उत्साह में कोई कमी नहीं आती थी। उनका काम तो नवरात्रि से कई दिनों पहले शुरू हो जाता था और नवरात्रि के कुछ दिनों बाद तक चलता था,फिर भी वे थकती नहीं थीं पूरा त्योहार उत्साहपूर्वक सम्पन्न करने के बाद ही वे आराम करती थीं।

नवरात्रि के उल्लास में चमनभाई भी मग्न थे, पारिवारिक सुख-सुविधा का आनन्द उठाने का यह एक ऐसा अवसर था जिसकी प्रतीक्षा सभी लोग कई महीनों से करते थे।

एक दोपहर जानकी ने बात बढ़ाई, "उमा के परिवार वाले चमनभाई के लिए रिश्ता लाना चाहते हैं, उन लोगों ने मुझसे बात चलाने को कहा है।"

दमयन्ती ने पूछा, "लड़की कैसी है? घर-परिवार कैसा है?

जानकी ने याद दिलाई, "आप लोगों ने उसे अहमदाबाद में देखा है, परिवार के लोग अच्छे हैं।"

---

* चम्मच भर चावल, घी का दीया और श्रीफल लेकर चलो पावागढ़। सामने वाले मोहल्ले से माली गजरे की जोड़ी लाता है। उसे लेकर पावागढ़ चलो। सामने वाले मोहल्ले से बजाज आता है, साथ में एक सुन्दर चुनरी लाता है। उसे लेकर पावागढ़ चलो। सामने वाले मुहल्ले में कुम्हारन आती है, साथ में गरबो लाती है। उसे लकर पावागढ़ चलो।

यशोदा ने कहा, ''हाँ, याद आया। पर, हम लोग उस समय चमनभाई के स्वास्थ्य को लेकर चिन्तित थे, उस नजर से लड़की को नहीं देखा।''

दमयन्ती ने कहा, ''तुमने तो उसे कई बार देखा होगा, तुम्हारी क्या राय है?''

जानकी ने कहा, ''हाँ, मैं उस से कई बार मिल चुकी हूँ। हमारी ससुराल के लोग उसके परिवार के लोगों को जानते हैं। लड़की सुशील है और अपने माता-पिता, भाई-बहनों का ख्याल रखती है। वह चरखा बहुत अच्छा चलाती है और सत्याग्रह, पिकेटिंग में भी भाग लेती है।''

दमयन्ती ने मुस्कुराकर कहा, ''फिर तो हमें भी सूत कातने वाली बना देगी। हमें अपने कपड़े स्वयं बुनने पड़ेंगे। चमनभाई तो पहले से ही चरखे दे गया है।''

यशोदा ने शंका प्रकट की, ''लेकिन चमनभाई तो शादी करने को तैयार नहीं है।''

दमयन्ती ने जवाब दिया, ''सुनती जाओ, देखती जाओ, यह सब झूठा दिखावा है। एक बार उसके कानों में यह बात डाल दो, आज ही शादी करने को तैयार हो जाएगा!''

जानकी ने कहा, ''मुझे लगता है कि चमनभाई को उमा पसन्द है।''

''अरे, तुम्हारा भाई है, पीछे नहीं रहेगा!'' दमयन्ती ने चुटकी ली।

कुछ और चर्चा के बाद, प्रस्ताव जीवनभाई और भुवनभाई के सामने लाया गया, चमनभाई अनजान से बने सारी बातें सुन रहे थे। उनकी ओर देखकर दमयन्ती ने कहा, ''देखो, छोरे के चेहरे पर कैसी चमक आ गई! जानकी, जल्दी नाडियाड लौट जा और लड़की वालों को भेज दे!''

उमा के परिवारवाले भी तुरन्त आए, दूसरी बार वे मुकुन्दभाई और जानकी को भी साथ लेकर आ गए। ''मैं लड़की वालों की तरफ से आया हूँ, जानकी लड़के वालों की तरफ है, ''मुकुन्दभाई ने हँसते हुए कहा।

अब बात पक्की करने के सिवा चारा क्या था?

किसी ने चमनभाई से कुछ पूछने की भी जरूरत नहीं समझी।

दमयन्ती ने कहा, ''क्या पूछना है उस से? अरे उसे बचपन से देखा है, उसकी हर बात समझती हूँ। देखना आज एक रोटी और खा लेगा और ऊपर से गुड़ में बनी खीर भी माँगेगा।''

यशोदा ने चुटकी ली, ''इसीलिए नाडियाड जाने को तुरत तैयार हो गया था चमनभाई! अरे पढ़ाई करते समय चिट्ठी-पुर्जी फेंकी थी क्या?''

चमनभाई ने कहा, ''क्यों फेंकता? अरे, मेरा मन तो तुम्हारी बहन से ब्याह करने का था, तुम लोगों ने उससे ज्यादा मिलवाया ही नहीं, उसे यहाँ बुलाना था! अभी भी बात बन सकती है, उसे बुलाओ न, भाभी!''

यशोदा ने कहा, ''जा, जरा नाडियाड से हो आ!''

दमयन्ती ने छेड़ा, "देखो न नाडियाड का नाम लेते ही जवान का चेहरा चमक उठा!"

एक सादे समारोह में गोल-धाने की रस्म पूरी कर ली गई। गुड़ और धनिया के टुकड़े मुँह में डालते ही लोगों ने उस आनन्दमय माहौल में बधाई देनी शुरू कर दी! सब के चेहरों पर मधुर मुस्कान खिल रही थी!

दोनों परिवार इस सम्बन्ध से खुश थे। चमनभाई को लगा कि गृहस्थ जीवन का साथी बनने के अलावा सत्याग्रह के पथ पर भी उनके साथ चलने वाला एक अच्छा जीवन-साथी उन्हें मिल रहा है। उमा को यह रिश्ता बहुत पसन्द आया—उसकी शादी कहीं भी तय की जा सकती थी, उसकी पसन्द या नापसन्द का सवाल ही नहीं उठता था! उसकी शादी तो किसी व्यापारी से, किसी किसान से या किसी अन्य व्यक्ति से की जा सकती थी, उसका पति सत्याग्रह से कोसों दूर रहने वाला भी कोई युवा हो सकता था, यह उसका सौभाग्य है कि उसे सत्याग्रह-पथ का जीवन साथी मिल गया है। चमनभाई के साथ उस का सम्बन्ध बनने से उसे सत्याग्रह का काम करते रहने में कोई परेशानी नहीं होगी। यह सम्बन्ध सबके लिए अच्छा है। उसने अहमदाबाद के उस शराब विक्रेता को मन-ही-मन बहुत धन्यवाद दिया जिसके कारण चमनभाई से उसका परिचय हुआ था। जितेनभाई तो इस सम्बन्ध की बात सुनकर खुश हो जाएँगे! श्री वल्लभभाई के नेतृत्व में एक साथ काम करने में कितना आनन्द आएगा!

अब उन दोनों का लक्ष्य एक ही है—स्वराज।

# अध्याय : ग्यारह

जितेनभाई इस सम्बन्ध से ऐसे खुश थे मानो उनके अपने परिवार में कोई शादी तय की गई हो! उन्होंने मुकुन्दभाई से कहा, "दोनों के लिए इससे अच्छा सम्बन्ध नहीं हो सकता था। मैं लक्ष्मीबेन को और आपको इस शुभ कार्य को सम्पन्न कराने के लिए बहुत बधाई देता हूँ। यह ईश्वर की कृपा का ही परिणाम है कि दो अनजान लोगों को उसने सत्याग्रह पथ का भी सह-यात्री बना दिया है।"

चमनभाई जब अहमदाबाद लौटे तो जितेनभाई ने उन्हें ढेर सारी बधाईयाँ देते हुए कहा, "अब मेरे हाथ और भी ज्यादा मजबूत हो गए। तुम्हें और उमा को भी स्वराज के लिए साथ-साथ काम करने में बहुत आनन्द आएगा।"

चमनभाई ने नम्रतापूर्वक कहा, "इस सम्बन्ध को बनाने में आपका योगदान महत्त्वपूर्ण है, अगर आप उस दिन मुझे पिकेटिंग पर नहीं ले जाते तो यह सम्भव नहीं होता!"

जितेनभाई मुस्कुराए, "तब तो तुम दोनों को मुझे मिठाई खिलानी चाहिए! स्वराज का काम भी आगे बढ़ेगा और मुझे मिठाई भी खाने को मिलेगी!"

जितेनभाई ने बतलाया, "बोरसद में पहली दिसम्बर को प्रान्तीय समिति की बैठक में श्री वल्लभभाई भाषण देने वाले हैं, ऐसा लगता है कि मुंड-कर का विरोध तो पूरे उत्साह से किया जाएगा। वहाँ वे आगे के कार्यक्रम की घोषणा करेंगे। तुम भी चलो।"

उन्होंने आगे कहा, "चमनभाई, मैंने तुम्हें यहाँ आने के लिए संवाद भेजा है, अच्छा हुआ तुम कुछ पहले ही आ गए। श्री वल्लभभाई ने जब श्री मोहनलाल पंड्या और श्री रविशंकर महाराज जी की रिपोर्ट देखी तब उन्हें विश्वास हो गया कि दाल में कुछ काला है। उन्होंने सारा मामला समझ लिया है, और सरकारी फाइलों में बन्द कुछ जानकारी भी हासिल कर ली है।"

तालुका सभा में 114 गाँवों के लोग बड़ी संख्या में उपस्थित थे। श्री वल्लभभाई ने सभा में अत्यन्त प्रभावशाली भाषण दिया। उन्होंने पुलिस की लापरवाही को लोगों के सामने उजागर कर दिया। श्री वल्लभभाई ने पुलिस विभाग के एक गोपनीय परिपत्र का भी उल्लेख किया जिसमें सब इंस्पेक्टर और हेड कॉन्स्टेबल को यह आदेश दिया गया था कि वे अलिया द्वारा किए गए अपराधों की अनदेखी कर दें।

लोगों को इस बात की जानकारी थी कि उत्तरसंडा का मुखी उसका मित्र था और उसकी लूट में भागीदार भी। लेकिन पुलिस तो निर्दोष लोगों पर अपराधियों को संरक्षण देने का दोष मढ़ रही थी।

श्रोता ध्यानपूर्वक श्री वल्लभभाई का भाषण सुन रहे थे। उन्होंने अपने साहस पूर्ण नेतृत्व का परिचय तो दिया ही, एक कुशल बैरिस्टर होने का पुनः एक प्रमाण भी दिया। उन्होंने सरकारी वादों और झूठी कथनी की धज्जियाँ उड़ा दीं। उन्होंने प्रमाणित कर दिया कि अलिया द्वारा किया गए अपराधों के लिए सरकार जिम्मेवार है। श्री वल्लभभाई अपने हृदय से बोल रहे थे, वे बीच-बीच में स्थानीय बोल-चाल में प्रयुक्त होने वाली लोकोक्तियों का प्रयोग भी करते थे। जब भी श्री वल्लभभाई आत्म-सम्मान और स्वाभिमान की बातें करते तो चमनभाई का हृदय उत्साह से भर जाता। यहाँ भी उन्होंने लोगों से अपने आत्म-सम्मान की लड़ाई लड़ने को कहा।

श्री वल्लभभाई ने कहा कि सवाल मात्र ढाई रुपयों का नहीं है, एक अपराधी की तरह दंड-कर देना किसी भी स्वाभिमानी व्यक्ति के लिए लज्जा की बात है। उन्होंने उपस्थित जन-समुदाय से पूछा कि क्या वे महात्माजी के अनुयायी की तरह लड़ना चाहते हैं? सैकड़ों हाथ स्वीकृति में ऊपर उठ गए। श्री वल्लभभाई ने कहा कि जो लोग स्वयंसेवक के रूप में आगे आना चाहते हैं, वे अपना नाम श्री दरबार साहब गोपालदास को लिखा दें।

श्री वल्लभभाई ने कहा, "पुलिस हर प्रकार के अत्याचार कर सकती है। वह बाबर देवा जैसे कुख्यात अपराधी को तो नहीं पकड़ेगी पर निर्दोष किसानों को पकड़ने में कोई कसर नहीं छोड़ेगी। वह लोगों को उत्तेजित करने का हर सम्भव प्रयास करेगी। उन्होंने याद दिलाई, लेकिन हमें महात्माजी के बतलाए हुए अहिंसा के मार्ग पर ही चलना है, इस बात को न भूलना।"

उनके भाषण की बातें श्रोताओं के हृदय को छू गईं।

एक किसान ने कहा, "सब कुछ तो साहबों के हाथ में है—वे जो चाहें कर सकते हैं—राज उनका, कचहरी उनकी, पुलिस उनकी!

न्याय नियम सहु गरीब ने, श्रीमन्त ने सहु माफ, बाब्बे मार्युं मानवी, एनो कयो इन्साफ?"*

उसके साथी ने समझाया, "ऐसा मत सोचो। हम लोग लड़कर अपना हक लेंगे।"

चमनभाई भाषण की मुख्य बातें नोट भी करते जा रहे थे। सभा समाप्ति के बाद उन्होंने जितेनभाई से कहा, "श्री वल्लभभाई का भाषण बहुत प्रेरक था, मैं इस भाषण की मुख्य बातों को चौरे पर सुनाऊँगा।"

---

* न्याय नियम सब गरीबों को सताने के लिए हैं, श्रीमंतो के लिए सब माफ है। शेर ने मानव को मारा, इसका क्या इन्साफ है?

जितेनभाई ने चमनभाई से कहा, "इतना ही नहीं, इस काम में और भी सहयोग दो, तुम तो अब स्वयं एक अनुभवी सत्याग्रही हो! तुम मेरे साथ सत्याग्रह के मुख्यालय में चलो।"

मुख्यालय में चमनभाई को कई परिचित लोग भी मिले। उन्होंने बताया कि श्री दरबार गोपालदास के नेतृत्व में आन्दोलन को सुनियोजित ढंग से चलाया जा रहा है। गाँवों के समूह बना दिए गए थे और हर समूह के लिए स्वयंसेवक नियत कर दिए गए थे। प्रचार का कार्य श्री मोहनलाल पंड्या के जिम्मे था।

चमनभाई ने कई लोगों से बातें कीं, सभी स्वयंसेवक उत्साह से भरे थे। इस बात का प्रयास किया जा रहा था कि सरकार को दंड-कर के रूप में एक पैसा भी न मिल सके, यदि सरकारी कर्मचारी दंड-कर वसूल करने या जब्ती करने जाएँ तो उन्हें खाली हाथ लौटना पड़े।

जितेनभाई ने नेताओं से बात करने के पश्चात कहा, "यहाँ का सारा कार्य बहुत सुनियोजित तरीके से चल रहा है। पर सरकार ने भी कर-वसूली की अच्छी तरह तैयारी कर ली है, स्थान-स्थान पर कई थाने बनाए गए हैं। पुलिस लोगों को धमका रही है। उनसे बचने के लिए जगह-जगह स्वयंसेवक तैनात कर दिए गए हैं, वे पुलिस के आने से पहले लोगों को सूचना दे देते हैं। अगर कोई जब्ती की कार्रवाई हो भी जाती है, तो उस जब्त की हुई सम्पत्ति को खरीदनेवाले लोगों पर पचास रुपयों का अर्थ दंड लगाया जाता है और उन के नाम पत्रिका में छाप दिए जाते हैं। इन दैनिक पत्रिकाओं में सारी जानकारी दे दी जाती है, जो लोग बहादुरी से सरकारी कर्मचारियों का सामना करते हैं, उनके नाम और सम्बन्धित घटना के विवरण भी छापे जाते हैं, इससे लोगों को हर बात की सही जानकारी मिल जाती है।"

चमनभाई को यह काम दिया गया कि वे गाँवों में इस पत्रिका को बाँटें और लोगों को पढ़कर सुनाएँ। उन्होंने देखा कि गाँवों में लोगों को जब पता चलता था कि सरकारी कर्मचारी आ रहे हैं तब वे घर बन्द कर अपने मवेशियों के साथ बाहर चले जाते थे। जो लोग बोरसद बाजार में अपने उत्पाद बेचने आते थे, पुलिस वहाँ भी उनका सामान जब्त करने का प्रयास करती थी। चमनभाई इन सब बातों की खबर मुख्यालय में देते थे और पत्रिका में उन बातों का जो विवरण छपता था उसे गाँवों में सुनाते थे। बाजार में सामानों की जब्ती से बचने के लिए लोगों ने दिन में बाजार बन्द करने का निर्णय लिया, अब बोरसद का बाजार रात में लगने लगा था!

श्री वल्लभभाई, अन्य नेतागण एवं कार्यकर्ता गाँव-गाँव जाकर लोगों को उत्साहित करते और उन्हें दृढ़ता से सत्याग्रह पर लगे रहने की प्रेरणा देते थे! गाँवों में ये सभाएँ रातों को भी आयोजित की जाती थीं। लोग उत्साह के साथ इन सभाओं में भाग लेते थे, लोगों में एकता थी, साहस था और सत्याग्रह पर डटे रहने की प्रतिबद्धता थी! चमनभाई को किसी ने बताया कि कभी-कभी बाबर देवा भी खादी कपड़ों में किसी-किसी सभा में आता था!

चमनभाई ने कई जगहों पर अनुभव किया कि लोगों में सत्याग्रह के कारण त्याग और सन्तोष बढ़ा है, लोग श्री वल्लभभाई की बातों का पालन प्रेम और आदरपूर्वक करते हैं।

बम्बई की प्रान्तीय सरकार ने जब देखा कि बोरसद में उसका प्रशासन काफी कमजोर हो गया है तब उसकी नींद खुली। सरकार ने अपनी स्थिति स्पष्ट करने के लिए और दंड-कर लगाने के अपने निर्णय को सही ठहराने के लिए एक वक्तव्य प्रकाशित किया जिसका श्री वल्लभभाई ने प्रभावशाली ढंग से खंडन कर दिया। इस से लोगों का सरकार के प्रति आक्रोश और बढ़ गया।

श्री वल्लभभाई जब काकीनाडा कांग्रेस अधिवेशन से वापस आ रहे थे तब उन्होंने बम्बई में एक जन सभा में सरकार पर सीधा आरोप लगाया कि उनके पास कुछ ऐसे सरकारी पत्रों की प्रतियाँ हैं जिनसे पुलिस और अपराधियों की मिली-भगत साफ प्रमाणित होती है। उनके प्रभावशाली भाषण का विवरण समाचार पत्रों में प्रमुखता से छपा जिस पढ़कर बम्बई के गवर्नर सर लेस्ली विल्सन ने गृह सदस्य सर मौरिस हेवर्ड को बोरसद भेजकर स्थिति की सही जानकारी लेने को भेजा। उनसे मिलने के लिए 150 व्यक्ति चुने गए जिनमें करमसद के श्री वल्लभभाई के एक सहयोगी वकील श्री रामभाई फकीरभाई पटेल भी थे।

होम मेम्बर साहब का कैम्प कचहरी के आहाते में लगा था। वहाँ लगभग 2000 लोग एकत्र हो गए। चुने हुए 150 लोग पहले जुलुस में विनय मन्दिर गए, तत्पश्चात सर हेवर्ड से मिलने कचहरी पहुँचे। वहाँ रामभाई ने बहुत दृढ़ता से पुलिस की अहम्मन्यता और अकर्मण्यता का विस्तारपूर्वक विवरण दिया। उन्होंने यह भी कहा कि उनकी शिकायतों का जवाब भी नहीं दिया गया है। रामभाई ने निर्भयता से वहाँ उपस्थित पुलिस के डिप्टी सुपरिन्टेन्डेन्ट की ओर इशारा कहते हुए कहा कि दो दिनों पूर्व वे निसराया नमक गाँव में गए थे, वहाँ इन्होने लोगों को धमकी दी कि यदि वे कर का भुगतान नहीं करते तो वे उन गुंडों को उनके गाँव भेज देंगे जो झलुन्द से बुलवाए गए हैं। उस पुलिस अधिकारी ने अपनी लाज बचाने के लिए बात बनाई कि उसने यह कहा था—यदि गाँव वाले कर नहीं देंगे तो वहाँ उनकी सुरक्षा के लिए लगाए अतिरिक्त पुलिस बल को हटा लिया जाएगा और गुंडे उन्हें लूट लेंगे!

यह सुनकर निसराया के एक किसान ने उठकर कहा कि यह सब झूठ है, वहाँ पुलिस बल लगाया ही नहीं गया है!

उपस्थित लोगों ने पुलिस अधिकारियों के सामने उन्हें इंगित करते हुए उनके द्वारा की गई ज्यादतियों की बातें साहसपूर्वक बतलाईं।

निर्भीक रामभाई ने स्पष्ट रूप से कह दिया कि यदि पुलिस इसी प्रकार का बर्ताव करती रही तो न केवल अपराधियों को खुली छूट मिल जाएगी, बल्कि नए अपराधी भी बनते जाएँगे। उन्होंने कहा कि पुलिस की रिपोर्ट में बतलाया गया है कि

अलिया को उत्तरसंडा के जंगलों से गिरफ्तार किया गया है, जबकि उसे उसके मित्र इन्स्पेक्टर मगनलाल के घर से पकड़ा गया है।

जब होम मेम्बर ने पुलिस से पूछा कि उसने अपराधियों को पकड़ने के लिए क्या कार्रवाई की है तो पुलिस के सुपरिन्टेन्डेन्ट ने 30-40 लोगों के नाम गिनाए। उन नामों को सुनकर रामभाई ने कहा कि उनमें से कोई भी अपराधी नहीं है! पुलिस के कारनामों को बताने के बाद रामभाई ने कहा कि लोग दंड-कर की राशि का भुगतान करने में समर्थ हैं, पर वे इसलिए भुगतान नहीं कर रहे हैं कि यह उनकी प्रतिष्ठा का प्रश्न है।

चमनभाई को सारी बातें जानकर बहुत सन्तोष हुआ। लोग सच बोलने से डरते नहीं थे, यही तो सत्य का आग्रह था और सत्याग्रह की सफलता थी।

श्री रामभाई ने अत्यन्त कुशलतापूर्वक लोगों की बातें होम मेम्बर के सामने रखीं। इसका नतीजा बहुत सकारात्मक निकला। सर हेवर्ड सारी बातें समझ गए। सरकार ने 8 जनवरी 1924 को एक प्रेस विज्ञप्ति जारी कर दंड-कर वापस ले लिया और पुलिस तैनात करने का खर्च सरकार द्वारा वहन करने का निर्णय ले लिया।

सरकार के इस निर्णय के बाद, श्री वल्लभभाई ने बोरसद सत्याग्रह की सफलता और उसकी समाप्ति की घोषणा कर दी। उन्होंने कहा कि यह सत्य और अहिंसा की जीत है। बोरसद में इस सत्याग्रह की सफलता का समारोह 12 जनवरी को मनाया गया जिसमें करीब 6 हजार लोगों के आने की उम्मीद थी, पर सभा में 25,000 लोग उपस्थित हुए। महिलाएँ बड़ी संख्या में उपस्थित थीं।

श्री वल्लभभाई ने लोगों को उनके साहस, अहिंसा के प्रति उनकी दृढ़ता और उनकी एकता के लिए धन्यवाद देते हुए कहा, "आप लोगों के सहयोग से यह सत्याग्रह सफलतापूर्वक समाप्त हो गया है। अब स्वतंत्रता की लड़ाई आगे है।"

उन्होंने कहा कि लोग सफलता का समारोह मनाएँ पर उसमें पुलिस वालों को भी अवश्य आमंत्रित करें। किसी के प्रति मन में कटुता नहीं रहनी चाहिए। उन्होंने गाँवों में ऐसा वातावरण बनाने का आग्रह किया जिसमें अपराध न हो और कोई अपराधी न बने। श्री वल्लभभाई ने अपराधियों को भी अपराध छोड़कर सत्य और शान्ति के मार्ग पर चलने को कहा।

श्री वल्लभभाई एवं अन्य नेतागण कई गाँवों में गए और उन्होंने लोगों के प्रति आभार व्यक्त किया। चमनभाई भी एवं अन्य कार्यकर्ता भी उनके साथ थे।

बोरसद सत्याग्रह 2 महीने 8 दिन चला और इस बीच में चमनभाई जहाँ-जहाँ गए उन्होंने गाँवों के वातावरण में और लोगों के व्यवहार में सुखद परिवर्तन देखा। लोग अब ज्यादा सरल जीवन जीने लगे थे, पारस्परिक कटुता कम हो गई थी और लोगों में आत्म-सम्मान की भावना बढ़ रही थी। बोरसद सत्याग्रह के समय महात्मा जी जेल में थे। श्री वल्लभभाई के कुशल नेतृत्व से यह बात स्पष्ट हो गई कि

गांधीजी के अहिंसा और सत्याग्रह के सिद्धान्तों को लोगों ने स्वीकार कर लिया है और उनकी अनुपस्थिति में भी लोग उनके बताए गए रास्ते पर चल रहे हैं।

बोरसद सत्याग्रह की सफलता के बाद, श्री वल्लभभाई ने विजय यात्रा का आयोजन किया था, जिसमें हजारो लोगों ने भाग लिया था। श्री वल्लभभाई, दरबार गोपालदास, फूलचन्द बापूजी शाह लोगों के प्रिय नेता थे। आशाभाई एवं रविशंकरजी महाराज को राष्ट्रभक्त की उपाधि दी गई थी।

जेल से छूटने के बाद गांधीजी आँत-सूजन की शल्य चिकित्सा के लिए पूना के सासून अस्पताल में भर्ती हो गए थे। जब वे अस्पताल से 1 फरवरी को मुक्त हुए तब श्री वल्लभभाई उनसे मिलने गए। उन्हें देखते ही गांधीजी ने प्रसन्न मुद्रा में कहा, *'बोरसद के राजा, स्वागत है!''*

चमनभाई के सत्याग्रही जीवन में बोरसद का अनुभव महत्त्वपूर्ण था। श्री वल्लभभाई के सफल नेतृत्व के कारण लोगों में जो सूक्ष्म परिवर्तन आ रहा था वह बहुत सन्तोषजनक था। श्री वल्लभभाई के नेतृत्व और उनकी प्रशासनिक क्षमता से प्रभावित होकर कई लोग स्वयंसेवक बनने के लिए आगे आए। जो लोग मात्र बोरसद सत्याग्रह के लिए ही स्वयंसेवक बने थे, वे भविष्य में भी इस प्रकार के कामों में भाग लेने के लिए स्वेच्छापूर्वक तैयार हो गए।

जितेनभाई ने बोरसद सत्याग्रह के विषय में यंग इंडिया में प्रकाशित गांधीजी का एक लेख चमनभाई को पढ़ने के लिए दिया। इस लेख में गांधीजी ने लिखा था, ''बोरसद सत्याग्रह जन-हित में जनता की क्रियाशीलता का एक उत्तम उदाहरण है। बोरसद सत्याग्रह कई प्रकार से खेड़ा सत्याग्रह से ज्यादा महत्त्वपूर्ण है। बोरसद में सत्याग्रह की सम्पूर्ण जीत हुई है, प्रतिष्ठा का सम्मान हुआ है, और एक सीधी लड़ाई में सत्याग्रह के उद्देश्य की प्राप्ति हो गई है।''

सत्याग्रह की सफलता पर अपनी प्रसन्नता जाहिर करते हुए गांधीजी ने एक संवाद में लिखा, *''अपने त्याग और सफल सत्याग्रह द्वारा बोरसद ने स्वयं अपनी और देश की बड़ी सेवा की है।''*

उन्होंने लोगों को खादी अपनाने को कहा और किसी भी प्रकार के नशे से दूर रहने का आग्रह किया। उन्होंने लोगों को समझाया कि वे छुआ-छूत का त्याग करें और ऐसा वातावरण बनाएँ जिसमें चोरी न हो और किसी प्रकार के झगड़े न हों।

जितेनभाई ने चमनभाई की पीठ थपथपाई और कहा, ''तुम लोगों ने बहुत अच्छा काम किया। चमनभाई, कार्यकर्ताओं के प्रयास से ही सत्याग्रह सफल हुआ है, देखना बोरसद हमारे रचनात्मक कार्य का एक महत्त्वपूर्ण केन्द्र बनने वाला है।''

चमनभाई के लिए बोरसद ने सत्य और अहिंसा, त्याग और साहस, एकता और स्वाभिमान का एक उत्तम आदर्श प्रस्तुत किया था। उन्हें सत्याग्रह की शिक्षा लेने के कई अवसर मिल रहे थे।

# अध्याय : बारह

उमा से सगाई तय हो जाने के बाद चमनभाई उस से मिल तो न सके थे पर उनके मन में उमा की मोहक छवि हमेशा छाई रहती थी। जब भी वे अकेले में होते, उनका मन उस से मिलने को व्यग्र हो उठता था—क्या उसे मेरी याद आती होगी? क्या उससे मिलना सम्भव हो पाएगा? क्या जानकीबेन से मिलने के बहाने नाडियाड जाऊँ?

चमनभाई की भाभियाँ उन्हें खूब छेड़ती थीं। दमयन्ती ने कहा, "अरे, खाना खा लो, कहाँ खोये हो? उमा से मिलवाने का उपाय करूँ? मुकुन्दभाई से मिलने नाडियाड जाओ न, कुछ व्यापार की बातें भी कर लेना और उमा की किसी सहेली की मदद से उसे मन्दिर में बुलवा लेना!"

यशोदा कहाँ पीछे रहने वाली थी? "मुझे जानकी के यहाँ ले चलो, बाकी मैं सँभाल लूँगी!"

चमनभाई यह चाहते तो थे, पर संकोचवश हामी नहीं भर पाते थे! एक दिन दमयन्ती ने जीवनभाई से कहा, "अब शादी सम्पन्न करा दीजिए, पता नहीं कब किसी सत्याग्रह में चमनभाई व्यस्त न हो जाए! गांधीजी का क्या ठिकाना? फिर कोई आन्दोलन छेड़ दें, श्री वल्लभभाई उनके पीछे चल दें और, इसे भी लेते चलें!"

चमनभाई को ज्यादा प्रतीक्षा नहीं करनी पड़ी, उमा के परिवार वाले जल्द इस शुभ कार्य को सम्पन्न करना चाहते थे। चमनभाई ने दमयन्ती के माध्यम से जीवनभाई को बतला दिया कि वे एक सत्याग्रही होने के नाते, सादे ढंग से शादी करना चाहते हैं।

जितेनभाई ने दोनों पक्षों में शादी की सजावट की व्यवस्था उनके स्वयंसेवक मित्रों को सौंपी। सजावट के लिए खादी और गृह-उद्योग की बनी चीजें उपयोग में लाई गईं। स्वयंसेवकों ने बड़े उत्साह से मंडप सजाया। निरामिष व्यंजन बनाए गए, किसी भी तरह के नशे का प्रबन्ध नहीं किया गया।

उमा और चमनभाई की शादी सादगी और शालीनता के साथ सम्पन्न हुई। चमनभाई के पाटीदार परिवार में यह अपने प्रकार की पहली शादी थी। जितेनभाई और उनके कई सहयोगी इस विवाह में सम्मिलित होने के लिए नाडियाड आए।

जितेनभाई के हाथों श्री वल्लभभाई ने दम्पति के लिए बधाई सन्देश के साथ सूत की माला भेजी और उन्हें अपनी सुविधानुसार अहमदाबाद आने का निमंत्रण दिया।

चमनभाई और उमा के मनोभाव जानकर, वर और कन्या पक्ष दोनों ने इस शादी का आयोजन सादगी से किया। लेकिन दोनों पक्षों में यह शादी एक लम्बे अन्तराल के बाद हो रही थी, इसलिए उनके सम्बन्धी और मित्र बड़ी संख्या में आए थे। सारे दिन हँसी मजाक और गीत-संगीत का वातावरण बना रहता था। महिलाएँ आनन्द और उत्साह के साथ विभिन्न रस्मों को सम्पन्न करती जा रही थीं। उधर कुमकुम पत्रिका लिखी जा रही थी, इधर मधुर गीतों के स्वर आनन्द वर्षा कर रहे थे—

*आज मारे आनन्द उर न समाय, आज मारे आंगणे लगन लखाय*

लोक गीतों के मधुर स्वर से वे आगंतुकों को इस शुभ कार्य में सम्मिलित होने को प्रेरित करती थीं।

*कंकू छांटी ने लखी कंकोत्री*
*एमां लखियुं लाडकड़ी नुं नाम, कंकू छांटी ने लखी कंकोत्री*
*पेली कंकोत्री काका घर मोकली*
*काका होशे भत्रीजी परणावो रे माणेक थम्भ रोपियो,*
*कंकू छांटी ने लखी कंकोत्री*
*बीजो कंकोत्री मामा घेर मोकली*
*मामा होशे मोसाडुं लई आवो रे माणेक थम्भ रोपियो,*
*कंकू छांटी ने लखी कंकोत्री**

उमा के परिवार की महिलाओं ने किसी भी प्रकारके समय के बंधन को स्वीकार नहीं किया। उनका कहना था कि वैसे ही यह शादी सादगी के साथ हो रही है, कम-से-कम हमें जी भर गा तो लेने दो!

*मेहँदी ते वावी मालवे ने एनो रंग गयो गुजरात रे*
*मेहँदी रंग लाग्यो*
*नानो दियरियो लाडको ने कांई लाव्यो मेहँदी न छोड़ रे*
*मेहँदी रंग लाग्यो*
*वाटी घूंटी ने भर्यो वाटको ने भाभी रंगो तमारा हाथ रे*
*मेहँदी रंग लाग्यो*

---

* कुमकुम छींटकर मैंने पत्रिका लिखी है। उसमें अपनी लाड़ली का नाम लिखा है। पहली पत्रिका काका के घर भेजी है और उनसे आग्रह किया है कि बहुत उत्साह से अपनी लाड़ली भतीजी की शादी कराएँ। मैंने माणिक थम्भ रोप दिया है। दूसरी पत्रिका मामा के घर भेजी है और उनसे आग्रह किया है कि बहुत उत्साह से मोसाडुँ (मामा के घर से भांजी के लिए भेजी गई दहेज में शामिल करने वाली वस्तुएँ) लेकर आएँ और भांजी की शादी कराएँ। मैंने माणिक थम्भ रोप दिया है।

*लाम्बो डगलो मुछो वांकडी छेडे पाघडी राती*
*बोल बोलतो थोड़ी थोड़ी छेल छबीलो गुजराती रे,*
*मेहँदी रंग लाग्यो''**

चमनभाई और उमा की जोड़ी सबको अच्छी लगी।एक सम्बन्धी ने कहा, ''यह जोड़ी तो ईश्वर ने बनाकर भेजी है!''

एक अन्य सम्बन्धी ने प्रतिवाद किया, ''ईश्वर ने यह काम जितेन भाई और लक्ष्मीबेन से ठीके पर करवाया है, दोनों कितने खुश दिख रहे हैं!''

''उनके तो दोनों हाथों में लड्डू हैं!''

उमा की माँ और चाचियाँ दुखी थीं। उनका मन रो रहा था—उनकी लाड़ली अब पराई हो गई, जिसने उनके आँगन में किलकारियाँ भरी थीं, जो उनके लाड़-प्यार में पली थी, आज वह उन्हें छोड़कर जाने वाली है। वे नेग रस्में तो करती जाती थीं, पर उनका अन्तर दुखी था—

*धीरे छेड़ो रे ढोली ढोलक तू*
*एक वेल थी पान पिंखाई रहयूं, धीरे छेड़ो रे ढोली ढोलक तू*
*मंगल टाणा नी मेहँदी ने पीसता-पीसता*
*मन पिसाई गयुं, धीरे छेड़ो रे ढोली ढोलक तू*
*जाओ रे छुपाई ओ शरणाई*
*तारा सुर नथी रे मारे सुणवा*
*हुँ डोलता नाग नथी के*
*नाच नाचूँ ने मंडुं डोलवा*
*आ मंगल दिने शाणपण में तो राख्युं तो ए रिसाई गयुं*
*एक वेल थी पान पिंखाई रहयूं*
*धीरे छेड़ो रे ढोली ढोलक तू''***

उमा का अन्तर व्याकुल था, मंगल कार्यों के बीच बीच में, हास और चुहल के वातावरण में भी-अपने परिवार को छोड़ने का दुःख उसके कोमल मुख पर छा जाता था। वह अपने आँसू रोक नहीं पाती थी। बीच-बीच में परिवार की महिलाएँ उसे

---

* मालवा में बोई हुई मेहँदी को गुजरात लाया गया, मेहँदी रंग लाई। मेरे लाडले देवर ने मालवा से मेहँदी के पौधे लाए, मेहँदी रंग लाई। उसी मेहँदी के पत्रों को पीस-पीसकर मैंने एक कटोरा भरा है,भाभी तुम भी इससे अपने हाथ रँग लो! लम्बी अचकन और तनी मूछों वाला और लाल कोने वाली पगड़ी पहने, थोड़ी-थोड़ी देर पर बोलने वाला छैल-छबीला गुजराती आया है।

** ओ ढोली तू धीरे से ही ढोलक को ताल देना। लता से एक पत्ता अलग हो रहा है। मंगल वेला की मेहँदी पीसते पीसते मेरा मन भी पिस गया है। ओ शहनाई तू जाकर कहीं छुप जा, तुम्हारा सुर मुझे नहीं सुहाता। मैं कोई डोलने वाली नागिन नहीं हूँ जो तुम्हारी शहनाई की धुन पर नाचूँ और डोलने लगूँ। यद्यपि मेरा मन रूठ गया है, फिर भी इस मंगल अवसर पर मैंने अपने को बहुत संयत रखा है, ओ ढोली तू धीरे से ही ढोलक को ताल देना।

आश्वस्त करने का प्रयास करती थीं। उसकी सहेलियाँ समझाती थीं कि उसे तो चमनभाई जैसा पति पाकर प्रसन्न होना चाहिए—कितनों को मनचाहा पति मिल पाता है? पर उनकी बातें भी उमा को धैर्य नहीं दिला पाती थीं!

आमोद-प्रमोद के बीच विदाई की वेला भी आ गई। उमा के घर वालों ने उसे जी भरकर आशीष दिए।

*मावतर ना आशीष लेती जा*
*जा तुझ ने सुखी संसार मले*
*पीयर नी याद न आवे कदी*
*सासरिया माँ एवो प्यार मले।*
*माड़ी नी शीख धरी हैये*
*प्रभुता माँ पगलां भरती जा*
*जेम दूध महीं साकर भलती*
*एम सासरिया माँ भलती जा*
*तारा सुख-दुःख पोताना माने*
*तुझने एवो परिवार मले*
*पीयर नी याद न आवे कदी*
*सासरिया माँ एवो प्यार मले।*

अपने नए घर में अपने परिवारवालों की आत्मीयता और सरलता ने उमा को विभोर कर दिया। दमयन्ती, यशोदा, अन्य सम्बन्धियों तथा गाँव के लड़कियों ने उल्लास और प्रेम के साथ उसका स्वागत किया—

*पधारो, पधारो, मारा भाभी, सासरिये लीला लहेर छे*
*फुल ना गजरा झालो, सासरिया लीला लहर छे*

कई दिनों तक घर में हँसी-मजाक, चुहल और संगीत का आनन्ददायक माहौल बना रहा। सम्बन्धियों और गाँव के लोगों का आना लगा रहा!

उमा को अपने विषय में कई अच्छी बातें सुनने को मिलीं! किसी ने उसकी सौम्यता की प्रशंसा की, किसी ने रूप की, किसी ने उसकी नम्रता को सराहा तो किसी ने उसकी मधुर वाणी की तारीफ की! किसी ने इस बात पर आश्चर्य प्रकट किया कि इतनी कम उम्र में उमा सत्याग्रही कैसे बन गई!

लोगों ने चमनभाई को भी खूब छेड़ा, ''लड़कियाँ तो अच्छा पति पाने के लिए व्रत रखती हैं, तुमने इतनी अच्छी पत्नी पाने के लिए कौन सी पूजा की थी?''

चमनभाई ने पूछा, ''तुम्हें कैसे मालूम कि मुझे अच्छी पत्नी मिली है? अभी तो मैंने भी उसे ठीक से नहीं देखा है!''

उस महिला ने जवाब दिया, ''तुम्हारा चेहरा देखकर! ज्यादा बनो मत! लड्डू फूट रहे हैं मन में, झूठा कहीं का-कहता है, देखा भी नहीं है!''

एक अन्य महिला ने कहा, "नई बहू को पहचानने में देर नहीं लगती, "*दीकरा ना लक्षण पारणा माँ, वहु ना लक्षण वारणा माँ!*"*

चमनभाई उमा को देखने के उद्देश्य से किसी-न-किसी बहाने घर के अन्दर आते रहते थे!

उनका मन उमा की एक झलक देखने को बेचौन हो उठता था—पर वह तो परिवार की महिलाओं के बीच व्यस्त थी! बीच-बीच में उसकी मधुर हँसी चमनभाई का मन मधुरता से भर देती थी!

उन्हें जल्दी-जल्दी अन्दर आते देखकर कुछ महिलाओं ने उन्हें छेड़ना शुरू कर दिया, "आज तो बार-बार अन्दर आ रहे हो, बाहर रुकने का मन ही नहीं करता! अरे थोड़ा सब्र करो, दिन ढल रहा है, मिलने की वेला अब दूर नहीं है! थोड़ा हम लोगों को भी तो दुल्हन से दो-चार बातें कर लेने दो!"

यशोदा ने कहा, "अब तुम्हारे दोस्तों की संख्या और भी बढ़ जाएगी।"

चमनभाई नई पूछा, "क्यों?"

"अरे तुमने सुना नहीं है—*जेनी रुपाड़ी बहु तेना भाई बंध बहु!*"**

चमनभाई ने नहले पर दहला मारा, "अब समझा, इसीलिए भैया के बहुत सारे मित्र हैं!"

उमा को यह समझने में देर नहीं लगी कि उसके नए घर में प्रेम और मधुरता का वास है। यह जरूर दमयन्तीबेन की देन है—परिवार बनाने और बिगाड़ने में बड़ी बहू का योगदान बहुत महत्त्वपूर्ण होता है। उन्होंने यशोदाबेन को बहुत प्यार से अपनाया होगा। तभी तो दोनों ने मिलकर इस घर में सौहार्द्र और सामंजस्य बढ़ाया है। दमयन्तीबेन और यशोदाबेन तो आपस में सगी बहनों की तरह व्यवहार करती हैं। एक और बात उसे बहुत अच्छी लगी-वह थी परिवार के लोगों की सरलता। उसने मन-ही-मन उस शराब के दुकानदार को धन्यवाद दिया जिसके चलते उसे एक अच्छा पति तो मिला ही, साथ-साथ एक अच्छी ससुराल भी मिली!

उमा सोचती थी-बड़ी बहू का त्याग छोटी बहुओं के लिए उदाहरण होता है,मुझे उनके त्याग का सम्मान करना चाहिए और उन्हें एक बड़ी बहन का प्यार देना चाहिए। यशोदाबेन भी कितनी अच्छी हैं, हमेशा मुस्कुराती रहती हैं। उसे भी इस घर की तीसरी बहू के रूप में उन दोनों के साथ तुरंत घुल-मिल जाना होगा। चमनभाई को इस बात का विश्वास था कि उमा को बहुत कुछ समझाने की जरूरत नहीं पड़ेगी। वह समझदार है और उनकी भाभियों की तरह ही उनके परिवार का ख्याल रखेगी।

---

* बच्चे के लक्षण पालने में देखे जा सकते हैं, बहू के लक्षण द्वाराचार के समय मालूम हो जाते हैं!

** जिसकी पत्नी सुन्दर होती है, उसके कई मित्र हो जाते हैं!

इसी आनन्दमय मनस्थिति में दोनों युवा हृदय अहमदाबाद आए। लोगों ने बड़े प्रेम से उनका स्वागत किया!

एक अधेड़ महिला ने कहा, "तुम दोनों को अलग-अलग देखा था तो दोनों सुन्दर लग रहे थे, अब साथ-साथ देखती हूँ तो बहुत सुन्दर लग रहे हो!"

किसी ने जितेनभाई के साथ मजाक किया, "सब इन्हीं नारद बाबा की देन है! जितेनभाई, इसी तरह स्वयंसेवकों की जोड़ी बनाते रहिये, लोगों की गृहस्थी भी बसती रहेगी और स्वराज का काम भी तेजी से आगे बढ़ता रहेगा!"

एक अन्य महिला ने उनकी ओर देखते हुए गांधीजी का प्रिय भजन गुनगुनाना शुरू कर दिया, "वैष्णव जन तो तेने कहिये जे पीर पराई जाने रे, पर दुखे उपकार करे ते....

एक महिला ने कहा, "अगर जितेनभाई की तरह चार-पांच लोग और मिल जाएँ तो वे लोग सभी शादी करानेवालों पर भारी पड़ेंगे-*चार मड़े चोटला तो भांगे कइक ना ओटला!** स्वयंसेवकों की कमी कभी नहीं होगी!"

जितेनभाई ने उनसे कहा, "मैं तुम दोनों को पति-पत्नी के रूप में देखकर अत्यन्त प्रसन्न हूँ। प्रभु की इस कृपा का आनन्द लो! तुम लोग एक आदर्श सत्याग्रही युगल का उदाहरण प्रस्तुत करो, एक दूसरे के साथ मिलकर देश के काम में पूरी तत्परता से लग जाओ और अन्य युवाओं के लिए प्रेरणा—स्रोत बनो।"

"जितेनभाई, हमें अब क्या करना चाहिए?" उमा ने पूछा।

"अभी आनन्द मनाओ, लोगों से मिलो-जुलो, बड़ों का आशीर्वाद लो।"

चमनभाई के लिए अपनी बात कहने का यह उपयुक्त अवसर था, "हमें श्री वल्लभभाई से मिलवा दीजिए, हमें उनका आशीर्वाद चाहिए!"

"हाँ, मैं भी यही सोच रहा था", जितेन भाई ने कहा।

श्री वल्लभभाई उनसे एक अभिभावक जैसी आत्मीयता से मिले। उन्होंने कहा, "जितेनभाई मुझे तुम दोनों के विषय में बताते रहते हैं, मैंने तुम लोगों को शादी के बाद अहमदाबाद आने को कहा था, अच्छा किया आ गए! यहाँ तुम्हारे बहुत से साथी कार्यकर्ता हैं, वे भी तुम लोगों को पति-पत्नी के रूप में देखकर प्रसन्न हुए होंगे। अब तुम दोनों मिलकर गांधीजी की बातें लोगों तक पहुँचाओ, उनके रचनात्मक कार्यक्रम का लोगों में प्रचार करो। तुम लोग रास और उसके आस-पास बहुत काम कर सकते हो।"

श्री वल्लभभाई ने उनके लिए कुछ मिठाईयाँ मँगवाईं और एक-एक टुकड़ा उन्हें स्वयं खिलाया। उन्होंने दोनों को एक-एक चरखा दिया और खादी के कपड़े भेंट किए। अचानक उन्हें कुछ याद आया और उन्होंने कुछ छपे हुए पृष्ठ चमन-भाई की हाथों में पकड़ाते हुए कहा, "यह रचनात्मक कार्यक्रम के विषय में है।

---

* चार जाने मिल जाएँ तो कईयों पर भारी पड़े!

लोगों में इसका प्रचार करो, बुजुर्गों और महिलाओं को भी इस कार्यक्रम में शामिल करो।''

उमा ने मुस्कुराते हुए कहा, ''हम आपकी हर आज्ञा का पालन करेंगे। लोग जब भी हमारा साथ दें अच्छा है।''

जितेनभाई ने मुस्कुराते हुए कहा, *''जाग्या त्यांज सवार'*।* पर कुछ लोग जो सुनते हैं, उसका ठीक उल्टा करते हैं,ध्यान रखना।''

चमनभाई ने कहा, ''ऐसे लोगों से कहूँगा कि चरखा बिलकुल न चलाएँ!''

सभी लोग मुस्कुरा उठे।

श्री वल्लभभाई ने प्रसन्न मुद्रा में कहा, ''खुश रहो!''

बाहर आने पर चमनभाई और उमा ने जितेनभाई को जी भरकर धन्यवाद दिया। उनका हृदय आनन्द से भरा था, श्रीवल्लभभाई से इतनी आत्मीयतापूर्ण बातें हो पाएँगी, इसका उन्हें अनुमान नहीं था। चमनभाई ने कहा, '' श्री वल्लभभाई से मिलवाने के लिए बहुत-बहुत धन्यवाद। हमें इस बात की आशा नहीं थी कि वे हम लोगों को इतना प्यार देंगे।''चमनभाई आनन्द से भर उठे थे। उन्होंने कहा, '' श्री वल्लभभाई के दिए हुए ये चरखे हमारे लिए अमूल्य निधि हैं, हमारा जीवन सार्थक हो गया। वे ऊपर से बहुत गम्भीर और कभी-कभी कठोर भी दीखते हैं, पर उनका हृदय प्रेम से भरा है।''

''वे तो नारियल की भाँति हैं, ऊपर से कठोर, अन्दर से शुभ्र, प्रेम रस से भरपूर।''

जितेनभाई ने मुस्कुराकर उनकी पीठ थपथपाई, ''तुम्हारी खुशी में हमारी खुशी है।''

उनकी आँखें नम हो आईं। वातावरण की गम्भीरता को कम करने के ख्याल से उन्होंने कहा, ''चमनभाई तुमने उमा से मिलवाने के लिए मुझे धन्यवाद नहीं दिया!''

चमनभाई ने मुस्कुराकर कहा, ''मुझे आपका आभारी होना चाहिए या उमा को?'' चमनभाई ने भोलेपन से पूछा।

जितेन भाई भी तो वकील ठहरे! उन्होंने कहा, ''ज्यादा बनो मत। मुझे मालूम है कि अगर उमा तुमसे नहीं मिलती तो तुम अभी शादी नहीं करते!'

चमनभाई ने कहा, ''इसके लिए उमा उस शराब के दुकानदार को मन-ही मन धन्यवाद देती रहती है। चलो उमा, एक दिन उस से मिलकर स्वयं धन्यवाद दे ही दो!''

जितेनभाई ने उनका सम्पर्क खादी और गृह उद्योग सामग्री के थोक विक्रेताओं से करवा दिया। उन्होंने कहा, ''अभी जाकर अपने गाँव और आस-पास के गाँवों

---

* जब जागो तभी सवेरा—सही काम देर से किया जाए तो भी अच्छा है।

में चरखे और खादी का प्रचार करो, यहाँ से सामग्री ले जाओ और गाँवों में बेचो। लोगों को और अधिक खादी अपनाने पर जोर दो। मैं एक महीने की उधारी पर तुम्हें सामान दिलवा दूँगा! और हाँ, कांग्रेस का सदस्य बनाते समय लोगों को यह बताना न भूलना कि सदस्य बनने के लिए प्रति माह 2000 गज सूत कात कर कांग्रेस समिति को भेजना होगा।''

जितेनभाई ने कहा, ''तुम लोग अपने जीवन के एक महत्त्वपूर्ण मोड़ पर हो, अपना दाम्पत्य जीवन शुरू करने जा रहे हो और इसके प्रारम्भ में ही तुम्हें श्री वल्लभभाई का आशीर्वाद मिल चुका है, यह कितने सौभाग्य की बात है! ईश्वर तुम्हारा मंगल करें और तुम्हें सफलता दें।''

अचानक उन्हें कुछ याद आया, ''तुम लोग ग्राम-सेवक और सेविका क्यों नहीं बन जाते? उमा चरखा चलाने में दक्ष है, वह महिलाओं में चरखा का कार्यक्रम आसानी से चला सकती है।''

उमा और चमनभाई अपने मनोनुकूल जीवन-साथी को पाकर उल्लास और उमंग से भरे थे। दाम्पत्य जीवन में इतनी मधुरता है और एक दूसरे की भावनाओं का ख्याल रखने में उन्हें इतनी खुशी होगी, इसका अनुमान उन्हें नहीं था!

उमा के आने से घर में काफी चहल-पहल हो गई थी। आनन्द और उल्लास का वातावरण था। अगर कोई चमनभाई से रास में रहने के समय और ढेर सारे पैसों के बीच में चुनने को कहता तो वे निश्चित रूप से इस मधुर समय को चुनते। पैसों की जरूरत होने पर भी उसे इस मधुरता के ऊपर प्रश्रय नहीं देते। बुजुर्गों की बात- *नाणूँ मलसे पण टाणुं नहि मले*—समय को पैसों के ऊपर समझो-हर परिस्थिति में कितनी सार्थक है, विशेष कर माधुर्य भरे इन अनमोल क्षणों को क्या खरीदा जा सकता है?

उमा सोचती थी कि जिस उत्साह से उस की ससुराल वालों ने उसका स्वागत किया वह कितनों को नसीब होता है! यहाँ तो परिवार का हर सदस्य एक दूसरे की चिन्ता करता है! घर के बच्चे भी उस से कितनी जल्दी घुल-मिल गए है! परिवार में कितना आनन्द है, सब लोग एक साथ खाना खाते हैं और घर-गृहस्थी की बातें करते हैं। दमयन्ती और यशोदा प्रेमपूर्वक सबको खाना खिलाती हैं और सबसे अन्त में जो बचा-खुचा रहता है वह खा लेती हैं। रसोई का कितना भी काम हो, वे खिन्न नहीं होतीं, दोनों मिलकर सारा काम सँभाल लेती हैं। उसे भी, उनके साथ, उनकी तरह ही काम करना चाहिए। कितनी खुशी की बात है कि एक ही चौके में सब का खाना बनता है। वह अपने घर में अक्सर सुना करती थी कि रसोई के बटवारे से दिल भी बँट जाते हैं—*अन्न नोखुं तो मन नोखुं! यहाँ कितना प्रेम है!*

पारिवारिक प्रेम-सुधा का पान करते हुए चमनभाई और उमा बीच-बीच में श्री वल्लभभाई द्वारा उपहार में दिए हुए चरखे चलाते थे और रचनात्मक कार्यक्रम

सम्बन्धी उनके दिए हुए लेख को भी पढ़ते थे। इस कार्यक्रम की चर्चा चौरे पर भी अक्सर होती थी। गांधीजी के रचनात्मक कार्यक्रम ने लोगों में इस बात की आशा जगा दी थी कि ग्राम उद्योग के प्रोत्साहन से उनकी आर्थिक और सामाजिक स्थिति में सुधार आएगा। लोग शिक्षा के महत्त्व को समझ रहे थे और गांधीजी एवं श्री वल्लभभाई के आदेशानुसार बच्चों को राष्ट्रीय विद्यालयों में भेजना चाहते थे। खादी का प्रयोग, प्रोत्साहन और लोगों में प्रचार-प्रसार इस कार्यक्रम का महत्त्वपूर्ण अंश था।

एक नव-विवाहिता बहू होने के कारण, उमा को अभी चौके में ज्यादा काम करने नहीं दिया जाता था, उसके बाहर जाने पर भी कुछ दिनों के लिए रोक थी। अत: शुरू में चमनभाई ने अकेले ही आस--पास के गाँवों में खादी और रचनात्मक कार्यक्रम का प्रचार करना शुरू कर दिया। लोगों को यह जानकर प्रसन्नता होती थी कि उन्हें श्री वल्लभभाई से मिलने का सौभाग्य प्राप्त हो चुका है तथा उनका आशीर्वाद और मार्ग-दर्शन भी मिल चुका है।

बोरसद तालुका के लोगों ने बड़े उत्साह से रचनात्मक कार्यक्रम को अपनाया।

दमयन्ती ने अपने घर में ही गाँव की महिलाओं को बुलाना शुरू कर दिया, उमा उन्हें चरखा चलाना सिखाने लगी। वह महिलाओं को गांधीजी के बताए हुए विभिन्न कार्यक्रमों से परिचित कराती थी। जब उमा को बाहर निकलने की अनुमति मिल गई तो वह भी चमनभाई और कभी-कभी दमयन्ती और यशोदा के साथ गाँव में खादी का प्रचार करने लगी।

एक दिन चमनभाई को जितेनभाई का संवाद मिला, ''मैं बोरसद आ रहा हूँ, तुम दोनो वहाँ मिलो।''

बोरसद में खादी और ग्रामीण उत्पादों को लोग बड़े उत्साह से अपना रहे थे। खादी के बने तरह-तरह के कपड़े और कुटीर उद्योग के विभिन्न उत्पाद जगह-जगह बिक रहे थे। लोगों में रचनात्मक कार्यक्रम के प्रति उत्सुकता थी।

जितेनभाई ने आत्मीयता से उनका स्वागत किया, ''तुम लोग खुश हो, यह देखकर प्रसन्नता हो रही है। मेरी इच्छा तुम लोगों से मिलने की थी, इसीलिए तुम्हें यहाँ बुलाया। चमनभाई, देख रहे हो न, बोरसद में लोग तेजी से खादी अपना रहे हैं, यहाँ कुटीर उद्योग में बने सामान बाजारों में खूब बिक रहे हैं। लोगों में शिक्षा के प्रति भी रुझान बढ़ी है, वे राष्ट्रीय विद्यालयों में बच्चों को भेजना चाहते हैं। बोरसद के लोगों में बहुत उत्साह है, आस-पास के कई गाँवों से लोग यहाँ व्यवसाय के लिए या पढ़ाई करने आ रहे हैं। यहाँ हमारे लिए बहुत काम है। उमा के लिए भी यहाँ बहुत कुछ करने का उपयुक्त अवसर है।''

जितेनभाई ने अपनी बात जारी रखी, ''श्री वल्लभभाई यहाँ ग्राम-सेवक और ग्राम-सेविका के प्रशिक्षण का कार्यक्रम चलाना चाहते हैं। उनकी इच्छा है कि हर गाँव में प्रशिक्षित ग्राम-सेवक और ग्राम-सेविका हों जो रचनात्मक कार्यक्रम का

प्रचार-प्रसार करें और अन्य लोगों को भी प्रशिक्षित करें। वे इस कार्यक्रम को तेजी के साथ आगे बढ़ाना चाहते हैं। मेरा सुझाव है कि तुम दोनों भी इस प्रशिक्षण कार्यक्रम में सम्मिलित हो जाओ।''

चमनभाई ने पूछा, ''क्या यह कार्यक्रम गुजरात राष्ट्रीय सेवक मंडल की भाँति होगा?''

चमनभाई की जिज्ञासा उस कार्यक्रम से सम्बन्धित थी जिसे श्री इन्दुलाल याग्निक ने चलाया था। शुरू में लोगों ने उत्साहपूर्वक इसमें भाग लिया पर असहयोग आन्दोलन के स्थगित होने के बाद लोगों की दिलचस्पी इस कार्यक्रम में कम हो गई थी।

जितेनभाई प्रश्न का उद्देश्य समझ गए। उन्होंने कहा, ''यह कार्यक्रम बोरसद तालुका के लिए एक विशेष कार्यक्रम है और श्री वल्लभभाई उत्साह के साथ इसे चलना चाहते हैं। कार्यक्रम में प्रशिक्षित ग्राम-सेवक और ग्राम-सेविका गाँव में रहेंगे और रचनात्मक कार्यक्रम का प्रचार करेंगे। इस से गाँव की आर्थिक स्थिति में सुधार होगा और लोगों का आत्म-सम्मान बढ़ेगा।''

अब आगे प्रश्न करने की गुंजाइश नहीं थी। उन दोनों ने इस प्रशिक्षण कार्यक्रम में अपना नाम लिखा लिया।

चमनभाई और उमा पूरी लगन के साथ अपना प्रशिक्षण पूरा करने लगे। उमा की विशेष रुचि चरखा चलाने और सूत कातने में थी। चमनभाई की दिलचस्पी खादी के प्रचार-प्रसार में और लोगों में शिक्षा के प्रति आकर्षण जगाने में ज्यादा थी।

इस प्रशिक्षण का लाभ चमनभाई और उमा को तो मिला ही, उनसे कहीं ज्यादा लाभ उन लोगों को मिला जिनके साथ उन लोगों ने काम किया। उमा ने महिलाओं और लड़कियों को चरखा चलाने, सूत कातने और विविध घरेलू उत्पाद बनाने में प्रशिक्षित किया, चमनभाई भी खादी के साथ-साथ शिक्षा, स्वच्छता एवं ग्राम विकास सम्बन्धी अन्य रचनात्मक कार्यों में लग गए। दोनों के लिए यह एक बहुत सन्तोषप्रद अनुभव था। लोगों पर इस कार्यक्रम का प्रभाव स्पष्ट देखने को मिलता था।

उमा और चेतनभाई की लगन, उनकी मेहनत और उनके मधुर स्वभाव के कारण उनके चाहने वालों की संख्या बढ़ रही थी। चमनभाई और उमा को देखकर कई युवा स्वयंसेवक बनना चाहते थे, उमा से प्रभावित होकर कई लड़कियाँ नए हुनर सीखना चाहती थीं। महिलाएँ सूत कातने और घरेलू उत्पाद बनाने में दिलचस्पी ले रही थीं, पुरुष नशा छोड़ रहे थे। अब चौरे पर इधर-उधर की गप्पबाजी बहुत कम होती थी, ज्यादा समय रचनात्मक कार्यक्रम और घरेलू आय बढ़ाने के नए स्रोतों का पता लगाने में लगता था।

उमा के ऊपर यह जिम्मेवारी थी कि वह जल्द-से-जल्द अपनी ससुराल के अन्य सदस्यों के साथ बिलकुल घुल-मिल जाए। उसके मायके वाले भी उसे यही

सलाह देते थे। दमयन्ती और यशोदा की मेहनत देखकर उसे उनके कामों में हाथ बँटाने की इच्छा हरदम रहती थी। इसके बाद महिलाओं के साथ सूत कातना और उन्हें नई-नई चीजों को बनाने का हुनर सीखना भी धैर्य और मेहनत का काम था। प्रायः वह काम करते-करते थक जाया करती थी।

एक दोपहर वह चरखा-क्लास में थककर गिर पड़ी, यशोदा उसके पास ही सूत कात रही थी, उसने अन्य महिलाओं की सहायता से उसे लिटा दिया, एक महिला उसके मुँह पर पानी के छींटे देनी लगी। कुछ देर बाद उमा सामान्य स्थिति में आ गई।

शाम को यशोदा ने चमनभाई से कहा, "उमा को ज्यादा काम मत दो, वह बहुत मेहनत कर रही है, आज उसे मूर्छा आ गई थी। उसे आराम की भी जरूरत है, वह माँ बनने वाली है।"

जब घर-आँगन में आनन्द की वेला आई तो परिवार के सभी सदस्य प्रसन्न होकर अपने सबसे नए सदस्य का स्वागत करने को उत्सुक हो उठे। उमा ने एक सुन्दर स्वस्थ बालक को जन्म दिया। उमा और चमनभाई के चेहरों पर हर्षोल्लास झलक उठा, उनकी आँखों में चमक आ गई। उमा के सौम्य मुख पर मातृत्व की मोहक आभा छा गई। जीवनभाई के परिवार में उत्सव का माहौल बना रहा।

वह शनिवार 27 जुलाई का दिन था। कई दिनों से मूसलधार बारिश होती रही थी, शाम होते-होते मानों बादलों ने जल का अपना अजस्र कोष खोल दिया और पूरे खेड़ा जिले में जल-प्लावन हो गया। कई गाँवों में घुटने भर पानी जमा हो गया, लोग अपने-अपने घरों में घिर गए। कई कच्चे घर बह गए, कई मवेशियों का पता नहीं चला, उनके लिए रखे गए अनाज,भूसे आदि बर्बाद हो गए। अपनी जान बचाने के लिए कुछ लोग वृक्षों की शाखाओं पर बैठ गए, जहाँ से उन्हें पास ही में सर्प आदि अन्य सहभागी भी दीखते थे!

यों तो गुजरात के कई भाग अतिवृष्टि से प्रभावित हुए थे, पर खेड़ा जिले की स्थिति बहुत बुरी थी। श्री वल्लभभाई राहत सामग्री का प्रबन्ध कर रहे थे और उसे रेलगाड़ी से प्रभावित क्षेत्रों में भिजवा रहे थे। वहाँ से चमनभाई एवं अन्य स्वयंसेवक अनेक कष्ट सहकर उन वस्तुओं को बाढ़ में घिरे लोगों तक पहुँचाते थे। यहाँ तक कि उन समर्पित स्वयंसेवकों ने खेड़ा के कलेक्टर के घर भी राहत सामग्री पहुँचाई, जो स्वयं अपने बंगले में घिर गए थे!

श्री वल्लभभाई ने 11 अगस्त को आणंद में स्वयंसेवकों की एक बैठक बुलाई जिसमें उन लोगों को सहायता पहुँचाने का कार्यक्रम बनाया गया जिनके घर-द्वार बारिश में बह गए थे और मवेशी लापता हो गए थे।

श्री वल्लभभाई के कुशल प्रबन्धन के कारण शीघ्र ही अनाज और कपड़ों की विशेष दूकानें खोल दी गईं ताकि मुनाफाखोरों को लोगों को लूटने का अवसर न

मिले। चमनभाई और उनके सहयोगी इन दुकानों से उचित मूल्य पर सामानों के वितरण पर ध्यान देते थे।

प्रकृति के इस प्रकोप से हुई बर्बादी की कुछ भरपाई करने के बाद, चमनभाई फिर खादी के प्रचार में लग गए। बीच-बीच में उन्हें श्री वल्लभभाई के उत्साह-वर्धक सन्देश मिलते रहते थे—आप लोग स्वाभिमान की रक्षा के लिए लड़ने को सदैव तैयार रहें, इस से ही स्वराज की लड़ाई में गति आएगी।

एक शाम जब भुवनभाई सूरत से वापस लौटे तो उन्होंने बताया कि उनके एक मित्र ने बारडोली में खादी सामग्री की एक दूकान खोलने का प्रस्ताव उन्हें दिया है। वे मित्र उचित किराए पर एक दूकान उपलब्ध करवा रहे हैं।बारडोली सविनय अवज्ञा आन्दोलन में काफी सक्रिय था। श्री कल्याणजी और उनके भाई श्री कुँवरजी ने गांधीजी को 1921 में वहाँ बुलवाया था, और गांधीजी ने आन्दोलन शुरू करने के लिए बारडोली का ही चुनाव किया था। बारडोली, वलाद, सारभोन में स्थानीय केन्द्र खोले गए थे।

भुवनभाई ने जीवनभाई से अनुमति माँगी। भाइयों ने यह सोचा कि परिवार बढ़ेंगे और जल्द ही ऐसी स्थिति आएगी कि मात्र कृषि की आय से और भुवनभाई के व्यवसाय से घर का खर्च नहीं चल पाएगा। अत: आय के नए साधनों का जुटाना आवश्यक था। यद्यपि बारडोली थोड़ी दूरी पर था, पर दुकान खोलने के इस अवसर का लाभ उठाने का निर्णय लिया गया। तय हुआ कि आरम्भ में भुवनभाई और चमनभाई बारडोली जाएँगे और वहाँ व्यवसाय शुरू करेंगे, बाद में जीवनभाई के बड़े लड़के नानाभाई वहाँ चले जाएँगे।

चमनभाई ने मुकुन्दभाई को इस निर्णय की सूचना दे दी और अपना कार्य भार सौंपने और थोक व्यापारियों से सम्पर्क करने के उद्देश्य से अहमदाबाद गए। वहाँ उन्हें डॉक्टर से अपने को दिखलाना था और जितेनभाई से भी बातें करनी थीं।

जितेनभाई ने कहा, ''यह एक अच्छा अवसर है। बारडोली में श्री वल्लभभाई के कई अनुयायी रचनात्मक कार्यक्रम में सक्रिय हैं। तुम्हें और उमा को वहाँ काम करने का उत्तम अवसर प्राप्त होगा। मुझे यह भी पता चला है कि सरकार ने वहाँ राजस्व मूल्यांकन करवाया था, जो सही तरीके से नहीं किया गया है। इस मूल्यांकन के आधार पर सरकार ने वहाँ भारी कर लगा दिया है। लोगों ने दुखी होकर श्री वल्लभभाई से इसकी शिकायत भी की है। इन दिनों यह बात काफी चर्चा में है और लोगों के प्रतिनिधिमंडल श्री वल्लभभाई के पास आ रहे हैं कि वे उनके लिए कुछ करें। मैं भी वहाँ जल्द ही आऊँगा। क्या पता, सम्भव है कि तुम्हारे और उमा के लिए वहाँ काफी काम निकल आए।''

उन्होंने चमनभाई को गम्भीर मुद्रा में देखकर कहा, ''आगे क्या करना है यह तो समय बताएगा। पर आज तुम मेरे साथ चलो, मैं कुछ अन्य लोगों से तुम्हारा परिचय कराऊँगा, उनसे तुम्हें अपने व्यवसाय में मदद मिलेगी।''

भुवनभाई इस इलाके में कई वर्षों से घी आदि का काम करते आ रहे थे, उनके व्यवसायी मित्र यहाँ थे। चमनभाई को जितेनभाई द्वारा परिचित कराए गए व्यापारियों से काफी मदद मिली। जल्द ही उनका काम व्यवस्थित ढंग से चल पड़ा। उमा ने भी चरखा-क्लास की शुरुआत कर दी, जिसमें महिलाएँ भाग लेने लगीं। घरेलू उत्पाद के व्यवसाय में भी थोड़ी वृद्धि हुई।

चमनभाई और उमा को यह नहीं पता था कि जल्द ही जितेनभाई की यह भविष्वाणी सत्य निकलेगी कि बारडोली में उनके लिए पर्याप्त काम प्रतीक्षा कर रहा है!

# अध्याय : तेरह

एक दिन चमनभाई अपने एक ग्राहक के यहाँ कुछ सामान पहुँचाने उसके गाँव गए थे। वह थोड़ी चिन्तित मुद्रा में था। उस ने बतलाया था कि इस इलाके में हर 30 वर्ष पर मालगुजारी तय की जाती है। अब नई दरें निर्धारित कर दी गई हैं।

''क्या यह बहुत ज्यादा है?'' चमनभाई ने पूछा।

उस मित्र ने शिकायत भरे लहजे में, कहा था, ''चमनभाई, हम पर एक नया बोझ डाल दिया गया है। वर्ष 1926 में यहाँ के एक अफसर जयकर साहब ने सेटलमेंट का काम किया था। उन्होंने अचानक 25 प्रतिशत मालगुजारी बढ़ा दी है। इतना ही नहीं, हम पर तो दुहरी मार पड़ी है—हमारा गाँव अब ज्यादा कर लगने वाले गाँवों की श्रेणी में डाल दिया गया है। हमारा टैक्स तो लगभग 30 प्रतिशत बढ़ गया है। चमनभाई, वैसे ही हम कई तरह की परेशानियों में घिरे हैं, अब थोड़ा साँस लेने का मौका आया था, वह भी सरकार को न देखा गया!''

तब तक कुछ और व्यक्ति वहाँ आ गए। उन लोगों ने भी अपनी-अपनी परेशानी बताई। सभी इस प्रकार के मनमाने वर्गीकरण से नाराज थे। उनमें से एक व्यक्ति का चेहरा चमनभाई को परिचित लगा। उस व्यक्ति ने स्वयं पूछा, ''आप चमनभाई हैं न, झंडा सत्याग्रह वाले?''

चमनभाई ने मुस्कुराकर कहा, ''हाँ, मेरा नाम चमनभाई है।''

''मैंने आपको जितेन भाई के यहाँ अहमदाबाद में देखा था। वे आपकी बहुत प्रशंसा करते हैं, वे कल यहाँ आने वाले हैं। उन्होंने कार्यकर्ताओं की एक सभा भी बुलाई है।''

जितेनभाई अपने कुछ सहयोगियों के साथ अहमदाबाद से आए। उन्होंने चमनभाई और उमा को पुत्र-प्राप्ति की बधाई दी। भुवनभाई की दुकान का काम-काज देखकर उन्होंने आशा व्यक्त की, ''भुवनभाई, आपका काम तेजी से बढ़ेगा।''

भुवनभाई ने उन्हें धन्यवाद देते हुए कहा, कहा, ''जितेनभाई, हमारे व्यापार की सफलता में आपका भी काफी सहयोग है, धन्यवाद।''

एक दिन बाद जितेनभाई ने स्थानीय कार्यकर्ताओं की एक बैठक बुलाई। चमनभाई और उमा भी उस बैठक में सम्मिलित हुए। लोगों में उनकी बातें सुनने की उत्सुकता थी।

जितेनभाई ने कहा, "यहाँ के लोगों ने श्री वल्लभभाई से कर के इस नए प्रावधान की शिकायत की है। लोगों का यह मानना है कि यह मूल्यांकन मनमाने ढंग से, बिना अच्छी तरह जाँच किए, उनपर थोप दिया गया है। यह मूल्यांकन प्रान्तीय सेवा के एक राजस्व अधिकारी जयकर साहब द्वारा किया गया है। उन्होंने इस वृद्धि के पक्ष में कुछ कारण बताए हैं।"

एक कार्यकर्ता ने पूछा, "वे कारण कौन से हैं?"

जितेनभाई ने अपने कागजों पर नजर डाली, "ये कारण हैं—ताप्ती रेलवे की ब्रॉड गेज लाइन के बनने से यातायात सुविधा में वृद्धि, जनसंख्या में लगभग 4000 लोगों की वृद्धि, दुधारू मवेशियों की संख्या में वृद्धि, अनाज की कीमतों में वृद्धि, मजदूरी की दर में वृद्धि आदि। उनका तर्क है कि इन सब कारणों से इस इलाके के किसानों की आमदनी बढ़ी है, इसलिए मालगुजारी में यह वृद्धि जायज है।"

उस कार्यकर्ता ने पूछा, "क्या ये सब कर बढ़ाने के उचित और पर्याप्त कारण हैं? क्या जयकर साहब ने हमारी परेशानियाँ नहीं देखीं? क्या उन्होंने हम किसानों की बातें भी सुनीं? हमने तो कभी उन्हें अपने इलाके में देखा भी नहीं!"

एक व्यक्ति ने खड़े होकर पूछा, "क्या यह रिपोर्ट किसानों को दिखलाई गई थी?"

जितेनभाई के बोलने से पहले किसी ने टिप्पणी की, "साहब लोग किसानों को कभी अपनी रिपोर्ट दिखलाते हैं क्या? वे सोचते हैं कि उनका सोचना और उनका फैसला सही है, इसमें किसी की राय लेने की जरूरत नहीं है!"

जितेनभाई ने कहा, "यही तो रोना है, सरकारी अफसर यह सोचते हैं कि वे सब कुछ जानते हैं! उनलोगों ने खानापूर्ति के लिए कचहरी में रिपोर्ट की एक प्रति रखवा दी है। जब हमारे लोगों ने पैसे देकर उस रिपोर्ट की प्रति लेनी चाही तो उन्हें यह कहकर टरका दिया गया कि वे चाहें तो कचहरी में ही रिपोर्ट से कुछ नोट ले सकते हैं, उन्हें रिपोर्ट की प्रति लेने अनुमति नहीं है।"

उस कार्यकर्ता ने कहा, "इस विषय में ऊपर शिकायत करनी चाहिए।"

जितेनभाई ने बतलाया, "कुछ लोगों ने राजस्व सदस्य साहब के पास शिकायत भेजी थी, पर उस पर कोई ध्यान नहीं दिया गया। कुछ समाजसेवियों ने उस रिपोर्ट का अध्ययन कर उसकी भूलें और गलतियाँ उजागर की हैं, पर इस पर भी कोई कार्रवाई नहीं की गई। आपका यह कहना सही है कि जयकर साहब गाँवों में गए ही नहीं थे, उन्होंने तलाटियों की बात सुनकर अपनी रिपोर्ट बना दी थी।"

जितेनभाई ने कहा, "बारडोली के लोग जान गए हैं कि सरकार उनकी बातें नहीं सुनेगी। यहाँ से तालुका कांग्रेस के सचिव खुशालभाई, दो अन्य प्रसिद्ध समाजसेवियों–कल्याणजी और कुँवरजी के साथ श्री वल्लभभाई से मिल चुके हैं। उन लोगों ने श्री वल्लभभाई से आग्रह किया है कि वे सरकार के इस निर्णय के

विरुद्ध एक आन्दोलन शुरू करें। पर श्री वल्लभभाई ने उन लोगों को आगाह कराते हुए यह भी कहा है कि वे किसानों के बीच जाएँ और उन्हें इस आन्दोलन के मार्ग में आनेवाली तकलीफों के विषय में अच्छी तरह बतला दें। इस काम के लिए आन्दोलन करना आसान नहीं है। इसमें तरह-तरह की बाधाएँ आएँगी, सरकार अपना दमन-चक्र चलाएगी, लोगों की सम्पत्ति की जब्ती-कुर्की करने के आदेश देगी। सरकार अपना फैसला बदलने को तैयार कहाँ होती है, चाहे वह फैसला कितना भी गलत क्यों न हो!"

एक कार्यकर्ता ने उठकर कहा, "हाँ, कुछ लोग हमारे गाँव में आए थे, उन लोगों ने श्री वल्लभभाई से हुए संवाद के विषय में हमें बताया था। हमारे गाँव में तो लोगों ने उन्हें आश्वासन दिया था कि वे आन्दोलन करने के लिए तैयार हैं, सरकार चाहे कुछ भी कर ले! थोड़े ऐसे लोग भी हैं जो पुरानी दर पर कर भरने को राजी हैं!"

जितेनभाई ने कहा, "किसानों से बातें करने के बाद समाजसेवी पुनः श्री वल्लभभाई से मिले। उनके साथ श्री दरबार साहेब गोपालदास, श्री रविशंकरजी महाराज और श्री मोहनलाल पंड्या जैसे सम्माननीय नेतागण भी थे। श्री वल्लभभाई ने उनकी बातें ध्यानपूर्वक सुनीं और कई प्रश्न पूछे। सारी बातें समझने के बाद उन्होंने गांधीजी की राय लेने की सलाह दी।"

एक कार्यकर्ता ने पूछा, "वे लोग गांधीजी से मिले या नहीं?"

जितेनभाई ने बतलाया, "मिले। गांधीजी ने उनकी बातें सुन लेने के बाद श्री वल्लभभाई से इस विषय में चर्चा की।"

चमनभाई ने पूछा, "गांधीजी ने अपना कुछ मन्तव्य दिया?"

जितेनभाई ने बताया, "गांधीजी ने जब जान लिया कि श्री वल्लभभाई सारी बातें समझ चुके हैं तब उन्होंने कहा-अब और कुछ जाँचने और ध्यान देने की जरूरत नहीं है; आगे बढ़ो, गुजरात की जय हो!"

जितेनभाई ने कहा, " आप सब लोग श्री वल्लभभाई की इस आदत से परिचित हैं कि वे किसी भी काम को, बिना अच्छी तरह जाँच-पड़ताल किए, अपने हाथ में नहीं लेते। वे किसानों से स्वयं बात कर यह जानना चाहते हैं कि क्या यहाँ के किसान एक लम्बे और कठिन आन्दोलन के लिए सचमुच तैयार हैं? वे यहाँ के किसानों की एक सभा बुलाना चाहते हैं। आप लोग इसकी तैयारी करें।"

चमनभाई और अन्य कार्यकर्ता समझ गए कि उन्हे किसी लम्बे संघर्ष के लिए तैयार रहना है।

सभा को सम्बोधित करने से पहले श्री वल्लभभाई 4 फरवरी 1928 को कार्यकर्ताओं और किसानों से मिले। चमनभाई और उमा को देखकर वे उनके पास रुके और उनका अभिवादन स्वीकार किया। उन्होंने 79 गाँवों के प्रतिनिधियों से

धैर्यपूर्वक बातें कीं और उनसे कई प्रश्न पूछे, मानो वे किसी मुकदमे में जिरह कर रहे हों।

उन्होंने सभा में मूल्यांकन आदेश का विस्तार से वर्णन किया और यह स्पष्ट कर दिया कि सरकारी आदेश अनुचित और अन्यायपूर्ण है। साथ ही उन्होंने यह भी समझा दिया कि आन्दोलन की सफलता के लिए सिर्फ यही पर्याप्त नहीं है कि वे सत्य और न्याय की लड़ाई लड़ रहे हैं, उन्हें अपनी शक्ति का भी अनुमान होना चाहिए।

उन्होंने पूछा, ''क्या आप लोग ऐसे महान शक्तिशाली साम्राज्य के विरुद्ध संघर्ष करने के लिए तैयार हैं जो अपने विशाल सरकारी साधनों को तुरन्त तैनात कर आन्दोलन को कुचल सकता है? यह बात सिर्फ बारडोली तालुके तक ही सीमित नहीं रहेगी, यह अन्य तालुकों तक और सम्भवतः पूरे देश में फैल जाएगी।''

श्री वल्लभभाई ने लोगों से कहा कि वे एक सप्ताह तक इस विषय पर ध्यान-पूर्वक सोचें और अच्छी तरह सोच-विचार करने के बाद ही निर्णय लें कि वे सत्याग्रह प्रारम्भ करने के लिए तैयार हैं या नहीं! श्री वल्लभभाई ने बताया कि वे इस बीच वे सरकार से अनुरोध करेंगे कि वह इस विषय की एक निष्पक्ष जाँच करवाने के लिए आदेश दे।

श्री वल्लभभाई के इस प्रस्ताव पर सभा में उपस्थित विधायिका के तीन सदस्यों ने बताया कि वे सभी संवैधानिक तरीकों से सरकार से आग्रह कर चुके हैं, पर सरकार उनके बातें नहीं मान रही है।

चमनभाई को लोगों की मनोदशा मालूम थी। उन्हें पता था कि लोगों ने सत्याग्रह करने का मन बना लिया है। चमनभाई और सारे कार्यकर्ता उत्साह से भरे थे।

अहमदाबाद लौटने पर श्री वल्लभभाई ने गवर्नर साहब को एक पत्र लिखकर वस्तुस्थिति से अवगत करा दिया और उनसे एक निष्पक्ष आयोग बनाने का आग्रह किया। उन्होंने यह स्पष्ट कर दिया कि वे सरकार से किसी प्रकार का टकराव नहीं चाहते। पर यदि ऐसा नहीं किया गया तो वे लोगों को इस बात की सलाह देने के लिए मजबूर हो जाएँगे कि वे इस बढ़ाए गए कर का भुगतान न करें और इसके परिणाम भुगतने को तैयार रहें। उन्होंने यह भी लिखा कि अगर गवर्नर साहब इस विषय पर चर्चा करना चाहें तो श्री वल्लभभाई उसका स्वागत करेंगे।

जितेनभाई ने चमनभाई से गाँवों में जाकर लोगों को स्थिति की जानकारी देने को कहा। कुछ दिनों बाद जितेनभाई को पता चला कि गवर्नर साहब के सचिव ने श्री वल्लभभाई को लिखा है कि उनका पत्र राजस्व विभाग को उचित कार्रवाई हेतु भेज दिया गया है।

मूल्यांकन के राशि की भुगतान की तारीख 15 फरवरी नजदीक आ रही थी, श्री वल्लभभाई को 11 फरवरी तक उनके पत्र का उत्तर नहीं मिला। उन्होंने 12 फरवरी

को किसानों से मुलाकात की, उनके विचार जाने और तालुका से आए किसानों की सभा को सम्बोधित किया। चोरासाई तालुके के लोग भी इसी प्रकार की समस्या से दुखी थे। उनके तालुके का मूल्यांकन भी उसी अधिकारी द्वारा किया गया था, और उनके साथ भी वैसा ही अन्याय हुआ था। वहाँ के लोगों का आग्रह था कि श्री वल्लभभाई उनके तालुके के लिए भी आन्दोलन करें। श्री वल्लभभाई इसके लिए राजी नहीं हुए। उनका कहना था कि वे दो तालुकों के सत्याग्रह का नेतृत्व करने की स्थिति में नहीं हैं। पर उनका सोचना था कि यदि बारडोली का सत्याग्रह सफल होता है तो चोरासाई के लोगों को भी वही न्याय मिल जाएगा।

चमनभाई ने बड़ी तन्मयता से श्री वल्लभभाई का प्रेरक भाषण सुना।

श्री वल्लभभाई ने कहा कि लोगों के पास इस संवेदनशून्य पर शक्तिशाली सरकार से लड़ने के लिए एकमात्र साधन उनका साहस और दृढ़ निश्चय है जो उन्हें सरकार द्वारा दिए गए किसी भी कष्ट को सहने की शक्ति देगा।

चमनभाई का हृदय अपने प्रिय नेता के प्रति उस समय श्रद्धा और प्रशंसा से भर उठा जब उन्होंने कहा—"यह कुछ पैसों का सवाल नहीं है, यह आत्म-सम्मान की बात है।"

इस सभा में एक प्रस्ताव प्रस्तुत किया गया जिसमें लिखा था कि *हम लोग उस समय तक मूल्यांकन का भुगतान नहीं करेंगे, जब तक सरकार पुराने हिसाब से कर लेने को तैयार नहीं हो जाती या एक निष्पक्ष आयोग नियुक्त नहीं करती जो मौके पर जाकर जाँच कर इस मामले का समाधान करे।*

सभा में कुरान और रामायण के अंश पढ़े गए और प्रस्ताव को ऐसे निर्मल वातावरण में मंजूर किया गया।

श्री वल्लभभाई के ऊपर एक भारी जिम्मेवारी थी। उन्हें और उनके सहयोगियों को पता था कि सरकार साम, दाम, दंड, भेद-सारी नीतियाँ अपनाएगी और लोगों में फूट डालने का प्रयास करेगी।

श्री वल्लभभाई ने अपनी उत्कृष्ट नेतृत्व-क्षमता का परिचय दिया। प्रारम्भ में सत्याग्रह चलाने के लिए चार केन्द्र स्थापित किए गए-बारडोली, माधि, वेदच्छि और सारभोन। प्रत्येक केंद्र एक प्रतिष्ठित नेता के नियंत्रण में था। ये नेता थे—श्री रविशंकरजी महाराज, श्री मोहनलाल पंड्या, डॉ त्रिभुवनदास, श्री चुनीलाल मेहता, श्रीमती मेहता एवं अन्य। श्री जगतराम दवे पर प्रचार की जिम्मेवारी थी।

बाद में कई अन्य केन्द्र भी खोले गए। यद्यपि श्री वल्लभभाई ने स्वयंसेवकों के लिए आग्रह नहीं किया था, फिर भी कई लोग इस सत्याग्रह में भाग लेने के लिए अपनी सेवाएँ अर्पित करने लगे। स्वामी आनन्द पूरे सत्याग्रह तक श्री वल्लभभाई के सचिव के रूप में कार्य करते रहे।

चमनभाई और उमा की हार्दिक इच्छा इस सत्याग्रह में सक्रिय रूप में भाग लेने की थी। उन दोनों ने सत्याग्रह बुलेटिन के वितरण और प्रसार में सहयोग दिया। इस

दैनिक बुलेटिन में पिछले दिन की घटनाओं का विवरण रहता था और श्री वल्लभभाई के सन्देश प्रकाशित होते थे। पहले तो बुलेटिन की साइक्लोस्टाइल प्रतियाँ छपती थीं, बाद में इसे सूरत से प्रकाशित किया जाना लगा। चमनभाई और उमा बुलेटिन का वितरण करने में सहयोग देते थे और इसमें प्रकाशित बातों से लोगों को अवगत कराते थे।

लोगों ने सत्याग्रह में भाग लेने की प्रतिज्ञा की थी, पर उनमें एकता और उनका उत्साह बनाए रखने के लिए श्री वल्लभभाई और अन्य नेतागण गाँवों में कई सभाएँ करते और लोगों का मनोबल बढ़ाते थे। उमा और चमनभाई को उन के प्रभावशाली भाषण सुनने के सुअवसर मिलते रहते थे।

शादी-ब्याह का मौसम था और लोग बड़ी धूम-धाम से शादियाँ सम्पन्न करने की तैयारियाँ कर रहे थे। श्री मोहनलाल पंड्या एवं कुछ अन्य नेताओं को इस बात से निराशा हुई। श्री वल्लभभाई ने लोगों से आग्रह किया कि वे सादगी से शादियाँ सम्पन्न करें और लम्बे सत्याग्रह के लिए तैयार हो जाएँ।

लोगों को यह सलाह दी गई कि जब्ती से बचने के लिए वे अपने मवेशियों के साथ दिन में, अपने घरों में ताले लगाकर बाहर चले जाएँ और शाम को घर लौटें। लोगों में इतनी एकता हो कि सरकारी कर्मचारी जब जब्ती आदि के लिए आएँ तो उन्हे कोई सहयोग न दे।

श्री वल्लभभाई ने मुखी और तलाटी लोगों से कहा कि वे सरकार को साहस के साथ बता दें कि उनके गाँव की इज्जत उनकी इज्जत है। उनके चेहरों पर आत्म-सम्मान की आभा झलकनी चाहिए और स्वतंत्रता संघर्ष की सुगंध वातावरण में प्रवाहित होनी चाहिए।

उनके ये प्रेरक विचार चमनभाई और उमा को बहुत प्रभावित करते थे। गाँवों में बालक, वृद्ध, पुरुष महिलाएँ सबके बीच उनकी ओजस्वी वाणी के चर्चे होते थे। लोग अपने स्वाभिमान की रक्षा के लिए तैयार थे।

श्री वल्लभभाई इस बात को बार-बार बतलाते थे कि गांधीजी ने सविनय अवज्ञा आन्दोलन की शुरुआत के लिए बारडोली को ही चुना था। यहाँ के लोगों के लिए वह आन्दोलन एक स्थानीय समस्या के समाधान के लिए था, पर यह देश के स्वतन्त्रता संग्राम के लिए लोगों को तैयार करने का एक सुअवसर प्रदान कर रहा था।

श्री वल्लभभाई ने लोगों को सावधान किया कि सरकार इस आन्दोलन को कुचलने का हर सम्भव प्रयास करेगी, इसलिए लोगों को अपनी एकता मजबूत रखनी चाहिए।

सरकार ने, श्री वल्लभभाई के पत्र का एक रूखा जवाब 17 फरवरी को दिया जिसमें यह लिखा गया था कि सरकार कर वसूली को स्थगित करना या उसकी दर में परिवर्तन लाना या इसमें किसी तरह की छूट देना नहीं चाहती।

इस उत्तर में यह भी धमकी दी गई थी, "यदि बारडोली के लोग स्वयं या बाहरी लोगों के कहने से राजस्व का भुगतान नहीं करते, तो सरकार को नियमानुसार कोई भी कठोर कदम लेने में, कोई हिचक नहीं होगी।"

राजस्व सचिव मि. स्मिथ के इस दम्भ भरे पत्र में श्री वल्लभभाई एवं उनके साथी नेताओं को बाहरी व्यक्ति ठहराया गया था। इस पत्र का वैसा ही उत्तर देना चाहिए था, किन्तु श्री वल्लभभाई ने इसका जवाब शालीनतापूर्वक दिया। उन्होंने लिखा, "आप मुझे और मेरे साथियों को बाहरी व्यक्ति समझते हैं। मैं अपने लोगों की मदद कर रहा हूँ और आपके गलत कारनामों को लोगों के सामने ला रहा हूँ। आप भूल रहे हैं कि आप एक ऐसी सरकार के लिए बोल रहे हैं जिसमें ज्यादा लोग बाहरी हैं।"

"मैं बारडोली का उतना ही हूँ, जितना भारत के किसी अन्य भाग का। मैं इस तालुके के दुखी लोगों के बुलाने पर यहाँ आया हूँ, और यह उनके अधिकार में है कि वे जब चाहें मुझे यहाँ से चले जाने को कह दें।"

श्री वल्लभभाई का यह उत्तर कुछ वैसा ही था जैसा गांधीजी ने चम्पारण के जिलाधिकारी मिस्टर डब्लू बी हिकॉक को दिया था।

श्री वल्लभभाई ने स्पष्ट लिखा "कितना अच्छा होता यदि लोगों के पास यह अधिकार रहता कि वे विदेशियों के हथियारों की शक्ति से चलाए जा रहे इस प्रशासन की छुट्टी कर सकते जो उनकी शक्ति सोख रहा है।"

इस पत्र को पढ़कर मि. स्मिथ गुस्से से भर उठे और उन्होंने एक अन्य दर्प भरा पत्र लिखा। श्री वल्लभभाई ने सरकार से अनुमति लेकर सारा पत्राचार प्रकाशित करवा दिया।

इस बीच चमनभाई को पता चला कि वलोद में 15 प्रमुख लोगों को सरकार ने भुगतान करने के लिए नोटिस जारी कर दी है। उन्हें यह चेतावनी भी दी गई थी कि यदि वे समय पर भुगतान नहीं करते तो उन्हें 25 प्रतिशत अतिरिक्त दंड देना पड़ेगा।

सरकारी कर्मचारियों ने हर तरह के हथकंडे अपनाए-वलोद में लोगों को धमकाया, कुछ गरीब किसानों को शारीरिक कष्ट दिए और कुछ लोगों को चुपके-चुपके अपने ही पैसे देकर, लोगों के सामने भुगतान करने को कहा! दो लोगों ने डर के मारे भुगतान भी कर दिया। इन लोगों के विरुद्ध लोगों का गुस्सा फूट पड़ा, वे उनका बहिष्कार करना चाहते थे पर श्री वल्लभभाई ने लोगों को संयम से काम लेने को कहा। उन दो लोगों ने सरे आम माफी माँगी और यह वादा किया कि वे बकाया राशि का भुगतान नहीं करेंगे। पश्चात्ताप के रूप में, उन में से एक ने सत्याग्रह-कोष के लिए 800 रुपयों का योगदान भी दिया, दूसरे व्यक्ति ने 651 रुपए दिए।

चमनभाई और उनके सहयोगी कडोड गाँव के लोगों को सत्याग्रह में भाग लेने को प्रोत्साहित कर रहे थे। इस गाँव के लोग सत्याग्रह में सम्मिलित नहीं हो रहे थे,

कुछ लोगों ने बिना नोटिस पाए ही कर का भुगतान भी कर दिया था! लोगों ने इन का बहिष्कार करने का निर्णय ले लिया। कोई उनके खेतों में काम करने को तैयार नहीं होता था।

गांधीजी ने लोगों से कहा कि वे बहिष्कार का उचित ढंग से इस्तेमाल करें, बहिष्कार हिंसक भी हो सकते हैं, और अहिंसक भी!

सरकार लोगों की एकता और सत्याग्रह की प्रगति से घबरा गई थी। स्थानीय कर्मचारियों को कोई नहीं पूछता था, उन्हें गाँव के लोग कोई सहयोग नहीं देते थे। दुर्भावना से सरकार ने फिर वलोद के लोगों को लक्ष्य बनाया और 25 मार्च को वहाँ के 7 भूपतियों और एक व्यवसायी को नोटिस दे दी जिसमें कहा गया कि वे 12 अप्रैल तक नई दर से कर का भुगतान कर दें अन्यथा उनकी जमीनें जब्त कर ली जाएँगी। इस आशय का एक नोटिस महलकारी के हस्ताक्षर से बाजीपुरा गाँव के सेठ श्री वीरचन्द चिनाई के दरवाजे पर चिपका दिया गया। श्री वीरचन्द ने गरजकर महालकारी को जवाब दिया, "आप मुझे पूरे महाल में सबसे दुर्बल भूमिपति समझते होंगे, पर अन्य लोगों की भाँति मैं भी, उस समय तक भुगतान नहीं करूँगा, जब तक हमारे साथ न्याय नहीं हो जाता।"

सेठ जी ने महालकारी को यह भी सलाह दी कि वे किसानों की जमीन जब्त करने का क्रूर काम करने की अपेक्षा अपनी नौकरी से सम्मानपूर्वक त्यागपत्र दे दें!

जिन सात लोगों को नोटिस दी गई थी, उन्होंने श्री वल्लभभाई को लिखा, "जब्ती नोटिस देकर हमें डराने के प्रयास में सरकार सफल नहीं होगी।"

वहाँ के लोग उनके उत्तर से बहुत प्रसन्न हुए। इन लोगों का स्वागत करने के लिए एक सभा बुलाई गई जिसमें श्री वल्लभभाई ने भाषण दिया। चमनभाई भी इस सभा में सम्मिलित हुए। श्री वल्लभभाई ने कहा, "किसानों को डरना नहीं चाहिए, सरकार उनकी जमीन कब्जे में नहीं ले सकती। सरकार खेड़ा में एक बीघा जमीन भी जब्त नहीं कर सकी, बारडोली में वह कैसे जमीन जब्त कर लेगी?"

उन्होंने लोगों के साहस की प्रशंसा करते हुए कहा कि अगर वे इसी प्रकार हिम्मत से सत्याग्रह में लगे रहे तो महालकारी को तो एक चपरासी की सुविधा भी नहीं मिलेगी।

आस-पास के गाँवों के लोग यह जानने को उत्सुक थे कि श्री वल्लभभाई ने अपने भाषणों में क्या कहा! चमनभाई ने उन्हें उनके भाषणों की मुख्य बातें बताईं। श्री वल्लभभाई ने कहा था कि किसानों को नहीं, सरकार को चिन्ता करने की जरूरत है!

चमनभाई श्री वल्लभभाई और अन्य नेताओं के भाषण सुनने विभिन्न स्थानों पर जाया करते थे। वे कई सरकारी कर्मचारियों से भी मिले जो जब्ती का अन्यायपूर्ण और कठोर काम करना नहीं चाहते थे। इन सभाओं में महिलाएँ भी बड़ी संख्या में

भाग लेती थीं, वे अपने पति और घर के अन्य पुरुषों को साहस के साथ सत्याग्रह में भाग लेने को प्रेरित करती थीं। वे उन्हें प्रोत्साहित और आश्वस्त करती थीं कि वे जेल जाने से नहीं डरें, उनकी अनुपस्थिति में वे घर का सारा काम सँभाल लेंगी। वे उनके ललाट पर तिलक लगाकर उन्हें सत्याग्रह में भेजती थीं। कई महिलाएँ अपनी बचत सत्याग्रह कोष में दे देती थीं। उन सबके लिए श्री वल्लभभाई एक महान प्रेरणा स्रोत थे! वे किसानों के प्रतिनिधि तो थे ही, वे स्वयं एक किसान भी तो थे! उन्होंने कहा, *"यदि इस पृथ्वी पर किसी को सर ऊँचा कर चलने का अधिकार बनता है तो वह किसानों को है, वे पैदा करते हैं, बाकी लोग तो उनके परजीवी हैं। सारा विश्व किसानों और श्रमिकों पर निर्भर करता है, पर वे लोग ही सबसे उपेक्षित हैं।"*

बारडोली के लोग श्री वल्लभभाई के साहसपूर्ण नेतृत्व और उनकी निखरती वक्तृता से निरन्तर प्रेरणा लेते रहते थे। उन्होंने यह भी कहा, "किसानों को चाहिए कि वह सरकार को चुनौती दे कि वह उनकी जमीन इंग्लैंड लेती जाए!"

एक भाषण में श्री वल्लभभाई ने कहा, "हमें सरकार को यह चुनौती देनी चाहिए कि वह पूरे तालुके को मशीनगन और हवाई जहाजों से घेर ले, हमारे पास उनका सामना करने के लिए कोई अस्त्र-शस्त्र तो नहीं हैं, पर हमारे पास उस से भी बड़ी सत्य की शक्ति है।"

सत्याग्रह का एक महत्त्वपूर्ण प्रभाव था—लोगों के मन में सरकार के अन्यायपूर्ण कार्यों का विरोध करने की दृढ़ता आना, सरकारियों कर्मचारियों का भय समाप्त हो जाना। यहाँ तक कि कलेक्टर को भी आसानी से टैक्सी नहीं मिलती थी, गाँवों में उनके आगमन का स्वागत घरों के बन्द दरवाजे करते, सरकारी कर्मचारियों की खुशामद कोई भी नहीं करता। ये सब बातें उनके अहं को अँगूठा दिखलाती थीं।

सरकार का दमन चक्र चल रहा था, वे जब्ती करने आते थे, जब्त किए हुए मवेशियों और सामानों को ढोने के लिए उन्हें कोई आदमी नहीं मिलता। बाद में, सरकार ने पठानों को इस काम पर लगाया, पर वे भी ज्यादा कुछ न कर सके।

चमनभाई को लोगों ने इस सन्दर्भ में कई प्रसंग सुनाए, जिनमें से कुछ हास्यास्पद भी थे। एक ऐसे व्यक्ति की भैंस जब्त कर ली गई थी जिसके पास कोई जमीन नहीं थी, कहीं किसी की जमीन और किसी अन्य किसान की भैंस की जब्ती की बात थी। कुछ ऐसे भी प्रसंग मिले जिनमें जब्त किए गए मवेशी इसलिए छोड़ दिए गए थे कि उन्हें ढोने वाला कोई नहीं मिला!

सत्याग्रह की प्रगति में महिलाओं का योगदान महत्त्वपूर्ण था। वे अपने घर के पुरुषों को सत्याग्रह में सम्मिलित होने के लिए उत्साहित करतीं, किसान सभा में आने वाले अन्य नेताओं का स्वागत करतीं और प्रसन्न-हृदय भक्ति-गीत गातीं। कुछ गीत तो सत्याग्रह के लिए विशेष प्रकार से बनाए गए थे!

*के डंको वाग्यो, लड़वैया शूरा जागजो रे*
*के शूरा जाग जो रे, कायर भाग जो रे*
*माथुं मेलो,हाचववा हाची टेकने रे,*
*हाची टेकने हो,हो हाची टेकने जी*
*गाजो खेतर भाड़ी ने गाजो गामड़ा रे'**

बारडोली की महिलाओं ने उन्हें सरदार की प्यारभरी उपाधि दी जिसे श्री वल्लभभाई ने प्रेमपूर्वक शिरोधार्य किया।

फूलचन्द शाह जी का लिखा गीत *वागे छे, वागे छे,मारा बापुनी वीरहाक वागे छे और ज्योत्स्ना बेन का लिखा गीत खेडूते रंग राख्यो, खेडूते रंग राख्यो हारे बारडोली ये टेक पूरो पाड्यो* महिलाओं में विशेष रूप से लोकप्रिय थे। लोग बड़े उत्साह से इन गीतों को गाते थे। श्री वल्लभभाई किसानों के लिए एक महान शक्ति-स्रोत और उनके आशा-प्रदीप थे। उनके प्रेरक भाषण लोगों के मन में उत्साह भर देते थे। वे कहते थे, ''यह बता दो कि अगर तुम मुझे काट भी डालो, तो भी मैं तुम्हारी माँग नहीं मानूँगा।''

लोगों ने श्री वल्लभभाई के आदेश को सर आँखों पर लिया। लोग शौर्य और वीरता के गीत गाकर लोगों को उत्साहित करते थे;

*शूर संग्राम को देख भागे नहीं देख भागे सोउ शूर नहीं।*

बारडोली की महिलाओं ने लोगों का मनोबल बढ़ाने के लिए कई गीत लिखे थे।

* संग्राम का डंका बज चुका है, सभी शूरवीर जाग जाएँगे और सभी कायर भाग जाएँगे। देश हेतु लिए गए सच्चे प्रण को जीवित रखने के लिए अपना बलिदान देने को भी तैयार रहना है। खेतों में काम करने वाले किसान और अन्य ग्राम वासी भी इस संग्राम के लिए आगे आएँ।

# अध्याय : चौदह

एक शाम उत्साह से भरे जितेनभाई बारडोली आए, उन्होंने कहा, "चमनभाई, मैं बारडोली की महिलाओं को धन्यवाद देना चाहता हूँ जिन्होंने श्री वल्लभभाई को "सरदार" की उपाधि दी है। कई लोग तो उन्हें सरदार कहने भी लगे हैं, क्या पता कहीं यह नाम उनके अपने नाम से भी ज्यादा लोकप्रिय हो जाए! चमनभाई, श्री वल्लभभाई में एक सच्चे नेता के सभी गुण हैं, वे यथानाम हमारे आदर्श सरदार हैं। पहले वे सप्ताह में तीन दिन बारडोली में रहते थे, अब वे यहाँ और अधिक समय देने लगे हैं। ज्यों-ज्यो जब्ती नोटिसों की संख्या बढ़ती जाती है, त्यों-त्यों उनका यहाँ रुकने का उत्साह भी बढ़ता जाता है!"

चमनभाई ने कहा, "वे हमारे नेता हैं न, वे हमारी तकलीफों में शामिल होना चाहते हैं, हमें उचित सलाह और संरक्षण देने के लिए हमारे बीच रहना चाहते हैं। उनका प्रभाव दिन-प्रति-दिन बढ़ता ही जा रहा है।"

"अभी हाल में वलोद के इब्राहिम पटेल को जब्ती का नोटिस मिला। वे बिलकुल भी नहीं घबड़ाए, उन्होंने सत्याग्रहियों और अन्य मित्रों के साथ एक दावत आयोजित की और इस सौभाग्य का उल्लास मनाया। आप स्वयं देखिए न, लोगों में कितना दृढ़ निश्चय है। वे किसी भी लम्बी लड़ाई के लिए तैयार हैं।"

लेकिन दुर्भाग्वश, सरकारी अधिकारियों का दम्भ बढ़ता ही जा रहा था। कमिश्नर मि. डब्लू. डब्लू. स्मार्ट ने सत्याग्रहियों को उपद्रवकारियों का एक समूह बतलाया। उनकी इस टिप्पणी के जवाब में गांधी जी ने यंग इंडिया में इस आशय का एक वक्तव्य प्रकाशित किया, "जिन्हे अपने पद में मद में कमिश्नर उपद्रवकारी कहते हैं, वे देश के सम्माननीय और त्यागी सेवक हैं जो बारडोली की जनता की निःस्वार्थ सेवा कर रहे हैं।"

गांधीजी ने श्री वल्लभभाई और अब्बास तैयबजी साहब, इमाम साहब बावजीर, डॉ. सुमन्त मेहता, श्रीमती मेहता, श्री दरबार साहब और उनकी पत्नी श्रीमती भक्तिबा एवं अन्य लोगों की भी प्रशंसा की।

बारडोली ने सारे देश को आकृष्ट किया और लोग इस काम में अपनी सेवाएँ देने की इच्छा प्रकट करने लगे। चमनभाई जहाँ भी जाते लोग उनसे बुलेटिन पढ़कर

सुनाने को कहते। वे श्री वल्लभभाई के सन्देश से अवगत होना चाहते थे। ज्यों-ज्यों सत्याग्रह के काम में तेजी आती गई, श्री वल्लभभाई के भाषण और प्रभावकारी होते गए। श्री वल्लभभाई लोगों को सत्याग्रह में निर्भय होकर डटे रहने, मजबूत एकता बनाए रखने और अहिंसा का मार्ग न छोड़ने की सलाह हमेशा देते थे। लोगों के मन में इस बात का विश्वास भी होने लगा था कि स्वाभिमान की यह संघर्ष-यात्रा स्वराज लाएगी। ज्यों-ज्यों सरकार अपना दमन चक्र चलाती, त्यों-त्यों लोगों की संघर्ष करते रहने की दृढ़ता भी बढ़ती जाती थी।

देश भर के कवियों और शायरों ने बारडोली की प्रशंसा में गीत लिखे। रविश सिद्दीकी साहब ने अपनी बारडोली शीर्षक नज्म में लिखा :

जुल्म-ओ-बेदाद की शिद्दत है मगर फिर खुश हैं
जोशी-तूफाने-शकावत है मगर फिर खुश हैं
हाँ मुसीबत पे मुसीबत है, मगर फिर खुश हैं
जानते हैं कि भलाई से भला होता है
सब्र वालों का मददगार खुदा होता है*

उधर कुछ शुभचिन्तक इस समस्या का समाधान निकलने के लिए प्रयत्नशील थे। बम्बई के राजनीतिक क्षेत्रों में विचार-विमर्श का क्रम लगातार चल रहा था। श्री वल्लभभाई को यह पता था कि समस्या का समाधान संघर्ष से ही आएगा, वक्तव्यों से नहीं। उनके प्रयासों और लोगों के सहयोग से बारडोली का प्रशासन धराशाई हो चुका था और सरकार इस से बेचैन थी। उसने समाधान निकालने के प्रयास तेज कर दिए।

गवर्नर साहब वाइसराय से विचार-विमर्श करने शिमला गए। फलस्वरूप, 18 जुलाई को गवर्नर ने इस विषय पर विचार करने के लिए श्री वल्लभभाई को बारडोली के 12 सत्याग्रहियों के साथ आमंत्रित किया। श्री वल्लभभाई अपने सहयोगियों अब्बास तैयबजी साहब, मिठुबेन पेटिट, श्रीमती शारदा मेहता, श्रीमती भक्ति लक्ष्मी देसाई, श्री कल्याणजी मेहता आदि के साथ गवर्नर से मिले। उनकी बैठक सौहार्द्रपूर्ण वातावरण में तो हुई पर इसका कोई सार्थक नतीजा नहीं निकला। सरकार ने नई दर से कर चुकाने और आन्दोलन को समाप्त करने की बात पर जोर दिया। भला सरकार के इस रुख से समाधान कैसे निकलता? जितेनभाई, चमनभाई एवं अन्य कई लोगों को ऐसा भी लग रहा था कि सरदार पटेल को कभी भी गिरफ्तार किया जा सकता है। इस आशंका को ध्यान में रखते हुए गांधीजी बारडोली आ गए।

---

* अत्याचार की तीव्रता है, पर खुश हैं, निर्दयता के तूफान का जोश है पर खुश हैं, मुसीबत पर मुसीबत है, पर खुश हैं, जानते हैं कि भलाई से भला होता है और धैर्य रखने वालों का मददगार ईश्वर होता है।

श्री वल्लभभाई सरकार के साथ कुछ शर्तों पर सहयोग करने को तैयार थे। उनकी शर्तें थीं—मूल्यांकन की निष्पक्ष जाँच कराई जाए, गिरफ्तार सत्याग्रहियों को रिहा किया जाए, उनकी जब्त की हुई जमीनें वापस कर दी जाएँ भले ही वे जमीनें किसी को बेच दी गई हों, जब्त की गई चल सम्पत्ति का बाजार भाव से भुगतान किया जाए, तलाटी आदि जो सरकारी कर्मचारी नौकरी से निकाल दिए गए हैं, उन्हें पुन: उनके पद पर बहाल किया जाए और उन्हें यदि कोई सजा दी गई है तो उसे माफ किया जाए। श्री वल्लभभाई निष्पक्ष सरकारी जाँच के लिए भी सहमत थे।

जितेनभाई ने चमनभाई को बताया कि श्री चुन्नीलाल मेहता, श्री ददुआभाई देसाई, श्री कन्हैयालाल माणिकलाल मुंशी, श्री पुरुषोत्तमदास ठाकुरदास आदि नेता समझौते के लिए निरन्तर प्रयास रत थे। सरकार ऊपर से अपनी बात पर अडिग रहने का दिखावा कर रही थी, पर वह जल्द समाधान भी चाहती थी।

कुछ दिनों बाद जितेनभाई बारडोली आए। उन्होंने चमनभाई को बताया कि श्री कन्हैयालाल मुंशी जब्त जमीनों की वापसी के लिए प्रयास कर रहे हैं। नए कलेक्टर मि. गारेट उन जमीनों को खरीदनेवालों से जमीनों को लौटाने का आग्रह कर रहे हैं।

सरकार को अक्ल आई उसने श्री वल्लभभाई की माँगें स्वीकार कर लीं।

चमनभाई और उमा की खुशी की सीमा नहीं थी। चमनभाई ने बारडोली सत्याग्रह में शुरू से भाग लिया था और पूरी लगन से अपना दायित्व निर्वाह किया था। उनके अन्य साथी कार्यकर्ताओं की भी खुशी देखने लायक थी। जितेनभाई अपने कार्यकर्ताओं से उल्लासपूर्वक गले मिल रहे थे। चारो ओर उत्सव जैसी खुशी थी।

श्री वल्लभभाई की जयकार गूँज उठी। लोगों ने उनका यशोगान किया।

*हाक वागी वल्लभनी विश्व माँ रे*
*तोप बलियाने कीधा मात, हाक वागी*
*प्राण फूंक्या खेड़तनां हाडमाँ रे*
*कायरताने मारी लात, हाक वागी**

गीत में आगे कहा गया कि लोगों के बीच सत्याग्रह की साख बढ़ गई, पानी की तरह खून बहाकर लोगों की सेवा की गई, यह प्रमाणित कर दिया गया कि रास सत्याग्रह की जमात किसी से कम नहीं है। विश्व में बारडोली की जीत का डंका बज गया।

बारडोली सत्याग्रह की सफलता का समाचार देश भर में फैल गया। श्री वल्लभभाई के पास बधाईयों का ताँता लग गया। गांधीजी ने उनकी और बारडोली के लोगों की प्रशंसा करते हुए कहा कि श्री वल्लभभाई के कुशल नेतृत्व और बारडोली के लोगों

---

* वल्लभ की विश्व में तूती बोली
तोप-बली को दे दी मात
किसान हृदयों में प्राण फूँके
कायरता को मारी लात!

के संघर्ष और त्याग के बिना इस समस्या का समाधान सम्भव नहीं था। लाला लाजपत राय, राजेन्द्र बाबू, श्री राजगोपालाचारी, श्री सुभाष चन्द्र बोस, सरोजिनी नायडू, पंडित मदन मोहन मालवीय, श्री सत्यमूर्ति, शौकत अली साहब, सर श्रीनिवास शास्त्री एवं अन्य कई नेताओं ने श्री वल्लभभाई की भूरि-भूरि प्रशंसा की।

बारडोली सत्याग्रह की सफलता के उपलक्ष्य में आयोजित एक सम्मान समारोह में सरदार श्री ने कहा, ''ईश्वर के सामने ली गई हमारी एक प्रतिज्ञा तो पूरी हो गई जिसका उत्सव मनाने के लिए हम यहाँ एकत्र हुए हैं। इस उत्सव में भाग लेने का अधिकार हम सभी को है लेकिन इसके साथ हम सभी पर नई जिम्मेवारी भी आ गई है। अब हमें ऐसे कार्यों को प्रारम्भ करना है जिसके बाद हमें लड़ाई लड़ने की आवश्यकता ही न पड़े।''

श्री वल्लभभाई ने बारडोली की महिलाओं की प्रशंसा करते हुए कहा, ''बारडोली की बहनों ने मुझे भाई समान माना है और मुझ पर अपना प्रेम बरसाया है।''

उन्होंने बाल विवाह की कुप्रथा रोकने के लिए महिलाओं, सरपंचों, महाजनों का भी सहयोग माँगा।

सरदार श्री ने बारडोली की जनता को धन्यवाद देते हुए कहा, ''यह लड़ाई आप सब ने बहुत ही अच्छे तरीके से लड़ी है, लेकिन अब इससे भी अधिक महत्त्वपूर्ण कार्य के लिए आपको तैयार होना है। सरकारी जाँच समिति का गठन होना है, इसके लिए सबूत एकत्र करने होंगे। यदि आप सब मेरी बात मानें तो हम बारडोली क्षेत्र में ऐसे कार्य करेंगे जो पूरे देश में आदर्श रूप होंगे। आप स्वयं ऐसे कार्य कर आनन्द का अनुभव करेंगे।''

उन्होंने याद दिलाई, ''जब हमने सत्याग्रह की लड़ाई शुरू की थी तब इसके परिणाम की जानकारी हमें नहीं थी। समय बीतता गया, कसौटी कसती गई, सभी को यह संघर्ष अच्छा लगता रहा और आप सबमें चेतना की वृद्धि होती गई।''

श्री वल्लभभाई ने सब लोगों को सहयोग के लिए बहुत बहुत धन्यवाद दिया और आगे के कामों में भी उनका सहयोग माँगा। बारडोली, सूरत, अहमदाबाद और अन्य कई जगहों में सत्याग्रह की सफलता के उपलक्ष्य में समारोह आयोजित किए गए। बारडोली सत्याग्रह की सफलता श्री वल्लभभाई के कुशल नेतृत्व का स्पष्ट उदाहरण थी। इस सफलता में गांधीजी की उपस्थिति का उल्लास भी सम्मिलित था। खेड़ा और बोरसद सत्याग्रहों के समय गांधीजी जेल में थे।

गांधीजी ने श्री वल्लभभाई को और बारडोली के लोगों को तो बधाई दी ही, वे सरकार को भी धन्यवाद देने से नहीं चूके। उन्होंने कहा कि ऐसा समझौता सरकार के हृदय परिवर्तन के बिना सम्भव नहीं था। सरदार पटेल ने नम्रतापूर्वक इस सफलता का श्रेय महात्मा जी को, बारडोली के लोगों और निःस्वार्थ भाव से काम कर रहे कार्यकर्ताओं को दिया।

अहमदाबाद का श्री वल्लभभाई पर विशेष हक था। वे देश को इसी शहर की देन थे। इसी शहर ने 13 अप्रैल 1928 को अपने प्यारे नेता को विदा दी थी जब उन्होंने अहमदाबाद नगरपालिका के अध्यक्ष पद से त्याग पत्र दे दिया था और सत्याग्रह का नेतृत्व करने बारडोली चले गए थे। अहमदाबाद में बारडोली सत्याग्रह की सफलता के उपलक्ष्य में आयोजित एक अन्य सम्मान-सभा में श्री वल्लभभाई ने अहमदाबाद के लोगों के प्रति उनकी प्रेम वर्षा के लिए और श्रद्धा पूरित मान-पत्र समर्पित करने के लिए हार्दिक धन्यवाद दिया।

उन्होंने नम्रतापूर्वक कहा, "आपने मान पत्र में मुझे गांधीजी का प्रमुख शिष्य बताया है। मैं ईश्वर से प्रार्थना करता हूँ कि मुझमें उनका प्रमुख शिष्य बनने की योग्यता आए, क्योंकि मुझे पता है कि अभी मुझमें ऐसी योग्यता नहीं है। इस योग्यता को प्राप्त करने में मुझे कितने जन्म लेने पड़ेंगे, इसका पता मुझे नहीं है।"

उन्होंने बम्बई के तरुणों और महिलाओं को इस बात के लिए हार्दिक धन्यवाद दिया कि उन लोगों ने बारडोली जाकर वहां के लोगों को सहयोग दिया और उनका मनोबल बढ़ाया।

बापू के प्रति अपनी कृतज्ञता अर्पित करते हुए श्री वल्लभभाई ने कहा, "मुझे दिया गया मान वास्तव में गांधीजी को मिलना चाहिए। उनके अतिरिक्त यदि कोई इस सम्मान का हकदार है तो वे आप लोग और मेरे साथीगण हैं।"

तरुणों का आह्वान करते हुए उन्होंने कहा, "देश का कल्याण तुम तरुणों के हाथ में है। हमें यह देखना है कि चेतना की यह ज्योति दीये की ज्योति न बनकर सूर्य की स्थायी ज्योति बनी रहे तभी देश का कल्याण होगा।"

बारडोली के लोग सत्याग्रह की सफलता पर अतिशय प्रसन्न थे और अपनी इस उपलब्धि से सन्तुष्ट थे कि इस सत्याग्रह में कहीं भी किसी प्रकार की हिंसा नहीं हुई थी,किसी के प्रति मन में विद्वेष नहीं था। सही अर्थों में बारडोली सत्याग्रह गांधीजी के अहिंसा के आदर्श के अनुसार संचालित किया गया था।

चमनभाई अब इस बात के लिए आश्वस्त थे कि लम्बी अहिंसात्मक लड़ाई लड़ने की पृष्ठभूमि तैयार हो गई है। किन्तु दुर्भाग्यवश सरकारी नौकरशाही के दर्प की विकृति बार-बार सामने आती थी। अधिकारीगण समझौता होने के बाद भी इसके क्रियान्वयन में नाना प्रकार की अड़चनें पैदा कर रहे थे। सरदार पटेल उनकी सब चालें समझते थे और उनकी मनमानी नहीं चलने देते थे।

बारडोली की साहसी और देश भक्त महिलाओं ने यहीं श्री वल्लभभाई के प्रति आभार प्रकट करते हुए कहा था, *"अमारी जीत अमारा सरदारने आभारी छे अने अमारा सरदार वल्लभभाई पटेल छे।"* *

* अपनी जीत के लिए हम अपने सरदार के आभारी हैं, हमारे सरदार वल्लभभाई पटेल हैं।

श्री वल्लभभाई को आदर और प्रेम से भरा उनका दिया हुआ "सरदार" सम्बोधन श्री वल्लभभाई के नाम के साथ आत्मीयतापूर्वक संलग्न हो गया।

चमनभाई कई दिनों से रास नहीं गए थे, सत्याग्रह का काम समाप्त होने के बाद अपने परिवारवालों के साथ कुछ समय बिताना कितना सुखद था! वहाँ नवरात्रि की तैयारियाँ चल रही थीं। इस बार तो नवरात्रि को दूने जोश के साथ मनाने का सुअवसर था।

पूरे इलाके में लोग उत्साह और उमंग से नवरात्रि का पर्व मना रहे थे। जगह-जगह पर गरबे का आयोजन किया गया था जहाँ भक्ति, नृत्य और संगीत का मोहक समन्वय हर किसी को आकृष्ट कर लेता था। लोग एक दूसरे को गरबे में खींच-खींचकर लाते थे। उनमें सभी आयु के लोग थे। आकर्षक परिधानों में सजे पुरुष, महिलाएँ और बच्चे उत्सव का आनन्द ले रहे थे।

*पंखिडा रे उडी ने जाजो पावागढ़ रे*
*मारी महाकाली ने जै ने कह्जो गरबे रमे रे...*
*मारी कालका माँ ने जै ने कह्जो गरबे रमे रे...*
*ओला गाम ना सुथारी वीरा वहला आवो रे...*
*मारी महाकाली ने माटे रुड़ो बाजोठ लावो रे*
*मारी कालका माँ ने माटे रुडो बाजोठ लावो रे..*
*सारो लावो, सुन्दर लावो, वहला आवो रे*
*मारी महाकाली ने जै ने कह्जो गरबे रमे रे...*
*मारी कालका माँ ने जै ने कह्जो गरबे रमे रे...*
*पंखिडा रे ओ पंखिडा रे...**

इसी प्रकार मधुर धुन में सुर, ताल और नृत्य के मोहक सामंजस्य के साथ माँ के सम्मान में बजाज द्वारा श्रद्धा सहित लाई गई चुनरी, कुम्हारिन द्वारा लाई गई गरबी और अन्य श्रद्धालुओं द्वारा लाई गई सामग्रियों का सोल्लास वर्णन किया गया था। पंछी से यह आग्रह किया गया था कि वह पावागढ़ जाकर माँ को सूचना दे दे कि उनके भक्तों ने बड़ी श्रद्धा और बड़े उल्लास से गरबे का आयोजन किया है।

---

* ओ पंखी, उड़कर पावागढ़ जाओ! माँ महाकाली से कहना कि गरबा रचाया गया है। वहाँ गाँव से बढ़ई आया है, वह माँ के लिए लकड़ी की चौकी लेकर आया है। सुन्दर साड़ी लेकर जल्द आओ। ओ पंखी, उड़कर पावागढ़ जाओ माँ महाकाली से कहना कि गरबे का आयोजन किया गया है।

# अध्याय : पन्द्रह

चमनभाई अपने घरवालों से मिलने के बाद बारडोली आ गए, भुवनभाई बहुत दिनों से अपने गाँव नहीं गए थे, चमनभाई ने उनसे आग्रह किया, ''मैं यहाँ का काम सँभाल लूँगा, आप रास जाकर थोड़ा आराम कर लीजिए।''

चमनभाई का सम्पर्क कई लोगों से हो गया था, उन्हें अपना काम निपटाने में कोई परेशानी नहीं हुई। अब नए ग्राहक भी आने लगे थे और पारस्परिक विश्वास के आधार पर व्यापार की बढ़ोत्तरी हो रही थी।

एक नवम्बर को जाँच समिति के सदस्यों मि. ब्रूमफील्ड और मि. मैक्सवेल ने अपना काम शुरू कर दिया। इस सन्दर्भ में जितेनभाई कई बार बारडोली आए। उन्होंने बताया कि श्री वल्लभभाई का बारडोली से भावनात्मक लगाव हो गया है, वे यहाँ ज्यादा समय बिताना चाहते हैं, पर उनके पास समय की कमी है। उन्होंने कहा कि श्री भूलाभाई देसाई जाँच समिति में किसानों का प्रतिनिधित्व करेंगे और उनका पक्ष रखेंगे।

मि. ब्रूमफील्ड तो पूर्वाग्रह से ग्रस्त थे। जाँच के पहले ही दिन, अफवा गाँव में उन्होंने कहा कि सारी दुनिया के किसान झूठ बोलने के आदी हैं! इस पर गाँव वालों ने जवाब दिया कि वे स्वयं सच का पता लगा लें! पटेल और तलाटी ने जाँच समिति को बताया कि गाँव वालों ने तो कभी जयकर साहब को तो देखा भी नहीं है! यह भी सन्देहास्पद है कि एक अन्य उच्च अधिकारी एंडरसन साहब ने भी कभी गाँवों का दौरा किया था या नहीं! गाँव वालों से पूछ-ताछ के बाद यह स्पष्ट हो गया कि श्री वल्लभभाई द्वारा संगठित कमिटी की रिपोर्ट सही है, उन लोगों ने अच्छी तरह जाँच-पड़ताल करने के बाद अपनी रिपोर्ट तैयार की है। जाँच कमिटी ने अपनी रिपोर्ट में इस बात का उल्लेख किया।

जैसा कि श्री वल्लभभाई ने कहा था—चौरासाइ तालुका को भी इस जाँच कमिटी ने राहत दी। कमिटी ने बारडोली और चौरासाइ दोनों तालुका के भू-राजस्व को 1,87,492 रुपयों से घटाकर 48,648 रुपए कर दिया, इस प्रकार उन्हें 30 वर्षों में 45 लाख रुपयों की राहत मिली। कुछ अन्य राहतों की अनुशंसा भी की गई। इस प्रकार लापरवाही से किए गए मूल्यांकन में गड़बड़ियाँ पाई गईं और लोगों की शिकायतें सही ठहराई गईं।

जितेनभाई ने कहा, "बारडोली सत्याग्रह ने स्पष्ट कर दिया कि जब वैधानिक तरीकों से न्याय न मिले तो लोगों को संघर्ष से न्याय हासिल करना होता है! लोगों का आत्म-विश्वास बढ गया है, वे नौकरशाही के अहंकार-जन्य नाजायज फैसलों को आँख-मूँदकर मानने को तैयार नहीं हैं। यह हमारी बड़ी सफलता है। यही स्वराज लाएगा।"

रास के लोग भी काफी खुश थे, आखिर उनके अपने आशाभाई और चमनभाई ने बारडोली सत्याग्रह की सफलता में महत्त्वपूर्ण सहयोग दिया था! चमनभाई और उमा को इस बात की बहुत खुशी थी कि इस सफलता से उनके प्रिय नेता के सम्मान में काफी वृद्धि हुई है।

आशाभाई ने कहा, "यह तैयारी का वर्ष है—लोगों को अहिंसा और खादी को पूरी तरह अपनाना है। हमें लोगों को नशा छोड़ने के लिए भी प्रेरित करना है।"

जीवनभाई ने सहमति जताई, "ठीक कहते हो आशाभाई। यह बड़ा काम है, नशे की आदत तो कई जिलों में एक बड़ी समस्या है।"

आशाभाई ने कहा, "हाँ, इस के समाधान के लिए लम्बे और संगठित प्रयास की जरूरत है। मद्य-पान की समस्या से मुक्ति दिलाने लिए के लिए एक समिति बनाई गई है, अपने सरदार इस समिति के अध्यक्ष और मिठुबेन पेटिट इसकी सचिव हैं। समिति ने अपना काम भी शुरू कर दिया है! वे लोग अच्छा काम कर रहे हैं।"

नन्दूभाई ने कहा, "मिठुबेन खादी साड़ी में कितनी शालीन दीखती हैं! वे और अन्य स्वयंसेविका महिलाएँ लोगों को नशा छुड़वाने में सफल होंगीं।"

जीवनभाई ने शंका प्रकट की, "नशा छुड़ाना आसान नहीं होता! उस पर शराब बेचने वालों की पहुँच सरकार में है, वे पिकेट रोकने में पुलिस की मदद लेंगे।"

चमनभाई को इसका अनुभव था, उन्होंने अहमदाबाद की घटना की दिलाई, "मेरे कंधे में अब भी दर्द रहता है!"

आशाभाई ने कहा, "यह बात सही है, पर बारडोली सत्याग्रह के दौरान मैं कई गाँवों में गया हूँ, मैंने लोगों की सोच में परिवर्तन देखा है। लोग अपने सरदार की बातों को टालना नहीं चाहते, उनमें त्याग और सादगी की भावना बड़ी है। नशा-मुक्ति के प्रचार के लिए यह उपयुक्त अवसर है।"

चमनभाई ने कहा, "हाँ, अभी कार्यकर्ता भी उपलब्ध हैं। हम उनसे इस काम को करने का आग्रह कर सकते हैं।"

"चलो, आज से ही इस शुभ काम को शुरू किया जाए", आशाभाई ने कहा।

उमा इस सुझाव से बहुत प्रसन्न थी। बारडोली सत्याग्रह में वह सक्रिय रूप से भाग नहीं ले सकी थी। कई बार उसने बारडोली जाना चाहा था और यशोदा ने इस अवधि में उसके बच्चे की देखभाल करने का प्रस्ताव भी दिया था, पर दमयन्ती इस के लिए राजी नहीं हुई। उसने कहा, "माँ की जगह कोई नहीं ले सकता। हम लोग

तुम्हारे बच्चे की देखभाल में कोई कसर नहीं छोड़ेंगे, लेकिन उसे तुम्हारा प्यार जरूर चाहिए, बच्चे को इससे वंचित मत करो।''

उमा को यह बात समझ में आ गई। दमयन्ती ने कहा, ''तुम इस स्थिति में सत्याग्रह में पूरा मन नहीं लगा पाओगी, तुम्हारा ध्यान बच्चे और सत्याग्रह के बीच झूलता रहेगा। माँ के अपने कर्तव्य का पालन करो, कुछ दिनों बाद सत्याग्रह में पूरी तरह लग जाना, कौन मना करता है!''

चमनभाई ने अपनी सहमति देने से पहले आशाभाई से बातें कीं, उन्होंने उमा को खादी के काम को आगे बढ़ने को कहा। शीघ्र ही, उमा ने अपने पुराने दल को पुनः संगठित कर लिया, महिलाएँ बड़े उत्साह से भजन या गीत गाती हुई सूत काततीं और नई लड़कियों को चरखा चलाना सिखलाती थीं। महिलाओं ने नशा मुक्ति अभियान में बढ़ चढ़कर भाग लिया। वे लोगों से मद्य-पान की आदत छोड़ने पर जोर देती थीं। महिलाओं के कुछ दल पिकेटिंग में भी सक्रिय रूप से भाग लेते थे। घर और समाज में सात्विक वातावरण बनाने में उनका महत्त्वपूर्ण योगदान था। वे मगन होकर गाती थीं :

पीशो मा, पीशो मा, दारू पीशो मा
अमे पीशुं तो गांधीरस पीशुं, दारू पीशो मा
अमे पीशुं तो रामरस पीशुं, दारू पीशो मा*

सूत कातने के लिए जाती हुई महिलाएँ अन्य लोगों को उत्साहित करने के लिए मधुर स्वर में भजन गाती थीं।

आशाभाई, चमनभाई और उनके अन्य साथी पुरुषों को आमंत्रित करते। माधवभाई और अन्य बड़े-बूढ़े कीर्तन गाते निकलते थे :

जागने जादवा कृष्ण गोवालिया, तुज विना धेनुमाँ कोण जाशे?
त्रणसेंने साठ गोवाल टोले मल्या, वडोरे गोवालिया कोण थाशे?**

वे लोग नरसी मेहता जी का प्रसिद्ध भजन भी गाते जो गांधीजी को बहुत प्रिय था :

वैष्णव जन तो तेणे कहिये जे पीड़ पराई जाणे रे

गाँवों में सद्व्यवहार बढ़ रहा था, कई लोगों ने मद्य-पान बन्द कर दिया था, वे अन्य लोगों को भी नशा छोड़ने को उत्साहित करते थे।

बारडोली की सफलता से प्रभावित होकर कई समाजसेवी अन्य जगहों में भी इस प्रकार के अनुचित मूल्यांकन को उजागर कर रहे थे। सरदार पटेल की अध्यक्षता

---

* पीना नहीं, पीना नहीं, दारू कभी पीना नहीं, हम पीएँगे तो गांधी रस पीएँगे और पीएँगे तो राम रस पीएँगे

** ओ यादव कृष्णा जागो! तुम्हारे सिवा कौन गायों को ले जाएगा? टोले के 360 ग्वाल-बालों में बड़ा गोवालिया कौन बनेगा?

में एक भू-लीग की स्थापना की गई। गुजरात विद्यापीठ ने मातर तालुका के मूल्यांकन का अध्ययन किया जिसके फलस्वरूप उस तालुके को भी 25 प्रतिशत की छूट दी गई। तमिलनाडु, कर्णाटक, बिहार आदि प्रान्तों के लोगों ने सरदार पटेल को आमंत्रित कर उनसे बारडोली में अपनाए गए तरीके की जानकारी ली। सभी जगहों पर उनका हार्दिक अभिनन्दन किया गया। वे तमिलनाडु में श्री चक्रवर्ती राजगोपालचारी, कर्णाटक में श्री गंगाधर राव देशपांडे के और बिहार में श्री अनुग्रह नारायण के अतिथि रहे। दुर्भाग्यवश श्री वल्लभभाई के परम मित्र राजेन्द्र बाबू अस्वस्थ थे। बिहार के लोगो को चम्पारण सत्याग्रह की याद दिलाते हुए उन्होंने कहा, "चम्पारण का संघर्ष, भारत के स्वतंत्रता संग्राम का पहला और सर्वाधिक महत्त्वपूर्ण संघर्ष होगा।"

पर उन्होंने यह भी कहा कि लोगों के चेहरों से यह बात नहीं झलकती कि इन लोगों ने ही चम्पारण में स्मरणीय सत्याग्रह किया था। अब तो यूरोप के निलहे वहाँ नहीं हैं, रैयतों पर लगाया गया कर वापस ले लिया गया है, पर लोग अब भी सरकार से डरते हैं। लोगों को निडर होकर संघर्ष करना चाहिए।

तैयारी का वर्ष 1929 समाप्त होने वाला था।स्वतंत्रता संग्राम में इस वर्ष की छाप अमिट रही। दिसम्बर 1929 में लाहौर में पंडित जवाहरलाल नेहरू की अध्यक्षता में, कांग्रेस ने पूर्ण-स्वराज का संकल्प लिया। पूरे देश में उत्साह की लहर दौड़ गई। देश भर में 30 जनवरी 1930 को पूर्ण-स्वराज दिवस मनाया गया जिसमें चमनभाई और उनके साथियों ने उत्साहपूर्वक भाग लिया।

श्री वल्लभभाई पूरे देश के नेता थे, उन्हें मालूम था कि अब उनका कार्य-क्षेत्र पूरा देश होगा, इसलिए उन्होंने अहमदाबाद का अपना किराए का घर छोड़ दिया। जब यात्रा नहीं करनी होती तो वे बारडोली में ही रहते थे।

उधर सरकार लोगों को उम्मीद दिलाती थी कि गोलमेज सम्मेलन से उसकी अधिकांश माँगें पूरी हो जाएँगी। राष्ट्रीय नेताओं को इस आश्वासन पर भरोसा नहीं था। गांधीजी ने सम्मेलन की सफलता में कांग्रेस की मदद के लिए कुछ शर्तें रखीं जिनमें नमक कर हटाने की भी शर्त थी। गांधीजी ने नमक कानून का उल्लंघन करने का निश्चय किया और श्री वल्लभभाई से कहा कि वे समुद्र-तट की उनकी यात्रा के लिए उचित मार्ग सुझाएँ। सरदार पटेल ने श्री रविशंकर महाराज और श्री मोहनलाल पंड्या को यह कार्य सौंपा और उनकी अनुशंसा को जाँचकर महात्मा जी के लिए साबरमती से दांडी तट पर जाने का मार्ग प्रस्तावित कर दिया। गांधीजी ने 12 मार्च को अपनी यात्रा आरम्भ करने का निश्चय किया और इस यात्रा के लिए उन्होंने आश्रम में रहने वाले अपने 80 सहयोगियों को चुना। इस यात्रा के मार्ग में अस्लाली, नवगाम माटार, नाडियाड, आणंद, बोरसद, कनकपुरा, अंकलेश्वर, मांगरोल, देलाड, सूरत, वाज, नवसारी आदि स्थान आते थे।

श्री वल्लभभाई ने इस यात्रा के मार्ग में आने वाले गाँवों के लोगों को दांडी-यात्रा के महत्त्व से अवगत कराने का कार्यक्रम बनाया और उन्होंने कई स्थानों में लोगों को सम्बोधित किया। भरुच में 11 फरवरी को उन्होंने कहा कि यह अवज्ञा आन्दोलन पूर्णत: अहिंसक रहेगा और यदि गांधीजी को गिरफ्तार कर लिया गया तो उनके अनुयायी नमक सत्याग्रह को आगे बढ़ाएँगे उन लोगों के भी गिरफ्तार हो जाने पर आम लोग इस काम को इसे पूरा करेंगे। सरदार पटेल लोगों को साहस के साथ आन्दोलन में भाग लेने को कहते थे।

श्री वल्लभभाई के मन में कहीं यह बात भी बैठी थी कि लार्ड बर्केनहेड के उस वक्तव्य का समुचित जवाब दिया जाए जो उन्होंने 1922 में गांधीजी की गिरफ्तारी के बाद ब्रिटिश पार्लियामेंट में कही थी। गांधीजी को 6 वर्षों का कारावास दिया गया था। तब लार्ड बर्केनहेड ने कहा था कि गांधी जी की गिरफ्तारी पर पूरे भारत में एक कुत्ता भी नहीं भौंका। सरदार पटेल इस बात का जवाब देना चाहते थे और बतलाना चाहते थे कि जनता अन्याय का विरोध करना भी जानती है!

एक दिन रास में, उत्साह से भरे आशाभाई आए। जीवनभाई ने उनका स्वागत करते हुए कहा, ''प्रसन्न दीख रहे हो, आशाभाई!''

''जीवनभाई, हमारे लिए एक खुशखबरी है! गांधीजी 12 मार्च से दांडी यात्रा शुरू करेंगे। यात्रा का प्रबन्ध देखने के लिए सरदार श्री 7 मार्च को कंकरपुरा जाने वाले हैं। वे उस यात्रा के क्रम में रास में भोजन करने के लिए कुछ देर रुकने वाले हैं। क्यों न हम उनसे आग्रह करें कि वे यहाँ भी एक भाषण दें।''

उनका प्रस्ताव सबको बहुत पसन्द आया। चमनभाई तो फूले नहीं समाये। श्री वल्लभभाई, मोहनलाल पांड्याजी, फूलचन्दभाई शाह, रावजीभाई आदि नेतागण 7 मार्च की सुबह रास पहुँचे। वे स्वामीनारायण मन्दिर में रुके। गाँव के कई लोग-पुरुष और महिलाएँ श्री वल्लभभाई से भाषण देने का निवेदन करने गए।

उन्होंने पूछा, ''आप में से कितने लोग जेल जाने के लिए तैयार हैं?''

लगभग 200 लोगों ने उत्साहपूर्वक अपने हाथ उठाये। दमयन्ती, यशोदा, उमा और अन्य कई महिलाएँ भी सोत्साह आगे आईं। उनका उत्साह देखकर श्री वल्लभभाई ने भाषण देना स्वीकार कर लिया। निश्चय किया गया कि गाँव के बाहर वट-वृक्ष के नीचे 2 बजे दिन को उनका भाषण होगा।

रास और आस-पास के गाँवों से लोग लगभग 1.30 बजे दिन को वट-वृक्ष के निकट एकत्र हुए। लोगों ने उत्साहपूर्वक महात्मा गांधी अमर रहें, श्री वल्लभभाई जिंदाबाद आदि नारे लगाए।

श्री वल्लभभाई को सम्मानपूर्वक वक्ता की गद्दी पर बिठाया गया।

अचानक बोरसद के प्रथम श्रेणी के मजिस्ट्रेट श्री मनसुखलाल पुलिस बल के साथ वहाँ आ गए और उन्होंने श्री वल्लभभाई को सरकारी आदेश दिखलाया जिसमें

रास और उसकी 5 मील की परिधि में सभा आयोजित करने की मनाही की गई थी। श्री वल्लभभाई ने अपने साथियों की राय ली और उस आदेश को मानने से इन्कार कर दिया। उन्होंने लोगों से शान्ति बनाए रखने को कहा और भाषण देने को उठे। इस पर मजिस्ट्रेट ने नम्रतापूर्वक उन्हें गिरफ्तार करने का आदेश दिया और पुलिस सुपरिन्टेन्डेन्ट मि. बिलिमोरिया उन्हें पुलिस कार में बोरसद ले गए। वहाँ खेड़ा के कलक्टर मि. मास्टर ने उन्हें तीन माह के लिए जेल और पाँच सौ रुपए जुर्माने की सजा सुनाई। जुर्माना नहीं भरने पर उन्हें तीन सप्ताह की अतिरिक्त जेल की सजा दी गई। रास्ते में मि. बिलिमोरिया कुछ देर के लिए साबरमती आश्रम रुके ताकि श्री वल्लभभाई गांधीजी के चरण छू सकें। बिलिमोरिया साहब ने सरदार पटेल को एक सिगरेट भी पीने को देनी चाही जिसे उन्होंने अस्वीकार कर दिया। श्री वल्लभभाई ने उसी समय हमेशा के लिए सिगरेट पीना छोड़ दिया! उन्हें जेल पहुँचाने के बाद मि. बिलिमोरिया बच्चों की भाँति फूट-फूट कर रोये।

रास के लोग सन्न रह गए, किसी को उनकी गिरफ्तारी की आशंका नहीं थी। यह उनके एक स्वाभाविक अधिकार पर नियंत्रण था। वस्तुतः यह सरकार द्वारा एक सोच समझकर की गई कार्रवाई थी, जिसका उद्देश्य गांधीजी के विश्वस्त सहयोगी को दांडी यात्रा से पहले गिरफ्तार कर नमक आन्दोलन को कमजोर करना था!

रास में सभा आयोजित करने का निर्णय शीघ्रता में लिया गया था इसलिए सरदार पटेल को गिरफ्तार करने के लिए कनकपुरा से पुलिस आई थी। श्री वल्लभभाई के गिरफ्तार किए जाने के बाद, श्री रविशंकरजी महाराज और श्री गोकुलदास तलाटी ने रास में भाषण दिया। उन नेताओं ने लोगों से त्याग और अहिंसा के मार्ग पर चलते हुए शान्तिपूर्वक अपना आन्दोलन जारी रखने का आग्रह किया। यहीं इस घटना की स्मृति में उस वट वृक्ष का नाम वल्लभ वट रखने का निर्णय लिया गया। एक प्रकार से श्री वल्लभभाई नमक आन्दोलन के पहले सत्याग्रही बने!

आशाभाई, चमनभाई और उनके सहयोगियों को वहाँ की स्थिति सँभालने में काफी मुश्किल आई। उमा बिलख-बिलखकर रो रही थी। उन लोगों से, अपने प्रिय नेता को अपने ही गाँव में सुनने का एक स्वर्णिम अवसर संवेदनहीन सरकार ने छीन लिया था! रास के लोग दुःख से आहत थे, पर उन्होंने असहयोग आन्दोलन में और भी दृढ़ता से भाग लेने का निश्चय किया। कई सरकारी कर्मचारियों ने अपने त्याग-पत्र दे दिए, कुछ दुकानदारों ने अपने लाइसेंस लौटा दिए, कई लोगों ने नशा न करने की प्रतिज्ञा ली। अनेक लोगों ने सत्याग्रही बनने के लिए अपना नाम चमनभाई को लिखवाया।

सरदार श्री की गिरफ्तारी का व्यापक विरोध हुआ। अगले दिन, 8 मार्च को गांधीजी ने साबरमती तट पर आयोजित एक सभा में लोगों से श्री वल्लभभाई के मार्ग का अनुसरण करने को कहा।

अहमदाबाद के वकीलों ने सवाल किया कि जब श्री वल्लभभाई ने भाषण ही नहीं दिया तो उन्हें किस अपराध की सजा दी गई? उनकी गिरफ्तारी का पूरा विवरण मावलंकर साहब ने प्रकाशित करवाया जो उनके वकील के रूप में उनसे जेल में मिले थे। विधायिका में और जन सभाओं में इस गिरफ्तारी के विरोध में बहुत कुछ कहा गया।

दांडी यात्रा अपने निर्धारित कार्यक्रम के अनुसार 12 मार्च 1930 को प्रारम्भ हुई। यात्रा के क्रम में रास के पास 25000 लोगों ने बापू के चुने हुए 79 सत्याग्रहियों का स्वागत किया। गांधीजी ने रास के बाहर एक सभा में लोगों को सम्बोधित करते हुए कहा कि जो सरकार पुलिस, सेना और प्रशासन पर अत्यधिक खर्च कर रही है, जो 25 करोड़ की राशि शराब और अफीम बेचकर कमाती है, जहाँ कुशल कारीगरों को बेरोजगार करने वाले 60 करोड़ रुपयों के विदेशी वस्त्र बेचे जाते हैं—वैसी सरकार का विरोध करना हमारा कर्तव्य है।

आशाभाई, चमनभाई, उमा और अन्य लोगों को बापू का यह आह्वान बहुत सामयिक लगा जिसमें उन्होंने लोगों से इस धर्मयुद्ध में भाग लेने की अपील की। उन्हें इस बात का सन्तोष था कि वे तो पहले से ही इस सत्याग्रह में शामिल हैं।

सरकार ने अकारण ही, दरबार गोपालदास जी, गोकलदास तलाटी जी, रविशंकरजी महाराज एवं अन्य कई नेताओं को गिरफ्तार कर लिया। इसकी प्रतिक्रिया में रास के लोगों ने अपना सत्याग्रह और तेज कर दिया।

जिन्ना साहब ने पूछा, ''सरदार पटेल ने किस कानून का उल्लंघन किया है, इस विषय में कुछ भी नहीं बतलाया गया है। उनकी गिरफ्तारी, बोलने की न्यायसंगत आजादी पर प्रतिबन्ध है।''

उधर श्री वल्लभभाई जेल में प्रसन्न मुद्रा में अपनी सजा भुगत रहे थे। जेल के कर्मचारी और अन्य सरकारी अफसर उनसे आदरपूर्वक व्यवहार करते थे, वे उन्हें अच्छा खाना देना चाहते थे, पर श्री वल्लभभाई ने इसे स्वीकार नहीं किया। जेल में उन्हें श्री दरबार साहब, श्री गोकुलदास तलाटी, श्री फूलचन्द शाह आदि मित्रों का साथ मिला।

चमनभाई ने 21 अप्रैल 1930 को अपने गाँव के लोगों की एक सभा बुलाई जिसमें यह निर्णय लिया गया कि जब तक श्री वल्लभभाई और अन्य नेता जेल में हैं, तब तक गाँव के लोग कर नहीं देंगे।

उधर रास में ही तीन सौ लोग सत्याग्रही बन गए जिनमें बड़ी संख्या में महिलाएँ भी सम्मिलित थीं। इन लोगों ने आस-पास के गाँवों में भी अवज्ञा आन्दोलन का प्रचार जोरों से किया। वे लोग भी कर भुगतान न करने का आन्दोलन शुरू करना चाहते थे।

श्री वल्लभभाई कैदी संख्या 15,170 के रूप में 25 जून 1930 तक साबरमती जेल में रहे। जेल से रिहा होने के बाद, श्री वल्लभभाई का अहमदाबाद और बम्बई

में हार्दिक स्वागत किया गया। वे जब लोकमान्य तिलक की पुण्यतिथि पर एक जुलूस में भाग ले रहे ते तब उन्हें पुनः गिरफ्तार कर लिया गया, उन्हें तीन महीनों की जेल की सजा दी गई। यरवदा जेल से छूटने के बाद उन्हें बम्बई में खादी भंडार के उद्घाटन पर भाषण देने के लिए फिर गिरफ्तार कर लिया गया।

आशाभाई जेल से छोड़ दिए गए। उन्होंने 300 बैलगाड़ियों का प्रबन्ध किया, उनके और अन्य नेताओं के कहने पर रास के कई लोगों ने अपने-अपने घरों को बन्द कर दिया और 11 अक्टूबर 1930 को गाँव छोड़कर झरोला, सिसवा आदि गाँवों को चले गए जो बड़ोदा राज के अधीन थे।

आशाभाई और कुछ गाँववालों को रास छोड़े अभी तीन चार दिन ही बीते थे। नन्दू भाई उत्तेजित अवस्था में कुछ अन्य लोगों के साथ जीवनभाई के पास आए और उन्होंने कहा, "सरकारी अफसर फौजियों के साथ गाँव में आ रहे हैं।"

उन लोगों ने बन्द घरों के ताले तोड़ डाले ताकि गाँव छोड़कर गए हुए लोग वापस आ जाएँ। उन्हें लूट-पाट करने का ऐसा सुअवसर भला कहाँ मिलता! जो कुछ भी उनके हाथ लगा उसे वे समेटकर ले गए।

आशाभाई और अन्य ग्रामवासियों को इसकी सूचना मिली पर वे लोग वापस नहीं आए।

जीवनभाई ने कहा, "जो भी हो, हम नहीं झुकेंगे।"

पर दमनकारी सरकार भला कब माननेवाली थी! उसने लोगों को मजबूर करने के उद्देश्य से जब्ती नोटिस देनी शुरू कर दी। पूरे गाँव में उथल-पुथल थी। लोग अनिश्चितता का जीवन जी रहे थे।

एक दोपहर जीवनभाई, भुवनभाई और चमनभाई खाना खा रहे थे। उन्हें सूचना मिली कि कुछ सरकारी कर्मचारी बाहर चौरे पर खड़े हैं और जीवनभाई को ढूँढ़ रहे हैं। जल्दी-जल्दी अपना खाना समाप्त कर तीनो भाई बाहर आए। एक सरकारी कर्मचारी ने जीवनभाई को उनकी कुछ जमीनों की जब्ती का नोटिस पकड़ा दिया।

तत्काल जीवनभाई के चेहरे पर गुस्सा, प्रतिरोध और साहस के भाव आ गए।

उन्होंने कहा, "आप लोग बैठ जाएँ। थोड़ा नाश्ता पानी कर लें। आपने अपना काम कर दिया, आपके पास और भी कोई नोटिस हो तो पकड़ा दें, इससे मेरे या मेरे परिवार के ऊपर कोई फर्क नहीं पड़ेगा।

चमनभाई ने कहा, "हम तो इस मामले में श्री वल्लभभाई का आदेश मानेंगे!"

एक परिचित सरकारी कर्मचारी ने कुछ संकोच प्रकट करते हुए कहा, "हम लोग मजबूर हैं, हमें अपना काम करना पड़ता है, जीवनभाई।"

भुवनभाई ने कहा, "कुछ देश की भी तो सोचो!"

जीवनभाई उठ खड़े हुए। उन्होंने कहा, "अभी हमारे पास और भी जमीन है। जाओ, दो चार और नोटिसें ले आओ। तुम्हारे ये कागज हमें झुका नहीं पाएँगे।"

भुवनभाई ने कहा, ''आप लोग किसानों को तंग करने की अपेक्षा उनकी समस्याओं का हल निकालने की कोशिश क्यों नहीं करते?''

एक सरकारी कर्मचारी ने चेतावनी दी, ''तुम लोगों की जमीन बिक जाएगी।'' जीवनभाई ने कहा, ''और तुम्हारे साहब लोग उसे इंग्लैंड ले जाएँगे! तुम लोगों को शर्म नहीं आती?''

एक कर्मचारी ने धमकी दी, ''तुम लोग गिरफ्तार कर लिए जाओगे।''

भुवनभाई ने कहा, ''फिर देर किस बात की है? अभी कर लो।''

अब तक गाँव के कुछ लोग वहाँ आ गए थे। बात बिगड़ती देख वे कर्मचारी वापस लौट गए।

एक शाम नन्दूभाई ने बताया कि सरकार ने 2400 एकड़ जमीन जब्त कर ली है और इसमें से 195 एकड़ चुपचाप बेच भी दी गई है। जिन लोगों ने ये जमीनें खरीदी हैं उनकी रक्षा के लिए पुलिस और राजस्व के अधिकारी तैनात कर दिए गए हैं। जो किसान गाँव छोड़कर दूसरी जगहों पर चले गए हैं, सरकार उन्हें भी वापस आने पर सुरक्षा देने को तैयार है।

रास में उत्तेजना का माहौल था। कहीं-कहीं महिलाओं के साथ दुर्व्यवहार की खबरें भी मिलती थीं। पर लोगों का उत्साह बढ़ता ही जा रहा था। सरदार तारा सिंह नामक एक रेलवे कर्मचारी और अन्य कई सरकारी कर्मचारियों ने अपनी नौकरी से इस्तीफा दे दिया था और वे सत्याग्रह में सम्मिलित हो गए थे।

कई बड़े नेताओं के जेल में होने पर भी लोगों का उत्साह रचनात्मक कार्यक्रम में बना हुआ था। कुछ लोग सरकार और कांग्रेस के बीच समझौता कराने का प्रयास कर रहे थे पर सत्याग्रहियों को यह पसन्द नहीं था क्योंकि आन्दोलन मजबूती से आगे बढ़ रहा था, लोग दृढ़ता से सरकारी जब्ती आदि का सामना कर रहे थे।

एक दिन नन्दूभाई ने बताया कि पुलिस ने करमसद में सरदार श्री के घर पर काफी उथल-पुथल मचाई। घर में उनकी माँ खाना बना रही थीं, पुलिस वालों ने बर्तन छीन लिए और उनमें केरोसिन का तेल भर दिया।

यह सुनकर जीवनभाई गुस्से से आग बबूला हो उठे। उन्होंने गरजकर कहा, ''करमसद के लोगों ने पुलिसवालों का सर क्यों नहीं तोड़ दिया? क्या कोई हिम्मतवाला मर्द उस समय वहाँ नहीं था? क्या कोई सभ्य सरकार ऐसा कर सकती है? मैं वहाँ रहता तब उनको मजा चखा देता!''

आशाभाई ने उन्हें शान्त करने की चेष्टा की, ''जीवनभाई, हमारा आन्दोलन तो पूर्णतः अहिंसक है। हम हिंसा का जवाब हिंसा से नहीं दे सकते।''

जीवनभाई सन्तुष्ट नहीं हुए, ''अपने स्वाभिमान की रक्षा करना हमारा धर्म है। कोई हमारे आत्म-सम्मान को ललकारे तो क्या हम चुप बैठे रहें?''

एक दिन अचानक जितेनभाई रास आए। उन्होंने कहा, ''मुझे बोरसद में कुछ काम था। बहुत दिनों से तुमसे और उमा से मैं मिल नहीं पाया था, इसलिए यहाँ चला आया। तुम्हारे गाँव की और तुम्हारे काम की काफी चर्चा है। तुम लोग बहुत अच्छा काम कर रहे हो, इसी तरह स्वराज का काम आगे बढ़ाते रहो।''

चमनभाई ने कहा, ''आप थके हैं, आज आराम कर लें,हम लोग जो काम कर रहे हैं, उसे आप को कल दिखलाएँगे।''

दूसरे दिन जितेनभाई उनका काम देखकर काफी सन्तुष्ट हुए। वे कार्यक्रमों में भाग लेने वालों से मिले और उन्होंने उमा के काम की प्रशंसा की। उन्होंने बतलाया कि सरकार कांग्रेस से समझौता करने की कोशिश कर रही है। पर वह अपने कर्मचारियों के कुकृत्यों की जाँच कराना नहीं चाहती। यह न्यायसंगत नहीं है। फिर भी गांधीजी शान्ति के हित में समझौता करने की दिशा में आगे बढ़ सकते हैं।

जितेनभाई ने बताया कि लार्ड इर्विन ने गांधीजी को इस विषय पर बातें करने को बुलाया है।

कुछ दिनों बाद अचानक खबर मिली, ''समझौता हो गया है। खुशियाँ मनाओ। गांधीजी 12 मार्च को रास आ रहे हैं।''

इस सुसंवाद को सुनकर लोग खुशी से झूम उठे। चमनभाई और उमा सारी रात जागते रहे और घूम-घूमकर गांधीजी के आगमन की बात लोगों को बताते रहे। गांधीजी के आगमन से किसानों के रास वापस लौटने का मार्ग खुल गया। चार दिनों बाद, 16 मार्च को श्री मोरारजीभाई देसाई और खान अब्दुल गफ्फार खान के नेतृत्व में रास से बाहर गए किसानों ने बैलगाड़ियाँ सजाईं, अपने सामानों के साथ गांधीजी और श्री वल्लभभाई के चित्र रखे और सोल्लास अपने गाँव वापस आ गए।

सत्याग्रह समाप्त हो चुका था, लेकिन अभी बहुत सा काम बाकी था। जीवनभाई ने पूछा, ''जब्त की हुई चीजों और जमीनों का क्या होगा?''

''सरकार वह सब वापस लौटाने के लिए राजी है, ''जितेनभाई ने बताया।

''पर वे तो अकड़ में कहते थे कि जब्त की हुई जमीनें वापस नहीं की जाएँगी,'' जीवनभाई ने कहा।

''उस बात पर वे अब अड़े नहीं हैं,'' जितेनभाई ने बताया।

नन्दूभाई ने शंका प्रकट की, ''लेकिन जो जमीनें दूसरों को बेच दी गई हैं, उनका क्या होगा?''

''वे लोग कुछ उपाय निकाल रहे हैं। कोई तीसरी पार्टी उन जमीनों को खरीदकर किसानों को लौटा देगी।''

''और हमारे जो साथी जेल में हैं, उनको कब छोड़ा जाएगा?'' चमनभाई ने पूछा।

जितेनभाई ने बताया, ''जिनके विरुद्ध अपराधिक मामले नहीं हैं, उन्हें तुरन्त रिहा कर दिया जाएगा, बाकी लोगों के मुकदमों पर विचार किया जाएगा। बर्खास्त किए गए सरकारी कर्मचारी भी अपनी नौकरी में वापस ले लिए जाएँगे।''

जितेनभाई ने एक और बात बताई, ''गांधीजी चाहते हैं कि शान्तिपूर्ण पिकेटिंग की अनुमति मिले और जहाँ नमक बनाना सम्भव हो, उसे बनाने का अधिकार लोगों को हो।''

लोग इस बात से सन्तुष्ट नहीं थे कि अपने दोषी कर्मचारियों विरुद्ध सरकार कार्रवाई क्यों नहीं करना चाहती। उन लोगों ने कई निर्दोष किसानों पर अत्याचार किए थे, उनकी तैयार फसलें निर्ममतापूर्वक उखाड़ डाली थीं, उनके मवेशी हाँककर ले गए थे, उनके घरों में तोड़-फोड़ मचाई थी और अन्य कई अत्याचार किए थे। क्या उनको उनके अपराध की सजा नहीं मिलनी चाहिए थी?''

जितेनभाई के पास इसका जवाब नहीं था।

समझौते की शर्तें समझाने और उसे लोगों द्वारा स्वीकार कराने के लिए गांधीजी और श्री वल्लभभाई के साथ-साथ चमनभाई, उमा और अन्य कई कार्यकर्ता विभिन्न गाँवों में गए। उनके अथक प्रयत्न से ही लोग समझौते की बात मानने को राजी हुए।

बम्बई राज्य में जब श्री बालासाहब खेर के नेतृत्व में प्रान्तीय सरकार बनी तब श्री कन्हैयालाल मुंशी को गृह मंत्री एवं श्री मोरारजी देसाई को वित्त मंत्री बनाया गया। राज्य सरकार ने किसानों की जब्त की गई जमीनों को वापस करने के एक अध्यादेश का प्रस्ताव गवर्नर साहब के पास भेजा जिस पर उन्होंने अनिच्छापूर्वक हस्ताक्षर कर दिए। जमीनों को लौटाने के लिए एक पंचायत का गठन किया गया।

इस प्रकार श्री वल्लभभाई का जमीन वापसी के सम्बन्ध में दिया गया आश्वासन सत्य प्रमाणित हुआ।

खेड़ा जिले के इस्नाव गाँव में कुछ लोगों ने शरण ली थी, वे वहाँ झोपड़ी बनाकर रह रहे थे। दुर्भाग्यवश, आग लगने के कारण उनकी झोपड़ियाँ जल गई थीं और चार आदमी जलकर मर गए थे। उन के कुछ मवेशी भी लापता हो गए थे। गांधीजी ने श्री वल्लभभाई से कहा कि वे उन लोगों के लिए कुछ सहायता का प्रबन्ध करें, पर श्री वल्लभभाई इसके लिए तैयार नहीं हुए।

# अध्याय : सोलह

चमनभाई को एक सुखद समाचार मिला कि उनके आदर्श श्री वल्लभभाई को कराची में होने वाले कांग्रेस अधिवेशन का अध्यक्ष बनाया गया है। यह एक चुनौतीपूर्ण कार्य था, क्योंकि उन दिनों लोगों को कांग्रेस से कई गम्भीर शिकायतें थीं। पूरे देश में भगत सिंह, राजगुरु और सुखदेव को फाँसी पर चढ़ाए जाने के विरुद्ध क्रोध की लहर थी। इस फाँसी के मामले में कांग्रेस के रुख से लोग काफी असन्तुष्ट थे। किन्तु इस असन्तोषपूर्ण और गम्भीर वातावरण में भी श्री वल्लभभाई ने अत्यन्त कुशलतापूर्वक अधिवेशन का संचालन किया।

यह बात तो चमनभाई के लिए सन्तोषजनक थी, पर इधर बारडोली के गाँवों में सरकारी कर्मचारी मौका मिलते ही किसानों को सताने लगते थे। वे बदले की दुर्भावना से काम कर रहे थे। गांधीजी और श्री वल्लभभाई की अनुपस्थिति में उन्हें मनमानी करने की तो मानो छूट मिल गई थी। बारडोली में लोगों को अपने ही घरों में जाने से रोक लिया जाता था, उनके मवेशी भगा दिए जाते थे, किसानों को उनके घरों की महिलाओं के सामने ही बेइज्जत किया जाता था। इन सबसे सरदार पटेल बहुत दुखी और चिन्तित थे। गांधीजी उन दिनों शिमला में थे, सरदार पटेल ने उन्हें बारडोली की घटनाओं से अवगत कराया। गांधीजी 29 जनवरी को गोलमेज सम्मेलन में भाग लेने के लिए इंग्लैंड चले गए।

सरदार पटेल के सतत प्रयासों के बाद सरकार सरकारी कर्मचारियों के अत्याचारों की जाँच करवाने पर राजी हो गई। यह जाँच 5 अक्टूबर को बारडोली में शुरू हुई। खातेदारों का पक्ष श्री भूलाभाई देसाई ने रखा, उनकी सहायता श्री नरहरि पारीख एवं अन्य लोगों ने की।

जाँच का काम एक महीने तक चला, पर दुर्भाग्यवश यह कार्य जाँच का मखौल बनकर रह गया। ऐसी दुरावस्था देख श्री भूलाभाई देसाई ने कांग्रेस और खातेदारों को इस से अलग होने की अनुशंसा की जिसे श्री वल्लभभाई ने स्वीकार कर लिया।

जीवनभाई के घर पर भी पुलिस और सरकारी कर्मचारी तंग करने पहुँच जाते थे। भुवनभाई की दूकान पर भी पुलिस और अन्य विभाग वसूली करने की नीयत से जाते थे, पर जब उन्हें कुछ हाथ नहीं लगता तो वे अन्य तरीकों से उन्हें तंग करते

थे। जीवनभाई अपने परिवार के लिए साहस के आदर्श थे, वे चट्टान की तरह अडिग रहते थे। लोगों के बीच में रास गाँव की प्रतिष्ठा बढ़ गई थी और लोग जीवनभाई के परिवार के त्याग का उदाहरण देते थे। रास और बोरसद के लोगों के साहस की प्रशंसा में रणशूर रास,हिन्द युद्ध घंट वाग्यो, संग्राम बोरसद तुं, आदि कई गीत बनाए गए थे। रास के लोग देशभक्ति के गीत गाते हुए संघर्ष में भी आनन्द मना रहे थे। उधर बोरसद में भी लोगों में पूरा उत्साह था। सरदार श्री ने उनमें शक्ति और साहस की ज्योति जला दी थी। पूरे इलाके में देशभक्ति के गीत गूँजते थे, लोगों को अपने कष्टों की परवाह नहीं थी। संघर्ष का बिगुल बज चुका था।

श्री वल्लभभाई ने गांधीजी को गुजरात में होने वाली घटनाओं की सूचना तार द्वारा दे दी और उनसे गोलमेज सम्मेलन समाप्त होते ही स्वदेश लौटने का आग्रह किया। लेकिन स्वदेश लौटने के एक सप्ताह के अन्दर गांधीजी को और सरदार पटेल को गिरफ्तार कर लिया गया। इस गिरफ्तारी का एक सुखद पक्ष भी था—दोनों को यरवदा जेल में 16 महीनों तक एक साथ रहने का उपहार मिल गया। उनके साथ श्री महादेव देसाई भी थे। श्री वल्लभभाई के लिए यह एक स्वर्णिम अवसर था, वे गांधीजी की खूब सेवा करते थे और उन्हें अपने हँसी-मजाक और सुखद वार्तालाप के द्वारा प्रसन्न रखते थे। इसी जेल-प्रवास में उन्हें अपनी प्यारी माँ की मृत्यु का दुखद समाचार मिला ।गांधीजी और श्री महादेव देसाई के साथ से उन्हें इस दुःख में बहुत सांत्वना मिली।

गांधीजी और श्री महादेव देसाई को 8 मई 1933 को रिहा कर दिया गया, श्री वल्लभभाई जेल में अकेले रह गए। उनके एक सहयोगी श्री छगनलाल जोशी भी उसी जेल में किसी अन्य बैरक में थे। गांधीजी और श्री वल्लभभाई दोनों ने एक दूसरे से बिछुड़ने का बहुत दुःख था। गांधीजी ने स्वयं लिखा, ''जेल में सरदार पटेल का साथ उनके जीवन की एक बहुत बड़ी खुशी थी। श्री वल्लभभाई के प्रेम और स्नेह ने मुझे विभोर कर दिया और मुझे मेरी माँ की याद दिला दी।''

गांधीजी ने किसानों के प्रति सरदार पटेल की सहानुभूति के विषय में लिखा, ''मैं इस बात को कभी नहीं भूल पाऊँगा कि वल्लभभाई बारडोली और खेड़ा के किसानों के लिए कितना चिन्तित रहते थे।''

श्री वल्लभभाई को 1 अगस्त 1933 को नासिक जेल ले जाया गया। उस समय उनके बड़े भाई श्री विट्ठलभाई विदेश में थे और बीमार थे। उन्होंने श्री वल्लभभाई को कई चिट्ठियाँ लिखीं थीं जो उन्हें नहीं मिलीं। नासिक जेल में ही सरदार पटेल को समाचार मिला कि श्री विट्ठलभाई का 23 अक्टूबर को जिनेवा में निधन हो गया। सरकार ने श्री वल्लभभाई को उनके दाह-संस्कार में सम्मिलित होने के लिए कुछ शर्तों पर 48 घंटों के पेरोल पर छोड़ने का प्रस्ताव रखा। पर उनकी शर्तें श्री वल्लभभाई को मंजूर नहीं थीं। श्री विट्ठलभाई का अन्तिम संस्कार श्री वल्लभभाई के बेटे श्री डाह्याभाई ने किया।

चमनभाई अधिकांश समय बारडोली में ही रहते थे और भुवनभाई के साथ खादी का व्यवसाय सँभालने के अलावा उस इलाके में खादी का प्रचार भी करते थे। वे लोग राष्ट्रभक्ति से ओत-प्रोत गीत गाते थे।

उमा को श्री झवेरचन्द मेघाणी जी का लिखा 'ओ स्वतंत्रता गीत' बहुत पसन्द था। मेघाणी जी एवं अन्य कवियों तथा लोक गायकों द्वारा रचित गीत बहुत लोक प्रिय थे और लोगों में राष्ट्र-प्रेम का संचार करते थे। लोगों में देश-प्रेम, त्याग और सरलता की भावना को प्रगाढ़ करने में इन रचनाओं की भूमिका महत्त्वपूर्ण थी। वह प्राय: इस गीत को अपनी सहेलियों के साथ गाती थी—

*तारा साममां ओ स्वतंत्रता, मीठी आ ऐवी वत्सलता भरी*
*मुर्दा मसानोथी जागतां— शब्द माँ ऐवी सुधा भरी*
*पूछी जो जो गुलाम ने उठ्या केवा ओध एने मने*
*मणी मुक्ति मंगल जे दिने*
*ऐने काने शब्द पड्यो—तुं स्वाधीन, शी ओहो सुख नी घड़ी*
*ऐनी आँख लालमलाल छातीमाँ छोड़ो छलकाई पड़ी।**

जीवनभाई और भुवनभाई के लड़कों-लड़कियों की शादियों में विलम्ब हो रहा था। दमयन्ती ने जोर देकर ये शादियाँ सम्पन्न कराईं। उसका कहना था कि अब और ज्यादा देर करने पर अच्छे रिश्ते नहीं मिल पाएँगे। चमनभाई और उमा के अनुरोध पर ये शादियाँ सादगी के साथ सम्पन्न कराई गईं। कई नेतागण कार्यकर्ताओं को इस बात की सलाह देते थे कि वे शादियों में ज्यादा दिखावा न करें, यह सत्याग्रही की जीवनशैली के अनुकूल नहीं है। इससे लोगों में सादगी और त्याग की मनोवृत्ति को प्रोत्साहित करने में बाधा आती है। भुवनभाई भी इस से सहमत थे। उन्होंने बारडोली में ऐसी कई शादियों में भाग लिया था।

दोनों भाइयों के बेटों-बेटियों की शादियाँ सादगी और सुरुचि के साथ सम्पन्न की गईं। चमनभाई के बच्चे अभी छोटे थे। इन शादियों के कारण निराशा के माहौल में परिवार में आनन्द का वातावरण बन गया। शादी के बाद उन लोगों ने जीवनभाई के बेटे नानाभाई को भी बारडोली बुला लिया था ताकि वे भी काम में हाथ बँटा सकें।

जितेनभाई ने एक और समाचार दिया—गांधीजी ने अवज्ञा आन्दोलन बन्द कर दिया। उन्होंने 31 जुलाई 1933 को साबरमती आश्रम को हरिजन सेवक संघ का केन्द्र बना दिया। अब व्यक्तिगत सत्याग्रह की अनुमति थी।

''सरदार श्री कैसे हैं?'' चमनभाई ने पूछा।

---

* तेरे नाम में ओ स्वतंत्रता ऐसी मीठी वत्सलता भरी है, श्मशान में मुर्दे भी जागें ऐसी शब्द सुधा भरी है! पूछो किसी गुलाम से—उसके मन में इस शब्द से कितना उत्साह उभरता है! उसे मानो मुक्ति मंगल उसी दिन मिल जाता है! जिस दिन स्वाधीनता का शब्द कानों में पड़ता है उसकी आँखें लाल हो जाती हैं और मन में उमंगें छलकने लगती हैं!

"जेल में उनका स्वास्थ्य ठीक नहीं रहता था, उन्हें रिहा कर दिया गया है। उनकी नाक में जो तकलीफ रहती थी उसका ऑपरेशन हुआ है।"

कई वर्षों से बोरसद तालुके में प्लेग का प्रकोप बना रहता था। सरकार चिकित्सा और रोक-थाम के लिए कोई सार्थक प्रयास नहीं कर रही थी। श्री वल्लभभाई को 9 मार्च 1935 को सूचना मिली कि बोरसद तालुके में प्लेग की महामारी फिर फैल गई है। उन्होंने तुरन्त डॉ. भास्कर पटेल को प्रभावित क्षेत्रों में भेजा और स्वयं दरबार साहब के साथ प्लेग से प्रभावित 12 गाँवों का दौरा किया।

गाँवों में स्थिति बहुत खराब थी। लोग गंदगी के आगार में रह रहे थे, उन्हें सफाई की कोई चिन्ता नहीं थी। सरकार द्वारा रोग की रोक-थाम के उचित प्रबन्ध नहीं किए गए थे। उन इलाकों में जो लोग रहते थे, वे इस अन्धविश्वास से ग्रस्त थे कि यह देवी माँ के क्रोध का दुष्परिणाम है।

श्री वल्लभभाई 23 मार्च को बोरसद पहुँचे। चमनभाई भी वहाँ गए। सरदार ने तुरत वहाँ अस्थायी अस्पताल और सहायता कैम्प लगवाए। लोगों की मदद करने के लिए स्वयंसेवकों को आमंत्रित किया गया। श्री वल्लभभाई, दरबार साहब, डॉ. भास्कर पटेल सहित 57 लोगों ने स्वयंसेवक के रूप में अपने नाम लिखवाए जिनमें आठ महिला स्वयंसेविकाएँ भी थीं। सरदार पटेल और मणिबेन के अतिरिक्त सबको प्लेग निरोधक सूई दी गई। इन दोनों विशिष्ट स्वयंसेवकों ने निरोधक सूई लिए बिना ही निर्भयतापूर्वक होकर सेवा कार्य किया।

चमनभाई, उमा सहित कई लोग सहयोग करने के लिए आगे आए। श्रीवल्लभभाई के निदेशन में वे लोग प्रभावित घरों में जाते, सफाई करते, कीटाणु नाशक दवाएँ छींटते, मलवा साफ करते, चूहों को पकड़ते, कुँओं की सफाई करते और रोगग्रस्त लोगों की हर सम्भव सहायता करते। रोग के इलाज और इसका प्रसार रोकने के विषय में लोगों की जानकारी बढ़ाने के उद्देश्य से दैनिक बुलेटिन निकाले जाते थे। ग्रामीणों को समझाया जाता था कि इस रोग की चिकित्सा दवा से की जा सकती है, देवी मैया को बकरे की बलि चढ़ाकर नहीं!

सरकार का काम काफी ढीला था। कुछ मुखी लोगों ने तो अपने अधिकारियों को यह भी लिख दिया था कि उनके इलाके में प्लेग का प्रकोप है ही नहीं! अपनी निःशुल्क सेवा देने वाले डॉक्टरों ने मार्च महीने में लगभग 3000 लोगों की और अप्रैल में 2000 लोगों की चिकित्सा की। डॉ. भास्कर पटेल ने स्वयं 44 रोगियों के घर जाकर उनका इलाज किया। गांधीजी कुछ गाँवों में गए और उन्होंने श्री वल्लभभाई के निर्देशन में किए जा रहे राहत कार्य और स्वयंसेवकों की लगन की बहुत प्रशंसा की। पर, इस बुरे समय में भी नौकरशाही ने अपनी ऐंठ नहीं छोड़ी और सरकारी कर्मचारियों ने स्वयंसेवकों के काम की भी शिकायत की।

श्री वल्लभभाई ने भविष्य में प्लेग को रोकने के लिए चार विशेषज्ञों की एक समिति बनाई। इस समिति ने भी स्वयंसेवकों के कार्य की बहुत प्रशंसा की और रोग की रोक-थाम के लिए उपयुक्त उपाय सुझाये। विशेषज्ञों ने स्वास्थ्य विभाग के अधिकारियों की लापरवाही और उनके अवैज्ञानिक कार्य की आलोचना भी की।

चमनभाई और उमा के मन में प्लेग-ग्रस्त रोगों की सेवा करने का बहुत सन्तोष था।

देश में राजनीतिक हलचल जोरों पर थी। चमनभाई और उनके मित्र 1937 में हुए प्रान्तीय चुनावों में कांग्रेस की विजय से बहुत उत्साहित थे। किसानों के लिए सन्तोष की यह बात भी थी कि सरकार ने तत्काल उनकी जब्त जमीनें लौटा दी थीं। जो लोग अपने गाँव छोड़कर कहीं और चले गए थे, वे वापस लौट आए थे।

जीवनभाई ने कहा, ''कांग्रेस को तो चुनाव जीतना ही था। पर उसने तुरन्त जब्त जमीनें लौटाकर किसानों का दिल जीत लिया।''

नन्दूभाई ने सहमति जताई, ''देखो न जीवनभाई, हमारे सरदार ने हमसे जो वादा किया था, वह उन्होंने पूरा कर दिखाया।''

उत्साह से भरे चमनभाई ने कहा, ''वे कभी गलत वादा नहीं करते। अब उनपर एक और बड़ी जिम्मेवारी आ गई है। हमें हरिपुरा में होने वाले कांग्रेस अधिवेशन की तैयारी में उनकी हर सम्भव मदद करनी है, यह गुजरात के सम्मान की बात है।''

गांधीजी का विचार था कि चूँकि भारत गाँवों में बसता है, इसलिए कांग्रेस का 50 वाँ अधिवेशन किसी गाँव में किया जाए। तदनुसार 27-28 दिसम्बर 1936 को जलगाँव के पास फिरोजपुर में, पंडित जवाहरलाल नेहरू जी की अध्यक्षता में कांग्रेस का पचासवाँ अधिवेशन आयोजित किया गया था। इस अधिवेशन में श्री वल्लभभाई ने अगला अधिवेशन गुजरात में करने का आमंत्रण दिया था।

अधिवेशन के लिए प्रस्तावित जगहों में रास का भी नाम था, पर प्रतिनिधियों की सुविधा का ध्यान रखते हुए हरिपुरा का चुनाव किया गया।

''कितना आनन्द आता अगर हमारे गाँव को यह सौभाग्य मिलता, ''चमनभाई ने अपने मित्रों से कहा, ''लेकिन मैं प्रतिनिधियों की सुविधा की बात समझता हूँ। हम सब लोग इस अधिवेशन को सफल बनाएँगे।''

चमनभाई और उनके साथी पूरे उत्साह से अधिवेशन के काम में लग गए। हरिपुरा में, ताप्ती नदी के किनारे अधिवेशन के लिए लोगों ने 400 एकड़ जमीन बिना किसी भाड़े के दे दी। इनमें से कई मुस्लिम जमींदार भी थे, जिन्होंने भाड़ा तो नहीं ही लिया, आयोजन में अन्य प्रकार से भी अपने पूरा सहयोग दिया। गांधीजी ने श्री वल्लभभाई को सलाह दी थी कि हरिपुरा कांग्रेस में खादी और ग्रामोद्योग में बनी वस्तुओं का प्रमुखता से उपयोग किया जाए।

नन्दूभाई ने शंका प्रकट की, "यह एक मुश्किल काम है। इतने लोग आएँगे, क्या गाँवों में बनी इतनी सामग्री जुटा पाना सम्भव हो सकेगा?"

चमनभाई ने कहा, "क्यों नहीं सम्भव होगा? उस इलाके में खादी का काम जोरों से चल रहा है, ग्रामीण उद्योग बढ़ रहे हैं, लोग स्वदेशी अपना चुके हैं, उनमें काफी उत्साह है—और क्या चाहिए? सारी जरूरतें पूरी कर ली जाएँगी, जैसा सरदार श्री चाहेंगे वैसी व्यवस्था हो जाएगी।"

अधिवेशन की व्यवस्था का काम श्री वल्लभभाई के निदेशन में जोरों से शुरू हो गया। साबरमती आश्रम से अभियंता और कार्यकर्ता आ गए, शान्तिनिकेतन से श्री नन्दलाल बसु को आमंत्रित किया गया ताकि वे सजावट आदि की योजना बना सकें।

विजयादशमी के दिन, 15 अक्टूबर 1937 को श्री वल्लभभाई ने अधिवेशन के लिए बनने वाले अस्थायी स्थल विट्ठलनगर की आधारशिला रखी। यह श्री विट्ठलभाई के योगदान के प्रति लोगों की एक विनम्र श्रद्धांजलि थी।

चमनभाई जब हरिपुरा गए तो वे श्री वल्लभभाई की प्रबन्धन क्षमता देखकर आश्चर्य-चकित रह गए। जितेनभाई ने कहा, "श्री वल्लभभाई हर सुविधा का ध्यान रख रहे हैं। छोटी जगह में इतने बड़े आयोजन को सम्पन्न करने में परेशानी तो होगी ही पर सरदार भला कठिनाईयों से भागने वाले हैं? यह स्थान रेलवे स्टेशन से 11 मील दूर है, यहाँ आने वाली सड़कें खस्ताहाल हैं, एक स्थान पर ताप्ती नदी पर पुल भी बनाना है, कई प्रकार की निर्माण सामग्री की व्यवस्था करनी है—काम-ही-काम है।"

"सरदार श्री के नेतृत्व में काम करने का आनन्द कुछ और है, जितेनभाई। हम सब लोग तन्मयता से लगे हैं", चमनभाई ने कहा, "कार्यकर्ताओं की कमी नहीं होगी, न उनका उत्साह कम होगा।"

चमनभाई का कहना सही था। देखते-देखते सारा इन्तज़ाम हो गया। सड़कों की मरम्मत हो गई, ताप्ती नदी पर एक अस्थायी पुल बना दिया गया, लोगों के आने-जाने के लिए 500 बसों की व्यवस्था कर दी गई, डाक-तार केन्द्र स्थापित किया गया, कंक्रीट के दो कुएँ बनाए गए जिनकी क्षमता प्रति घंटा 1 लाख गैलन पानी प्रदान करने की थी। सरदार श्री के प्रयास से किलिक निक्सन कम्पनी और एक्सेलसियर बिजली कम्पनी ने बिजली-आपूर्ति की व्यवस्था कर दी। दूध, दही, मक्खन की आपूर्ति के लिए 500 गाएँ खरीदी गईं। खाद्य पदार्थों की आपूर्ति का उत्तम प्रबन्ध किया गया। साफ-सफाई,शौचालय, आदि की सुविधा पर पूरा ध्यान दिया गया।

खादी के सामानों की आपूर्ति में भुवनभाई, चमनभाई और अन्य कई स्वयंसेवकों ने काफी काम किया। अधिवेशन स्थल पर खादी की एक आकर्षक प्रदर्शनी लगाई गई। साज-सजावट का काम आचार्य नन्दलाल बसु और उनके शिष्यों द्वारा अत्यन्त

कलात्मक ढंग से किया गया। विट्ठल नगर की शोभा देखते ही बनती थी। विट्ठल नगर में 50,000 लोगों के ठहरने की व्यवस्था थी और 2 लाख लोग अधिवेशन में भाग ले सकते थे।

कुछ समय के लिए मौसम ने भी अपनी बेरुखी दिखलाई, एक-दो दिनों तक खूब ठंडी हवा चली, कुछ कुटीरों की छत उड़ गई, कुछ लोग सर्दी-खांसी से परेशान हुए पर वहाँ मुस्तैद स्वयंसेवकों ने सब कुछ भली-भाँति सँभाल लिया।

सुभाष बाबू अधिवेशन के अध्यक्ष थे। इस अधिवेशन में कांग्रेस ने देशी रियासतों में रहने वाले लोगों के विषय में अपनी स्थिति स्पष्ट की जिसमें कहा गया— *कांग्रेस देशी रियासतों में रहने वाले लोगों के लिए उसी प्रकार की राजनीतिक, सामाजिक और आर्थिक स्वतंत्रता लाने हेतु प्रतिबद्ध है जैसी वह देश के अन्य लोगों के लिए चाहती है। ये राज्य देश के अभिन्न अंग हैं और इन्हें अलग नहीं किया जा सकता। कांग्रेस के पूर्ण स्वराज्य का उद्देश्य देशी रियासतों सहित पूरे देश के लिए है, क्योंकि स्वतंत्रता प्राप्ति पर भी देश की इसी अखंडता और एकता को बनाए रखना परमावश्यक है।*

यह महत्त्वपूर्ण निर्णय स्वतंत्रता प्राप्ति के उपरान्त एक संयुक्त भारत के निर्माण का का पूर्वाह्वान था।

लोगों ने अधिवेशन की सफलता का श्रेय श्री वल्लभभाई के कुशल प्रबन्धन को दिया। देश भर के प्रसिद्ध लोगों के मुख से अपने श्रध्येय नेता की प्रशंसा सुनकर चमनभाई का हृदय प्रफुल्लित हो उठा। उनकी सारी मेहनत सफल हो गई। श्री वल्लभभाई ने विनम्रतापूर्वक इस सफलता का श्रेय कार्यकर्ताओं को दिया। उन्होंने कहा कि हरिपुरा कांग्रेस की व्यवस्था में 8000 स्वयंसेवकों ने भाग लिया, जिनमें 2000 स्वच्छता बनाए रखने के काम में लगे थे।

उन्होंने मृदुला साराभाई और उनके दल की महिला स्वयंसेविकाओं के काम की बहुत प्रशंसा की। खान-पान की उत्तम व्यवस्था के लिए उन्होंने श्रीरविशंकर महाराज की तारीफ करते हुए प्रेमपूर्वक कहा कि वे गुजरात के महाराज हैं!

चमनभाई के लिए यह एक अत्यन्त महत्त्वपूर्ण अनुभव था।

# अध्याय : सत्रह

वर्ष बीतते गए, चमनभाई और उनके सहयोगी स्वराज के काम में तन्मयता से लगे रहे। ब्रिटिश सरकार दूसरे विश्व-युद्ध में अपनी स्थिति मजबूत करने के लिए भारत से संसाधन जुटाने में व्यस्त थी। वह भारत की स्वतंत्रता के विषय में कोई स्पष्ट आश्वासन नहीं देना चाहती थी, उलटे आन्दोलन की सफलता से हताश होकर, लोगों के बीच भाईचारे की भावना को कमजोर करने और उनकी एकता तोड़ने में लगी थी। जहाँ हिन्दुओं और मुसलमानों के बीच मतभेद नहीं था, वहाँ वह मतभेद पैदा करना चाहती थी, जहाँ कुछ मामूली मतान्तर था वहाँ उनके बीच फूट डालने में सक्रिय थी। गांधीजी एवं देश के अन्य नेताओं के लिए कठिन परिस्थिति उत्पन्न हो गई थी।

अक्सर ब्रिटिश सरकार स्वतंत्रता देने की बात टाल जाती थी। सरदार पटेल का धैर्य खत्म हो रहा था। वे कहते थे, ''हमारा संघर्ष कठिन होगा, हम स्वतंत्र होना चाहते हैं, हम अब और अधिक पराधीनता सहन नहीं कर सकते।''

कांग्रेस ने 8 अगस्त 1942 को भारत छोड़ो प्रस्ताव पारित कर अंग्रेजों को भारत छोड़ने को कहा। इस प्रस्ताव को पंडित जवाहरलाल नेहरू ने प्रस्तुत किया और प्रस्ताव के समर्थन में सरदार पटेल ने अपना प्रसिद्ध प्रभावशाली भाषण दिया। भारत को आजादी न देने के ब्रिटिश सरकार के रुख पर उन्होंने ब्रिटिश हुकूमत के दोमुँहेपन की धज्जी उड़ाते हुए कहा, ''हमने तिरिया—हठ, बाल-हठ, राज-हठ के बारे में सुना था। अब ब्रिटिश हुकूमत ने पीछे —हट का यह नए प्रकार का हठ निकला है।''

उन्होंने देशवासियों को आगाह करते हुए कहा, ''सरकार नेताओं को गिरफ्तार कर लेगी। वैसी स्थिति में हर देशवासी का कर्त्तव्य होना चाहिए कि वह दृढ़तापूर्वक अहिंसात्मक रूप से स्वाधीनता की लड़ाई लड़ता रहे, इस अवसर को व्यर्थ नहीं जाने देना चाहिए, यह हमारे जीवन-काल का एकमात्र अवसर है।''

लोगों ने लगातार करतल ध्वनि से उनके ओजस्वी भाषण का स्वागत किया।

गांधीजी, श्री वल्लभभाई और देश के प्राय: सभी बड़े नेता गिरफ्तार कर लिए गए। श्री वल्लभभाई अहमदनगर जेल में रखे गए थे। अपने प्रिय नेताओं की

गिरफ्तारी के विरुद्ध जन-आक्रोश उबल पड़ा था। लोग सरकारी सम्पत्ति की तोड़-फोड़ कर रहे थे, सरकार अत्यधिक बल प्रयोग कर रही थी। हजारों लोग मारे गए, इनसे कई गुना ज्यादा घायल हो गए। पर लोगों का उत्साह क्षीण होने की अपेक्षा बढ़ता ही जाता था। वे निर्भय होकर सरकार का विरोध कर रहे थे और देश के लिए मरने को तत्पर थे। सरकार का भय समाप्त हो गया था।

चमनभाई ने पूछा, ''क्या अब हम ब्रिटिश सरकार के हाथों से आजादी पाने की उम्मीद कर सकते हैं?''

जितेनभाई ने कहा, ''कहना मुश्किल है। वे लोग तो फूट डालो और राज करो की नीति पर काम कर रहे हैं। देखते-देखते उन्होंने हमारे देश में हिन्दुओं और मुसलमानों के बीच गहरी खाई खोद दी है, हमारी एकता तोड़ दी है। गांधीजी, श्री वल्लभभाई, नेहरूजी, राजेन्द्र बाबू, खान अब्दूल गफ्फार खाँ, मौलाना आजाद एवं अन्य नेता बहुत चिन्तित हैं। वे पारस्परिक सौहार्द्र बढ़ाने के लिए प्रयास करते हैं, उन्हें कुछ सफलता भी मिलती है, पर सरकार नई-नई चालें चलकर इस एकता को छिन्न-भिन्न कर देती है।''

सरकार ने शिमला में एक बैठक बुलाई, इसमें भाग लेने के लिए नेताओं को जेल से मुक्त कर दिया गया। सरदार पटेल को अहमदनगर से यरवदा जेल में स्थान्तरित कर दिया गया था। वहाँ से वे 15 जून 1945 को रिहा कर दिए गए।

यरवदा जेल से रिहा होने पर श्री वल्लभभाई ने अपने शुभचिन्तकों को आश्वस्त कर दिया कि उनका स्वास्थ्य अच्छा है, चिन्ता की कोई बात नहीं है। नेताओं के साथ-साथ, जितेनभाई, चमनभाई और अन्य कार्यकर्ताओं के लिए और पूरे देश के लिए यह एक शुभ-संवाद था।

जितेनभाई और चमनभाई बम्बई आए, उन्होंने 3 दीर्घ वर्षों के बाद अपने प्रिय नेता को देखा और उनका सिंह-गर्जन सुना। सरदार ने कहा कि देश में जो उत्साह है वह 8 अगस्त 1942 को पारित भारत छोड़ो प्रस्ताव की देन है। ब्रिटिश पार्लियामेंट में 1922 में दिए गए बयान का मानो जवाब देते हुए उन्होंने कहा कि इस बार कुत्ते भौंके और उन्होंने काटा भी!

श्री वल्लभभाई जान गए थे कि अब ब्रिटिश सरकार देश को आजादी देने में ज्यादा विलम्ब नहीं कर सकती। उन्होंने लोगों को पुनः आश्वस्त किया कि आजादी गरजती हुई बाढ़ की भाँति आने वाली है।

शिमला में वाइसराय लार्ड वेवेल ने एक कार्यकारिणी परिषद के गठन का प्रस्ताव दिया जिसमें हिन्दू और मुसलमानों की समान संख्या हो, एक हरिजन और कुछ अन्य अल्पसंख्यक भी उसके सदस्य हों और वाइसराय को वीटो का अधिकार हो।

वेवेल साहब के प्रस्ताव में दो असंगत बातें थीं—हिन्दुओं और मुसलमानों का बराबरी का प्रतिनिधित्व जो जनसंख्या के आधार पर अनुचित था और वाइसराय को

वीटो का अधिकार। आखिर कार्यकारिणी परिषद के निर्णय का क्या महत्त्व रह जाता जब वाइसराय को मनमानी करने की छूट दे दी गई हो! इस के बावजूद, कांग्रेस ने इसे स्वीकार कर लिया। पर जिन्ना साहब ने इसे अस्वीकार कर दिया। वे कहते थे कि कांग्रेस को मुसलमानों का प्रतिनिधित्व करने का कोई हक नहीं है, मुस्लिम लीग उनकी एकमात्र प्रतिनिधि संस्था है। इस प्रकार वाइसराय का यह प्रयास असफल रहा।

यरवदा जेल से रिहा होने के बाद, श्री वल्लभभाई अपने भाषणों में ज्यादा प्रखर और मुखर स्पष्टवादी हो गए थे! जब हिरोशिमा पर परमाणु बम द्वारा भीषण नरसंहार किया गया तो उन्होंने कहा, "असीम क्रूरता का यह प्रदर्शन किस सभ्यता की देन है? ब्रिटिश शासक हमें हिन्दू-मुस्लिम झगड़ों का उलाहना देते हैं, उनके कन्धों पर यह बोझ किसने दिया है?"

परिस्थिति तेजी से बदल रही थी। जापान ने आत्म-समर्पण कर दिया था। इंग्लैंड में टोरी सरकार की जगह लेबर सरकार आ गई थी और एटली साहब अब इंग्लैंड के प्रधान मंत्री थे। इस बदले हुए घटनाक्रम में भारत में स्वराज्य की आशा बढ़ गई थी। सभी जगह चर्चा का मुख्य विषय स्वराज्य ही था।

नन्दूभाई अपने किसी सम्बन्धी की शादी में बम्बई गए थे। वहाँ से लौटने के बाद उन्होंने कहा, "अब चुनाव की तैयारी चल रही है। सरकार ने केन्द्रीय और प्रान्तीय विधान सभाओं के लिए चुनाव करने की घोषणा की है।"

चुनाव की काफी चहल-पहल रही। कांग्रेस ने केन्द्रीय विधायिका में 56 और प्रान्तीय विधायिकाओं में 930 सीटें जीतीं। मुस्लिम लीग ने बादशाह खान के प्रभाव वाले उत्तर-पश्चिम क्षेत्र को छोड़ कर, अन्य मुस्लिम सीटों में भारी विजय हासिल की। उसने केन्द्रीय विधायिका में मुस्लिम कोटे की सभी 30 सीटें और प्रान्तीय विधायिकाओं में 507 में से 427 मुस्लिम कोटे की सीटें जीत लीं।

लीग ने बंगाल और सिंध में सरकार बनाई, कांग्रेस ने 8 प्रान्तों में अपनी सरकार बनाई और पंजाब में खिजिर हयात खान की सरकार की सहयोगी पार्टी रही।

जितेनभाई अपने परिवार के कार्य से बम्बई गए थे, वहाँ उन्हें व्यापार सम्बन्धी कुछ नए एग्रीमेंट बनाने थे। उन्होंने वहाँ से चमनभाई को खबर दी कि बम्बई में जहाजियों ने बगावत कर दी है और उनकी सहानुभूति में मिल श्रमिक भी हड़ताल कर रहे हैं, वहाँ स्थिति काफी गम्भीर है। करीब ढाई सौ लोग मारे गए हैं और हजार से भी ज्यादा घायल हैं।

कुछ दिनों बाद उन्होंने खबर दी कि सरदार के बीच-बचाव करने से शहर में शान्ति स्थापित हो पाई है।

लोगों ने चैन की साँस ली।

एक शाम नन्दूभाई उत्साह से भरी मुद्रा में चौरे पर आए। उन्होंने बताया, "हाल ही में एटली साहब ने भारत को स्वाधीनता देने के पक्ष में भाषण दिया था। अब कैबिनेट

मिशन भारत आ रहा है, जो कार्यकारिणी परिषद को अन्तरिम सरकार बनाने के विषय में कांग्रेस, मुस्लिम लीग एवं अन्य सम्बन्धित पक्षों से विचार विमर्श करेगा।''

जीवनभाई ने अपनी चिन्ता जताई, ''नन्दूभाई, क्या मुस्लिम लीग कभी समझौते की बात करेगी?''

नन्दूभाई ने कहा, ''जिन्ना साहब तो सिर्फ एक बात पर अड़े हैं—उन्हें पाकिस्तान चाहिए।''

''हाँ, अभी 9 अप्रैल को दिल्ली में मुस्लिम लीग की रैली में उन्होंने कहा कि उन्हें पंजाब, सिंध, बंगाल, आसाम, उत्तर पश्चिम, बलूचिस्तान को मिलाकर एक स्वतंत्र देश चाहिए। उन्होंने साफ-साफ कह दिया है कि वे संविधान सभा में भाग नहीं लेंगे।''

जीवनभाई ने कहा, ''उनके मुँह पर हमेशा ना, ना ही रहता है! इंसान कैसे बदल जाता है, जिन्ना साहब शुरू में कितना सहयोग देते थे, और आज....

नन्दूभाई ने कहा, ''उन्हें अंग्रेजों की गुप-चुप रूप से मदद हासिल है।''

चमनभाई अपने काम से अहमदाबाद गए थे। उन्होंने जितेनभाई को बहुत दुखी पाया। उनका हृदय रो रहा था। उन्होंने कहा, ''चमनभाई, हम आज़ादी की लड़ाई साथ-साथ लड़ रहे थे, अब तो हमारे हुक्मरानों ने हिन्दुओं और मुसलमानों के बीच काफी फूट डाल दी है। श्री वल्लभभाई इससे काफी दुखी हैं। कितने दुःख की बात है कि मुस्लिम लीग तो कांग्रेस को अपना सबसे बड़ा दुश्मन समझती है...''

चमनभाई ने बात काटकर कहा, ''और अंग्रेजों को अपना मित्र!''

जितेनभाई ने कहा, ''उनके बहकावे में आकर मुस्लिम लीग के नेता हिंसा और उपद्रव की धमकी देते हैं। गांधीजी, श्री वल्लभभाई, राजेन्द्र बाबू, जवाहरलालजी एवं कांग्रेस के अन्य सभी नेता चाहते हैं कि मुस्लिम लीग भारत का संविधान बनाने के लिए गठित विधायिका सभा में भाग ले, पर जिन्ना साहब को मनाने की सारी कोशिशें निष्फल हो रही हैं। वे कांग्रेस के किसी नेता की नहीं सुनते, वे भाग न लेने पर अड़े हैं।''

वहाँ उपस्थित एक व्यक्ति ने कहा, ''जिन्ना साहब एक बहुत चतुर व्यक्ति हैं। वे जानते हैं कि लगातार 'ना' कहते रहना उनके लिए फायदेमन्द है।''

जितेनभाई बोलते-बोलते काफी भावुक हो गए, उनका गला भर आया। उन्होंने भर्राये गले से कहा, ''मैं कल श्री वल्लभभाई से मिलने गया था। वे बीमार हैं, उनकी नाक की तकलीफ दूर नहीं हुई है। उन्हें बीमार देखकर बहुत दुःख होता है। मैंने उनसे कई बार कहा कि वे अपने स्वास्थ्य का ध्यान रखें पर वे मानें तब न! भगवान उन्हें जल्द स्वस्थ करें।''

चमनभाई भी अपने को रोक नहीं सके, ''जितेनभाई। आइए, हम उनके जल्द स्वस्थ होने के लिए ईश्वर से प्रार्थना करें।''

उन दोनों की चिन्ता अश्रु-सुमन बनकर ईश्वर के चरणों पर ढुलक पड़ी।

जितेनभाई ने कहा, ''इस बीमारी में भी वे हिन्दू-मुस्लिम एकता के लिए चिन्तित रहते हैं। वे कहते हैं कि अगर हम एक रहे तो हमें जल्द स्वराज्य मिल सकता है। पाकिस्तान की माँग को ब्रिटिश सरकार समर्थन और बढ़ावा दे रही है। वे कह रहे थे कि हिन्दुओं और मुसलमानों ने स्वराज की लड़ाई साथ-साथ लड़नी शुरू की थी, हम एक दूसरे पर इतना भरोसा करते थे, आज मुस्लिम-लीग कांग्रेस को अपना दुश्मन समझती है। लोगों के मन में प्रेम की जगह वैमनस्य भर गया है।''

हिन्दू-मुस्लिम समस्या ने पूरे देश में सद्भावना की जड़ हिला दी थी। गांधीजी, सरदार पटेल, राजेन्द्र बाबू, नेहरूजी, खान अब्दुल गफ्फार खान, मौलाना आज़ाद और कांग्रेस के अन्य सभी बड़े नेता एवं चमनभाई और उन जैसे अन्य कार्यकर्ता एकता बनाए लिए निरन्तर प्रयास कर रहे थे, पर मुस्लिम लीग को ब्रिटिश सरकार का समर्थन प्राप्त था। कांग्रेस ने क्रिप्स मिशन की अनुशंसा को अस्वीकार कर दिया था, पर विधायिका सभा के गठन पर सहमत थी।

कैबिनेट मिशन तो तीन महीने बाद इंग्लैंड वापस लौट गया पर इस तीन माह की राजनीतिक दाँव-पेच की अवधि में हिन्दुओं और मुसलमानों के बीच खाई बढ़ती ही गई।

इस बीच गांधीजी की इच्छा से पंडित नेहरू कांग्रेस अध्यक्ष बनाए गए जबकि प्रान्तीय समितियाँ सरदार पटेल को अध्यक्ष बनाना चाहती थीं। यह बात लगभग निश्चित ही थी कि कांग्रेस अध्यक्ष ही भारत का प्रधान मंत्री होगा। श्री वल्लभभाई ने बिना एक पल की हिचकिचाहट के बापू के निर्णय को स्वीकार कर लिया था!

एक दोपहर नन्दूभाई अत्यन्त चिन्तित अवस्था में चोरो पर आए। उन्होंने बताया, ''जिन्ना साहब ने आग उगली है। उन्होंने कहा है कि अब वे संवैधानिक तरीका छोड़ रहे हैं। वे हिंसा करने के लिए लोगों को उसका रहे हैं। उन्होंने 16 अगस्त को सीधी कार्रवाई का दिन नियत किया है। कलकत्ते में मुस्लिम लीग की सरकार ने उस दिन छुट्टी घोषित कर दी है। भारी हिंसा होने के भय से लोग बहुत आशंकित हैं।''

जीवनभाई ने कहा, ''भगवान से प्रार्थना है कि लोगों में सद्बुद्धि आए और वे हिंसा न करें।''

पर दुर्भाग्यवश वहाँ भारी हिंसा हुई। मानवता मर गई, शान्ति न जाने किस गह्वर में खो गई। लोग हिंसा के गहन तिमिर में दोषी-निर्दोष का भेदभाव भूलकर नृशंसता का वीभत्स नाच करने लगे।

नन्दूभाई ने बताया, ''कितने दुःख, आश्चर्य और चिन्ता की बात है कि वाइसराय और उनकी सरकार ने इस सीधी कार्रवाई को रोकने के लिए पर्याप्त उपाय नहीं किए। श्री वल्लभभाई ने क्रिप्स साहब को लिखा कि जब मुस्लिम लीग ने सीधी कार्रवाई की घोषणा की थी तब सरकार को उसे रोकने के लिए कठोर कदम उठाने

थे। अगर सरकार ने ऐसा किया होता तो बड़ी संख्या में जान-माल की हानि नहीं हुई होती। सरकार के रवैय्ये से तो इस सीधी कार्रवाई को प्रोत्साहन मिला।

जीवनभाई ने कहा, ''यही तो रोना है! देश हमारा है, वे बाहरी हैं, उन्हें यहाँ से शान्तिपूर्वक गरिमामय तरीके से चले जाना चाहिए। वे इस प्रकार का वातावरण बना चुके हैं कि हमें भाईचारा बनाए रखने में बहुत मुश्किल होगी। भाई-भाई के बीच फूट डालना कितनी बुरी बात है, यही काम कोई उनके देश में करे तो उन्हें कैसा लगेगा?''

नन्दूभाई ने कहा, ''लेकिन इसमें हमारी भी तो कमी है, हम सत्ता के लोभ में धर्म के आधार पर देश को बाँटने की जी-तोड़ कोशिश कर रहे हैं।''

जीवनभाई ने कहा, ''नन्दूभाई, अगर हमारा अपना राज होता तो क्या हम ऐसा होने देते? हमारे भाइयों को भी सोचना चाहिए न कि वे बाहरी हैं, हम अपनी समस्याएँ आपस में सुलझाने लगें, पहले हम मिल-जुलकर विदेशियों को देश छोड़ने पर मजबूर तो करें।''

जीवनभाई ने आसमान पर एक निराशा भरी दृष्टि डाली।

ब्रिटिश सरकार ने 2 सितम्बर 1946 को कांग्रेस को अन्तरिम सरकार बनाने के लिए आमंत्रित किया। वार्ताओं के दौर चलते रहे। अन्तरिम सरकार बनाने के विषय में कई तरह की खबरें रोज ही आती थीं। एक शाम नन्दूभाई ने बतलाया कि पंडित जवाहरलाल नेहरू जी ने अन्तरिम सरकार का गठन कर लिया है। इस सरकार में 12 मंत्री हैं, सरदार पटेल को गृह मंत्रालय और सूचना एवं प्रसारण मंत्रालय की जवाबदेही सौंपी गई है। लार्ड वेवेल मुस्लिम लीग को भी मंत्रिमंडल में शामिल करना चाहते है।''

''चलो, अपनी सरकार तो बन गई, अच्छा हुआ!'' एक ग्रामवासी ने कहा।

नन्दूभाई ने आगे बताया, ''मुस्लिम लीग गृह मंत्रालय चाहती है, पर श्री वल्लभभाई ने साफ-साफ कह दिया है कि अगर ऐसा हुआ तो वे इस्तीफा दे देंगे। पंडितजी ने भी वाइसराय को बता दिया है कि सरदार पटेल के बिना सरकार बनाने का सवाल ही नहीं उठता!''

''एकदम ठीक कहा पंडितजी ने। गृह मंत्रालय हाथ में आ जाने पर मुस्लिम लीग पूरे देश में तबाही मचा देगी, ''एक ग्रामवासी ने कहा, ''कलकत्ता याद है न!''

चमनभाई ने शंका व्यक्त की, ''क्या अब वे पाकिस्तान की माँग नहीं करेंगे?''

नन्दूभाई ने कहा, ''यही तो रोना है। उनके एक मंत्री गजनफ्फर अली ने कहा है कि वे लोग पाकिस्तान का लक्ष्य हासिल करने के लिए मंत्रिपरिषद में शामिल हो रहे हैं। लियाकत अली को वित्त मंत्रालय दिया गया है। मुस्लिम लीग के सभी मंत्री तो उनकी ही बात मानते हैं।''

जीवनभाई ने ऊपर एक निराशाभरी दृष्टि डाली, "देश की रक्षा करना, प्रभु!"

चमनभाई ने कहा, "इस अत्यन्त कठिन परिस्थिति में श्री वल्लभभाई गृह मंत्रालय के साथ-साथ सूचना और प्रसारण मंत्रालय का कार्य भी सँभाल रहे हैं। उनके कन्धों पर भारी जिम्मेवारी है।"

लेकिन वाइसराय का अच्छा प्रशासन देने का दावा बिलकुल खोखला साबित हुआ। पूर्व बंगाल के नोआखाली में बड़ी संख्या में हिन्दुओं की हत्या कर दी गई, मन्दिर तोड़ डाले गए और हिन्दू औरतों को जबरदस्ती मुसलमान बना दिया गया, गांधीजी शान्ति स्थापित करने के उद्देश्य से नोआखाली गए।

इस हिंसा की प्रतिक्रिया बिहार और उत्तरप्रदेश में हुई, जहाँ कई मुसलमान मारे गए। पंडितजी, सरदार पटेल, लियाकत अली एवं अन्य कई नेता एक साथ शान्ति स्थापित करने के लिए बिहार गए।

जिन लोगों ने उन्हें यातनाएँ दी थीं, जिन लोगों ने उनका अकारण अपमान और विरोध किया था, उन लोगों के साथ वैमनस्य और कटुता-रहित भाव से काम करना आसान नहीं था, पर श्री वल्लभभाई ने सहयोग और सहिष्णुता, सामंजस्य और त्याग की भावना से एक कर्मयोगी की तरह अपने गुरु दायित्व का निर्वाह किया। दिल्ली के 1, औरंगजेब रोड स्थित उनका आवास एक कर्म-मन्दिर था, वहाँ फटे-पुराने कपड़े पहने उनके पुराने सहयोगी उसी अधिकार से आते थे, जिस अधिकार से मंत्रीगण या उच्च कर्मचारी, नरेशों के प्रतिनिधि या अन्य अतिथि। मणिबेन अत्यन्त श्रद्धा और प्रेमपूर्वक अपने पिता का ख्याल रखती थीं।

सरदार पटेल ने काफी छान-बीन के बाद अपने सहयोगियों का चुनाव किया। वे स्वामी आनन्द को अपने साथ काम करने के लिए दिल्ली बुलाना चाहते थे, पर स्वामीजी संन्यास ले चुके थे। श्रीवल्लभभाई ने भारतीय सिविल सेवा के एक प्रतिभाशाली अधिकारी श्री विद्या शंकर को अपना सचिव नियुक्त किया और श्री वी.पी. मेनन को अपना सहयोगी बनाया जिन्होंने देशी राज्यों के भारतीय संघ में विलय में महत्त्वपूर्ण भूमिका निभाई। भारतीय सिविल सेवा के एक अधिकारी श्री हीरूभाई पटेल भी उनके विश्वस्त सहयोगी बने।

श्री वल्लभभाई अपनी देशभक्ति की धुन में अपने स्वास्थ्य की परवाह किया बिना अपना उत्तरदायित्व बड़ी निष्ठा से निभा रहे थे। गांधीजी उन्हें अपनी सेहत का ख्याल करने की सलाह बराबर दिया करते थे। एक बार उन्हें जन्म दिन की बधाई देते हुए गांधीजी ने कहा था, "वल्लभभाई, याद रखो कि हमें स्वराज्य पाने के पहले नहीं जाना है!"

श्री वल्लभभाई स्पष्टवादी थे, वे बिना लाग-लपेट के अपनी बात कहने से हिचकते नहीं थे। कुछ लोग मिर्च-मसाला मिलाकर उनकी बातें उछालते थे ताकि

सहयोगियों के बीच अविश्वास और भेद उत्पन्न हो। गांधीजी तक उनकी शिकायत पहुँचाई जाती थी। पर सरदार पटेल को सत्ता से कोई मोह नहीं था। वे देश-हित में अपना काम मुस्तैदी से करते रहते थे।

संविधान-सभा का काम दिसम्बर में शुरू हुआ पर मुस्लिम लीग इसमें सम्मिलित नहीं हुई। ब्रिटिश सरकार ने नेहरूजी, जिन्ना साहब, लियाकत अली, सरदार पटेल और श्री बलदेव सिंह को विचार-विमर्श के लिए इंग्लैंड आमंत्रित किया। सरदार पटेल ने इसमें भाग लेना स्वीकार नहीं किया, उन्होंने पंडितजी से भी आग्रह किया कि वे भी इसमें भाग न लें। पर वे न माने। बैठक में ब्रिटिश सरकार का दो मुँहापन स्पष्ट हो गया और उसका निर्णय जिन्ना साहब के मनोनुकूल हुआ।

ब्रिटिश सरकार ने यह भी घोषणा की कि ऐसी संविधान सभा द्वारा निर्मित संविधान जिसमें जनसंख्या का एक बड़ा अंश भाग नहीं ले रहा है, देश के उस हिस्से पर थोपा नहीं जा सकता जो इसके लिए इच्छुक नहीं है। सरदार पटेल के विचार से यह विश्वासघात था क्योंकि इस से पहले प्रधान मंत्री एटली कह चुके थे कि बहुसंख्यक के ऊपर वीटो लगाने का अधिकार अल्पसंख्यक को नहीं दिया जा सकता।

पाकिस्तान बनाने की पृष्ठभूमि तैयार हो चुकी थी।

श्री वल्लभभाई ने पूछा, "ब्रिटिश सरकार साफ-साफ बताए कि वह किस तारीख तक भारत छोड़ देगी?" उन्होंने अपनी ओर से 1 जनवरी 1948 की तिथि सुझाई।

संविधान सभा ने दिसम्बर में अपना काम शुरू कर दिया पर लीग ने इसका बहिष्कार किया। देशी रियासतों के प्रतिनिधि भी अपनी-अपनी गोटी बैठाने में लगे थे। उनके मन में स्वतंत्र रियासत का स्वामी बनने की तीव्र महत्त्वाकांक्षा थी, जिसकी पूर्ति में उनके चतुर प्रतिनिधि लगे हुए थे।

लीग के असहयोग ने सरकार में भी विषाक्त वातावरण बना दिया था, उसके इशारे पर कई कर्मचारी भी साम्प्रदायिक दुर्भावना से काम करते थे। वित्त मंत्री लियाकत अली साहब लगभग सभी प्रस्तावों को अस्वीकार कर देते थे, जिससे सरकार चलाने में काफी मुश्किलें आ रही थीं। लीग की नीति सरकार में रहकर सरकार को नहीं चलने देने और पाकिस्तान की माँग को स्वीकार कराने के लिए दबाव बनाने की थी।

इस बीच एटली साहब ने घोषणा की कि ब्रिटिश सरकार 1 जून 1948 से पहले भारतीयों के हाथों में राज-सत्ता सौंप देगी। यह सत्ता किन हाथों में सौंपी जाएगी, इसके लिए गोल-मोल शब्दावली का प्रयोग किया गया था। साथ ही यह घोषणा भी की गई कि लार्ड वेवेल की जगह लार्ड माउंटबेटन अब भारत के नए वाइसराय होंगे।

इस सार्वजनिक घोषणा से लोगों के मन में उत्साह भर गया—अब स्वतंत्रता का स्वर्णिम सुप्रभात मात्र 16 महीने दूर था। सदियों के संघर्ष और लाखों लोगों के त्याग के बाद वह मंगल वेला आने वाली थी, जिसकी प्रतीक्षा देश के करोड़ो हृदय आतुरता से कर रहे थे। जून माह में लॉर्ड माउंटबेटन ने अचानक कह दिया कि सत्ता का हस्तांतरण 15 अगस्त के आस-पास हो सकता है।

दुर्भाग्यवश, ब्रिटिश सरकार और मुस्लिम लीग की मिली-भगत ने ऐसी परिस्थिति उत्पन्न कर दी कि कांग्रेस को देश का विभाजन स्वीकार करना पड़ा। देश की विषम परिस्थिति को देखते हुए कांग्रेस की कार्यकारिणी समिति ने अत्यन्त दुख के साथ देश के विभाजन की योजना को स्वीकृति दे दी। देशप्रेमियों के लिए यह एक प्रबल आघात था। समिति के सदस्यों के हृदय दुख से व्याकुल थे, कई लोग बिलख-बिलखकर रो रहे थे और उस अत्यन्त गम्भीर वातावरण में सभी इस निर्णय से दुखी थे।

सरदार पटेल ने अपने व्यथा प्रकट करते हुए कहा, ''मेरा हृदय भारी है। हममें से कोई भी भारत का विभाजन नहीं चाहता, पर हमारे पास कोई चारा नहीं है। हमें एक बँटवारा और कई बँटवारों के बीच चुनाव करना पड़ रहा है। स्वतंत्रता मिलने वाली है, हमारे पास 75 से 80% भारत है, जिसे हमारे देश के लोग अपनी प्रतिभा से विकसित कर ले सकते हैं, लीग के हिस्से में आने वाले भाग को विकसित करने की जिम्मेवारी लीग की है।''

बादशाह खान, उनके भाई डॉ खान साहब, तसर सैफुद्दीन किचलू, मौलाना हिफजुर्रहमान, मौलाना आजाद, रफी अहमद किदवई आदि अनेक मुस्लिम देशभक्त दुःख से व्याकुल थे।

प्रकाश की स्वर्ण रश्मियों ने परतंत्रता के तिमिर से देश को मुक्ति दिलाई पर यह स्वर्णिम आभा कृष्ण मेघों से आच्छन्न भी थी। स्वतंत्रता का वह चिर-प्रतीक्षित सुप्रभात तो आया जिसके लिए लाखो लोगों ने कुर्बानियाँ दी थीं, पर लोगों की आँखों में आनन्द और दुःख दोनों के आँसू थे! उनके मन में उल्लास और उदासी का मिला-जुला भाव था।

जीवनभाई ने कहा, ''लाखों लोगों के त्याग और करोड़ो लोगों के संघर्ष से हमें आजादी मिली है। इसका सम्मान करो। ईश्वर करें यह विभाजन दो भाइयों के बीच बँटवारे जैसा हो, फिर हिन्दुस्तान-पाकिस्तान एक हो जाएँ। आखिर हम हैं तो भाई-भाई, क्या पता, भगवान हमें फिर एक कर दें। स्वतंत्रता का उल्लास मनाओ, गांधीजी और वल्लभभाई जी ने अपना वचन पूरा कर दिखाया, हमें स्वराज दिलवा दिया। भगवान उन दोनों को लम्बी आयु दें।''

नन्दूभाई ने स्वीकृति जताई, ''वे लोग संघर्ष करते-करते थक गए हैं, अब उन्हें थोड़ा आराम कर लेना चाहिए।''

नन्दूभाई को नहीं पता था कि स्वराज श्री वल्लभभाई के लिए और भी बड़ी जिम्मेवारियाँ ले आया है!

लोग बँटवारे के दु:ख से उबरने की कोशिश कर रहे थे। पर बँटवारे के कारण लोग बहुत बड़ी संख्या में अपना घर-द्वार छोड़ने को मजबूर हो गए थे। हिंसा की खबरें लगातार आ रही थीं जिसके कारण और हिंसा बढ़ रही थी।

साथ ही स्वतंत्रता के उल्लासमय वातावरण में लोगों में, देश के पुनर्निर्माण के प्रति उत्सुकता और उल्लास का भाव था।

सरदार पटेल एवं उनके अन्य सहयोगी सत्ता के हस्तांतरण के तैयारी में लग गए। इस जटिल कार्य में उनके सामने विभाजन की पेचीदगी के साथ-साथ देश की 565 रियासतों के विलय की बड़ी समस्या भी थी।

# भाग : दो

(1947-1952)

# अध्याय : एक

परिवार में सब लोग अपने-अपने काम में व्यस्त थे। जीवनभाई की देख-रेख में खेती का काम होता था, उनके छोटे बेटे नटुभाई उनकी मदद करते थे। भुवनभाई के बेटे किशनभाई दुकान के काम में हाथ बँटाने के लिए बारडोली चले गए थे। उन्होंने अपनी दूकान की बगल में घी, दही आदि की एक और दुकान खोल ली थी।

मुकुन्दभाई ने चमनभाई के बड़े बेटे कांतिभाई को अहमदाबाद में ही अनाज का निर्यात करनेवाली एक कम्पनी में काम दिलवा दिया था। वे पूरी लगन से अपना काम कर रहे थे और उनका सम्पर्क अनाज निर्यात करनेवाली अन्य बड़ी कम्पनियों से हो गया था। उनकी योजना भविष्य में अपना व्यवसाय शुरू करने की थी। चमनभाई के छोटे बेटे जयन्तीभाई आगे पढ़ाई करना चाहते थे। उनके एक मित्र के पिताजी एक सम्माननीय पत्रकार थे। जयन्तीभाई के मन पर उनके सरल, देशभक्तिपूर्ण और त्यागी व्यक्तित्व का बहुत प्रभाव पड़ा था। वे उनसे प्राय: मिलते थे और उनसे स्वतंत्रता आन्दोलन सम्बन्धी बातें किया करते थे। उनके प्रभाव से जयन्तीभाई के मन में भी पत्रकार बनने की इच्छा जाग्रत हो गई।

एक दोपहर को चमनभाई को जितेनभाई का एक पत्र मिला, उन्होंने अपने सभी साथी कार्यकर्ताओं को अहमदाबाद बुलाया था। चमनभाई और उमा को बहुत दिनों से अहमदाबाद जाने का मौका नहीं मिल पाया था। वे सोत्साह अहमदाबाद आए। जितेनभाई के घर कई सत्याग्रही मित्रों से उनकी मुलाकात हुई। उन्हें अपने पुराने दिन याद आ गए, जब उन लोगों ने देश की स्वतंत्रता के लिए संकल्प लिया था—उस समय वे नहीं जानते थे कि वे अपने जीवन काल में स्वराज्य की खुली हवा में साँस ले सकेंगे या नहीं! वे महात्मा गांधी, सरदार पटेल और अन्य नेताओं की बात मानकर उनके बताए हुए मार्ग पर चल रहे थे। अपने त्यागी और कर्मठ नेताओं पर उन्हें पूरा भरोसा था।

जितेनभाई ने सत्याग्रहियों के साथ-साथ अपने कुछ अन्य परिचितों को भी बुलाया था—मुकुन्दभाई, जानकी, लक्ष्मीबेन, गंगाबेन, देवकी और उसकी ससुराल के लोग भी उनमें सम्मिलित थे। जितेनभाई ने बड़े उत्साह से सबका स्वागत किया और उन्हें बधाई दी। अब स्वराज-प्राप्ति का लक्ष्य पूरा हो चुका था, लोग नए उत्साह से अपने-अपने कामों में लग गए थे।

जितेनभाई के यहाँ सब लोग गांधीजी और सरदार पटेल के विषय में जानने को उत्सुक थे। जितेनभाई उनसे मिलकर हाल ही में लौटे थे। उन्होंने बताया, "दिल्ली में सभी व्यस्त और परेशान हैं। भारी संख्या में लोग अपने पुरखों की भूमि छोड़कर किसी अज्ञात शरणस्थली को जा रहे हैं। वे साधनहीन और निराश हैं, कई लोगों ने अपने प्रिय जनों को सदा के लिए खो दिया है। इन सब लोगों के लिए पुनर्वास की समस्या है, उनके लिए आवश्यक साधन जुटाने की जवाबदेही है और देश में शान्ति बनाए रखनी है। हिंसा से प्रभावित लोगों की बातें सुनकर लोग उत्तेजित हो जाते हैं और हिंसा की नई समस्या खड़ी हो जाती है।"

एक कार्यकर्ता ने कहा, "यह सब बँटवारे के कारण हुआ है। क्या मिल गया लोगों को इस खूनी बँटवारे से?"

उसके मित्र कार्यकर्ता ने कहा, "यही तो समझ में नहीं आता। इतने बेगुनाहों का खून बहाया गया, कितने लोगों के घर बार उजड़ गए। लोगों में फूट और वैमनस्य का विष घोल दिया गया। सदियों से चलती आ रही सामाजिक समरसता को खत्म कर दिया गया। क्या मिला इससे?"

जितेनभाई ने कहा, "यही तो रोना है! अब भी तो देश में शान्ति हो, लोगों में भाईचारा बढ़े। गांधीजी, सरदार, श्री राजेन्द्र बाबू, नेहरूजी, मौलाना आज़ाद तथा देश के सभी नेता शान्ति की अपील कर रहे हैं। अभी तो देश में शान्ति-व्यवस्था स्थापित करना और इसे संगठित करना बहुत बड़ा काम है। सरदार पटेल के सर पर बहुत जिम्मेवारी है। वे उप-प्रधानमंत्री हैं, गृह-मंत्री के रूप में कानून-व्यवस्था एवं शान्ति स्थापना उनका बड़ा उत्तरदायित्व है। उन्हें नई सरकार को चलाने के लिए प्रशासनिक व्यवस्था कायम करनी है। काम ही काम हैं। पर वे अपनी अद्‌भुत कार्यक्षमता से इन सारे और कई अन्य महत्त्वपूर्ण दायित्वों को एक साथ निभा रहे हैं।"

उमा ने पूछा, "क्या वे अहमदाबाद आने वाले हैं?"

जितेनभाई ने कहा, "वे यहाँ आना और लोगों से मिलना चाहते हैं, पर वे इतने व्यस्त हैं कि अपनी इच्छा से कहीं आने-जाने की नहीं सोच सकते! मैं कुछ-कुछ दिनों के अन्तर पर उनसे मिलने दिल्ली जाता रहूँगा।"

जितेनभाई से विदा लेने के बाद मुकुन्दभाई, उमा और चमनभाई के साथ तीन-चार दिनों के लिए रुक गए। कैलाशभाई अब थक गए थे, उनका शरीर साथ नहीं दे रहा था, उनकी आँखों की रोशनी कम हो गई थी और उनके घुटनों में दर्द रहा करता था। वे अपने काम से छुट्टी पाना चाहते थे।

मुकुन्दभाई ने चमनभाई से पूछा, "क्या तुम वापस अहमदाबाद आ सकते हो? तुम अगर यहाँ का काम सँभाल लो तो मैं निश्चिन्त हो जाऊँगा। तुम्हारे बच्चों के लिए तुम लोगों का यहाँ आ जाना बहुत अच्छा रहेगा, उमा भी यहाँ कुछ सामाजिक कार्य कर पाएगी।"

प्रस्ताव अच्छा था। पर चमनभाई को जीवनभाई और भुवनभाई की अनुमति लेनी होगी।

जीवनभाई निराश और दुखी हुए, पर वे समय की माँग को समझते थे और चमनभाई के रास्ते में बाधक बनना नहीं चाहते थे। जीवनभाई अब काफी बुजुर्ग हो गए थे और इच्छा थी कि उनके सभी परिवार के सभी लोग हमेशा उनके साथ रहें। उनके बेटे नटुभाई और भतीजे उनका साथ देते थे, पर जीवनभाई अपने दोनों भाइयों को भी अपनी आँखों के सामने रखना चाहते थे। दुर्भाग्यवश, ऐसा सम्भव नहीं था। दमयन्ती और यशोदा भी उमा को जाने देना नहीं चाहती थीं, उमा उनसे काफी घुल-मिल गई थी, वह परिवारमें हमेशा एक मधुर वातावरण बनाए रखती थी। काम की व्यस्तता में भी उसके चेहरे पर प्रसन्नता और सन्तोष के स्थिर आभा दमकती रहती थी।

जीवनभाई ने अनिच्छापूर्वक अपनी सहमति दे दी। चमनभाई के बेटे कांतिभाई और बेटी देवकी की उम्र विवाह करने योग्य हो गई थी। जीवनभाई ने कहा कि चमनभाई देवकी की शादी होने के बाद अहमदाबाद जाएँ। लक्ष्मी अपने रिश्ते के एक लड़के के साथ देवकी की शादी की बात चला रही थी।

उसके दूर के रिश्ते के एक भाई हैदराबाद की एक कंस्ट्रक्शन कम्पनी में काम करते थे। उन्होंने उसी कम्पनी में ही अपने बेटे को नौकरी में लगवा दिया था। लक्ष्मी की मदद से उस लड़के से देवकी की शादी पक्की हो गई, देवकी के लिए एक अच्छा वर-परिवार मिल गया। एक सादे समारोह में देवकी की शादी हो गई।

अब चमनभाई और उमा के लिए अहमदाबाद जाने का समय आ गया था। दमयन्ती और यशोदा उन्हें विदा देते समय बिलख-बिलखकर रोने लगीं। चमनभाई और उमा ने उन्हें आश्वासन दिया कि वे पूर्व की भाँति रास आते रहेंगे।

चमनभाई को अपना काम सँभालने में तनिक दिक्कत नहीं हुई, वे इस काम को पहले भी कुशलतापूर्वक कर चुके थे। अब तो उन्हें और भी अनुभव प्राप्त हो गया था और कई नए व्यापारियों से उनकी पहचान हो गई थी। अहमदाबाद उनका परिचित और प्यारा शहर था जहाँ उन्होंने अपनी नौकरी शुरू की, जहाँ उनका परिचय जितेनभाई से हुआ, जहाँ वे सत्याग्रही बने, उन्हें श्री वल्लभभाई का आशीर्वाद मिला, जहाँ जीवन संगिनी उमा से वे पहली बार मिले-जीवन के ये सारे महत्त्वपूर्ण क्षण चमनभाई को याद आने लगे। अहमदाबाद तो उनकी कर्मभूमि है।

खेती और व्यवसाय में काफी तेजी आ गई थी, चमनभाई भी अपने काम को और भी सुनियोजित तरीके से करने में लग गए थे। चमनभाई और उमा के अहमदाबाद आ जाने से उनके बेटे कांतिभाई को बहुत मदद मिली। जितेनभाई की मदद से जयन्तीभाई को पत्रकारिता के पाठ्यक्रम में प्रवेश मिल गया।

अपने साथियों के आग्रह पर जितेनभाई हर सप्ताह अपने घर पर एक बैठक का आयोजन करने लगे। यहाँ पुराने कार्यकर्ताओं को एक दूसरे से मिलने का अवसर

मिलता था और उन्हें देश में होने वाली महत्त्वपूर्ण घटनाओं की जानकारी भी प्राप्त होती थी। जितेनभाई के पुराने मित्र दिनेशभाई एक गुजराती समाचार पत्र प्रकाशित करना चाहते थे, वे भी अपने कुछ मित्रों के साथ बैठक में भाग लेते थे। इन सब लोगों की इच्छा गांधीजी और सरदार पटेल के विषय में और देश में होने वाली घटनाओं के विषय में जानने की रहती थी। कभी-कभी जितेनभाई कुछ अन्य लोगों को भी आमंत्रित कर लेते थे ताकि उन्हें ताजा जानकारी मिल सके।

जितेनभाई एक सप्ताह के लिए दिल्ली गए थे, वहाँ से लौटकर उन्होंने बताया—"संविधान बनाने का काम जोरों से हो रहा है। सम्माननीय डॉ. राजेन्द्र प्रसाद जी संविधान सभा के निर्विरोध अध्यक्ष चुने गए हैं। श्री वल्लभभाई के जिम्मे कई महत्त्वपूर्ण उप-समितियों का कार्य है। वे मौलिक अधिकार समिति तथा अल्पसंख्यक अधिकार समिति के अध्यक्ष हैं। देश के उप-प्रधान मंत्री के रूप में उनकी जिम्मेवारियाँ और भी बढ़ गई हैं, शरणार्थी पुनर्वास, देश में कानून-व्यवस्था और शान्ति बनाए रखने के उत्तरदायित्व अपने आप में अहम हैं, कटु सम्भाषणों और हिंसा से प्रभावित वातावरण में ये समस्यायें और भी विकट हो गई हैं।"

जितेनभाई ने आगे बताया, "किन्तु वे कठिन परिश्रम कर रहे हैं। उनके प्रयास से अल्पसंख्यक समिति ने अलग मताधिकार की व्यवस्था की बात छोड़ दी है।"

"पर उनके जिम्मे इन सबसे भी अधिक महत्त्वपूर्ण कार्य है—देशी रजवाड़ों का भारत के साथ एकीकरण।"

जितेनभाई ने बताया कि 27 जून 1947 को सरकार ने देशी रियासतों से सम्बन्धित विषयों के लिए एक नया विभाग बनाने का निर्णय लिया है जिसके अनुसार 5 जुलाई से इस विभाग ने अपना कार्य करना प्रारम्भ कर दिया है। इस विभाग के प्रमुख श्री वल्लभभाई हैं। गांधीजी ने स्वयं कहा है कि इस कार्य के लिए सरदार सबसे योग्य व्यक्ति हैं।

जितेनभाई ने बताया, "श्री वी. पी. मेनन इस विभाग के सचिव और श्री सी.सी. देसाई अतिरिक्त सचिव हैं, श्री विद्या शंकर उनके मुख्य सहयोगी हैं। सरदार पटेल ने देशी राजाओं को सहयोग और मधुर सम्बन्ध बनाने पर जोर दिया है। उन्होंने देशी रियासतों के लिए अपने नए विभाग की ओर से एक वक्तव्य भी जारी किया है जिसमें उन्होंने कहा है कि देश अभी एक अत्यन्त महत्त्वपूर्ण परिस्थिति से गुजर रहा है। हम अपने संयुक्त प्रयासों द्वारा देश को नई ऊँचाईयों तक ले जा सकते हैं, पर साथ ही एकता की कमी हमें अत्यन्त संकटपूर्ण स्थिति में भी धकेल सकती है।"

जितेनभाई ने आगे कहा, "उन्होंने देशी रियासतों से सहयोग की आशा जताई है और यह भी स्पष्ट किया है कि हमारे पास सहयोग के सिवा कोई अन्य चारा नहीं है। इसके अभाव में अराजकता और अव्यवस्था की स्थिति आ जाएगी जो बड़े, छोटे सबके लिए विनाशक सिद्ध होगी। हमें ध्यान रखना चाहिए कि आने वाली सन्ततियाँ

हमें इस बात के लिए दोषी न ठहराएँ कि हम इस महत्त्वपूर्ण अवसर का लाभ न उठा सके। हमें तो आने वाली पीढ़ियों के लिए पारस्परिक लाभ का एक ऐसा उत्तराधिकार छोड़ना चाहिए जो हमारी इस पवित्र भूमि को विश्व के देशों में उपयुक्त स्थान दिला सके और हमारे देश में शान्ति और समृद्धि का वास हो।''

जितेनभाई ने बताया कि विभाग के जन्म के साथ ही सहयोग की भावना जगाने का कार्य प्रभावशाली सिद्ध हुआ और कई रियासतों ने सहयोग का मन बना लिया। सरदार पटेल ने अपने घर पर राजाओं और उनके सहायक मंत्रियों की बैठक भी बुलाई और विलय की प्रक्रिया को आगे बढ़ाने के लिए बातचीत हेतु अनुकूल परिस्थिति भी तैयार कर दी।

जितेनभाई ने कहा, ''इन सब एवं कई अन्य कामों में वे बहुत व्यस्त हैं। सरकारी विभागों के बँटवारे का जटिल काम भी उनके निदेशन में तेजी से चल रहा है। समस्याएँ अनेक और बहुत जटिल हैं और समय काफी कम, पर श्री वल्लभभाई, उनके सहयोगी इस कठिन कार्य करने में जी-जान से लगे हैं। उनका उत्साह और उनकी ऊर्जा के क्या कहने! वे तो जवानों से ज्यादा फुर्ती से काम करते हैं और सम्बन्धित कामों में उनकी समझ का लोग लोहा मानते हैं। कई विषयों में तो उनकी जानकारी सम्बद्ध विभागों के विशेषज्ञ अधिकारियों से भी ज्यादा है। लगभग दो-ढाई माह में ही बँटवारे-सम्बन्धी कामों को पूरा करना है!''

दिनेशभाई ने याद दिलाई, ''रियासतों की संस्था चैम्बर ऑफ इंडियन प्रिंसेस के अध्यक्ष के रूप में भोपाल के नवाब ने तो कैबिनेट मिशन प्रस्ताव का विरोध किया था और वे रियासतों को सलाह दे रहे थे कि वे विधायिका सभा में भाग न लें।''

जितेनभाई ने कहा, ''हाँ, पर श्री वल्लभभाई के प्रयासों से कई रियासतों ने अपने प्रतिनिधि भेजे हैं। पिछली 28 अप्रैल को बड़ोदा, बीकानेर, पटियाला, रीवा, कोचीन और जयपुर के प्रतिनिधि विधायिका सभा में सम्मिलित हो गए हैं।''

दिनेशभाई ने पूछा, ''और जोधपुर?''

जितेनभाई ने बताया, ''जिन्ना साहब जोधपुर रियासत का पाकिस्तान में विलय कराने के लिए काफी कोशिश कर रहे हैं। उन्होंने इस हेतु उन्हें कई सुविधाएँ देने का वादा किया है। जिन्ना साहब ने तो यह भी कह दिया है कि वे पाकिस्तान में शामिल होने वाले रजवाड़ों को स्वायत्तता दे देंगे। यह भी सुना जाता है कि उन्होंने जोधपुर रियासत को सादा कागज देकर कहा है कि महाराजा साहब अपनी जो भी शर्तें लिखना चाहें लिख दें, वे उन शर्तों को मंजूर कर लेंगे। सर कॉर्नफील्ड और ब्रिटिश हुकूमत में पाकिस्तान से सहानुभूति रखने वाले अन्य कई लोग पंडितजी और श्री वल्लभभाई के लिए समस्याएँ खड़ी करते रहते हैं। सरदार को तो एक साथ कई समस्याओं को हल करना पड़ता है।''

दिनेशभाई ने कहा, "लेकिन 3 जून को तो ब्रिटिश हुकूमत ने घोषणा कर दी है कि 15 अगस्त 1947 को पारामॉन्ट्सी समाप्त हो जाएगी और रियासतों को भारत या पाकिस्तान प्रभुसत्ता में शामिल होने की छूट होगी। इसका फायदा उठाने के लिए रियासतों के लोग काफी कोशिश कर रहे हैं।"

जितेनभाई ने कहा, "लोग नहीं, शासक या उनके मंत्रीगण! वे लोग अपनी-अपनी चालें चल रहे हैं! अभी त्रावणकोर के दीवान सर सी. पी. रामास्वामी अय्यर ने घोषणा कर दी है कि त्रावणकोर राज्य भारत या पाकिस्तान किसी में नहीं मिलेगा-वह स्वतंत्र रहेगा! उन्होंने पाकिस्तान में अपना वाणिज्य प्रतिनिधि नियुक्त करने की घोषणा भी कर दी है!"

चमनभाई ने कहा, "यह तो बड़ी चिन्ता का विषय है!"

दिनेशभाई ने कहा, "सरदार के माथे पर एक और बड़ी जिम्मेवारी बढ़ी।

जितेनभाई ने आश्वस्त किया, "उन पर ही तो हमारी सारी उमीदें टिकी हैं। मैं कल दिल्ली जा रहा हूँ, वापस आने पर आप लोगों को वर्तमान परिस्थिति की जानकारी दूँगा। मेरे साथ दिनेशभाई भी जा रहे हैं, हम लोग वहाँ का पूरा हाल लेने की कोशिश करेंगे।"

जितेनभाई ने लौटने पर बताया कि श्री वल्लभभाई के घर 1, औरंगजेब रोड पर लोगों का आना-जाना लगा रहता था। इस बीच कई राजघरानों के प्रमुख और उनके मंत्रियों सलाहकारों आदि से उनकी वार्ता हुई। इन वार्ताओं का उद्देश्य था—तीन मुख्य विषयों-सुरक्षा, विदेश और संचार के नियंत्रण के आधार पर भारत में विलय तथा यथास्थिति समझौते पर हस्ताक्षर।

दिनेशभाई ने कहा, "सरदार ने अपनी विलक्षण सूझ-बूझ, अपने प्रभावशाली व्यक्तित्व, अपने व्यक्तिगत सम्बन्धों और अपनी व्यावहारिक नीतियों के सम्मिलित प्रभाव से राजाओं पर अमिट छाप छोड़ी है।"

जितेनभाई ने बताया, "सरदार वल्लभभाई एक संयुक्त एवं मजबूत भारत के निर्माण के लिए सतत प्रयत्नशील हैं। उनके प्रयास से दिनांक 25 जुलाई को कई राज्यों के शासकों, उनके मंत्रियों और सलाहकारों के साथ एक सभा का आयोजन किया गया। सरदार और उनके सहयोगी इस महत्त्वपूर्ण आयोजन को सफल बनाने के लिए बहुत परिश्रम कर रहे थे, सम्मलेन के एक दिन पूर्व उनकी राजाओं और उनके प्रतिनिधियों के साथ अलग से मीटिंग हुई।"

"इस सभा में भाग लेने वाले कई लोग पाकिस्तान के साथ थे। वे भारत के हितों के विरुद्ध काम करने से बाज नहीं आते। सभा को सफल बनाने के उद्देश्य से सरदार पटेल ने स्वयं इस सभा में भाग लेने का निर्णय लिया और इसकी अध्यक्षता के लिए उन्होंने मंत्री परिषद से वाइसराय लॉर्ड माउंटबेटन के नाम की स्वीकृति ले ली। ये दोनों निर्णय बहुत उपयोगी सिद्ध हुए। सरदार और उनके

सहयोगी औपचारिक और अनऔपचारिक तौर पर राजाओं और उनके प्रतिनिधियों से मिलते रहे और भारत में उनके विलय की पृष्ठभूमि बनाते रहे। उनके प्रयासों के कारण ही 25 जुलाई की सभा काफी सफल रही।''

''एक भव्य समारोह के साथ इस सभा का आरम्भ किया गया। लॉर्ड माउंटबेटन ने एक अत्यन्त प्रभावकारी भाषण में कहा कि रियासतों को सुरक्षा, विदेश और संचार सम्बन्धी विषयों के आधार पर बने विलय-पत्र पर हस्ताक्षर करने की स्वतंत्रता है। भौगौलिक स्थिति के अनुसार अधिकांश रियासतें भारत के साथ सम्बद्ध हैं। यदि वे रियासतें भारत के साथ विलय पत्र पर हस्ताक्षर करना चाहती हैं तो उन्हें यह काम 15 अगस्त से पूर्व कर लेना चाहिए।''

चमनभाई ने आशा व्यक्त की ''उनके वक्तव्य का तो बहुत अच्छा प्रभाव पड़ा होगा।''

''हाँ, यह सरदार की एक और महत्त्वपूर्ण सफलता है, ''जितेनभाई ने सहमति जताई।''सरदार ने कई नरेशों को अपने घर आमंत्रित किया। पटियाला और जोधपुर के महाराजा एवं अन्य कई प्रमुख शासक उनके घर आए।''

दिनेशभाई ने कहा, ''और नवानगर के जामसाहब भी महारानी साहिबा के साथ उनके दिल्ली आवास पर आए और वहाँ उन्होंने सरदार श्री के साथ भोजन भी किया।''

वहाँ उपस्थित सभी लोग इस बात को सुनकर काफी खुश हुए। चमनभाई ने कहा, ''यह तो बहुत प्रसन्नता की बात है। सरदार ने 1939 में राजकोट सत्याग्रह के दौरान हुई वारदात की गाँठ नहीं बाँधी।''

जितेनभाई ने कहा, ''उन्होंने स्वयं जामसाहब और महारानी साहिबा को, जामसाहब के भाई हिम्मतसिंघजी के माध्यम से सादर निमंत्रण भेजा था। वे लोग उत्साहपूर्वक आए और उन्होंने बड़े आनन्द और आत्मीयता से सरदार साहब का आतिथ्य ग्रहण किया।''

चमनभाई ने कहा, ''जामसाहब का सभी सम्मान करते हैं, काठियावाड़ के राज घरानों में तो उनकी बहुत प्रतिष्ठा है।''

जितेनभाई ने बताया, ''जामसाहब ने सरदार को आश्वासन दिया है कि वे देशी रियासतों के भारत में विलय के लिए उनकी पूरी मदद करेंगे।''

उपस्थित लोगों ने करतल ध्वनि से इस सुसंवाद का स्वागत किया।

जितेनभाई ने कहा, ''इसे सरदार की एक और महत्त्वपूर्ण उपलब्धि समझो।''

चमनभाई अपने को रोक नहीं सके। उन्होंने अपनी श्रद्धा व्यक्त की, ''यह हमारा सौभाग्य है कि हमें उनके जैसा नेता मिला है।''

जितेनभाई ने कहा, ''यह सरदार की दूरदर्शिता का परिणाम है। पहले तो उन्होंने अपनी ऐसी टीम चुनी जो अपने काम में काफी माहिर, चुस्त, ईमानदार और

विश्वसनीय है। श्री वी.पी. मेनन गवर्नर जेनरल लॉर्ड माउंटबेटन के वैधानिक सलाहकार थे, उन्हें रियासतों के विभाग–स्टेट्स डिपार्टमेंट–का सचिव बनाना बहुत सही निर्णय था। विभाग के अतिरिक्त सचिव श्री सी. सी. देसाई एक योग्य आई. सी. एस. अफसर हैं, अन्य अधिकारी भी काफी सोच समझ के बाद इस विभाग में लाए गए हैं। सरदार के निजी सचिव श्री विद्या शंकर एक कुशल, योग्य और सम्माननीय आई.सी.एस अधिकारी हैं। उनकी अनुशंसा श्री मोरारजीभाई ने की है। फिर सरदार स्वयं हर मामले की तह में जाते हैं, सारी बातों को समझने के बाद निर्णय लेते हैं। उनका व्यक्तित्व, उनका त्याग, उनकी दूरदर्शिता, कर्मठता और सही समय पर उचित निर्णय लेने की उनकी क्षमता सभी को ज्ञात है।''

जितेनभाई के मित्र प्रभुभाई ने कहा, ''समय तेजी से भाग रहा है। इतने रजवाड़ों का विलय कराना बहुत मुश्किल काम है। उधर जिन्ना साहब कई रियासतों को पाकिस्तान में सम्मिलित होने के लिए पूरा जोर लगा रहे हैं, ब्रिटिश हुकूमत में उनके शुभचिन्तक भी हैं। उनके दाँव-पेंच को समझना जरूरी है।''

दिनेशभाई ने सहमति जताई, ''सही बात है, प्रभुभाई। पर सरदार पर हमें पूरा भरोसा है, वे इन बातों को अच्छी तरह समझते हैं। जो भी जवाबदेही उनको दी जायगी वे उसे अच्छी तरह निभाएँगे और हर समस्या का उचित समाधान निकाल लेंगे।''

जितेनभाई ने कहा, ''समस्याएँ तो अनेक हैं और प्राय: हर समस्या जटिल है। पर यह बताओ कि क्या सरदार के हाथों में कभी हल्की समस्याएँ भी दी गई हैं? उन्हें तो हमेशा चुनौतीपूर्ण कार्य करने पड़े हैं, वह भी एक सुनिश्चित और लगभग अव्यावहारिक समय सीमा के अन्दर! पर उन्होंने सारे कार्य कुशलतापूर्वक सम्पन्न किए हैं, यही तो उनकी विशेषता है। उनकी योग्यता से हम सब परिचित हैं।''

जितेनभाई ने अपने थैले में से एक कागज निकाला और कहा, ''लो सुनो, उन्होंने क्या कहा है।''

जितेनभाई ने उत्सुक श्रोताओं पर दृष्टि डाली और कहा, ''उन्होंने कहा है कि राजनीतिक अखंडता की कमजोरी के कारण हमारे देश पर लगातार आक्रमण होते रहे, हमारी आपसी ईर्ष्या, फूट और आन्तरिक झगड़ों के कारण हमारा पतन हुआ और हम कई बार विदेशियों के गुलाम हुए। अब हमें ऐसा नहीं होने देना है।''

प्रभुभाई ने कहा, ''बिलकुल सही है, लोग अब भी तो चेत जाएँ।''

उपस्थित श्रोताओं में से किसी ने जोर से कहा, ''अब हम ऐसा कभी नहीं होने देंगे।''

जितेनभाई ने उसकी प्रशंसा करते हुए कहा, ''एकता हमारी शक्ति है और फूट कमजोरी। हमें एक और मजबूत रहना है।''

चमनभाई ने कहा, ''सरदार की चेतावनी बहुत सामयिक है। एकता की कमी ने ही तो हमें गुलाम बनाया और इतने दिनों तक पराधीन बनाए रखा। अब हमें

अपनी एकता और मजबूत करनी है ताकि कोई भी विदेशी ताकत हमें हानि नहीं पहुँचा सके।''

जितेनभाई ने बताया, ''श्री वल्लभ भाई ने लिखा है कि विभिन्न रियासतों और पूरे देश की सुरक्षा के लिए यह आवश्यक है कि देश के विभिन्न भागों में एकता हो।''

दिनेशभाई ने कुछ रियासतों की मनोवृत्ति भी बताई, ''पारामॉन्ट्सी की समाप्ति के बाद कुछ रजवाड़े अपनी सम्प्रभुता के लिए प्रयत्नशील हैं। कुछ रियासतें मिलकर अपना एक राज्य भी बनाना चाहती हैं। कई तरह की अटकलें लगाई जा रही हैं।''

प्रभुभाई ने कहा, ''ब्रिटिश सरकार ने रियासतों को अपने नियंत्रण में रखने के उद्देश्य से पारामॉन्ट्सी की व्यवस्था की थी। श्री वल्लभभाई ने याद दिलाई है कि पारामॉन्ट्सी की तो परिभाषा भी नहीं दी गई है ताकि इसे इच्छानुसार अपने लाभ के लिए काम में लाया जा सके। पारामॉन्ट्सी तो सहयोग का नहीं, नियंत्रण का माध्यम है।''

जितेनभाई ने अपने कागजों पर दृष्टि डालते हुए कहा, ''हम सब को अपने इस महान देश का वासी होने का गौरव है। यह मात्र संयोग है कि कुछ लोग ब्रिटिश भारत में रहते हैं और कुछ रियासतों में। हम सब खून और भावना के रिश्ते से जुड़े हैं। हमें कोई अलग-अलग खण्डों में बाँट, नहीं सकता, हमारे बीच कोई दुर्भेद्य दीवार खड़ी नहीं की जा सकती।''

श्री वल्लभभाई ने शासकों से मित्रतापूर्ण आग्रह किया है, ''मैं अपने मित्रों, रियासतों के शासकों एवं उनके लोगों को विधायिका सभा में मित्रता और सहयोग की भावना से भाग लेने को आमंत्रित करता हूँ। यह भावना अपने देश के प्रति हमारी संयुक्त प्रतिबद्धता से प्रेरित है और हम सब के भले के लिए है।'' चमनभाई ने अपनी भावना व्यक्त की, ''श्री वल्लभभाई ने आत्मीयतापूर्वक सहयोग का आह्वान किया है।''

प्रभुभाई ने कहा, ''उन्होंने यह भी स्पष्ट कर दिया है कि सम्प्रभुता तो लोगों में, जनता में निहित है, किसी एक शासक में नहीं।''

दिनेशभाई ने याद दिलाई, ''और वे यह भी समझा चुके कि सहयोग का विकल्प अराजकता है जिसमें बड़े-छोटे सब का अहित है।''

जितेनभाई ने कहा, ''सरदार का आह्वान देशभक्ति, मैत्री और सद्भावना से पूर्ण है। वे सब को एकजुट होकर देश में शान्ति और समृद्धि लाने के लिए आमंत्रित करते हैं।''

प्रभुभाई ने अपनी बात रखी, ''रियासतों को तो अपने ही हित में भारत में सम्मिलित हो जाना चाहिए। उनकी प्रजाएँ ब्रिटिश भारत में रहने वालों से भिन्न नहीं हैं। कई रियासतों में तो प्रजा ने स्वतंत्रता आन्दोलन में उत्साहपूर्वक भाग लिया है।''

जितेनभाई ने कहा, ''श्री वल्लभभाई और उनकी टीम के सभी सदस्य पूरी निष्ठा से राज्यों के विलय के कार्य में लगे हैं। सरदार के व्यक्तिगत प्रयासों से कई

शासकों के मन में देशप्रेम की भावना दीप्त हो गई है और वे भारत में सम्मिलित होने के लिए तैयार हैं। इसमें दिक्कतें हैं लेकिन हमारा विश्वास है कि वे कठिनाईयाँ दूर कर ली जाएँगी।''

उन्होंने आगे कहा, ''यद्यपि मैं आप लोगों के बीच हूँ पर मेरा मन दिल्ली में बसा है। मैं फिर दिल्ली जा रहा हूँ। मैं सरदार को आश्वस्त करना चाहता हूँ कि हम सब उनके साथ हैं और हम उनकी आज्ञा अनुसार देश के लिए कोई भी त्याग करने के लिए तैयार हैं।''

चमनभाई ने आग्रह किया, ''उन्हें हमारा प्रणाम कहिएगा। जितेनभाई, 15 अगस्त से पूर्व वापस आ जाईएगा। हमें स्वतंत्रता समारोह धूम–धाम से मनाना है।''

# अध्याय : दो

जितेनभाई के वापस आने पर चमनभाई ने पूछा, "सरदार की तबीयत कैसी है?"

जितेनभाई ने बताया, "उनका स्वास्थ्य पहले से अच्छा है, वे लगातार परिश्रम कर रहे हैं और उन्हें सफलता भी मिल रही है। उन पर काम का इतना बोझ है और समय की इतनी कमी।"

जितेनभाई ने वापस आने पर बताया कि जुलाई के अन्त तक कई राजाओं ने विलय पत्र और यथा-स्थिति सहमति पत्र पर हस्ताक्षर कर दिए हैं। किन्तु अभी कुछ महत्त्वपूर्ण रजवाड़े विलय के लिए सहमत नहीं हो पा रहे हैं। इनमें जम्मू और कश्मीर, हैदराबाद, जूनागढ़, नाभा, त्रावणकोर, जोधपुर, भोपाल, इन्दौर, धौलपुर आदि शामिल हैं।

चमनभाई ने पूछा, "क्यों?"

"सबके अपने-अपने कारण हैं। त्रावणकोर ने अपनी स्वायत्तता की घोषणा कर दी है, हैदराबाद के निज़ाम भी गलत लोगों की सलाह मानकर स्वतंत्र राष्ट्र का सपना देख रहे हैं, जूनागढ़ के नवाब पाकिस्तान-परस्त लोगों के चंगुल में हैं, जिन्ना साहब जोधपुर को लुभाने में लगे हैं, भोपाल के नवाब कुछ रियासतों का समूह बनाना चाहते हैं, इन्दौर, नाभा, धौलपुर आदि उनका साथ देने की तैयारी में हैं।"

चमनभाई ने चिन्ता व्यक्त की, "यह तो बड़ी मुश्किल बात है।"

"हाँ", जितेनभाई ने समझाया "पर सरदार के आग्रह पर लॉर्ड मौन्टबेटेन भोपाल के नवाब और त्रावणकोर के सर सी. पी. रामास्वामी अय्यर से लगातार मंत्रणा कर रहे हैं। दिल्ली में घटनाचक्र काफी तेजी से घूम रहा है, तरह-तरह की अटकलें भी लगाई जा रही हैं। दिनेशभाई अभी दिल्ली में ही हैं, उनके लौटने पर आगे की प्रगति की सही जानकारी मिलेगी। मैं तो स्वतंत्रता का उल्लास आप लोगों के साथ मनाने के लिए जल्द वापस आ गया।"

जितेनभाई ने आगे कहा, "श्री वल्लभभाई पूरी लगन से इस काम में लगे हैं। मुझे तो पूरा विश्वास है के वे एक संयुक्त भारत का निर्माण करने में जरूर सफल होंगे।"

जितेन भाई के मित्र प्रभुभाई वकील ने उनकी बात काटते हुए कहा, ''उन्हें जो भी जिम्मेवारी दी जाएगी उसमें वे सफल होंगे ऐसा हमारा विश्वास है। आइए हम सब ईश्वर से उनकी सफलता के लिए प्रार्थना करें।''

जितेनभाई ने कहा, ''अब हमें स्वतंत्रता का स्वागत करने की तैयारियों में लग जाना है। कई पीढ़ियों के लम्बे संघर्ष तथा लाखों लोगों के त्याग और बलिदान से हमें यह शुभ दिन देखने को मिल रहा है। हम सब इसे उल्लासपूर्वक मनाएँ।''

स्वतंत्रता की वह चिर प्रतीक्षित वेला आई। मध्य रात्रि को प्राप्त उस स्वतंत्रता में एक ओर विभाजन और धार्मिक उन्माद-जनित हिंसा की मर्मान्तक पीड़ा थी तो दूसरी ओर उन स्निग्ध स्वर्णिम रश्मियों का सुखद वरदान भी था जिसके लिए लाखो लोग शताब्दियों से संघर्षरत थे। सदियों की परतंत्रता ने देश की ऊर्जा को, इसके सम्मान की संजीवनी को मानो सोख लिया था। अब इस उन्मुक्त गगन में स्वाभिमान और उल्लास के साथ देश के सम्मान-सूर्य के उदय की कामना देशवासियों के मन को आह्लादित कर रही थी। इस शुभ दिवस की प्रतीक्षा करते-करते लाखों लोग दिवंगत हो चुके थे उनमें से कईयों ने देश के लिए अपने प्राण का उत्सर्ग कर दिया था। उनके लिए कृतज्ञ देशवासियों की आँखों में आँसू थे और हाथों में श्रद्धा-सुमन।

लोग उत्साहपूर्वक स्वतंत्रता का स्वागत कर रहे थे। चमनभाई और उनके साथियों की खुशी तो देखते ही बनती थी! आत्मविश्वास से परिपूर्ण एक नए भारत का अभ्युदय हो रहा था। क्या गाँव क्या शहर-सभी जगहों पर लोग आशा और उमंग के साथ विगत तमिस्रा को पीछे छोड़कर आगे बढ़ने को उद्यत थे। यह एक अत्यन्त शुभ संकेत था।

उल्लास और उत्साह से भरपूर दिनेशभाई दिल्ली से वापस आए। उन्होंने बताया कि सरदार श्री के आग्रह पर लॉर्ड माउंटबेटन ने सर सी. पी. रामास्वामी के साथ लगातार बातचीत जारी रखी और अन्ततः त्रावणकोर के भारत में विलय के लिए उनकी सहमति ले ली। भोपाल के नवाब से लॉर्ड माउंटबेटन के घनिष्ठ सम्बन्ध हैं। उन्होंने नवाब को भी अपनी तर्कसंगत युक्ति से भारत में विलय के लिए राजी कर लिया पर नवाब ने यह शर्त रखी कि इस बात को सत्ता हस्तांतरण से पहले नहीं बताया जाए। लॉर्ड माउंटबेटन ने उनसे वादा किया कि वे विलय-पत्र को तब तक अपने पास ही सुरक्षित रखेंगे।

चमनभाई ने पूछा, ''अन्य रियासतों ने क्या निर्णय लिया?''

दिनेशभाई ने बताया, ''धौलपुर, नाभा, भरतपुर, बिलासपुर आदि ने भी 15 अगस्त से पूर्व विलय पत्र पर हस्ताक्षर कर दिए।''

''सरदार श्री तो स्नेह-वात्सल्य से भी भरे हैं। याद है न, अलवर के नरेश ने कहा था कि सरदार श्री तो हमारे माता-पिता, अभिभावक की तरह हैं, उन्होंने हमें अपने प्रेम से बाँध लिया, हम पर किसी तरह का दबाव नहीं डाला। पटेल साहब ने

तो हमें देश-प्रेम और उदारता की भावना से प्रेरित कर हमारी रियासत, सम्पत्ति आदि का देश की सेवा में समर्पण करवाया।''

प्रभुभाई ने कहा, ''मैंने कहा था न, सरदार सब ठीक कर लेंगे। यह उनकी देन है, उनको बारम्बार प्रणाम।''

जितेनभाई ने हामी भरी, ''हाँ, जैसी परिस्थितियाँ थीं, हमें भी इतनी जल्दी ऐसी सफलता की आशा नहीं थी। अब मुख्य रियासतों में जूनागढ़, हैदराबाद और कश्मीर बचे हैं!''

चमनभाई ने कहा, ''इनके लिए सरदार को बहुत मेहनत करनी पड़ी होगी।''

''हाँ'', जितेनभाई ने कहा, ''श्री वल्लभभाई ने नरेशों को आश्वस्त किया कि कांग्रेस उनकी शत्रु नहीं है, उसकी सरकार उनकी व्यक्तिगत सम्पत्ति की रक्षा की गारंटी देगी और क्षति-पूर्ति के रूप में उनके लिए उचित प्रिवी पर्स का प्रावधान रहेगा। वे लोग चुनाव में भाग ले सकेंगे और सरकारी ओहदों पर भी नियुक्त किए जा सकेंगे।''

दिनेशभाई ने बताया, ''हैदराबाद के विलय की बातचीत के सूत्रधार अभी लॉर्ड माउंटबेटन हैं। प्रधानमंत्रीजी और श्री वल्लभभाई उन्हें अपना सहयोग दे रहे हैं। कश्मीर के विलय का काम प्रधानमंत्री स्वयं देख रहे हैं। पर इन मामलों में भी सरदार पटेल की भूमिका महत्त्वपूर्ण है।''

एक कार्यकर्त्ता ने पूछा, ''और जूनागढ़ के विषय में क्या हो रहा है? वहाँ तो स्थिति बहुत खराब है।''

दिनेशभाई ने कहा, ''हाँ, जूनागढ़ की समस्या अब जटिल हो रही है। कुछ दिनों पूर्व वहाँ के नवाब ने भारत में विलय की इच्छा जताई थी पर बाद में पाकिस्तान के दबाव में आकर उन्होंने अपना विचार बदल दिया है, अब वे पाकिस्तान में मिलना चाहते हैं। इस के लिए जिन्ना साहब और नवाब के सलाहकार काफी दबाव दे रहे हैं। सरदार पटेल इस मामले को लेकर काफी चिन्तित हैं।''

प्रभुभाई ने कहा, ''उनकी चिन्ता स्वाभाविक है। जूनागढ़ तो काठियावाड़ में स्थित है और इसके पाकिस्तान में विलय हो जाने पर पाकिस्तान को एक समुद्री मार्ग मिल जाएगा। भारत की सुरक्षा के लिए यह एक बड़ा खतरा होगा। जूनागढ़ की 7 लाख की आबादी में 80 प्रतिशत लोग तो हिन्दू हैं, सोमनाथ, वेरावल, गिरनार जैसे तीर्थ स्थान वहाँ हैं, उसकी भौगौलिक स्थिति ऐसी नहीं है कि उसे पाकिस्तान के साथ जोड़ा जाए। फिर नवाब साहब उसे पाकिस्तान के साथ जोड़ने के लिए क्यों बेताब हैं?''

दिनेशभाई ने कहा, ''नवाब के दीवान सर शाहनवाज भुट्टो और उनके वैधानिक सलाहकार सर जफरुल्ला खान आग में घी डालने का काम कर रहे हैं। इनके पीछे जिन्ना साहब का हाथ है। सरदार पटेल अपने तरीके से इस समस्या के समाधान की कोशिश में लगे हैं।''

जितेनभाई ने कहा, ''यह देश के लिए चिन्ता का विषय है। श्री वल्लभभाई जरूर इसका हल निकालेंगे, यह उनके लिए प्रतिष्ठा का प्रश्न भी है।''

चमनभाई ने आग्रह किया, ''जूनागढ़ तो हमारे निकट है। वहाँ के कई लोगों से हम लोगों का परिचय है। आप सरदार साहब को हमारा आग्रह पहुँचा दें कि अगर हम लोग उनकी कुछ मदद कर सकते हैं, तो वे हमें उचित आदेश दें।''

जितेनभाई ने कहा, ''हमें सरदार की योजना पर पूरा भरोसा करना चाहिए, वे जूनागढ़ की समस्या का उचित हल जरूर निकालेंगे।''

दिनेशभाई ने बताया कि सरदार पटेल लोगों के बीच में साम्प्रदायिक तनाव और मतभेद के कारण बहुत दुखी हैं। वे लोगों से सारा वैमनस्य भूलकर देश की प्रगति के लिए काम करने का बराबर आग्रह करते रहते हैं। उनका कहना है कि कोई श्रमिक या किसान चाहे वह किसी भी धर्म या जाति का क्यों न हो, वस्तुतः श्रमिक या किसान है। हम सबको एक साथ ही काम करना है। देश की प्रगति के लिए शान्ति और सद्भावना बनाए रखना बहुत जरूरी है। वे इसके लिए सतत प्रयत्नशील हैं।

दिनेशभाई ने कहा, ''मैं श्री वल्लभभाई के भाषण के कुछ अंश पढ़कर सुनाता हूँ। उनके इस भाषण का बहुत अच्छा प्रभाव पड़ा था।''

दिनेशभाई ने अपनी झोली में रखे उनके भाषण की प्रति निकली और उसके मुख्य अंश पढ़कर सुनाए।

सरदार ने कहा, ''मुझे याद है कि कुछ वर्षों पूर्व मैंने इसी शहर में जलियाँवाला बाग में शहीद की स्मृति में एक स्मारक बनाने पर चर्चा की थी। लाहौर में हम सबने मिलकर पूर्ण स्वराज पाने की प्रतिज्ञा की थी। जलियाँवाला में हिन्दू, मुसलमान, सिख सबका खून बहा था। मुझे इस बात से बहुत दुःख होता है कि कोई मुसलमान अमृतसर में आसानी से बाहर निकल नहीं सकता, कोई हिन्दू लाहौर में रहने की सोच नहीं सकता। यह हमारे देश के लिए कितने शर्म की बात है। निर्दोष लोगों, औरतों और बच्चों की निर्मम हत्या कोई बहादुरी की बात नहीं है।''

सरदार ने लोगों से आग्रह किया कि वे रक्तपात रोकें, बदले की कार्रवाई न करें और पाकिस्तान जाने वाले लोगों को आसानी से पाकिस्तान जाने दें।

दिनेशभाई ने आगे कहा, ''उनका भाषण इतना विवेकपूर्ण था कि लोगों पर उसका तत्काल असर पड़ा। देश भर के अखबारों में उनके भाषण को प्रकाशित किया गया और इससे शान्ति स्थापना में बहुत मदद मिली।''

सरदार ने कभी अपनी सुरक्षा की चिन्ता नहीं की। वे निर्भय होकर दंगा पीड़ित इलाकों में, शरणार्थी शिविरों में और उग्र प्रतिक्रिया वाली जगहों में जाते थे। वे शान्ति सुरक्षा बनाए रखने के उपायों पर अधिकारियों और लोगों से चर्चा करते थे। उनके प्रयास के कारण स्थिति में सुधार हो रहा था।

दिनेश भाई ने कहा, ''मुझे एक और घटना की जानकारी मिली। एक दिन सरदार के पास भोपाल के नवाब का फोन आया। वे अपने दामाद, विख्यात क्रिकेट खिलाड़ी पटौदी के नवाब की सुरक्षा को लेकर चिन्तित थे। उनकी बेटी, बेगम साहबा दिल्ली में थीं। नवाब साहब से कोई सम्पर्क नहीं हो पा रहा था। सरदार ने भोपाल के नवाब को आश्वस्त किया कि वे स्वयं उनका कुशल क्षेम लेंगे। अशान्ति और असुरक्षा के उस भयंकर माहौल में सरदार स्वयं, श्री शंकर और अपने कुछ अन्य सहकर्मियों के साथ पटौदी गए। वहाँ पटौदी के नवाब साहब को सुरक्षित देखकर उन्हें बहुत तसल्ली हुई और सरदार ने नवाब साहब को गले से लगा लिया। नवाब साहब वहाँ कई लोगों से घिरे थे, आस-पास के गाँवों से लोगों ने सुरक्षा के विचार से उनके महल में शरण ले रखी थी। श्री वल्लभभाई ने नवाब साहब को दिल्ली चलने को कहा जहाँ वे ज्यादा सुरक्षित रहेंगे, पर नवाब साहब ने इसे स्वीकार नहीं किया। वे अपनी रियासत के लोगों को छोड़कर जाना नहीं चाहते थे।''

''इस पर सरदार ने आस-पास के गाँवों के प्रतिष्ठित लोगों को बुलाया और उनसे शान्ति बनाने के लिए आग्रह किया।लोगों ने सरदार को आश्वस्त किया कि इलाके में शान्ति रहेगी और जो लोग पाकिस्तान जाना चाहते हैं, उन्हें कोई असुविधा नहीं होगी। इस प्रकार सारी व्यवस्था करने के बाद, सरदार दिल्ली लौटे और उन्होंने भोपाल के नवाब साहब को उनके दामाद का और पटौदी का कुशल समाचार दिया। नवाब साहब ने कृतज्ञतापूर्वक उन्हें शुक्रिया अदा किया।''

दिनेशभाई ने एक अन्य घटना का उल्लेख किया। दिल्ली का सफदरजंग हस्पताल भी हिंसा की चपेट में आ गया था। लोगों ने मरीजों तक को नहीं छोड़ा! किसी ने निजामुद्दीन औलिआ के दरगाह पर हमला करने की धमकी दी। जब सरदार श्री को इस बात का पता चला तो वे अपनी सुरक्षा की परवाह किए बिना दरगाह पहुँचे, वहाँ दरगाह में हाजिरी लगाई और लोगों का हाल लेते रहे। उन्होंने उस इलाके के पुलिस अधिकारियों को कड़ी चेतावनी दी कि वे किसी प्रकार की शरारत या हिंसा बर्दाश्त नहीं करेंगे। उन्होंने पुलिस को सतर्क रहने को कहा। सरदार ने साफ-साफ कहा कि अगर पुलिस की तरफ से कोई लापरवाही हुई तो वहाँ के सम्बन्धित पुलिस अधिकारी बर्खास्त कर दिए जाएँगे।

दिनेशभाई ने कहा, ''एक ओर देश में तुरत कानून व्यवस्था और शान्ति बहाल करने की विकट समस्या है तो दूसरी ओर रियासतों के एकीकरण का जटिल कार्य भी सरदार के जिम्मे है। आखिर वे कितनी जवाबदेही सँभालेंगे?''

जितेनभाई ने बताया, ''इतना ही नहीं, वे अन्य कई बहुत जरूरी कामों में लगे हैं, पर देख रहे हो न वे अपनी सूझ-बूझ और हिम्मत से उन सभी उत्तरदायित्वों का निर्वाह कर रहे हैं।''

प्रभुभाई ने आशा व्यक्त की, ''देखना वे सब सँभाल लेंगे।''

चमनभाई ने प्रश्न किया, "विभाजन से हिन्दू–मुस्लिम समस्या का समाधान हो गया क्या? यह समस्या तो और भी विकराल रूप लेकर आ गई है।"

दिनेशभाई ने कहा, "ठीक कहते हो चमनभाई। श्री वल्लभभाई और पूरी सरकार के सामने हर दिन इस विषय से सम्बन्धित कोई न कोई बड़ी समस्या जरूर आ जाती है। दोनों तरफ से लोगों के मीलों लम्बे कारवाँ सीमा पार कर रहे हैं। जिस मिट्टी से उनके पूर्वजों का सदियों का साथ था, उस से दूर किसी अज्ञात क्षितिज में चन्द गठरियों में अपनी गृहस्थी समेटे लोग अनिश्चित भविष्य की ओर खिंचे जा रहे हैं।"

"पंजाब में शान्ति स्थापित करने के उद्देश्य से सरदार अमृतसर गए थे। उन्होंने सिखों की बहादुरी की प्रशंसा की और उनसे आग्रह किया कि वे पाकिस्तान जाने वाले मुसलमानों को सुरक्षित रूप से सीमा पार करने का रास्ता दें और पाकिस्तान जाने में उनकी मदद करें। सरदार का भाषण इतना प्रभावकारी था कि लोगों के दिल में उनकी बात उतर गई और पाकिस्तान जाने वाले लोग आश्वस्त होकर सीमा पार करने लगे।"

प्रभुभाई ने कहा, "भारत सरकार की समस्या पाकिस्तान सरकार की अपेक्षा काफी जटिल है। एक धर्म निरपेक्ष देश के रूप में भारत सरकार को हर धर्म के लोगों की समान रूप से रक्षा करनी है।"

दिनेशभाई ने बताया, "जब सरदार अमृतसर से दिल्ली के लिए रवाना हुए तो रास्ते में पाकिस्तान से आए हजारों शरणार्थियों ने उनकी जीप को घेर लिया। वे अपने ऊपर किए गए अमानुषिक कष्टों का दिल दहला देने वाला वर्णन करने लगे। उनके मन में गहरा दुःख भी था और उन पर अकारण हुए दानवी अत्याचार के लिए क्रोध भी। पर सरदार श्री ने धैर्य के साथ उनकी बातें सुनीं और उन्हें दिलासा दिया।"

दिनेशभाई ने कहा, "सरदार श्री का ध्यान सिर्फ दिल्ली में शान्ति बनाए रखने तक सीमित नहीं था। वे अपनी सुरक्षा की परवाह किए बिना पूर्वी पंजाब के अशान्त इलाकों में गए और लोगों से शान्ति एवं सद्भावना बनाए रखने पर जोर दिया। उन इलाकों में पटियाला के महाराजा साहब के अथक प्रयास के कारण स्थिति पर नियंत्रण था, पर विनाशकारी प्रवृत्तियों के लोग आपस में फूट और वैमनस्य फैलाने से बाज नहीं आ रहे थे। सरदार श्री ने लोगों से कहा कि हमने जब विभाजन स्वीकार किया तो यह अपने एक बीमार अँग को काटने की तरह था ताकि शेष भाग स्वस्थ रह सके। हमें बुराई का बदला बुराई से नहीं भलाई से देना चाहिए।"

उन्होंने कहा "नैतिक मूल्यों की गिरावट के कारण लोगों में हिंसा बढ़ गई है। निर्दोष लोगों, बेकसूर यात्रियों पर हमले हो रहे हैं, लोग कानून का उल्लंघन कर रहे हैं। नैतिक मूल्यों की पुर्नस्थापना की बहुत जरूरत है।"

सरदार पटेल ने कहा "हमने जब आजादी हासिल की थी तो हमारा उद्देश्य लोगों के जीवन–स्तर में सुधार लाने और विश्व के देशों में भारत को एक सम्मानजनक

स्थान दिलाने के लिए था। लेकिन हम तो मानव जाति के इतिहास में सबसे बड़ी शरणार्थी समस्या के समाधान में ही काफी व्यस्त हो गए हैं। यह समय बेकार के मतभेदों को बढ़ाने का नहीं है, न सिखिस्तान, जाट स्थान आदि की मरीचिका के पीछे भागने का है। अगर हम सावधान नहीं रहे और इन पागलपन भरे *स्तान* के विचारों के पीछे भागते रहे तो हम भारत को *पागलिस्तान* में बदल देंगे!''

''रेल सम्पत्ति और यात्रियों पर हमले, और लूट पाट हमारी नैतिक गिरावट को प्रदर्शित करते हैं। अगर कोई व्यक्ति भूखा मरता है तो वह इज्जत से मरता है यदि कोई चुराकर खाता है तो वह जीते जी बेइज्जत होकर मरता है।''

सरदार श्री ने कहा कि यदि हम जनता का शासन चाहते हैं तो हममें एकता, संगठन और पारस्परिक सहयोग चाहिए। राजे, महाराजे आदर चाहते हैं। अगर लोग एकजुट होकर उचित माँग करें हैं तो वे उनकी माँग को मानेंगे।

चमनभाई को अपने गाँव और परिवार की बहुत याद आती थी।

वे उमा के साथ अपने परिवार से मिलने रास आए। पूरे रास्ते वे जीवनभाई, भुवनभाई और अपने भाभियों दमयन्ती और यशोदा के विषय में सोचते रहे। उनका परिवार एक आदर्श परिवार था—पारिवारिक स्नेह और प्रेम-सुधा से भरपूर। उन्हें अपने बचपन के दिन याद आ गए। उनके भाइयों ने उनके लिए कितना त्याग किया था! दमयन्ती स्वयं एक संयुक्त परिवार से आई थी और उसने प्रेम और आत्मीयता से पूरे परिवार को बाँधकर रखा था।

उमा और चमनभाई को देखकर जीवनभाई आनन्द से भर उठे। दमयन्ती और यशोदा ने हँसते हुए उमा की अगवानी की। पारिवारिक स्नेह ने चमनभाई की चिन्ता और थकान हर ली।

लोग स्वतंत्रता और विभाजन की ही बात करते थे। गुजरात के कई लोग कराची में काम करते थे। वहाँ के दुकानदारों से गुजरात के दुकानदारों का बड़े व्यवसायियों से लेन-देन भी होता रहता था, ये लोग विश्वास नहीं कर पा रहे थे कि कराची और उसके पास के इलाके अब दूसरे देश में हैं जहाँ उनके साथ व्यापार करना अब सम्भव नहीं है! यह कैसा विभाजन है!

एक शाम नन्दूभाई ने दु:संवाद दिया कि जूनागढ़ के नवाब ने जूनागढ़ का पाकिस्तान में विलय करने का निर्णय लिया है। पहले भी इस तरह की अपुष्ट खबरें आती रहती थीं। पर लोग यह मानने को तैयार नहीं थे कि गिरनार, सोमनाथ, गिर जंगलों का जूनागढ़ उनके देश से काटा जा सकता है!

जीवनभाई ने कहा, ''कुछ दिनों पहले इस बात की खबर छपी थी कि नवाब जूनागढ़ का पाकिस्तान में विलय करना चाहते हैं, पर इस समाचार के प्रकाशन के तुरन्त बाद जूनागढ़ के तत्कालीन दीवान खानबहादुर अब्दुल कादिर हुसैन खान ने

इसका खंडन कर दिया था। उन्होंने साफ-साफ कहा था कि जूनागढ़ ऐसा नहीं सोच रहा है। इस आशय की सूचना गजट में भी छपी थी!''

दीवान खानबहादुर अब्दुल कादिर हुसैन खान साहब के भाई नबीबक्श साहब ने लॉर्ड माउंटबेटन द्वारा बुलाई गई 25 जुलाई 1947 की मीटिंग में जूनागढ़ का प्रतिनिधित्व किया था और उन्होंने गवर्नर जनरल साहब से कई सवाल भी किए थे जिनका सन्तोषजनक उत्तर लॉर्ड माउंटबेटन ने दिया था। इसके बाद उन्होंने गवर्नर जेनरल साहब से कहा था कि वे जूनागढ़ के भारत में विलय के लिए नवाब से अनुशंसा करेंगे। यही बात उन्होंने श्री वल्लभभाई से और जामसाहब से भी कही थी। लेकिन दुर्भाग्यवश अब्दुल कादिर हुसैन खान साहब अपने इलाज के लिए विदेश चले गए और उनके भाई नबीबबक्श को उनके पद से हटा दिया गया।

नए दीवान सर शाहनवाज भुट्टो मुस्लिम लीग के एक कट्टर नेता थे, जो जूनागढ़ को पाकिस्तान में मिलाने का निश्चय लेकर आए थे। नवाब साहब आसानी से उनके चंगुल में आ गए।

जब नन्दूभाई ने यह बात बताई तो जीवनभाई ने कहा, ''क्या यह सच है? कुछ दिनों पहले भी तो ऐसी अफवाह सुनने को मिली थी जिसका खंडन किया गया था।''

नन्दूभाई ने कहा, ''यह सच है जीवनभाई, देखिए अखबार में लिखा है।''

वहाँ उपस्थित एक व्यक्ति ने कहा, ''यह सच होगा, जीवनभाई क्योंकि नवाब साहब को अपने प्यारे कुत्तों से कहाँ फुर्सत मिलती होगी? वे उनके लिए लगन निकलवाने में ज्यादा व्यस्त होंगे! उनके नाम पर दीवान साहब जो चाहें कर लें!''

चमनभाई ने अखबार पढ़कर कहा, ''जूनागढ़ के पाकिस्तान में शामिल होने की खबरें दिल्ली से भी आ रही थीं। पाकिस्तान उसे शामिल करने के लिए जी-तोड़ कोशिश कर रहा है। अगर ऐसा हुआ तो यह हमारे देश के लिए बहुत बुरा होगा, हमारी सुरक्षा खतरे में पड़ जाएगी और कई जगहों पर इसकी प्रतिक्रिया भी होगी।''

जीवनभाई ने गम्भीर स्वर में आश्वस्त किया, ''चिन्ता मत करो, हमारे सरदार ऐसा नहीं होने देंगे।''

अहमदाबाद लौटने पर चमनभाई को जितेनभाई ने बताया कि जूनागढ़ के पाकिस्तान में शामिल होने की योजना कई दिनों से बन रही थी, दीवान ने इसमें मुख्य भूमिका निभाई थी, वे गोल-गोल बातें कर समय खींचना चाहते थे। भारत सरकार द्वारा भेजे गए पत्रों और तारों का जवाब नहीं दिया जाता था, अगर किसी पत्र या तार का जवाब आता भी था तो वह घुमावदार सरकारी भाषा में लिखा होता था जिसका कोई साफ अर्थ नहीं निकलता था।

सरदार साहब ने जूनागढ़ के नवाब को एकीकरण का जो प्रस्ताव भेजा था, उस पर उन्होंने पहले तो कोई जवाब नहीं दिया, पर बाद में स्मरण पत्र भेजे जाने पर जवाब आया कि प्रस्ताव विचाराधीन है।

चमनभाई ने पूछा, "यहाँ के अन्य शासकों ने उन्हें पाकिस्तान में शामिल होने से मना नहीं किया?"

दिनेशभाई ने बताया, "मना जरूर किया होगा। जामसाहब और अन्य कई नरेश इस से बहुत चिन्तित और दुखी हैं। उनलोगों ने पंडित नेहरू, सरदार पटेल, लॉर्ड माउंटबेटन और श्री वी. पी. मेनन से इसकी कड़ी शिकायत भी की है। यही नहीं, जूनागढ़ के हिन्दुओं ने जिनमें कई व्यापारी भी थे, नवाब साहब से आग्रह किया कि जूनागढ़ का भारत में विलय कर दें, अगर जूनागढ़ का विलय भारतीय संघ में नहीं होगा तो व्यापार का सारा सिलसिला टूट जाएगा, जूनागढ़ की आय पर बहुत बुरा असर पड़ेगा और नवाब साहब को मिलने वाली वार्षिक जोरतलबी भी बन्द हो जाएगी।"

प्रभुभाई ने कहा, "कई हिन्दू व्यापारी जूनागढ़ से भाग रहे हैं। इस से सौराष्ट्र के अन्य भागों में भी समस्या पैदा हो गई है।"

चमनभाई ने पूछा, "इन सब बातों का उन पर कोई असर नहीं हुआ!"

दिनेशभाई ने बताया "नहीं। मेनन साहब को तत्काल जूनागढ़ भेजा गया ताकि वे इस समस्या का हल निकाल सकें।"

चमनभाई ने पूछा, "मेनन साहब के जूनागढ़ जाने से कुछ बात बनी क्या?"

"नहीं, जैसा अन्देशा था, नवाब ने बीमारी का बहाना बनाकर उनसे मिलने से मनाकर दिया, जब मेनन साहब ने शाहजादा साहब से मिलने की इच्छा व्यक्त की तो उन्हें जवाब मिला कि वे क्रिकेट खेलने में व्यस्त हैं!"

प्रभुभाई ने टिप्पणी की, "नवाब साहब ने भी अजीब-अजीब शौक पाल रखे हैं, कुत्तों की शादी में उन्होंने कितना खर्च किया था, उस दिन पूरी रियासत में छुट्टी भी घोषित की गई थी!"

जितेनभाई ने बताया, "मेनन साहब ने दीवान साहब को साफ-साफ बतला दिया कि काठियावाड़ के लोग जूनागढ़ के पाकिस्तान में शामिल होने के निर्णय से बहुत उत्तेजित हैं, वे इसे बर्दाश्त नहीं करेंगे।"

उन्होंने आगे कहा, "मेनन साहब माणवदर के खान साहब से और मांगरोल के शेख साहब से भी मिले, खान साहब ने बताया कि उन्होंने पाकिस्तान के साथ यथा—स्थिति समझौते पर हस्ताक्षर कर दिए हैं और उन्हें पाकिस्तान में शामिल होने से नहीं रोका जाए। उन्होंने कहा कि उनपर पाकिस्तान की ओर से बहुत दबाव डाला जा रहा है कि वे पाकिस्तान में शामिल होने की बात पर डटे रहें।"

प्रभुभाई ने कहा, "यह तो भारत के भू-भाग पर अतिक्रमण है।"

जितेनभाई ने आगे बताया, "मेनन साहब ने दीवान साहब को इस निर्णय के घातक परिणामों से अवगत करा दिया। इस पर खान साहब ने कहा कि वे अगली सुबह मिलेंगे, पर वे मिलने नहीं आए।"

प्रभुभाई ने कहा, "उनको पाकिस्तान ने फिर मना लिया होगा!"

चमनभाई ने पूछा, "और मांगरोल के विषय में क्या हुआ?"

जितेनभाई ने दिनेश भाई से जवाब देने का आग्रह किया।

दिनेशभाई दिल्ली से लौटे थे, उन्होंने कहा, "शेख साहब शुरू में हिचकिचा रहे थे, पर उन्होंने इस शर्त पर भारत में विलय की सहमति जताई कि उनके राज्य को जूनागढ़ से अलग कर दिया जाए। उनकी यह बात मान ली गई और उन्होंने विलय पत्र पर हस्ताक्षर कर दिए। बाद में जूनागढ़ के दबाव में आकर उन्होंने विलय पत्र को वापस लेने के लिए भी लिखा पर तबतक गवर्नर जनरल साहब उसके भारत में विलय को मंजूर कर चुके थे।"

चमनभाई ने चैन की साँस ली, "चलिए समय पर बात बन गई।"

प्रभुभाई ने कहा, "काठियावाड़ के लोगों ने श्री शामलदास गांधी, ढेबर साहब और अन्य नेताओं से आग्रह किया है कि वे इस विषय में आवश्यक कार्रवाई करें। लोगों की इच्छा लोक-सरकार बनाने की है। पर सरदार ने उन्हें सलाह दी है कि वे इस मामले में थोड़ा धैर्य रखें।"

दिनेशभाई ने कहा, "सम्भवत: सरदार कूटनीतिक तरीके से समाधान निकालने की कोशिश कर रहे होंगे।"

प्रभुभाई ने समझाया, "सारी समस्या की जड़ में दीवान की चाल है। नवाब साहब को वे ही ऐसी गलत सलाह देते रहते हैं। जूनागढ़ का कहना है कि मांगरोल, बाबरियावाड़ और माणवादर उसकी प्रभुसत्ता में हैं। पर पारामॉन्ट्सी समाप्त हो जाने पर ये छोटे-छोटे राज्य जूनागढ़ से मुक्त हो चुके हैं।"

चमनभाई ने पूछा, "क्या नवाब साहब इस बात को समझते हैं?"

प्रभुभाई ने चुटकी ली, "अरे उनके पास इन बातों को समझने के लिए कहाँ समय है? वे तो अपने प्यारे कुत्तों के साथ खेलने में व्यस्त होंगे!"

चमनभाई ने अपना मत दिया, "लेकिन दीवान को तो सही राय देनी चाहिए। दीवान का तो यह फर्ज बनता है कि वह रियासत के मामले में सही सलाह दे।"

प्रभुभाई ने कहा, "तुम रह गए वही सत्याग्रही! अरे ये दीवान साहब सिंध में मुस्लिम लीग के एक कट्टर नेता हैं। वे जूनागढ़ का पाकिस्तान में विलय कराने के उद्देश्य से ही भेजे गए हैं। उनके मन में लोगों की इस भावना का कोई सम्मान नहीं है कि जूनागढ़ को भारत में शामिल होना चाहिए।"

जितेनभाई ने कहा, "अगर वे व्यावहारिक दृष्टि से सोचें तो जूनागढ़ का विलय तो भारत में ही होना चाहिए, पाकिस्तान में नहीं।"

दिनेशभाई ने अपनी प्रतिक्रिया दी, "श्री वल्लभभाई स्थिति को अच्छी तरह समझते हैं। हम सब को मालूम है कि वे खूब सोच-समझकर निर्णय लेते हैं। मुझे पता चला है कि लॉर्ड माउंटबेटन और लार्ड इस्मे पाकिस्तान के प्रधान मंत्री लियाकत अली

खान साहब को समझाना चाहते हैं कि वे जूनागढ़ का पाकिस्तान में विलय होने के लिए दबाव न डालें। नेहरूजी भी पूरी कोशिश कर रहे हैं पर लियाकत अली साहब मान नहीं रहे हैं।''

चमनभाई ने कहा, ''वे नहीं मानेंगे, हमारी उम्मीद तो सरदार श्री पर टिकी है।''

इसके कुछ ही दिनों बाद चमनभाई को जितेनभाई ने बुलाया। वहाँ दिनेशभाई और प्रभुभाई चिन्तित मुद्रा में मिले।

चमनभाई ने पूछा, ''क्या बात है? कोई नई चिन्ता आ गई है क्या?''

प्रभुभाई ने कहा, ''आजकल चिन्तित होने के लिए समस्याओं की कमी है क्या? रोज दिन कोई न कोई परेशानी आ ही जाती है। अब जूनागढ़ ने बाबरियावाड़ में फौज भेज दी है।''

चमनभाई यह सुनकर चौंक पड़े, ''अरे, ऐसा उसने क्यों किया?''

प्रभुभाई ने ऊपर की ओर दृष्टि डालकर कहा, ''भगवान जानें!''

फौज भेजने का निर्णय आश्चर्यजनक था और इसके दूरगामी परिणाम होने की आशंका भी कुछ कम न थी। बाबरियावाड़ तो 51 गाँवों का एक तालुका था जिसके मूल निवासी मूलगरासिया कहलाते थे। इन लोगों का सोचना था कि वे स्वतंत्र हैं। उनकी आपस की खटपट पर नियंत्रण रखने के लिए ब्रिटिश हुकूमत ने उन्हें जूनागढ़ के अधीन कर दिया था। पारामॉन्ट्सी समाप्त होने पर बाबरियावाड़ स्वतंत्र हो गया था और उसने भारतीय संघ में विलय-पत्र पर हस्ताक्षर कर दिए थे। पर जूनागढ़ तो पोलिटिकल डिपार्टमेंट और पारामॉन्ट्सी की समाप्ति के बाद भी बाबरियावाड़ को अपनी प्रभुसत्ता का अंग समझता था। इसी आधार पर उसने बाबरियावाड़ में अपनी फौज भेज दी। दिनेशभाई ने बताया, ''लॉर्ड माउंटबेटन, लॉर्ड इस्मे और मंत्री परिषद के विचार से जूनागढ़ का, बाबरियावाड़ में फौज भेज देना न केवल जल्दीबाजी में लिया गया एक विवेकहीन निर्णय था, बल्कि भारतीय संघ की प्रभुसत्ता पर एक आक्रमण जैसा था। सरदार पटेल की इच्छा थी कि इस आक्रमण का उचित उत्तर दिया जाए पर लॉर्ड माउंटबेटन वहाँ फौज भेजना नहीं चाहते थे, उनका मानना था कि इससे युद्ध की स्थिति भी आ सकती है जिसके कारण अन्तर्राष्ट्रीय जगत में भारत की प्रतिष्ठा पर आँच आएगी।''

जितेनभाई ने अपना मत व्यक्त किया, ''सरदार श्री का सोचना सही था।''

दिनेशभाई ने कहा, ''लॉर्ड माउंटबेटन इस मामले को संयुक्त राष्ट्र संघ में ले जाने के पक्ष में थे पर श्री वल्लभभाई के प्रबल विरोध के कारण उनका यह प्रस्ताव मंत्री परिषद ने अस्वीकार कर दिया। सरदार श्री ने अपने तर्क में कहा कि ऐसे मामलों में वादी बनने पर और भी उलझन बढ़ जाती है और अपना पक्ष कमजोर हो जाता है। पंडित नेहरू ने सरदार श्री की बात मान ली।''

चमनभाई ने पूछा, ''फिर क्या निर्णय लिया गया?''

दिनेशभाई ने बताया, "यह फैसला लिया गया कि बाबरियावाड़ की जनता की सुरक्षा का दायित्व तो अब भारत सरकार का है, अतः उसकी रक्षा के लिए फौज भेजी जाए पर फौज को अभी जूनागढ़ में न भेजा जाए।"

प्रभुभाई ने कहा, "यह निर्णय समयानुकूल था।"

दिनेशभाई ने हामी भरी, "हाँ, सही बात है। इसलिए सेना को बाबरियावाड़ के आस-पास के इलाकों में रखा गया है।"

दिनेशभाई ने बताया कि अपने दीवान के बहकावे में आकर नवाब मांगरोल के शेख और माणवदर के खान साहब द्वारा हमेशा उपद्रव कराते रहते हैं जिसके कारण वहाँ की जनता में घोर असन्तोष है। पूरे काठियावाड़ में स्थिति इतनी खराब हो गई है कि वहाँ के भारत में सम्मिलित होने वाले राज्यों की सुरक्षा के लिए एक ब्रिगेड स्थापित किया गया है जिसका नाम है—काठियावाड़ सुरक्षा बल-काठियावाड़ डीफेन्स फोर्स। इस बल का नेतृत्व ब्रिगेडियर गुरदियाल सिंह के जिम्मे है। इस बल में भावनगर, पोरबन्दर और नवानगर के सैनिक हैं।

जितेनभाई ने कहा, "सरदार श्री इस समस्या के समाधान में काफी सावधानी बरत रहे हैं। भारत सरकार पाकिस्तान सरकार से लगातार सम्पर्क कर रही है पर पाकिस्तान सरकार इस मामले में अड़ी हुई है। यहाँ जनता में असन्तोष बढ़ गया है, व्यापार पर भी बहुत बुरा असर पड़ा है। कई बड़े व्यापारी जूनागढ़ से व्यापार नहीं कर रहे हैं। उधर बम्बई में राजनीतिक हलचल भी काफी तेज हो गई है। मैं भी कल बम्बई जा रहा हूँ।"

जितेनभाई ने बम्बई से वापस लौटने पर बताया कि श्री मोरारजी देसाई के साथ श्री शामलदास गांधी, श्री बलवंत राय मेहता, श्री यू.एन.ढेबर, श्री रसिक लाल पारीख एवं अन्य नेताओं की वार्ता हुई।

उन्होंने कहा, "बम्बई में 25 सितम्बर को सौराष्ट्र के लोगों की एक विशाल जन-सभा में जूनागढ़ के लिए श्री शामलदास दास गांधी की अध्यक्षता में आरजी हुकूमत की स्थापना की गई। श्री मगनलाल जोशी, श्री रतुभाई अदाणी एवं कुछ अन्य लोग भी उस सरकार के लिए चुने गए। सभा के बाद श्री शामलदास गांधी एवं उनके सहयोगी ट्रेन द्वारा बम्बई से राजकोट गए जहाँ आरजी हुकूमत का मुख्यालय स्थापित किया गया। बम्बई से राजकोट के रास्ते में हर जगह लोगों ने अत्यन्त उत्साह से उनका स्वागत किया।"

जितेनभाई ने कहा, "जनता ने अन्तरिम सरकार बना ली है। पंडितजी और श्री वल्लभभाई नवाब से बार-बार कह रहे हैं कि वे मांगरोल और बाबरियावाड़ से अपनी सेना हटा लें। सरदारगढ़ और बंतवा के लोग भी भारत सरकार से आग्रह कर रहे हैं कि उन्हें भारत में शामिल कर लिया जाए क्योंकि वे भी पारा मॉन्ट्सी की समाप्ति के बाद जूनागढ़ से स्वतंत्र हो चुके हैं।"

प्रभुभाई ने कहा, "जूनागढ़ और आस-पास के इलाकों में स्थिति बहुत खराब है। वहाँ अनाज की कमी हो गई है, लोग असुरक्षित हैं, जनता उत्तेजित है। बीच-बीच में नवाब के लोग उपद्रव करते रहते हैं और लोगों को उकसाते रहते हैं। ऐसी स्थिति में शान्ति बनाए रखना बहुत कठिन काम है।"

दिनेशभाई दिल्ली गए थे, वहाँ से लौटने पर उन्होंने बताया कि जूनागढ़ की घटनाओं से सरकार बहुत चिन्तित है, सरदार श्री का धैर्य समाप्त हो रहा है और लोगों को उम्मीद है कि वे शीघ्र ही इस समस्या का हल निकालने के लिए आवश्यक कदम उठाएँगे।

और ऐसा ही हुआ। भारत सरकार ने मांगरोल और बाबरियावाड़ को कब्जे में लेने के लिए फौज भेजने का निर्णय ले लिया। लॉर्ड माउंटबेटन चाहते थे कि वहाँ सेंट्रल रिजर्व फोर्स की टुकड़ी को भेजा जाए पर सरदार पटेल का विचार था कि इस काम का दायित्व सेना को देना उचित है। पर वे माणावदर के लिए डी. आई. जी के अधीन एक पुलिस बल भेजने को राजी हो गए।

चमनभाई के कुछ परिचित व्यवसायी जूनागढ़ से अहमदाबाद आए थे। उन लोगों ने बताया कि जूनागढ़ में व्यापार ठप्प है, कुछ अनाज पाकिस्तान से आया था पर उससे कितने दिनों काम चलता? वहाँ प्रशासन व्यवस्था तो खत्म हो चुकी है। व्यापारी लोग दूसरे इलाकों में व्यापार करने की सम्भावना खोज रहे हैं, वे लोग भी इसी उद्‌देश्य से अहमदाबाद आए हैं। चमनभाई उन्हें मदद का आश्वासन देते हुए जितेनभाई के साथ होने वाली सभा में ले गए।

जितेनभाई कुछ देर बाद आए। वे उत्साह से भरे और उत्तेजित थे। उन्होंने बताया कि नवाब साहब राज्य के खजाने, गहनों और अपने प्यारे कुत्तों के साथ पाकिस्तान भाग गए हैं!

लोगों ने खड़े होकर तालियाँ बजाईं और सहर्ष इस सुखद समाचार का स्वागत किया। लोग देर तक एक दूसरे को बधाईयाँ देते रहे। चमनभाई ने अपने व्यापारी मित्रों से कहा, "आप का यहाँ आना कितना शुभ हुआ! अब आपको जूनागढ़ छोड़ना नहीं पड़ेगा।"

जितेनभाई ने कहा, "एक और मजेदार बात सुनो। जब नवाब का परिवार कराची जा रहा था तब भागने की जल्दी में उनकी एक बेगम को बाद में पता चला कि उनका एक बच्चा छूट गया है!नवाब साहब ने उनके लिए इन्तजार करना मुनासिब नहीं समझा। बाद में वे पुर्तगाल के अधिकार में स्थित दिउ होकर कराची गईं।"

प्रभुभाई ने कहा, "इसे कहते हैं जल्दीबाजी!"

नवाब के पाकिस्तान भाग जाने की खबर चारों तरफ फैल गई। इससे आरजी हुकूमत का उत्साह बढ़ गया। उनके स्वयं सेवक आगे बढ़ने लगे और उन्होंने नवागढ़

पर अधिकार कर लिया और आगे बढ़े। वहाँ कुतियाणा नामक एक बड़े गाँव में उनकी जूनागढ़ की फौज से मुठभेड़ हुई जिसमें कई लोग हताहत हुए।

कुछ ही दिनों बाद दिनेश भाई ने बताया, ''नवाब के कराची चले जाने और आरजी हुकूमत की सफलता देखकर वहाँ के मुसलमान भी चिन्तित हैं। उन्होंने दीवान साहब के माध्यम से जिन्ना साहब से आग्रह किया है कि वे जूनागढ़ की समस्या का तत्काल समाधान निकालें नहीं तो यहाँ भारी खून-खराबा होने की आशंका है।''

उन्होंने आगे बताया, ''दीवान साहब ने सारी बातें जिन्ना साहब को बताईं और लिखा कि वहाँ की मुस्लिम जनता भी चाहती है कि भारत के साथ समझौता कर लिया जाए। जिन्ना साहब ने तो उनके पत्र का कोई उत्तर नहीं दिया पर नवाब साहब के माध्यम से कहलवाया कि जूनागढ़ की कौंसिल परिस्थिति को देखते हुए जैसा उचित समझे, करे।''

चमनभाई ने कहा, ''यही काम कुछ दिनों पहले करना चाहिए था। इतनी परेशानी नहीं झेलनी पड़ती।''

प्रभुभाई कब बाज आते, ''अरे, उनका ध्यान अपने प्यारे कुत्तों पर ज्यादा था न!''

दिनेशभाई ने कहा, ''परिस्थिति नियंत्रण के बाहर देखकर दीवान साहब ने दिनांक 5 नवम्बर 1947 को कौंसिल की बैठक बुलाई। कौंसिल ने निर्णय लिया कि जूनागढ़ से व्यापार ठप्प हो गया है, और राज्य की आन्तरिक स्थिति बहुत खराब हो चुकी है। ऐसी स्थिति में जूनागढ़ ने पाकिस्तान में विलय का जो निर्णय लिया है उस पर पुनर्विचार करने की जरूरत है। कौंसिल ने दीवान साहब को इस मामले में उचित कदम उठाने के लिए अधिकृत किया।''

चमनभाई ने कहा, ''यह बहुत देर से लिया गया एक सही निर्णय था!'' प्रभुभाई ने कहा, ''बिलकुल ठीक सोचा लोगों ने।''

दिनेशभाई ने बताया, ''दीवान साहब समझौता करने के लिए राजी हो गए और श्री शामलदास गांधी के साथ उनकी बातचीत भी हुई, पर वहाँ के स्थानीय मुस्लिम नेताओं ने उन्हें सलाह दी कि वे आरजी हुकूमत को नहीं, भारत सरकार को सत्ता सौंपें। उनकी राय मानते हुए सर शाहनवाज भुट्टो ने क्षेत्रीय कमिशनर बुच साहब को जूनागढ़ का प्रशासन सौंपने के लिए पत्र लिखा। उनकी बात मानकर 9 नवम्बर 1947 को भारत सरकार की ओर से कप्तान हार्वे जोंस, ब्रिगेडियर गुरदियाल सिंह और श्री बुच ने जूनागढ़ का प्रशासन अपने अधिकार में ले लिया।''

प्रभुभाई ने पूछा, ''और दीवान साहब का क्या हुआ?''

दिनेशभाई ने बताया, ''वे तो एक दिन पहले ही कराची चले गए थे।''

लोगों ने तुमुल हर्षध्वनि की। जितेनभाई ने तुरत मिठाई मँगवाई और लोगों का मुँह मीठा करवाया।

दिनेशभाई ने कहा, ''मैं भी समाचार पत्र के कार्यालय में जाता हूँ, वहाँ तो बड़ी उत्सुकता से लोग खबर पढ़ रहे होंगे!''

इस समाचार की लोग व्यग्रता से प्रतीक्षा कर रहे थे। लोग जानते थे कि जूनागढ़ की समस्या का समाधान सरदार के कुशल नेतृत्व के कारण ही हो पाया है।

अगले दिन जितेनभाई ने बताया, ''श्री वल्लभभाई ने बहुत कोशिश की कि पाकिस्तान इस मामले को सुलझाने के लिए बातें करे, पर पाकिस्तान ने ऐसा नहीं किया। उसे मालूम होना चाहिए था कि सरदार पटेल पर उनका दबाव नहीं चलेगा। सरदार श्री अनावश्यक रूप से बल प्रयोग नहीं करना चाहते। आखिर पाकिस्तान को उनकी बात माननी ही पड़ी।''

चमनभाई ने कहा, ''सरदार श्री ने कई कठिन कार्य सम्पन्न किए हैं, जूनागढ़ का भारत में विलय उनकी एक बड़ी सफलता है। जूनागढ़ के लोग बहुत खुश हैं।''

जितेनभाई ने प्रसन्न मुद्रा में अपने मित्रों को बतलाया, ''सरदार श्री राजकोट और जूनागढ़ आ रहे हैं। हमें उनका भाषण सुनने वहाँ जाना चाहिए।''

यह एक अत्यन्त सुखद समाचार था। चमनभाई ने अपने घरवालों को भी इसकी सूचना दे दी। उनके बेटे जयन्तीभाई वहाँ पहले ही जा चुके थे।

जितेनभाई, चमनभाई और उनके साथियों के लिए यह एक महत्त्वपूर्ण दिन था। यद्यपि श्री वल्लभभाई बहुत व्यस्त थे पर वे इन लोगों से मिले, उनका कुशल क्षेम पूछा, उनके काम की सराहना की और कुछ निर्देश भी दिए।

राजकोट की सभा में लोगों ने श्री वल्लभभाई का तुमुल हर्षध्वनि से स्वागत किया। सरदार ने अपने भाषण की शुरुआत ठाकुर साहब को धन्यवाद देते हुए की। ठाकुर साहब ने उसी दिन दीवान को आदेश दिया था कि वे राजकोट के तत्कालीन राजा साहब और श्री वल्लभभाई के बीच 26 दिसम्बर 1938 को हुए समझौते का पालन करें।

यह सन्दर्भ 1938 के राजकोट सत्याग्रह का था। उस समय रियासत के विवेकहीन प्रशासन, अपव्यय, आन्तरिक दाँव-पेंच आदि के कारण राज्य का खजाना खाली हो चुका था। आय बढ़ाने के लिए राज्य ने जनता पर भारी कर लगा दिया था। कुछ एकाधिकार भी दिए गए थे और राज्य के संसाधन बेचे जा रहे थे।

यह वही राज्य था कभी जिसके दीवान महात्मा गांधी के पिता श्री कबा गांधी रह चुके थे, यहीं ढेबरभाई और उनके साथी सत्याग्रह के दौरान गिरफ्तार किए गए थे। एक बार स्वयं महात्मा गांधी को इस राज्य की दुरावस्था के कारण उपवास करना पड़ा था।

राजकोट सत्याग्रह के विषय में बोलने के बाद श्री वल्लभभाई ने कहा कि उनकी यात्रा का मुख्य उद्देश्य जूनागढ़ के प्रशासन को सँभालना है। जूनागढ़ में प्रशासन अस्त-व्यस्त हो जाने का दुष्प्रभाव पूरे काठियावाड़ पर पड़ रहा है।

सरदार श्री ने कहा, ''आपको मालूम है कि नवाब ने जूनागढ़ छोड़ दिया है, इस के लिए एक गोली भी नहीं चलानी पड़ी। नवाब के माथे पर यह सारी समस्या उन लोगों की गलत सलाह से आई जो पाकिस्तान की चालबाजी के कारण शरारत करने पर उतारू थे। जूनागढ़ में पाकिस्तान के दखल देने का कोई कारण नहीं था।''

विभाजन के विषय में उनकी पीड़ा उभर आई। उन्होंने कहा, ''हमने विभाजन स्वीकार किया। हमने ऐसा इस आशा से किया कि दो भाइयों के बीच का झगड़ा अन्तिम रूप से समाप्त हो जाए। हमने सोचा था कि अपने ही संयुक्त परिवार के एक जिद्दी भाई की माँगें पूरी कर हम दोनों के लिए शान्ति और समृद्धि लाएँगे।''

श्री वल्लभभाई ने पंजाब और रामपुर की स्थिति का उल्लेख करने के बाद जूनागढ़ के विषय में कहा, ''हमने उन्हें चेतावनी दी, उनसे आग्रह किया, उनसे तर्क संगत बातें कीं पर उनकी जिद पर पार नहीं पा सके! मांगरोल, बाबरियावाड़ और माणावदर में सेना काठियावाड़ में शान्ति बनाए रखने और उन रियासतों की रक्षा के लिए भेजी गई जिन्होंने भारतीय संघ में विलय को स्वीकार कर लिया था। जूनागढ़ के प्रशासन को भारत सरकार के हाथों में सौंपने का निर्णय नवाब साहब का था और इसे जूनागढ़ की जनता का समर्थन प्राप्त था।''

सरदार ने हिन्दुओं और मुसलमानों को पिछली बातें भूलकर प्रसन्नतापूर्वक रहने को कहा।

अगले दिन 13 नवम्बर को श्री वल्लभभाई जूनागढ़ गए जहाँ बहाउद्दीन कॉलेज में एक विशाल जन-सभा का आयोजन किया गया था। जितेनभाई, चमनभाई, दिनेशभाई एवं अन्य साथी समय से पहले वहाँ पहुँच गए ताकि वे सरदार को निकट से देख सकें। जूनागढ़ में लोगों ने सरदार श्री का हार्दिक स्वागत किया।

श्री वल्लभभाई ने अपने भाषण में लोगों को बधाई दी। उन्होंने काठियावाड़ सुरक्षा बल और जूनागढ़ प्रशासन की भी प्रशंसा की और कहा कि गलत सलाह के कारण नवाब को भारी कीमत चुकानी पडी। उन्होंने लोगों से पूछा क्या वे जूनागढ़ समस्या के इस समाधान को स्वीकार करते हैं? हजारों हाथ उनके समर्थन में ऊपर उठ गए।

सरदार ने वहाँ हैदराबाद की स्थिति का भी जिक्र किया। उन्होंने कहा, ''आज या कल, हैदराबाद की स्थिति भी वही होगी जो उन अन्य रियासतों की हुई जिन्होंने अपने स्वामित्व के लिए जनता की इच्छा को कुचलने की चेष्टा की। हैदराबाद की समस्या भारत की और सिर्फ भारत की समस्या है।''

इस सभा के बाद जितेनभाई अपने कुछ परिचित मित्रों से मिले जिन्होंने बताया कि अगले दिन श्री वल्लभभाई प्रभास पाटन जा रहे हैं। जितेनभाई, चमनभाई और अन्य सभी सहयोगी वहाँ पहुँचे। श्री वल्लभभाई नवानगर के जामसाहब श्री दिग्विजयसिंह जी, श्री काका साहब गाडगिल एवं अन्य साथियों के साथ दीपावली

के दूसरे दिन, 13 नवम्बर 1947 को सोमनाथ पहुँचे। उनकी आँखों के सामने सौराष्ट्र के महान गौरव का भग्नावशेष मानो फिर किसी उद्धारक की प्रतीक्षा कर रहा था। सरदार श्री सौराष्ट्र के इस सुप्रसिद्ध मन्दिर की ऐसी दुर्दशा देखकर व्यथित हो गए। वे सागर तट पर गए और उन्होंने सागर का जल अंजुलि में लेकर संकल्प लिया कि वे इस मन्दिर का जीर्णोद्धार करेंगे।

इसके बाद, निकटस्थ अहिल्याबाई मन्दिर के प्रांगण में आयोजित एक जनसभा में उन्होंने मन्दिर के पुनर्निर्माण के अपने संकल्प की घोषणा की जिसका उपस्थित जन-समूह ने तुमुल हर्षध्वनि से स्वागत किया। जाम साहब ने सोमनाथ में एक भव्य मन्दिर के निर्माण के लिए एक लाख रुपयों का सहयोग देने की इच्छा घोषणा की। श्री शामलदास गांधी ने इक्यानवे हजार रुपए देने का निर्णय लिया।

इस महत्त्वपूर्ण घोषणा को सुनकर लोग खुशी से झूम उठे।

चमनभाई ने जितेनभाई से कहा, ''इस महान सफलता का उत्सव मनाईये जितेनभाई, हम लोग आपको ऐसे छोड़नेवाले नहीं हैं!''

जितेनभाई ने कहा, ''मैं कहाँ भागा जा रहा हूँ? यह श्री वल्लभभाई के लिए एक बड़ी उपलब्धि है, पर उन्हें अभी कई और बड़े काम करने बाकी हैं।''

प्रभुभाई ने कहा, ''मैंने तो पहले ही कहा था कि सरदार के हाथों में जो भी काम दिया जाएगा, वे उसे अच्छी तरह सम्पन्न करेंगे।''

उन्होंने चमनभाई की ओर देखते हुए कहा, ''मैंने कहा था कि नहीं?''

चमनभाई के पास सर हिलाने के सिवा कोई चारा नहीं था। बात भी सच थी।

इसके तुरत बाद जूनागढ़ का प्रशासन व्यवस्थित कर दिया गया। दिनेशभाई ने बताया कि भारतीय रिजर्व बैंक ने 1.29 करोड़ रुपयों के नए नोट जारी कर दिए। ये रुपए नवाब अपने साथ ले गए थे। नवाब साहब कुछ कुत्ते भी छोड़ गए थे जिन्हें बेच दिया गया। इससे सरकार को 16,000 रुपए प्रतिमाह की बचत हुई जो उनकी रख-रखाव पर खर्च होते थे।

बाद में 20 फरवरी 1948 को सरकार ने बम्बई के एक जज श्री सी. बी. नागरकर की देखरेख में एक जनमत संग्रह करवाया। श्री नागरकर न तो हिन्दू थे न मुसलमान। इस मत संग्रह में 2,01,457 मतदाता थे, जिनमें से 1,90,870 लोगों ने मतदान में भाग लिया। पाकिस्तान में विलय के पक्ष में मात्र 91 वोट पड़े, शेष सभी वोट भारत में विलय के पक्ष में थे। इसी प्रकार के जनमत संग्रह में मांगरोल, बंतवा, सरदारगढ़ और माणावदर के लोगों ने भारी मतों से भारत में विलय के पक्ष में मतदान दिया। कुल 39,434 वोटों में से मात्र 39 वोट पाकिस्तान में विलय के पक्ष में पड़े।

बाद में जूनागढ़ के लिए श्री शामलदास गांधी की अध्यक्षता में एक कार्यकारिणी समिति बनाई गई जिसके सदस्य श्री दयाशंकर दवे और श्रीमती पुष्पादेवी मेहता चुने

गए। इस समिति ने श्री शामलदास गांधी की अध्यक्षता में प्रशंसनीय कार्य किए। जब सौराष्ट्र संघ का गठन हुआ तब जूनागढ़ एवं मांगरोल, बाबरियावाड़ माणावदर आदि इसमें सम्मिलित हो गए।

जितेनभाई ने कहा, ''यह सब श्री वल्लभभाई की सूझ-बूझ, उनके कुशल नेतृत्व और उनकी अद्भुत निर्णायक क्षमता के कारण सम्भव हो सका।''

उन्होंने प्रभुभाई की ओर देखते हुए पूछा, ''है न प्रभुभाई!''

प्रभुभाई ने स्वीकृति में सर हिलाया।

जयन्तीभाई दिनेशभाई के समाचार पत्र के लिए काम करने लगे थे। उन्होंने खबर दी कि श्री वल्लभभाई उड़ीसा के राज्यों के भारतीय संघ में विलय पर काम कर रहे हैं। हरिपुरा कांग्रेस के बाद कई रियासतों में प्रजामंडल बन गए थे जो जनतांत्रिक अधिकारों की माँग कर रहे थे। उड़ीसा के तालचर में भी ऐसे प्रजामंडल संगठित कर लिए गए थे।

श्री हरेकृष्ण महताब की अध्यक्षता में गठित एक समिति ने उड़ीसा के 26 राज्यों के उड़ीसा राज्य में विलय की अनुशंसा की थी। उन्होंने अप्रैल 1946 में क्रिप्स मिशन को भी इस आशय का पत्र लिखा था। इन रियासतों के शासक एकीकरण के विरोध में थे, वे प्रजामंडलों के कार्य में बाधा डालते थे और उनके सदस्यों के बीच भेदभाव बढ़ाने की कोशिश करते रहते थे। एकीकरण को रोकने के उद्देश्य से उड़ीसा और छत्तीसगढ़ के 31 रजवाड़ों ने रायपुर में एक सभा में सम्मिलित होकर पूर्वी राज्यों का एक संगठन बनाया जो 1 अगस्त 1947 से कार्य करने लगा। इस संगठन के सचिवालय का खर्च उन राज्यों द्वारा चलाया जाता था। कुछ रजवाड़े तो आदिवासियों और गैर-आदिवासियों के बीच तनाव भी उकसाते थे। नीलगिरि में संथालों ने गैर आदिवासियों पर तीर कमान लेकर हमला बोल दिया था। स्थिति नियंत्रण के बाहर हो गई थी।

जितेनभाई ने बताया, '' श्री हरेकृष्ण महताब ने प्रधानमंत्री से आग्रह किया है कि नीलगिरि का प्रशासन भारत सरकार अपने हाथों में ले ले।''

प्रभुभाई ने कहा, ''महताब साहब श्री वल्लभभाई के पुराने सहयोगी हैं।''

जितेनभाई ने कहा, ''हाँ, वे दोनों एक दूसरे का बहुत सम्मान करते हैं। भारत सरकार ने 14 नवम्बर को इसकी अनुमति दे दी और बालासोर के जिलाधिकारी को आदेश दिया कि वह भारत सरकार की ओर से नीलगिरि का प्रशासन अपने हाथों में ले लें।''

चमनभाई ने पूछा, ''और राजाओं के पूर्वी संघ का क्या हुआ?''

जितेनभाई ने बताया, '' श्री वल्लभभाई ने वी.पी. मेनन साहब और सम्बलपुर के क्षेत्रीय कमिश्नर के साथ सलाह करने के बाद निर्णय लिया कि इस संगठन को मान्यता नहीं दी जाएगी। साथ ही बी और सी ग्रुप के राज्यों को कुछ विषयों के

संयुक्त प्रशासन के उद्देश्य से प्रान्तीय सरकार के नियंत्रण में लाया जाएगा। बी और सी श्रेणी के राज्यों के नरेशों की एक बैठक भी कटक में बुलाई गई है।''

दिनेशभाई ने बताया कि वे और जयन्तीभाई उड़ीसा जा रहे हैं। वहाँ 13 दिसम्बर को श्री वल्लभभाई अपनी टीम के साथ आ रहे हैं। वे उड़ीसा के नरेशों से आग्रह करेंगे कि वे भारतीय संघ में सम्मिलित हो जाएँ।

जयन्तीभाई वहाँ से लगातार खबरें भेजते रहे। जितेनभाई और चमनभाई ने उन समाचारों को प्रकाशित किया और लोगों को बताया कि सभी सहयोगियों ने वहाँ बहुत अच्छा काम किया।

जितेनभाई ने कहा, ''गवर्नमेंट हाउस में 14 दिसम्बर को बी और सी ग्रुप के राजाओं की एक सभा आयोजित की गई। इस सभा में इस श्रेणी के 15 राजाओं में से 12 राजाओं ने भाग लिया।''

किसी ने पूछा, ''वे कौन कौन से राज्यों के नरेश थे?''

जितेनभाई ने अपने कागज-पत्र देखकर कहा, ''इस सभा में कई प्रमुख नरेश सम्मिलित हुए। मैं उनमें से कुछ के नाम पढ़ता हूँ। ये हैं—तालचर के राजा हृदय चन्द्र देव बीराबर हरि चन्दन, रणपुर के राजा ब्रजेन्द्र नरेंद्र महापात्र और उनकी माता जी राजमाता मंजरी देवी, खंडापाड़ा के राजा हरिहर सिंह मार्द्राज भ्रमरबर राय, दासपल्ला के राजा बहादुर किशोर चन्द्र देव भंज एवं अन्य नरेश।''

जितेनभाई ने कहा, ''सभा में भाग लेने वाले 12 राज्य हैं—अठगढ़ा, बरम्बा, हिंडोल, खरसावाँ, खंडापाड़ा, नरसिंघपुर, नीलगिरि, पल्लाहारा, रैराखोल, रणपुर और तालचर।''

जितेनभाई ने आगे कहा, ''जयन्तीभाई ने बड़ी मेहनत से पूरा विवरण तैयार कर भेजा है। सरदार ने सौहार्द्रपूर्ण वातावरण में इस सभा के उद्देश्य से लोगों को अवगत कराया और कहा कि लोगों में असन्तोष बढ़ रहा है और राज्यों में असुरक्षा का माहौल है। वे एक परिवार के अंग के रूप में अपने परिवार के पास इस पारिवारिक समस्या का हल निकलने के उद्देश्य से आए हैं। शान्ति और विकास लिए एक मजबूत उड़ीसा का होना आवश्यक है। कई छोटे राज्यों के पास संसाधनों की कमी है।''

प्रभुभाई ने कहा, ''यही तो सरदार श्री की विशेषता है। वे आत्मीयता के साथ सुख-दुःख साझा करने वाले शुभचिन्तक की तरह बातें करते हैं और लोगों में देश भक्ति की भावना का संचार करते हैं।''

जितेनभाई ने बताया, ''स्थिति का विश्लेषण करने के बाद उन्होंने राजाओं से आग्रह किया कि उड़ीसा और देश के हित में वे स्वत: अपने अधिकार छोड़ दें और एक मजबूत उड़ीसा के गठन में सहयोग दें। उनके सम्मान और उनके विशेषाधिकार की रक्षा भारत सरकार करेगी।''

साथ-साथ उन्होंने यह भी कहा, "यदि आप मेरा प्रस्ताव नहीं मानते तो मैं आपके राज्य की विधि-व्यवस्था की जिम्मेवारी नहीं ले सकता। आपको अपनी रक्षा स्वयं करनी होगी।"

"उनके वक्तव्य के बाद उपस्थित नरेशों ने कई प्रश्न किए जिनका सन्तोषजनक उत्तर सरदार और उनके सहयोगियों ने दिया। जब रणपुर के युवा राजा ने पूछा कि क्या वे विधान सभा का चुनाव लड़ सकते हैं तो श्री वल्लभभाई ने उत्तर दिया—"अरे कुएँ में छलाँग लगाने में क्या मजा है जब आप समुद्र में तैर सकते हैं!"

जितेनभाई ने बताया, इस प्रकार श्री वल्लभभाई ने उपस्थित सभी राजाओं को इतना प्रभावित किया कि उपस्थित 12 नरेशों ने उनके प्रस्ताव को मान लिया। यह भी निर्णय लिया गया कि अनुपस्थित 3 राज्यों-अठमल्लिक, बोनाई और तिगरिआ से उनकी सहमति के लिए सम्पर्क किया जाएगा। दोपहर में ए ग्रुप के राज्यों के शासकों की बैठक हुई। सरदार ने सारी स्थिति समझाई और उनसे विलय समझौते पर हस्ताक्षर करने का अनुरोध किया। उन्होंने कहा कि राज्य तो उड़ीसा के शरीर पर घाव की तरह हैं जिन्हें ठीक करना अथवा हटाना जरूरी है। यदि वे उनकी सलाह मानते हैं तो उन्हें निरोग कर दिया जाएगा अन्यथा वे जनता द्वारा हटा दिए जाएँगे।"

मयूरभंज के महाराजा ने कहा कि उनके राज्य में एक मंत्रिपरिषद गठित है, उन्हें कोई भी निर्णय लेने से पहले परिषद की राय लेनी पड़ेगी। वे सभा छोड़कर चले गए। कुछ अन्य राजाओं ने भी एकीकरण पत्र पर हस्ताक्षर करने से आना-कानी की। वास्तव में वे समय खींचना चाहते थे। पर श्री वी. पी. मेनन ने उन्हें सँभाला। कुछ शर्तों के साथ ढेनकनाल के राजा एकीकरणपत्र पर हस्ताक्षर करने को सहमत हो गए। उन्होंने कुछ अन्य राजाओं को भी मना लिया। आखिर में 12 राजाओं ने एकीकरण पत्र पर हस्ताक्षर कर दिए। बाद में मयूरभंज के राजा को भी अपनी भूल का अहसास हुआ और उन्होंने भी एकीकरण के प्रस्ताव पर अपनी स्वीकृति दे दी।

जितेनभाई ने बताया, "जयन्तीभाई लगातार खबरें भेज रहे हैं। उन्होंने लिखा है कि 14 दिसम्बर को एक जन सभा में सरदार श्री ने उडीसा के लोगों की साम्प्रदायिक सौहार्द्र बनाए रखने के लिए प्रशंसा की। सरदार श्री ने कहा कि एकता और परिश्रम के बल पर उड़ीसा समृद्ध हो सकता है। उन्होंने लोगों से आग्रह किया कि वे पारस्परिक भेदभाव को भूल जाएँ और महात्मा गांधी के बताए मार्ग को अपनाएँ, छुआ-छूत मिटाएँ और साम्प्रदायिक एकता के मार्ग पर चलें।"

"जयन्तीभाई ने यह खबर भी भेजी है कि श्री वल्लभभाई ने नागपुर में छत्तीसगढ़ के 10 राज्यों के राजाओं को सम्बोधित किया है। उन्होंने कटक में सम्पन्न हुई बैठक और समझौते के विषय में जानकारी दी और उनसे एकीकरण के समझौते पर हस्ताक्षर करने को कहा। सरदार की बातों से प्रभावित होकर उन 10 राजाओं ने एकीकरण पत्र पर हस्ताक्षर कर दिए।"

अगले सप्ताह जितेनभाई ने लोगों को उस वक्तव्य के विषय में बताया जिसे सरदार श्री ने दिल्ली पहुँचने पर जारी किया था। सरदार ने अपने वक्तव्य में उड़ीसा और छत्तीसगढ़ के राजाओं की प्रशंसा की थी और उन्हें धन्यवाद दिया था।

''सरदार श्री ने लिखा है कि उन राजाओं ने स्थिति की वास्तविकता को समझा और लोक-हित में अपनी उदारता दिखलाई। राजाओं के निर्णय में जनता के तथा देश के हित में उनके स्वामित्व और अधिकारों के स्वेच्छापूर्वक त्याग के दर्शन होते हैं। मुझे आशा है कि लोग उनकी उदारता और त्याग की प्रशंसा करेंगे।''

# अध्याय : तीन

शीत ऋतु के कारण दिन छोटे हो रहे थे। चमनभाई के बड़े बेटे कांतिभाई अहमदाबाद में अनाज का निर्यात करने वाली कम्पनियों को थोक आपूर्ति करने के व्यवसाय में व्यस्त थे। चमनभाई के छोटे बेटे जयन्तीभाई दिनेशभाई के साथ समाचार पत्र के कार्य में लगे थे, उन्हें प्रायः बाहर जाना पड़ता था।

जूनागढ़ से व्यापार सामान्य हो चुका था, जिससे व्यापारियों, कर्मचारियों और मजदूरों को बहुत राहत मिली थी। किन्तु जूनागढ़, उड़ीसा और छत्तीसगढ़ की घटनाओं के कारण अन्य कई राज्यों में लोक-शासन की माँग बढ़ रही थी। वहाँ प्रजापरिषद जैसे संगठनों को जनता सहयोग दे रही थी। काठियावाड़ में भी काठियावाड़ राजकीय परिषद कार्यरत थी जिसे महात्मा जी और श्री वल्लभभाई जैसे नेताओं के निर्देशन का लाभ मिल चुका था।

चमनभाई के मन में कभी-कभी प्रश्न उठता था कि काठियावाड़ में तो बड़े और छोटे कई तरह के राज्य हैं, उन सबों को एकीकृत करने में काफी दिक्कतें आएँगी। जितेनभाई भी उनकी चिन्ता के सहभागी थे, "मैं भी यही सोचता हूँ चमनभाई। काठियावाड़ में 14 सलामी वाले राज्य, 17 ना सलामी वाले राज्य और 191 अन्य राज्य हैं। इन सब को एक सूत्र में बाँधना कोई सरल कार्य नहीं है।"

प्रभुभाई निश्चिन्त थे, "तुम लोग चिन्ता पालते रहो। मैं तो बिलकुल निश्चिन्त हूँ। हमारे सरदार श्री यहाँ की हालत खूब अच्छी तरह जानते हैं, उन्होंने इन राज्यों के लिए जरूर अपनी योजना बना ली होगी।"

चमनभाई ने कहा, "हमारी सारी उमीदें तो उन्हीं पर टिकी हैं। मैं काठियावाड़ की स्थिति समझना चाहता हूँ। यहाँ तो बडे, छोटे और अति छोटे राज्य हैं। एक ओर भावनगर, ध्रांगध्रा, ध्रोल, गोंडल, जफराबाद, लिम्ब्डी, मोरवी, पालिताना, पोरबन्दर, राजकोट, वाधवान जैसे राज्य तो दूसरी ओर...."

प्रभुभाई ने बात काटते हुए कहा, "और वेजानोनेस-जिसमें मात्र 200 लोग रहते हैं और जिसका क्षेत्रफल एक चौथाई वर्गमील है!"

चमनभाई ने कहा, "इससे समस्या बढ़ जाती है!"

जितेनभाई ने प्रवेश किया, "किस समस्या की बात कर रहे हो चमनभाई? मैं तो समाधान की खुशखबरी लेकर आया हूँ!"

सब लोग उत्सुकतापूर्वक उन्हें देखने लगे। जितेनभाई ने बैठते हुए कहा, "भावनगर के महाराजा साहब ने इसमें अगुआई की है। वे महात्माजी से मिले थे, बापू ने उन्हें श्री वल्लभभाई से मिलने को कहा। सरदार श्री ने उन्हें जनता की भावनाओं का सम्मान करते हुए भारतीय संघ में विलय की राय दी। राजा साहब ने इसे स्वीकार कर लिया और कहा कि बापू जो भी प्रिवी पर्स निर्धारित कर देंगे वह उन्हें मान्य होगा।"

लोगों ने तालियाँ बजाकर इस सुसंवाद का स्वागत किया।

"सुनो, सुनो। अभी मेरी बात समाप्त नहीं हुई है। ऐसा निर्णय लिया गया है कि भावनगर में, प्रजामंडल के नेता श्री बलवन्तराय मेहता की अध्यक्षता में लोक सरकार का गठन किया जाएगा। लोक सरकार का उद्घाटन श्री वल्लभभाई द्वारा 15 जनवरी को किया जाएगा।"

"आपको बहुत-बहुत धन्यवाद, जितेनभाई, "प्रभुभाई ने जोरों से तालियाँ बजाकर उन्हें बधाई दी।

प्रफुल्लित जितेनभाई ने कहा "प्रभुभाई, तालियाँ मेरे लिए नहीं, सरदार श्री के लिए बजाओ!"

सब लोगों ने जय घोष किया, "सरदार वल्लभभाई पटेल की जय!"

चमनभाई ने कहा, "यह काठियावाड़ में राज्यों के संगठित होने की शुरुआत है। प्रभुभाई, मुँह मीठा कराओ।"

प्रभुभाई ने एक लड़के को बुलाकर मिठाई लाने के लिए कुछ पैसे दिए। वे बार-बार अपने पैसों को गिन रहे थे, उनकी कंजूसी देखकर लोग हँसने लगे।

चमनभाई ने कहा, "अरे, कंजूसी क्यों करते हो? आज तो खुशी का दिन है, लो कुछ मेरी तरफ से भी मिला लो!"

जितेनभाई ने कहा, "सचमुच यह एक बहुत अच्छी खबर है। भावनगर के महाराजा साहब ने इतनी बढ़िया शुरुआत की है, देखना उनसे अन्य राज्य भी प्रेरणा लेंगे।"

प्रभुभाई ने कहा, "मुझे लगता है कि ध्रांगध्रा के मेधावी महाराजा संयुक्त काठियावाड़ के पक्ष में आगे आएँगे।"

भावनगर के लिए 15 जनवरी का दिन अत्यन्त महत्त्वपूर्ण था। जितेनभाई, चमनभाई, दिनेशभाई, प्रभुभाई एवं अन्य सहयोगी वहाँ गए। भावनगर में श्री बलवन्तराय मेहता की अध्यक्षता में एक नई सरकार का गठन हुआ। उसी दिन सरदार पटेल ने राजकोट में एक विशाल जन सभा को सम्बोधित करते हुए कहा कि छोटी-छोटी तलैयों में पानी स्थिर हो जाता है, पर अगर ये आपस में मिल जाते हैं तो शीतल जल की एक झील बन जाती है जिसका लाभ सभी उठाते हैं।

और प्रसन्नता की इन घड़ियों के बीच अचानक 30 जनवरी 1948 की वह मनहूस संध्या भी आई जब अहिंसा के पुजारी और करोड़ों लोगों के आराध्य की हृदय-विदारक हत्या कर दी गई। सारा देश शोक में डूब गया।

चमनभाई को इस खबर पर विश्वास नहीं हुआ। उन्होंने सोचा, ''ऐसा कैसे हो सकता है? क्या कोई बापू जैसे सन्त और शान्ति अहिंसा के पुजारी की हत्या कर सकता है?''

लेकिन यह कटु सत्य शीघ्र ही पूरे विश्व में प्रसारित हो गया कि करोड़ों के पूज्य बापू प्रार्थना सभा में ही गोलियों के शिकार हुए।

शोकाकुल जितेनभाई और उनके सभी सहयोगी तुरत दिल्ली जाना चाहते थे पर उन्हें गाड़ी में जगह नहीं मिली। शोक से विह्वल जब वे किसी तरह दिल्ली पहुँचे तो उन्होंने लोगों को अपनी ही तरह दुःख से व्याकुल पाया। कई लोग इस ग्लानि से भी ग्रीवानत थे कि अहिंसा के पुजारी की उसके ही देश में प्रार्थना सभा में हत्या कर दी गई।

जितेनभाई ने बताया कि बापू की हत्या से थोड़ी देर पहले ही श्री वल्लभभाई उनसे मिलकर गए थे। सरदार श्री मंत्रिमंडल से अपना त्यागपत्र देना चाहते थे, पर गांधीजी ने उनसे कहा था कि देश को उनकी और पंडित नेहरू की-दोनों की जरूरत है। उन्हें अभी एक साथ मिलकर काम करना है।

बापू के दोनों विश्वस्त सहयोगियों के ऊपर बहुत बड़ी जिम्मेवारी आ गई। बड़ी कठिनाई से दोनों ने अपने आप को संयत किया और साथ-साथ देश को सम्बोधित करने आकाशवाणी गए। पंडित जी ने अंग्रेजी में देश को सम्बोधित किया, सरदार श्री ने हिन्दी में।

कुछ दिनों बाद दिनेशभाई ने बताया, ''राजनीतिक क्षेत्रों में इस बात पर सन्तोष है कि दोनों नेता अपने मतभेद भूलकर देश को मजबूत करने के इरादे से काम में लग गए हैं। उन्होंने अपना दुःख कर्तव्य की वेदी पर अर्पित कर दिया है और वे बापू के सपनों को पूरा करने के उद्देश्य से एक साथ काम कर रहे हैं।''

श्री वल्लभभाई के निर्देशन में संयुक्त काठियावाड़ के गठन के प्रस्ताव पर वहाँ के राजाओं से चर्चा चल रही थी। श्री वल्लभभाई के कुशल नेतृत्व और उनकी प्रशासनिक क्षमता का सुन्दर परिणाम यहाँ भी देखने को मिला। उनके प्रयासों से 22 जनवरी 1948 को संयुक्त काठियावाड़ की स्थापना के प्रस्ताव पर राजाओं की सहमति मिल गई। नवानगर के जामसाहब ने संयुक्त काठियावाड़ के प्रस्ताव का समर्थन किया। अन्य शासकों ने एकजुट होकर इस प्रस्ताव को स्वीकार किया।

एक संयुक्त काठियावाड़ का जन्म हुआ। श्री वल्लभभाई ने 15 फरवरी 1948 को इसका उद्घाटन किया, जामसाहब इसके राजप्रमुख बनाए गए और श्री उच्छरंगराय नवल शंकर ढेबर मुख्य मंत्री चुने गए। संयुक्त काठियावाड़ की स्थापना श्री वल्लभभाई,

श्री वी. पी. मेनन और उनके सहयोगियों की सूझ-बूझ और उनके अथक प्रयास के फलस्वरूप हुई।

श्री वल्लभभाई के पास बधाईयों की मधुर बरसात होने लगी। जामसाहब को बधाई देते हुए पंडित नेहरू ने कहा, "आपकी कुशल राजनीतिक दूरदृष्टि से जनित इस कार्य से काठियावाड़ के लोगों में आर्थिक समृद्धि और खुशहाली आएगी।"

जामसाहब ने स्पष्ट रूप से कहा, "ऐसा नहीं कि हम थक गए थे और विश्राम की स्थिति में आ गए थे, नहीं हमें किसी ने इस बात को मानने के लिए दबाव डाला। हमने स्वतः अपनी राजसत्ताओं को एक साथ लाकर जोड़कर संयुक्त काठियावाड़ बनाया है, ताकि काठियावाड़ की और देश की एकता और भी पूरी तरह मजबूत की जा सके। हमने संयुक्त काठियावाड़ इसलिए बनाया है कि हमारे लोगों को ऐसी सरकार मिले जो वर्तमान समय में उनको सर्वाधिक स्वीकार्य है। मुझे आशा है और मेरी प्रार्थना भी है कि यह उनके लिए लाभदायक सिद्ध हो।"

बाद में, संयुक्त काठियावाड़ राज्य का नाम संयुक्त सौराष्ट्र कर दिया गया। छोटे-छोटे तालाबों को मिलाकर शीतल जल की झील बनाने का सरदार का सपना पूरा हुआ।

"कितनी महान उपलब्धि है!" जितेनभाई ने कहा।

दुर्भाग्यवश, बापू इस शुभ दिन को नहीं देख सके।

दिनेशभाई के समाचार पत्र के पाठकों की संख्या बढ़ रही थी, उनके पत्र में सही जानकारी समय पर उपलब्ध कराई जाती थी। इसके लिए वे, जयन्तीभाई और उनके अन्य सहयोगी बहुत परिश्रम करते थे। कई बार तो उन लोगों को सारी रात जागना पड़ता था।

जयन्तीभाई ने खबर भेजी कि कोल्हापुर और दक्षिण के राज्य बम्बई प्रान्त में सम्मिलित हो गए हैं। कुछ दिनों बाद विंध्य प्रान्त का गठन भी हो गया।

देश प्रेम का आह्वान कई नरेशों को प्रेरित कर रहा था। ग्वालियर के महाराज 21 तोपों की सलामी पाने वाले ऐसे पहले नरेश बने जिन्होंने भारतीय संघ में सम्मिलित होने का गौरव प्राप्त किया। कुछ आरंभिक हिचकिचाहटों के बाद इन्दौर के महाराजा ने भी भारतीय संघ में विलय की स्वीकृति दे दी। श्री वल्लभभाई, श्री वी. पी. मेनन एवं उनके साथियों के प्रयास से 28 मई 1948 को मध्य भारत संघ की स्थापना हो गई और प्रधान मंत्री पंडित नेहरू के कर कमलों द्वारा इसका उद्घाटन हो गया।

इन अच्छी खबरों के बीच सरदार के बिगड़ते स्वास्थ्य का समाचार भी मिल रहा था। निरन्तर परिश्रम और चिन्ता के कारण उनका स्वास्थ्य ठीक नहीं रहता था, उन्हें हृदय आघात हुआ था और वे देहरादून में स्वास्थ्य लाभ कर रहे थे। पर वहाँ से भी वे श्री मेनन, श्री शंकर एवं अन्य सहकर्मियों को उचित निर्देश देते रहते थे।

उनके निर्देश पर श्री मेनन पटियाला के महाराजा से लगातार सम्पर्क में थे। सरदार पटेल के कुशल निर्देशन के कारण वे अपने प्रयास में सफल हुए और उन्होंने पटियाला के भारतीय संघ में विलय पर महाराजा की स्वीकृति ले ली। अपने खराब स्वास्थ्य के बावजूद सरदार पटेल 15 जुलाई 1948 को पटियाला संघ के उद्घाटन के लिए गए। पटियाला संघ की स्थापना में पटियाला के महाराजा ने महत्त्वपूर्ण योगदान दिया। उनके प्रयास से उस इलाके के अन्य शासक भी इस संघ को बनाने के लिए राजी हो गए।

अपने उद्घाटन भाषण में सरदार ने कहा, ''हमारे समक्ष भारत के इतिहास का एक नया अध्याय खुल रहा है। शताब्दियों में ऐसा पहली बार ऐसा हुआ है कि भारत अपने आप को सही अर्थों में एकीकृत कह सकता है। लेकिन हमें इस बात का दृढ़ निश्चय कर लेना चाहिए कि हम ऐसा कुछ न करें जिससे भारत पहले जैसा गुलाम हो जाए। हमें यह भी समझना चाहिए कि देशों के समूह में हमें अपना उचित स्थान अनायास नहीं मिलेगा, उसे पाने के लिए हमें कठोर परिश्रम करना पड़ेगा।''

श्री वल्लभभाई ने श्रोताओं को पूर्व में दिए गए अपने वक्तव्य की याद दिलाई जिसमें उन्होंने कहा था कि यदि हम राजाओं को अच्छी तरह समझाएँ और उनके साथ उचित व्यवहार करें तो वे लोक हित में स्वयं अपनी सत्ता छोड़ देंगे।

उन्होंने लोगों से आग्रह किया कि पाकिस्तान जाने वाले शरणार्थियों को बिना किसी बाधा के पाकिस्तान जाने दें।

श्री वल्लभभाई ने कहा, ''उनकी हार्दिक इच्छा है कि भारत को पूरी तरह सुरक्षित रखा जाए। यह हर भारतीय का कर्तव्य होना चाहिए कि आन्तरिक और वाह्य सुरक्षा में कहीं कोई कमजोर कड़ी न रह जाए।''

सरदार पटेल ने पटियाला के महाराजा साहब को अपना भाई और मित्र बताया और भारत की एकता लिए किए गए उनके त्याग की हार्दिक प्रशंसा की। उन्होंने कहा कि महाराजा ने ऐसे समय में देश में समन्वय और एकता के लिए कदम उठाए जब राजाओं में हमारे बहुत कम हमदर्द थे। भारत को राजाओं के राजा-स्थान बनाकर उसे टुकड़ों-टुकड़ों में बाँटने के प्रयास जारी थे। यह उनका देशभक्ति पूर्ण नेतृत्व था जिससे भारतीय संघ में विलय के मामले में राजाओं की सोच में परिवर्तन आया।

उन्होंने कहा, ''देश का भविष्य लोगों के हाथों में है, वे ही इसे बना या बिगाड़ सकते हैं।''

अपने भाषण में सरदार ने हैदराबाद का भी उल्लेख करते हुए कहा कि कई लोगों ने मुझसे पूछा है कि हैदराबाद में क्या होने वाला है? वे भूल गए हैं कि मैंने जूनागढ़ में साफ-साफ कहा था कि यदि हैदराबाद सही रास्ते पर नहीं आता तो उसका भी वही हाल होगा जो जूनागढ़ का हुआ। ये बातें मैं अभी भी कहता हूँ। पूर्व गवर्नर जनरल लॉर्ड माउंटबेटन का विश्वास था कि वे इस समस्या का शान्तिपूर्ण

समाधान निकाल लेंगे। मैंने उन्हें प्रयास करने दिया। उन्होंने पूरी कोशिश की। उन्हें अन्त-अन्त तक समझौते की आशा थी, पर निज़ाम की जिद और उनके उपर धार्मिक कट्टरता के दुष्प्रभाव के कारण ऐसा नहीं हो सका।

"लेकिन मैं एक बात स्पष्ट कर देना चाहता हूँ। बातचीत की जिन शर्तों पर लॉर्ड माउंटबेटन समझौता करना चाहते थे, वे उनके साथ ही चली गई हैं। अब निज़ाम के साथ उन्हीं शर्तों के अनुसार समझौता होगा, जिन शर्तों के आधार पर अन्य रियासतों के साथ हुआ है।"

सरदार ने यह चेतावनी भी दी, "किसी भी बाहरी मदद से, जिन पर उनकी करुण आशा टिकी है, उनका काम नहीं बनेगा।"

दिनेशभाई और जयन्तीभाई दिल्ली गए थे। उन्होंने बताया कि भरतपुर और अलवर में हिंसा भड़क उठी थी। लोगों का कहना था कि उपद्रव की शुरुआत मीओ लोगों ने की थी। सरदार पटेल ने पहले ही संभावित हिंसा की आशंका से इन राज्यों को सचेत कर दिया था पर ये राज्य शान्ति व्यवस्था बनाए रखने में असफल रहे। भारत सरकार ने अलवर का नियंत्रण अपने हाथों में ले लिया और भरतपुर के महाराजा ने अपने राज्य का प्रशासन भारत सरकार को सौंपने का निर्णय लिया। बाद में धौलपुर और करौली ने भी राज्यों के प्रस्तावित संघ में शामिल होना स्वीकार कर लिया। 17 मार्च 1948 को मत्स्य संघ की स्थापना हुई जिसमें मेवात क्षेत्र के रजवाड़े अलवर, भरतपुर, धौलपुर, करौली सम्मिलित हुए।

दिनेशभाई ने बताया, "इन राज्यों के संघ का नाम मत्स्य संघ रखा गया है।"

चमनभाई ने पूछा, "यह नाम किसने सुझाया?

"श्री कन्हैयालाल मुंशी ने, "दिनेशभाई ने उत्तर दिया।"उन्होंने मत्स्य प्रदेश नाम का सुझाव इसलिए दिया कि वैदिक काल में इस भू-भाग में मत्स्य देश नामक एक राज्य था। सम्भवत: महाभारत काल में राजा विराट का राज्य इसी भू-भाग में था।"

जितेनभाई ने कहा, "यह एक और खुशखबरी है।"

दिनेशभाई ने कहा, "उदयपुर के महाराजा भी इस संघ में सम्मिलित होने वाले हैं।"

शीघ्र ही, 25 मार्च 1948 को बांसवाड़ा, बूंदी, कोटा, टोंक, झालवार, प्रतापगढ़, किशनगढ़, डूंगरपुर, खुशालगढ़, प्रतापगढ़ ने पूर्व राजस्थान संघ बनाया, 18 अप्रैल 1948 को उदयपुर भी इसमें सम्मिलित हो गया और इसका नाम संयुक्त राजस्थान कर दिया गया। मत्स्य संघ का इसमें विलय कर दिया गया। प्रधान मंत्री पंडित नेहरू ने 11 अप्रैल 1948 को राजस्थान संघ का उद्‌घाटन किया।

वहाँ से लौटकर जयन्तीभाई ने बताया, "राजस्थान में लोगों की खुशी तो देखने लायक थी। चारों ओर एक अप्रत्याशित उत्साह एवं उमंग का वातावरण था। सब लोग सरदार पटेल की बुद्धिमत्ता और उनकी प्रशासनिक क्षमता के कायल थे।"

''यहाँ तक कि उनके कटु आलोचकों को भी इतनी तेजी और सुगमता से राज्यों के भारतीय संघ में विलय पर आश्चर्य हुआ।''

दिनेशभाई ने कहा, ''अब बीकानेर, जयपुर, जैसलमेर और जोधपुर बचे है। ये राज्य अपना स्वामित्व बचाना चाहते हैं। पाकिस्तान भी इन्हें लुभा रहा है, पर भारत की सुरक्षा के लिए इनका भारतीय संघ में विलय अनिवार्य है।'' प्रभुभाई ने कहा, ''देखना, अपने सरदार श्री इस काम को भी सम्पन्न कर लेंगे।''

दिनेशभाई ने कहा ''राजस्थान संघ का गठन तो एक बहुत महत्त्वपूर्ण उपलब्धि है। यह देश को सरदार श्री की एक और बड़ी देन है। हम लोग उनके माथे पर एक के बाद एक बड़ी जिम्मेवारियाँ सौंपते जाते हैं और वे कुशलतापूर्वक अपनी पूरी लगन से उन्हें निभाते जाते हैं, एक-से-एक जटिल समस्याएँ हल करते जाते हैं। अपने खराब स्वास्थ्य के बावजूद, स्वास्थ्य लाभ करते हुए भी वे इन कठिन समस्याओं के समाधान में लगे रहते हैं। उनके दिमाग को कभी चैन-आराम नहीं मिलता।''

जितेनभाई ने कहा, ''हम लोग उनका स्वभाव जानते हैं। वे जब तक अपना निर्धारित लक्ष्य प्राप्त नहीं कर लेते, तब तक उस काम में लगे रहते हैं। अब वे वृहत्तर राजस्थान संघ बनाने के लिए प्रयत्नशील हैं और देखना वे इसे भी बनाकर ही रहेंगे। ये चार बड़े राज्य भी भारतीय संघ में मिल जाएँगे।''

चमनभाई ने हामी भरी, ''और उनके कुशल नेतृत्व में उनकी योग्य टीम भी लगातार काम कर रही है।''

सरदार श्री के प्रयासों से जयपुर, जोधपुर, बीकानेर और जैसलमेर तथा लावा और नीमरा भी वृहत्तर राजस्थान में सम्मिलित हो गए।

यह एक मुश्किल काम था जिसमें पारस्परिक सौहार्द्र और सहयोग की भावना से विचार विमर्श करना अनिवार्य था। कई वैधानिक और आर्थिक पहलुओं पर कठिन निर्णय लेने थे और देश की सुरक्षा को हमेशा सर्वोपरि रखना था। जयन्तीभाई इस काम की प्रगति की रिपोर्टिंग के लिए दिल्ली और राजस्थान गए थे। दिनांक 15 मई 1949 को मत्स्य संघ का भी वृहत्तर राजस्थान संघ में विलय कर दिया गया और इसे संयुक्त वृहत्तर राजस्थान का नाम दिया गया।

लम्बी प्रतीक्षा के बाद उन्होंने सुसंवाद भेजा, ''प्रधानमंत्री द्वारा 30 मार्च 1949 को वृहत्तर राजस्थान संघ का उद्घाटन जयपुर में किया जाएगा।''

बाद में, 26 जनवरी 1950 को सिरोही भी इसमें शामिल हो गया।

यह भी एक अत्यन्त महत्त्वपूर्ण उपलब्धि थी। इस अवसर पर अपना भाषण देते हुए श्री वल्लभभाई ने राजस्थान के महाराजाओं और राजाओं के त्याग और उनकी देशभक्ति की भरपूर प्रशंसा की। उन्होंने कहा, ''इतिहास में पहली बार भारत इतना बड़ा और एकीकृत हो सका है। हमें इसे सुदृढ़ बनाना है। हमारी स्वतंत्रता की भावना की जड़ें इतनी गहरी होने चाहिए कि उसे हिलाया न जा सके।''

उन्होंने अपने सहयोगी कांग्रेसियों को भी सलाह दी कि वे अधिकार और सत्ता की माँग महात्मा गांधी के सच्चे अनुगामी होने के नाते ही कर सकते हैं। अतः सत्ता, अधिकार और सम्मान पाने का उनका दावा भी तो गरीबों और पद दलितों के लिए उनके त्याग करने पर ही बन सकता है। हमारा उचित स्थान शक्ति केन्द्रों में नहीं बल्कि सेवा केन्द्रों में है।

श्री वल्लभभाई त्रावणकोर और कोचीन राज्यों के विलय के लिए उचित समाधान निकालने में प्रयत्नशील थे। त्रावणकोर के दीवान सर सी. पी. रामास्वामी अय्यर ने अचानक राज्य की स्वायत्तता की घोषणा कर सबको आश्चर्य, चिन्ता और दुःख में डाल दिया था। बाद में लॉर्ड माउंटबेटन, सरदार श्री और श्री मेनन के समझाने पर वे भारतीय संघ में विलय को सहमत हो गए थे।

सर सी. पी. ने जुलाई 1947 में त्रावणकोर छोड़ दिया था। सरदार साहब और मेनन साहब के सतत प्रयासों के फलस्वरूप 1 जुलाई 1949 को त्रावणकोर और कोचीन संघ की स्थापना हो गई।

मैसूर के महाराजा ने अगस्त 1947 में विलय पत्र पर हस्ताक्षर कर दिए थे, सरदार ने श्री मेनन को आदेश दिया कि वे उनका प्रिवी पर्स शीघ्र निर्धारित कर दें। श्री मेनन मैसूर गए और उन्होंने इस मामले को सुलझा लिया। इस विषय में दोनों पक्षों में सम्मानजनक समझौता हो गया।

अपनी अस्वस्थता के बावजूद श्री वल्लभभाई हैदराबाद की समस्या को सुलझाने में लगे थे।

# अध्याय : चार

कई दिनों से सारे देश की निगाहें हैदराबाद पर टिकी थीं। जब 3 जून 1947 को लॉर्ड माउंटबेटन ने भारत की आजादी के लिए 15 अगस्त 1947 की तिथि नियत की थी तब से कई अन्य राज्यों की तरह पारमॉन्ट्सी समाप्त होने पर, निज़ाम हैदराबाद की सम्प्रभुता के लिए प्रयत्नशील थे। उनकी इस योजना में उनके दरबारी, चाटुकार, धर्मोन्मादी रजाकार, कुछ ब्रिटिश राजनीतिज्ञ एवं अधिकारी आदि भी उनका सहयोग दे रहे थे। यहाँ तक कि ब्रिटिश प्रेस का एक भाग भी उनका हिमायती था। निज़ाम को धर्मांध सलाहकार सलाह देते रहते थे कि वे हैदराबाद को एक स्वतंत्र इस्लामिक राज्य बना दें।

जयन्तीभाई कई बार हैदराबाद गए, वे गाँव तथा शहरों में कई लोगों से मिले। वहाँ की स्थिति दिन-पर-दिन खराब होती जा रही थी। उन्होंने अहमदाबाद आकर बताया कि हैदराबाद राज्य के 1.6 करोड़ लोगों में 86 प्रतिशत हिन्दू, 12 प्रतिशत मुसलमान 1.25 प्रतिशत ईसाई हैं। राज्य में कई भाषा-भाषी लोग रहते हैं, करीब 70 लाख लोग तेलुगु भाषी हैं, 40 लाख लोग मराठी बोलते हैं और 20 लाख लोग कन्नड़।

जयन्तीभाई हैदराबाद से लगतार चिन्ताजनक समाचार भेज रहे थे। श्री वल्लभभाई के आग्रह पर लॉर्ड माउंटबेटन हैदराबाद की समस्या के समाधान के लिए भारत सरकार की ओर से अगुआई कर रहे थे, पर वे कोई भी कदम उठाने से पहले श्री वल्लभभाई और पंडित नेहरू की राय जरूर लेते थे। अपनी अस्वस्थता के बावजूद श्री वल्लभभाई, मेनन साहब और अन्य सम्बन्धित अधिकारियों को इस विषय में आवश्यक निर्देश देते रहते थे।

चमनभाई और उनके साथियों के लिए निज़ाम के इरादे को समझना कोई मुश्किल काम नहीं था। वे ऐसे सलाहकारों से घिरे थे जो उन्हें स्वतंत्र हैदराबाद का सब्ज़-बाग दिखलाते रहते थे।

पर, जयन्ती भाई की खबरों से वहाँ की जो वस्तुस्थिति मालूम हो रही थी वह बहुत चिन्ताजनक थी। ऐसा स्पष्ट था कि निज़ाम ऐसे धर्मांध लोगों के चंगुल में हैं जो हैदराबाद राज्य में और सीमावर्ती अन्य राज्यों में उपद्रव करा रहे हैं।

प्रभुभाई ने कहा, ''जयन्तीभाई जो खबरें भेज रहे हैं, उनका अनुमान तो हमें 26 जून 1947 को ही लग गया था जब निज़ाम ने फरमान जारी कर बतला दिया था कि हैदराबाद राज्य न तो संविधान सभा में भाग लेगा न भारतीय संघ में सम्मिलित होगा।''

चमनभाई ने कहा, ''पर, मेरी बेटी देवकी की ससुराल के लोगों का कहना है कि हैदराबाद की भौगौलिक स्थिति और व्यापार-धंधे का सिलसिला ऐसा है कि भारत के साथ उसे जुड़ना ही पड़ेगा, अन्यथा उसका सारा व्यापार ठप्प हो जाएगा।''

प्रभुभाई ने कहा, ''लेकिन निज़ाम के सलाहकार तो उन्हें ठीक उल्टी सलाह देते हैं। जो लोग हैदराबाद के हित में निष्पक्ष सलाह देना चाहते हैं, उनकी बात नहीं सुनी जाती, वहाँ की मीडिया भी ऐसे लोगों के विरुद्ध जहर उगलती है और जनता के बीच विष-वमन करती रहती है।''

जितेनभाई ने कहा, ''निज़ाम शुरू से कुछ विशेष अधिकार चाहते थे। जब 3 जून को ब्रिटिश सरकार ने भारत को स्वतंत्र करने की घोषणा की तभी से उनके चाटुकारों ने उनके कान भरने शुरू कर दिए। सन 1918 में निज़ाम को उनके उत्तराधिकार के कारण हिज एक्साल्टेड हाइनेस की पदवी दी गई थी। इंग्लैंड के महाराजा ने अपने हस्ताक्षर से उन्हें ब्रिटिश सरकार के विश्वस्त सहयोगी की उपाधि दी थी। ब्रिटिश हुकूमत में उनके कई शुभचिन्तक हैं। उनमें से कुछ महत्त्वपूर्ण लोग उसी पुरानी औपनिवेशिक मनोवृत्ति के हैं जो अपने स्वामिभक्त राजाओं के हितों की रक्षा करना चाहते हैं, दिल्ली से वार्ताओं के दौर चलते रहते हैं।''

''छतारी के नवाब की अध्यक्षता में उनका एक प्रतिनिधिमंडल लॉर्ड माउंटबेटन से मिला, पर निज़ाम तो हैदराबाद को भारतीय संघ में सम्मिलित होने देना ही नहीं चाहते। लॉर्ड माउंटबेटन उनलोगों को बार-बार समझाते हैं कि हैदराबाद का हित भारत में सम्मिलित होने में ही है, पर वे मानते ही नहीं हैं।

प्रभुभाई ने याद दिलाई, ''वहाँ के मजलिस-इ-इत्तेहादुल मुसलमान के सदस्यों ने धर्मोन्मादी कासिम रज़वी के बहकावे में आकर स्वतंत्रता दिवस का समारोह मनाने में कितनी बाधाएँ डाली थीं! लोगों को बेरहमी से पीटा गया था, घरों से भारत के झंडे उतार दिए गए थे, कई लोगों को जेलों में बन्द कर दिया गया था। इस अमानुषिक व्यवहार का उल्लेख पंडितजी ने संविधान सभा में भी किया था।''

जितेनभाई ने बताया ''निज़ाम ने इंग्लैंड के एक नामी वकील सर व्राल्टर मोंक्टन को अपना कानूनी सलाहकार नियुक्त किया है। उन्हें विश्वास है कि सर मोंक्टन, गवर्नर जनरल लॉर्ड माउंटबेटन से अपने नजदीकी सम्बन्धों का लाभ उठाकर उनकी मदद कर सकेंगे।''

छतारी के नवाब साहब की अध्यक्षता में 22 सितम्बर को जो प्रतिनिधिमंडल दिल्ली गया था, सर मोंक्टन उसके सदस्य भी थे। उस प्रतिनिधिमंडल ने उस समय

कश्मीर में पाकिस्तान के साथ हो रहे संघर्ष का भी लाभ उठाना चाहा। उसने यह धमकी भी दी कि अगर भारत सरकार हैदराबाद को भारत में मिलने के लिए बाध्य करेगी तो वहाँ के मुसलमान हिन्दुओं को मार डालेंगे। इस पर लॉर्ड माउंटबेटन ने कहा था कि रामपुर और भोपाल के विषय में भी दबाव बनाने के लिए ऐसी ही बातें कही जा रही थीं, किन्तु वे आधारहीन थीं। अगर हैदराबाद में लोग हिन्दुओं की हत्या करेंगे तो क्या भारत सरकार आँख मूँदकर चुपचाप बैठी रहेगी?''

जितेनभाई ने कहा, ''जयन्तीभाई ने लिखा है कि कासिम रज़वी और उसके आदमी चारो तरफ वैमनस्य का जहर फैला रहे हैं, घृणा पैदा करने वाले भाषण दे रहे हैं और हिन्दुओं के विरुद्ध हिंसा करवा रहे हैं। रजाकारों के पास अस्त्र-शस्त्र भी हैं। लोगों का विश्वास है कि उन्हें पाकिस्तान से भी इस मामले में पूरी मदद मिल रही है।''

प्रभुभाई ने सहमति व्यक्त की ''इसमें शक की क्या बात है? यह बात तो सबको मालूम है।''

जितेनभाई ने बताया ''एक-के बाद एक नई-नई शर्तों के साथ वार्ता शुरू होती है पर निज़ाम समझौता करने पर राजी नहीं होते। आखिर हारकर सर मोंक्टन त्यागपत्र देकर इंग्लैंड वापस लौट गए पर निज़ाम ने सोचा कि सर मोंक्टन के बिना तो दिल्ली में उनकी बात का विशेष प्रभाव नहीं पड़ेगा। उन्हें फिर वापस बुला लिया गया है।''

प्रभुभाई ने कहा, ''यह निज़ाम के हक में बहुत अच्छा हुआ कि सर मोंक्टन मान गए।''

जितेनभाई ने कहा, ''हाँ, उन्होंने तो 25 अगस्त 1947 को अपना त्यागपत्र दे दिया था, पर निज़ाम ने लॉर्ड माउंटबेटन से आग्रह किया कि वे सर मोंक्टन को वापस आने के लिए मना लें। लॉर्ड माउंटबेटन के आग्रह पर सर मोंक्टन दिल्ली आए और उन्होंने लॉर्ड माउंटबेटन को बताया कि उनके त्यागपत्र देने का कारण है—इत्तेहादुल मुसलमान द्वारा उन पर हैदराबाद प्रेस में लगाए गए आरोप। उनकी शर्त के अनुसार निज़ाम ने एक फरमान जारी कर इत्तेहादुल मुसलमान द्वारा सर मोंक्टन पर लगाए गए आरोपों की भर्त्सना की। इस के बाद सर मोंक्टन निज़ाम के सेवा में फिर कार्य करने को तैयार हो गए।''

''निज़ाम के प्रतिनिधि दिल्ली आते हैं, नई-नई शर्तें लाते हैं, भारत सरकार उन्हें यथा सम्भव छूट देती है, वे वापस जाते हैं पर उन शर्तों को मानने से इनकार कर देते हैं।''

प्रभुभाई ने कहा, ''यही हो रहा है, दिल्ली से हैदराबाद, हैदराबाद से दिल्ली! अरे, वे लोग नए-नए प्रस्ताव बना बनाकर समय खींच रहे हैं।''

जितेनभाई ने बतलाया, ''अब एक साल के लिए एक अन्तरिम समझौता करने की बात हुई है। यह तय हुआ है कि निज़ाम एक वर्ष के लिए विदेश सम्बन्ध, रक्षा

और आन्तरिक मामलों के विषय में एक अन्तरिम समझौते पर हस्ताक्षर कर दें और कुछ विशेष छूट देने के लिए गवर्नर जनरल, निज़ाम को अलग से एक पत्र लिखें। इस प्रस्ताव को श्री मेनन ने बनाया है, और इसे लॉर्ड माउंटबेटन और पंडितजी का भी समर्थन प्राप्त है। सर मोंक्टन ने भी इसे स्वीकार कर लिया है। विशाल हृदय श्री वल्लभभाई ने साम्प्रदायिक सद्‌भाव और राष्ट्र-हित में इस प्रस्ताव पर अपनी स्वीकृति दे दी है। अब इसे लेकर प्रतिनिधिमंडल हैदराबाद जा रहा है। अगर निज़ाम इस पर हस्ताक्षर कर देते हैं तो वहाँ एक साल तक शान्ति बने रहने की आशा हो जाती है।''

चमनभाई और उनके अन्य सहयोगी उत्सुकता से दिनेशभाई और जयन्तीभाई की प्रतीक्षा कर रहे थे। वे लोग एक सप्ताह बाद लौटे। उनके चेहरे पर चिन्ता की रेखाएँ साफ दीख रही थीं।

प्रभुभाई ने कहा, ''लगता है कि यह प्रयास भी विफल रहा।''

चमनभाई ने सहमति जताई, ''हाँ, दुर्भाग्यवश आपकी बात सही है। जयन्ती कल ही लौटा है, वह बहुत थका हुआ था इसलिए पूरी बात तो नहीं हो पाई, पर उसने बताया कि समझौते पर हस्ताक्षर नहीं हो सके! उसे सुबह-सुबह ही ऑफिस जाना था, मेरे यहाँ आने तक वह घर वापस नहीं लौटा था। पर वे लोग यहाँ आ गए हैं, दिनेशभाई पूरी बात बताएँगे।''

दिनेशभाई भी काफी थके थे, उनके चेहरे पर चिन्ता की बदली छाई थी। उन्होंने बताया, ''दुःख की बात है कि इतनी मेहनत से तैयार किए गए समझौते पर भी निज़ाम ने हस्ताक्षर नहीं किए। सरदार साहब ने उनके पक्ष में काफी उदारता दिखलाई पर वह भी काम नहीं आई!''

चमनभाई ने पूछा, ''लेकिन दिल्ली में तो उनके सलाहकार सर मोंक्टन ने इस पर अपनी सहमति जताई थी।''

दिनेशभाई ने बताया, ''हाँ, सबको उम्मीद थी कि अन्ततः निज़ाम इस समझौते पर हस्ताक्षर कर देंगे। प्रतिनिधिमंडल तो 22 अक्टूबर को सीधा उनकी कोठी पर पहुँचा था। निज़ाम ने समझौते की शर्तों को एवं अन्य सम्बन्धित पत्रों को सुना पर उन्होंने हस्ताक्षर करने की बात टाल दी। बाद में यह तय हुआ कि राज्य की व्यवस्थापिका समिति पहले इस प्रस्ताव पर विचार करेगी। अगले तीन दिनों तक समिति ने इस प्रस्ताव पर विस्तार से चर्चा की।''

''लम्बी चर्चा के बाद, व्यस्थापिका के 9 में से 6 सदस्यों ने समझौते को स्वीकार करने की अनुशंसा की। समर्थन करने वाले सदस्यों का मत था कि उन्हें इस समझौते में उनकी उम्मीद से ज्यादा सहूलियतें दी गई हैं। दिनांक 25 अक्टूबर को निज़ाम ने उनकी बातें मान लीं और वे कुछ मामूली फेर-बदल के साथ समझौते पर हस्ताक्षर करने को राजी हो गए। उन्होंने दो शर्तें रखीं।''

चमनभाई ने पूछा, "वे शर्तें क्या थीं?"

दिनेशभाई ने बतलाया, "उनकी पहली शर्त थी कि अगर भारत कॉमनवेल्थ से अलग हो जाए तो निज़ाम को अपना निर्णय बदलने का अधिकार होगा। उनकी दूसरी शर्त थी कि अगर भारत और पाकिस्तान के बीच युद्ध छिड़ जाए तो हैदराबाद को तटस्थ रहने का अधिकार होगा। भारत सरकार ने ये दोनों शर्तें मान लीं। निज़ाम को लॉर्ड माउंटबेटन के नाम एक पत्र लिखकर उन्हें आश्वस्त करना था कि वे हैदराबाद का पाकिस्तान में विलय नहीं करेंगे। सब बातें हो तय गईं। जब प्रतिनिधिमंडल निज़ाम के पास उनके हस्ताक्षर कराने के लिए पहुँचा तो उन्होंने कहा कि वे प्रतिनिधिमंडल के दिल्ली लौटने से पहले हस्ताक्षर कर देंगे।"

किन्तु 27 अक्टूबर को सुबह 3 बजे से ही भाले, तलवारों आदि से लैस बीस पचीस हजार इत्तेहाद-उल-मुस्लमान के लोगों ने छतारी के नवाब, सर मोंक्टन और सर सुल्तान अहमद के घरों को घेर लिया, उन्हें गद्दार कहने लगे और उन्हें दिल्ली जाने से रोकने की माँग करने लगे। वहाँ हैदराबाद की पुलिस नहीं थी। किसी-किसी तरह छतारी के नवाब साहब ने राज्य की सेना की मदद से प्रतिनिधियों को निकालने और और लेडी मोंक्टन को ब्रिटिश सेना के एक अधिकारी के घर भिजवाने का प्रबन्ध किया। निज़ाम ने प्रतिनिधिमंडल का दिल्ली जाना कुछ दिनों के लिए रोक दिया।"

चमनभाई ने कहा, "निज़ाम ने तो अपने आप को बिलकुल लाचार कर लिया है।"

दिनेशभाई ने कहा, कुछ तो उनकी लाचारी है, कुछ उनकी रजामन्दी भी। निज़ाम ने लॉर्ड माउंटबेटन को एक तार भेजकर 31 अक्टूबर तक अपना प्रतिनिधिमंडल दिल्ली भेजने की अनुमति माँग ली।"

चमनभाई ने कहा, "लॉर्ड माउंटबेटन भी क्या करते? ऐसी स्थिति में उनके पास क्या चारा था? फिर क्या हुआ?"

"इस के बाद निज़ाम ने कासिम रज़वी को बुलवाया और उस से रजाकारों को शान्त करने को कहा। पर कासिम रज़वी ने कहा कि अगर इस प्रतिनिधिमंडल की बातें मान ली जाएँगी तो हैदराबाद स्वतंत्र नहीं हो पाएगा। उसने तर्क दिया कि अभी भारत की स्थिति काफी कमजोर है, वह चारो तरफ से समस्याओं से जूझ रहा है, कश्मीर में हालात बहुत खराब है वहाँ भारत बुरी तरह उलझा है, भारत के मंत्रिमंडल में एकता नहीं है। ऐसी स्थिति में अगर हैदराबाद स्वतंत्र रहने पर अड़ा रहा तो भारत उस पर ज्यादा दबाव नहीं दे पाएगा।"

चमनभाई ने कहा "लगता है कि कासिम रज़वी अपने आप को राजनीति का सब से बड़ा जानकार समझता है!"

दिनेशभाई ने बताया, "अरे, उसके गुर्गे भी ऐसा ही समझते हैं! हालांकि छतारी के नवाब, सर मोंक्टन और सर सुल्तान अहमद ने निज़ाम को समझाया कि कासिम रज़वी की सलाह मानना हैदराबाद के लिए घातक होगा। पर निज़ाम तो

उसके चंगुल में हैं और उसकी ही बात मानना चाहते हैं। उनका रज़वी की ओर ऐसा झुकाव देखकर प्रतिनिधिमंडल के तीनों सदस्यों ने त्यागपत्र दे दिया। पर 30 अक्टूबर को निज़ाम उनलोगों से अन्तिम बार मिले और एक पत्र के विषय में उनका विचार माँगा जो उन्होंने लॉर्ड माउंटबेटन को लिखा था। सर मोंक्टन और छतारी के नवाब साहब ने इस पत्र के विषय में कुछ भी बोलने से इनकार कर दिया। पर सर सुल्तान अहमद उस पत्र को लेकर लॉर्ड माउंटबेटन से मिले। इस पत्र में एक खुली धमकी दी गई थी कि अगर भारत सरकार के साथ वार्ता आगे नहीं बढ़ी तो वे पाकिस्तान के साथ समझौता कर लेंगे। वास्तव में निज़ाम ने इस बीच अपने दो विश्वस्त लोगों को पाकिस्तान भेजकर वहाँ के हुक्मरानों की सलाह ले ली थी। उन्होंने उसी आधार पर और रज़वी की राय से यह पत्र लिखा था।''

प्रभुभाई ने कहा, ''वे लोग किस ख्याल में हैं!''

दिनेशभाई ने आगे बताया, ''कासिम रज़वी ने कहा कि इस प्रतिनिधिमंडल की जगह एक नया प्रतिनिधिमंडल बनाया जाए। निज़ाम उसके दबाव में आ गए, अब उसकी पसन्द का एक नया प्रतिनिधिमंडल बनाया गया है।''

''इस प्रतिनिधिमंडल के सदस्य हैं—नवाब मोईन नवाज जंग, पी.वी. रेड्डी और अब्दुर रहीम। अब्दुर रहीम इत्तेहाद का एक कट्टर सदस्य है। नवाब साहब हैदराबाद राज्य के पुलिस और सूचना मंत्री हैं। बुजुर्ग रेड्डी साहब को एक हिन्दू होने के नाते इस प्रतिनिधिमंडल में रखा गया है।''

''अब तो वहाँ और भी उपद्रव होंगे'', चमनभाई ने कहा।

प्रभुभाई ने बताया, ''हैदराबाद राज्य में तो रज़वी के कई हमदर्द ऊँचे पदों पर हैं। वह तो वहाँ और भी तबाही मचाएगा।''

फिर जितेनभाई ने बताया कि भारत सरकार ने, श्री वल्लभभाई की राय से, हैदराबाद में श्री कन्हैया लाल मुंशी को अपना राजनैतिक एजेंट नियुक्त किया है। जब इस कठिन काम के लिए श्री मुंशी बापू का आशीर्वाद लेने गए तो बापू ने कहा, ''रज़वी तुम्हें पसन्द नहीं करेगा। वहाँ तुम्हें इत्तेहाद और रजाकारों से समस्याओं का सामना करना पड़ेगा।''

''इन सारी परिशानियों को जानते हुए भी श्री मुंशी ने देश हित में यह बड़ी जवाबदेही अपने माथे पर ले ली है। वे हैदराबाद में एक नज़रबन्द की तरह हैं और भीषण कठिनाईयों के बीच अपना काम कर रहे हैं।''

हैदराबाद की स्थिति और भी चिन्ताजनक होती गई। चमनभाई और उमा देवकी और उसके परिवार की सुरक्षा के लिए भी बहुत चिन्तित थे। वे लोग रजाकारों के भय और आतंक के साये में जी रहे थे। निज़ाम के सलाहकार समय खींचने के उद्देश्य से भारत सरकार को बातचीत में उलझाये रखना चाहते थे ताकि वे उपद्रवों को आग दे सकें।

एक दिन चमनभाई को खबर मिली कि देवकी के परिवार के गोदाम को रजाकारों ने लूट लिया और उनलोगों से पैसों की माँग भी की। वहाँ की पुलिस से उसके परिवार को कोई सहयोग नहीं मिला। अब निज़ाम के दीवान पाकिस्तान द्वारा चुने हुए लायक अली थे। वे भारत के विरुद्ध षड़यंत्र रचते रहते थे।

चमनभाई को चिन्तित देखकर प्रभुभाई ने उन्हें आश्वासन देने की कोशिश की, ''चमनभाई, चिन्तित मत हो। सरदार चुप नहीं बैठेंगे। उनके धैर्य का बाँध भी अब टूट रहा होगा।''

इस अव्यवस्था की स्थिति में सर मोंक्टन इंग्लैंड लौट गए और लॉर्ड माउंटबेटन भी अपना कार्यकाल समाप्त कर अपने देश चले गए। उनकी जगह श्री चक्रवर्ती राजगोपालाचारी भारत के गवर्नर जनरल बनाए गए।

जितेनभाई ने कहा, ''प्रभुभाई ठीक कह रहे हैं। सरदार कूटनीतिक हल निकालने में कोई कसर नहीं छोड़ना चाहते। उन्होंने अपनी तरफ से तो लायक अली की नाजायज माँग भी मान ली और इंस्ट्रूमेंट ऑफ एक्सेशन की जगह इंस्ट्रूमेंट ऑफ एसोसिएशन पर हस्ताक्षर के लिए भी राजी हो गए। वे एक-के-बाद एक कर उनकी बातें मानते गए। अब समय खपाने के उद्‍देश्य से हैदराबाद से बेमतलब के नए-नए प्रस्ताव गवर्नर जनरल श्री राजगोपालाचारी के पास भेजे जाते हैं।''

दिनेशभाई ने कहा, ''एक ओर तो इन नए-नए प्रस्तावों द्वारा भारत सरकार को भुलावे में रखने की कोशिशें हो रही है, दूसरी ओर हथियार भी जमा किए जा रहे हैं। बन्दूक बनाने का एक कारखाना भी खोला गया है और पाकिस्तान तथा अन्य देशों से हथियार मँगाने की व्यवस्था की जा रही है।''

जितेनभाई ने कहा, ''निज़ाम ने तो यहाँ तक कह डाला है कि पारामॉन्ट्सी समाप्त होते ही उन्होंने अपनी सम्प्रभुता घोषित कर दी थी!''

प्रभुभाई ने कहा, ''उधर कासिम रज़वी लगातार आग उगल रहा है। उसके लोग हिन्दू जनता पर तरह-तरह के अत्याचार कर रहे हैं, जब निज़ाम के पास इसकी शिकायत भेजी जाती है तो वे बड़ी आसानी से कह देते हैं कि उनके राज्य में शान्ति व्यवस्था है और किसी तरह का भेदभाव नहीं किया जा रहा है।''

जितेनभाई ने कहा, ''निज़ाम की मति मारी गई है! अपने सलाहकारों की बात मानकर उन्होंने फरमान जारी कर दिया है कि भारतीय मुद्रा का हैदराबाद में चलन अवैध है। उन्होंने हैदराबाद से जवाहरातों और मूल्यवान खनिजों का भारत को निर्यात अवैध घोषित कर दिया है।''

प्रभुभाई ने चौंककर पूछा, ''क्या यह सच है? क्या भारतीय मुद्रा उनके राज्य में नहीं चलेगी? क्या वे भारत में सामान बेचने को निर्यात कहते हैं? अगर यह सच है तो वे बड़ी मुसीबत को निमंत्रण दे रहे हैं।''

दिनेशभाई ने कहा ''दे नहीं, दे चुके हैं। अब सरदार साहब का सब्र खत्म होने ही वाला है।''

चमनभाई ने कहा, ''निज़ाम की सोच पर आश्चर्य और दु:ख होता है। उनकी प्रजा पर इतने अत्याचार हो रहे हैं, वे सब कुछ जानकर भी अनजान बन रहे हैं, उचित नियंत्रण नहीं करते। वे अराजकता और उपद्रव करने वाले धर्मांध तत्वों को शह देते हैं।''

प्रभुभाई ने सहमति जताई, ''अरे उनकी मिली-भगत है!''

दिनेशभाई ने कहा, ''वे अपने अयोग्य सलाहकारों पर भरोसा करते हैं और कासिम रज़वी जैसे उन्मादियों के हाथों की कठपुतली बन चुके हैं। तभी तो वे ऐसे विचित्र फैसले ले रहे हैं। उन्होंने पाकिस्तान को भारत सरकार की सिक्योरिटी के रूप में 20 करोड़ रुपए भी बतौर कर्ज दिए हैं। यह काम गुप-चुप रूप से उनके वजीर नवाब मोईन जंग ने किया है जो लायक अली साहब के रिश्तेदार हैं।''

जितेनभाई ने कहा, ''उन्होंने एक और खतरनाक कदम उठाया है। निज़ाम ने इंग्लैंड, अमेरिका, कनाडा, मिस्र आदि देशों में अपने वाणिज्य प्रतिनिधि नियुक्त कर दिए हैं। निज़ाम ने अमेरिका के राष्ट्रपति को भी इस मामले में हस्तक्षेप करने को कहा किन्तु उन्होंने इनकार कर दिया। लायक अली साहब ने घोषणा की है कि हैदराबाद का मामला संयुक्त राष्ट्र संघ में भेजा जाएगा।''

चमनभाई ने सूचना दी, ''मेरे सम्बन्धियों ने बताया है कि निज़ाम ने राष्ट्रीय झंडे, नेताओं के चित्रों के इस्तेमाल और प्रदर्शन आदि पर भी रोक लगा दी है। वन्दे मातरम गाने पर पाबन्दी है और कांग्रेस को एक सांप्रदायिक संस्था घोषित कर दिया गया है।''

''कितने आश्चर्य और अन्याय की बात है!'' प्रभुभाई ने कहा, ''जो भयंकर रूप से उन्मादी साम्प्रदायिक हैं उन्हें तो पूरी छूट और मदद मिल रही है और देश का काम कर रही जनता की संस्था को साम्प्रदायिक कहा जा रहा है! कैसा अंधेर है!''

चमनभाई ने कहा, ''अब पानी सर से ऊपर आ चुका है! बर्दाश्त करने भी एक सीमा होती है।''

जितेनभाई ने बताया, ''कांग्रेस के नेतागण-स्वामी रामानन्द तीर्थ, श्री बी. रामकृष्ण राव आदि रजाकारों और इत्तेहाद द्वारा किए जा रहे अत्याचारों के विरुद्ध आवाज उठा रहे हैं। सईद तिरमिज़ी साहब, अब्दुल हसन साहब एवं अन्य राष्ट्रीय मुस्लिम नेता भी कांग्रेस का समर्थन कर रहे हैं।''

दिनेशभाई ने आगे बताया, ''अभी हाल ही में उन अत्याचारियों ने इमरोज़ साप्ताहिक के युवा पत्रकार शोएबुल्ला खान की नृशंस हत्या कर दी। शोएबुल्ला पहले ताज और रय्यात अखबार निकालते थे जिन पर निज़ाम ने पैबन्दी लगा दी थी।

शोएब इस बात को अच्छी तरह समझते थे कि हैदराबाद का भविष्य भारत के साथ एकीकृत होने में ही सुरक्षित है। पर धर्मांध लोग तो उनकी न्यायपूर्ण, सही और तर्कसंगत बातें सुनना भी नहीं चाहते।''

''यह बहुत दुर्भाग्यपूर्ण है। एक ओर निज़ाम की सरकार कासिम रज़वी जैसे लोगों, रजाकारों और इत्तेहाद को समर्थन और सहूलियत देती थी दूसरी ओर सरकार को बेमतलब के पत्राचार में व्यस्त रखती थी।''

जितेनभाई ने कहा, ''मैंने सुना है कि श्री वल्लभभाई ने लायक अली साहब को साफ-साफ कह दिया है कि हैदराबाद का विलय उन्हीं शर्तों पर किया जाएगा जिन शर्तों पर अन्य राज्यों का किया गया है।''

प्रभुभाई ने कहा, ''बिलकुल सही कहा उन्होंने! क्या वे हाथी घोड़े, सोना, चाँदी, अशर्फी, हीरे, जवाहरात देने की बात करते?''

जितेनभाई ने अपने कागजों के बंडल में से एक पृष्ठ निकालकर सरदार पटेल के वक्तव्य के कुछ अंश पढ़े, ''हैदराबाद की समस्या का समाधान उसी तरह किया जाएगा जैसा अन्य राज्यों के साथ किया गया है, इसके सिवा दूसरा कोई चारा नहीं है। हम किसी ऐसे पृथक स्थान को बने रहने नहीं दे सकते जो खून-पसीने से बनाए गए हमारे संघ को बर्बाद कर दे। साथ ही, हम मैत्रीपूर्ण व्यवहार और समस्या का मैत्रीपूर्ण समाधान भी चाहते हैं। हम हैदराबाद की स्वतंत्रता के लिए कभी सहमत नहीं होंगे। अगर एक स्वतंत्र राज्य बनने की इसकी माँग जारी रही तो वह निश्चित रूप से असफल रहेगी।''

''बिलकुल साफ'', प्रभुभाई ने कहा।

अगले सप्ताह देवकी और उसकी ससुराल की महिलाएँ और बच्चे अहमदाबाद आ गए। उनलोगों ने बतलाया कि उनकी तरह कई परिवार पड़ोस के राज्यों में चले गए हैं। हथियारों से लैस रजाकार और उनके अन्य सहयोगी निकटवर्ती राज्यों की सीमाओं पर लूट-पाट मचा रहे हैं और निर्दोषों पर अत्याचार कर रहे हैं। उनके आतंक से सीमापार स्थित दूसरे राज्यों के गाँवों में रहने वाले लोग भी त्रस्त हैं। चारो ओर आतंक का माहौल है।

जयन्तीभाई अपने समाचार पत्र की ओर से दिल्ली भेजे गए थे। वे दिल्ली में कई नेताओं, अफसरों और पत्रकारों से मिले। वहाँ से लौटकर उन्होंने बताया कि देश के विभिन्न भागों से और विदेशों से भी कई लोग जिनमें राजनीतिज्ञ, पैरवीकार और पत्रकार भी शामिल हैं, निज़ाम की पैरवी कर रहे हैं। निज़ाम के लोग उनकी खूब खातिर कर रहे हैं। कुछ विदेशी पत्रकारों से यह भी लिखवाया और कहलवाया जा रहा है कि हैदराबाद में स्थिति सामान्य है और रजाकार तथा उनके सहयोगी कोई परेशानी पैदा नहीं कर रहे हैं। जो लोग वहाँ जाकर अपनी आँखों से सही स्थिति देखना चाहते हैं उन्हें किसी अन्य जगह को ले जाया जाता है, प्रभावित क्षेत्रों

में जाने नहीं दिया जाता। उनसे कहा जाता है कि वे इत्तेहाद द्वारा बताई गई बातों को ही छापें।

जयन्तीभाई ने कहा, ''निज़ाम पाकिस्तान से लगातार सम्पर्क में हैं। वे जिन्ना साहब से राय लेते रहते हैं, हैदराबाद से उनके कई सलाहकार बराबर पाकिस्तान जाते रहते हैं और पाकिस्तान के प्रतिनिधि निज़ाम को लुभाने के लिए हैदराबाद आते रहते हैं। सिडनी कॉटन हैदराबाद में हथियार मँगाने के लिए कराची और अन्य जगहों से लगातार सम्पर्क में हैं। दुर्भाग्यवश सरदार की इच्छा के प्रतिकूल भारत सरकार में कुछ महत्त्वपूर्ण लोग इस विषय में कोई भी ठोस कदम उठाने से हिचकिचा रहे हैं।''

जयन्तीभाई ने बताया कि नए गवर्नर जनरल श्री चक्रवर्ती राजगोपालाचार्य ने निज़ाम को लिखा है कि वे रजाकारों की संस्था पर पाबन्दी लगाएँ, उसे अवैध घोषित करें और हैदराबाद की स्थिति को नियंत्रण में लाएँ। भारत सरकार ने रजाकारों और अन्य उपद्रवकारियों द्वारा लगभग हर दिन पड़ोसी राज्यों में की जा रही हिंसा, ट्रेनों में लूट, आगजनी और अन्य अपराधों की ओर भी निज़ाम का ध्यान पुनः आकृष्ट किया और उनसे शान्ति स्थापना-हेतु उचित कार्रवाई करने को कहा। पर निज़ाम की सरकार ने जवाब दिया कि वहाँ कोई अत्याचार नहीं हुआ है और साम्प्रदायिक तनाव नहीं है। हिंसा की वारदातों को बढ़ा-चढ़ाकर बताया जा रहा है।

जयन्तीभाई ने अपने झोले से एक कागज निकलकर कहा, ''निज़ाम की सरकार द्वारा यह भ्रम फैलाया जा रहा था कि हैदराबाद में शान्ति है और स्थिति सामान्य है। भारत सरकार ने वास्तविक स्थिति से लोगों अवगत कराने के उद्देश्य से 26 जुलाई 1948 को एक श्वेत पत्र जारी किया है जिसमें रजाकारों द्वारा किए गए अत्याचारों और सम्बन्धित पत्राचार का वर्णन है। श्री वल्लभभाई ने कहा है कि भारत के हृदय पर हैदराबाद एक घाव की तरह हो गया है जिसका ऑपरेशन करना जरूरी है।''

''श्री वल्लभभाई देहरादून से स्वास्थ्य लाभ कर दिल्ली आ गए हैं और वे सम्बन्धित लोगों से हैदराबाद की समस्या पर विचार विमर्श कर रहे हैं।''

प्रभुभाई ने कहा, ''क्या वे इन सारी घटनाओं को बस एक दर्शक की तरह देखते रहेंगे! देखना वे जल्द ही कुछ ठोस कदम उठाएँगे।''

वे गलत नहीं थे।

रजाकारों ने 6 सितम्बर को चिल्लकल्लु के पास एक भारतीय पुलिस चौकी पर हमला किया, जिसके जवाब में भारतीय सेना पूना हॉर्स और गोरखा राइफल्स ने उन्हें हैदराबाद राज्य की सीमा में वापस कोडर तक खदेड़ दिया।

अन्ततः हैदराबाद और पड़ोसी राज्यों में शान्ति बनाए रखने के उद्देश्य से भारत सरकार ने पुलिस कार्रवाई करने का निर्णय ले लिया। काफी विचार-विमर्श के बाद, दक्षिणी कमान के जेनरल अफसर कमांडिंग-इन-चीफ लेफ्टिनेंट जेनरल महाराज

श्री राजेन्द्र सिंघजी के निर्देशन में ऑपरेशन पोलो नामक योजना बनाई गई। मेजर जनरल जे. एन. चौधरी जी ने बल की कमान सँभाली। तेरह सितम्बर की सुबह शोलापुर और बेजवाड़ा से फौज की टुकड़ियाँ हैदराबाद की ओर चलीं। शोलापुर से हैदराबाद की दूरी 186 मील और बेजवाड़ा से 160 मील थी।

निज़ाम की सेना में सैनिकों की संख्या मात्र 24 से 25 हजार ही थी। उस सेना में अधिकांश सैनिक और अधिकारी उत्तर भारतीय, रोहिल्ला, पठान और अरब मुसलमान थे और उनका कमांडर मेजर जनरल सईद अहमद एल ऐड्रूस नामक एक अरब था। इसके अतिरिक्त सर्फ़-ए-खास, घुड़सवार आदि अनियमित सैनिक बल भी थे। ऑस्ट्रेलिया के एक हथियार व्यापारी सिडनी कॉटन हवाई जहाज से हथियारों की आपूर्ति करते थे। लोगों का कहना था कि निज़ाम की सरकार गुप्त रूप से पाकिस्तान और गोवा से भी हथियार मँगाती रहती थी। निज़ाम के प्रश्रय और संरक्षण के कारण रजाकारों की संख्या बढ़ती गई थी। लोगों का अनुमान था कि उनकी संख्या दो लाख तक पहुँच गई थी और 150 से अधिक गाँवों से उनके अत्याचार के समाचार आते थे। इन में से 70 गाँव तो हैदराबाद राज्य की सीमा के बाहर थे।

शुरू में रजाकारों ने कुछ प्रतिरोध किया पर उनका सारा प्रतिरोध, जिसकी वे शेखी बघारते थे, दो दिनों में समाप्त हो गया। पहले ही दिन भारत की टुकड़ी ने, निज़ाम के सेना में नियुक्त, टी. टी. मोरे नामक ब्रिटिश सेना के सेवा-निवृत्त लेफ्टिनेंट को पकड़ लिया। लेफ्टिनेंट मूरे अपनी जीप में हथियार और गोला बारूद लेकर नालदुर्ग और अन्य पुलों को उड़ाने जा रहे थे। उन लोगों के पास यह सूचना थी कि भारतीय सेना, दो दिनों बाद, 15 सितम्बर को कार्रवाई करने जा रही है।

जहीराबाद में कुछ प्रतिरोध हुआ, वहाँ ईखेल्ली में में एक पुल उड़ा दिया गया था। भारतीय सेना ने तुरत पुल बना लिया और 16 सितम्बर को जहीराबाद को अपने कब्ज़े में ले लिया।

निज़ाम ने 17 सितम्बर को अपनी फौज को आदेश दिया कि वह समर्पण कर दे। उनके मंत्रिमंडल ने उसी दिन त्याग पत्र दे दिया।

निज़ाम ने 17 सितम्बर को घोषणा की कि उन्होंने भारत के गवर्नर जनरल श्री चक्रवर्ती राजगोपालाचारी को एक सन्देश भेजा है। इस सन्देश में सूचित किया गया है कि उन्होंने अपनी फौज को लड़ाई रोक देने को कहा है एवं रजाकार संगठन को समाप्त करने का आदेश दिया है। वे भारतीय दल को बोलाराम और सिकंदराबाद बैरक को अपने नियंत्रण में लेने की अनुमति दे रहे हैं।

उस सन्देश में यह भी लिखा गया है कि उन्होंने कांग्रेस के अध्यक्ष स्वामी रामानन्द तीर्थ को मुक्त कर दिया है और आशा व्यक्त की है कि वे इस संकट की घड़ी में हैदराबाद की सहायता करेंगे।

दिनेशभाई ने बताया, "निजाम ने श्री कन्हैयालाल मुंशी को अपना मित्र बताते हुए कहा है कि उन्होंने श्री मुंशी से बातें की हैं और उनकी सहायता के लिए उन्हें धन्यवाद दिया है।"

निजाम ने आशा व्यक्त की, "हैदराबाद में कानून और व्यवस्था की स्थिति सुधरने के बाद भारत सरकार के साथ ऐसा सम्बन्ध बनाना मुश्किल नहीं होगा जिसमें मेरे लोग, जिनका कल्याण मेरी एकमात्र चिन्ता है, भारत के अन्य लोगों के साथ संयुक्त होकर सामन्जस्य पूर्ण रूप से रह सकें।"

उन्होंने कहा, "मैंने अपने मंत्रिमंडल को कहा है कि वे सुरक्षा परिषद में की गई अपील को आगे बढ़ाने के लिए जोर न दें। मैं भारत के साथ मित्रता का एक नया अध्याय शुरू करना चाहता हूँ।"

लायक अली साहब का बयान एक हारे-पिटे शत्रु के बयान की तरह था जिसमें कहीं भी भारत के लिए मित्रता का भाव नहीं था। पर निज़ाम ने अपने दूसरे प्रसारण में कहा, "भारतीय सेना का हैदराबाद में प्रवेश मित्रता के भाव से होगा। भारतीय सेना भारत की सेना है जिसमें हैदराबाद शामिल है। यह आपकी सेना है, मित्रों की सेना है, जो हैदराबाद के जीवन को उसके पिछले 12 महीनों के दुःस्वप्न से मुक्ति दिलाने के लिए आई है।"

मेजर जनरल चौधरी ने 18 सितम्बर को हैदराबाद में प्रवेश किया और उन्हें मिलिट्री गवर्नर बनाया गया। हैदराबाद में सारी कार्रवाई 108 घंटों में सम्पन्न कर ली गई। अगले दिन, 19 सितम्बर को कासिम रज़वी को उसके एक रिश्तेदार के घर से गिरफ्तार कर लिया गया, कुछ अन्य उपद्रवी भी पकड़ लिए गए। हैदराबाद राज्य में कोई साम्प्रदायिक तनाव नहीं हुआ। वह तो उकसाया जा रहा था। इत्तेहाद की सारी ऐंठ टूट गई और घमंड तथा अकड़ में रहने वाले खूंखार रजाकार भीगी बिल्ली बन गए।

जनरल राजेन्द्र सिंह जी ने एक घोषणा कर लोगों से शान्ति बनाए रखने के लिए आग्रह किया। निज़ाम ने 23 सितम्बर को सुरक्षा परिषद को एक केबल भेज-कर अपनी शिकायत वापस ले ली और हैदराबाद के भारत में विलय की घोषणा कर दी।

हैदराबाद की जटिल समस्या के समाधान का समाचार तेजी से प्रसारित हो गया। इस समाचार के सुनते ही पूरे देश में खुशी की लहर दौड़ गई। लोग एक दूसरे को बधाईयाँ देने लगे। सरदार श्री के पास तो बधाईयों का तांता लग गया।

जितेनभाई और उनके मित्र तो खुशी से फूले नहीं समा रहे थे। वे कई दिनों तक इस सफलता का आनन्द मनाते रहे। चमनभाई और उमा के लिए तो यह पारिवारिक सन्तोष और एक प्रकार की निश्चिन्तता का भी एक सुखद मलियानिल था। वे अब देवकी और उसके परिवार की सुरक्षा के विषय में आश्वस्त हो गए थे।

सारे देश में श्री वल्लभभाई के इस अप्रतिम योगदान की प्रशंसा हो रही थी। देश भर के शीर्ष नेताओं और सामान्य जन उनकी इस महान सफलता की प्रशंसा में अपनी कृतज्ञता अर्पित कर रहे थे।

प्रभुभाई बहुत खुश थे, "पर मैं कहता था न कि सरदार श्री के हाथों से इस समस्या का भी उचित समाधान होगा। यही हुआ न!"

चमनभाई ने उन्हें छेड़ा, "प्रभुभाई, कुछ खर्च-वर्च करो। मिठाई मँगवाओ।"

प्रभुभाई ने मुस्कुराकर अपने पास रखी एक पोटली दिखलाई, "ले आया हूँ। दोनों हाथो से लो!"

चमनभाई ने कहा, "कहीं खुशी के मारे हमने ज्यादा खा लीं तब?"

"और आ जाएँगी, खाओ", प्रभुभाई ने कहा।

मिठाइयाँ स्वादिष्ट थीं। उमा ने कहा, "बहुत धन्यवाद, प्रभुभाई!"

"मुझे नहीं, अपने सरदार श्री को धन्यवाद दो न! इतनी बड़ी खुशी तो उनके कारण मिली है।"

जितेनभाई ने हामी भरी, "ठीक कहते हो प्रभुभाई। वैसे तो श्री वल्लभभाई ने कई बड़े-बड़े काम किए हैं, पर हैदराबाद का भारत में विलय तो उनकी अत्यन्त महत्त्वपूर्ण सफलता है। अगर वे इस समस्या को अपने हाथों में नहीं लेते तो पता नहीं इस समस्या का समाधान कैसे होता।"

प्रभुभाई ने कहा, "लोग गोल-गोल बातें बनाते रहते और वहाँ की समस्या और भी जटिल होती जाती।"

जितेनभाई ने कहा, "अपने खराब स्वास्थ्य के बावजूद श्री वल्लभभाई ने इस समस्या को अपने हाथों में लिया और इसका सही हल निकाला। उनकी कूटनीति बहुत अच्छी थी। पहले तो उन्होंने लॉर्ड माउंटबेटन को इस समस्या का हल निकलने में अगुआई करने का आग्रह किया। वे उनके साथ लगे रहे। पर निज़ाम और उनके सहयोगियों की हठधर्मिता के कारण लॉर्ड माउंटबेटन अपने प्रयास में सफल नहीं हो सके। सरदार श्री उनकी कई माँगें मानते गए पर वे हमेशा कोई न कोई नई माँग लेकर मामले को अटकाते गए और एक प्रकार से भारत को चुनौती देते गए।"

"निज़ाम पाकिस्तान से लगातार सम्पर्क में थे। वे जिन्ना साहब से राय लेते रहते थे, हैदराबाद से उनके कई सलाहकार बराबर पाकिस्तान जाते रहते थे और पाकिस्तान के प्रतिनिधि निज़ाम को लुभाने के लिए हैदराबाद आते रहते थे। सिडनी कॉटन हैदराबाद में हथियार मँगाने के लिए कराची और अन्य जगहों से लगातार सम्पर्क में थे। दुर्भाग्यवश सरदार श्री की इच्छा के प्रतिकूल भारत सरकार में कुछ महत्त्वपूर्ण लोग इस विषय में कोई भी ठोस कदम उठाने से हिचकिचा रहे थे।"

दिनेशभाई कुछ दिनों बाद लौटे। इस बार वे काफी प्रसन्न थे। वे हैदराबाद से मिठाईयाँ लेकर आए थे।

उन्होंने कहा, ''आखिर हैदराबाद का मामला भी सरदार साहब के कारण सुलझ गया। प्रभुभाई, मिठाई खाओ। प्रभुभाई ने मिठाई का एक टुकड़ा दिनेशभाई के मुँह में डाला और चमनभाई से कहा, ''चमनभाई तुम भी आगे आओ,मिठाई लो। अरे, मैं तो शुरू से कहता था कि सरदार श्री इस मामले को भी सुलझा लेंगे।''

चमनभाई ने मिठाई उनके मुँह में डालते हुए कहा, ''प्रभुभाई, आपकी बात ठीक है, पर इस मामले को सुलझाने में उन्हें कितनी मेहनत करनी पड़ी! यह सब निज़ाम के कारण हुआ।''

चमनभाई और उनके साथी अब काफी निश्चिन्त थे—एक बड़ी समस्या का सन्तोषजनक समाधान हो गया था। वे लोग अपनी मित्र-मंडली में और अपने सम्बन्धियों के साथ हैदराबाद के विषय में चर्चा करते रहते थे। जयन्तीभाई, देवकी और उसके पति की बातों से उमा को लगता था कि हैदराबाद की जनता के योगदान और सरदार श्री के महत्त्वपूर्ण और दीर्घ प्रयास के विषय में अभी भी उन्हें बहुत सारी बातें ज्ञात नहीं हैं। उसने एक दिन दिनेशभाई और जितेनभाई से आग्रह किया कि वे अपनी सुविधानुसार इस विषय में मित्रों को बतलाएँ। दोनों लोगों ने इस सहज आग्रह को स्वीकार कर लिया। पर दिनेश भाई ने कहा, ''मैं अभी बहुत थक गया हूँ, मेरे पास बहुत सारी खबरें हैं। मुझे थोड़ा दम ले लेने दो, मैं तुम लोगों को जरूर बताऊँगा। अभी तो आनन्द मनाओ, आम का पेड़ बाद में देखना, अभी तो आम का फल चखो।''

इस विषय में जानकारी लगातार आ रही थी। दिनेशभाई इन खबरों की सत्यता की जाँच कर ही उन्हें अपने पत्र में प्रकाशित करते थे या उन्हें मित्रों को बतलाते थे।

एक दिन प्रभुभाई ने पूछा, ''निज़ाम के सलाहकार कौन थे? क्या वे अपनी समझ से काम नहीं करते थे? वे तो विद्वान और जानकार माने जाते हैं!''

दिनेशभाई ने कहा, ''निज़ाम तो चाटुकारों और गलत सलाहकारों से घिरे थे। कासिम रज़वी धर्मोन्मादी था, लायक अली और मोईन नवाब जंग सिर्फ अपनी ही बात को सही मानते थे, और उन्हें इस बात का विश्वास था कि वे अन्ततः अपनी बात मनवा लेंगे। उनके मन में यह भ्रम बैठ भी गया था कि जरूरत पड़ने पर हैदराबाद की सेना अपने सुयोग्य कमान्डर एल. ऐड्रूस के नियंत्रण में भारत की सेना से लोहा लेने में समर्थ होगी।''

प्रभुभाई ने याद दिलाई, ''कासिम रज़वी और लायक अली को सरदार श्री ने पहले ही चेतावनी दे दी थी कि उनका भ्रम उनके लिए सर्वनाश का कारण होगा।''

जितेनभाई ने सरदार के 29 जनवरी के दिल्ली भाषण की याद दिलाई, ''श्री वल्लभभाई ने काठियावाड़ के राज्यों के गठन के बाद, 29 जनवरी 1948 को दिल्ली में एक पत्रकार सम्मलेन में स्पष्ट कर दिया था,—एक राज्य अब भी हमारे लिए कुछ चिन्ता उत्पन्न कर रहा है वह है—हैदराबाद। इसकी भौगौलिक स्थिति,

इसकी जनसंख्या की संरचना, भारत के साथ इसकी पारम्परिक और सांस्कृतिक एकजुटता ऐसी है कि हैदराबाद का विलय तो भारत में होना अवश्यम्भावी है। हैदराबाद राज्य का भारत में एकीकरण उसी प्रकार से होगा जिस प्रकार से अन्य राज्यों का हुआ है। वहाँ लोगों की इच्छा के अनुसार प्रजातंत्र की स्थापना को रोक या टाला नहीं जा सकता। मेरा आग्रह है कि निज़ाम इस स्थिति को समझें और सही समय पर सही निर्णय लें।''

चमनभाई ने अपनी जिज्ञासा व्यक्त की, ''श्री वल्लभभाई ने हैदराबाद की समस्या को सुलझाने में इतना इन्तजार क्यों किया?''

प्रभुभाई ने कहा, ''श्री वल्लभभाई किसी को शिकायत करने का मौका नहीं देना चाहते थे। लोग उन्हें मुस्लिम विरोधी कहने से बाज नहीं आते थे!''

जितेनभाई भाई ने आपत्ति की, ''लेकिन हम लोग तो उनके साथ बहुत दिनों से काम करते आ रहे हैं, उन्होंने कभी भी पक्षपात या अन्याय नहीं किया। अभी दिल्ली में उन्होंने हजारों मुस्लिम परिवारों को सुरक्षा दिलवाई लोग यह सब भूल जाते हैं! वे किसी समुदाय के पक्षपाती या विरोधी नहीं हैं, वे तो सिर्फ अपने देश के भले की सोचते हैं।''

दिनेशभाई ने बताया, ''यही तो रोना है।''

जब तक लॉर्ड माउंटबेटन भारत के गवर्नर जनरल थे तब तक सरदार श्री उनकी इच्छा का सम्मान करते हुए उनकी कुछ अनुचित शर्तें भी मानते गए। उधर ब्रिटिश पार्लियामेंट में मिस्टर बटलर और सर चर्चिल ने हैदराबाद के सम्बन्ध में अनावश्यक, अनुचित एवं आपत्तिजनक टिप्पणियाँ कीं। सरदार उन दिनों देहरादून में स्वास्थ्य लाभ कर रहे थे, जब उन्होंने ये खबरें पढ़ीं तो अपनी अस्वस्थता के बावजूद उन्होंने तत्काल इसका खंडन प्रकाशित करवाया था।''

जितेनभाई ने याद दिलाई, ''उनके खंडन की तो काफी चर्चा हुई थी।''

अपने कागजों में से इस खंडन का पूरा विवरण निकालकर पढ़ा, ''हाँ। अपने खंडन में श्री वल्लभभाई ने कहा था, ''बटलर साहब और चर्चिल साहब के पार्लियामेंट में दिए गए वक्तव्य से स्पष्ट है कि अब भी अपने पुराने वफादार सहयोगी राज्य के लिए भारत के विरुद्ध समर्थन में कुछ शक्तियाँ सक्रिय हैं। मैं ब्रिटिश जनता को सावधान करना चाहता हूँ कि वह इनके झांसे में न आए। हैदराबाद की समस्या का शान्तिपूर्ण समाधान निज़ाम के हाथों में है। उन्हें चाहिए कि वे अल्पसंख्यक वर्ग के चुने हुए अपने लड़ाकू प्रशासकों से शासन चलाने की अपनी मध्ययुगीन धारणा को छोड़ दें और अपनी जनता द्वारा चुने हुए प्रतिनिधियों की राय के अनुसार प्रशासन चलाएँ। आर्थिक, भौगौलिक और अन्य कारणों से उनके निर्णय का भारत पर असर पड़ना स्वाभाविक है।''

प्रभुभाई ने कहा, ''यह हुई न हमारे निडर सरदार की न्यायपूर्ण बात!''

दिनेश भाई ने आगे पढ़ा, ''सरदार श्री ने कहा है कि प्रजातंत्र के इस युग के ये विशिष्ट लोग इतिहास से सीख नहीं ले पा रहे हैं। वे भारत के हितों के विरुद्ध एक ऐसी राजशाही को समर्थन दे रहे हैं जो अब भी उसी युग में जी रहा है जिस युग में उसने जन्म लिया था। अगर निज़ाम के भाग्य पर कोई आपदा आती है तो उसका दायित्व भारत सरकार पर नहीं होगा। मुझे इस बात का सन्तोष है कि हिज मेजेस्टी की सरकार चर्चिल साहब और उनके चेलों की बातों में नहीं आई और उसने हैदराबाद को भारत का एक आन्तरिक मामला माना है। इसलिए मैं टोरी पार्टी के सदस्यों से आग्रह करता हूँ कि वे चर्चिल साहब और उनके लोगों की बातों द्वारा भ्रांत न हों।''

जितेनभाई ने समझाया, ''पहला यथास्थिति समझौता 1947 में ही कर लिया गया था पर हैदराबाद ने उस समझौते को अपने लाभ के लिए इस्तेमाल किया। उस समझौते के अन्तर्गत भारत ने श्री मुंशी को अपना पोलिटिकल एजेंट बनाया था। अनेक कठिनाईयों के बावजूद, सरदार श्री की आज्ञा मानकर और बापू से आशीर्वाद लेकर श्री मुंशी हैदराबाद गए थे। उन्होंने वहाँ मुश्किल समस्याओं से जूझते हुए अपना कर्तव्य कुशलतापूर्वक निभाया और वे भारत सरकार को महत्त्वपूर्ण जानकारी भेजते रहे। हैदराबाद की गैर-मुस्लिम जनता पर उनकी उपस्थिति का बहत अच्छा प्रभाव पड़ा। वे लोग अपने को कुछ आश्वस्त से महसूस करते थे। उन्होंने और उनके परिवार ने अपनी चिन्ता नहीं की, देश के हित में कार्य करते रहे। उधर निज़ाम की सरकार ने भारत की मुश्किलों का भरपूर लाभ उठाया। चाहे वह कश्मीर में घुसपैठियों से युद्ध हो, गांधीजी की हत्या के कारण देश में दुःख और संकट की घड़ी हो, अन्य रजवाड़ों से वार्ता-गतिरोध हो, शरणार्थियों की विकट समस्या हो, सरकार में मतभेद हो, सरदार का बुरा स्वास्थ्य हो-निज़ाम और उनके लोगों ने इन सारी परिस्थितियों का अपने हक में लाभ उठाने की भरपूर कोशिश की।''

दिनेशभाई ने कहा, ''सरदार श्री कई बातों में लॉर्ड माउंटबेटन के कई प्रस्तावों से सहमत नहीं थे। उन्हें लगता था कि हैदराबाद को बहुत रियायतें दे दी गई हैं, पर एक के बाद एक नई-नई बातें निकलकर आती रहीं। सर मोंक्टन ने लॉर्ड माउंटबेटन को आश्वासन दिया था कि वे निज़ाम को इस बात के लिए मना लेंगे कि वे भारत के साथ सुरक्षा, विदेश सम्बन्ध और संचार-इन तीन विषयों पर इंस्ट्रूमेंट ऑफ एक्सेशन की जगह इंस्ट्रूमेंट ऑफ एसोसिएशन पर हस्ताक्षर कर दें। पर सरदार साहब को यह स्वीकार नहीं था। ऐसा करना उन राज्यों के प्रति अनुचित होता जिन्होंने इंस्ट्रूमेंट ऑफ एक्सेशन पर हस्ताक्षर कर दिए हैं।''

प्रभुभाई ने कहा, ''सच है! सरदार श्री ने बिकुल सही कहा।''

दिनेशभाई ने बताया ''अपना कार्य-काल समाप्त करने के पहले, जून 1948 में, लॉर्ड माउंटबेटन ने एक बार फिर निज़ाम को मनाने की कोशिश की। उन्होंने

हेड्स ऑफ एग्रीमेंट–समझौते के शीर्षक नामक एक प्रस्ताव बनाया जिसके अन्तर्गत भारत संघ के अन्तर्गत हैदराबाद को ऑटोनोमस डोमिनियन बनाने और निज़ाम को कार्यकारी प्रमुख बनाने का सुझाव था। इसमें विदेश मामलों को छोड़कर अन्य मामलों में हैदराबाद को पूरी स्वायत्तता दी गई थी एवं जनमत संग्रह और संविधान सभा के गठन का प्रस्ताव था।''

अपना कार्यकाल समाप्त करने से पहले, लॉर्ड माउंटबेटन श्री वल्लभभाई से मिलने देहरादून गए जहाँ वे स्वास्थ्य लाभ कर रहे थे। लॉर्ड माउंटबेटन के साथ पंडित नेहरू, राजेन्द्र बाबू, श्री राजगोपालाचारी और श्री गोपालास्वामी जी आयंगर भी थे। सरदार श्री ने उनके योगदान की भरपूर प्रशंसा की और उनसे कहा कि उन्होंने हम भारतीयों के लिए बहुत कुछ किया है,हम भारतीय उन्हें साभार प्रसन्नचित्त विदा देना चाहते हैं। लॉर्ड माउंटबेटन ने अपने प्रस्ताव पर उनकी स्वीकृति माँगी। विशाल–हृदय सरदार ने इस असन्तुलित प्रस्ताव का भी अनुमोदन कर दिया था और भारत सरकार ने भी इस पर अपनी स्वीकृति दे दी थी पर निज़ाम ने इसे भी स्वीकार नहीं किया!

लॉर्ड माउंटबेटन ने निज़ाम को लिखा था कि भारत सरकार ब्रिटिश अधिकारियों की देख–रेख में जनमत कराने को तैयार है पर निज़ाम ने इस प्रस्ताव को नामंजूर कर दिया था। निज़ाम ने लॉर्ड माउंटबेटन को लिखा था कि हैदराबाद की समस्या और उसकी संवैधानिक स्थिति ऐसी है कि यहाँ जनमत संग्रह करने का प्रश्न नहीं उठता। लॉर्ड माउंटबेटन ने उन्हें अच्छी तरह समझाने की कोशिश की कि भारत सरकार द्वारा प्रस्तावित इंस्ट्रूमेंट ऑफ एक्सेशन एवं यथास्थिति समझौते की शर्तें इतनी अच्छी हैं, कि उनसे अच्छी शर्तें शामिल करना सम्भव नहीं है।

सर मोंक्टन ने लॉर्ड माउंटबेटन को पुन: आश्वासन दिया कि वे निज़ाम को ऐसे इंस्ट्रूमेंट ऑफ एसोसिएशन पर हस्ताक्षर करने को मना लेंगे जिसकी शर्तें इंस्ट्रूमेंट ऑफ एक्सेशन की शर्तों से बेहतर हों। पर लॉर्ड माउंटबेटन ने उन्हें स्पष्ट कर दिया कि सरदार पटेल को यह स्वीकार नहीं है। इस विषय पर पुनर्विचार का वादा कर हैदराबाद का प्रतिनिधिमंडल वापस लौट गया। कई चर्चाओं में इस तरह का रुख अपनाया गया।''

''उधर निज़ाम के लोग जिन्ना साहब के सम्पर्क में थे और उनसे सर जफरुल्ला खान को सेवाएँ माँग रहे थे। निज़ाम उन्हें अपने कार्यकारिणी कौंसिल का अध्यक्ष बनाना चाहते थे पर तब तक खान साहब को संयुक्त राष्ट्र में पाकिस्तान के प्रतिनिधिमंडल का नेता नियुक्त कर लिया गया था। साथ–ही–साथ निज़ाम की सरकार हथियार खरीदने का काम भी कर रही थी। एक बार लॉर्ड माउंटबेटन ने छतारी के नवाब से जब यह पूछा कि उन्होंने चेकोस्लोवाकिया से हथियार और गोले बारूदों की खरीद के लिए बड़ा आर्डर क्यों दिया है तब छतारी के नवाब ने कहा कि उन्हें इस की जानकारी नहीं है। यह आदेश उनके युद्ध मंत्री ने दिया है!''

"निज़ाम ने जब ऑपरेशन पोलो की सफलता की रफ्तार देखी तब उन्हें समझ आई कि अब उनके पास कोई चारा नहीं रह गया है। भारत के पोलिटिकल एजेंट श्री कन्हैयालाल मुंशी अपने ही बंगले में एक प्रकार से बन्द जैसे थे। निज़ाम ने उन्हें 16 सितम्बर को बुलाकर उनकी राय ली, और अन्ततः समर्पण करने का निर्णय ले लिया।"

इस महत्त्वपूर्ण सफलता के बाद सरदार तुरन्त हैदराबाद जाने की जल्दीबाजी में नहीं थे। वे ऑपरेशन पोलो के लगभग 5 महीने बाद, फरवरी 1949 में ही वहाँ गए।

एक दिन चमनभाई ने पूछा, "निज़ाम तो बहुत दुखी होंगे! उन्होंने हैदराबाद सँभालने में सहयोग किया या नहीं?"

दिनेशभाई ने उत्तर दिया, "उनका दुखी होना स्वाभाविक था। पर सारी गलती तो उनकी ही थी। अगर वे स्वयं हैदराबाद का भारत में विलय पहले ही कर लेते तो लोग उन्हें बहुत सम्मान देते। यह सरदार श्री की विशाल-हृदयता थी कि ऑपरेशन पोलो के बाद भी भारत सरकार ने निज़ाम को सम्मानपूर्वक रहने दिया। निज़ाम भी सहयोग कर रहे हैं। जो लोग हैदराबाद राज्य से भाग गए थे वे अब वापस आ गए हैं और वहाँ का प्रशासन सामान्य हो रहा है।"

प्रभुभाई ने पूछा, "और कासिम रज़वी का क्या हाल है?"

दिनेशभाई ने बताया, "कासिम रज़वी को हैदराबाद से कुछ दूर उसके किसी रिश्तेदार के घर से 19 सितम्बर को गिरफ्तार कर लिया गया था। जब अपनी हैदराबाद यात्रा के दौरान श्री वी. पी. मेनन ने उससे मिलने की इच्छा व्यक्त की तब उन्हें जेनरल चौधरी सेना के बैरक में ले गए जहाँ उसे रखा गया था। जब मेनन साहब ने उससे पूछा कि उसे कोई और सुविधा चाहिए तो उसने कहा कि उसका ख्याल रखा जा रहा है और उसे कोई अतिरिक्त सुविधा नहीं चाहिए।"

"ऑपरेशन पोलो की समाप्ति के बाद श्री वल्लभभाई फरवरी 1949 में हैदराबाद गए। उनकी अगवानी के लिए निज़ाम हवाई अड्डे पर आए थे, उन्होंने हाथ जोड़कर सरदार साहब का स्वागत किया। सरदार साहब ने भी औपचारिकता और सौजन्य निभाने में कोई कमी नहीं छोड़ी, वे निज़ाम से मिलने जनरल चौधरी और श्री वी. शंकर के साथ किंग कोठी गए। वहाँ पोर्टिको में ही निज़ाम ने स्वयं उनका स्वागत किया और उन लोगों को अन्दर ले गए।"

औपचारिकता और शिष्टाचार के बाद, सरदार साहब ने पिछली घटनाओं का उल्लेख किया। उन्होंने स्पष्ट किया कि निज़ाम की स्वतंत्र राजा बनने की महत्त्वकांक्षा और रजाकारों को उनके द्वारा दिए गए प्रश्रय के कारण ही स्थिति इतनी खराब हो गई थी। उनकी शह पाकर रजाकार स्वयं प्रशासन का पर्याय बन गए थे। फिर सरदार साहब ने कहा कि अगर उन्हें अपनी गलतियों के लिए पश्चात्ताप हो तो बीती बातें

भूली जा सकती हैं। भारत सरकार बदले की भावना से कोई कार्रवाई नहीं करेगी, वह घाव पर मलहम लगाने, हैदराबाद के प्रशासन को मजबूत करने और भारत सरकार से इसके सम्बन्धों को दृढ़ बनाने पर ध्यान देगी।''

निज़ाम अपनी सफाई देने लगे। उन्होंने कहा कि वे अपनी कार्यकारिणी समिति और रजाकारों के दबाव के कारण मजबूर थे। इस पर सरदार साहब ने प्रश्न किया कि उन्होंने सर मोंक्टन, छतारी के नवाब साहब और सर सुलतान अहमद की सलाह पर ध्यान क्यों नहीं दिया? उन्होंने लायक अली और मोईन नवाब जंग जैसे धर्मांध लोगों पर ज्यादा विश्वास किया। निज़ाम ने कहा था कि उन्होंने अपनी प्रजा के साथ कोई भेदभाव नहीं किया। इस पर सरदार साहब ने उनके राज में हिन्दुओं की दुर्दशा की याद दिलाई। उनके कुछ अपने वक्तव्य और लेखन भी साम्प्रदायिकता की दुर्भावना से भरे थे। निज़ाम ने इस आरोप को स्वीकार नहीं किया और एक बार फिर रजाकारों के दबाव की मजबूरी बताई। श्री वल्लभभाई ने शिकायत की कि निज़ाम ने पाकिस्तान, विदेशी शक्तियों तथा संयुक्त राष्ट्र संघ के साथ भी भारत विरोधी कार्रवाईयों में लगे रहे। उन्होंने पाकिस्तान को सिक्योरिटी स्थानांतरित कर दी।''

''इन सब स्पष्ट बातों का निज़ाम के पास जवाब नहीं था। वे इस बात को दुहराते रहे कि उन्होंने अपनी कार्यकारिणी समिति की राय से फैसले लिए। निज़ाम ने फिर कहा कि वे साम्प्रदायिक भावना से प्रभावित होकर निर्णय नहीं लेते थे।''

सरदार साहब सब कुछ धीरज के साथ सुनते आ रहे थे। उन्होंने श्री शंकर से निज़ाम द्वारा लिखित एक रचना सुनाने को कहा। श्री शंकर ने बचने की कोशिश की सरदार साहब के आदेश पर उन्हें उस रचना के कुछ अंश सुनाने पड़े। श्री शंकर ने 1939 में प्रकाशित निज़ाम की एक ग़ज़ल का एक शेर पढ़ा :

*बन्द नाक़ूस हुआ, सुनके निदाए तकबीर*
*ज़लज़ला आ ही गया, हलके जुन्नार पे था।*

अर्थात कलमा की आवाज़ से शंख की आवाज़ बन्द कर गई और जनेऊ तोड़ डाले गए।''

''इस पर निज़ाम चुप हो गए, उन्होंने क्षमा माँगी और कहा कि उन्हें अपनी गलतियों के लिए खेद है।''

लोग उनकी बातें मनोयोग से सुन रहे थे। दिनेशभाई ने बताया—''निज़ाम ने कहा कि पिछली गलतियाँ नहीं होनी चाहिए थीं। उन्होंने भारत सरकार के साथ वफादारी और हर प्रकार के सहयोग का वादा किया। इस पर सरदार ने आश्वासन दिया कि यदि वे अपने वादे पर रहते हैं तो भारत सरकार उनके प्रति सम्मान का भाव रखेगी। इस पर निज़ाम ने सरदार को कृतज्ञतापूर्वक धन्यवाद दिया। इसके बाद निज़ाम का बर्ताव और भी आत्मीयतापूर्ण हो गया।''

अपनी बात खत्म कर दिनेशभाई ने जम्हाई ली।

सरदार पटेल को उस्मानिया विश्वविद्यालय ने डॉक्ट्रेट की उपाधि देकर सम्मानित किया। दीक्षांत समारोह के उस अवसर पर सरदार ने हिन्दी में एक प्रभावशाली भाषण दिया। अपने भाषण में सरदार श्री ने कहा, "मैंने जीवन के विश्वविद्यालय में शिक्षा ग्रहण की है, मैं उस्मानिया विश्वविद्यालय की उपाधि स्वीकार करने में थोड़ी हिचकिचाहट का अनुभव कर रहा हूँ। मैंने तो अनुभव से सीखा है।"

"आइए हम पिछली बातों पर पर्दा डाल दें। ईश्वर के बनाए हुए 4 करोड़ मुसलमानों और 30 करोड़ अन्य लोगों को साथ रहना है। भारत का भविष्य और यह भी कहें कि पाकिस्तान का भविष्य उन्हीं लोगों के हाथों में है जो इस मिट्टी में जन्मे हैं, जो इस मिट्टी में रहते हैं और जिन्हें इस मिट्टी में मिलना है। जैसा कि गांधीजी ने कहा है, हमें सभी धर्मों के अच्छे तत्वों को अपनाना है।"

"हमें ईश्वर की कृपा माँगनी चाहिए और अपनी पिछली गलतियों को दुहराना नहीं चाहिए। हम अपनी उपाधि के सही हकदार तब होंगे जब हमारी उपाधियाँ हमें भारत के सच्चे नागरिक की तरह भ्रातृत्व की भावना से मिलजुलकर रहना सिखलाएँ। हमें ऐसे काम करने चाहिएँ जिनसे भारत की प्रतिष्ठा में वृद्धि हो।"

"मेरे विषय में उपकुलपति महोदय ने कई अच्छी बातें कही हैं। मैं तो भारत का एक विश्वासपात्र सैनिक होना चाहता हूँ। यदि मैं देश के प्रति अपनी वफादारी से एक कदम भी भटक जाऊँ तो ईश्वर मेरी जीवन-लीला समाप्त कर दें! किसी भी व्यक्ति के जीवन का मूल्यांकन उसकी मृत्यु के बाद ही किया जा सकता है और बहुत कम लोग ऐसी स्थिति प्राप्त कर पाते हैं जिसमें आने पर वे आगे कोई भूल न करें। जीवन में हमें जो भी उपलब्धि मिलती है उस पर कुछ भी गर्व नहीं किया जा सकता क्योंकि मनुष्य तो दिव्यता के हाथों का एक यंत्र मात्र है। इसलिए हर जागरूक व्यक्ति का यह कर्तव्य बनता है कि वह ईश्वर से प्रार्थना करता रहे और इस प्रकार अपना कर्तव्य करता रहे कि उसमें भूलें न हों।"

"आप ऐसा कुछ भी न करें जो देश के नाम पर कलंक हो। सारी दुनिया देखे कि स्वतंत्रता प्राप्ति के बाद भारत के युवा जाग गए हैं और वे भारत की समृद्ध पुरातन संस्कृति के उत्तराधिकारी हैं। आज विश्वविद्यालयों में जो अस्थिरता और बेचैनी आई है उसके कारण हम थोड़ा पीछे खिसके हैं जिसने शुष्कता, संघर्ष और बंजरपन को जन्म दिया है। यह हमारी पुरातन संस्कृति के प्रतिकूल है और इससे हमारा भला नहीं होगा। मैंने और आपने आज अपनी अपनी उपाधियाँ ग्रहण की हैं, आइए हम अपने आप को इन उपाधियों के योग्य बनाएँ।"

उपस्थित लोगों की तालियों की हर्षध्वनि से पूरा सभागार गूँज उठा। लोगों पर उनके भाषण ने गहरा प्रभाव डाला।

अगले दिन फ़तेह मैदान में श्री वल्लभभाई ने एक विशाल जन-सभा को सम्बोधित किया। अपने भाषण में उन्होंने लोगों से साम्प्रदायिक सद्भाव बनाए रखने

की आवश्यकता पर जोर दिया। उन्होंने कहा कि जब तक हैदराबाद तरक्की नहीं करता, तब तक भारत की तरक्की नहीं हो सकती। अब हैदराबाद भारत का अंग है और जब भारत के हृदय में कोई ट्यूमर हो तब भारत स्वस्थ नहीं रह सकता। विदेशी शासन को हटाने का मतलब आन्तरिक ट्यूमर को दूर करना नहीं था। प्रगति के लिए हिन्दुओं, मुसलमानों, ईसाईयों, दलितों के बीच पूर्ण एकता होनी चाहिए। आप में से हर एक को दूसरे को अपना भाई समझना चाहिए, जो भारत में रहना चाहते हैं उन्हें एक दूसरे को अपना भाई समझना चाहिए। जो लोग ऐसा नहीं कर सकते, उन्हें जल्द से जल्द हैदराबाद छोड़ देना चाहिए।''

सरदार की हैदराबाद यात्रा का उस राज्य की जनता पर बहुत अच्छा प्रभाव पड़ा।

सरदार ने अपनी बुद्धिमत्ता और सूझ-बूझ से हैदराबाद की प्रशासनिक और राजनीतिक व्यवस्था को भी पटरी पर ला दिया। वे निजाम के प्रति भी उचित सम्मान प्रदर्शित करना नहीं भूले। बाद में जब 26 जनवरी 1950 को भारत गणतंत्र बना तो हैदराबाद भारत का ग्रुप बी राज्य बना और निजाम उसके राजप्रमुख नियुक्त किए गए।

## [ लेखक की टिप्पणी

*काफी जाँच पड़ताल के बाद रज़वी के विरुद्ध–शोएबुल्ला खान की हत्या और बीबीनगर डकैती के मुकदमे दायर किए गए। बाद में 3 जजों की एक विशेष अदालत ने उसके मुकदमे की सुनवाई की। इस ट्रिब्यूनल के सदस्यों में एक हिन्दू, एक मुसलमान और एक ईसाई थे। राज्य के एक भूतपूर्व न्यायायिक अधिकारी जनाब अस्कर यार जंग को बचाव पक्ष की पैरवी करने लिए नियुक्त किया गया। बाद में रज़वी ने अपने मुकदमे की पैरवी खुद करने की अनुमति माँगी। अदालत ने 10 सितम्बर 1950 को शोएबुल्ला खान की हत्या के मुकदमें में दोषी पाकर उसे आजीवन कारावास की सजा दी और बीबीनगर डकैती केस में सात साल के सश्रम कारावास का दंड दिया। शोएबुल्ला हत्याकांड में उसे हाई कोर्ट ने रिहा कर दिया, पर बीबीनगर डकैती के मामले में उसकी सजा बरकरार रखी। रज़वी को चंचलगुडा जेल में रखा गया, पर 1954 में उसे यरवदा जेल में स्थानांतरित कर दिया गया। सजा समाप्त होने पर, अनुसार, उसे 11 सितम्बर 1957 को इस शर्त पर रिहा कर दिया गया कि वह रिहा होने के 48 घंटों के अन्दर पाकिस्तान चला जाएगा। रज़वी 18 सितम्बर को कराची चला गया जहाँ किसी ने उसे नहीं पूछा। वहीं 15 जनवरी 1970 को, लगभग 66 वर्ष की अवस्था में, उसकी मृत्यु हो गई।]*

दुर्भाग्यवश 7 मार्च 1950 को सरदार को यह पता चला कि लायक अली जो हैदराबाद के बेगमपेट इलाके में नज़रबन्द था, पाकिस्तान भाग गया।

हैदराबाद के भारत में विलय के बाद भी सरदार वहाँ की समस्याओं पर बहुत ध्यान देते थे। हैदराबाद का प्रशासन सुनियोजित कर दिया गया था, और उसकी अर्थ व्यवस्था रास्ते पर ला दी गई थी। जागीरदारी प्रथा समाप्त कर दी गई थी। राज्य सरकार लोगों का विश्वास जीतने का निरन्तर प्रयास कर रही थी।

कुछ दिनों बाद सरदार हैदराबाद के पास कस्तूरबाग्राम के उद्घाटन समारोह में गए। वहाँ उन्होंने कहा कि वे अपनी आँखों से हैदराबाद की स्थिति देखने आए हैं।

सात अक्टूबर को गांधी भवन की आधारशिला रखने के अवसर पर उन्होंने गांधीजी की बातें याद दिलाईं। गांधीजी ने कहा था कि सही अर्थों में भारत की स्वाधीनता के लिए यह आवश्यक है कि देश में साम्प्रदायिक सद्भाव हो, अस्पृश्यता समाप्त हो, लोग अपने खाने और पहनने की चीजें स्वयं पैदा करें और देश में एक भाषा हो। सरदार ने कहा कि देश अभी इन मौलिक उद्देश्यों की प्राप्ति से दूर है। जब तक इन उद्देश्यों की प्राप्ति नहीं हो जाती तब तक देश उन्नति नहीं कर सकता, हम अपनी स्वार्थ-सिद्धि के लिए सिर्फ गांधीजी का नाम भुनाते रहेंगे।

सरदार ने कहा, ''मुझे बताया गया है कि जब लायक अली अपनी बहन को जेल में छोड़कर यहाँ से भाग निकले तो कुछ लोगों ने उनकी इस कायरता पूर्ण कार्रवाई पर जश्न मनाया। जिन लोगों ने ऐसा किया क्या उन्हें भारत में रहने का हक़ है?''

मुसलमान भाइयों को आश्वस्त करते हुए सरदार ने कहा, ''मैं मुसलमान भाइयों से कहना चाहता हूँ कि उन्हें बराबरी के अधिकार प्राप्त हैं और वे भारतीय नागरिक के नाते कानून और सरकार के संरक्षण में हैं। लेकिन किसी भी भारतीय को चाहे वह हिन्दू हो या मुसलमान यह अच्छी तरह समझ लेना चाहिए कि उसे एक भारतीय की तरह सोचना और अनुभव करना चाहिए और एक भारतीय की तरह व्यवहार करना चाहिए। वे जितनी जल्दी ऐसा करें उतना ही अच्छा है। कुछ लोग ऐसा सोचते हैं कि पाकिस्तान चले जाना उनके लिए एक तीर्थ यात्रा की तरह है। यदि वे सचमुच ऐसा सोचते हैं तो उन्हें जल्द-से-जल्द पाकिस्तान चले जाना चाहिए हम उनके जाने की सुविधा उपलब्ध करा देंगे। ऐसा सोचने वालों का भारत से पाकिस्तान चले जाना उनके हक में और भारत में रहने वाले मुसलमानों के हक में है।''

सरदार ने बँटवारे का जिक्र करते हुए कहा, ''हमने तो सोचा था कि बँटवारे के बाद हम शान्ति और पारस्परिक प्रेम और स्नेह के साथ रह सकेंगे, अपने-अपने तरीकों से अपना भाग्य सँवारेंगे। लेकिन पाकिस्तान ने अलग नीति अपनी और भिन्न मार्ग अपनाया। मैं उन लोगों को बता देना चाहता हूँ कि उनके बुरे-से-बुरे प्रयास के बावजूद भी यहाँ हिन्दुओं और मुसलमानों के बीच जो सौहार्द्र है वह समाप्त नहीं होगा। इस प्रकार के दबाव से दिलों को पृथक नहीं किया जा सकता। यदि आप में से कोई ऐसा विश्वास रखता कि वे आपकी रक्षा करेंगे तो यह आपका भ्रम है।

इसलिए मैं मुसलमानों से कहूँगा कि वे उनके धोखे में न आएँ। मैं हिन्दुओं से भी कहूँगा कि वे पिछली बातें भूल जाएँ। आखिर यह सारी खुराफात इस शहर में रहने वाले चन्द लोगों द्वारा की गई थी।''

पाकिस्तान जाने या पाकिस्तान से वापस लौटने की इच्छा रखने विषय में सरदार ने कहा, ''जो वापस लौटना चाहते हैं, हमारे दरवाजे उनके लिए खुले हैं। यदि लायक अली भी वापस आना चाहें तो मैं उन्हें आने दूँगा। इसी प्रकार जो हैदराबाद से जाना चाहते हैं उनके लिए रास्ता खुला है। रोना तो इस बात का है कि दो भिन्न देश होने पर भी वे हमें चैन से रहने नहीं देते।''

सरदार ने कहा,''मैं तो हमेशा भारत की एकता पर जोर देता हूँ। एकता की सही परीक्षा तो प्रतिकूल परिस्थितियों में होती है। आसाम में भूकम्प के जो झटके आए वे उस आपदा-ग्रस्त राज्य तक ही सीमित नहीं रह सकते। यह पूरे भारत का कर्तव्य है कि वह आसाम के कष्ट बाँटें।''

सरदार ने लोगों से आसाम रिलीफ फंड में सहयोग देने की अपील की। उन्होंने बताया कि मुख्य मंत्री द्वारा स्थापित इस कोष में राजप्रमुख महोदय ने 5 लाख रुपए और हैदराबाद सरकार ने 1 लाख रुपए दिए हैं। हैदराबाद की जनता को वहाँ की पीड़ित मानवता की सहायता के लिए आगे आना चाहिए।

उन्होंने लोगों से आग्रह किया कि वे नालगोंडा और वारांगल के हिंसा प्रभावित क्षेत्रों में सामान्य स्थिति लाने के लिए सरकार के साथ मिलकर काम करें। इस कार्य में सरदार ने पत्रकारों का भी विशेष सहयोग माँगा।

देखते-देखते भारत को स्वतंत्र हुए तीन संघर्षपूर्ण वर्ष बीत गए। स्वतंत्रता की तीसरी वर्षगांठ पर सरदार ने कहा, ''हमारा सौभाग्य है कि हमारा देश अनेक कठिनाईयों पर काबू पाता हुआ आगे आया है। अपने मार्ग में हमें कई परीक्षाओं और मुश्किलों से गुजरना पड़ा है। हम अपने प्रयासों से इन कठिनाईयों से उबर पाए हैं और हमारी आत्म-निर्भरता ने हमारे देश को दृढ़ता प्रदान की है और विश्व में हमारी प्रतिष्ठा बढ़ाई है। मुझे इसी आत्म-निर्भरता के कारण देश के भविष्य पर विश्वास है।''

लेकिन सरदार देश की समस्याओं और कमजोरियों का उल्लेख करना भी नहीं भूले। उन्होंने कहा, ''प्रशासनिक और सार्वजानिक जीवन की कुछ बातें मुझे व्यथित भी करती हैं। देश एक ऐसे व्यक्ति की भावनाओं को समझ सकता है जिसने अपने जीवन में त्याग, नि:स्वार्थ प्रयास, अनुशासन और एकता के कई उदाहरण देखे हैं और अभी उसकी आँखों के सामने ऐसे दृश्य आते हैं जो उस बीते समय की महिमा का उपहास उड़ाते हैं।''

''हमारा सार्वजनिक जीवन स्थिर जल का एक दलदल सा बन गया है, हमारे विवेक में शंका और निराशा का भाव आ गया है। हम अपने अनुभव और इतिहास से कोई सबक नहीं ले रहे हैं। हमारे सामने जो जटिल समस्याएँ हैं वे हमसे हमारी

सर्वोत्तम योग्यता की आशा रखती हैं। हम अपना बहुत सारा समय निरर्थक बातों और कार्यों में बर्बाद कर देते हैं। हम बातें ज्यादा करते हैं, लेकिन अभी जरूरत बातों की नहीं काम करने की है।''

''मैं अपने जीवन के ऐसे पड़ाव पर पहुँच चुका हूँ जहाँ समय बहुत महत्त्वपूर्ण है। मेरी हार्दिक इच्छा है कि हमारी स्वतंत्रता की नींव मजबूत और सुरक्षित हो। आयु होने पर भी मेरी शारीरिक कमजोरी ने अपनी मातृभूमि में शान्ति, समृद्धि और विकास लाने की मेरी उत्कंठा को कम नहीं किया है। लेकिन समय का पंछी अपनी उड़ान भर रहा है!''

9 नवम्बर 1950 को अपने अन्तिम सार्वजानिक कार्यक्रम में सरदार ने स्वामी दयानन्द सरस्वती को अपनी श्रद्धा अर्पित की। उस अवसर पर उन्होंने स्वामीजी के महत्त्वपूर्ण योगदान का उल्लेख किया। फिर उन्होंने कहा कि तिब्बत जैसे शान्तिप्रिय देश पर चीन ने आक्रमण किया है। आशंका है कि तिब्बत देश बच नहीं पाएगा। तिब्बत एक धार्मिक देश है और उसने कोई आक्रमण नहीं किया है। पर जब कोई शक्ति के मद में रहता है तब वह इस बात को नहीं समझ पाता कि वह क्या कर रहा है!

''भारत मात्र 3 वर्षों का बच्चा है। हमारे चारो ओर आग बरस रही है। हमें निडर होकर अपने देश की रक्षा करनी चाहिए—सम्भव हो तो अहिंसात्मक ढंग से और यदि आवश्यक हो तो हिंसा का सहारा लेकर भी! वर्तमान समय की माँग है कि हम में एकता हो, ऐसी एकता जो प्रेम और सद्‌भावना-जनित हो ताकि हम अपने देश की रक्षा कर सकें।''

कश्मीर से परेशानी और उपद्रव के समाचार लगातार आ रहे थे। महाराजा जम्मू और कश्मीर के भारत अथवा पाकिस्तान में विलय के विषय में निर्णय लेने में समय ले रहे थे और पाकिस्तान इसका भरपूर फायदा उठा रहा था। जितेनभाई और उनके सहयोगियों का सोचना था कि अगर जम्मू कश्मीर का मामला भी सरदार के हाथों में रहता तो इसका समाधान भी निकल आता, पर यह विषय प्रधानमंत्री के अधीन था।

प्रभुभाई ने कहा, ''आखिर ऐसी कौन से मजबूरी थी कि इसे स्टेट्स विभाग से अलग कर दिया गया?''

जितेनभाई ने कहा, ''यह तो मैं भी नहीं बता सकता पर इतना जरूर जानता हूँ कि यह सवाल कई लोगों के मन में है!''

चमनभाई ने पूछा, ''खैर, यह तो बीती बात है, अभी क्या हो रहा है? अखबारों से तो यही मालूम होता है कि घाटी में स्थिति काफी बिगड़ गई है।''

दिनेशभाई ने कहा, ''मैं और जयन्तीभाई अपने दिल्ली के मित्रों से सम्पर्क कर रहे हैं, जल्द ही आप लोगों को सही जानकारी दूँगा।''

अगले सप्ताह जितेनभाई ने बताया, "स्वतंत्रता के बाद महाराजा ने पाकिस्तान और भारत दोनों के साथ यथास्थिति समझौते पर हस्ताक्षर करने का फैसला लिया था। पाकिस्तान ने इस समझौते पर हस्ताक्षर कर दिए थे, भारत कुछ समय चाहता था। पर जम्मू और कश्मीर की सरकार ने शिकायत की कि पाकिस्तान सरकार इस समझौते का पालन नहीं कर रही है और उन पर इंस्ट्रूमेंट ऑफ एक्सेशन पर हस्ताक्षर करने के लिए दबाव दे रही है। पाकिस्तान ने पेट्रोल और अन्य कई आवश्यक वस्तुओं की आपूर्ति बन्द कर दी है और पाकिस्तान जाने वाले यात्रियों के लिए भी मुश्किल पैदा कर रही है। जम्मू और कश्मीर की सरकार ने 50,000 गैलन पेट्रोल की आपूर्ति की माँग की थी जो उसे नहीं दी गई। बाद में भारत ने उसे 500 गैलन पेट्रोल भेजा।"

अक्टूबर 1947 में जब पाकिस्तान के कबाइली इलाकों के कश्मीर पर आक्रमण कर दिया तो सब को बहुत आश्चर्य हुआ। भारत सरकार नई प्राप्त आजादी को स्थिर करने में व्यस्त थी। सरकार के सामने कई समस्याएँ पैदा हो गई थीं। पाकिस्तान की सेना ने कबीले के लोगों और घाटी के लुटेरों को आगे-आगे कर घाटी पर आक्रमण कर दिया। उस समय तक महाराजा ने भारत के साथ समझौते पर हस्ताक्षर नहीं किए थे। यह आक्रमण पूर्णत: साम्प्रदायिक था।

जम्मू कश्मीर की सरकार इसके लिए बिलकुल तैयार नहीं थी। उसकी बटालियन के कई स्टाफ हमलावरों के साथ हो गए थे। जम्मू और कश्मीर सेना के ब्रिगेडियर राजेन्द्र सिंह ने बहादुरी के साथ उनका सामना किया। मात्र 150 लोगों के साथ उन्होंने उरी की रक्षा की और सामरिक दृष्टि से महत्त्वपूर्ण उरी पुल को उड़ा दिया। इसके कारण हमलावर दो दिनों तक वहाँ उलझे रहे। बाद में हमलावरों ने इस बहादुर अफसर और उसके सैनिकों की नृशंस हत्या कर दी। हमलावरों ने 24 अक्टूबर को महुरा के पावर हाउस को अपने कब्जे में ले लिया और यह घोषणा की कि वे 26 अक्टूबर को ईद श्रीनगर मस्जिद में मनाएँगे!

जितेनभाई ने बताया कि 24 अक्टूबर को महाराजा ने भारत सरकार से मदद माँगी। इस पर गवर्नर जनरल लॉर्ड माउंटबेटन ने कहा कि चूँकि महाराजा ने जम्मू कश्मीर का विलय भारत में नहीं किया है, इसलिए भारत के लिए वहाँ सेना भेजना उचित नहीं होगा।

तब तक हमलावर बारामुला के पास पहुँच चुके थे। वे एक दो दिनों में श्रीनगर पहुँचने की स्थिति में आ गए थे। तत्काल श्री मेनन को महाराजा के पास भेजा गया। वहाँ का प्रशासन बिखर चुका था, लोग भय और अनिश्चितता की स्थिति में थे। पाकिस्तान की स्थिति मजबूत थी क्योंकि उसके पास अच्छे सड़क मार्ग की सुविधा थी, भारत के लिए हवाई मार्ग का ही एक मात्र साधन था।

चारों ओर अफवाह थी कि आक्रमणकारी श्रीनगर के निकट आ गए हैं। लोग भयभीत थे।

मेनन साहब ने महाराजा के आग्रह से भारत सरकार को अवगत कराया और सुरक्षा समिति की बैठक में सम्मिलित होने के बाद जम्मू गए। महाराजा अपने प्रधान मंत्री श्री मेहर चन्द महाजन के साथ वहीं चले गए थे। महाराजा तो उनकी आतुरता के साथ प्रतीक्षा कर रहे थे, उन्होंने तुरन्त इंस्ट्रूमेंट ऑफ एक्सेशन पर हस्ताक्षर कर दिए और भारतीय सेना की तत्काल सहायता माँगी।

यद्यपि कश्मीर का मामले प्रधान मंत्री स्वयं देखते थे, पर दिल्ली हवाई अड्डे पर सरदार पटेल मेनन साहब की प्रतीक्षा कर रहे थे। वे लोग सीधे सुरक्षा समिति की बैठक में गए जहाँ लम्बी चर्चा के बाद इंस्ट्रूमेंट ऑफ एक्सेशन स्वीकार कर लिया गया।

अब अत्यल्प समय में सेना भेजने का मुश्किल काम सम्पन्न करना था। पाकिस्तान के लिए तो आक्रमणकारियों को भेजना सहज था, वे कई दिशाओं से आ सकते थे, पाकिस्तान से सड़क मार्ग की सुविधा उपलब्ध थी पर भारत के लिए तो एकमात्र उपाय हवाई जहाज द्वारा ही सेना पहुँचाना था। सरदार और उनके सहयोगियों श्री शंकर, श्री मेनन एवं अन्य सम्बद्ध लोगों ने कई मुश्किलों के बावजूद मेजर शर्मा को एक छोटी टुकड़ी के साथ आक्रमणकारियों को बारामुला से श्री नगर आने से रोकने के लिए कश्मीर भेजा। भारत की सेना टुकड़ी बहुत छोटी थी और आक्रमणकारियों की संख्या बहुत ज्यादा। फिर भी मेजर शर्मा और उनके बहादुर सैनिक आक्रमणकारियों को रोकने में सफल रहे। मेजर शर्मा ने वीरगति पाई पर उनकी शहादत ने सरकार को इतना समय दे दिया कि वह और सेना भेज सके।

जब सरदार ने मेजर शर्मा की वीरगति का दु:संवाद सुना तो वे तुरत रक्षा मंत्री श्री बलदेव सिंह, श्री शंकर और कुछ अन्य लोगों के साथ श्रीनगर पहुँचे। श्रीनगर की स्थिति बहुत नाजुक थी और वहाँ के प्रभारी अधिकारी ब्रिगेडियर सेन काफी चिन्तित थे। आक्रमणकारी बडगांव पहुँच चुके थे और ब्रिगेडियर सेन का आकलन था कि यदि सेना की बड़ी सहायता शीघ्र नहीं मिली तो वे श्रीनगर हवाई अड्डे को बचा नहीं पाएँगे। वैसी स्थिति में भारत के लिए उपलब्ध एकमात्र मार्ग भी बन्द हो जाएगा।

सरदार श्री ने तुरत कार्रवाई की। वे जम्मू आए, उन्होंने महाराजा से चर्चा की और सारी स्थिति समझने के बाद तुरत दिल्ली आ गए। उन्होंने सभी हवाई सेवाएँ बन्द करने का आदेश दिया और कमांडर इन चीफ से कहा कि वे जल्द-से-जल्द सैनिक और हथियार श्रीनगर भेजें। श्री शंकर और श्री सरीन ने रात भर बड़ी मुस्तैदी से सेना के लिए वायुयान सेवा उपलब्ध कराई और लगभग 800 सैनिकों को श्रीनगर पहुँचाने में सफल रहे। यह ब्रिगेडियर सेन के लिए बहुत सामयिक और बड़ी सहायता थी जिसकी मदद से भारतीय सेना आक्रमणकारियों को खदेड़ने में सफल रही। वे तो श्रीनगर से मात्र 6 मील की दूर पर थे और लगातार आगे बढ़ रहे थे, पर इस सामयिक आपूर्ति के कारण ही श्रीनगर को बचाया जा सका।

उधर जिन्ना साहब ने लार्ड माउंटबेटन और पंडित नेहरू को जम्मू कश्मीर की स्थिति पर चर्चा करने के लिए लाहौर बुलाया पर सरदार पटेल को उनका यह प्रस्ताव इसलिए पसन्द नहीं आया क्योंकि इस मामले में पाकिस्तान आक्रमणकारी था और जिन्ना साहब को चर्चा के लिए दिल्ली आना चाहिए था। मामला गांधीजी तक पहुँचा पर अकस्मात् नेहरू जी ज्वर से ग्रस्त हो गए। लार्ड माउंटबेटन, लार्ड इस्मे के साथ पाकिस्तान गए और उन्होंने जिन्ना साहब से माँग की कि वे आक्रमणकारियों को पाकिस्तान वापस बुलाएँ।

इधर सरदार पटेल और सरदार बलदेव सिंह जी ने सेना को आदेश दिया कि वह बारामूला को अपने कब्जे में ले ले। सेना ने 8 नवम्बर को बारामूला से आक्रमणकारियों को खदेड़ दिया, मेजर जेनरल कुलवंत सिंह ने 11 नवम्बर को उरी को अपने नियंत्रण में ले लिया।

भारत के साथ अपनी मीटिंगों में पाकिस्तान बराबर भारतीय सेना को वापस लेने की बात करता था, जिसका पंडित नेहरू हमेशा विरोध करते थे और पाकिस्तान से माँग करते थे कि वह आक्रमणकारियों को वापस बुला ले।

इसी प्रकार की बातें होती रहीं जिनका कोई निष्कर्ष नहीं निकला। अब लॉर्ड माउंटबेटन ने गांधीजी और नेहरूजी से आग्रह किया कि इस मामले को संयुक्त राष्ट्र संघ में ले जाएँ। सरदार पटेल ने इस प्रस्ताव का दृढ़ता से विरोध किया। महाराजा ने इंस्ट्रूमेंट ऑफ एक्सेशन पर हस्ताक्षर किए थे और जम्मू-कश्मीर में शेख अब्दुल्ला के नेतृत्व में एक लोकप्रिय सरकार का गठन हो चुका था, भारतीय सेना आक्रमणकारियों के कब्जे से अपने भू-भाग को वापस लेने में समर्थ थी। इन परिस्थितियों में इस मामले को संयुक्त राष्ट्र संघ में ले जाने में कौन सी बुद्धिमत्ता थी! लॉर्ड माउन्टबेटेन की सलाह पर पंडित नेहरू ने 28 अक्टूबर को अपने प्रसारण में इस बात का उल्लेख कर दिया कि विलय की पुष्टि के लिए संयुक्त राष्ट्र संघ के तत्त्वाधान में जनमत संग्रह किया जाएगा।

इंस्ट्रूमेंट ऑफ एक्सेशन में लोगों की इच्छा जानने का उल्लेख तो था पर संयुक्त राष्ट्र संघ के तत्त्वाधान में जनमत संग्रह कराने की बात नहीं थी। सरदार संयुक्त राष्ट्र संघ के तत्त्वाधान में वाक्यांश हटाने की कोशिश की, पर तब तक प्रधानमंत्री जी अपने वक्तव्य का प्रसारण कर चुके थे।

चमनभाई ने याद दिलाई "कश्मीर का मामला तो प्रधानमंत्री के अन्तर्गत था। कश्मीर के कुछ विषयों पर पंडितजी और सरदार पटेल के विचारों में भिन्नता थी। पंडितजी तो वहाँ सेना भेजने के पक्ष में भी नहीं थे।"

दिनेशभाई ने कहा, "हाँ, यह सही है। इस पर सरदार साहब ने उनसे साफ-साफ पूछा था, आप कश्मीर को अपने साथ रखना चाहते हैं या उसे दे देना चाहते है? पंडितजी ने जवाब दिया था कि निस्सन्देह वे कश्मीर का भारत में विलय चाहते हैं। इस पर सरदार साहब ने कहा था, फिर सेना भेजने का आदेश दीजिए।"

जितेनभाई ने कहा, "मुझे पता चला था कि बक्शी गुलाम मुहम्मद चाहते थे कि श्री वल्लभभाई कश्मीर मामले को देखें, पर ऐसा न हो सका!"

प्रभुभाई ने निराशा के स्वर में कहा, "परिणाम सामने है!"

देश में अस्थिरता का वातावरण था, व्यापारीगण अभी भी व्यवसाय में ज्यादा निवेश करने से थोड़ा हिचक रहे थे, पर लोगों के मन में उत्साह की एक अन्तर्धारा भी प्रवाहित हो रही थी। उमा अपने परिवार की सुख-सुविधा के लिए हमेशा प्रयासरत रहती थी। चमनभाई और उमा ने संघर्ष के दिन देखे थे, वे त्याग करना जानते थे और सन्तोष उनके स्वभाव में था। इसलिए वे ज्यादा विचलित नहीं होते थे। जितेनभाई उन्हें बार-बार उत्साहित करते थे। उनका कहना था कि बहुत जल्द देश की आर्थिक अवस्था सुधर जाएगी।

जब हैदराबाद का भारत में विलय हुआ उस समय पंडित नेहरू विदेश के दौरे पर थे और श्री वल्लभभाई प्रधानमंत्री का कार्य देख रहे थे। सरदार श्री बम्बई आए और लोगों ने अत्यन्त उत्साह और कृतज्ञता से भरकर उन्हें बधाईयाँ दीं।

जितेनभाई, चमनभाई और उमा भी बम्बई गए। दिनेशभाई और जयन्ती भाई बड़ोदा गए थे, वहाँ से अहमदाबाद लौटने पर उन्होंने बड़ोदा की स्थिति के विषय में बताया।

दिनेशभाई ने कहा, "बड़ोदा तो यथास्थिति समझौते पर हस्ताक्षर करने वाला अग्रणी राज्य था। बड़ोदा से प्रेरित होकर कई अन्य राज्यों ने भारत में विलय का निर्णय लिया था। पर अफसोस की बात है कि वहाँ की स्थिति चिन्ताजनक है।"

चमनभाई ने कहा, "जब सरदार श्री जूनागढ़ की समस्या का समाधान कर रहे थे तब काठियावाड़ के राजाओं ने उन्हें पूरा सहयोग दिया था।"

जितेनभाई ने बताया, "लेकिन उस समय, 2 सितम्बर 1947 को बड़ोदा के राजा ने श्री वल्लभभाई को अपने हाथों से एक पत्र लिखकर बताया था कि कुछ शर्तों पर बड़ोदा पूरे काठियावाड़ में शान्ति व्यवस्था बनाए रखने की जवाबदेही लेने को तैयार है। ये शर्तें बड़ोदा राज्य की सत्ता का विस्तार करने के उद्देश्य से लिखी गई थीं। ऐसा लगता था कि बड़ोदा राज्य की सोच भी निज़ाम की सोच की तरह हो रही है।"

प्रभुभाई ऊँघ रहे थे। उन्होंने अपनी गर्दन हिलाई और कहा, "बड़े आश्चर्य की बात है। और सरदार श्री इस पर चुप बैठे रहे!"

"नहीं, सरदार श्री ने उस पत्र का उचित उत्तर दिया था। उन्होंने लिखा था कि भारत सरकार ने बड़ोदा राज्य से इस तरह की कोई सहायता नहीं माँगी है न ही उसे बड़ोदा राज्य से ऐसी सहायता की जरूरत है।"

"श्री वल्लभभाई ने लिखा था कि बड़ोदा राज्य की अपने राज्य का विस्तार करने की अभिलाषा उसके लिए विपत्ति का कारण बनेगी।"

उमा ने पूछा, "बड़ोदा के महाराजा साहब ने उनके पत्र का क्या उत्तर दिया था ?"

"श्री वल्लभभाई की स्पष्ट बातें पढ़कर महाराजा साहब ने नरम रुख अख्तियार किया और सारा दोष अपने दीवान श्री बी. एल. मित्तर के माथे मढ़ दिया। पर सरदार श्री सारी बातें समझते थे। मित्तर साहब ने ही तो महाराजा साहब को इंस्ट्रूमेंट ऑफ एक्सेशन पर हस्ताक्षर करने के लिए मनाया था।"

प्रभुभाई ने कहा, "हम लोग तो यह सोचते थे कि बड़ोदा में कोई समस्या नहीं है।"

चमनभाई ने कहा, "मैं भी यही सोचता था, पर मेरे कुछ व्यापारी मित्र बड़ोदा गए थे। उनलोगों ने बताया कि वहाँ इस बात की खबर है कि महाराजा सरकारी खजाने से बड़ी मात्र में पैसे और जवाहरात आदि निकाल रहे हैं।"

जितेनभाई ने बताया, "श्री वल्लभभाई को भी इसकी सूचना मिली है। उन्होंने श्री वी. पी. मेनन को बड़ोदा भेजा है ताकि वे महाराजा को बड़ोदा राज्य का बम्बई प्रान्त में विलय करने के लिए तैयार करा सकें।"

कुछ दिनों बाद दिनेशभाई ने बताया कि महाराजा दिल्ली में श्री वल्लभभाई से मिले थे और उन्होंने सरदार को आश्वासन दिया था कि वे महारानी से राय लेकर इस विषय में कोई निर्णय लेंगे।

जितेनभाई ने बताया, "श्री वल्लभभाई बड़ोदा राज्य के बम्बई में विलय की घोषणा करना चाहते थे, पर महाराजा ने आग्रह कि वे अभी ऐसी घोषणा न करें।फिर कई दौरों की वार्ता के बाद सहमति बनी और महाराजा ने विलय-पत्र पर हस्ताक्षर कर दिए। महाराजा ने स्वयं इस विलय की घोषणा कर दी है। बम्बई प्रान्त की सरकार 1 मई 1949 को बड़ोदा राज्य का प्रशासन अपने हाथों में लेने वाली है। मैं भी इसके समारोह में भाग लेने के लिए बम्बई जा रहा हूँ।"

बाद में जयन्तीभाई ने बताया, "मैं बड़ोदा गया था। वहाँ प्रिवी पर्स, नगदी और जवाहरात आदि को लेकर कई मामले लंबित हैं। कई कानूनी पचड़े भी उलझे हुए हैं। लगता है कि सरदार को इस मामले में एक बार फिर हस्तक्षेप करना पड़ेगा।"

हिन्दुस्तान की भूमि का एक अंश पाकिस्तान बनकर अलग हो गया—इस बात का दु:ख लोग भूल नहीं पा रहे थे। जिस साम्प्रदायिक सद्‌भाव के लिए देश ने इतनी बड़ी कुर्बानी दी थी वह नजर नहीं आ रहा था। किसी सामान्य नागरिक के लिए बँटवारे के औचित्य के तर्क से सहमत होना बहुत मुश्किल था। किन्तु समय के साथ-साथ लोगों ने इस दु:ख से समझौता कर लिया—इस आशा में कि दोनों देश अपनी इच्छा के अनुसार अपने-अपने भविष्य का निर्माण करेंगे।

एक दिन जितेनभाई ने कहा, "राज्यों के विलय से भारत में 5 लाख वर्गमील का क्षेत्र और 8.65 करोड़ लोग जुड़े हैं। भारत माता के महान सपूत हमारे सरदार श्री की यह देन हर भारतीय के लिए गर्व की बात है। राज्यों का विलय सरदार श्री की

विलक्षण प्रतिभा, उनके कठिन परिश्रम, उनकी प्रशासनिक क्षमता, उनके महान व्यक्तित्व और उनकी व्यवहारिक कुशलता का एक अनुपम उदाहरण है।''

दिनेशभाई ने कहा, ''श्री वल्लभभाई ने राजाओं को आत्मीयतापूर्वक और मैत्रीभाव से भारत में विलय के लिए राजी किया। वे इस बात पर भी जोर देते रहे कि राजाओं को अपनी प्रजा के साथ मधुर व्यवहार रखना चाहिए और उनकी भावनाओं का सम्मान करते हुए अपने राज्य में लोकप्रिय शासन की स्थापना करनी चाहिए।''

जितेनभाई के चेहरे पर सन्तोष की मुस्कान थी। उन्होंने अपने हाथ ऊपर उठाते हुए कहा, ''यह एक चमत्कार था। इतने कम समय में इतने राज्यों का भारत में विलय करा लेना सिर्फ सरदार श्री के द्वारा ही सम्भव था। राजाओं को मना लेने की उनकी कला बेजोड़ है। एकीकरण के बाद वे कभी भी राजाओं को उनके त्याग और सहयोग के लिए धन्यवाद देना नहीं भूले।''

उमा ने कहा, ''हमें अपने सरदार श्री पर गर्व है!''

प्रभुभाई ने जोरों से आवाज लगाई, ''श्री वल्लभभाई पटेल की...'' लोगों ने सहर्ष कहा, जय!''

उमा ने अनुरोध किया, ''जितेनभाई, जब आप उनसे अगली बार मिलें तो उन तक हमारा एक विशेष आग्रह अवश्य पहुँचा दें—सरदार श्री को अपने स्वास्थ्य का ध्यान रखना चाहिए, उन्हें थोड़ा विश्राम भी करना चाहिए। उनकी तबीयत ठीक नहीं रहती है, फिर भी वे अपनी परवाह किए बिना लगातार परिश्रम करते रहते हैं।''

दिनेशभाइ ने कहा, एक बार श्री वल्लभभाई ने कहा था कि वे बापू के जाने के बाद जीना नहीं चाहते! जब हैदराबाद के विलय की चर्चा चल रही थी, तब एक दोपहर, मीटिंग में लंच के समय उन्हें हृदय-आघात हो गया था। जब उन्हें होश आया तो उन्होंने डॉक्टरों से कहा, ''आप लोगों ने मुझे क्यों रोक लिया? मैं तो बापू के पास जा रहा था!''

एक बार गांधीजी ने उनसे कहा था, ''वल्लभभाई हम दोनों को स्वतंत्रता पाने से पहले नहीं जाना है!''

दिनेशभाई ने कहा, ''लेकिन सरदार श्री अपना ख्याल कब रखते हैं? खराब स्वास्थ्य के बावजूद भी वे जहाँ जरूरी हो वहाँ जाते हैं, समस्याओं के समाधान के लिए लम्बी यात्राएँ भी करते हैं।''

उमा ने पूछा, ''क्या वे अहमदाबाद नहीं आएँगे? क्या यहाँ आने के लिए वे समय निकाल पाएँगे?''

''पता लगाकर बताऊँगा'' जितेनभाई ने उत्तर दिया।

सौभाग्वश उनलोगों की इच्छा पूरी हुई। सरदार श्री के जन्म-दिवस पर अहमदाबाद के लोग उहें 15 लाख की थैली भेंट देना चाहते थे। चमनभाई और उमा के लिए

तो यह एक चिर-प्रतीक्षित अवसर था। वे अन्य साथियों के साथ उस शुभ दिन की आतुरता से प्रतीक्षा करने लगे।

प्रतीक्षा की आकुलता समाप्त करता हुआ वह शुभ अवसर आया। सड़क के दोनों ओर लोगों की लम्बी कतारें लगी थीं, लोग पुष्प-वृष्टि कर अपना प्रेम प्रदर्शित कर रहे थे। तुमुल हर्ष ध्वनि से लोगों ने अपने प्रिय नेता का उनकी कर्म-भूमि में हार्दिक स्वागत किया।

सरदार ने विनम्रतापूर्वक इस स्नेह को स्वीकार करते हुए कहा, ''मैं तो कांग्रेस का एक सामान्य कार्यकर्ता हूँ। मुझे इस बात का सन्तोष है कि मैं किसानों के स्वाभिमान को जगा सका हूँ।''

चमनभाई की आँखें नम हो आईं। यह माटी के सपूत का हार्दिक उच्छ्वास था।

चमनभाई, उमा और उनके बच्चे रास जाते रहते थे। जीवनभाई काफी बुजुर्ग हो चले थे, पर वे अब भी खेती का काम देखते थे। वे परिवार के मुखिया थे और परिवार के सभी लोग उनकी हर आज्ञा का पालन करते थे। उनके आगे चमनभाई अपने आप को एक बालक समझते थे।

देशी राज्यों के भारत में विलय के समाचार गाँवों में भी पहुँच चुके थे। लोगों में इस कार्य की द्रुत प्रगति पर आश्चर्य भी था और सरदार श्री के प्रति अप्रतिम सम्मान भी। सभी जानते थे कि यह देश को उनके अपने सरदार की अत्यन्त महत्त्वपूर्ण देन है!

रास में लोगों का उत्साह देखते ही बनता था। उनके अपने सरदार श्री ने संगठित भारत के निर्माण का इतनी कुशलतापूर्वक नेतृत्व जो किया था। रास के लोगों को भी इस बात पर गर्व था कि यहीं वे दांडी-यात्रा से पूर्व गिरफ्तार किए गए थे।

चमनभाई जब भी रास आते, उनके घर के बाहर चोरो पर चहल-पहल और बढ़ जाती। गाँवों से भी कई लोग नई-नई जानकारी पाने की आशा में वहाँ आ जाया करते थे। महिलाओं में उमा भी काफी लोकप्रिय थी।

एक दिन नन्दूभाई ने कहा, ''अपने सरदार श्री तो बेजोड़ हैं। गाँव से जुड़े और शहर से मिले-सबके आत्मीय। कौन उन्हें अपना नहीं कहेगा? लेकिन मेरी समझ में यह नहीं आता कि उन्होंने अपनी जीवन शैली कैसे और क्यों बदली? वे एक सफल बैरिस्टर थे और शुरू में गांधीजी से प्रभावित नहीं हो पाए थे। एक समय श्री वल्लभभाई गुजरात क्लब में ताश खेल रहे थे। तभी वहाँ गांधीजी आए और जब मावलंकर साहब उनसे मिलने के लिए जाने लगे तब श्री वल्लभभाई ने कहा था— अरे कहाँ जा रहे हो? वे कहेंगे कि गेहूं में से कंकड़ चुनो और वे इस बात पर विश्वास करते हैं कि इस काम से स्वराज मिल जाएगा! लेकिन बाद में वे ही श्री वल्लभभाई उनके अनन्य शिष्य बन गए!''

जीवनभाई ज्यादा व्यावहारिक थे। उन्होंने कहा, "श्री वल्लभभाई तो शुरू से ही साहसी प्रवृत्ति के थे। मुझे लगता है कि जब गांधीजी ने चम्पारण के मजिस्ट्रेट को अपना साहसपूर्ण जवाब दिया था तभी से उनके प्रति लोगों में सम्मान भर गया था। श्री वल्लभभाई भी उनसे प्रभावित हुए बिना नहीं रह पाए थे।"

चमनभाई ने कहा, "लगभग उसी समय श्री वल्लभभाई सार्वजनिक जीवन में दिलचस्पी ले रहे थे, पर वे कुर्सीधारी नेता बनना नहीं चाहते थे, वे तो लोगों से, जुड़े थे।"

जीवनभाई ने कहा, "वे भी तो गाँव के रहने वाले किसान हैं। वे पाटीदार हैं, उन्होंने किसानों का दु:ख दर्द देखा है, उनकी पीड़ा का अनुभव किया है, उनके कष्ट झेले हैं। उनमें स्वाभिमान की लड़ाई लड़ने की इच्छा बलवती हुई होगी। उन्होंने उसी समय निश्चय किया होगा कि वे आत्म-सम्मान की ज्योति जलाएँगे।"

नन्दूभाई ने अपने विचार व्यक्त किए, "गाँवों में कई लोग महज दो रोटी खाने के लिए लगातार परिश्रम करते हैं। उन दिनों दासता की बेड़ियों में जकड़े गाँवों के लोगों ने स्वाभिमान से अपना सर उठाने की बात भी नहीं सोची होगी। श्री वल्लभभाई ने ही उन्हें गरीबी का दंश झेलते हुए अपने स्वाभिमान की रक्षा का पाठ पढ़ाया है।"

जीवनभाई ने कहा, "और कितनी अच्छी तरह उन्होंने यह पाठ पढाया! उनके उदाहरण ने, उनकी देशभक्ति, त्याग और निष्ठा ने, उनकी अन्याय और दमन के विरुद्ध संघर्ष करने की क्षमता ने लोगों में साहस और उत्साह का संचार कर दिया। उन्होंने कार्य-पद्धति देखी, सीखी और उसे अपनाया। उन्होंने अपनी सेवाएँ उस महामानव को अर्पित कर दीं और एक अनमोल गुरु-शिष्य सम्बन्ध स्थापित किया।"

चमनभाई ने कहा, "यह हमारा सौभाग्य है कि वह गुरु-शिष्य सम्बन्ध हमारे देश के लिए इतना लाभदायक सिद्ध हुआ। श्री वल्लभभाई ने लाखो लोगो को प्रेरित और प्रभावित किया, उन्होंने तो रजवाड़ों में भी स्वतंत्रता की ज्योति जला दी। उनसे प्रेरणा पाकर कई लोगों ने प्रजा मंडलों की स्थापना की।"

नन्दूभाई ने याद दिलाई, "अपने बारडोली सत्याग्रह को ही देखो! सरदार ने खेड़ा और बारडोली में सत्याग्रह की शक्ति पहचानी और उसका सफलतापूर्वक इस्तेमाल किया। मैंने सूरत की उस सभा में भाग लिया था जिसमें पूरे बारडोली तालुके से किसान सम्मिलित हुए थे और उनलोगों ने अत्यन्त ध्यानपूर्वक श्री वल्लभभाई की बातें सुनी थीं। वे अपना सब कुछ त्याग करने का इरादा लेकर आए थे। यहाँ तक कि उनमें एक प्रकार से त्याग करने की प्रतिद्वंद्विता थी। एक किसान दूसरे से पूछता था—तुमने क्या किया?"

जीवनभाई, ने कहा, "हो सकता है कि आने वाली सन्ततियाँ इस बात पर विश्वास न करें पर यह सच है। वास्तव में यह गांधीजी और श्री वल्लभभाई के प्रभाव के कारण ही सम्भव हो सका है। और श्री वल्लभभाई को सरदार की उपाधि किसने दी?—हमारे इसी बारडोली की साहसी महिलाओं ने!"

नन्दूभाई ने वहाँ उपस्थित लोगों से पूछा, "आप लोगों को 1935 का चुनाव याद है? उस चुनाव के समय श्री वल्लभभाई कभी-कभी सारी रात बैलगाड़ी पर भी चलते थे और बिना विश्राम किए कई गाँवों में चुनाव प्रचार करते थे।"

एक व्यक्ति ने हामी भरी, "खूब याद है। हमारे ही गाँव में चाँदनी रात में उनकी सभा हुई थी और उस सभा में उन्हें सुनने के लिए आस-पास के गाँवों के लोग सुबह से ही प्रतीक्षा कर रहे थे। उन्होंने लोगों में बहुत उत्साह भर दिया था। मुझे याद है कि उन्होंने यह भी कहा था कि अगर कांग्रेस का कोई रोशनी का खम्भा भी खड़ा हो तो उसे ही वोट देना। क्योंकि वह कुछ प्रकाश ही फैलाएगा, लोगों के लिए कुछ काम जरूर करेगा।"

जीवनभाई ने कहा, "श्री वल्लभभाई तो अपनी मेहनत और लगन के कारण श्रद्धा के पात्र बने हैं। उन्होंने कोई लोभ लालच नहीं किया, पद, पैसे या प्रसिद्धि की कामना नहीं की।"

उस ग्रामीण ने कहा, "भगवान उन्हें लम्बी उम्र दें।"

अगले दिन चमनभाई को खबर मिली कि सरदार जयपुर जा रहे थे, उनके वायुयान को आपात अवस्था में जमीन पर उतारना पड़ा। चमनभाई बेचैन हो उठे। शाम तक उन्हें पता चल गया कि सरदार श्री सुरक्षित हैं।

बाद में उन्हें इस घटना की पूरी जानकारी मिली।

जितेनभाई ने बताया, "ईश्वर को बहुत धन्यवाद कि दुर्घटना टल गई और हमारे प्रिय सरदार श्री सकुशल हैं। उनके हवाई जहाज में कुछ खराबी थी जिसे ठीक कर पालम से उड़ाया गया था। कुछ ही देर उड़ने के बाद प्लेन में फिर खराबी आ गई और उसे वापस पालम ले आया गया। वहाँ उसकी जाँच की गई और जाँच करने के बाद फिर उड़ाया गया, पर आधे घंटे बाद ही उसका एक इंजन फेल हो गया। पायलट ने प्लेन को शाहपुर नामक स्थान के पास एक नदी के सूखे तट पर उतारा। संयोगवश, एक सीनियर सरकारी अधिकारी श्री के.बी. लाल उसी इलाके से गुजर रहे थे, उन्हें इस दुर्घटना की खबर मिली। वे वहाँ पहुँचे और सरदार को अपनी कार से जयपुर ले आए।"

जीवनभाई ने कहा, "भगवान को बार-बार प्रणाम। उनकी बड़ी कृपा है। हमें इस बात का सन्तोष है कि सरदार श्री बिलकुल ठीक हैं।

अगले दिन नन्दूभाई ने कहा, "जब श्री वल्लभभाई संसद पहुँचे तब सदस्यों ने खड़े होकर तुमुल हर्षध्वनि से उनका अभिनन्दन किया और सरदार पटेल की जय के नारे लगाए। वे लोग देर तक श्री वल्लभभाई के प्रति अपना प्यार अर्पित करते रहे। अध्यक्ष महोदय को सदन में व्यवस्था बनाने में काफी समय लगा।"

नन्दूभाई ने अखबार में छपी खबर सुनाई, "अध्यक्ष महोदय ने बताया कि श्री वल्लभभाई के वायुयान के दुर्घटनाग्रस्त होने पर पूरे देश में लोग बहुत चिन्तित

थे। उनके प्रति लोगों के हृदय में जो प्यार और सम्मान है उसका ज्वलंत उदाहरण उस समय देखने को मिला। ईश्वर को लाख-लाख धन्यवाद, भगवान श्री वल्लभभाई को लम्बी आयु दें।''

जीवनभाई ने पूछा, ''श्री वल्लभभाई ने अपनी ओर से भी कुछ कहा?''

नन्दूभाई ने बताया, ''हाँ, उन्होंने कहा कि अपने प्रति प्रेम के जिस भाव का प्रदर्शन मैंने देखा है उसे मैं आजीवन याद रखूंगा। जो 3-4 घंटे मैंने नदी तट पर बिताए वे अपने देशवासियों के प्रति चिन्ता के भाव से भरे थे।''

जीवनभाई ने कहा, ''देखो, वे अपने लिए नहीं, देशवासियों के लिए, हमारे लिए चिन्तित थे।''

नन्दूभाई ने कहा, ''बाद में संसद के सदस्यों ने उनकी सकुशल वापसी की खुशी में एक पार्टी आयोजित की और उन्हें उस वायुयान की एक अनुकृति उपहारस्वरूप दी। श्री वल्लभभाई ने उस ट्रॉफी को वायु सेना को भेंट में दे दिया।''

सरदार श्री अहमदाबाद तो आए पर उन्हें मंत्रिमंडल की एक आवश्यक बैठक में भाग लेने के लिए दिल्ली वापस आना पड़ा। वे चिन्तित थे। जितेनभाई और उनके सहयोगी सरदार के माथे पर चिन्ता की रेखाएँ देखकर काफी दुखी हुए। उन लोगों के मन में सरदार के स्वास्थ्य को लेकर चिन्ता थी ही, उनकी परेशानियाँ उनके चाहनेवालों को और भी दुखी कर देती थीं।

श्री वल्लभभाई ने बताया कि कश्मीर की समस्या काफी उलझ गई है। उधर तिब्बत की घटनाएँ भी काफी चिन्ताजनक हैं और देश की सुरक्षा के लिए एक बड़े खतरे का कारण बन सकती हैं।

दिनेशभाई श्री वल्लभभाई के साथ ही दिल्ली गए थे, वहाँ से लौटने पर उन्होंने बताया कि सरदार श्री तिब्बत में हो रही चीन की कार्रवाइयों से काफी चिन्तित हैं और उन्होंने 7 नवम्बर को प्रधानमंत्री को इस विषय में पत्र भी लिखा है जिसमें उन्होंने कुछ व्यवहारिक सुझाव दिए हैं।

प्रभुभाई ने कहा, ''लेकिन चीन तो हमारा मित्र है। भारत तो संयुक्त राष्ट्र संघ में उसके प्रवेश के लिए काफी जोर लगा रहा है। हमारा विश्वास है कि वह हमें धोखा नहीं देगा।''

जितेनभाई ने कहा, ''भगवान करें आपका विश्वास सही उतरे।''

चमनभाई ने पूछा, ''दिनेशभाई उस पत्र में श्री वल्लभभाई ने क्या लिखा है?''

जितेनभाई ने कहा, ''प्रभुभाई, हम तो ईश्वर से प्रार्थना करते हैं कि आपका विश्वास सच साबित हो, आपका भरोसा बना रहे। पर वस्तुस्थिति इसके विपरीत है। दिनेशभाई को पता है कि सरदार ने प्रधानमंत्रीजी को क्या लिखा है!''

दिनेशभाई ने बताया, ''जितेनभाई ठीक कह रहे हैं। हमारी सरकार ने चीन की ओर हमेशा दोस्ती और सद्भावना का हाथ बढ़ाया है और जहाँ भी जरूरत पड़ी है

वहाँ है, उसकी मदद की है, उसकी कई ऐसी बातें भी मानते आए है जिन्हें शायद हमें नहीं मानना चाहिए था! हम चीन के साथ मित्रता का व्यवहार करते हैं, पर चीन हमारे साथ वैसा नहीं कर रहा है। सरदार साहब ने इस समस्या को गहराई से समझा है और उसकी विवेचना की है। अपने पत्र में उन्होंने लिखा है कि चीन का विस्तार हमारे दरवाजे तक पहुँच चुका है। चीन की महत्त्वाकांक्षाएँ हमारी तरफ हिमालय की ढलान तक ही सीमित नहीं हैं, वे आसाम के महत्त्वपूर्ण हिस्सों तक फैली हैं, उसकी नजर तो बर्मा पर भी है।''

''एक कुशल प्रशासक होने के नाते सरदार साहब ने इस खतरे का सामना करने के लिए उपाय भी सुझाये हैं। उन्होंने लिखा है कि हमें चीन के खतरे से सम्बन्धित सेना और सन्धान सम्बन्धी जानकारी लेनी चाहिए और उससे निपटने के लिए आवश्यक तैयारी करनी चाहिए।''

प्रभुभाई ने कहा ''हमारे लोग अब तक सो रहे थे क्या? उन्हें यह सब पहले करना था। हम तो हमेशा इस भ्रम में रहे कि चीन हमारा हमदर्द है, वह हमारा अहित नहीं करेगा।''

''सरदार साहब ने लिखा है कि हमें उत्तर-पूर्व में सुरक्षा के आवश्यक उपाय कर लेने चाहिए। सीमा पर संचार व्यवस्था को भी विकसित करना चाहिए।''

प्रभुभाई ने कहा, ''और उधर हम अपने ऐसे दोस्त के लिए संयुक्त राष्ट्र संघ में लाने के लिए पैरवी कर रहे हैं!''

दिनेशभाई ने कहा, ''सरदार साहब ने इस पर भी सचेत किया है। उन्होंने लिखा है कि मुझे इस बात का भरोसा नहीं है कि तिब्बत में झटका खाने के बाद भी हम चीन की वकालत करते रहें।''

चमनभाई ने पूछा, ''आगे क्या लिखा है?''

''सरदार साहब ने प्रधानमंत्रीजी से आग्रह किया है कि इस विषय पर जल्द से जल्द मिलकर चर्चा करनी चाहिए और आवश्यक उपाय करने चाहिए।''

उमा ने कहा, ''क्या हम ने आवश्यक कूटनीतिक कदम नहीं उठाए हैं? क्या हमने लापरवाही नहीं की है? हम सचेत क्यों नहीं हुए?''

दिनेश भाई ने कहा, ''मुझे इस बात की जानकारी नहीं है, मैं इस विषय में कुछ कह नहीं सकता।''

प्रभुभाई ने कहा, ''भगवान करें, यह भ्रम-जाल जल्द टूटे, इस विषय पर यह प्रस्तावित चर्चा जल्द से जल्द हो और देश की सुरक्षा के लिए आवश्यक कदम उठाए जाएँ।''

लोगों के चेहरों पर निराशा का भाव था।

सरदार श्री की आंत की तकलीफ बढ़ती जा रही थी। कठिन परिश्रम, मानसिक चिन्ता और भावनात्मक आघातों के कारण उनका स्वास्थ्य लगातार गिरता जा रहा था।

नवम्बर 1950 में तो वे अपनी अस्वस्थता के कारण ज्यादा चल-फिर नहीं सकते थे। फिर भी नेहरूजी, राजेन्द्र बाबू, राजाजी और अन्य नेतागण उनकी राय लेने उनके घर आते रहते थे। सरदार का वजन कम हो गया था, उन्हें नींद बहुत कम आती थी और वे बहुत कमजोर हो गए थे।

4 दिसम्बर को डॉक्टरों ने उन्हें बम्बई जाने की सलाह दी-इस आशा से कि वहाँ उनका इलाज हो पाएगा। वे 12 दिसम्बर को बम्बई आए। उस रात उन्हें अच्छी नींद आई। पर स्वास्थ्य में यह सुधार क्षणिक था।

यह अहमदाबाद में सर्दियों की सुबह थी। उमा कई दिनों से अपने अन्दर एक अजीब सी व्याकुलता का अनुभव कर रही थी। उसने घबड़ाकर देवकी का कुशल समाचार पूछा, वहाँ सब कुछ ठीक था और लोग सामान्य तरीके से अपना काम करने लगे थे। कांतिभाई और जयन्तीभाई भी अपने-अपने कामों में लगे थे। चमनभाई रास से हाल ही में लौटे थे जीवनभाई और परिवार के लोग सकुशल थे।

फिर भी उन दोनों के मन में उद्विग्नता थी। अचानक चमनभाई को एक कार्यकर्ता ने सूचना दी कि सरदार साहब की तबीयत काफी बिगड़ गई है और वे चिकित्सा के लिए बम्बई आ रहे हैं।

''चलिए, हम बम्बई चलें, मेरा मन नहीं लग रहा है, ''उमा ने कहा।

बम्बई में उन्हें बताया गया कि दिल्ली में सरदार साहब की तबीयत अचानक बहुत खराब हो गई और उन्हें वायु सेना के विशेष विमान द्वारा बम्बई लाया गया है। जब उनके सहयोगी पंडित नेहरू, राजेन्द्र बाबू, श्री राजगोपालाचारी एवं अन्य नेता गण उन्हें विदा देने आए थे तो सरदार श्री ने एक दुखद मुस्कान के साथ हाथ हिलाकर उनसे विदा ली थी।

सरदार श्री को बिरला भवन में ऑक्सीजन पर रखा गया था। उनके डॉक्टरों-डॉ. मिश्रा, डॉ नाथूभाई पटेल और डॉक्टर गिल्डर के चेहरों पर चिन्ता झलक रही थी। श्री शंकर और मणिबेन परिस्थिति की विकटता को समझ रहे थे। चौदह-पन्द्रह दिसम्बर की रात तो बहुत चिन्ताजनक थी। सुबह होने से पहले ही उन्हें फिर हृदय आघात आया और उनकी चेतना शून्य हो गई। जब कुछ देर बाद उनकी चेतना वापस आई तो उन्होंने मणिबेन से पानी माँगा। मणिबेन ने गंगाजल में थोड़ा शहद मिलाकर उन्हें दे दिया। सरदार ने एक-दो घूँट पीकर कहा, ''मीठा है'' और वे फिर निश्चेष्ट हो गए।

15 दिसम्बर 1950 को प्रातः 9 बजकर 37 मिनट पर वह भीषण वज्रपात हुआ जिसकी आशंका थी। सारा देश शोक-सागर में डूब गया।

सरदार श्री के निधन ने सारे देश को झकझोर कर रख दिया। जितेनभाई, दिनेशभाई, चमनभाई और उमा और करोड़ों लोगों की आँखों से निरन्तर आँसू बह रहे थे। हर कोई एक-दूसरे को तो सांत्वना दे रहा था पर स्वयं अपने आँसुओं को

रोक नहीं पा रहा था। क्या बड़े क्या छोटे-राजनेता, सरकारी अफसर, उद्योगपति, कांग्रेस के कार्यकर्ता, किसान और श्रमिक, बड़े-छोटे दूकानदार, सामान्य नागरिक-सभी शोक-निमग्न थे। सरदार सबके थे, सबका उनपर हक था और वे सबको अपना समझते थे।

इस दुखद समाचार को सुनते ही पंडित नेहरू ने कहा, "तीन दिनों पहले हमने इस उम्मीद से सरदार पटेल को बम्बई के लिए विदा दी थी कि वे बम्बई में स्वास्थ्य लाभ कर लेंगे। उनका स्वास्थ्य कठिन परिश्रम और अन्तहीन चिन्ता के कारण खराब हो चुका था। ...यह एक महान गाथा है जिसे हम सब जानते हैं और सारा देश जानता है। इतिहास इसे कई पृष्ठों में अभिलिखित करेगा और उन्हें नव-भारत का निर्माता और संघटक बतलाएगा एवं उनके विषय में अन्य कई बातें कहेगा। हम में से कईयों के द्वारा वे हमारी आजादी की लड़ाई की फौज के एक महान कप्तान के रूप में याद किए जाएँगे जिन्होंने हमारे कष्टों के दिनों में और हमारी विजय के क्षणों में हमें उचित सलाह दी। वे एक ऐसे मित्र और सहयोगी के तौर पर याद किए जाएँगे जिन पर हमेशा भरोसा किया जा सकता था। वे सामर्थ्य की एक ऐसी मीनार थे जो कष्ट में झूलते हुए हमारे दिलों को शक्ति प्रदान करते थे।" राजेन्द्र बाबू, पंडितजी, श्री राजगोपालाचारी, श्री पुरूषोत्तमदास टंडन, श्री कन्हैयालाल माणिक लाल मुंशी, सेनाओं के प्रमुख और अन्य कई प्रख्यात लोग तुरन्त बम्बई आ गए।

जितेनभाई,दिनेशभाई उमा और चमनभाई बिरला हाउस गए। वहाँ लाखो लोगों ने अपने महान नेता को श्रद्धांजलि अर्पित की। सरदार का पार्थिव शरीर बम्बई के मुख्य मार्गों से होता हुआ सोनापुर ले जाया गया जहाँ उनकी पत्नी झवेरबा और उनके बड़े भाई विट्ठलभाई पटेल के अन्तिम संस्कार किए गए थे।

दुःख से विह्वल राजेन्द्र बाबू ने अपने आप को बहुत मुश्किल से संयत करते हुए कहा, "सरदार का शरीर अग्नि की भेंट चढ़ चुका है, पर पृथ्वी पर कोई भी अग्नि उनकी कीर्ति का दहन नहीं कर सकती। सत्याग्रह के दौरान, स्वतंत्रता प्राप्ति के क्रम में और स्वतंत्रता के बाद के अग्रिम वर्षों में देश के लिए उनके योगदान और उनकी सेवाओं को स्वर्णाक्षरों में लिखा जाएगा और भारत के इतिहास में एक अक्षुण्ण स्थान प्राप्त करेगा।"

राजाजी ने कहा, "वे प्रेरणा, साहस और आत्म विश्वास के अवतार थे, उनके ऐसा दूसरा नहीं होगा!"

दिल्ली में मौलाना आज़ाद एवं अन्य नेताओं ने उन्हें भावभीनी श्रद्धांजलि अर्पित की।

उमा और चमनभाई को अपनी सहज अवस्था में आने में कई दिन लग गए। यह दुःख इतना गहरा था कि उसे सहन कर पाना अत्यन्त कठिन था—जिस महान नेता ने स्वाधीनता के पथ पर उनका मार्गदर्शन किया, जिन्होंने अपना सारा जीवन राष्ट्र की निःस्वार्थ सेवा में लगा दिया, जो उनके अपने थे और जो सब के थे—ऐसे

महान व्यक्तित्व के अपनी बीच से उठ जाने का दु:ख बहुत गहरा था जिसे आसानी से नहीं भुलाया जा सकता था।

अपनी साप्ताहिक बैठकों में जिऐनभाई और दिनेशभाई ने सरदार के प्रति देश-विदेश के लोगों के अश्रुपूरित उद्‌गार सुने और पढ़े। इनमें सरदार श्री को चाहने वाले और उनसे मतभेद रखने वाले लोगों की भावनायें भी थीं। पर सब ने उन्हें अपनी भाव-भीनी श्रद्धांजलि अर्पित की। उनके विरोधी भी उनकी प्रशंसा करने में पीछे नहीं रहे। वे अपने विरोधियों के भी मित्र थे।

दिनेशभाई ने बताया कि, सन 1949 में चर्चिल साहब के निकट सहयोगी सर अन्थोनी ईडन ने सरदार श्री से नई दिल्ली में मुलाकात की थी। उन्होंने कहा था कि चर्चिल साहब ने आपकी बहुत प्रशंसा की है। वे इस बात से बहुत प्रभावित हैं कि आपने स्वतंत्र भारत के कामकाज को अत्यन्त सुचारू रूप से चलाया है। चर्चिल साहब ने आपके उस प्रत्युत्तर की प्रशंसा की है जिसे आपने उनके ब्रिटिश पार्लियामेंट में दिए गए भाषण का जवाब देने के लिए प्रकाशित किया था। चर्चिल साहब ने यह भी कहा है कि सरदार श्री अपने आप को भारत तक ही सीमित न रखें। विश्व उनकी भागीदारी का स्वागत करेगा।

चमनभाई ने कहा, ‘‘भारत की स्वतंत्रता के कट्टर विरोधी चर्चिल साहब ने उनकी प्रशंसा में ये शब्द कहे। सरदार श्री के विरोधी भी उनकी योग्यता, त्याग और उनके प्रभाव का अनुमान लगा सकते हैं!’’

प्रभुभाई ने प्रश्न किया, ‘‘श्री वल्लभभाई ने हमारे लिए इतना किया, हम उनके लिए क्या कर सकते हैं?’’

उमा ने सुझाव दिया, ‘‘हमारा पहला कदम तो यह होना चाहिए कि हम उनके अधूरे कार्यों को पूरा करें। सरकार अपने दायित्व का निर्वाह करे, हम अपना उचित योगदान दें।’’

चमनभाई ने कहा, ‘‘हमारी साप्ताहिक बैठक चलती रहनी चाहिए। इस बैठक में हमें समय-समय पर चर्चा करनी चाहिए कि सरदार की स्मृति में हमें कौन से कार्य करने हैं!’’

जितेनभाई ने हामी भरी, ‘‘हम अपनी बैठक नियमित रूप से इसी प्रकार चलाते रहेंगे। हमें देश में एकता की भावना को काफी मजबूत करना है और पारस्परिक सौहार्द्र को बढ़ाना है। अभी हमारा देश अनेक समस्याओं से घिरा है, हमें देश में स्थिरता और शान्ति लानी है ताकि हमारे विकास का कार्य तेजी से बढ़ता रहे। हमें अपने नेता का एक सुदृढ़ राष्ट्र बनाने का सपना पूरा करना है और इस कार्य अपनी अगली पीढ़ियों को भी सम्मिलित करना है।’’

प्रभुभाई ने कहा, ‘‘अरे, सबको काम में लगाओ। काम अभी खत्म नहीं हुआ है, सच पूछो तो अब शुरू हुआ है। अँगरेज चले गए, अपना संविधान बन गया,

भारत में रजवाड़ों का विलय हो गया, जो काम शेष बचे हैं उन्हें पूरा करना है और एक मजबूत भारत बनाने के लिए कठिन परिश्रम करना है।''

दिनेशभाई ने एक कागज निकालकर कहा, ''सरदार साहब ने 23 फरवरी 1949 को मद्रास में कहा था कि एक मजबूत स्वतंत्र भारत के निर्माण के लिए एकता और शान्ति का होना परम आवश्यक है। यदि देश में एकता नहीं होगी तो देश नीचे की ओर जाएगा। इसलिए हमें अपने मतभेदों को भुलाकर ऐसा व्यवहार करना चाहिए जिससे देश में सामंजस्य और शान्ति बनी रहे। हमारा कर्तव्य है कि हम एकता बढ़ाएँ और अपनी स्वतंत्रता को सुदृढ़ करें।''

उपस्थित लोग ध्यानपूर्वक उनकी बातें सुन रहे थे।

दिनेशभाई ने उन पर एक दृष्टि डालकर कहा, ''एकता के लिए हमें धर्म और जाति आदि के सभी भेदभाव भूल जाने चाहिए, हमें याद रखना चाहिए कि हम सभी भारतीय हैं और सभी बराबर हैं। किसी स्वतंत्र देश में आदमी और आदमी के बीच भेदभाव नहीं होना चाहिए। अगर अलग-अलग ग्रुप के लोग सरकार के लिए लगातार समस्या पैदा करते रहे तो सरकार अपना काम सुचारु रूप से नहीं चला सकती। हम कठिन परिस्थितियों से गुजर रहे हैं पर हमारे देश का हृदय मजबत है। यदि हमें विश्व के देशों में अपने देश को सम्मान दिलाना है तो हमें अपना बड़े से बड़ा उत्तरदायित्व निभाना चाहिए।''

उमा ने कहा, ''बिलकुल ठीक कहा है सरदार श्री ने। हम उन्हें वापस तो नहीं ला सकते पर उनके सपनों को पूरा करने का प्रयास तो कर सकते हैं।''

उमा ने अपनी डायरी का एक पृष्ठ खोलकर पढ़ा, ''उन्होंने स्वाधीनता दिवस के अवसर पर कहा था—हम अपने प्रयासों के कारण ही आज खड़े हो सके हैं। हमारा आत्म-विश्वास हमें देश में दृढ़ता और विदेशों में सम्मान दिलाएगा। आज मुझे अपने देश के भविष्य पर भरोसा है, यह भरोसा आत्म-निर्भरता की हमारी भावना पर आधारित है।''

उमा ने कहा, ''यह एक ऐसे नेता की वाणी थी जिसने नि:स्वार्थ त्याग और अनुशासन के वातावरण में कार्य किया था। आज उनकी हमसे यही अपेक्षा होती कि हम छोटी-छोटी बातों पर ध्यान न देकर महत्त्वपूर्ण विषयों और कार्यों में अपनी शक्ति लगाएँ। हम बातें ज्यादा करते हैं, काम कम।

प्रभुभाई ने याद दिलाई, ''सरदारश्री ने तो कहा कि अभी बातें नहीं काम करने का समय है।''

जितेनभाई ने बताया, ''सरदार श्री तो स्पष्टवादी थे। अपने जन्म दिवस पर 31 अक्टूबर 1949 को उन्होंने कहा था कि भारत में 74 वर्षों की उम्र लम्बी मानी जाती है। उनके पास अब इस दुनिया में ज्यादा समय नहीं बचा है। लोगों का भरपूर प्यार ले कर प्रस्थान करने से ज्यादा अच्छा प्रस्थान और कौन सा प्रस्थान होगा?''

चमनभाई ने पूछा ''जितेनभाई, आप तो शुरू से हमारा मार्गदर्शन करते आए हैं, आप सरदार श्री के निकट सहयोगी रहे है। आप ही बतलाइये कि हमें क्या करना चाहिए?''

जितेनभाई ने कहा, ''सबसे पहले देश से प्यार करना चाहिए-अटूट प्यार। श्री वल्लभभाई के लिए देश सर्वोपरि था। उन्होंने अपना सारा जीवन देश सेवा में लगा दिया, वे चाहते थे कि देश के लिए जिस प्रेम और लगन से लोगों ने आजादी की लड़ाई लड़ी थी, उसी लगन से लोग अपने स्वतंत्र देश के लिए कार्य करें। देश के निर्माण का कार्य शुरू हो चुका है,हमें देश को मजबूत और आत्म निर्भर बनाने के लिए निष्ठापूर्वक कार्य करना चाहिए। वे जाति, धर्म, प्रान्तीयता, भाषा आदि के आधार पर किसी तरह का भेदभाव नहीं चाहते थे। हमें भी उनके आदर्शों का पालन करना चाहिए-यही उनके प्रति हमारी सच्ची श्रद्धांजलि होगी। उन्होंने हमें एक संयुक्त भारत दिया—हमें इसे मजबूत बनाना है।''

उमा अपनी डायरी में सब बातें लिखती जा रही थी। जितेनभाई ने पूछा, ''क्या लिख रही हो उमा?''

उमा ने उत्तर दिया, ''मैं साप्ताहिक बैठकों में हुई चर्चाओं का सारांश अपनी डायरी में लिखती जाती हूँ। साथ-साथ यह भी लिखती हूँ कि सरदार श्री के विचारों को अपनाते हुए हमें देश के लिए क्या करना चाहिए। यह डायरी मैं अपने बच्चों के लिए लिख रही हूँ ताकि वे और उनके बच्चे सरदार श्री के बताए हुए आदर्शों पर चलने की प्रेरणा पा सके।''

# भाग : तीन

2016 और आगे...

# अध्याय : एक

जीवनभाई के और उनके भाइयों की तीसरी और चौथी पीढ़ी के परिवारों के लिए यह एक आनन्द, उत्सुकता और उल्लास का सम्मिलित अवसर था। उनके परिवार के बड़े-छोटे सभी इस सुअवसर की प्रतीक्षा कई दिनों से कर रहे थे। समय के प्रवाह के कारण जीवन-शैली में अप्रत्याशित परिवर्तन हो चुका था। प्रगति की होड़ तथा प्रतिद्वंद्विता के दौर में जीवन जीने के लिए अपने आप को रोज थोड़ा-थोड़ा मारना पड़ता था। खान-पान, पहनावा सब कुछ तो बदल चुका था! चाहे व्यापार हो या नौकरी-सुख सुविधाओं की ललक अपनी कीमत वसूल कर रही थी, अर्थ-अर्जन के मोल की अनिवार्यता और प्रक्रिया से बचा हुआ जो भी थोड़ा समय बचता था वह जिम और शॉपिंग कॉम्प्लेक्स जाने में ही चुक जाता था। ऐसे में अपने नाते-रिश्तों के लिए समय निकाल पाना एक कठिन काम था। जिस विकास ने उन्हें सुख-सुविधाएँ उपलब्ध कराई थीं,विकास के उसी झोंके ने उनसे समय की मंजूषा छीन ली थी। अब समय उनका नहीं रह गया था, वे समय की ताल पर नाच रहे थे। ऐसी परिस्थितियों में पारिवारिक सम्बन्धों को मजबूत बनाने के लिए समय निकाल पाना मुश्किल था। लेकिन जिस तकनीक ने उनसे समय का स्वामित्व छीन लिया था, उसी तकनीक ने परिवारों, मित्रों और शुभचिन्तकों का आपस में सम्पर्क भी करा दिया था। सोशल मीडिया के जिन साधनों ने उन्हें अपनी चमक और चकाचौंध के आकर्षण में लुभाकर अपनों से दूर कर दिया था, अब उन्ही साधनों ने उन्हें अपनों से मिलाने की सुविधा सुलभ की। बड़ों ने भी प्रत्यक्ष या अप्रत्यक्ष रूप से किसी-न-किसी माध्यम का उपयोग करना सीख लिया और अपने बच्चों तथा उनके बच्चों की मदद से वे रिश्तों की मधुर कड़ियाँ जोड़ने में आनन्द का अनुभव कर रहे थे। उन्हें इस बात पर आश्चर्य होता था कि देश-विदेश में बिखरे परिवार को तकनीक के साधनों ने इतनी आसानी से जोड़ दिया! अब बड़े-बूढ़ों को पूरे परिवार में होने वाली घटनाओं की ताजा जानकारी मिल जाया करती थी।

परिवार के लोगों को जोड़ने में सबसे महत्त्वपूर्ण कार्य आभा और उसके भाई अमित ने किया। आभा के पिता पवनभाई प्राय: अपने दादा चमनभाई और दादी उमाबेन की चर्चा बड़े उत्साह और गर्व के साथ किया करते थे। वे अपने परिवार

के लोगों और अन्य परिचितों को बताते रहते थे कि उनके दादा-दादी सरदार पटेल के साथ काम कर चुके थे। नई पीढ़ी को इन सब बातों की बहुत जानकारी नहीं थी पर उसे भारत को संगठित करने में सरदार पटेल की महत्त्वपूर्ण भूमिका के विषय में पता था।

आभा एक ट्रैवेल एजेंसी में मैनेजर थी। अपने काम के सम्बन्ध में उसे अपने वर्तमान और सम्भावित ग्राहकों से सम्पर्क रखना पड़ता था। अपना डेटा बेस बनाने के लिए उसने पहले अपने रिश्तेदारों के सम्बन्ध में जानकारी बढ़ाने की कोशिश की। उसकी रिश्ते की बहनें मुम्बई में रहती थीं। अन्य चचेरे भाई बहन-कांतिभाई के परिवार के सदस्य अमेरिका में रहते थे। उसके परिवार की एक शाखा बारडोली में बस गई थी।

परिवार के लोग विभिन्न शहरों में रहते थे, उनका रास आना नहीं होता था, कुछ बड़े-बूढ़े शादी एवं अन्य पारिवारिक आयोजनों में कभी-कभी मिल लेते थे। नई पीढ़ी के किशोर और युवा अपनी पुरानी पीढ़ियों के विषय में अनजान से थे। कभी-कभी आभा के दादाजी जयन्तीभाई अपनी भतीजी सुनन्दा की चर्चा किया करते थे। सुनन्दा मुम्बई में रहती थी। वहाँ उसके पति की रेडीमेड कपड़ों की एक दूकान थी। एक शाम सुनन्दा ने आभा की माँ माधुरी को फोन कर बताया कि अमेरिका से उसके भतीजे मयूरभाई का फोन आया था। मयूरभाई की बेटी को उसके स्कूल ने गर्मी की छुट्टियों में एक प्रोजेक्ट दिया था जिसमें अपने परिवार की वंशावली का वर्णन एक फैमिली ट्री बनाकर करना था। उस छोटी बच्ची को तो क्या उसके माता पिता को भी इस विषय में जानकारी नहीं थी। मयूरभाई को पता था कि उसके दादा कांतिभाई अमेरिका आ गए थे और उनके माता-पिता स्वतंत्रता सेनानी थे। मयूरभाई की बेटी के उस ग्रीष्मावकाश के गृह-कार्य (समर असाइनमेंट) के कारण परिवार के विषय में जानने की जरूरत आन पड़ी और इसकी वजह से अन्य लोगों में भी अपने पुरखों और परिवार के प्रति जिज्ञासा बढ़ी। माधुरी ने कुछ छिटपुट जानकारी तो दी पर उसे भी बहुत कुछ पता नहीं था। जो भी उसने इधर-उधर से सुन रखा था उसने सुनन्दा और आभा को बतला दिया। पर आभा और उसके भाई अमित ने इस विषय में दिलचस्पी ली और धीरे-धीरे सम्बन्धित जानकारी एकत्र करने लगे। उनके हाथों में तकनीकी साधनों की शक्ति थी।

भाई बहनों ने तकनीक की सुलभ और प्रभावशाली शक्ति का इस्तेमाल किया और सम्बन्धित लोगों से सम्पर्क बढ़ाने में जुट गए। उन्हें इस बात पर आश्चर्य हुआ कि लोगों ने इतनी तत्परता और दिलचस्पी से इस सिलसिले को आगे बढ़ाया। एक के बाद एक लोग जुड़ते गए और कुछ ही दिनों में उनका पारिवारिक ग्रुप बन गया। जल्द ही इस ग्रुप के सदस्यों की संख्या बढ़ने लगी और युवाओं ने एक दूसरे को जोड़ने का काम तेजी से आगे बढ़ाया। आभा ने अमेरिका से आए मयूरभाई के उस

टेलीफोन कॉल के प्रति अपना आभार प्रदर्शित किया जिसके कारण परिवार के बिखरे सदस्यों को जुड़ने का मौका मिला। उसने उस शिक्षिका को भी धन्यवाद दिया जिसने मयूरभाई की बेटी को वंश-वृक्ष बनाने का ग्रीष्म-कालीन प्रोजेक्ट दिया था! मयूर भाई और उनके परिवार के सदस्यों ने भी इस काम में खूब दिलचस्पी ली।

अमित ने कहा, ''कभी-कभी तो लोग आधी रात के बाद भी चैट में लगे रहते हैं। समय के अन्तराल के कारण उन्हें ऐसा करना पड़ता है, पर वे थकते नहीं हैं, बल्कि सोते हुए सदस्यों को जगा देते हैं।''

कुछ दिनों बाद स्पष्ट हो गया कि परिवार की मुख्य शाखाएँ तीन स्थानों में बसी थीं-रास, बारडोली और अहमदाबाद। इन मुख्य परिवारों के सदस्य गुजरात के अन्य शहरों में एवं मुम्बई, दिल्ली आदि में रहने लगे थे। कुछ विदेश भी चले गए थे।

अपने परिवार और पैतृक गाँव के प्रति मयूरभाई के परिवार की उत्सुकता बढ़ती गई। उन्होंने आभा को मेल दिया, ''मैं मुम्बई, दिल्ली, अहमदाबाद, आदि शहरों में तो जा चुका हूँ पर मेरे बच्चों ने अभी तक भारत नहीं देखा है। मैं चाहता हूँ कि रास में एक बार पारिवारिक मिलन का आयोजन किया जाए। क्या यह सम्भव है?''

आभा ने अपने परिवार में इस प्रस्ताव की चर्चा की और उनकी सलाह लेने के बाद उसने मयूरभाई को कुछ सुझाव दिए। आभा स्वयं एक ट्रैवेल कम्पनी में मैनेजर थी, उसे सस्ते पैकेजों की अच्छी जानकारी थी। उसकी सुझाव पर परिवार के सदस्यों ने अपनी-अपनी सुविधा के अनुसार कुछ पैकेज चुन लिए। सब लोगों का एक साथ आना सम्भव नहीं हो पा रहा था, अत:निर्णय लिया गया कि पहले भारत में रहने वाले परिवार के सदस्य नवरात्रि उत्सव के दौरान रास में मिलें, इसके बाद गर्मियों की छुट्टियों में पूरे परिवार के लिए एक वृहत मिलन-आयोजन किया जाए, जिसमें विदेशों में रहने वाले सदस्य भी भाग लें।

इस पारिवारिक मिलन की व्यवस्था करना आसान नहीं था। आभा स्वयं अब तक रास नहीं गई थी, पर सोशल मीडिया के माध्यम से वह अपने सम्बन्धियों के सम्पर्क में थी। रास में रहनेवाले अपने सम्बन्धियों से विचार-विमर्श करना आवश्यक था। आभा के आग्रह पर उसके पिता पवनभाई और माता माधुरी उसके साथ रास जाने के लिए तुरन्त तैयार हो गए। आभा ने आणंद होकर जाना पसन्द किया। रास में करीब 1500 घर थे और उसकी आबादी लगभग 6800 थी। पवनभाई करीब 15 वर्षों पूर्व रास आए थे, तब से रास की आबादी थोड़ी बढ़ी थी पर कई लोग आणंद, बारडोली, अहमदाबाद, वडोदरा, सूरत आदि जगहों में नौकरी करते थे।

इनकी कार दोपहर को रास पहुँची। रास काफी बदल गया था, वह गाँव तो लगता ही नहीं था, एक कसबा बन चुका था। रास में प्रवेश करते ही उन्हें वहाँ का स्कूल दिखा जिसकी परिधि में वह ऐतिहासिक वट-वृक्ष सुरक्षित था जिसके निकट सभा करते समय सरदार श्री को गिरफ्तार किया गया था। चहारदीवारी के बाहर

सरदार श्री की एक छोटी प्रतिमा स्थापित थी। स्कूल के प्रांगण में चहल-पहल नहीं थी, बाहर पुलिस का पहरा था, अन्दर परीक्षा चल रही थी। आभा और उसके माता-पिता ने बाहर से ही उस वट-वृक्ष को प्रणाम किया। कुछ ही आगे बढ़ने पर उन्हें स्वामीनारायण मन्दिर दिखा, फिर सड़क सँकरी हो गई और तंग गलियाँ शुरू हो गईं।

लोग अपने-अपने कामों में व्यस्त थे। कुछ बुजुर्ग लोग अपने घरों के आगे आराम कर रहे थे और आपस में गप्पें लड़ा रहे थे। कुछ उत्सुक ग्रामवासी आगन्तुकों को देखने के लिए आगे आए।

जीवनभाई के परिवार के दो सदस्य-उनके बेटों के पोते बसन्त और अशोक रास में ही रहते थे। वे सफल किसान थे और उनके परिवार की प्रतिष्ठा न केवल रास में बल्कि आस-पास के पूरे इलाके में थी। बसन्त की एक बहन का ब्याह अहमदाबाद में ही हुआ था, उसके माध्यम से पवनभाई को बसन्त से सम्पर्क स्थापित करने में कोई असुविधा नहीं हुई। उत्सुकता और आनन्द से भरे बसन्तभाई घर के बाहर आए और उन्होंने अपने सम्बन्धियों का स्वागत किया। अशोक अपने खेत में कुछ काम कर रहा था, उसे किसी ने दौड़कर इनके शुभागमन की सूचना दी। वह भी अपना काम छोड़-छाड़कर दौड़ा आया।

लोगों का आनन्द देखते ही बनता था। दो पाँवों के चलते-फिरते मौखिक समाचार पत्रों के माध्यम से पूरे गाँव में पवनभाई के परिवार के आगमन का समाचार तेजी से फैल गया।

उनका पैतृक मकान अच्छी अवस्था में था। पवनभाई और उनके परिवार को घर में घुसते ही अपनत्व और प्रेम की मधुरता का अनुभव हुआ। घर की महिलाएँ आगंतुकों की आवभगत में लग गईं।

परिवार के लोगों ने जब आवश्यक प्रबन्धों की चर्चा की तो लगा कि परिवार का हर सदस्य जमीन पर गद्दे बिछाकर सोने में आनन्द का अनुभव करेगा, सब लोग एक जगह ही सोना पसन्द करेंगे। घर में बाकी सभी साधन थे पर दो बातों का प्रबन्ध करना जरूरी था—नल से चालू पानी की व्यवस्था और कम-से-कम दो पाश्चात्य तरीके के शौचालय। परिवार के खेत में बोरिंग की हुई थी, अतः वहाँ से पाइप द्वारा पानी लाने का निर्णय लिया गया। आभा ने साफ-सफाई पर भी जोर दिया।

वे लोग एक रात वहाँ रुके और रास के लोगों से उनका मिलना-जुलना हुआ। फिर सभी लोग गाँव में घूमने गए, उनलोगों ने वह ऐतिहासिक वृक्ष भी देखा जिसके पास सरदार पटेल को दांडी सत्याग्रह से पहले गिरफ्तार किया गया था। वह वट-वृक्ष स्कूल की चहारदीवारी के अन्दर सुरक्षित था, वहाँ एक चबूतरा बना दिया गया था और लोगों के बैठने के लिए कुछ बेंचें बना दी गई थीं।

स्कूल के अधिकारियों और शिक्षकों ने उनका आत्मीयता से स्वागत किया और उनके रास आने पर प्रसन्नता व्यक्त की। प्राचार्य श्री संजयभाई पटेल ने उन्हें रास के स्वतंत्रता-संग्राम में योगदान के विषय में कई बातें बतलाईं। वे लोग कुछ अन्य व्यक्तियों से भी मिले जिन्हें स्वतंत्रता संग्राम में रास के योगदान के विषय में पता था।

उन्हें पता चला कि रास के लोगों ने 9 वर्षों तक ब्रिटिश सरकार की हुकूमत के विरुद्ध संघर्ष किया था। उनके इस संघर्ष की प्रतिध्वनि ब्रिटेन की संसद में भी गूँजी थी। ब्रिटिश पार्लियामेंट में यह पूछा गया था कि रास नामक यह गाँव कहाँ है? (Where is the village Ras?) जहाँ के लोग बहादुरी से ना-कर (No tax) आन्दोलन कर रहे हैं!

उन्हें बताया गया कि पूज्य महात्मा गांधी और आदरणीय सरदार पटेल की प्रेरणा से रास के लोगों ने 7 मार्च 1930 से 28 फरवरी 1939 तक देशभक्ति, साहस और त्याग की भावना से प्रेरित होकर सत्याग्रह में भाग लिया था। इन के समर्थन में कस्तूरबा, भक्तिबा, मणिबेन ने जेल की सजा भी काटी। महात्मा गांधी और श्री वल्लभभाई रास आए थे और उन महान नेताओं ने लोगों का मनोबल बढ़ाया था।

लोगों ने अपनी सम्पत्ति, अपने मवेशी आदि का मोह छोड़कर देश के लिए सत्याग्रह किया, यातनाएँ सहीं और जेल गए। कई लोग निकट के गाँवों में गए और वहाँ बांस, घास-फूस आदि की झोपड़ियाँ बना कर, या तम्बू लगाकर वर्षों रहे।

एक व्यक्ति ने बताया, "श्री वल्लभभाई ने यहाँ के किसानों से वादा किया था—"*तमारी जमीन तमारा घर नो दरवाजो खटखटावती पाछी आवशे।*"*

बसन्त, अशोक और घर की महिलाओं ने अन्य सम्बन्धियों के विषय में जानकारी दी। भुवनभाई के परिवार के कुछ सदस्य बारडोली से रास आया करते थे। कुछ वर्षों पूर्व वे अपने हिस्से की जमीन बेचने आए थे, वे लोग रास की जमीन बेचकर बारडोली में डेयरी के काम के विस्तार के लिए कुछ जमीन खरीदना चाहते थे। बसन्त ने ही वह जमीन खरीद ली, इस प्रकार परिवार की जमीन परिवार में ही रह गई और पारिवारिक भूमि की सीमा में भी कोई परिवर्तन नहीं हुआ। अनाज, दूध, घी आदि की बिक्री से परिवार में नगद आमदनी होती रही।

पारिवारिक मिलन की व्यवस्था की चर्चा करने के बाद आभा सन्तुष्ट होकर अहमदाबाद वापस आ गई। उसने लोगों से पाश्चात्य ढंग के शौचालय बनाने और घर में नल लगवाने के लिए स्वयं भी कुछ पैसे भेज दिए और अन्य लोगों से भी कुछ सहयोग करने को कहा। उसने बसन्त को बुलवाया और उसके खाते में पैसे जमा कर दिए। बसन्त ने पवनभाई को आश्वस्त किया।

"चार महीने बाकी हैं। हम लोग सारा प्रबन्ध कर लेंगे। आप निश्चिन्त रहें।"

---

* अभी आपकी जमीन आपका द्वार खटखटाती वापस आएगी।

लगभग बीस सदस्यों ने आगमन की स्वीकृति भेज दी। जब पवनभाई अपने परिवार के साथ रास पहुँचे तो उन्होंने सारा इन्तजाम पक्का पाया। घर में पानी की टंकी लगा दी गई थी, नल से पानी आने का प्रबन्ध कर लिया गया था, दो पाश्चात्य ढंग के शौचालय और दो अतिरिक्त बाथरूम बनवा लिए गए थे। बिजली की लाइन की मरम्मत करवा ली गई थी, नए बल्ब लगवा दिए गए थे, जेनेरेटर का प्रबन्ध भी कर लिया गया था और एक्वा गार्ड से पीने के पानी की व्यवस्था कर ली गई थी।

"बहुत अच्छा", पवनभाई ने कहा।

उत्साह और उत्सुकता से भरपूर परिवार के सदस्य एक-एक कर आने लगे और घर में उत्सव का उल्लास छा गया। लगभग सभी लोग गरबा और डांडिया के लिए तैयार होकर आए थे। सबके सूटकेस नए रंग-बिरंगे कपड़ों से भरे थे। घर के सामने चौरे के पास खुला मैदान था जिसमें खूबसूरत शामियाना लगा दिया गया था।

सबको एक दूसरे से मिलने का सुअवसर मिला। लोग तो मिलने-जुलने और खुशियाँ मनाने के लिए आए ही थे, उन्होंने दिल खोलकर आनन्द मनाया—क्या बच्चे, क्या बड़े, सब ने जी भरकर नृत्य किया। विशेषकर युवाओं के उत्साह का तो कहना ही क्या! चटकीले रंग बिरंगे कपड़ों में सज-धजकर उन लोगों ने पूरे परिवेश में भक्ति, नृत्य और संगीत का एक ऐसा वातावरण बना दिया जिसमें उनके कार्यक्रम में गाँव के अन्य लोगों ने भी दिल खोलकर भाग लिया। महिलाओं ने पारम्परिक चणिया चोली पहनी तो पुरुषों ने धोती-कुरता पहनकर देर रात्रि तक माँडवे के चारो ओर झूम-झूमकर विभोर होकर नृत्य किया। एक घड़े में पान का पत्ता, सुपारी और कुछ सिक्के डाल दिए गए थे और उसमें जल भर दिया गया था। घड़े में दीप जला दिए गए थे, कुम्भ के ऊपर एक नारियल भी रखा था।

बच्चियाँ और किशोरियाँ अपने माथे पर घड़े रख कर, गीत गाती हुई और नृत्य करती हुई हर घर में गईं। उनका अच्छा सत्कार किया गया।

पंडाल को पल्लव, पत्तों, रंगीन कागजों, कपड़ों तथा रंग-बिरंगे बल्बों से सुरुचिपूर्वक सजाया गया था। लगभग हर दिन नई सजावट कर दी जाती थी।

परिवार और गाँव के लोग चारो और घूम घूमकर मनमोहक गरबा नृत्य कर रहे थे, गाँव के युवा ढोल बजा रहे थे। लोग तालियाँ बजाकर नाचने वालों का उत्साह वर्धन कर रहे थे और किनारे खड़े लोगों को नाचने के लिए खींच रहे थे। नाचनेवालों का और दर्शकों का उत्साह लगातार बढ़ता ही जाता था, नृत्य की गति द्रुत होती जाती थी और उसी तादात्म्य में तालियों की थाप भी त्वरित होती जाती थी। जब नर्तक थक जाते थे तब एक छोटा अन्तराल दे दिया जाता था, इसके बाद दूसरे नर्तक आ जाते थे। रास, गरबा, डांडिया का ही वातावरण था। डांडिया नाच में महिलाएँ और पुरुष-दोनों भाग लेते थे। ताल से ताल मिलते हुए वे घूम-घूमकर नाचते थे। उस

समय उन्हे सिर्फ श्रद्धा, भक्ति और नृत्य की सुध रहती थी। नाच में पारम्परिक गीतों से लेकर नए गानों तक की धूम रही।

*हे माँ री महीसागर नी आरे ढोल वागे से*
*वागे से, ढोल वागे से, माँ री महीसागर नी आरे ढोल वागे से*
*गाम गाम ना सोनिड़ा आवे से*
*आवे से हुँ लावे से,*
*सोना-रूपा ना घरेणां लावे से, हे माँ री . . .*
*गाम-गाम ना सुथारिया आवे से,*
*आवे से हुँ लावे से*
*मानी गरबी झमाझम लावे छे,*
*हे माँ री . . .*
*गाम गाम ना गोवाड़िया आवे से*
*आवे से हुँ लावे से,*
*आवे से घी दूध लावे से, हे माँ री महीसागर नी**

कुछ युवाओं ने बॉलीवुड गीतों पर नृत्य किया—
पिया का घर प्यारा लगे

वे भक्ति, नृत्य और संगीत के उल्लास में डूबे रहे। रास के लोगों के लिए भी यह आनन्द और उल्लास का एक ऐसा अवसर था जिसने उन्हें एकता के रंग में रंग दिया। गाँव के छोटे-बड़े सभी लोग, एक होकर श्रद्धा, भक्ति और सामूहिक मनोरंजन के इस मोहक वातावरण का आनन्द लेते रहे। कुछ लोग केसरियो रंग गीत पर गरबा नाचने लगे।

*केसरियो रंग तने लाग्यो एला गरबा, केसरियो रंग तने लाग्यो रे लोल*
*कोना-कोना माथे घूम्यो एला गरबा, कोना-कोना माथे घूम्यो रे लोल*
*अम्बे माँ ने माथे घूम्यो एला गरबा,*
*अम्बे माँ ने माथे घूम्यो रे लोल।*
*केसरियो रंग तने लाग्यो एला गरबा,*
*केसरियो रंग तने लाग्यो रे लोल।*
*किया—किया गामे पधराव्यो एला गरबा, किया—किया गामे पधराव्यो रे लोल*
*अम्बाजी गामे पधराव्यो एला गरबा, अम्बाजी गामे पधराव्यो रे लोल*
*कोना-कोना माथे घूम्यो एला गरबा, कोना-कोना माथे घूम्यो रे लोल*

---

* महीसागर नदी के किनारे ढोल धमाके के साथ गरबा का आयोजन हुआ है। आसपास के गाँवों से कई सोनी इसमें भाग लेने आए हैं। वे अपने साथ दुर्गा माँ के लिए सोना-चाँदी के गहने लाए हैं। गाँव के कई बढ़ई भी आए हैं, जो माँ की सुन्दर सी गरबी बनाकर लाए हैं। कई गाँवों के ग्वाल भी आए हैं जो माँ की पूजा के लिए घी दूध भी लेकर आए हैं।

*कालिका माँ ने माथे घुम्यो एला गरबा, कालिका माँ ने माथे घुम्यो रे लोल।*
*किया—किया गामे पधराव्यो एला गरबा, किया—किया गामे पधराव्यो रे लोल*
*पावागढ़ गामे पधराव्यो एला गरबा, पावागढ़ गामे पधराव्यो रे लोल।*
*कोना-कोना माथे घूम्यो एला गरबा, कोना-कोना माथे घूम्यो रे लोल*
*भद्रकाली माथे घुम्यो एला गरबा, भद्रकाली माथे घुम्यो रे लोल।*
*किया—किया गामे पधराव्यो एला गरबा, किया—किया गामे पधराव्यो रे लोल*
*अमदाबाद गामे पधराव्यो एला गरबा, अमदाबाद गामे पधराव्यो रे लोल।*
*केसरियो रंग तने लाग्यो एला गरबा, केसरियो रंग तने लाग्यो रे लोल।''**

भक्ति और आनन्द के इस मोहक वातावरण में लोग दिल खोलकर एक दूसरे से मिले। कहीं अमीर-गरीब, बड़े-छोटे का भेद भाव नहीं था। इस सम्मिलित आनन्द ने सबको एक सूत्र ने बाँध दिया था। गाँव के लोग जिनकी शिकायत किया करते थे, वे उनके साथ ही मस्ती में नाच रहे थे।

बसन्त और अशोक की खुशी का कहना ही क्या? उन्हें पहली बार अपने परिवार के इतने सदस्यों से मिलने का सुअवसर प्राप्त हुआ था। परिवार के लोगों ने आभा और अमित को हार्दिक धन्यवाद दिया और अतिथियों से बार-बार रास आने को कहा।

एक युवा ने कहा, ''बसन्त काका, आप चाहे बुलाएँ या न बुलाएँ हम लोग तो हर नवरात्रि में आएँगे।''

आभा ने हामी भरी, ''क्यों नहीं? लेकिन उससे पहले हम लोग गर्मी की छुट्टियों में इससे भी बड़ी संख्या में आ रहे हैं। इतना मजा आया, भला, ऐसे आनन्द का अवसर कोई छोड़ेगा क्या?''

अशोक ने कहा, ''तब तक हम लोग एक हॉल और बनवा लेंगे।''

गर्मी की छुट्टियाँ थीं, इस बार परिवार के कई अन्य सदस्य भी आ गए थे—बारह लोग तो अमेरिका से आए थे। आभा ने उनकी यात्रा बड़े अच्छे ढंग से नियोजित की थी। जो लोग पहले अहमदाबाद नहीं गए थे, वे अहमदाबाद और वडोदरा घूमने के बाद रास आए। इस बार नवरात्रि का पर्व तो नहीं था पर, घर का वातावरण उमंग और उल्लास से भरपूर था।

रास के लोगों के लिए तो यह एक ऐसा अवसर था जिसने उनके ग्राम्य-जीवन में सरसता भर दी थी। गाँव के लोग भी आपस में इस परिवार के लोगों की प्रशंसा करते थकते नहीं थे। वे लोग कई दिनों पहले से ही बसन्त और अशोक से उन लोगों

---

* गरबे को केसरिया रंग कैसे लग गया? यह गरबा किस किस के सर पर घूमता रहा है? किस-किस गाँव में इसे स्थापित किया गया है? यह गरबा अम्बाजी गाँव में अम्बा माँ के, पावागढ़ गाँव में कालिका माता और अहमदाबाद गाँव में भद्रकाली माँ के सर पर स्थापित किया गया है, तभी से इस पर केसरिया रंग चढ़ गया है।

के कार्यक्रम के विषय में पूछने लगे थे—नवरात्रि मिलन के समय से ही उन्हें इस पारिवारिक महा मिलन की प्रतीक्षा थी।

इस मिलन के लिए भी बसन्त और अशोक ने कई कार्यक्रम आयोजित किए थे। लोगों ने जी भरकर पारिवारिक स्नेह–सुधा का पान किया। गाँव के लोग भी उन लोगों से मिलते रहे। लगता था कि यह पारिवारिक मिलन अब पूरे ग्रामवासियों के लिए एक उल्लास–उत्सव बन गया था।

शाम का समय था। गाँव के कुछ लोग मिलने आ गए थे। अचानक एक बुजुर्ग ने पूछा, ''क्या आप लोगों को मालूम है कि रास का एक महत्त्वपूर्ण इतिहास है। इस गाँव की भारत के स्वतंत्रता संग्राम में एक स्मरणीय भूमिका भी रही है।''

लोगों ने उत्सुक होकर उनकी ओर देखा।

उन्होंने कहा, ''हमारे गाँव में ही भारत के लौह पुरुष सरदार वल्लभभाई पटेल पहली बार गिरफ्तार हुए थे। वे दांडी सत्याग्रह के लिए लोगों को तैयार करने के उद्देश्य से यहाँ आए थे। उनसे पहले महात्मा गांधी भी हमारे गाँव में पधारे थे।''

कुछ लोगों को इन घटनाओं के विषय में थोड़ी जानकारी थी पर वे चुप रहे। वे उनसे ही सुनना चाहते थे।

बसन्त ने उनका परिचय कराया, ''मदनभाई। ये हमारे गाँव के स्कूल में शिक्षक थे, इन्हें रास के इतिहास और स्वतंत्रता संग्राम में हमारे परिवार के योगदान की पूरी जानकारी है।''

लोगों ने मदनभाई को आदरपूर्वक प्रणाम किया। बसन्त के आग्रह पर मदनभाई ने श्री वल्लभभाई की रास में गिरफ्तारी का वर्णन किया और रास गाँव के लोगों के योगदान के विषय में बतलाया।

उन्होंने बताया कि 26 जून 1916 को गांधीजी लोगों को ब्रिटिश सरकार की सेना में भर्ती कराने के उद्देश्य से रास आए थे। रास के लोग ब्रिटिश सरकार को युद्ध में सहायता देने के पक्ष में नहीं थे पर गांधीजी के व्यक्तित्व के कारण आशाभाई, जीवभाई, भीखूभाई, धुलाभाई,डाहयाभाई आदि लोगों ने उन्हें सहयोग दिया था।

मदनभाई ने कहा, ''गांधीजी 4 अप्रैल 1921 को तिलक स्मृति कोष अर्थात स्वराज फंड के लिए चन्दा एकत्र करने के सिलसिले में रास आए थे। यहाँ उनके भाषण का अच्छा प्रभाव पड़ा था और लोगों ने स्वराज कोष में यथाशक्ति सहयोग किया था।''

मदनभाई ने नागपुर के झंडा सत्याग्रह में भी चमनभाई एवं रास के लोगों की भागीदारी की चर्चा की।

जब 1924 में रास के किसानों को बीज की कमी का सामना करना पड़ा, तब आशाभाई और रविशंकरजी महाराज ने आस–पास के इलाकों से बीज एकत्र कर यहाँ के किसानों की मदद की थी। इन लोगों ने छुआ–छूत मिटाने के लिए भी काफी काम किया था।

मदनभाई ने कहा, ''गांधीजी 12 मार्च 1931 को रास पधारे थे। पूज्य रविशंकर महाराजजी ने रास के वीरों को सम्बोधित करते हुए कहा था :

*रास तणा बहादुर वीरो*
*लीधी प्रतिज्ञा पाड़ जो*
*हैये छे हाम भिड़वानी*
*साथ ते आबरू साचव जो**

फिर पवनभाई की ओर देखते हुए उन्होंने कहा, ''चमनभाई और उमाबेन तो सत्याग्रही थे, उन लोगों ने सरदार पटेल साहब के साथ काम किया था।''

एक युवा ने पूछा, ''सत्याग्रह क्या है?''

पवनभाई ने सत्याग्रह का अर्थ समझाया। इसके बाद मदनभाई ने दांडी कूच के विषय में जानकारी दी।

हेमन्त बारडोली से आया था। उसने कहा, ''आपलोग बारडोली आने वाले हैं। मैं आप लोगों को आश्रम और संग्रहालय ले जाऊँगा। सरदार पटेल प्राय: उसी आश्रम में ठहरते थे।''

हेमन्त के पिता भुवनभाई के दादा थे। भुवनभाई ने खादी की जो दुकान खोली थी, उसे उनकी सन्तति ने आगे बढ़ाया था। अब उस दुकान में गृह-उद्योग द्वारा निर्मित कई वस्तुएँ बिकती थीं। यद्यपि इस व्यवसाय में बहुत मुनाफा नहीं था पर हेमन्त के परिवार के लिए यह मात्र एक दुकान ही नहीं थी, यह उनके लिए एक पवित्र संस्था थी जिससे उनका भावनात्मक लगाव था। दूध-घी का व्यापार भी अच्छा चल रहा था। हेमन्त के पिता ने रास में अपने हिस्से की जमीन बेच दी थी और बारडोली के पास ही जमीन खरीदकर अपनी डेयरी का विस्तार कर लिया था। उनका डेयरी व्यवसाय बढ़ रहा था।

आगंतुकों ने बारडोली में दो दिन बिताए, वे परिवार के अन्य सदस्यों से मिले, डेयरी देखी तथा बारडोली आश्रम और संग्रहालय गए। संग्रहालय के उत्तम रख-रखाव से वे बहुत प्रभावित हुए। उन लोगों को सरदार पटेल के विलक्षण व्यक्तित्व की एक झाँकी देखने को मिली। कई लोग तो अपने महान नेता के विषय में ही सोचते रहे।

मयूर ने कहा, ''मैंने आभा से कहा है कि वह हमारे लिए करमसद जाने का प्रबन्ध करे। जो-जो हमारे साथ जाना चाहता है, तैयार हो जाए।''

करमसद की यात्रा से उन्हें काफी जानकारी मिली। वहाँ का संग्रहालय बहुत श्रद्धा से बनाया गया था और उसका रख-रखाव भी प्रशंसनीय था। मयूर और अन्य लोगों ने संग्रहालय में लगाए गए चित्रों को बारीकी से देखा—उन लोगों को

* हे रास के बहादुर वीरो, ली हुई प्रतिज्ञा का पालन अवश्य करना। हृदय में साहस है भिड़ने का तो साथियों की आबरू का ध्यान अवश्य रखना।

श्री वल्लभभाई के कर्मठ जीवन की एक झांकी देखने को मिली। उन्हें अपने सरदार श्री के विलक्षण व्यक्तित्व का अन्तरंग परिचय मिला।

वे लोग उनके पैतृक घर भी गए और वहां प्रदर्शित चित्र आदि देखे।

रास लौटने पर मयूर ने कहा, ''सरदार पटेल कितने महान थे! यह हमारा सौभाग्य है कि हमारे पूर्वज उनसे जुड़े थे और उनकी प्रेरणा से सत्याग्रही बने थे। हमारा गाँव रास भी कितना भाग्यशाली है!''

मदनभाई ने कहा, ''हमारी नई पीढ़ी को उनके महान योगदान के विषय में कुछ पता तो है पर उन्हें शायद उन विषम परिस्थितियों की बहुत जानकारी नहीं है जिन अत्यन्त कठिन परिस्थितियों में श्री वल्लभभाई और उनके सहयोगियों ने संघर्ष किया था। आज जिस भारत में रहने पर हमें गर्व है, वह सरदार की देन है। ब्रिटिश हुकूमत तो हमें संगठित भारत देने के लिए उत्सुक नहीं थी। देश का बंटवारा भी तो उनकी फूट डालो और राज करो की नीति के कारण हुआ। अगर श्री वल्लभभाई न होते तो वे तो देशी रियासतों को भी स्वतंत्र राष्ट्र बना देते।''

पवनभाई ने कहा, ''यह तो सरदार पटेल की क्षमता और उनके सतत प्रयासों का परिणाम था कि अत्यन्त कम समय में देशी रियासतों का भारत में विलय हो गया और भारत एक सुदृढ़ राष्ट्र बन सका। पर इन सबके बावजूद भी हम उनके योगदान का महत्त्व नहीं समझ पाए हैं। सरदार पटेल की हार्दिक इच्छा थी कि भारत एक संगठित मजबूत राष्ट्र बने और देश में गहरी एकता हो। पर देखो, हम क्या कर रहे हैं! क्या हम सही अर्थों में उनकी राय मान रहे हैं?''

मदनभाई ने पुराने समय की याद दिलाई, ''स्वतंत्रता संग्राम के दिनों में कई लोगों ने निःस्वार्थ भाव से उनका अनुसरण किया। लोगों का अपने सरदार में अटूट विश्वास था, उनपर पूरा भरोसा था जिससे प्रेरित होकर आम लोगों ने भी काफी त्याग किए। हमारे गाँव ने भी सत्याग्रह में बढ़-चढ़कर भाग लिया था।''

मयूर की पत्नी अचानक उठकर चली गई।

मयूर ने कहा, ''हमें विदेश में भारत से सम्बन्धित अलग-अलग प्रकार की खबरें देखने और पढ़ने को मिलती हैं—कुछ सकारात्मक होती हैं कुछ आलोचनात्मक। लोगों की आम धारणा है कि भारत में विकास तो हो रहा है पर विकास की गति बहुत धीमी है। भ्रष्टाचार, हिंसा, गरीबी आदि की नकारात्मक खबरें प्रायः आती रहती हैं। मीडिया में ऐसे समाचार बहुत कम आते हैं जिन पर हम गर्व से चर्चा कर सकें, पर जब भी ऐसे समाचार आते हैं, हमें उन खबरों के विषय में लोगों से चर्चा करने में बहुत खुशी होती है।''

पवनभाई ने कहा, ''हम देश के नव-निर्माण के उद्देश्य में पूरी तरह संगठित नहीं हैं। हम छोटी-छोटी बातों में अपना समय और अपनी ऊर्जा बर्बाद करते हैं। अगर हम सब मिलकर एक ही दिशा में अपने लक्ष्य के लिए काम करें तो हमारा भारत अपने पुराने गौरव को बहुत कम समय में प्राप्त कर लेगा।''

मदनभाई ने कहा, ''हमारा देश बहुत बड़ा है और हमारे देश में विविधताएँ हैं। पर विविधता में एकता हमारी विशेषता भी है। हम सब का दायित्व बनता है कि हम अपनी एकता को सुदृढ बनाएँ।''

पवनभाई ने सहमति जताई, ''मदनभाई, बिलकुल सही कह रहे हैं। अभी हमारे देश में कई समस्याएँ हैं—हमारा देश आतंकवाद से और अन्य कई प्रकार की हिंसा से लड़ रहा है। धर्म, जाति, भाषा, प्रान्त आदि का दुरूपयोग कर देश को कमजोर करने वाली ताकतें भी सक्रिय हैं। सरदार श्री हर संकुचित विचार के विरोधी थे। उनका लक्ष्य था—एक भारत, सुदृढ़ भारत।''

''हम गरीबी, भूख और बीमारी को तभी दूर कर सकते हैं जब हम में एकता हो, जब हम इन सब के विरुद्ध मिलकर संघर्ष करें। हमारे पुरखों ने देश को आजाद करने के लिए कितना त्याग किया! हम लोग उनके त्याग और आदर्शों को भूल चुके हैं। हमें विलासिता का जीवन आकृष्ट करता है और इसकी प्राप्ति के लिए हमें जितनी भी मेहनत करनी पड़ती है, हम करते हैं। पर अपने काम के अलावा, देश के काम के लिए हम बहुत कम मेहनत करते हैं।''

मदनभाई ने कहा, ''कुछ लोगों ने इस भ्रम को फैलाया था कि श्री वल्लभभाई मुसलमान भाइयों के विरोधी थे। यह सरासर गलत है। उन्होंने साम्प्रदायिक तनाव के कठिन समय में मुसलमान भाइयों की सुरक्षा के लिए कठोर कदम उठाए थे और अपनी सुरक्षा की परवाह किए बिना दंगा प्रभावित और अशान्त क्षेत्रों में वे स्वयं जाकर उनकी सुरक्षा की व्यवस्था करते थे।''

पवनभाई ने याद दिलाई, ''जैसे, हजरत निजामुद्दीन में अशान्ति की आशंका की सूचना पाकर वे स्वयं वहाँ गए थे और उन्होंने पुलिस अधिकारियों को सख्त निर्देश दिए थे कि वे लोगों की सुरक्षा पूरी मुस्तैदी से करें।''

मदनभाई ने कहा, ''और भोपाल के नवाब के अनुरोध पर उनके दामाद साहब की कुशलता का हाल लेने वे स्वयं पटौदी गए थे। उन्होंने पाकिस्तान जाने वाले लोगों को सुरक्षित पाकिस्तान जाने देने की लिए लोगों से विशेष आग्रह किया था।''

मदनभाई ने कहा, ''सरदार श्री किसी भी धर्म, जाति या प्रान्त आदि के आधार पर पक्षपात नहीं करते थे। वे भारत में रहने वाले सभी लोगों से देश के प्रति निष्ठा और सम्मान का भाव सुदृढ़ करने को कहते थे। मैंने इस विषय पर रफीक जकरिया साहब की पुस्तक भी पढ़ी है। उस पुस्तक में सरदार श्री की मुसलमान भाइयों के प्रति सद्भावना के कई दृष्टान्त दिए गए हैं।''

पवनभाई ने कहा, ''आज हमारे देश के लोग कई चीजों की माँग करते हैं। उनकी कई जायज शिकायतें भी हैं। वे हमारे देश में व्याप्त भ्रष्ट्राचार, सरकारी नियमों की जटिलता, व्यापार सम्बन्धी कुछ नीतियों आदि से असन्तुष्ट हैं। उन्हें नेताओं से, सरकारी कर्मचारियों से, व्यापारियों से, डॉक्टरों से, वकीलों से, मीडिया

से-सबसे शिकायतें हैं। राजनीतिक दल भ्रष्ट और अपराधिक प्रवृत्ति के लोगों को चुनाव में उतारते हैं, या चुनाव जीतने के लिए ऐसे लोगों की मदद लेते हैं।''

मदनभाई ने हामी भरी ''यही तो रोना है। हमने अँग्रेजों को तो वापस भेज दिया पर सरकारी काम-काज करने के उनके तरीकों से अपने को जकड़ लिया। जब भी इसमें सुधार की बात उठती है तो सुधार के नाम पर नौकरशाही की पकड़ और मजबूत कर दी जाती है!''

माधुरी ने कहा, ''हम कैसे यह उम्मीद करें कि मुगल काल की मनोवृत्ति और ब्रिटिश सरकार के काम-काज के तरीकों से हम देश को प्रगति के पथ पर ले जा सकते हैं?''

''और वह भी तकनीक के इस जमाने में'', अमित ने कहा।

मयूर ने कहा, ''पर यह माना जा रहा है कि भारत प्रगति कर रहा है, उसमें और अधिक प्रगति करने की क्षमता है। लोग भारतीयों की प्रतिभा का सम्मान करते हैं, पर यहाँ की नौकरशाही की शिकायत भी करते हैं। कई लोगों के मन में यह बात बैठ गई है कि भारत की नौकरशाही अक्षम, भ्रष्ट और अहंकारी है। लोग उससे दूर ही रहना चाहते हैं। बड़े निवेशक चीन और दक्षिण-पश्चिम एशिया के देशों में या अन्य जगहों में पैसा लगाने ज्यादा दिलचस्पी लेते हैं, वे भारत के जटिल सरकारी नियमों से घबरा जाते हैं। हम लोग उन्हें कई तरह से आश्वस्त करने का प्रयास करते हैं, पर हम सफल नहीं हो पाते।''

मयूर की पत्नी ने कहा, ''लोग महिलाओं की सुरक्षा को लेकर भी सवाल उठाते हैं, गंदगी और बीमारी की भी शिकायत करते हैं।

अमित ने कहा, ''यहाँ भी इन बातों पर चर्चा होती है, पर अपेक्षित सुधार नहीं हो पाता।''

मयूर ने बताया, ''मेरे कुछ परिचित लोगों ने पुलिस की ज्यादती, उनके अहं और भ्रष्ट-चरित्र की बहुत शिकायत की। मेरे एक परिचित के परिवार वालों को पुलिस बेवजह तंग करती रहती है, उनसे पैसे वसूलती है और उन्हें फँसाने की धमकी देती है। यह सिर्फ इसलिए कि पुलिस का एक अधिकारी उनके किसी व्यावसायिक प्रतिद्वन्दी का सम्बन्धी है। किसी ने अपना सामान चोरी होने की शिकायत की, उसे एक थाने से दूसरे थाने दौड़ना पड़ा, बड़ी मुश्किल से पैसे देने पर शिकायत दर्ज हुई, सामान मिलना तो दूर की बात है, उन्हें हर महीने थाने के चक्कर लगाने पड़ते हैं!''

कुछ अन्य लोगों ने अपनी-अपनी रामकहानी सुनाई।

पवनभाई ने अपने विचार व्यक्त किए, ''सुधार होना चाहिए, इससे सभी लोग सहमत हैं। इसीलिए तो लोगों में जाग्रति और एकता की जरूरत है।''

लेकिन एक युवा ने कहा, ''अरे हमारा देश इन सबके बावजूद तरक्की कर रहा है। मैं एक तकनीकी प्रोफेशनल हूँ। मुझे अपनी कम्पनी में बहुत प्रोत्साहन मिलता

है, समय पर तरक्की मिलती है, हमारे काम का सम्मान होता है। लेकिन मेरे जो साथी सरकार में हैं, वे अपना सर धुनते हैं। सरकार में तकनीकी लोगों की तो कदर नहीं होती। वे घुटन महसूस करते हैं।''

पवनभाई ने कहा, ''समाज में तकनीकी विशेषज्ञों की इज्जत बढ़ रही है और यह और बढ़ेगी। हमारा भी कर्तव्य बनता है कि हम प्रतिभाशाली लोगों को सम्मान दें।''

हेमन्त ने कहा, ''सरदार श्री ने भारत की आजादी के लिए और संगठित भारत के निर्माण के लिए काफी संघर्ष किया। आज उसी ओज की जरूरत है।''

मदनभाई ने कहा, ''हमें तो देश के लिए हमेशा सोचना चाहिए। जब हम देश के विषय में सोचेंगे तभी तो हममें एकता की भावना बढ़ेगी और देश की समस्याओं का समाधान होगा।''

हेमन्त ने पूछा ''हमें क्या करना चाहिए?''

आभा ने कहा,''सरदार पटेल ने कई महत्त्वपूर्ण योगदान किए हैं। उन्होंने लोगों को आत्म-सम्मान के साथ जीने की शिक्षा दी। क्या हमें परिश्रम किए बिना सम्मान मिल सकता है? क्या हम एकता मजबूत किए बिना प्रगति कर सकते हैं?''

एक युवक ने कहा, ''बिलकुल नहीं। हमें कठिन परिश्रम करना चाहिए और अपनी आरामगाह से बाहर भी निकलना चाहिए।''

आभा ने पूछा, ''हमारा देश तो कई समस्याओं से जूझ रहा है। क्या हम सरदार श्री की इच्छा का कोई एक विषय चुन सकते हैं जिस पर हम मिलकर काम करें''

मदनभाई ने कहा, ''वह है एकता। सरदार पटेल एक मजबूत भारत के निर्माण के लिए संघर्ष करते रहे। हमें उनके इस काम को आगे बढ़ाना चाहिए।''

आभा ने कहा, ''आप सही कह रहे हैं। सरदार श्री ने एक मजबूत भारत बनाने के लिए कितनी मेहनत की थी! उनकी हार्दिक इच्छा थी कि भारत के लोगों में एकता सुदृढ़ हो। हमें इसके लिए काम करना चाहिए, अगर हम लोग अपनी एकता को और मजबूत कर लें तो हमारे देश का विकास तेज गति से होगा। हमारी एकता हमारे देश के विकास की गति को इतनी तेज कर सकती है कि देश और विदेश से लोग यहाँ निवेश करने में दिलचस्पी लेने लगें और हमारे लोगों का जीवन-स्तर उन्नत होता जाए।''

''तुम ठीक कह रही हो, आभा'', मदनभाई ने आभा को शाबाशी दी।

अमित ने कहा, ''लेकिन देश में व्यापार बढ़ना चाहिए। लोगों को रोजगार मिलना चाहिए, तभी तो देश खुशहाल होगा। जब लोग खाली बैठे होते हैं तब उनका ध्यान निरर्थक बातों और गलत कामों में लग जाता है।''

मयूर ने कहा, ''यह बात सही है। लोग अपने अपने काम-काज में लगे रहेंगे तो अपराध और हिंसा में कमी आयेगी ही।''

पवनभाई ने कहा, ''व्यापार बढ़ाने के लिए पूँजी चाहिए और पूँजी आकृष्ट करने के लिए शान्तिपूर्ण वातावरण माहौल। भारत की मजबूत एकता और देश में शान्ति व्यवस्था ही ऐसा सन्देश दे सकती है।''

मदनभाई ने स्वीकृति दी, ''हाँ, भारत की एकता से हमारे आत्म-विश्वास और हमारे उद्यम का, हमारी कर्मठता का और हमारे लोगों में अन्तर्निहित ऊर्जा का सन्देश पूरी दुनिया में जाएगा। एकता और देशभक्ति के रंग से सिक्त भारत में भ्रष्टाचार कम होगा, कामचोरी नहीं होगी, लोग एक दूसरे का सम्मान करेंगे और विश्व के लोग भारत को सम्मान देंगे।''

लोगों में उत्साह आ रहा था। इस बात पर सभी सहमत थे और वे कुछ करना चाहते थे। अभी ये बातें हो ही रही थीं कि मयूर की पत्नी कपड़ों में बँधी एक पुरानी डायरी लेकर आई। उसने कहा, ''इस डायरी को मैंने अपनी सासु माँ द्वारा दिए गए एक बक्से में पाया था। उस बक्से में पारिवारिक थाती की कुछ चीजें रखी थीं। यह डायरी उन्हें उनकी सासु-माँ जी से मिली थी। मैं जब अमेरिका से आने लगी तब मैंने अपने सामानों में इसे सँभालकर रख लिया था।''

''मैंने इसे पढ़ा है। इसमें उन्होंने सत्याग्रह के समय की घटनाएँ लिखी हैं। कई बातें श्री वल्लभभाई के जीवन से और उनके कामों से सम्बन्धित हैं। वे अहमदाबाद में साप्ताहिक बैठकों में भी भाग लेती थीं और वहाँ होने वाली चर्चा की मुख्य बातें लिखती जाती थीं। यह डायरी हमारे परिवार के लिए अमूल्य धरोहर है।''

उसने उमा की डायरी पवनभाई के हाथों में पकड़ा दी।

पवनभाई ने मयूर और उसकी पत्नी को धन्यवाद देते हुए कहा, ''तुम लोगों ने यह बहुत अच्छा किया कि इस अनमोल डायरी को यहाँ ले आए। मैं सब लोगों को देखने के लिए इसे आगे बढ़ाता हूँ। तुम लोग इसे देखो, प्रणाम करो और बाजू वाले को पकड़ा दो।''

मदनभाई ने कहा, ''आप मुझे अनुमति दें कि मैं इस डायरी की दो प्रतियाँ करा लूँ। मैं इसकी एक प्रति अपने स्कूल के पुस्तकालय में रखूँगा और दूसरी बसन्त भाई को दे दूँगा।''

पवनभाई ने कहा, ''हमें अपने परिवार के सदस्यों के लिए इसकी कुछ प्रतियाँ निकलवानी हैं, स्कूल के लिए भी मैं इसकी फोटोकॉपी करा लूँगा।''

इस वैचारिक चर्चा ने लोगों के मन में एक नई चिन्तन प्रक्रिया प्रारम्भ कर दी। परिवार के लोग श्री वल्लभभाई की कर्मभूमियों को, उनके पैतृक घर को और अहमदाबाद, करमसद तथा बारडोली संग्रहालयों में उनके जीवन से सम्बन्धित चित्रों को देख चुके थे। उमा की डायरी से उन्हें सरदार श्री के साथ अपने परिवार के निकट सम्बन्धों का और उनकी प्रेरणा का भी विशेष परिचय मिल चुका था। वे अपने पैतृक गाँव रास में थे जहाँ सरदार श्री पहली बार गिरफ्तार किए गए थे। उन्हें अपने परिवार के योगदान पर गर्व हो रहा था।

भारत में रहने वाले उनके परिवार के लोग सोचने लगे थे कि क्या यह वही भारत है जिसके लिए सरदार श्री ने इतना काम किया था? भारत आज भी आतंकवाद और उग्रवाद, हिंसा, गरीबी, बीमारी आदि अनेक समस्याओं से जूझ रहा है। लगभग हर कोई किसी-न-किसी समस्या से ग्रस्त है। कई लोगों का सोचना है कि सरकारी तंत्र को और अधिक ईमानदार, निष्पक्ष एवं संवेदनशील होना चाहिए। अमेरिका से आए हुए लोगों को चारो ओर फैली गंदगी, भिखमंगी तथा बीमारी बहुत बुरी लगती थी।

लोगों की उत्सुकता बढ़ गई वे भी कुछ करना चाहते थे। मदनभाई आस-पास के कुछ और लोगों को भी लेकर आते थे। अब चर्चा का विषय रास गाँव और सरदार पटेल रहते थे। सबके मन-मस्तिष्क में आत्म विश्वास से पूर्ण उभरते भारत की छवि बन रही थी।

मदनभाई बराबर सरदार के योगदान की याद दिलाते रहते थे। वे कभी-कभी कुछ पत्र, फोटो आदि भी लाते थे। एक शाम वे कुछ अन्य लोगों के साथ आए जिनमें से एक भूतपूर्व सैनिक थे जिन्होंने नेफा की लड़ाई में भाग लिया था। उन्होंने चीन से हुई 1962 की लड़ाई के कुछ संस्मरण सुनाए और कहा, "हमें सरदार पटेल की कमी बहुत महसूस हुई थी। अगर वे रहते तो शायद हमारी स्थिति इतनी खराब नहीं होती।"

मदनभाई ने कहा, "हम लोग भी ऐसा ही सोचते हैं। सरदार हमें एक संगठित भारत देकर गए हैं। अगर वे कुछ दिन और जीवित रहते तो कश्मीर की समस्या का समाधान भी हो गया होता। उन्होंने चीन की चाल तो पहले ही समझ ली थी और अपने निधन से कुछ दिन पहले, दिनांक 2 नवम्बर 1950 को प्रधानमंत्री को एक पत्र लिखकर सम्भावित खतरों के प्रति आगाह भी किया था। सरदार ने इस विषय में कुछ महत्त्वपूर्ण सुझाव भी दिए थे।"

पवनभाई ने कहा, "भारत माता के उस महान सपूत ने अपना काम तो निष्ठा, श्रद्धा और लगन से किया। उन्होंने त्याग और कर्मठता और उदारता, नम्रता और निर्भयता, संवेदनशीलता और कर्तव्यनिष्ठा के सन्तुलित समन्वय का अनुपम उदाहरण प्रस्तुत किया। हमें भी तो उनकी बातों पर अमल करना चाहिए। यहाँ एकता की चर्चा हुई है, हमारे परिवार के लोगों ने देश में एकता मजबूत करने की बात बहुत उत्साह से की है। अब आगे का काम तेजी से करना है।"

आभा ने कहा, "देश में अन्य कई समस्याएँ हैं—आतंकवाद, अलगाववाद, हिंसा, फूट और विद्वेष..."

पवनभाई ने उसकी बात काटते हुए कहा, "एकता और देशभक्ति मजबूत होने पर ये समस्याएँ आसानी से हल हो जाएँगी। जब हममें भारतीय होने का गर्व और आत्म-सम्मान बढ़ेगा तब हम ऐसा कुछ नहीं करेंगे जिस से देश का अहित हो।"

हेमन्त ने पूछा, "हम ऐसा कैसे कर सकते हैं?"

मदनभाई ने कहा, "मजबूत और संगठित भारत के लिए काम करो। सरदार पटेल के महान व्यक्तित्व की बातें, उनके आदर्शों के भारत के निर्माण में सहयोग देने की बातें लोगों को बताओ। उनका सहयोग माँगो।"

पवनभाई ने कहा, "अब तो सोशल मीडिया की शक्ति युवाओं के हाथों में आ गई है। इसका भरपूर उपयोग करो। आखिर मनोरंजन और दोस्तों से गप्प मरने के लिए इसका इस्तेमाल करते हो न!"

किसी ने कहा, "इस्तेमाल? अरे नौजवान लोग तो मोबाइल और कंप्यूटर से चिपके ही रहते हैं। लोग बाग फिल्में भी देखते हैं।"

इसका उपयोग राष्ट्र–हित के लिए करना ही चाहिए", मदनभाई ने सुझाव दिया।

मदन भाई ने कहा, "पहले उनकी सलाह को अपने जीवन में भी उतारना चाहिए।"

आभा ने उत्सुकतापूर्वक कहा, "हम इस काम को तुरत शुरू क्यों न करें? हमें प्रशंसकों का एक ग्रुप बनाना चाहिए। मैं और अमित मिलकर इस ग्रुप को तुरन्त बना लेंगे। आप लोग इस ग्रुप में जुड़ जाएँ और अपने–अपने सुझाव दें। इस ग्रुप का ध्येय होगा–देश की एकता और शक्ति बढ़ाने के लिए काम करना। इसमें धर्म, जाति, प्रान्त, भाषा की संकीर्णता के लिए कोई स्थान नहीं होगा। हम सब देश के लिए सोचेंगे। हम देश की एकता मजबूत करने के और देश का स्वाभिमान बढ़ाने के लिए स्वयं आगे आएँगे लोगों को भी इस शुभ काम में जोड़ेंगे।"

अमित ने कहा, "अपने प्रिय नेता के प्रति यह हमारी श्रद्धांजलि होगी—राजनीतिक लाभ से दूर।"

पवनभाई ने कहा, "हमारी पीढ़ी भी इसमें पूरी तत्परता और लगन से भाग लेगी। हम अपने प्यारे देश का सम्मान बढ़ाने के लिए पूरा प्रयत्न करेंगे।"

मदनभाई खुश होकर बोले, "बहुत अच्छा, आओ, हम सब मिलकर इसके लिए काम करें!"

# अध्याय : दो

दस दिनों का स्मरणीय मिलन समाप्त होने वाला था। सभी लोग दुखी थे। इन दस दिनों में लोगों ने पारिवारिक प्रेम की मधुरता का जी भरकर आनन्द उठाया था। बसन्त और अशोक शुरू में थोड़े आशंकित थे कि वे एक साथ इतने लोगों का आतिथ्य सत्कार सुचारू रूप से कर पाएँगे या नहीं। इनमें से अधिकांश लोगों का तो आपस में पहली बार मिलना हुआ था। बारह लोग अमेरिका से आए थे—उनके बच्चों का जन्म वहीं हुआ था, उनमें से कई लोगों की यह भारत की पहली यात्रा थी और वह भी किसी महानगर की नहीं, बल्कि एक गाँव की। पर उन सब लोगों ने इस माधुर्य भरे पारिवारिक वातावरण का खूब आनन्द उठाया। औपचारिकता से दूर, सरल, सहज जीवन शैली ने उनका मन मोह लिया।

मयूर और उसके परिवार के लोग कुछ ज्यादा ही उत्साहित थे, और वे क्यों नहीं उत्साहित होते? इस पारिवारिक मिलन का प्रस्ताव तो उनका ही था। वे लोग नवरात्रि कार्यक्रम में आ नहीं सके थे पर उनलोगों ने प्रोग्राम की सीडी देखी थी। इस यात्रा में उन्होंने न केवल परिवार के लोगों से मिलने का आनन्द लिया, अपने प्रिय नेता सरदार पटेल के विषय में भी जानने के अवसर का लाभ भी उठाया। वे लोग मदनभाई के साथ गाँव में घूमते रहे और वहाँ की परिस्थितियों से और लोगों की समस्याओं से अवगत होते रहे। मयूरभाई खेती, अनाज उत्पादन और उसकी बिक्री के विषय में पूरी जानकारी ले रहे थे और अपने कंप्यूटर में लिखते जाते थे।

मदनभाई उन लोगों को कई घरों में भी ले गए और उनके विषय में लोगों को बतलाया। मयूरभाई सरदार श्री के विषय में जितना जानते गए उनकी जिज्ञासा उतनी ही बढ़ती गई। गाँव की नई पीढ़ी के लोगों के मन में भी सरदार पटेल के प्रति श्रद्धा बढ़ी। कई लोग तो उनके विषय में बहुत कम जानते थे, अब सरदार के महत्त्वपूर्ण योगदान को वे ज्यादा समझने लगे।

पारिवारिक मिलन और कार्यक्रमों के आनन्द में रास से वापस लौटने का समय कब निकट आ गया,किसी को पता ही नहीं चला। कोई जाना नहीं चाहता था, सभी कुछ दिन और रुकना चाहते थे।

मयूर ने पूछा, "क्या कोई और भी ऐसी जगह बाकी है जिसे हमें देखना चाहिए?"

आभा ने कहा, "हाँ, मैं आप सब लोगों को केवडिया जाने के लिए कहूँगी, मैं भी वहाँ जाना चाहूँगी। केवडिया सरदार सरोवर के पास है, वहाँ सरदार की विशाल प्रतिमा बनने जा रही है जिसका नाम है—एकता की प्रतिमा। उस प्रतिमा स्थल को प्रणाम करने की इच्छा है।"

कुछ लोगों को सरदार की स्मृति में बन रही एकता-प्रतिमा के विषय में पता था। मयूरभाई और उसके परिवार के लोगों ने इंटरनेट से इसकी जानकारी ली। पवनभाई ने सहमति जताई, "प्रतिमा बनने में अभी कुछ समय लगेगा पर हम उस स्थान को प्रणाम तो कर ही सकते हैं।"

मयूर भाई ने कहा, "आभा, वहाँ कैसे चलना होगा, पता करो।"

आभा ने तुरन्त सरदार वल्लभभाई पटेल राष्ट्रीय एकता ट्रस्ट से सम्पर्क किया। उसे तब एक सुखद आश्चर्य मिला जब ट्रस्ट की ओर से श्री संजय जोशी ने उसे फोन किया और एकता की प्रतिमा के विषय में जानकारी दी। श्री जोशी ने आग्रह किया कि भारत के निवासी, प्रवासी भारतीय एवं अन्य शुभचिन्तक लोग इस महत्त्वपूर्ण योजना में भाग लें। उन्होंने बतलाया कि इस योजना का उद्देश्य लोगों में देश-भक्ति और एकता का सन्देश देना और उन्हें सरदार श्री के महत्त्वपूर्ण योगदान से अवगत करना है। सरदार श्री के 138 वें जन्म दिवस के अवसर पर गुजरात के तत्कालीन मुख्यमंत्री और भारत के वर्तमान प्रधान मंत्री माननीय श्री नरेंद्र मोदी जी ने इस योजना की आधारशिला रखी थी। यह महत्त्वकांक्षी योजना पूरे विश्व में अनोखी है।

श्री संजय जोशी की आत्मीयता पूर्ण वार्ता से आभा को बहुत आनन्द आया और उसकी उत्सुकता और बढ़ गई। उसके आग्रह पर जोशी जी ने मयूर से भी विस्तार से मोबाइल पर बातें कीं। जब वे बातें कर रहे थे तो आभा मयूर के चेहरे पर आते हुए विस्मय के भाव को देख-देखकर प्रसन्न हो रही थी।

अपनी बातें खत्म करने के बाद मयूर ने कहा, "हमें वहाँ जरूर जाना है, चाहे इसके लिए हमें अपनी वापसी यात्रा की तिथि आगे क्यों न बढ़ानी पड़े!"

आभा और अमित ने तत्परता से काम किया और उसने संजय जोशीजी के सहयोग से जाने की सारी व्यवस्था कर ली। सरदार सरोवर जाने की भी अनुमति भी मिल गई।

वे लोग रास से सुबह-सुबह निकले और आणंद, वडोदरा, दभोल होते हुए केवडिया पहुँचे। वहाँ के सहृदय और सुयोग्य अधिकारी श्री बी.एन. पटेल जी से उनकी मुलाकात हुई। उन्होंने बड़े प्रेम से इन लोगों का स्वागत किया और एकता की प्रतिमा की योजना के विषय में और सरदार सरोवर बांध की विस्तृत जानकारी दी। उन्होंने बताया कि सरदार श्री के जन्म दिवस 31 अक्टूबर को भारत सरकार ने राष्ट्रीय एकता दिवस के रूप में मनाने का निर्णय लिया है।

श्री बी.एन. पटेल ने प्रतिमा और अन्य प्रस्तावित निर्माणों से सम्बन्धित जानकारी दी। उन्होंने कहा, ''विंध्य और सतपुड़ा पर्वत श्रृंखला से घिरी नर्मदा नदी की पवित्र गोद में अवस्थित साधु-बेट द्वीप में इस प्रतिमा का निर्माण होगा। सरदार श्री की यह प्रतिमा 182 मीटर ऊँची होगी—न्यूयॉर्क अमेरिका स्थित स्टेचू ऑफ लिबर्टी से दूनी ऊँची। प्रतिमा के आधार में तीन तल होंगे जिनमें प्रदर्शनी, स्मृति-वाटिका और एक विशाल हॉल होगा। प्रतिमा स्थल तक जाने के लिए बोट का प्रबन्ध रहगा। साथ ही, एक पुल का निर्माण भी किया जाएगा। आस-पास के इलाकों में रहने वाले लोगों के लिए स्कूल, कॉलेज, विश्वविद्यालय, अनुसन्धान केन्द्र आदि भी खोले जाएँगे।''

''प्रतिमा की 500 फीट की ऊँचाई पर एक दर्शक दीर्घा बनाई जाएगी जहाँ से एक साथ 200 दर्शक 256 किलोमीटर लम्बे सरदार सरोवर जलाशय और 12 किलोमीटर लम्बे गरुडेश्वर जलाशय के मनोरम सौन्दर्य का आनन्द ले सकेंगे। दर्शकों के लिए सारी सुविधाएँ बनाई जाएँगी। वहाँ एक श्रेष्ठ भारत भवन का निर्माण भी किया जाएगा।''

उन्होंने बताया, ''दिनांक 31 अक्टूबर 2014 को प्रतिमा-स्थल पर गुजरात की मुख्यमंत्री श्रीमती आनन्दीबेन पटेल द्वारा श्रेष्ठ भारत भवन के निर्माण के लिए भूमि-पूजन भी किया जा चुका है।''

श्री पटेल ने कई अन्य योजनाओं का भी उल्लेख किया। सभी लोग इस महत्त्वकांक्षी योजना के विषय में जानकर बहुत प्रभावित हुए।

केवडिया की यात्रा जितनी आकर्षक और मनोरंजक थी उतनी ही प्रेरणा दायक भी।

मयूरभाई ने कहा, ''जिसने भी इस योजना की परिकल्पना की है, उसे कोटि-कोटि धन्यवाद देना चाहिए। योजना भी सरदार श्री की गरिमा और उनके सम्मान के अनुरूप ही बनाई गई है।''

पवनभाई और माधुरी अपने विचारों में मग्न थे। वे बार-बार वहाँ के सौन्दर्य के विषय में बातें कर रहे थे।

पवनभाई ने कहा, ''देखना करोड़ो दर्शक वहाँ जाएँगे और मुग्ध होकर बार-बार आने की सोचेंगे।''

माधुरी ने कहा, ''मैं तो सुझाव दूँगी कि भारत का बच्चा-बच्चा यहाँ आए और राष्ट्रीय एकता तथा राष्ट्रीय सम्मान बढ़ाने की शपथ ले।''

केवडिया यात्रा के बाद लोगों के मन में सरदार श्री के प्रति श्रद्धा और भी बढ़ गई और उन्होंने इस उत्तम कार्य में सहयोग देने का मन बना लिया। सभी लोगों के मन में राष्ट्रीय एकता सुदृढ करने की भावना व्याप्त हो गई थी। वे लोग अच्छी तरह समझ गए थे कि देश में एकता की जड़ों को और मजबूत करना अति आवश्यक है। उन्हें विश्वास हो गया कि सरदार की पुण्य-स्मृति के प्रति एक कृतज्ञ राष्ट्र की श्रद्धा अर्पित करने का यह सब से उत्तम तरीका होगा।

मयूरभाई ने आभा से कहा, "आभा, तुम में प्रतिभा, लगन, ऊर्जा और नेतृत्व क्षमता है, तुम इस काम में आगे बढ़ो,हम लोग तुम्हारे साथ हैं।"

हेमन्त ने कहा, "हम सब तुम्हारी मदद करेंगे।"

आभा ने पूछा, "मुझे क्या करना होगा?"

परिवार के सदस्यों ने अपने-अपने सुझाव दिए।

हेमन्त ने कहा, "बहुत ज्यादा दूर की बातें मत करो। हम लोग एक मजबूत कदम उठाएँ और अपने लक्ष्य तक पहुँचने के लिए सब मिलकर प्रयास करें। हमारा उद्देश्य उचित होगा तो लोग हमसे जुड़ेंगे। पहले हम लोग अपना ग्रुप बनाएँ, अपने परिवार के लोगों को और अन्य परिचितों को उस ग्रुप में लाएँ।"

"इस ग्रुप का नाम क्या रखा जाए?" आभा ने पूछा।

माधुरी ने सुझाव दिया—"इस सरल रखो—*सरदार के प्रशंसक।*"

पवनभाई ने कहा और हमारा उद्देश्य होना चाहिए—"एक भारत-मजबूत भारत।"

"और हम आगे कैसे बढ़ें?" आभा ने पूछा।

पवनभाई ने कहा, "इस ग्रुप के माध्यम से लोगों में सरदार पटेल के योगदान के विषय में जिज्ञासा उत्पन्न करो। कई लोग देश को उनकी अनमोल देन से पूरी तरह परिचित नहीं हैं। सरदार श्री ने तो महत्पूर्ण योगदान किए हैं—उनमें से एक योगदान-देश की दृढ़ एकता को चुन लो और इस बात पर सहमति बनाओ कि हमारे लिए देश सर्वोपरि है। हम पहले अपने देश के विषय में सोचेंगे।"

अमित ने आश्वस्त किया, "यह ग्रुप तो आज ही बन जाएगा।"

आभा ने वादा किया, "काम करना भी शुरू कर देगा।"

माधुरी ने कहा, "मेरा नाम जरूर लिखना।"

"और मेरा भी" पवनभाई भला क्यों चूकते? उन्होंने कहा, "मैं और माधुरी अपनी जेनरेशन के लोगों को इस ग्रुप में जोड़ेंगे और हमारे साथ काम करने को कहेंगे।"

"मेरा और मेरे पूरे परिवार का नाम लिख लो। मैं अमेरिका जाकर कुछ और नाम भेजूँगा। मैं और भी कुछ सोच रहा हूँ, अमेरिका लौटने से पहले तुम लोगों को बतलाउँगा।"

बसन्त ने पूछा, "फिर कब आओगे भैया?"

मयूर ने कहा, "मैं तो हर साल आऊँगा। मैं कोशिश करूँगा कि परिवार के सभी सदस्य रास आएँ और कम-से-कम दस दिनों का समय यहाँ जरूर बिताएँ।"

मदनभाई कुछ अन्य ग्रामवासियों के साथ आए। वे प्रसन्न मुद्रा में थे। उन्होंने कहा, "हम लोग आप लोगों को यहाँ आने के लिए धन्यवाद देने आए हैं। आप लोगों ने हमारे गाँव को प्रेम की डोरी में बाँधने की जो शुरुआत की है, उसे बढ़ाते रहिएगा। आप लोगों के कारण, गर्मी में भी लोग उत्साह से आप लोगों के साथ आनन्द मनाते रहे। गाँव में आत्मीयता और मधुरता बढ़ी है। हम रास गाँव के

लोग आप लोगों के लिए एक विदाई समारोह का आयोजन कर रहे हैं। आप सब अवश्य पधारिएगा।''

बसन्त ने हँसकर कहा, ''हाँ, इन लोगों ने मुझसे पहले भी बात की थी। कल हाई स्कूल के प्रांगण में उसी ऐतिहासिक वट-वृक्ष की छाया में एक छोटे से कार्यक्रम का आयोजन किया जा रहा है, जहाँ हमारे सरदार श्री दांडी यात्रा से पहले गिरफ्तार किए गए थे।''

आभा ने कहा, ''तो आप हमें सरप्राइज देना चाहते थे!''

''हाँ, सरप्राइज में ही तो प्राइज छुपा है,'' बसन्त ने कहा।

लगभग 400 लोग उस वृक्ष के पास एकत्र हुए। वहाँ एक छोटा सा पंडाल तान दिया गया और कुछ कुर्सियाँ लगा दी गई थीं। स्कूल के बच्चे और अन्य कई ग्रामवासी लोग सामने दरी पर बैठे थे। स्कूल के पदाधिकारी और शिक्षक-गण, रास केलवाणी मंडल, पंचायत आदि के लोग, रास डाकघर, दूर-संचार, बैंक एवं अन्य कई सरकारी विभागों और संस्थाओं के अधिकारी और कर्मचारी भी उपस्थित थे।

मदनभाई ने उन लोगों का परिचय दिया। रास केलवाणी मंडल के प्रमुख श्री गोरधन भाई डाहयाभाई पटेल और रास उच्च विद्यालय के प्राचार्य श्री संजय भाई कांतिभाई पटेल, रास डाक घर के श्री आर के मेहरा उत्साही युवक अमित एवं अन्य उपस्थित लोगों ने उनका स्वागत किया और उन्हें वट-वृक्ष तथा स्कूल परिसर दिखलाया। उन लोगों ने केलवणी मंडल और स्कूल के कार्यों से उन्हें अवगत कराया।

मदनभाई ने कहा, ''हम सब लोग आपके आगमन के लिए आभारी हैं। पिछली नवरात्रि के समय भी आप में से कुछ लोग यहाँ आए थे और यहाँ हर्ष-उल्लास का मधुर वातावरण बनाकर लौटे थे। इस बार तो आप लोग और भी बड़ी संख्या में दूर-दूर से आए हैं। आपने परिवार के महत्त्व को समझा है और पारिवारिक प्रेम का आनन्द उठाया है। आपसे प्रेरणा पाकर अन्य कई परिवारों के लोग भी इस तरह के पारिवारिक मिलन करना चाहते हैं। अब इस गाँव में काफी चहल-पहल होती रहने की उम्मीद है। हम आपसे आग्रह करते हैं कि आप लोग हर साल यहाँ आते रहें और अपने गाँव से प्रेम करते रहें।''

पवनभाई ने उत्तर दिया ''हम लोग तो नवरात्रि में भी आए थे और सब लोगों ने यहाँ खूब आनन्द मनाया था। हम आगे भी साल में एक-दो बार आने की जरूर कोशिश करेंगे।''

श्री संजय भाई पटेल ने आगंतुकों का स्वागत करने के पश्चात, रास के योगदान के विषय में कुछ और बातें कहीं। तत्पश्चात, स्कूल के छात्रों ने स्वतंत्रता संग्राम के दिनों के दो पुराने गीत गाए। रणशूर रास नामक एक गीत में रास की वीरता की प्रशंसा की गई थी। श्री संजयभाई ने बताया कि यह प्रसिद्ध गीत दिनांक 4 अक्टूबर 1932 के खेड़ा संग्राम समाचार में छपा था। छात्रों ने अत्यन्त प्रभावी ढंग से इस गीत को गया।

*ठोकाय जंग थाणां, हुशियार ग्राम रास तुं,*
*पूजाय वीर व्हाणा, तैयार ग्राम रास तुं।*

*शरणाई घोर बाजे, ने आत्मघेरुं गाजे*
*वीर ने वीरत्व छाजे, पड़कार ग्राम रास तुं।*

*एक दिन राष्ट्र नामे, झुकाव्युं जुल्म सामे*
*तुज कीर्ति ठाम ठामे, सरदार ग्राम रास तुं।*

*भानु सलिल खेंचे, वर्षा अधिक छे,*
*उन्धी राजनीति व्हे छे, निज धार गाम रास तुं।*
*स्वार्थ सदैव धूमी, रहीं कीधी भूमि,*
*सत्याग्रही झझूमी कर, वहार ग्राम रास तुं।*
*लड़ी सत्यनी लड़ाई, दफनाव दंड शाही*
*हो साच ना सिपाही, रखवाल ग्राम रास तुं।*
*शुद्ध आत्म शक्ति, वेरीदे वादड़ा विखेरी,*
*कर प्राण ने वधेरी, उद्धार ग्राम रास तुं।*

*वायु सुगन्धी वाशे, यश गान देव गाशे*
*ते धन्य धन्य थाशे, अवतार ग्राम रास तुं।*

*दे रंग ल्हाणां, किरतार ग्राम रास तुं,*
*ठोकाय वीर थाणां, तैयार ग्राम रास तुं।'**

इसके बाद छात्रों ने बहादुर बोरसद तुं गीत गाया जो उसी समाचार पत्र में 11 अक्टूबर 1932 को प्रकाशित हुआ था।

---

* रणशूर रास
ओ चतुर ग्राम रास, तू संघर्ष करने के लिए विवश हुआ। जिन वीरों को तूने तैयार किया, सर्वत्र उनकी पूजा हुई। संघर्ष की शहनाई बजी, तूने रणभेरी गुंजाई। चुनौती को आतुर रास ग्राम, तूने वीरों में वीरत्व जगाया। एक दिन देश के नाम पर तुमने जुल्म के सामने सर उठाया। ओ सरदार ग्राम रास, तेरी कीर्ति पूरे विश्व में फैली। सूर्य की तपन बढ़ी, फिर अतिवृष्टि ने तंग किया, राजनीति भी विपरीत हुई, फिर भी ओ रास, तू अडिग रहा। स्वार्थ नचाता रहा, स्वार्थ के कारण भूमि रसहीन हुई, तब सत्याग्रह का अवलम्बन ले कर, ओ रास, तू अग्रसर हुआ। सरकारी दंड को दफन करने के उद्देश्य से सत्य की लड़ाई लड़कर, सत्य का सिपाही बनकर ओ रास, तू रखवाला बना। शुद्ध आत्म शक्ति एकत्र कर, भय के बादल बिखेरने हेतु, प्राणों का बलिदान कर, ओ ग्राम रास, तू उद्धार कर। चहुँ ओर सुगंध बिखरेगी, देव यश-गान गाएँगे, तब ओ अवतार ग्राम रास, तू धन्य हो जाएगा। ओ किरतार ग्राम रास, तू इस जंग को भी रंग दे। ओ चतुर ग्राम रास, तू संघर्ष करने के लिए विवश हुआ।

*हिन्द युद्ध घंट वाग्यो, संग्राम बोरसद तुं,*
*जय शंखनाद गाज्यो, बहादुर बोरसद तुंय*
*चाल्या रणे शुराओ, सरकार जुल्म सामे,*
*नीति युद्ध आदर्युं, रणशूर बोरसद तुं।*
*तुं युद्ध नो रसीलो, तुं त्याग नो भरेलो,*
*स्वातंर्त्य ने वरेलो, मशहूर बोरसद तुं,*
*तुज ऐक्य मुग्ध करतुं, भूमि हिन्द छेक आजे,*
*तक छे मली अमोली, शूरवीर बोरसद तुं।*
*तोपो मशीनगनो थी, सरकार छेक भारे,*
*करतो न पाछी पानी, बहादुर बोरसद तुंय*
*जोने करे जमीन, आजे ज खालसा ते,*
*के तोप थी उड़ावे, डगतो न बोरसद तुं*
*विजय पूरो बनी था अमर बोरसद तुं।" **

लोग मुग्ध थे। छात्रों ने अत्यन्त ओजस्वी ढंग से इन गीतों को गाया था। मदनभाई ने कहा, "कितनी दृढ़ता, कितनी एकता थी, कितना त्याग था, कितना राष्ट्र-प्रेम था हमारे पुरखों में!"

संजयभाई ने कहा, "आज अपने देश की उन्नति के लिए उसी एकता की जरूरत है।"

"मैं आप लोगों से कुछ कहना चाहता हूँ, पर इससे पहले आभा और अमित एक सरप्राइज देना चाहते हैं", पवनभाई ने कहा।

तुरन्त एक पर्दा लगा दिया गया और आभा ने अपने लैपटॉप से एक प्रेजेंटेशन प्रोजेक्ट कर दिया। यह प्रस्तुति सरदार पटेल के जीवन पर थी। आभा ने उनके जीवन के कुछ महत्त्वपूर्ण प्रसंगों के चित्र और देश की एकता पर उनके भाषणों के कुछ अंश इस प्रेजेंटेशन में डाले थे। इस प्रस्तुति में रास के भी पुराने चित्र थे।

लोगों ने तालियाँ बजाकर इस प्रेजेंटेशन का स्वागत किया। बसन्त ने कहा, "तो यह आप लोगों का सरप्राइज है!"

माधुरी ने बताया, "आभा और अमित इसकी तैयारी करते रहे।"

---

* बहादुर बोरसद तुं
ओ बोरसद, तूने हिन्द-युद्ध का घंटा बजाया। ओ बहादुर बोरसद, तूने जग में शंखनाद किया। सरकारी जुल्म का सामना करते हुए शूरवीर रण को चले। ओ रणशूर बोरसद, तू ने नीति युद्ध आरम्भ किया। तू युद्ध में प्रवीण है, तू त्याग से भरा है। ओ प्रसिद्ध बोरसद, तूने स्वतंत्रता का प्रण लिया। आज भी हिन्द-भूमि में तुम्हारी एकता मुग्ध करती है, ओ शूरवीर बोरसद, तूने अनमोल घड़ी उपलब्ध कराई। सरकारी तोपों और मशीनगनों के सामने भी तूने अपनी पीठ नहीं की। सरकार जुल्म करे, जमीन खाली करवाए या तोप से उड़ा दे,फिर भी डटा रहे बोरसद तू। पूर्ण विजयी हो कर, ओ बोरसद अमर बनो!

आभा ने सरदार के भाषण का एक अंश सुनाया जिसमें उन्होंने कहा था, ''जब तक हमारे देश के हर व्यक्ति-व्यापारी, श्रमिक, उद्योगपति, विद्यार्थी, सरकारी कर्मचारी सभी मिलकर सहयोग की भावना से कार्य नहीं करते, तबतक हम तरक्की नहीं कर सकते। उन्होंने किसानों से कहा था कि वे कड़ी मेहनत करें और देश को खाद्य में आत्म निर्भर बनाएँ।''

आभा का प्रेजेंटेशन लोगों ने ध्यान से सुना और तालियाँ बजाकर उसे धन्यवाद दिया।

मदनभाई ने कहा, ''हम लोग आभा और अमित के आभारी हैं कि उन्होंने इस ऐतिहासिक स्थान पर हमारे सरदार से सम्बन्धित कई बातों की जानकारी हमें दी। एक बात तो सभी जानते हैं कि एकता और शान्ति के बिना भारत शक्तिशाली नहीं बन सकता। और इसके बिना व्यापार भी नहीं बढ़ सकता। सरदार श्री ने राज्यों के विलय के बाद देश की अखंडता और एकता पर बहुत जोर दिया था।''

श्रोता गण ध्यानपूर्वक उनकी बातें सुन रहे थे।

पवनभाई ने कहा, ''हमारे सरदार श्री एक महान नेता थे। जो उन्होंने वर्षों पूर्व कहा था वह आज भी सच है। वे स्वयं त्यागी और कर्मठ थे इसलिए लोग उनके प्रति बहुत श्रद्धा रखते थे।''

मदनभाई ने लोगों से आग्रह किया, ''इसी ऐतिहासिक वृक्ष के नीचे उन्हें सभा करने से रोका और गिरफ्तार किया गया था। पर उनकी आवाज पर इस इलाके के किसानों ने अपना घर-द्वार त्याग कर, यहाँ तक कि मवेशियों के साथ महीनों रह कर, सत्याग्रह को सफल बनाया था। इसी प्रकार के त्याग, संघर्ष और कर्मठता के बल पर हमें आजादी मिली है। अब अपने महान नेता की इच्छा के अनुसार मजबूत भारत के निर्माण में योगदान देना हमारा कर्तव्य है। यह जिम्मेवारी हमारी है।''

मदनभाई ने कहा, ''हमें सिर्फ सिद्धान्त की बात नहीं करनी चाहिए। इससे काम नहीं चलेगा। हमें एक मजबूत भारत बनाने के लिए धर्म, जाति, प्रान्त, भाषा आदि के भेदभाव को अपने मन से बिलकुल निकाल देना होगा और दूसरों को भी ऐसा करने के लिए प्रेरित करना होगा। हमें हरदम इस बात का ख्याल रखना होगा कि हमारे लिए भारत सर्वोपरि है।''

एक श्रोता ने कहा, ''लेकिन हमारे नेता तो भेदभाव को बढ़ावा देते रहते हैं। वे अपना प्रभाव बढ़ाने के लिए राष्ट्रीय एकता की अपेक्षा अपने-अपने प्रभाव क्षेत्र में संकीर्ण विचारों को उभारते हैं और अपनी पहचान बनाने का प्रयास करते हैं।''

''आप सही कह रहे हैं, ''मदनभाई ने कहा, ''हमें देश को कमजोर करने वाली इन बातों का उसी दृढ़ता से विरोध करना चाहिए जिस मजबूती से श्री वल्लभभाई ने किया था। यदि राजनीतिक दल, नेता और सरकार आपसी भेदभाव बढ़ाने का कोई भी प्रस्ताव लाएँ तो हमें उसका डटकर विरोध करना चाहिए, हमें इस काम में सब का सहयोग लेना चाहिए।''

आभा ने कहा ''इस कार्य में मीडिया का सहयोग भी अत्यन्त आवश्यक है। लोगों तक अपनी बात पहुँचाने के साधनों के सम्बन्ध में तो अभी हमारी स्थिति सरदार श्री के समय से काफी अच्छी है, हमारे पास मीडिया के सशक्त साधन हैं, हमें उनका पूरा सहयोग लेना चाहिए।''

मदनभाई ने कहा, ''लेकिन कई सरकार और नेता संवेदनशील भी तो हैं। वे राष्ट्रीय एकता और विकास के लिए नए-नए प्रोजेक्ट लाते हैं। अभी हाल ही में सरकार ने सरदार पटेल के सम्मान में एकता की प्रतिमा बनाने की घोषणा की है और इसका काम भी आगे बढ़ रहा है। यह विश्व में सबसे ऊँची प्रतिमा होगी और हम सब के लिए एक अनुपम प्रेरणा स्त्रोत होगी। यह प्रतिमा लोगों को सरदार के महत्त्वपूर्ण योगदान की स्मृति जगाएगी और उनमें एकता की भावना का संचार करेगी।''

पवनभाई ने कहा, ''तभी तो इसका नाम एकता की प्रतिमा रखा गया है। इसकी ऊँचाई 182 मीटर होगी, यानी अमेरिका के स्टेच्यू ऑफ लिबर्टी से दूनी। इतना ही नहीं, यह प्रतिमा सरदार के प्रति एक कृतज्ञ राष्ट्र की विनम्र श्रद्धांजलि तो होगी ही, यह सुराज की संवाहक भी होगी। इस से सम्बन्धित संस्था सरकारी कामकाज की दक्षता बढ़ाने में जनता की भागीदारी को प्रोत्साहित करेगी, उनसे सरकार की संवेदनशीलता और निपुणता बढ़ाने के लिए जनता से सुझाव भी माँगेगी।''

मदनभाई ने एकता की प्रतिमा के विषय में अन्य जानकारी भी दी और कहा कि प्रकृति की सुरम्य गोद में बनी यह प्रतिमा लाखों पर्यटकों को आकृष्ट करेगी। इससे हजारों लोगों को रोजगार मिलेगा।

माधुरी ने कहा, ''यह हमारे लिए गौरव की बात है।''

आभा ने बताया, ''इस प्रतिमा के निर्माण से आस-पास के लोगों का आर्थिक विकास होगा, रोजगार में वृद्धि होगी, शिक्षा के नए अवसर उपलब्ध कराए जाएँगे और लोगों में देश के प्रति प्रेम, त्याग और सम्मान की भावना बढ़ेगी।''

पवनभाई ने कहा, ''इसी से तो लोक-मत को शक्ति मिलेगी।''

एक व्यक्ति ने शंका प्रगट की, ''पर हम अपने गाँव में बैठे-बैठे कर ही क्या सकते हैं? हमारी बात कौन सुनेगा?''

पवनभाई ने कहा, ''सभी बड़े आन्दोलनों की शुरुआत इसी तरह थोड़े लोगों से ही होती है। अगर हमारी बात सही है तो लोग हमसे जुड़ेगे। हर आदमी देश को सशक्त बनाना चाहता है, उसे विकास के पथ पर देखना चाहता है। हमें लोगों का सहयोग अवश्य मिलेगा।''

''विकास के लिए एकता जरूरी है। हम मजबूत होंगे तो हमारा विकास तेजी से होगा, ''हेमन्त ने कहा।

बसन्त ने प्रश्न किया, ''क्या सिर्फ एकता से, बिना पूँजी लगाए व्यापार बढ़ेगा?

लोगों को रोजगार मिलगे ? यदि नहीं तो विकास कैसे होगा ? हर काम के लिए पैसा चाहिए। पैसा कमाने ही तो लोग गाँव से बाहर चले जाते हैं।''

मयूरभाई उठे और उन्होंने कहा, ''मैं कुछ कहना चाहता हूँ। मैं इस गाँव में एक बड़ी कृषि मंडी बनाना चाहता हूँ। मैं अमेरिका जाकर अपने दोस्तों से बात करूँगा और इसकी योजना बनाऊँगा। पिछले तीन-चार दिनों से मैं मदनभाई के साथ गाँव में घूमा हूँ और मैंने कई लोगों से बातें की हैं। अनाज का व्यापार तो हमारा पुश्तैनी कारोबार रहा है और आज भी है। मेरी कम्पनी अमेरिका में कई जगहों से अनाज निर्यात करती है और कई जगहों को बेचती भी है। सारा कारोबार इलेक्ट्रॉनिक तरीके से होता है। मैं इस गाँव में एक बहुत बड़ी कृषि मंडी बनाना चाहता हूँ जिसमें अनाज का कारोबार तो होगा ही, कृषि-व्यापार सम्बन्धी अन्य सुविधाएँ भी उपलब्ध कराई जाएँगी। मैं इस मंडी को ई-कृषि (e-agriculture) का केन्द्र बनाऊँगा। इस से यहाँ के लोगों को अपना सामान बेचने में काफी मदद मिलेगी।''

लोगों ने तालियों की गड़गड़ाहट से उनके इस महत्त्वपूर्ण योगदान का स्वागत किया।

मयूरभाई ने आगे कहा, ''यहाँ अनाज की सफाई, धुलाई, पैकिंग, स्टोरेज और मार्केटिंग का पूरा आधुनिक प्रबन्ध किया जाएगा। यहाँ सौर-ऊर्जा से सारा काम होगा। मैं यहाँ किसान-मित्र बी. पी. ओ. भी लगवाऊँगा जिससे यहाँ के लोगों को दूर-दूर व्यापार करने आसान हो जाएगा। सौर ऊर्जा अन्य गाँवों को भी बेची भी जाएगी। यहाँ हर घर में उद्योग लगाने या छोटा व्यवसाय करने में सुविधा होगी। हर घर ई-कृषि (e-agriculture) के माध्यम से कोई-न-कोई धंधा लगा सकेगा।''

''मैंने आभा और अमित से बातें की हैं, वे लोग बसन्त, अशोक और कुछ अन्य लोगों को इसकी ट्रेनिंग मुम्बई में दिलवाएँगे।''

लोग उत्साह और हर्ष से भरकर उनकी बातें सुन रहे थे।

पवनभाई ने कहा, ''यह बहुत अच्छा काम होगा। इससे यहाँ के लोगों को रोजगार भी मिलेगा और व्यापार भी बढ़ेगा।''

मदनभाई खुशी से फूले नहीं समा रहे थे। उन्होंने कहा, ''हमारे इलाके में अनाज के अलावा सब्जियों और फलों की भी अच्छी पैदावार होती है। इस तरह का प्रबन्ध होने से उन्हें मंडी तक पहुँचाने में आसानी होगी और फल-सब्जियाँ सड़ेंगी नहीं। बहुत धन्यवाद, मयूरभाई। हम सब आपके हृदय से आभारी हैं।''

इस बीच हेमन्त उठकर खड़ा हो गया। उसने कहा, ''आप लोग यहाँ डेयरी का काम भी बढ़ाईएगा, मैं यहाँ भी इस काम में अपने भाइयों को सहयोग दूँगा। हमारा डेयरी का अनुभव अपने पैतृक गाँव में काम आएगा।''

''लेकिन मेरी एक शर्त है, ''मयूरभाई ने कहा, ''मैं यह सब तभी करूँगा जब हममें एकता हो, आपस में ईर्ष्या, द्वेष, भेदभाव नहीं हो। एकता और विकास के

द्वारा हम अपने प्रिय नेता को सच्ची श्रद्धाँजलि देंगे। क्या आप लोग इसके लिए तैयार हैं?''

पवनभाई ने इस बात को आगे बढ़ाते हुए कहा, ''देखिए, यहाँ आप लोग जो वादा करेंगे उसे निभाना होगा। प्राय: लोग भावना के वश में आकर वादा तो कर देते हैं पर वे बहुत जल्द अपनी बात भूल जाते हैं और हर चीज को अपने स्वार्थ की नजरों से देखते हैं। यही कारण है कि ऐसी योजनाएँ सफल नहीं हो पातीं, लोग आगे आते तो हैं, पर उन्हें पीछे हटते देर नहीं लगती।''

मयूरभाई ने कहा, ''मैं भी आपसे यही आग्रह करना चाहता हूँ। इस योजना में बड़ा निवेश होगा। मैं इस पूँजी को अमेरिका में, अन्य कई देशों में या भारत में अन्य किसी जगह लगा सकता हूँ, पर आप लोगों ने श्री वल्लभभाई पटेल के महान योगदान के विषय में बतलाकर मुझे इस बात की प्रेरणा दी है कि मैं अपनी पुरखों की जन्म-भूमि और उनकी कर्मभूमि के प्रति भी अपने कर्तव्य का निर्वाह करूँ। पर मैं ऐसा तभी करूँगा जब आप लोग एक स्वर से मुझे एकता बनाए रखने का आश्वासन देंगे।''

पवनभाई ने कहा, ''अपने परिवार के लोगों के विषय में मैं जानता हूँ और उनकी तरफ से जवाबदेही लेता हूँ, पर बाकी लोगों के विषय मैं कुछ कह नहीं सकता। मदनभाई आप क्या कहते हैं? क्या यहाँ के लोग सहयोग देंगे और एकता मजबूत बनाएँगे?''

मदनभाई उठ खड़े हुए और उन्होंने श्रोताओं से पूछा, ''क्या आप लोग पवनभाई और मयूरभाई की बातें मानने को तैयार हैं?''

''हाँ, हाँ'', सबने एक स्वर से कहा।

मदनभाई ने कहा, ''कोई ऐसा भी है जिसको इसमें आपत्ति है या जो ऐसा वादा करना नहीं चाहता?''

किसी ने कुछ नहीं कहा।

मदनभाई ने पूछा, ''क्या मैं सब लोगों की तरफ से बोलूँ?''

सब ने हामी भरी, ''हाँ, हाँ, जरूर बोलिए।''

मदनभाई दृढ़तापूर्वक खड़े हुए। उनके चेहरे पर प्रसन्नता की आभा दिख रही थी और उनके स्वर में आत्म-विश्वास भरा था।

''अगर ऐसा है तो अपने इसी ऐतिहासिक वृक्ष के नीचे शपथ लें कि आप लोग अपने दैनिक जीवन में धर्म, जाति प्रान्त, भाषा आदि के आधार पर कोई भेदभाव नहीं करेंगे। श्री वल्लभभाई आपके आदर्श हैं और रहेंगे। देश आपके लिए सर्वोपरि होगा। आप ऐसे नेताओं की नहीं सुनेंगे जो अपने स्वार्थ के लिए किसी भी प्रकार के भेदभाव को बढ़ावा देते हैं।''

श्रोताओं में से एक युवक ने खड़े होकर दृढ स्वर में कहा, ''मैं शपथ लेता हूँ।''

वह आगे आया, उसने वृक्ष को प्रणाम किया, उसे चूमा और सबको प्रणाम कर अपनी जगह पर लौट गया। लोगों ने तुमुल हर्ष ध्वनि से उसका स्वागत किया। इसके बाद कुछ अन्य लोग उठकर खड़े हो गए और उन्होंने भी उस वृक्ष को प्रणाम किया और अपनी शपथ दुहराई। इसके बाद उपस्थित सभी लोग पंक्तिबद्ध हो गए और लोग भी जो उस सभा में उपस्थित नहीं थे, वहाँ पहुँच गए और पंक्ति में लग गए। वृक्ष को प्रणाम करने वाले हर व्यक्ति का लोगों ने तालियाँ बजाकर स्वागत किया।

मदनभाई ने कहा, ''हर सप्ताह हम लोग यहाँ मिलेंगे और अपने कर्तव्य के प्रति आपस में चर्चा करेंगे। मैं तो इतना जरूर कहूँगा कि आपने जो शपथ ली है उसका निर्वाह करिएगा, झूठा मत बनिएगा। हमारे सरदार श्री हमारे आदर्श हैं। वे उप-प्रधानमंत्री बनने के बाद भी यहाँ आए थे। उन्होंने अपने सचिव श्री शंकर से कहा था, ''शंकर देखो, सत्याग्रह के दिनों में इसी वृक्ष के नीचे मैं पहली बार गिरफ्तार हुआ था।''

स्कूल के प्राचार्य श्री संजय भाई ने कहा, ''हम अपने प्रयासों से इस स्कूल को चला रहे हैं। यह स्थान तो एक तीर्थ-स्थान की तरह है जहाँ गांधीजी कई बार आए, जहाँ सरदार श्री को पहली बार गिरफ्तार किया गया। उनके शेष कामों को पूरा करना हमारा कर्तव्य है। आपने बहुत अच्छी शुरुआत की है। हमारे देश के विकास के लिए राष्ट्रीय एकता को मजबूत करना अत्यन्त आवश्यक है। हमारे शिक्षक और बच्चे भी आपके साथ यही शपथ लेंगे।''

मयूरभाई ने कहा, ''मैं इस स्कूल के विकास के लिए और इसे एक कॉलेज के रूप में प्रोन्नत करवाने की भी कोशिश करूँगा। मैं अपने मित्रों से कहूँगा कि वे इस पुण्य कार्य में अपना सहयोग दें। तब तक हम परिवार के लोग अपनी शक्ति अनुसार इस कार्य में योगदान देंगे।''

पवनभाई ने कहा, ''नहीं। इस काम को तुम हम लोगों पर छोड़ दो हम लोग कॉलेज बनवाने का जिम्मा लेते हैं यह जवाबदेही भारत में रहने वाले हमारे परिवार वालों की है। इसे हम पूरा करेंगे। तुमने एक बड़ी जिम्मेवारी ली है, तुम कृषि-केन्द्र बनवाने पर ध्यान दो। उसमें ज्यादा पूँजी लगेगी और तुम एक व्यवसायी की आवश्यकता के अनुसार उसे स्थापित कर सकोगे और उसे अच्छी तरह चलाओगे।''

माधुरी एवं अन्य लोगों ने सर हिलाकर अपनी स्वीकृति दी।

संजयभाई और मदनभाई इस प्रस्ताव से बहुत खुश हुए।

अमित ने कहा, ''मैं एक आग्रह करूँ?''

मयूर ने उसे उत्साहित करते हुए कहा, ''हाँ, हाँ क्यों नहीं?''

मदनभाई ने कहा, ''हमारा प्रयास होगा कि इस गाँव के घर-घर में कोई उद्योग हो। हमारे पास सौर ऊर्जा रहेगी, बड़ी कृषि मंडी होगी, स्कूल कॉलेज का काम होगा। लोगों की आय बढ़ाने के कितने अवसर यहाँ उपलब्ध होंगे। हमें उनका पूरा लाभ उठाना चाहिए।''

"जरूर", कई लोगों ने एक स्वर से कहा।

एक महिला उठ खड़ी हुई। उसने कहा, "यहाँ कस्तूरबा की स्मृति में जो अस्पताल बना है उसका विस्तार होना चाहिए।"

पवनभाई ने कहा, "माँ कस्तूरबा ने सत्याग्रह के समय यहाँ की महिलाओं का बहुत साथ दिया था। यह अस्पताल उनकी, बापू की और सरदार श्री तीनों की याद दिलाता है। इसका विकास तो होना ही चाहिए। हम लोग इसके लिए पूरी कोशिश करेंगे।"

स्कूल के अधिकारियों, शिक्षकों और विद्यार्थियों ने भी वृक्ष को प्रणाम कर शपथ ली।

श्री संजय भाई ने कहा, "सरदार ने हमारे गाँव को और इस वृक्ष को ऐतिहासिक बना दिया है। आओ, अपनी प्रतिज्ञा का सम्मान करो–जैसा हमारे पूर्वजों ने किया था। अपना सब कुछ त्याग करने के बाद भी वे सन्तोष और लगन से देश की आजादी के लिए अपना जीवन देने के लिए भी तैयार थे। हमसे तो सिर्फ यही कहा जा रहा है कि हम अपने प्यारे देश में एकता मजबूत करें। क्या आप लोग ऐसा करेंगे?"

"हाँ, "उपस्थित लोगों ने कहा।

संजयभाई ने कहा, "सरदार इस वट–वृक्ष नीचे 7 मार्च 1930 को गिरफ्तार किए गए थे। हम लोग हर वर्ष 7 मार्च को यहाँ उनके सम्मान में कार्यक्रम आयोजित करेंगे। इस कार्यक्रम में देश की एकता, सुदृढ़ता और प्रगति के विषय में चर्चा की जाएगी और यहाँ के लोगों में सहयोग की भावना और भी मजबूत की जाएगी। व्यावहारिक काम तो हम लोग कल से ही शुरू कर देंगे–सबसे पहला काम होगा रास में स्वच्छता रखने का।"

आभा ने सुझाव दिया, "सात मार्च को वार्षिक कार्यक्रम मनाने का आपका सुझाव बहुत अच्छा है। सरकार ने 31 अक्टूबर को राष्ट्रीय एकता दिवस मनाने का फैसला किया है। मेरा सुझाव है कि इस दिन हर वर्ष हम लोग एकता–प्रतिमा के दर्शन करने चलें और सरदार श्री के त्याग से प्रेरणा लें।"

सब ने तालियाँ बजाकर इस प्रस्ताव का स्वागत किया।

पवनभाई ने कहा, "बोलो, सरदार श्री वल्लभभाई पटेल की जय।"

लोगों ने एक स्वर से दुहराया, "सरदार श्री वल्लभभाई पटेल की जय।"

।। इति।।

# शब्द परिचय

| | | |
|---|---|---|
| गोल–धाना | – | सगाई की रस्म |
| चोरो | – | चबूतरा |
| तलाटी | – | राजस्व अधिकारी |
| पटेल | – | सरकार द्वारा नियुक्त ग्राम प्रमुख |
| मामलतदार | – | स्थानीय राजकीय अधिकारी |
| महाल | – | तालुके का एक भाग |
| मुखी | – | प्रमुख |
| सेर | – | 0.93 किलोग्राम |
| वेथ | – | बेगार |

# शुभकामनाएँ

गुरुदेव रवीन्द्रनाथ ने एक निबन्ध लिखा था—'साहित्य में उपेक्षित'। इसमें उन्होंने लिखा था कि 'रामायण' में उर्मिला पर जितना लिखा जाना चाहिए था, उससे बहुत कम लिखा गया। इसे पढ़कर मैथिलीशरण गुप्त ने अपना सुप्रसिद्ध काव्य ग्रन्थ 'साकेत' लिखा था।

कुछ-कुछ वैसा ही लौहपुरुष सरदार पटेल के साथ हुआ है। उनके प्रदान की महत्ता को देखते हुए उन पर बहुत कम लिखा गया है। वे इससे कहीं ज्यादा के हकदार हैं। वे सरदार ही हैं जो अपनी प्रतिभा, बुद्धि, दृढ़ संकल्प और अडिग आत्मविश्वास के कारण अंग्रेजों द्वारा खंड-खंड किए गए हमारे देश को विशाल भारत का रूप दे गए हैं।

अमरेन्द्र नारायण द्वारा सरदार पटेल पर लिखी गई पुस्तक का मैं स्वागत करता हूँ। इसके पीछे उनका वर्षों का परिश्रम है। यह कोई सतही जीवनी नहीं है। इस श्रम-साध्य कार्य को सम्पन्न करने के लिए सरदार से जुड़ी कई जगह वे गए हैं, दुर्लभ दस्तावेजों को देखा है, अभिलेखागारों को खँगाला है और लोगों से मिले हैं। सरदार सम्बन्धी साहित्य में इस खोजपूर्ण पुस्तक का एक विशिष्ट स्थान होगा।

**अमृतलाल वेगड़**

[प्रख्यात साहित्यकार और चित्रकार]

●

इस उपन्यास में लेखक ने सरदार के जीवन चरित्र का चित्रण नहीं किया है, वरन् वल्लभभाई के सरदार के रूप में व्यक्तित्व-निर्माण के साथ-साथ राष्ट्र की एक संघर्ष-कथा का आलेखन किया है।

'एकता और शक्ति' उपन्यास की रचना करने के लिए लेखक ने कई महत्त्व के स्थानों का अपना प्रवास, विविध संग्रहालयों में संरक्षित सरदार से सम्बन्धित सामग्री, ग्रामीण जीवन, लोक-साहित्य एवं आजादी के साथ जुड़ी हुई जानकारियों आदि का उपयोग किया है। साथ ही, सरदार के व्यक्तिगत जीवन के कुछ प्रसंगों को अंकित करते हुए इस रचना को रोचक बनाया है।

**रघुवीर चौधरी**

[ज्ञानपीठ पुरस्कार से सम्मानित प्रख्यात साहित्यकार]